KB118438

신의 왼손

2

THE LAST FOUR THINGS
by Paul Hoffman

Original English language edition first published by Penguin Books Ltd, London
Text copyright © Paul Hoffman
The author has asserted his moral rights
All rights reserved

Korean translation copyright © 2021 by Munhakdongne Publishing Corp.
Korean translation rights arranged with PENGUIN BOOKS LTD
through EYA(Eric Yang Agency).

이 책의 한국어판 저작권은 Eric Yang Agency를 통해
PENGUIN BOOKS LTD와 독점 계약한 (주)문학동네에 있습니다.
저작권법에 의해 한국 내에서 보호받는 저작물이므로
무단 전재 및 무단 복제를 금합니다.

THE LAST FOUR THINGS

신의 왼손

2 최후의 네 가지

폴 호프먼 장편소설 | 이원경 옮김

문학동네

일러두기

1. 주석은 모두 옮긴이주다.

2. 본문 중 고딕체는 원서에서 이탤릭체나 대문자로 강조한 부분이다.

리처드 골너에게

나에게 건강하고 다부진 어린아이 십여 명과 그들을 키울 나만의 특별한 세상을 달라. 그러면 그들 중 아무나 골라 내가 원하는 어떤 종류의 전문가로든 훈련시킬 수 있다고 장담한다. 의사, 변호사, 예술가, 대상大商은 물론이오, 심지어 거지나 도둑으로 길러낼 수도 있다. 그 아이의 재능, 취미, 성향, 능력, 소질, 혈통에 상관없이.

J. B. 왓슨, 『1925년의 심리학』

나는 천사처럼 싸웠다.

윌프레드 오언

프롤로그

상상해보라. 기껏해야 아직 소년인 어린 암살자가 발롬브로사의 강을 따라 대규모 군락을 이룬, 길쭉한 암녹색 애기부들 덤불 속에 조심스레 엎드려 숨어 있다. 기다린 지 오래였지만 소년은 나름 끈기 있는 존재였으며, 지금 목숨보다 소중한 것을 기다리고 있다. 옆에는 주목朱木으로 만든 활과 화살들이 놓여 있는데, 시커먼 강철 화살촉이 달려 있어서 어느 정도 가까운 거리에서 쏘면 가장 값비싼 장갑이라도 꿰뚫을 수 있다. 오늘은 그걸 사용할 필요가 없을 것이다. 이 젊은이가 기다리는 것은 죽여 마땅한 악당이 아니라 물새 한 마리일 뿐이니까. 날이 밝자 까마귀들이 우글거리는 숲을 가로질러 백조 한 마리가 날아온다. 까마귀들이 깍깍대면서 그 아름다움이 부당하다고 성토하는 가운데, 백조는 마치 화가가 캔버스 위에서 붓을 놀리듯 거침없고 아름답게 수면에 내려앉는다. 우아함으로 이름난 새다운 자태로 백조는 물살을 가른다. 하지만 이토

록 바람 한 점 없는 안개 속에서, 이토록 짙은 잿빛 물 위에서, 그
토록 우아한 움직임은 어느 누구도 본 적이 없으리라.

그때 증오만큼 예리한 화살이 백조의 아름다움이 깃든 안개를
가르고 날아와 몇 피트 떨어진 허공으로 빗나간다. 그러자 하얀 백
조는 우아하고 힘차게 날아올라 다시 하늘로 솟구쳐 안전한 곳으
로 떠나간다. 덤불에서 일어선 젊은이가 달아나는 백조를 지켜보
며 소리친다.

"다음에는 꼭 잡고 말 거야, 이 더러운 배신자!"

그러고는 활을 내동댕이친다. 활은 이 소년이 사용할 줄 아는
온갖 죽음의 도구(단도, 검, 팔꿈치, 이) 중에서 유일하게 통달하
지 못한 것이지만, 그의 상처받은 마음에 보상의 희망을 줄 수 있
는 것은 그것뿐이다. 하지만 결국 활도 무용지물이다. 꿈을 꾸는
지금, 소년은 꿈속에서조차 20야드 거리의 헛간 문도 맞히지 못한
다. 잠에서 깬 그는 삼십 분 동안 생각에 잠긴다. 현실에서는 마음
만 먹으면 누구든 끝장낼 수 있건만, 그리고 토머스 케일은 그럴
수 있는 능력이 충분하건만, 악몽 속에서는 아무리 잔혹히 응징하
려 해도 소용이 없다. 이윽고 소년은 도로 잠을 청하고 다시 꿈을
꾼다. 발롬브로사의 강물을 뒤덮은 가을 낙엽들과, 이른 아침의 안
개 속으로 날아오르는 커다란 하얀 새에 대한 꿈을.

1

「죽음의 천사, 토머스 케일의 송가頌歌」는 목 매달린 리디머 포교청에서 지금껏 선보인 시 가운데 두번째로 해악적인 시였다. 그 때문에 이 기관은 리디머들에 대한 허위 사실을 앞장서서 퍼뜨리는 것으로 악명을 떨쳤고, 결국 '사제는 진실을 이야기하지 않는다'라는 말이 통념이 되었다.

제47편: 요지

깨어나라! 밤의 스푼 속에서 해가 떠올라
전능한 주님의
왼손을 비추나니.
그의 이름은 케일, 그의 팔은 억세고
죽음의 천사인 그는 옳은 일만 하는도다.

교황을 시해하려는 역도들을 찾으려고
케일은 밧줄 하나로 성소를 떠났도다.
교황을 지키기 위해 탈출을 가장하여,
고요하고 안온한 성소 밖으로.
그의 스승 보스코는 이 탈출을 부인하면서
오로지 교황을 지키기 위함이라 했도다.
사악한 소돔의 도시 멤피스에서
케일은 그들의 공주, 냉혹한 처녀를 구했도다.
간계와 욕정으로 그의 영혼을 타락시키려던 그녀는
그가 '싫다!'고 말하자 암살자들을 사들였도다.
오래전부터 교황 시해를 꿈꿔온 그녀의 아비는
자신의 소망을 이루고자 리디머를 공격했도다.
그러나 실버리힐의 위대한 전투에서
프린셉스와 보스코와 함께 케일은 놈들을 끝장냈도다.
그날 멤피스 제국은 몰락했고,
보스코와 케일은 우리의 전장으로 돌아왔도다.
이교도 안타고니스트 무리를 섬멸하기 위해.
교황과 리디머를 위해 우리 모두 기도하자!

　실제 사건이 역사 속으로 들어가면 기록하는 자의 주관에 따라
변형된다는 것은 잘 알려진 사실이다. 이후 역사는 서서히 전설이
되고, 의견이 다른 수많은 이야기꾼들의 이해가 서로 얽히면서 그
안의 진실은 흐려진다. 마침내 수천 년이 지나고 나면 선악에 관계
없이 모든 의도와 거짓, 사실이 보편적으로 있음직한 하나의 신화

로 뭉뚱그려지며, 그 안에 담긴 모든 이야기에는 참과 거짓의 경계가 사라진다. 더이상 진실 여부는 중요하지 않다. 하지만 실은 어떤 사건이 일어남과 거의 동시에 사실의 많은 부분이 사라지고, 그 일이 일어난 날 해가 지기도 전에 진실은 왜곡되어 거대한 전설의 안개에 휩싸이고 만다. 예컨대 위에 적은 허접한 시는 두 달 동안 벌어진 사건들을 기록한 것인데, 영원히 잊히지 않는 무언가로 만들고자 하는 의도로 가득하다. 이제 그 헛소리를 구절구절 찬찬히 짚어보자.

토머스 케일이 목 매달린 리디머의 암울한 성소에 끌려온 것은 서너 살 무렵이었다(정확히 몇 살 때였는지는 아무도 모르고 또 관심도 없다). 그곳에 도착한 꼬마는 곧바로 지상에서 가장 금욕적인 종교의 사제인 리디머 보스코의 눈에 들었다. 위의 시에서 그 이름이 세 번이나 언급된 것은 무엇보다 그가 이 시를 쓰게 한 장본인이기 때문이다. 그러나 세속적인 허영심이나 야망을 위해서였으리라고 짐작해서는 안 된다.

리디머들은 인간의 본성은 죄악이라는 가혹한 인간관으로 유명할 뿐 아니라, 전투를 주목적으로 양성된 사제들이 이끄는 군대로 다른 지역을 정복해 그 같은 교리를 강요하는 것으로 악명이 높았다. 가장 영리하고 신앙심 깊은(리디머들 사이에서 이 말은 의미가 모호하다) 사제들은 수많은 점령지에서 그곳 주민들을 개종시키고 올바른 믿음 전파와 신앙 통제를 책임졌다. 나머지 사제들은 '하나의 참된 믿음'이 거느리는 무력 기관인 군대에 배속되어 수많은 종교적 병영 안에서 키워지고 수시로 죽어나갔으며(죽으면 행운이라는 우스갯소리가 나돌 정도였다), 그런 병영 가운데 가장 큰 곳이

'성소'였다. 바로 이 성소에서 케일은 보스코의 개인 애콜라이트, 즉 시종으로 발탁되었다. 일종의 편애라고도 볼 수 있지만, 초인적으로 강한 아이만이 견뎌낼 수 있는 편애였다. 열네 살(혹은 열다섯 살) 무렵 케일은 냉혹하고 영악한 소년이 되어 있었다. 어두운 뒷골목에서건 어디서건 마주치고 싶지 않은 섬뜩한 괴물. 그런 그를 움직이는 것은 두 가지뿐이었다. 보스코를 향한 극단적인 증오, 그리고 나머지 모든 사람에 대한 무관심. 하지만 늘 불운했던 케일의 인생은 하필 그때 그 문을 열면서 더 꼬이고 말았다. 규율 로드인 리디머 피카르보가 아직 숨이 붙어 있는 소녀를 해부하고 또다른 소녀에게도 같은 짓을 하려는 광경을 목격하게 된 것이다. 두려움에 사로잡힌 케일은 연민 대신 자기 안위를 위해 조용히 문을 닫고 떠났다. 하지만 결국 영원히 후회할 짓을 하고야 만다. 실로 광기의 순간이었다. 잔인하게 해부될 소녀의 눈빛 때문에 되돌아온 그는 피카르보와 사투를 벌인 끝에 교황 아래 서열 10위인 사내를 살해했다. 리디머들의 속성을 파악한 사람이라면 케일이 어떤 운명을 맞이할지 쉽게 짐작할 것이다. 처절한 비명을 지르다 죽을 운명이라는 것이 불 보듯 뻔했다.

탈출이 쉬웠다면 케일은 이미 오래전에 성소를 떴을 것이다. 「토머스 케일의 송가」에도 나오듯 케일은 밧줄을 이용해 탈출했지만, 거기에 교황을 지키려는 목적 따위는 없었다. 달아난 애콜라이트를 비호하기 위해 보스코가 지어낸 이야기일 뿐이다. 그에게는 케일을 다시 데려와야 할 특별한 이유가 있었다. 그 이유는 피카르보가 벌인 기괴하고 혐오스러운 행위와는 아무 상관도 없었다. 그리고 케일이 또다른 세 명을 데리고 달아났다는 사실은 그 시에 언급되어 있지 않다. 그는 자신이 구한 소녀, 성소에서 그가 그나마 참아줄 만한 유일한 소년인 베이그 헨리, 그리고 다른 모든 소년들처럼 케일을 의심하고 싫어하는 클라이스트와 함께 그곳을 탈출했다.

오랜 수련 덕분에 영리해진 케일은 자신을 붙잡으려는 리디머들의 추격을 가까스로 따돌렸지만, 습관과도 같은 불운 탓에 대도시 멤피스에서 온 마테라치 기병 순찰대와 맞닥뜨렸다. 멤피스는 파리나 바빌론, 또는 「송가」에서 그나마 제대로 묘사된 곳 중 하나인 소돔보다 부유하고 다채로운 도시였다. 멤피스로 끌려간 케일 일행은 그곳의 막후 실력자인 비폰드 총리의 주목을 끌었고, 그의 수상쩍은 이복형제인 이드리스푸케는 아무도 모르는, 심지어 그 자신도 이해할 수 없는 이유로 케일에게 호감을 품게 되어 케일이 평생 경험해보지 못한 작은 친절 한 가지를 베풀었다.

하지만 약간의 호의에 마음을 열 케일이 아니었다. 의심과 적개심으로 가득찬 케일은 마테라치 가문의 총아인 콘에서부터 절세미녀 아르벨 마테라치에 이르기까지, 만나는 사람 거의 모두에게 미움을 받았다. 스완넥, 즉 '백조의 목'이라는 별명의 아르벨 마테라치는(프롤로그에 나오는 살해의 꿈에서 케일이 품은 증오의 표적으로 백조가 등장한 것은 결코 우연이 아니다) 마테라치 제국을 다스리는 남자의 딸이다. 마테라치 제국은 워낙 방대해 이곳에서는 해가 지지 않는다는 말이 있을 정도다. 하지만 케일의 적개심을 너무나 잘 아는 보스코는 소년이 그 적개심을 오용하는 것을 두고 볼 생각이 추호도 없었다. 적개심을 잘못 사용하면 죽음뿐이었다. 비록 아르벨은 케일을 혐오했지만, 케일 같은 소년은 아르벨 마테라치처럼 자신과 완전히 다른 세상에 사는 미녀를 사랑할 수밖에

없는 법이다. 그녀는 계속 케일을 흉악범쯤으로 여겼는데, 그가 무
자비하고 광포한 살인 행위로 자신의 목숨을 구해준 뒤로는 더욱
그러했다(훗날 케일의 적들은 그 사건을 일종의 과시성 허세라고
폄하했다). 케일이 가는 곳마다 어김없이 장례식이 잇따른다는 클
라이스트의 불평은 점점 더 많은 공감을 얻었는데, 잔인하고 냉혹
한 방법으로 아르벨을 구출하는 광경을 목격한 이드리스푸케가 특
히나 그랬다. 하지만 젊은이들은 낯설고 신기한 것에 강하게 끌리
는 법. 그리하여 사랑스러운 아르벨이 케일을 유혹하려 했다는 이
야기가 「송가」에 나온 것이다. 하지만 억지로 꼬드기는 그런 유혹
은 결코 아니었으며, '싫어!' 같은 말은 단 한 번도 케일의 입 밖으
로 나오지 않았다. 아르벨이 그를 죽이라고 암살자에게 청부한 일
도 없었다. 나중에 그 시를 읽은 클라이스트는 돈 한푼 안 받고도
죽이겠다는 놈들이 줄을 섰는데 아르벨이 뭐하러 그러겠느냐며 농
담을 했다.
아르벨의 아버지가 리디머들을 공격하려는 마음을 품었다는 주
장도 신빙성이 없기는 마찬가지다. 그의 침략 의도는 순전히 보스
코가 지어낸 것이었는데, 이는 그가 전쟁을 일으키려고 윗사람들
에게 제시한 핑계일 뿐 진짜 목적은 따로 있었다. 케일을 다시 성
소로 데려오는 것. 그리고 그 과정에서 벌어진 사건이 뜻밖의 결말
을 가져왔다. 보스코가 보낸 리디머 프린셉스의 군대에 병이 돌아
만신창이가 된 와중에 실버리힐에서 규모가 열 배나 되는 마테라
치 군대의 덫에 걸린 것이다. 그러나 그후 벌어진 전투는 두려움에
사로잡힌 케일이 지켜보는 가운데(그는 양쪽 군대 모두에게 전술
을 제공했는데, 지금 설명하기에는 그 이유가 너무 복잡하다) 불운

과 혼란, 진창, 어리석음, 병력 통제 부족이 한데 어우러져 전쟁사
상 가장 치명적인 반전을 초래했다.

보스코는 자신이 멤피스의 정복자가 되어 세상이 줄 수 있는 모
든 상을 차지했다는 사실에 스스로 놀랐다. 다만 그가 바라는 하나
는 빠져 있었다. 토머스 케일. 하지만 그는 오래전부터 멤피스에서
가장 추악한 구역에 연을 대고 있었고, 그곳의 주인은 섬뜩한 수완
가이자 사업가이며 포주인 암토끼 키티였다. 키티는 이상하리만치
순진한 케일이 아름다운 아르벨에게 마음을 빼앗겼으며, 몹시도
독특한 이 소년에 대한 아르벨의 뜨거운 연정이 이미 타오르기 시
작했다는 사실을 알게 되었다. 그가 농담으로 지껄이길, 온실에서
자란 꽃에게 어울리지 않는 기묘한 열매였다. 보스코에게는 오히
려 희소식이었으니, 그의 부하들이 아르벨을 포로로 잡았기 때문
이다. 멤피스에 도착하자마자 보스코는 인간 본성을 간파하는 재
능을 발휘하여—젊고 아름다운 공주가 제아무리 영민해도 능수능
란한 그 앞에서는 속수무책이었다—연인을 내놓지 않으면 도시를
파멸시키겠다고 협박조로 그녀를 설득했다. 그리고 한편으로는 케
일을 해칠 마음이 전혀 없다면서 지극히 진솔한 태도로 안심시켰
다. 결국 아르벨은 케일을 배신했다. 하지만 양심과 의리 중 하나
를 선택할 수밖에 없는 상황에서 정말로 그것이 배신이었을까. 어
쨌거나 케일은 운명을 받아들였고, 덕분에 베이그 헨리와 클라이스
트까지 풀려날 수 있었다. 물론 가장 사랑하는 여자에 의해 가장 증
오하는 남자에게 넘겨졌다는 사실은 감내해야 했다. 그리하여 「토
머스 케일의 송가」의 거짓된 구절들은 우리의 영웅이 황무지로 돌
아가는 것으로 끝을 맺는다. 자신의 가슴을 짓이기는 엄청난 증오

두 가지를 안고서. 한때 사랑했던 여인에 대한 증오, 그리고 좀더 익숙한, 방금 케일 자신에 대한 새로운 사실 하나를 알려준 사내에 대한 증오였다. 그 이야기 때문에 케일은 머릿속이 어지러웠다. 보스코는 더이상 자기 연민에 빠지지 말라고 했다. 케일은 사랑받거나 배신당할 수 있는 존재가 아니라, 「송가」에서 줄곧 말하듯이 '죽음의 천사'일 뿐이니까. 그리고 이제 주님이 그에게 주신 임무를 진지하게 논의할 때였다.

이제부터 펼쳐지는 이야기는 모두 진실이다.

타이거산보다 높은 산은 많다. 훨씬 더 험준해서 올라가기에 위험하고, 영혼마저 떨게 하는 깎아지른 벼랑과 무시무시한 크레바스가 살아 있는 모든 것을 위협하는 산. 그러나 타이거산만큼 인상적이고 정신을 고양시키고 고독한 장관으로 신비로움을 자아내는 산은 없다. 거대한 고깔 모양인 타이거산은 산의 대부분을 에워싼, 저 멀리까지 편평하게 뻗은 타메틱평원으로부터 솟아올라 있다. 50마일 너머에서 이 산을 바라보노라면 웅장한 대칭형인 것이, 마치 사람의 손으로 만든 구조물처럼 보인다. 그러나 지금껏 어떤 인간도, 제아무리 이기적인 통치자도, 아케나톤*이나 오지만디아스**도 이런 거대한 봉우리를 만들지는 못했다. 가까이 다가가면 링컨의 거대한 피라미드보다 십만 배는 더 큰 이 산의 무시무시한 광대함이 드러난다. 수많은 종교들이 이곳을 신께서 인류에게 직접 말하

---

* 이집트의 왕이었던 아멘호텝 4세의 이름.
** 람세스 2세의 이름.

는 지상의 유일한 장소로 여기는 까닭도 쉽게 납득이 간다. 모세가 613개의 계율이 적힌 석판을 받은 곳이 바로 이 타이거산의 꼭대기다. 또한 길르앗 사람 입다가 암몬인과의 전쟁에서 승리하는 대가로 외동딸의 목을 벤 곳도 이곳이다. 당연히 망설임과 고뇌가 따랐으리라. 하지만 그는 집으로 돌아가는 길에 처음 눈에 띄는 생물을 제물로 바치겠다고 주님께 약속한 터였다. 그의 딸은 기꺼이 따라갔으며, 참담해진 입다는 마지막 순간에 자비로운 중지의 말씀을 기대했다. 믿음에 대한 시험이었을 뿐이라는, 준엄하면서도 자비로운 천사의 말씀을. 하지만 결국 입다는 타이거산에서 홀로 돌아왔다. 또한 설선雪線 아래 거대한 바위턱에서 주님의 사주를 받은 악마가 목 매달린 리디머에게 산 아래 펼쳐진 세상을 보여주면서, 온 세상을 너에게 주겠노라고 꼬드긴 곳도 바로 이곳이었다.

반면 팔십여 년 동안 타이거산을 다스리면서 거의 종교 없이 살아온 부족인 몬타냐드는 그 산을 '거대한 고환'이라고 불렀다. 그 까닭은 무엇일까? 케일은 점점 궁금함에 사로잡히기 시작했다. 그는 전투 로드 보스코와 호위병 서른 명과 함께 타이거산의 기슭을 따라 올라가고 있었다.

지금 케일의 기분을 꿀꿀하다 정도로 표현하는 것은 옳지 않다. 요동치는 그 심정은 지금껏 인간이 만들어낸 어떤 언어로도 설명할 길이 없다. 성소로 돌아간다는 생각에 대한 혐오감과 아르벨 마테라치의 배신에 대한 고통에 찬 분노. 모든 사람이 '스완넥'이라고 부르는, 어떤 찬사로도 부족한 아름다움과 우아함을 지닌 여인. 나긋나긋하고 기름한 두 다리, 숨이 멎을 정도로 가녀린 허리, 굴곡진 젖가슴(그녀의 가슴은 자신만만함을 넘어 도도하고 오만하다). 아르벨은 인간의 모습을 한 백조였다. 케일은 이 백조를 목을 비틀어 죽이고 기적적으로 되살렸다가 다시 죽이고 되살리는 광경을 끊임없이 상상했다. 처음에는 우악스럽게 목을 꺾어버렸고, 다음에는 서서히 목을 졸랐으며, 마지막에는 심장을 도려내 불태운 뒤 잿더미를 파헤쳐 숯덩이가 된 것을 확인했다.

멤피스를 떠나고 이 주 동안 케일은 한 번도 입을 열지 않았다. 심지어 스캐블랜드 한복판에서 방향을 바꿔 성소 반대편으로 향하는 까닭조차 묻지 않았다. 보스코도 자신의 옛 애콜라이트가 속으로 끓게 내버려두는 편이 낫다고 생각했다. 하지만 그는 분노를 억누르는 케일의 능력을 과소평가했으며, 결국 먼저 침묵을 깨기로 하고 부드럽게, 심지어 다정하게 먼저 말을 걸었다.

"우린 타이거산으로 가는 중이야. 너한테 보여줄 게 있거든."

한 사람에 대한 증오로 심장이 끓어오르는 자에게는 같은 방식으로 다른 누군가를 증오할 감정적 여력이 없을 거라고 생각할 수도 있다. 어느 정도는 사실이지만, 케일의 심장은 아무리 많은 증오가 들어차도 터지지 않을 만큼 넉넉하고 튼튼했다. 보스코에 대한 혐오는 불길의 중심에서 잠시 벗어났을 뿐, 용광로 벽에 붙어 열기를 유지하다가 나중에 다시 타오르게 될 터였다. 하지만 이토록 증오에 사로잡혀 있는 와중에도 케일은 자신에 대한 보스코의 태도가 일변한 것에 어리둥절하지 않을 수 없었다. 케일이 아주 어릴 때부터 보스코는 그를 폭풍우 속의 배처럼 몰아댔다. 혹독하고 무자비하게, 가차없이 잔인하게, 느슨해지는 법도 없이, 숨 돌릴 틈조차 주지 않았다. 몇 날 며칠이 지나고 해가 거듭되는 동안 보스코는 툭하면 케일을 두들겨 패면서 가르치고 처벌하고, 처벌하고 가르쳤고, 결국에는 교육과 처벌의 차이가 사라져버린 듯했다. 그런데 지금은 흥분을 자제하면서 그저 부드럽기만 하다. 다정하다고 느낄 만큼. 왜 이러는 걸까? 해답은 찾을 수 없었다. 마음속으로 아르벨 마테라치를 죽이는 것(몽둥이로 때려서 죽이고, 형틀에 매달아 찢어 죽이고, 높은 산의 호수에 처넣어 익사시켰다)을 멈추고 궁리해봐도 소용없었다. 그의 영혼 속에서 망치들이 불협화음을 내는데도 내면의 무언가가 보스코 일행이 지나가는 지역에 관심을 기울였고, 그러자 작은 깨달음의 순간이 찾아왔다. 그렇다고 딱히 즐거워진 것은 아니었다. 그러기에 이곳은 너무 음침했다. 방금 케일은 이 산이 거대한 고환이라고 불리는 까닭을 이해했다. 산에 가까워지자, 30마일 거리에서는 매끈하게만 보이던 선들이 사라지고 울퉁불퉁한 능선이 펼쳐졌다. 산에서 구불구불 흘러내리는 물줄기들이 깊은 골짜기를 만들었고, 단단한 바위와 맞닥뜨리면 우회해 흘러갔다. 이렇게 가까이 있으니 마치 세상에서 가장 큰 거인의 불알을 가로지르는 자그마한 벼룩이 된 기분이었다.

특별히 험준한 산은 아니었지만, 몬타냐드 부족이 닦아놓은 좁은 길이 아니었더라면 이 복잡한 미로를 통과하기가 엄청나게 까다로웠을 터였다. 그 길 덕분에 크고 작은 수많은 골짜기와 능선을 지나올 수 있었다. 몬타냐드 부족이 이 길을 만든 것은 의도적인 신성모독이 아닌, 비탈진 산중턱 아래 존재하는 소금 맥에 접근하기 위함이었다. 리디머들이 가장 신성시하는 장소를 팔십 년가량 지배하면서 몬타냐드 부족은 거대한 그물과도 같은 굴을 파놓았다. 의도적인 신성모독이건 아니건, 기나긴 종교 내전으로 약해졌던 리디머들은 힘을 되찾자 여자와 어린아이들까지 몰살함으로써 몬타냐드 부족의 불경을 응징했다.

거대한 고환을 지나자마자 비탈이 가팔라졌지만 이번에도 썩 대단치는 않았다. 타이거산은 꽤 높지만 오르기에 특별히 어려운 산은 아니었다. 한결 편편한 이 지역에는 작은 구멍들이 많았는데, 지표에서 30피트 내지 100피트 아래 있는 소금 광산으로 통하는 버려진 입구들이었다. 분노와 침묵에 잠겨 있던 케일도 이 신성한 풍경의 흥미로운 형상에는 눈길이 가지 않을 수 없었다. 하지만 거대한 크레바스나 울퉁불퉁한 바위 따위가 없는데도 통행이 쉽지 않았다. 결국 이동이 힘들어지자 다들 말에서 내려 말을 끌면서, 점점 더 거칠고 험해지는 길을 따라 올라갔다. 마침내 그들은 경사가 급하고 양쪽으로 암벽이 솟은 좁은 통로에 다다랐다.

아직 이른 오후인데도 보스코는 부하들에게 야영 준비를 지시한 다음, 케일을 보면서 그날 두번째로 말을 걸었다.

"호위대는 여기서 대기하고 있을 거다. 너와 나는 계속 가야 한다. 보여줄 게 있어. 또한 확실히 해둘 게 있다. 여기서 올라갔다가 다시 내려오는 길은 이 통로뿐이야. 만약 네가 혼자서 내려오려 할 경우 무슨 일이 벌어질지는 너도 알 거다."

가벼운 경고의 말을 마친 그는 통로를 따라 올라가기 시작했고, 케일도 그 뒤를 따라갔다. 그들은 삼십 분 동안 올라갔다. 케일은 옛 주인의 뒤에서 줄곧 10야드쯤 떨어져 있었다. 마침내 두 사람은 두께 20여 피트의 바위턱에 다다랐다. 바위 끄트머리에 단순하지만 아름답게 만들어진 돌 제단이 있었다.

"저기서 입다가 주님께 맹세하고 외동딸을 바쳤다."

보스코의 말투는 기묘하고, 조금도 경건하지 않았다.

케일이 대꾸했다.

"그렇다면 제단 옆에 묻은 저 얼룩은 그 여자아이의 피겠군요. 대단한 피의 소유자였나봐요? 천년 전 산중턱에서 뿌린 피를 아직까지 볼 수 있으니."

"주님께 불가능한 일이란 없다." 두 사람은 잠시 서로를 바라보았다. 이윽고 보스코가 말을 이었다. "입다가 어디서 딸을 죽였는지는 아무도 모른다. 이 제단은 신도들을 위해 만든 것이야. 몇몇 신도는 목 매달린 리디머의 수난일에 여기 와서 참배하는 것을 허락받았지. 그들이 다녀가고 나면 다음날 화가가 와서 다시 그린다. 이듬해까지 눈비에 씻겨나가지 않도록."

"결국 진실이 아니란 소리군요."

"진실이 무엇이더냐?"

보스코는 대답을 기다리지 않았다.

두 시간 뒤 그들은 설선에서 고작 500야드 아래 지점에 다다랐다. 신과 직접 이야기하기 위한 마지막 등정이 남아 있었다. 하지만 이곳에서 보스코는 옆으로 방향을 틀더니, 설선과 평행으로 산을 돌기 시작했다. 더이상 위로 올라가지 않는데도 공기가 희박해서 걷기가 더욱 힘들었다. 케일은 머리가 지끈거리기 시작했다. 그는 보스코를 따라서 작은 절벽을 돌아갔다. 한순간 보스코의 모습이 사라지는가 싶더니, 다시 발견했을 때는 하마터면 그와 부딪칠 뻔했다. 보스코가 멈춰 있었던 것이다. 그는 마치 버려진 다리의 일부처럼 산허리에서 비죽 튀어나온 평평한 바위를 뚫어져라 보고 있었다.

"이 거대한 바위턱에서 사탄이 목 매달린 리디머에게 온 세상을 지배할 힘을 주겠다고 유혹했다." 보스코가 케일을 돌아보며 말을 이었다. "나와 함께 저기로 가자." 그가 바위턱 끝을 가리켰다.

"먼저 가시죠."

보스코가 빙그레 웃었다.

"네 목숨이 내 손에 달린 것처럼 내 목숨도 네 손에 달려 있어."

"꼭 그렇진 않죠." 케일이 맞받아쳤다. "악랄한 생각을 품은 호위병 서른 명이 저 아래 있으니까."

"일리 있는 말이다. 하지만 내가 너를 산 밑으로 던져버리려고 이 고생을 했다고 생각하느냐?"

"당신에 관해서는 아무것도 생각하고 싶지 않습니다."

과거에 이런 식으로 말했다면 보스코에게 흠씬 두들겨 맞았을 것이다. 애초에 반항조차 하지 않았을 것이다. 문득 케일은 뭔가를 깨달았다. 뭔지 정확히 말할 수는 없지만, 불과 몇 달 사이 둘의 관계는 엄청나게 변해 있었다.

"내가 싫다고 하면요?"

"난 네게 강요할 수도 없고, 그러려고 하지도 않을 것이다."

"하지만 날 죽이려 하겠죠."

"솔직히 말하자면, 아니다. 하지만 나에 대한 증오가 아무리 크다 해도—그건 내게 엄청난 고통이지—이제 너와 내가 끊을 수 없는 사슬에 함께 묶여 있다는 사실을 깨달아야 한다. 우리가 멤피스를 떠날 때 네가 아르벨 마테라치에게 했던 말처럼."

어쩌면 보스코는 케일의 손에 목이 부러지기 직전임을 깨달았는지도 몰랐다. 설령 그렇다 해도 두려운 기색은 내비치지 않았다. 하지만 그의 표정에는 케일이 이해할 수 없는 근심이 서려 있었다.

상대가 믿어주기를, 이해해주기를 간절히 바라지만 가망이 없지 않을까 걱정하는 사람의 표정이었다. 그가 한마디 덧붙였다.

"한편으로, 네 부모에 대해 해줄 이야기가 있다."

그러고는 거친 화강암으로 이루어진 거대한 바위턱을 따라 걸어갔다. 보스코의 의도대로 그 말에 충격을 받은 케일은 잠시 그를 지켜보았다. 케일이 지금 어떤 기분일지 짐작하기는 쉽지 않다. 그에게 어머니와 아버지라는 개념은 내륙에서만 살던 사람이 바다를 생각할 때처럼 추상적이다. 그런 사람이 저 언덕 하나만 넘으면 바다가 있다는 말을 들으면 어떤 기분이겠는가? 케일은 보스코보다 훨씬 조심스럽게 바위턱으로 걸어갔다. 그는 높은 곳을 두려워하지 않았지만 썩 좋아하지도 않았다. 더구나 바위턱 위에서 걷는 것은 그 앞에 서 있는 것보다 훨씬 더 아슬아슬한 느낌이었다. 케일이 보스코 뒤로 다가서자, 그의 옛 주인은 마치 성소 훈련장 한가운데 서 있기라도 한 듯 조심하는 기색도 없이 옆으로 비켜서더니 옆에 서라고 손짓했다. 그 자리에서 몇 인치만 넘어서면 무시무시한 허공으로 추락할 터였다.

케일은 세상을 둘러보았다. 하늘 한가운데 떠 있는 기분이었다. 심장이 쿵쾅거리고, 눈이 휘둥그레졌다. 위로는 수마일 너머까지 뻗어 있는 광대한 파란 하늘이 보이고, 그 아래 펼쳐진 누런 대지는 희미하게 빛나는 자줏빛 안개 속에서 하늘과 맞닿은 채 구부러져 있었다. 지금 보고 있는 것이 50마일에 걸쳐 펼쳐진 초승달 모양의 땅이 아닌, 온 세상인 듯한 기분이었다. 보스코는 몇 분 동안 말이 없었다. 그동안 광대한 풍경 앞에서 넋을 잃고 있던 케일이 마침내 보스코 쪽으로 돌아서서 물었다.

"자, 그래서요?"

"우선…… 네 부모 이야기부터 해주마. 내가 들은 소문에 따르면……" 보스코가 잠시 뜸을 들였다. "네가 솔로몬 솔로몬을 죽이고 나서 얼마 후 멤피스에서 흘러나온 소문이다."

"그자는 죽어 마땅한 놈이었습니다. 당신이 일부러 내 손에 죽게 한 자들에 비하면 말이죠."

케일과 보스코 사이의 수많은 불쾌한 기억들 중에서도 가장 나쁜 기억이었다. 살인에 대한 케일의 능력이 신의 뜻이라고 확신한 보스코는 죄를 지은 노련한 병사 여섯 명과 죽을 때까지 싸우라고 케일에게 명령했었다. 그러나 아무리 기술이 뛰어나고 냉담하더라도 열두세 살 소년에게 그런 짓이 깊은 상흔을 남길 수 있다는 사실은 간과한 것이었다.

"나는 네가 위태로워 보일 때마다 숨이 넘어갈 지경이었다."

새빨간 거짓말은 아닌 듯했다. 처음에 보스코는 이 소년이 가진 재능을 직접 확인하고 황홀경에 빠졌다. 신의 뜻이 아니고는 설명이 불가능한 탁월함이었다. 하지만 여섯번째 병사가 죽자, 보스코는 자신의 의심에 신이 진노하여 케일을 다치게 함으로써 벌할지도 모른다는 생각이 들었다. 쓸데없는 의심이었음을 확인한 그는 불현듯 케일이 걱정되어 학살을 중단시켰다.

케일이 지금 이 자리에서 보스코를 바위턱 너머로 던져버리지 않은 것은 자제력 때문이 아니라 놀라움 때문이었다. 악의로 생각해낼 수 있는 온갖 이유로, 심지어 아무 이유도 없이 케일을 두들겨 팼던 그 사내가 지금, 돌처럼 단단한 심장조차 뚫릴 만큼 다정한 말투로 그를 걱정했다고 고백하고 있었다. 하지만 케일의 심장은 그보다 훨씬 단단했다. 케일이 보스코를 죽이지 않는 것은 증오보다 호기심이 더 커서였다. 게다가 악랄한 개자식 서른 명이 밑에서 그를 기다리고 있었다.

"소문에 대해 말해보시죠."

"네가 그자를 죽인 뒤, 과거에 리디머들이 멤피스 총독과 직접적으로 연관된 집안에서 갓난아기였던 너를 데려왔다는 소문이 나돌았다. 네가 마테라치 가문의 자손이란 뜻이지, 비천한 존재가 아니라."

너무 놀라면 아무 말도 나오지 않기 마련이다. 거대한 바위턱 위에 서 있는 케일이 그랬다.

"사실인가요?"

케일은 자기도 모르게 속삭이듯 물었다. 짧은 정적이 흘렀다.

"물론 헛소리지. 네 부모는 비천하기 짝이 없는 무식한 촌뜨기였다."

"당신이 그들을 죽였나요?"

"아니. 그들은 6펜스를 받고 기꺼이 너를 우리한테 팔았다."

이 말이 끝나자마자 케일의 입에서 터져나온 웃음에 보스코조차 놀랐다.

"마테라치 출신이 아니라서 실망했을 줄 알았는데, 6펜스에 팔려온 것이 기쁘냐?"

"내가 왜 웃었는지는 당신이 알 바 아닙니다. 여긴 왜 데려온 거죠?"

보스코는 산 아래 펼쳐진 드넓은 평원으로 눈길을 돌렸다.

"인류를 만들기로 결심한 주님은 자신의 첫 피조물인 천사 사탄의 갈비뼈 하나를 떼어냈다. 그 갈비뼈와 흙으로 최초의 인간을 빚으셨지. 사탄은 화가 났다. 자신이 자고 있는 동안 주님이 상의도 없이 갈비뼈를 가져갔으니까. 그리고 결국 주님을 상대로 반란을 일으킨 죄로 천국에서 쫓겨났다. 하지만 주님은 인류를 가엾이 여기셨지. 그런 사악한 반역자의 갈비뼈로 인간을 만든 것은 그분 자신의 잘못이었으니. 자신의 실수를 인정하신 주님은 인간의 나쁜 본성에서 인류를 구하려고, 최초의 인간에게 불어넣은 수많은 좋은 것들을 이끌어내고자 많은 선지자들을 보내셨다. 그리고 마침내, 최후의 수단으로 당신의 아들을 보내 인류를 구원하려 하셨지." 보스코는 살짝 고개를 돌렸다. 경이에 사로잡힌 표정에, 눈에는 눈물이 그렁그렁했다. "하지만 인간은 그분을 형대에 매달았다."

다시 그는 이삼 분 동안 말이 없었다.

"주님은 이 참혹한 고통에 대해 천년 동안 고민하셨다. 사랑이 충만한 주님이시기에 그랬지. 그 오랜 세월 내내 인간의 선함과 따뜻한 마음을 믿으려고 노력하셨다. 하지만 그분의 사랑에서 비롯된 끔찍한 실수로 인해 그분 안에 움튼, 인간에 대한 불신과 본연의 신성 사이의 참기 힘든 공방을 주님은 늘 보고 들으셨다."

또다시 짧은 침묵이 흐르는 동안 보스코는 발아래 펼쳐진 아찔한 풍경을 굽어보았다. 다시 입을 연 그의 음성은 한결 부드럽고 이성적이었다.

"인간의 마음은 작지만 그 욕망은 거대하다. 개의 저녁거리로도 모자랄 만큼 작지만, 온 세상을 집어삼킬 만큼 거대하지. 인간은 살아 있는 모든 것을 욕심낸다. 먹으려고 죽이고, 옷을 지으려고 죽이고, 자신을 꾸미려고 죽이고, 공격하려고 죽이고, 방어하려고 죽이고, 수련하려고 죽이고, 즐기려고 죽이고, 죽이기 위해 죽인다. 양의 내장을 뜯어내 하프 줄을 만들고, 늑대의 무기인 이빨을 뽑아 예술 작품을 장식하며, 코끼리의 상아를 뽑아 애들 장난감을 만들지."

다시 케일에게로 돌아선 보스코는 사랑과 기대가 가득한 눈빛이었다. 마치 세상에서 가장 사랑하는 아들에게 어떻게든 이해받으려는 노망든 아비 같았다.

"그렇다면 다른 모든 생명을 죽이는 인류를 누가 없애겠느냐? 너다. 인류를 말살하는 것이 너의 임무다. 지구 전체를 하나의 거대한 제단으로 만들어, 살아 있는 모든 것을 거기에 제물로 바쳐야 한다. 끊임없이, 가차없이, 쉬지 않고, 만물이 멸절될 때까지, 악이 소멸될 때까지, 죽음이 죽음을 맞이할 때까지."

보스코는 케일을 향해 진심으로 이해한다는, 너그러운 미소를 지었다.

"네가 왜 그런 끔찍한 일을 해야 하느냐고? 그것이 너의 본성이기 때문이다. 너는 인간이 아니야, 주님의 분노가 인간의 몸으로 화한 존재지. 아직도 네 안에는 인간성이 많이 남아 있어서 본연의 네가 아닌 다른 존재이고 싶어한다. 사랑하고 싶어하고, 친절해지고 싶어하고, 자비를 베풀고 싶어하지. 하지만 마음속으로는 자신이 그런 것들과 무관하다는 걸 안다. 그래서 사람들이 너를 혐오하고, 네가 그들을 사랑하려 할수록 더욱 너를 두려워하는 것이야. 그래서 그 계집이 너를 배신한 것이고, 너는 죽을 때까지 항상 배신당할 것이다. 너는 스스로 양이라고 믿는 늑대야.

주님이 아니면 누가 네게 살인과 폭력에 대한 그 천재적인 재능을 주었겠느냐? 너는 남들이 숨을 쉬듯 손쉽게 죽인다. 세상에서 가장 큰 도시로 달아났지만, 선한 뜻이 무색하게도 그곳을 폐허로 만들고 여섯 달 만에 떠나야 했지. 너는 재앙을 부르는 자가 아니라 재앙 그 자체야. 너는 냉혹한 자, 죽음의 천사다. 이 사실을 받아들이거나 무시해버리거라. 하지만 무시해버린다면 세상 모든 사람들에게 경멸당하고, 그들이 이유 없이, 이유가 뭔지도 모르면서 너를 죽이려 드는 곳을 떠도는 삶에 익숙해져야 할 것이다. 나와 함께 가자. 임무를 마쳐 지금 살아 있는 모든 것이 죽으면, 너는 이곳으로 돌아와 천국으로 올라갈 것이다. 그것만이 네가 마음의 평화를 얻을 유일한 길이야. 이건 약속이다."

세 시간 만에 두 사람은 그들을 기다리는 리디머들에게로 돌아왔고, 그날 밤 보스코는 줄곧 말이 없는 케일에게 존중하는 투로 밤늦게까지 이야기했다.

"너는 주님이 인간을 만드신 까닭을 아느냐?"

목 매달린 리디머의 교리문답에 나오는 말이라는 것을 금세 알 수 있었다. 케일은 신중하게 대답했다. 물론 판에 박힌 대답이었다.

"그분을 알고 사랑하라고 만드셨습니다."

"잘 만드셨다고 생각하느냐?"

"제 경험에 비춰보면 아니지만, 운이 나쁜 경우일 수도 있죠."

"하지만 너는 지난 여덟 달 동안 아주 폭넓은 경험을 했지. 내가 보기에는 더없이 귀중한 경험이었다. 네가 성소를 탈출하고 온갖 특별한 일을 겪은 것은 네게 깨달음을 주려는 주님의 뜻이 틀림없어. 너는 이 세계의 거물들과 나란히 걸었고, 절세미인으로부터 온갖 사랑을 받았으며, 그들에게 엄청난 도움을 준 대가로 엄청난 배신을 당했다."

보스코는 이 모든 이야기가 케일이 믿고 싶어하는 바와 거의 정확히 일치하리라 생각했다. 진실과 자기 연민은 조화로운 일체를 이루는 법.

보스코가 계속 이야기했다.

"아마 너는 인간이 인간에게 늑대 같은 존재라는 사실을 어느 누구보다도 똑똑히 목격했을 것이다."

케일이 대꾸했다.

"위선자들이었어요. 최근에 그런 자들을 많이 만났죠. 덕분에 이제는 그런 인간이 아주 많다는 걸 알게 됐지만요."

"나더러 들으라는 소리 같군." 그러나 보스코는 썩 언짢은 기색이 아니었다. "그러하다면 네가 그 까닭을 설명해줘야 할 듯싶은데."

"어떻게 당신이 나를 똑바로 보면서 배신 운운할 수 있죠?"

"여전히 착각 속에 살고 있구나. 만약 내가 언제든 6펜스에 팔아넘길 사람들 손에 널 맡겨두었다면 어떻게 됐을까? 걷기 시작한 날부터 하루 열다섯 시간씩 쟁기 뒤에서 말 궁둥이나 쳐다보며 살았을 거다. 어리석고 무식한 농부로, 하찮은 존재로 살다가 지금쯤 죽었을지도 모르지."

"주님이 저를 아끼셨나보죠. 게다가 저는 제가 특별하다고 생각했어요."

"특별하게 태어나는 자는 무수히 많다. 목 매달린 리디머가 말씀하시기를, '수없이 많은 꽃이 아무도 보지 않는 곳에서 붉게 피어나 사막의 바람에 향기를 잃는다'지."

케일이 웃음을 터뜨렸다.

"꽃이요? 네, 저는 꽃입니다. 사람들이 아는 것보다 더 향기롭고 꽃다운 꽃이죠."

"그럼 좀더 확실히 말해주마. 너는 살육의 바다를 건너 주님의 옥좌로 가도록 태어났다. 많은 사람이 부름을 받고, 그중 소수가 선택받지. 하지만 나는 너를 선택해 약속된 종말의 대리인에 걸맞도록 만들었어."

"당신의 이야기가 얼마나 미친 소리로 들리는지 압니까?"

"알다마다. 내가 제정신인지 나조차 의심스러울 때가 있으니까." 보스코는 자의식과 냉소가 뒤섞인, 기묘하게 매혹적인 표정으로 빙그레 웃었다.

"그래서요?"

"그럴 때면 인간이 어떤 존재인지 생각한다. 결함투성이인 이성, 보잘것없는 쓸모, 꼴사나운 형상과 움직임, 사악하기 짝이 없는 행위, 소처럼 굼뜬 이해력. 세상에서 가장 아름다운 존재라고? 만물의 영장이라고? 내게는 하찮음의 정수로 보이는구나." 보스코는 자기 말에 심취한 듯했지만 곧 케일을 뚫어져라 보면서 물었다.

"내 말에 반대하느냐?"

케일은 대답하지 않았다.

"나에 대한 증오는 잠시 한쪽으로 치우고 네가 경험한 세상을 생각해봐라. 마음속 깊이 내 말에 반대하느냐?"

다시 긴 침묵이 흘렀다.

"더 말해보세요."

"타락한 인류를 주님이 쓸어버린 일은 전에도 있었다. 널리 알려진 사실은 아니지만, 아담 이전에도 인류가 있었지. 신께서는 거대한 홍수로 온 세상을 뒤덮어 인간을 말살하신 뒤 새로이 시작하셨다."

"모조리?"

"모조리. 심지어 마지막 풀잎 하나까지."

"간단하네요. 이번에도 똑같이 하면 되지 않나요?"

"인간은 너무 많고, 물은 부족하다. 풀도 너무 많고."

"이런 이야기를 교황이 믿나요?"

"그렇지는 않다." 보스코가 대답했다. "하지만 교황의 무지는 천상에도 전해지지."

"무슨 말인지…… 아, 알겠습니다." 케일은 자신이 깨달았다고 느낀 것을 잠시 생각하고 말을 이었다. "교황을 죽이고 그 자리를 차지하려는 속셈이군요."

"내가 너를 몰랐다면 널 천사가 아니라 악마라고 부르겠지. 과연 누가 주님이 임명하신 교황을 죽일 수 있겠느냐? 그러고도 지옥에 떨어지지 않을 거라고 생각하느냐?"

"그건 아닙니다."

두 사람은 말없이 앉아 있었다. 보스코는 케일이 설명을 요구하길 기다렸다. 그걸 아는 케일은 보스코에게 만족감을 주기 싫어 애써 호기심을 억눌렀다.

"교황은 예전의 그가 아니다." 마침내 보스코가 입을 열었다.

"예전의 그라뇨?"

케일은 놀랐다. 그런 말은 난생처음이었다.

"온전치 못하다는 뜻이다. 지금 그는 마음의 병을 앓는 노인일 뿐이야. 서서히 악화되면서 약해지고 있지. 이제는 기억력이 온전치 못해."

"나도 자주 잊어요."

"그는 자신이 누구인지 잊고 있어."

"그 정도로 심하면 곧 죽겠군요."

"아주 심하지. 하지만 이런 병을 앓는 자들은 종종 오래 산다, 그것도 아주 오래." 보스코는 다시금 자기 제자의 스승이 된 기분을 즐기면서 또 한번 케일을 보고 물었다. "내가 어찌해야 할까?"

질문이 아니라, 케일에게 옳은 판단을 내려보라는 지시였다.

"교황이 죽으면 거기 가서 교황이 되셔야죠."

보스코가 웃었다.

"그게 말처럼 쉬운 일이 아니야."

"웃고 싶으면 웃으세요. 하지만 내 말이 틀렸습니까?"

"아니. 복잡한 일이지만 간단하게 보도록 하자. 물론 그것이 끝이지만, 시작은 무엇일까? 아주 영리한 자들에게조차 그것은 평생 앞을 가로막고 있던 것에서 물러서기 위해 뼈를 부러뜨리는 짓과 같은 일이야."

한참 시간이 지난 뒤에 케일이 물었다. "당신의 힘은 어느 정도인가요?"

"좋은 질문이구나." 보스코가 웃었다. "네가 피카르보를 죽인 덕분에 나는 교황 이하 서열 10위에서 9위 정도로 올라섰다."

"그럼 저를 처벌하지 않을 생각이었나요?"

"대답하기 어려운 질문인데. 당시 네 행동은 나를 난처하게 했다. 너에 대한 나의 계획, 이 모든 일에 대한 계획은 앞으로 몇 년 뒤를 노린 것이었다. 교황 이하 서열 10위는 교황 자리를 넘볼 위치가 절대 못 되지. 네가 사라지고 내가 너를 찾아내는 바람에 아주 독특한, 뜻밖의 방식으로 모든 일이 앞당겨진 것이다. 멤피스는 무너졌다. 나는 엄청난 공을 세웠고, 내 공이 아닌 것은 너의 몫이다. 이제 나는 서열 4위다. 맙소사." 그러더니 빙그레 웃으며 한마디 덧붙였다. "물론 서열 4위는 10위나 12위보다 조금 나은 정도지."

"1위와 2위는 누구죠?"

"아주 단도직입적이구나!" 보스코가 놀리듯 말했다. "간트와 파르시다."

"처음 듣는 이름들인데요."

"당연하지. 네게 알려주기에는 이르다고 생각했다. 잘못된 생각이었지만."

"그럼 이제 알려줄 건가요?"

"너 스스로 알아내라고 할 생각이다."

"어째서 그냥 말해주지 않는 거죠?"

"그래야 네가 더욱 확실히 알게 될 테니까. 또한 그래야 내가 더욱 즐거울 테니까."

평생 자신을 괴롭혀온 악마에게서 그의 비밀을 알아내도 된다는 말을 듣는다면, 아무리 증오가 깊다 해도 어떤 영리한 소년이 솔깃해하지 않을 수 있겠는가?

"도서관에 자물쇠 달린 책이 한 권 있었습니다. 통계서였죠. 다른 책들은 열어보았지만 그건 열지 못했습니다."

"하지만 자물쇠를 부숴보려고는 했지."

"리디머의 제국은 얼마나 큰가요?"

"제국이 아니라 연방이다. 이 연방은 마흔세 개의 국가와 합병을 이루었고, 마지막 통계서에 따르면 일억 명의 사람들을 구원할 가망이 있다."

"그 세계는 얼마나 큰가요?"

"나도 모른다. 인도와 중국에 대해서는 아는 바가 별로 없어. 하지만 멤피스를 제외한 나머지 전 지역을 감안하면 아마도 일반적인 짐작보다 네 배는 더 크고 몇 배는 더 부유할 것이다."

"멤피스는 왜 제외하죠?"

"멤피스는 군사력으로 영향력을 행사했지. 우리는 멤피스를 정복하고 마테라치 가문을 파멸시켰지만, 제국을 정복하지는 못했다. 그저 붕괴했을 뿐이지. 제국에 속해 있던 국가들은 모두 독립을 선언했고, 마테라치의 지배를 받기 전과 똑같이 이웃 국가와 싸우기 시작했다. 멤피스를 무너뜨린 것이 우리에게는 이런저런 이유로 축복이 되었지만, 시간이 지나면 전혀 축복이 아닐 수도 있다."

"리디머 제국이 다들 생각하는 것보다 훨씬 큰 제국이라면……"

"연방이라니까." 보스코가 말허리를 잘랐다.

"……그렇다면, 왜 지금도 안타고니스트와의 전쟁에서 헤어나지 못하는 겁니까?"

"좋은 질문이야. 네 말이 맞다." 보스코는 이 질문을 반기는 기색이 역력했다. "리디머 연방은 거대할 뿐 아니라 불필요하게 팽창되어 있다. 모순으로 가득하지. 일부 지역에 사는 이들은 믿음이 흐릿하고 불경스러운 행위가 너무 잦아 안타고니스트보다 나을 게 없어. 더구나 우리에게 내는 세금보다 보조금으로 받아가는 돈이 더 많은 곳이 태반이다. 그리고 열렬한 신도지만 이런저런 교리 문제로 허구한 날 티격태격하는 놈들도 있다. 안타고니즘 같은 완전한 이교로 변질될 위험성이 있는 분파가 수도 없지."

"상황이 그토록 나쁜데 어째서 안타고니스트가 리디머를 패배시키지 못했죠?"

"그것도 좋은 질문이다. 놈들도 같은 문제에 직면해 있기 때문이야. 인류를 파멸시키는 것은 종교의 부재가 아니다. 오히려 인류가 종교를 파멸시키고 있지. 그런 존재에게는 신성을 열망할 자격이 없다. 신께선 노력했지만 실패했다. 그리고, 이제 다시 시도하실 것이다."

"신은 완벽한 줄 알았는데요." 케일이 대꾸했다.

"주님은 완벽하시다."

"그럼 어째서 인류처럼 한심한 존재를 만들었을까요?"

"왜냐하면, 한없이 너그러운 분이기 때문이다. 주님은 자신이 만든 카드놀이에서 꼼수를 쓰는 사기꾼 따위가 아니야. 그분은 우리가 자유로이 선택하길 바라신다. 신조차 동그라미를 네모로 만드실 수는 없다. 주님은 외로우시다. 인간이 두려움 때문이 아니라 스스로의 의지로 순종하길 바라시지. 내 말을 이해하겠느냐?"

"네. 이해하고 있습니다."

"나는 네 동의를 구하지 않는다. 너와 내가 섬기는 주님도 마찬가지시다. 너는 인간이 아니며 신도 아니다, 분노와 좌절감의 화신일 뿐. 네가 하는 일이 바로 너다. 네 생각은 중요치 않아."

"임무가 끝나면 저는 어떻게 됩니까?"

"내가 본 환상 속에서 주님께서 말씀하시길, 너를 천상으로 데려가 젖과 꿀이 흐르는 곳인 아발론섬에 두겠다고 하셨다. 너는 혹시라도 나중에 주님이 다시 필요로 하실 때까지 거기서 새하얀 새

마이트*로 지은 옷을 입고 지내게 될 것이다."

보스코의 이야기가 끝나자 케일은 한동안 말이 없었다.

"샤르트르에 대해 말해주십시오."

"성소는 우리 신앙의 군사적 중심이지만, 그렇기에 이 세상의 끝에 자리잡고 있지. 그곳에서 터져나오는 함성을 차단하기 위해. 내게는 막강한 힘이 있지만, 성소의 어떤 사령관도 샤르트르로부터 40마일 이내에 접근하면 교황의 명으로 파문당한다. 나는 오로지 그분의 특별한, 쉽게 받을 수 없는 드문 허가 덕분에 그곳에 갈 수 있었고, 고작 십여 명의 사제들만 동행했다. 당시에도 교황을 직접 알현하지는 못했는데, 간트와 파르시가 그분을 꼬투리 속의 콩처럼 세상과 단절시켜놓았기 때문이다."

"난 그게 뭔지 몰라요." 잠시 후 케일이 물었다. "어째서 그들이 당신을 죽이지 않는 거죠?"

"이번에도 단도직입적이구나. 그들은 나를 경쟁자로 여기지만 효과적으로 무력화된 경쟁자로 보지. 내 모든 힘은 군대에 있을 뿐 샤르트르에는 미치지 못하니까. 너의 탈주 때문에 상황이 너무 빨리 진척됐어."

"당신이 상황을 너무 방관했을 수도 있죠."

"그렇지 않다. 네가 성소에 온 날부터 지금껏 나는 삼백 명의 장교를 모았다. 그들은 인류가 치유 불가능하고 네가 그에 대한 해법이란 사실을 받아들였다. 그들이 곧 성소에 올 것이야. 너는 이미 뛰어난 장교인 그들을 훈련시키고, 그들은 새로운 삼백 명을 훈련

---

* 금실이나 은실을 섞어 짠 비단.

시킬 것이다. 그런 식으로 이 년 안에 네가 사천 명의 장교를 완성시키면, 나는 간트와 파르시에게 맞설 준비를 완료하게 되는 거지. 내 계획이 성공하면 우리는 샤르트르로 초대받아 교황을 구할 것이다."

"어떻게 그럴 생각인데요?"

"그건 네가 걱정할 일이 아니다."

"하지만 걱정이 되는데요."

"그렇다면 걱정하든지."

"새마이트가 뭐죠?"

"비단이다. 무겁고 하얀 비단."

보스코는 아발론이라는 곳이 진짜 존재한다고 믿어 의심치 않는 눈치였지만, 케일은 믿지 않았다. 거기서 자신을 기다리고 있다는 쾌락의 풍경이 영 미심쩍었다.

"무겁고 하얀 비단 옷을 입은 사람을 마지막으로 본 건 어느 주교가 주님을 찬양하는 대미사를 집전할 때였죠. 네 시간짜리 미사는 정말 끔찍했어요. 제가 찬양을 즐기지 않는다는 걸 모를까봐 드리는 말씀입니다."

"찬양을 좋아할 필요는 없어. 아발론에서 너는 일흔두 명에게서 시중을 받게 될 것이다. 정확히 말하자면 그들은 천사가 아니다."

"무슨 뜻이죠?"

"그들은 여자 정령이다. 반란의 천사들보다 하급인 그들에겐 공통의 불만이 있었는데, 천상에서의 지위가 늘 못마땅하다는 것이다. 하지만 그 일흔두 명은 주님이 최후의 승리를 거두면 자신들이 이미 가진 것마저 잃게 된다는 걸 깨닫고는 자비를 베풀어달라고 눈물로 간원했다. 그들을 간악한 것들로 여긴 성모님은 반대했지만, 너그러운 주님께서는 그들의 참회를 받아들이고 대신 믿음이 흔들린 데 대한 벌로 아발론에 보내셨다. 지금 널 기다리고 있는 그들은 네가 원하는 방식으로 섬겨줄 것이야."

"수녀원의 수녀들처럼 말이군요."

"그건 너한테 달려 있다. 그러니 결코 수녀원의 수녀들 같지는 않겠지."

"당신이 그걸 어떻게 알죠?"

"사막에서 환상을 봤으니까."

2

제인스가 말하기를, 아이의 심장은 마흔아홉 번 때리면 완전히 망가져 영원히 회복되지 않는다고 한다. 그렇다면 토머스 케일의 심장은 어떻겠는가. 고작 6펜스에 팔려 밤낮으로 두들겨맞고 살인에도 무덤덤해졌으나, 그에게 사랑, 그것도 유난히 강렬한 사랑을 베풀어준 유일한 생명체에게 배신당한 심장 말이다. 물론 존중받아야 마땅하겠으나 자기 연민은 인간의 영혼을 녹이는 가장 강력한 산酸이다. 자신을 딱하게 여기는 것은 자기 구원의 보편적인 용제溶劑이다. 타이거산에서의 그날 오후와 그날 밤, 케일의 가슴속에 어떤 독액이 부어졌을지 상상해보라. 그가 입은 상처와 그것을 바로잡으려며 제공된 힘을 생각해보라. 앞서 언급한 영국인이 말하기를, 인간은 가려운 손가락을 긁기 위해 세상의 파멸을 바랄 수도 있는 존재인 것. 하물며 영혼의 상처를 치유하기 위해 세상의 파멸을 바라는 마음은 훨씬 쉽게 이해할 수 있지 않겠는가.

3

베이그 헨리와 이드리스푸케, 클라이스트는 보스코와 그의 전리
품을 조심스레 뒤쫓기로 결심했을 때 그들이 곧장 안전한 성소로
향할 거라고 예상했다. 그래서 멀리 우회하는 보스코의 모습에 불
안과 의심이 밀려들었다. 이드리스푸케는 지평선에 타이거산이 나
타나기 몇 시간 전에야 보스코 일행의 목적지를 알아차렸다. 그리
고 이 소식에 아연실색하는 두 소년의 반응에 놀랐다.

"그곳은 성서에 나온 가장 신성한 장소예요." 베이그 헨리가 말
했다.

"너희는 더이상 성서 같은 건 안 믿는 줄 알았는데." 이드리스푸
케가 대꾸했다.

"누가 믿는대요?" 며칠 전부터 클라이스트는 평소보다 훨씬 더
삐딱하게 굴었다.

"믿는 건 아니지만, 우린 평생 그 장소에 대해 들었어요." 베이

그 헨리가 말했다. "그 산에서 주님이 장로 요한에게 말씀하셨고, 입다는 외동딸을 제물로 바쳤죠."

"뭐라고?"

두 소년은 그 이야기를 끈기 있게 설명해주었다. 너무 자주 들어서 이제는 실존 인물이 등장하는 실제 사건 같지가 않았다. 날이 무딘 칼과, 굽은 바위 위에 기꺼이 엎드린 열두 살의 소녀.

"맙소사." 이야기가 끝나자 이드리스푸케가 탄식했다.

"그리고 거기서 사탄이 목 매달린 리디머에게 온 세상을 지배할 힘을 주겠다고 유혹했대요. 저는 사탄이 바보 아니냐고 했다가 흠씬 두들겨맞았죠."

"왜 바보라고 했는데?"

"상대가 원치도 않는 걸로 유혹하는 게 무슨 소용이에요?"

예상치 못한 보스코의 경로 이탈에 그들은 이틀 동안 물도 거의 못 마시고 아무것도 먹지 못했다. 하지만 클라이스트가 여우 한 마리를 잡은 덕분에 지금은 고기가 익기를 기다리고 있었다. 위가 쓰릴 정도로 배가 고팠다.

"이제 먹어도 될까?"

"기다리는 게 나을걸요." 클라이스트가 대꾸했다. "설익은 여우를 먹고 싶지 않다면요."

이드리스푸케는 설익은 여우건 잘 익은 여우건 먹고 싶지 않았다. 고기가 다 익자 클라이스트가 자른 다음(여우 한 마리를 고르게 삼등분하는 것은 결코 우습게 볼 재주가 아니었다), 먹을 음식을 나눠주는 자가 가장 작은 부분을 갖는 애콜라이트들의 원칙에 따라 아주 공평하게 분배했다. 인간 본성에 대한 통찰이 담긴 이

원칙이 더 큰 문제로 확장되었다면 아마도 세계의 역사가 바뀌었을 것이다. 이드리스푸케는 바삭하게 구워진 짐승을 공평하게 삼등분한, 자기 접시 위의 고깃조각을 여전히 물끄러미 내려다보고 있었다. 그사이 나머지 두 소년은 거의 식사를 마쳤다. 물론 뼈를 씹어 골수까지 빨아먹으려면 족히 삼십 분은 더 걸리겠지만.

"어때?" 이드리스푸케가 물었다.

"좋아요." 베이그 헨리가 대답했다.

"어떤 맛이냐고."

베이그 헨리가 고개를 들더니 정확한 비유를 찾으려고 골똘히 생각했다. "개랑 조금 비슷해요."

어쨌거나 음식이니 이드리스푸케도 여우고기를 먹었고, 먹는 동안 굴대 기름을 발라 구운 돼지고기를 떠올렸다. 굴대 기름의 맛과 냄새가 그와 비슷하다면 말이다. 다 먹고 나니 배는 불렀지만 속이 느글거렸다. 이윽고 잠이 든 그는 밤새 꿈을 꾸었다. 마치 밤하늘에서 찻주전자들이 들썩이는 것만 같았다. 희미하게 동이 터올 무렵 그는 눈을 떴다. 베이그 헨리가 신경질적으로 욕하는 소리 때문이었다.

"왜 그래?"

베이그 헨리가 돌멩이 하나를 집어들더니 거칠게 씩씩대면서 땅바닥에 내팽개쳤다.

"그 똥자루 클라이스트요. 달아났다고요. 배신자 개자식."

"소변보러 간 것일 수도 있잖아. 아니면 잠시 혼자 있고 싶거나."

"누굴 바보로 알아요?" 베이그 헨리가 쏘아붙였다. "자기 물건을 몽땅 챙겨갔다고요." 그러고는 족히 오 분 동안 클라이스트의 머리통에 저주를 퍼붓더니, 아까의 돌멩이를 다시 집어들고 마지막 분풀이로 내던지고는 털썩 주저앉아 말없이 씩씩거렸다.

몇 분 동안 조용히 지켜보기만 하던 이드리스푸케는 왜 그렇게 골이 났느냐고 물었다. 베이그 헨리가 당혹스러움과 분노가 뒤섞인 표정으로 그를 돌아보았다.

"그 자식이 우리를 궁지에 내버렸잖아요."

"어째서지?"

"그야……" 베이그 헨리는 그 까닭을 콕 집어 말할 수 없었다. "……안 봐도 뻔하죠."

"흠, 그럴 수도 있지. 하지만 그러면 안 될 이유라도 있나?"

"녀석은 제 친구였으니까요. 친구라면 궁지에 버려두지 않아요."

"하지만 케일은 그 녀석 친구가 아니야. 난 케일이 그렇게 말하는 걸 수없이 들었다. 더구나 클라이스트를 좋게 말하는 건 들어본 기억이 없는데."

"케일은 그 녀석 목숨을 구해줬어요."

"실버리힐에서는 클라이스트가 케일의 목숨을 구해줬지. 그것도 몇 번이나."

베이그 헨리는 분노로 숨까지 헐떡였다.

"그럼 나는요? 그 녀석은 내 친구였다고요."

"그애한테 우리랑 같이 가겠냐고 물어봤니?"

"우리가 출발할 때 아무 말 없었어요."

"그럼 지금 이 방식으로 말한 셈이구나."

"왜 내 얼굴을 보고 말하지 않은 걸까요?"

"창피해서 그랬겠지."

"멋대로 생각하세요."

"멋대로 생각하는 게 아니야. 가장 높은 기준이 되는 고결함으로 판단하자면, 떠나는 이유를 네 앞에서 터놓고 설명했어야지. 네 주장처럼 친구라면 말이다. 하지만 지금껏 클라이스트가 고결해지고 싶다는 뜻을 내비친 적이 있나?"

베이그 헨리는 자기편이 되어줄 사람을 찾기라도 하듯 고개를 돌렸다. 그렇게 한동안 말이 없다가 웃음을 터뜨렸다. 조금은 익살스럽고, 조금은 허탈한 웃음소리였다.

"아뇨."

이드리스푸케는 설교의 욕구를 참지 못하고 사근사근하게 다시 말했다. "상대가 이기적으로 제 이익만 추구한다고 탓하는 건 부질없어. 그 녀석이 누구의 이익을 추구하겠니? 너의 이익? 다시 붙잡히면 어떤 일을 당하게 될지 클라이스트는 알고 있어. 좋아하지도 않는 사람을 위해 끔찍한 죽음을 무릅쓸 까닭이 없잖아?"

"그럼 나는요?"

"끔찍한 죽음을 무릅쓸 정도로 그애가 널 좋아한다고 생각해? 자신을 과대평가하는구나."

이번에는 베이그 헨리의 웃음에서 허탈감이 묻어나지 않았다. "그럼 당신은 왜 따라왔죠? 리디머들은 나한테만큼이나 당신한테도 별로 친절하지 않을 텐데요."

"간단한 이유 때문이야." 이드리스푸케가 대답했다. "애정이 올바른 판단을 압도했기 때문이지." 그는 자신의 또다른 지론을 펼칠 기회를 마다하지 않았다. "그래서 친구 없이 지낼 능력이 있는 사람은 친구를 두지 않는 편이 훨씬 낫단다. 결국 친구란 어떤 식으로든 성가신 존재로 바뀌거든. 하지만 굳이 친구를 둬야 한다면 가능한 한 그들과 엮이지 말고, 그들이 어떻게 변하건 자기 생긴 대로 존재할 권리를 인정해야 한다."

두 사람은 조용히 잠자리를 정리하고 다시 보스코 일행을 뒤쫓기 시작했다. 얼마 후 베이그 헨리가 동반자에게 뜻밖의 질문을 던졌다.

"당신은 신을 믿나요?"

이드리스푸케의 대답은 주저 없이 곧바로 나왔다. "내겐 상상 속의 존재를 위해 허비할 선량함이나 사랑 따위는 없어. 이 세상도 대체로 마찬가지야."

4

심장이 하나의 관管 속에 담겨 있어 충분한 고통이 가해지면 그것을 따라 떨어진다는 것은 잘 알려진 사실이다. 흔히 벙홀 또는 스파이어러클이라고 불리는 이 관은 명치 부분에서 끝난다. 벙홀 또는 스파이어러클의 맨 밑에는 연골로 만들어진 스프링검이라고 불리는 문이 있다. 과거에는 고통스러운 좌절감이 심장을 강타해 견딜 수 없는 지경에 이르면 스프링검이 벌컥 열리면서 심장이 아래로 떨어졌다. 그렇게 순식간에 심장이 멈춤으로써, 너무 큰 고통을 겪은 사람에게 자비롭고 빠른 해방을 준 것이다. 오늘날에는 세상에 고통이 너무 많아서 모두가 심장이 떨어져 죽을 지경에 이르렀다. 그래서 언제나 자애로운 자연은 스프링검이 열리지 않도록 스프링검과 벙홀이 합쳐지게 했고, 그 결과 이제는 아무리 끔찍한 고통도 참고 살아야 한다. 이른 아침 안개 사이로 징벌처럼 섬뜩하게 솟아오른 성소를 처음 본 순간 케일의 처지가 꼭 그와 같았다.

막바지로 접어든 여행 내내 그의 영혼 속 어딘가에선 어린아이 같은 희망이 샘솟았다. 지옥불에 완전히 파괴된 성소를 보게 될지도 모른다는 희망. 헛된 기대였다. 지평선 위에 웅크린 성소는 변함없이 감시의 눈을 부릅뜬 채 그의 귀환을 기다리고 있었다. 꼭대기가 평평한 산에서 자라난 듯 뚜렷한 존재감을 드러내는 그곳의 모습은 마치 사막 한가운데 심긴 거대한 어금니와도 같았다. 환희나 위협, 찬양, 허세를 목적으로 지어지지 않은 성소는 그 기능에 어울리는 모습이었다. 어떤 경우에도 외부인의 접근을 막고, 어떤 경우에도 내부인의 탈출을 차단하는 기능. 하지만 그곳을 묘사하기란 쉽지 않다. 창문 하나 없는 방벽, 수많은 감옥, 엄숙한 숭배의 장소들, 갈색으로 뒤덮인 성채. 콘크리트로 만들어진 인간을 양성한다는 특별한 목적이 있는 곳이었다.

좁고 구불구불한 길을 따라, 탁자처럼 생긴 거대한 언덕의 비탈을 올라가는 동안, 케일의 심장은 스프링검의 연골 문에 부딪치면서 망각을 부여잡으려 했으나 망각은 오지 않았다. 거대한 문이 열렸고, 잠시 후 거대한 문이 닫혔다. 그게 끝이었다. 도전, 용기, 지략, 행운, 죽음, 사랑, 아름다움과 기쁨, 살육과 배신, 이 모든 것이 채 일 년도 안 된 지금 케일이 출발한 바로 그 지점으로 데려온 것이다. 마침 9시과라서 다들 십여 곳의 교회에서 기도를 드리고 있었다. 애콜라이트들은 자신의 죄를 사해달라고, 리디머들은 애콜라이트들의 죄를 사해달라고 기도했다.

이토록 참담한 기분만 아니었다면, 케일은 평범한 리디머가 아닌 마부장馬夫長이 각별한 존경이 담긴 태도로 자신을 말에서 손수 내려주었다는 사실을 눈치챘을 것이다. 하급 말구종의 도움을 받아 말에서 내린 보스코는 앞으로 걸어가면서 또다른 문을 손으로 가리켰다. 케일이 성소에서 보낸 십여 년 동안 한 번도 보지 못한 문이었다. 애콜라이트가 그 근처에 얼씬대는 것은 금기였다. 마부장은 케일을 위해 문을 열어주고는, 상관이 아닌 안내자로서 앞장섰다. 그들은 성소 전체의 공통된 특징인 갈색 어둠 속을 걸어갔다. 참담함의 늪에서 허우적거리는 와중에도 케일은 지금껏 평생 살아온 곳에 존재하는지조차 몰랐던 거대한 공간으로 안내받는다는 사실이 기묘하게 느껴지기 시작했다. 그곳도 갈색이기는 마찬가지였지만 뭔가 달랐다. 문이 있었다! 사방에 문이 있었다. 그들은 그중 한 문 앞에 멈춰 섰다. 문이 열리고 마부장이 안으로 들어가라고 손짓했지만, 이번에는 아무도 앞장서지 않고 보스코만 따라 들어갔다. 갈색 가구들이 빼곡하게 들어찬 커다란 방이었다. 그리고 기분 나쁘게 익숙했다. 케일이 리디머 피카르보를 죽인 방과 구조가 똑같았다. 심지어 침실까지 있었다. 이곳은 권력자만이 쓸 수 있는 방이었다.

"앞으로 이틀, 어쩌면 사흘 동안 여기서 지내야 할 것이다. 준비할 것들이 있어. 네가 이해하리라 믿는다. 먹을 음식은 알아서 가져다줄 것이며, 뭐든 필요한 게 있을 때는 그냥 문을 두드리면 된다. 그러면 너의……" 보스코는 적당한 단어를 고르다가 말을 이었다. "담당 관리인이 조치를 취할 것이다."

그러고는 마치 경례하듯 고개를 숙인 다음 문을 닫고 나갔다. 그의 뒷모습을 지켜보면서 케일은 자신을 담당하는 관리인이 있다는 사실이 아니라 자기가 원하는 것을 요구할 수 있다는 사실에 놀랐다. 이 성소 안에서 뭔가를 원한다는 게 가능한 일이던가? 그런 일은 불가능하다는 케일의 짐작은 완전히 잘못된 생각으로 판명난 셈이었다.

그사이 보스코는 여러 시급한 문제들을 처리해야 했다. 케일과 베이그 헨리, 클라이스트의 눈에 그는 리디머들 가운데서도 절대 권력자였다. 하지만 실제 상황은 완전히 달랐다. 물론 애콜라이트들과 심지어 여러 고위 리디머들에게 보스코는 그런 존재였다. 지금도 성소 안에서 보스코의 영향력은 막강했다. 그러나 그의 힘이 아무리 대단하다 해도 종교 권력자로서 최고 자리에 있는 이는 성도聖都 샤르트르에 군림하는 교황 벤토 16세였다. 지난 이십 년 동안 권력과 정통성을 가진 막강한 요새였던 그는 앞선 백년간 '하나의 참된 믿음'의 순수성을 회복하기 위해 시행되어온 변화를 이십 년 만에 후퇴시켰다. 그런데 한동안 엄청난 노화의 고통에 시달리던 멘스 베르미스는 처음엔 툭하면 깜빡깜빡하더니 이내 정신이 오락가락했고, 나중에는 거의 온종일 오락가락하면서 몇 시간만 정신이 말짱한 상태가 되었다. 나머지 시간 동안 그의 정신이 어디에 있는지는 아무도 몰랐다. 베르미스의 정신이 망가져간 삼 년 동안, 수많은 도당과 파벌, 갖가지 집단과 패거리가 등장해 죽음이 교황을 직무로부터 해방시켜줄 순간에 대비했다. 그중 가장 센 두 파벌은 종교 정통성의 수호자를 자처하는 리디머 간트 추기경이 이끄는 리디머 승리단과 리디머 파르시 추기경이 지배하는 교황청이었다. 교황을 알현하려면 교황청과 리디머 승리단의 수장들에게 허락을 받아야 하는데, 교황의 병환이 위중한 터라 그들이 대부분의 사안을 직접 처리했다. 간트와 파르시 중에서 누가 더 보스코를 싫어하는지 따지는 것은 모기와 벼룩의 차이를 논하는 일이었다.

두 사람에 대한 보스코의 감정은 증오를 한참 넘어섰다. 이 해묵은 원한 관계는 벤토 교황의 작품이었다. 그는 신에 대한 믿음 못지않게 분할과 지배의 원칙을 신봉했다. 때가 되면 그가 후임자를 골라야겠지만, 현재 몸 상태로는 언감생심이었다. 물론 그가 선택할 수 있는 자는 둘뿐이었다. 간트와 파르시. 당연히 보스코는 해당되지 않았다. 두 사람은 보스코의 생각을 의심했으며, 이따금 역모를 꾸민다는 의심까지 품었다. 이런 상황을 잘 아는 보스코는 다른 계획들을 세워놓았다.

수확자이자 파종자로서 멤피스의 비폰드 총리보다 한 수 위인 보스코는 케일이 피카르보를 죽이고 탈출했을 때 참사에 신속히 대응했다. 하지만 신이 내 편이라는 믿음 못지않게 영리한 두뇌도 큰 도움이 되는 법. 신께서는 스스로 돕는 자를 돕는 분이니까. 보스코는 이 사건을 알아야 하는 자들에게, 피카르보는 안타고니스트 첩자들에게 죽음을 당했으며, 케일은 교황 시해 음모를 파헤치기 위해 그들을 따라갈 수밖에 없었다고 둘러댔다. 안타고니스트가 연루되면 분노와 비난의 화살이 그쪽으로 쏠리기 때문이었다. 보스코는 막역한 사이나 다름없는 리디머 길에게 이런 말을 즐겨 했다.

"사람들은 작은 거짓말보다 큰 거짓말을 쉽게 믿고, 너무 복잡한 거짓말보다 단순한 거짓말에 금세 넘어간다네."

그런 이유로 그는 선전 담당관인 리디머 유겐 하다몹스키에게 안타고니스트의 음모를 개략적으로 기술한 『안타고니스트 첩자들의 계략』이라는 책을 쓰게 했다. 그런 다음, 전형적인 안타고니스트의 외형적 특징들을 도드라지게 두루 갖춘 리디머의 시신 한 구를 찾아냈다. 그리고 초록색 치아에(병에 걸려 죽으면서 생긴 증상으로, 보스코로서는 행운이었다) 두꺼운 입술, 주먹코에 구불구불한 흑발인 그 시신을 순교자의 섬 근처 바다에 던져 해류에 떠내려가게 했다. 이제 나머지는 이런 음모를 믿고 싶어 안달이 난 사람들의 몫이었다. 하지만 『계략』에는 섬뜩한 음모의 내용만 있는 것이 아니었다. 유난히 용감하고 신앙심이 두터운 리디머 첩자 한 명이 성소 밖으로 나가 엄청난 위험을 무릅쓰면서 놀라운 지략으로 안타고니스트 모략자들 사이에 잠입해 교황을 구하려 한다는 두려움도 표현되어 있었다. 이보다 더 교활하게도, 저자는 안타고니스트와 내통하는 자가 일단의 리디머들을 이교로 개종시켰고, 그 많은 변절자들이 간트의 리디머 승리단과 파르시의 교황청 양쪽 모두의 요직을 차지했다고 주장했다. 또한 거기서 그들이 치명적인 비밀 정보들을 안타고니스트 측에 제공하면서, 리디머들의 믿음이 약해지기를 기다린다고 했다. 하지만 그 모든 획책에도 불구하고 성소에 있는 보스코의 리디머들은 종교적 순수성을 지켜오고 있다는 말도 잊지 않았다.

신도들의 믿음만 굳건하다면 『계략』이 네 살 아이가 그린 목 매달린 리디머 그림처럼 허술해도 상관없을 거라는 보스코의 계산은 기대보다 훨씬 더 잘 들어맞았다. 안타고니스트의 시신이 바다를 건너 성소에 다다를 확률은 거의 희박하기에, 이것이 보스코가 꾸민 일일 거라고 의심하는 자는 아무도 없었다. 그래서 시신이 가짜일지도 모른다는 의문이 제기되지 않는 것은 지극히 당연해 보였다. 교황청과 리디머 승리단도 안타고니스트의 위협을 부정하지 못하는 한편, 기껏해야 내부에 안타고니스트 첩자가 있다는 건 오해라고 반박할 따름이었다. 하지만 결국 엄청난 숙청이 시작되었다. 리디머에게 고문을 가하는 것은 금지되어 있었지만, 심문국에서는 고문대나 인두 따위가 필요 없었다. 며칠 잠을 재우지 않은 다음 물속에 처넣자마자 무고한, 적어도 이교 문제로는 완전히 무고한 자들이 음모 가담과 변절, 악마와의 거래를 시인하고 공모자들의 이름을 불기 시작한 것이다. 보스코는 그의 수많은 적들이 그의 또다른 수많은 적들에 의해 말뚝에 묶여 화형당하는 광경을 흡족한 마음으로 지켜보았다. 보스코가 자신만의 원칙으로 성소를 다스리며 얻은 권위는 『계략』에서 안타고니즘에 대한 저항의 본보기로 칭송되면서 새로운 영향력을 얻게 되었고, 그는 이를 발판으로 마테라치를 공격해 뜻밖의 놀라운 결과를 얻어냈다. 이제 그는 파르시와 간트보다 훨씬 더 우월한 위치에 있었고, 신께서 그의 대담하고 위험한 계획을 축복하셨으며 케일이 진실로 신의 도구임을 추종자들에게 입증했다. 그러나 그렇다고 모든 일이 끝난 것은 아니었다. 아주 중요한 것이 남아 있었다. 간트와 파르시는 결코 얕잡아볼 상대가 아니었다. 보스코의 위협을 깨달은 두 사람은 의기투합해 그에게 맞섰다. 그들은 결국 안타고니스트 숙청을 끝냈고, 어떤 대가를 치르더라도 반드시 보스코를 몰아내기로 작정했다.

이날 밤 보스코는 침대에 누워 정적들을 파멸시키고 세상을 끝장내기 위해 가동한 많은 계획들을 곰곰이 생각했다. 흥분과 근심에 잠을 이룰 수가 없었다. 세상 만물을 끝장내기로 결심하는 것만큼 인간의 영혼에 강한 충격을 줄 수 있는 것이 또 있겠는가? 악을 몰아낼 궁극의 해법에 골몰하니 지독한 현기증이 일었다. 보스코의 이런 신중함은 당연하고 또 중요했다. 그는 바보가 아니었다.

장대한 계획을 추진하기 위해서는 지혜와 능력은 물론이요, 운도 따라줘야 한다는 사실을 그는 잘 알고 있었다. 보스코는 케일에 대해서도 근심과 흥분을 느꼈다. 지금껏 그 소년에게 바란 모든 것이 기대 이상으로 실현되었다. 하지만 그는 여전히 어리둥절했으니, 신께서 환시를 통해 약속한 모든 것을 주시고 적에게 총을 겨누셨건만, 그분에 대한 부적절한 무언가의 흔적들이 아직도 남아 있기 때문이었다. 의로운 행위로 화하지 못한 무용한 분노였다. 잠들기 전 보스코는 적어도 향후 십 년간 케일을 세상에 드러내지 않기로 한 것을 위안으로 삼았다. 미치광이 피카르보와 그의 섬뜩한 실험만 아니었다면 상황은 지금과 사뭇 달랐을 터였다. 그는 잠시 분노로 부글부글 끓었지만 금세 화를 죽이고 자신의 오래된 금언 하나로 마음을 달랬다.

'무릇 계획이란 요람 안의 아기와 같아서 어른과 닮은 구석이 거의 없다.'

다음 날 아침 일찍 그는 순교자들의 피 광장에서 기대 섞인 조바심을 느끼며 자신이 가장 심혈을 기울여 준비한 계획 하나가 완성 단계에 이르기를 기다렸다. 거대한 문이 끼익 소리와 함께 열리며 리디머 삼백 명이 성소 안으로 행군해 들어왔다. 그들을 사제 군단의 정수라고 부르기는 곤란했다. '정수'라는 표현은 어쩐지 맑고 깨끗하다는 느낌을 주는데, 그들과는 전혀 어울리지 않기 때문이다. 지금껏 한 장소에 모인 자들 가운데 그들처럼 으스스한 무리는 없었을 것이다. 엄청난 노력과 끈기로 십여 년간 회유함으로써 보스코의 뜻에 동참시킨 자들이었다. 완고한 광신도들을 논리로 회유하는 것은 결코 쉬운 일이 아니었다. 무엇보다 은근히 위협적이며 폭력적으로 압박한다는 느낌을 주면서 관심을 끄는 것이 어려웠다. 그들은 일반적인 리디머들이 가진 잔인함과 순종심뿐 아니라 탁월한 쇄신의 능력까지 갖춘 이들이었다. 케일의 직속 부하가될 자들이었다. 케일이 그들을 훈련시키면, 그들이 각자 또다른 리디머를 백 명씩 훈련시키고, 그들 역시 각자 리디머 백 명씩 훈련시킬 터였다. 이제 케일과 리디머 장교단이 모였으니 세계 종말의 시발점이 마련된 셈이었다.

여전히 보스코는 정적들만큼은 샤르트르에 권력 기반이 없었지만, 그에겐 서로에 대해 거의 모르는 이들로 이루어진 다양한 지지자들이 있었다. 그중 일부 추종자들은 광적으로 헌신했으며, 세상을 완전히 바꾸려는 그의 계획을 진심으로 믿었다. 대부분 궁극적인 의도는 몰랐지만 그가 파르시나 간트보다 더욱 열성적인 신자라고 여겼다. 나머지 지지자들은 아직 뜨뜻미지근한 수준이었다. 보스코가 막강한 존재이긴 하지만 더 막강해지려면 시간이 필요하다고 보는 것이었다. 교황이 죽으면―그분께서 평온히 영면하시기를―보스코가 빛을 잃을 수도 있지만, 미래는 알 수 없는 법. 보스코는 무지개처럼 잡다한 이 동맹들을 이용해, 케일이 안타고니스트의 간악한 음모뿐 아니라 얼마 전 무너진 마테라치 가문의 확장주의로부터 교황을 구했다는 영웅담을 퍼뜨렸다. 비공식적으로 만들어진 전단들에는 케일이 겪은 갖가지 유혹과 위험에 관한 이야기가 못마땅한 어조로, 그러나 선정적으로 실려 있었다. 거기 묘사된 멤피스의 모습은 조악했지만 전부 거짓은 아니었다. 육체가 거래되고, 정치가들은 교활하고, 아름답지만 타락한 여인들이 간계를 부리는 곳. 물론 일부 리디머들은 자신이 읽은 섬뜩한 이야기

56

를 즐겼을 수도 있지만, 대부분은 위선자가 아니었다. 그들은 전단지를 읽고 진심으로 분개했다. 그런 사내들도 사랑을 느낀다는 것이 놀랍겠지만, 놀라지 마라. 그들은 사랑을 알고 있었다. 케일은 그들이 사랑하는 교황을 구한 것이었다.

지난 몇 년간 보스코는 리디머들의 군사적 미래를 장악하기 위해 애콜라이트의 수를 어마어마하게 늘렸다. 결국 성소가 아무리 크다 해도 이번에 새로 데려온 엘리트 리디머 삼백 명을 수용할 곳이 마땅치 않아졌다. 대개 리디머들은 일상에서의 쾌락을 크게 기대하지 않았다. 그러나 사유물이 거의 없는 삶을 사는지라 전시가 아닐 때는 아무리 작더라도 자기만의 공간을 매우 중요시했다. '특별한 목적의 집'에 있는 많은 감옥들은 공간이 비교적 넉넉하던 시절에 지어졌는데, 보스코는 형기가 끝나지 않아 그곳에 머물고 있는 자들을 치워버리기로 결심했다. 지난 몇 주 사이 수많은 처형이 이루어진 것은 새로운 리디머들을 위한 공간을 마련하기 위함이었다. 바깥세상과 단절된 곳이 그렇듯 성소 안에도 온갖 소문과 참견이 난무했다. 험악한 표정의 장교들이 나타나자 모두가 쑥덕거리기 시작했다. 보스코는 그들의 존재에 대해 납득할 만한 설명을 해두지 않은 것을 뒤늦게 후회했다. 그는 영민하고 노련한 간수장에게 이 엘리트 리디머들을 잘 대해주라고 지시한 다음, 최근에 수감자들을 처형해 한산해진 교도소 북쪽 구역에 그들을 수용했다. 그리고 그들 삼백 명에게 훌륭한 식사를 제공한 뒤, 외부의 호기심을 차단하기 위해 그 구역의 출입을 통제하겠다고 설명했다. 자신들이 특별히 선발된 집단이란 사실을 아는 그들은 비밀 유지가 생존에 필수적임을 알기에 아무도 반대하지 않았다.

그후 보스코는 케일에게 자신의 의도를 몇 시간에 걸쳐 설명했다. 그동안 줄곧 말이 없던 케일이 물었다.

"그들은 누구의 명령을 받습니까?"

"너의 명령을 받는다."

"그럼 저는 누구의 명령을 받죠?"

"너는 어느 누구의 명령도 받지 않는다. 물론 내 명령 역시 마찬가지야. 그게 궁금했겠지. 너는 신의 분노가 육신으로 화한 존재야. 네가 인간이기 때문에 다른 인간의 의지가 네게 영향을 끼친다고 생각해서는 안 돼. 네 본질에서 벗어나면 너는 자신을 파멸시킬 것이다. 그래서 아르벨 스완넥이 너를 배신했고, 그녀의 아비 또한 너를 배신한 거야. 네가 그의 딸의 목숨을 구해주었고, 죽은 자식을 되살리듯 그의 아들에게 새로운 삶을 주었는데도 말이다. 사람들은 너를 위한 존재가 아니고, 너는 사람들을 위한 존재가 아니야. 넌 이 땅에서 소임을 다하면 하늘에 계신 아버지께 돌아갈 것이다. 그러나 네가 결코 될 수 없는 무언가가 되려 한다면 지금껏 존재했던 어떤 생명체보다 더 큰 고통과 비극을 겪게 될 거야."

"제게 멤피스를 주십시오."

"왜?"

"왜일 것 같습니까?"

"아하." 보스코가 빙그레 웃었다. "벽돌 하나하나까지 무너뜨려 그 토대에 소금을 뿌리기 위해서구나."

"그 비슷한 거예요."

"틀림없어. 어쨌거나 그것도 네 목적이니까. 하지만 내게는 그럴 권한이 없고, 따라서 네게도 없다. 우리에겐 군대가 필요해. 특별한 목적의 집에서 자면 그걸 얻을 수 있지. 물론 군대가 있어도 네가 그 정도 규모의 장난을 치려면 내가 교황이 되어 있어야겠지. 이제 너도 알겠지만, 네가 세상 남녀를 위해 무슨 일을 하더라도 그들은 너를 사랑하지 않을 것이다. 하지만 나는 다르다, 토머스. 나는 너를 사랑한다."

말을 마친 그는 일어서서 떠났다.

그날 밤 보스코가 요청한 리디머 삼백 명의 명단을 가지고 그의 방으로 온 부간수장 리디머 버저론은 몹시 긴장했다. 보스코는 잠입자에 대비하기 위해 그 명단과 자신이 갖고 있는 자료를 대조했다. 사실 새로운 명단에서 그가 확인한 리디머는 이백아흔아홉 명뿐이었다. 명단에서 빠진 리디머는 도중에 마음이 바뀌었거나 체포되었을 수도 있었다. 그가 다른 리디머들에게 합류하러 가던 중 천연두에 걸려 죽었다는 사실은 나중에 밝혀졌다. 부간수장이 긴장한 것은 두려운 존재인 보스코를 난생처음 마주하기 때문이었다. 그의 상관인 간수장은 불경죄로 불과 하루 전에 투옥되었는데, 구금에 해당될 만큼 심각한 죄였지만 보스코에게 보고할 정도는 아니었다. 간수장이 자신의 부관을 후임자로 선택한 것은 지능이 모자란 부관이라면 자신의 위치를 위협하지 않으리라고 판단해서였다. 보스코가 명단을 확인하고 한 시간 후 부간수장이 돌아왔다. 그가 방으로 들어오자 보스코는 고개도 들지 않고 명단을 앞으로 밀기만 했다. 몹시 긴장한 부간수장은 보지도 않고 명단을 집어든 다음, 두려운 존재인 보스코에게서 최대한 빨리 벗어났다.

밖으로 나온 부간수장은 방금 첫 키스를 한 아가씨처럼 심장이 벌렁거렸다. 가까스로 마음을 진정시키고 벽에 달린 양초의 미약한 빛에 의지해 명단을 신중하게 들여다보았다. 잠시 후 명단을 다 읽은 그의 눈이 두려움과 불안감으로 휘둥그레졌다. 왕관을 쓴 머리는 편히 쉴 수 없는 법. 보스코에게 가서 확인을 요청하기에는 겁이 났고, 전임자에게 물어보기에는 자존심이 앞섰다. 두 사람 모두의 눈에 어리석고 무능해 보일 거라는 그의 생각은 옳았다. 사실 그의 승진은 아직 확정되지 않았다. 문득 예전에 들은 말이 생각났다. '그대가 무엇이건 단호히 행동하라.' 썩 좋지도 않은 이 충고를 그는 자기 편할 대로 곡해했는데, 이 금언은 지난 수년간 리디머 버저론의 마음속에 도사리면서 그를 골탕 먹일 기회를 노리고 있었다. 그리고 마침내 그 기회가 온 것이다. 우리 중 조금이라도 다른 인간은 몇이나 될까? 척박한 바위투성이 벼랑에 무성히 자라는 잡초처럼 우리 영혼에 박혀 있는 사소한 착각과 오해. 얼마나 많은 최악의 시간 또는 최고의 시간이 거기서 비롯되는 걸까? 그 착각과 오해의 뿌리가 바위틈으로 뻗어내려가면 그 틈이 벌어지고, 갑작스러운 폭풍우에 물이 침투하면 추운 겨울밤에 물이 얼어붙어 그 틈이 더욱 넓어진다. 그 위를 지나가는 말 탄 사람이 바위 부스러기에 발이 걸려 넘어지면, 사람과 말은 깊고 무시무시한 구렁으로 처박히게 된다. 그리하여 부리나케 페타르 브르지카의 방으로 간 버저론은 절대적인 확신을 갖고 방문을 두드렸다.

"무슨 일입니까?"

"이 명단에 적힌 자들을 처형해야겠네. 교도소 북쪽 구역에 수용된 자들 말이야."

최근에 특별한 목적의 집 북쪽 구역 수감자들이 대대적으로 처형된 터라 브르지카는 별로 놀라지 않았다. 명단을 훑어본 그는 어떤 일을 하게 될지 대충 짐작이 갔다. 그러고는 무심하게 한마디했다.

"당분간 처형 작업은 없는 줄 알았는데요."

"아닌가보지." 버저론이 신경질적으로 대꾸했다. "궁금하면 자네가 직접 로드 리디머 보스코를 찾아가 무슨 생각이냐고 물어봐."

"그건 제 소관이 아닙니다. 이유를 따지는 건 우리 일이 아니죠. 처형은 언제 시작합니까?"

"지금."

"지금?"

"방금 리디머 보스코를 뵙고 오는 길이라네."

이 말에는 토를 달 수 없었다.

"왜 이렇게 서두르는 겁니까?"

"그건 자네 알 바 아냐. 얼마나 빨리 시작하고 끝낼지, 그것만 걱정하면 돼."

"정확히 몇 명이죠?"

"이백아흔아홉 명."

브르지카는 말없이 속으로 계산하느라 입술을 우물거렸다.

"두 시간 뒤에 시작할 수 있습니다."

"자네 손가락을 자른다면 얼마나 빨리 시작할 수 있겠나?"

브르지카가 다시 숙고했다.

"두 시간 뒤입니다."

버저론이 한숨을 쉬었다.

"그럼 얼마나 오래 걸리겠나?"

"일단 로툰다에서 처형이 시작되면 이 분마다 한 명씩 처리할 수 있습니다. 쉬는 시간까지 고려하면 열한 시간 걸리겠군요."

"쉬는 시간 없이 하면?"

"열한 시간입니다."

"좋아." 버저론은 성공적으로 협상을 끝냈다는 투로 말했다. "두 시간 뒤 로툰다에서."

그러나 브르지카가 네 명의 조수, 즉 망나니들과 함께 로툰다에서 작업에 착수한 것은 한 시간도 안 되어서였다. 그는 희생자들을 유심히 살펴보았다. 험상궂어 보이는 무리였다. 만약 그들이 앞으로 벌어질 일의 낌새를 챈다면 말썽이 생길 터였다. 지금은 아무것도 모르는 눈치였다. 물론 애처로운 무지일 뿐이었다. 그들처럼 험악해 보이는 자들조차 자신을 기다리는 죽음과 끊임없는 고문 앞에서 태연자약할 수는 없었다. 한 가지가 몹시 마음에 걸린 브르지카는 경비를 서고 있던 리디머에게 물었다.

"어째서 저들의 감옥은 잠겨 있지 않은가? 어째서 감시하는 자가 자네밖에 없는 거야?"

경비병의 대답은 간결했다. "모릅니다."

대화를 꺼리는 듯한 경비병의 태도는 정말로 아무것도 몰라서이기도 했지만, 아무도 브르지카와의 대화를 원치 않아서이기도 했다. 가장 흉악한 리디머들조차 브르지카를 업신여기고 심지어 경멸했는데, 처형 집행인은 늘 경멸의 대상이기 때문이었다. 아무도 그를 좋아하지 않았지만 브르지카는 신경쓰지 않았다. 적어도 스스로는 그렇게 생각했다. 그러나 사실 그는 남들의 시선에 예민하게 반응하는 사람이었다. 두려움의 대상이 되는 것, 섬뜩하고 기묘한 존재로 비쳐지는 것을 좋아했지만 경멸은 언짢았다. 그것은 불필요했다. 부당했다. 브르지카는 애써 태연한 척했지만, 자신을 업신여기는 경비병의 태도에 기분이 상했다.

그는 말하진 않았지만 마음이 괴로웠다. 선택의 여지가 없어서가 아니라 아무도 자기와 얘기하기 원치 않아서였다. 심지어 조수들까지 그랬다. 그중 두 놈은 최근에 모가디슈의 문둥이 처리반으로 자리를 옮기려 해서 그의 분노를 불러일으켰다. 그들은 불충에 대해 정당한 처벌을 받게 되겠지만, 오늘밤에는 단결과 화합의 기술이 필요했다.

몇 가지 문제가 여전히 남아 있었다. 브르지카는 좁은 통로를 따라 걸으며 생각을 정리했다. 우선 저들을 묶을까? 아니다. 손발을 묶으면 장점도 있지만, 불쾌한 일이 벌어질 거라는 확신과 두려움을 줄 것이므로 곤란했다. 호락호락하게 끌려갈 이들이 아니었다. 더구나 이유는 알 수 없지만 감방 문이 열려 있으니 괜한 소란은 폭동을 부를 게 뻔했다. 통로를 성큼성큼 걷는 동안 브르지카는 그들을 아무것도 모르는 상태로 데려가서 신속하게 처리하는 편이 낫겠다고 판단했다. 사태를 파악할 때쯤이면 이미 반쯤 저승으로 가 있을 터였다. 그러려면 더욱 능숙하고 확실한 솜씨가 필요한데, 어차피 브르지카는 처형의 달인이었다.

"좋은 밤이군, 리디머." 보스코가 지나가며 말했다. 그는 케일에 대한 생각으로 바빴다.

"아, 좋은……"

그러나 보스코는 이미 사라지고 없었다.

로툰다는 브르지카의 선임자―브르지카가 보기에는 멋쟁이 신사였다―가 설계한 건물로, 그의 전문가적 소견으로는 필요 이상으로 복잡하게 건축된 곳이었다. 그의 좌우명은 '단순하게 하라'였다. 그래서 그는 대규모 처형을 위해 마련한 로툰다의 세 개의 방 시스템—첫번째 방은 처형실, 두번째 방은 준비실, 세번째 방은 사형수 대기실—을 변경했다. 뭔가 다른 일이 벌어질 거라는 인상을 줌으로써 사형수의 협조에 의지하기 위해서였다. 사형수에게는 성소의 부원장을 잠시 알현하는 시간이 있다고 속인다. 두꺼운 방음문을 통해 안으로 들어간 사형수는 목 매달린 리디머의 거룩한 조각상을 향해 무릎 꿇고 기도하는 부원장의 등을 보게 된다. 사형수와 그를 데려간 경비병 둘은 나란히 일렬로 무릎을 꿇는데, 이때 경비병들은 일부러 사형수 옆에 바짝 붙는다. 이윽고 부원장이 일어나 돌아서면 사형수가 고개를 들고, 가죽 앞치마를 두른 브르지카가 사형수의 머리채를 움켜잡으면 두 경비병들이 사형수의 양팔을 붙잡고, 브르지카가 칼날이 박힌 장갑으로 사형수의 목을 긋는다. 충격에 휩싸인 채 죽어가는 사형수가 자기 앞의 가짜 바닥에 쓰러지면, 경비병들이 바닥을 내리고 이미 죽었거나 죽어가는 사형수를 아래로 밀어버린다. 이어서 아래 방에 대기중인 리디머들이 사형수를 끌어내린 다음, 신속하고 조심스럽게 가짜 바닥을 닦고 위로 밀어올려 제자리에 끼운다. 그러고 나서 경비병들은 소요가 일어날 기미가 없는지 재빨리 살펴보고 일어서서 방 끄트머리에 있는 문을 통해 복도로 나간다. 밖에서는 다음 사형수가 자신의 경비병 둘과 함께 끈기 있게 기다리고 있다. 그는 어둠 속에서 희미한 형체를 보게 되는데, 방금 들어간 사내가 출구를 통해 나가는 거라고 생각한다. 곧이어 똑같은 과정이 다시 시작된다.

그날 밤 내내 그 일은 되풀이되었고, 딱 한 번 말썽이 일어났다. 유달리 긴장한 사형수 한 명이 뭔가 이상한 낌새를 챈 것이었다.

그는 지친 손 하나가 자신의 머리를 움켜잡고 또다른 손이 그의 왼손을 잡는 순간 본능적으로 뿌리쳤다. 그리고 미끄러지고 넘어지면서 비명을 질러댔는데, 그러는 동안 네 명의 살인자가 모두 달려들어 그를 붙잡고 쓰러뜨린 후 짓눌렀다. 사형수는 비명을 지르며 발악했지만 결국 손을 짓밟히고 머리를 얻어맞으면서 바닥 아래로 욱여넣어졌고, 아래 방에 있는 리디머들이 그를 끝장냈다. 아무리 두꺼운 문이라 해도 그런 끔찍한 반항의 소리가 바깥 복도에서 대기중인 자의 귀에 닿는 것을 막을 수는 없었다. 직접 밖으로 나간 브르지카는 겁에 질린 채 서 있던 사형수가 소란을 피우기 전에 칼로 찔러버렸다. 이 사건 말고는 모든 일이 순조롭게 진행되었다.

이튿날 아침 열한시에 부간수장 리디머 버저론은 로툰다 아프토리움에 널브러져 있는, 대충 씻긴 시체 더미를 살펴보았다. 조만간 그것들은 야밤에 킹키스 필드로 옮겨질 터였다. 정신이 번쩍 들 만큼 인상적인 광경이었다. 삼십 분 뒤, 버저론은 조금 초조해 보이는 보스코 앞에 섰다. 보스코는 지루하고 복잡한 서류들을 처리중이었는데, 그중에는 상한 채로 배달된 대량의 치즈에 관한 문건도 있었다.

"무슨 일이지?" 보스코가 고개도 들지 않고 물었다.

"지시하신 대로 처형을 시행했습니다, 리디머."

보스코가 고개를 들었다. 상한 치즈에 대한 책임 소재를 생각중이었는데 훼방을 받아 짜증이 났다.

"뭐라고?"

한겨울에 폭우를 만나기라도 한 듯 끔찍한 두려움이 버저론의 가슴에 밀려들었다.

"특별한 목적의 집에 수용된 죄수들의 처형 말입니다."

버저론의 목소리는 속삭이듯 맥이 없었다. 그가 명단이 적힌 명령서를 꺼내 마지막 페이지를 가리켰다. "맨 끝에 십자 표시로 승인하셨잖습니까."

보스코는 차분히 문서를 건네받았다. 섬뜩한 정적이 그를 휘감았다. 그는 잠시 문서를 들여다보았다. 그의 소중한 엘리트 장교들이 사라진 것이었다. 한 명도 남김없이.

"밑에 적은 십자 표시는 내가 읽었다는 표시였어." 보스코가 나직이 말했다.

"아."

"아. 기가 막히는군."

"저는……"

"아무 말도 말게. 자넨 오늘 아침 내게 재앙을 가져다줬어. 나를 그들이 있는 곳으로 안내해. 내 눈으로 직접 봐야겠어."

방안에서 케일은 멍하니 창밖을 내다보고 있었다. 그의 마음은 수백 마일 너머에 가 있었다. 뒤에서는 애콜라이트 한 명이 그날의 두번째 식사를 준비하며 음식을 늘어놓느라 달가닥거리고 있었다. 다른 건 몰라도 식사는 여전히 케일의 즐거움이었다. 그것뿐이었다. 이제는 다른 리디머들과 마찬가지로 그의 식사도 수녀들이 보내왔다. 애콜라이트가 요리 뚜껑 하나를 바닥에 떨어뜨려 요란한 소리를 내며 케일의 발치로 굴러왔다. 뚜껑을 집으려고 애콜라이트가 허둥지둥 달려왔고, 케일은 처음으로 소년의 얼굴을 바라보았다. 기껏해야 그의 또래인 소년은 뚜껑을 집어들고 돌아가다가 불안한 표정으로 뒤를 돌아보았다.

"넌 내가 모르는 녀석이구나." 케일이 말했다.

"열흘 전에 슈투트가르트에서 이곳으로 끌려왔어요."

불과 며칠 전 케일은 보스코가 준 연감에서 슈투트가르트에 관한 글을 읽었다. 인구가 오천 이상인 모든 리디머 무장 요새에 관한 무미건조한 내용 일색인 연감은 오백 쪽 분량에 총 열 권으로 구성되어 있었다. 보스코의 말에 따르면 리디머 연방은 깨지기 쉬운 상태였다. 연감에서 읽은 내용만으로도 케일은 이 연방이 자신이 상상할 수 없을 만큼 크고 어마어마하다는 것을 분명히 알 수 있었다.

"왜?" 케일이 물었다.

"모르겠습니다."

"이름이 뭐냐?"

"모델입니다."

케일은 식탁으로 걸어가 의자에 앉았다. 식탁 위에는 스크램블드에그, 토스트, 닭다리, 소시지, 버섯, 포리지*가 있었다. 그는 음식을 먹기 시작했다.

"당신이 케일이죠, 그렇죠?"

케일은 소년의 질문을 무시해버렸다.

"당신이 간악한 안타고니스트 놈들에게서 교황님을 구했다고 칭송이 자자해요."

케일은 잠시 소년을 바라보다가 다시 식사에 열중했다. 모델은 케일을 빤히 쳐다보았다. 그는 배가 고팠다. 애콜라이트는 늘 배가

---

* 오트밀을 물이나 우유로 끓인 죽.

고프기 때문이다. 거의 일 년 내내 추위에 떠는 것과 마찬가지로.
하지만 식탁 위의 음식을—이름조차 모르는 음식도 있었다—케
일과 함께 먹을 수 있다는 생각은 하지 못했다. 마치 미녀를 바라
보는 추남의 심정과도 같았다. 아름다움을 찬미할 수는 있지만 그
것을 누릴 생각은 추호도 하지 못하는 존재. 하지만 식사에만 집중
할 수 없는 케일도 애콜라이트 앞에서 편하게 먹을 수가 없었다.

"앉아."

"그건 안 됩니다."

"아니, 돼. 앉아."

모델이 의자에 앉자, 케일은 감자튀김이 담긴 접시를 소년 앞으
로 밀었다. 하지만 문제가 하나 있었다. 케일은 감자튀김 접시를
집어들더니 하나만 남기고 전부 자기 접시에 쏟았다. 갈망과 욕망
이 넘실거리던 모델의 얼굴이 푹 수그러졌다.

케일이 말했다.

"실망할 것 없어. 이걸 너무 많이 먹으면 오 분 뒤에 죄다 게우
고 말 거야. 날 믿어. 슈투트가르트에서는 뭘 먹고 지냈어?"

"포리지와 번지를 먹었어요."

"번지?"

"기름과 견과류 따위를 섞은 거예요."

"우린 그걸 '죽은 사람 발'이라고 불러."

"아, 그렇군요."

케일은 작은 닭고기 조각에서 껍질을 벗긴 다음, 살코기 밑에 끈
적하게 매달린 달콤한 국물을 닦아냈다. 그런 다음 달걀프라이의
흰자만 조금 떼어 접시에 담고, 포리지도 너무 많지 않게 적당히

덜어주었다.

"그것들이 얼마나 잘 넘어가는지 보자."

잘 넘어갔다. 황홀할 정도로 멋지게, 천국의 식사를 하듯이. 깊이를 알 수 없는 분노와 노여움에 사로잡혀 있는 케일조차 감자튀김과 달걀환자, 포리지를 먹으며 황홀해하는 모델의 모습에 즐거워하지 않을 수 없었다. 곳곳에서 레모네이드 샘이 솟고 바위가 사탕으로 만들어져 있다는 낙원의 정원에서 가져온 음식을 먹듯, 메마르고 굶주린 모델의 목구멍으로 음식들이 미끄러져들어갔다.

식사를 마치자 모델은 뒤로 등을 기대고 다시 케일을 빤히 쳐다보았다.

"고맙습니다."

"천만에. 이제 저기 가서 오 분 동안 누워 있어. 그리고 내가 식사를 마칠 때까지 나를 보지 말고 고개를 벽 쪽으로 돌려. 기분이 조금 이상할지도 몰라."

모델은 시킨 대로 했다. 그사이 케일은 아무 생각도 하지 않고 아침식사를 마쳤다. 그때 문에서 노크소리가 들렸다.

"그만 가봐." 케일이 놀란 모델에게 일어나라고 손짓했다. 다시 노크소리가 들렸다. 케일은 잠시 기다렸다가 말했다. "들어오세요."

보스코였다.

십 분 뒤, 보스코와 케일은 아프토리움 안에 단둘이 서서 이백아흔아홉 구의 시신을 말없이 바라보았다. 세상에 종말을 가져올 도구로서 보스코가 십 년 동안 준비해온 것의 최후였다.

"우리 사이에 비밀은 없어야 하기에 이걸 너한테 보여주고자 했다. 내 실수를 보고 배우라는 게 아니다. 나는 실수하지 않았으니까. 차라리 내 실수면 좋겠지. 그러면 나도 거기서 배울 게 있을 테니. 하지만 이 실수는, 실수라고 부른다면, 그저 실수일 뿐이다. 그냥 일어나버린 사건이지. 우리에겐 하나의 계획이 있었다. 힘겹게 구상해 신중하게 완성한 계획이었지. 여기서 네가 배워야 할 것은 배울 것이 전혀 없다는 점이다. 어리석은 자들이 있고, 미숙한 자들이 있고, 착각과 오해가 있다는 것. 이것이 세상사의 본질이다. 이해하겠느냐?"

"네."

"나는 다른 대안을 생각해보겠다."

수년에 걸쳐 마련한 대체 불가능의 계획을 끝장낸 끔찍한 살육을 묵묵히 받아들이기는 했지만(버저론은 좌천됐지만, 내장이 뽑히지도 않고 심지어 처벌조차 받지 않는다는 사실에 놀라며 몹시 고마워했다) 보스코의 얼굴은 크나큰 충격으로 창백해져 있었다.

"한 시간 동안 이들을 살펴보고 가거라."

"한 시간은 필요 없습니다."

"내 생각에……"

"한 시간은 필요 없습니다."

보스코는 고개를 아주 살짝 끄덕이고는 돌아서서 걸어갔다. 케일은 그를 따라서 '천국으로 가는 계단'이라 불리는 나선형 계단을 올라갔다가, 세월이 지나 그 이름의 유래가 잊힌 '진미珍味의 계단'을 따라 내려갔다. 두 사람은 느린 걸음으로 로툰다를 지나쳐갔다. 보스코는 무릎이 예전 같지 않았다. 이윽고 그들은 특별한 목적의 집의 다양한 구역으로 이어지는 홀인 '부어스'로 들어갔다.

부어스의 뒤편에서 한 리디머가 수사복이 벗겨진 채 탁 트인 안

마당 쪽으로 끌려가고 있었다. 그는 탈진한, 불행한 아이처럼 조용히 흐느끼면서 하염없이 눈물을 흘렸다. 케일은 또다른 리디머 세 명이 그를 앞으로 몰아가는 모습을 지켜보았다. 마치 한 마리 말똥가리처럼, 혹은 좀더 생각이 많은 매처럼.

"중지시키세요."

"동정은 부질없……"

"중지시키고 저 사람을 자기 방으로 돌려보내라고 하세요."

보스코가 처형 집행인들 쪽으로 걸어가자, 죄수를 문간 너머로 밀어 햇살이 환한 안마당으로 데려가려던 그들이 멈칫했다.

"잠깐 기다려라."

십 분 뒤, 케일은 조심스럽게 따라오는 보스코와 함께 불경과 이교, 성령 모욕 등등 온갖 죄를 지은 연옥수들이 자기 운명이 결정되길 기다리며 수감되어 있는 감방 안을 조용히 걸어갔다. 대개 그들의 운명은 아주 단순하고 획일적이었다. 케일은 판결을 기다리는 죄수들을 살펴보면서 조심스레 오갔다. 그들은 두려움에 질려 있었고, 체념에 젖어 있었고, 광신에 휩싸여 있었고, 단단히 미쳐 있었다.

"몇 명이나 있지?"

"이백하고도 쉰여섯 명입니다."

"저기엔 뭐가 들어 있는데?" 케일이 잠겨 있는 감방을 고갯짓으로 가리키며 물었다. 간수는 보스코와 케일을 번갈아 쳐다보며 생각했다. 주님이 약속하신 죽음의 천사가 이 소년이라고? 별로 그래 보이지 않는걸.

"저 문 너머에는 신앙 증명의 제물이 될 자들이 있습니다."

케일이 간수를 바라보며 말했다.

"문 열고 비켜."

"시킨 대로 하게나." 보스코가 거들었다.

분노로 얼굴이 벌게진 간수는 지시대로 했다. 케일이 밀어젖히자 문은 손쉽게 활짝 열렸다. 가운데에 통로가 있고 양쪽에 각각 다섯 개씩 총 열 개의 감방이 있었다. 그중 여덟 곳에는 공개 처형에 해당되는 죄를 지은 리디머들이 수감되어 있었다. 공개 처형은 그 모습을 목격할 신도들의 도덕심을 고양하기 위해 시행됐다. 나머지 두 감방 중 한 곳에는 한 남자가 수감되어 있었다. 수염을 기르고 일반인 복장을 한 것으로 보아 사제는 아니었다. 마지막 감방에는 여자가 있었다.

"블랙버드 레이스의 마녀란다." 케일을 데리고 자기 방으로 돌아온 보스코가 말했다. "목 매달린 리디머에 관한 불경스러운 예언을 해서 잡혀왔지."

"어떤 종류의 불경스러움이었습니까?"

"내 어찌 그 말을 입에 담을 수 있겠느냐? 불경스러웠다고만 알아둬라."

"그럼 법정에서는 어떻게 기소했죠?"

"재판은 비공개로 진행되었다. 판사 한 사람만 참석해서 그 여자의 주장을 들었지. 그녀는 스스로 유죄 판결을 내린 셈이었어."

"하지만 판사는 알겠군요. 그녀가 어떤 불경한 예언을 했는지."

"불행히도 그는, 평온히 영면하기를, 재판 직후 발작으로 사망했다. 그 마녀의 이교가 부른 저주가 틀림없어."

"운이 나빴군요."

"운과는 아무런 상관이 없다. 그는 더 좋은 곳으로 갔어. 적어도 다시 돌아오지 않을 곳으로. 떠나기 전에 그가 알게 된 사실 역시 마찬가지다. 다행히 전부 문서로 남겨졌지."

"제가 읽어도 됩니까?"

"너는 불경에 오염될 수 없는 존재다. 인간의 육체로 화한 신의 분노이니까. 네가 무슨 글을 읽건, 무슨 이야기를 듣건 상관없다. 너는 푸른 바다처럼 결코 더럽혀지지 않는 존재야."

케일은 그 말을 잠시 곱씹다가 물었다.

"수염 난 그 남자는 누구인가요?"

"귀도 후크."

"그게 누구죠?"

"달이 완벽한 원이 아니라고 주장하는 자연철학자다."

"하지만 달은 둥글잖아요. 한눈에 봐도 알 수 있죠. 멍청하다는 이유로 사람을 죽인다면 처형 집행인이 훨씬 더 많이 필요할 겁니다."

보스코가 빙그레 웃었다.

"귀도 후크는 괴팍하기는 해도 바보와는 거리가 멀다. 그리고 달에 관한 그의 주장은 옳아."

케일은 어이가 없다는 듯 코웃음을 쳤다.

"구름 없는 밤에 하늘을 보세요. 누가 봐도 달은 둥글어요."

"그건 지구와 달의 거리에서 비롯된 착각이다. 타이거산을 생각해보거라. 멀리서는 경사면이 버터처럼 매끄러워 보이지만, 가까이서 보면 늙은이의 목처럼 골이 패여 있지."

"당신이 어떻게 알죠? 달에 대해서요."

"원한다면 오늘밤에 보여주마."

"만약 후크의 주장이 옳다면, 진실을 말했다는 이유로 처형당하는 건가요?"

"이건 권위의 문제다. 교황께서는 달이 완벽한 원이라고 규정했다. 신께서 하신 완벽한 창조의 표현이기 때문이지. 귀도 후크는 교황의 뜻을 거스른 것이야."

"하지만 당신은 그가 옳다고 생각하는군요."

"그게 무슨 상관이냐? 후크는 하나의 참된 믿음을 지탱하는 주춧돌을 부정했어. 마지막 한 마디까지. 만약 그의 언행을 좌시한다면 어떤 결과가 초래될까? 권위의 몰락이다. 권위가 없으면 교회는 없고, 교회가 없으면 구원은 없어." 보스코는 빙긋 웃었다. "후크는 낮은 진실을 말하고, 교황은 높은 진실을 말하지."

"하지만 당신은 구원을 믿지 않잖아요?'

"그래서 내가 교황이 되어야 하는 것이다. 그래야 나의 믿음과 진실이 하나가 될 테니까. 그런데, 어째서 이렇게 연옥수들에게 관심이 많은 거냐?"

5

클라이스트는 음정도 무시하고 힘차고 즐겁게 노래를 불렀다.

"나무들과 담배벌들이 윙윙거리고
분수에서 소다수가 뿜어져나오네
그곳에서는 초롱꽃이 종을 울리고
레모네이드가 노래를 하지
커다란 바위 사탕 산 위에서는
커다란 바위 사탕 산 속에서는
사제들이 모두 오리처럼 꽥꽥대고
집집마다 5센트짜리 갈보가 있지
저녁 식탁에는 늘 음식이 넘치고
우울한 말은 들어본 적이 없다네
커다란 바위 사탕 산 속에서는."

그러고는 자연스레 손을 밑으로 내려 말안장 주머니에 꽂아둔 칼을 확인한 다음, 음정 따위는 아랑곳없이 계속 시끄럽게 노래했다.

"스튜와 위스키로 이루어진 호수도 있어
큰 카누를 타고 노를 저으며 떠돈다네
커다란 바위 사탕……"

그러더니 갑자기 칼을 뽑아들고는, 말에서 뛰어내려 블랙베리 덤불을 향해 달려갔다. 그리고 달리는 속도와 체중에 의지해 덤불 한가운데로 몸을 날려 펄쩍 뛰어올랐다. 살갗이 가시에 긁혀 빨개졌다. 뒤엉킨 가지들은 예상보다 더 빽빽했고, 덤불 한복판의 오래된 가지들은 억세고 가시가 돋혀 있었다. 결국 다급히 도망치던 클라이스트는 고통스레 멈출 수밖에 없었다.

억센 손들이 클라이스트의 발을 잡고 뒤로, 덤불 밖으로 끌어당겼다. 힘껏 당겨야 했다. 그러는 몇 초 동안 클라이스트는 결정을 내렸다. 칼을 덤불 속에 떨어뜨린 다음 손을 놓고 순순히 밖으로 끌려나갔다.

다른 손들이 클라이스트의 손목을 잡았고, 클라이스트는 발길질하며 몸부림을 쳤다. 하지만 이내 단단히 붙들리자 더는 승산이 없음을 깨닫고 얌전해졌다.

한 남자가 클라이스트 앞에 섰다. 쏟아지는 햇빛 때문에 어떻게 생겼는지 잘 보이지 않았다.

"몸수색을 할 테니 움직이지 마라. 혹시 무기 있나?"

"아뇨."

두 개의 손이 재빠르고 확실하고 능숙한 솜씨로 몸수색을 했다.

"좋아. 만약 거짓말을 했다면 넌 죽은 목숨이었을 거다. 녀석을 일으켜."

남자 다섯 명이 클라이스트를 거칠게 일으켜 앉히고는 나이프와 단검을 뽑아든 채 순서대로 클라이스트를 놓아주었다. 노련한 자들이었다.

"이름이 뭐냐?"

"토머스 케일."

"여기서 혼자 뭘 하고 있었던 거지?"

"포스트 모레스비로 가는 길이었어요."

그때 억센 주먹이 클라이스트의 관자놀이를 후려쳤다.

"던바 경卿께 말할 때는 '던바 경'이라고 말해."

"알았어요. 미리 좀 알려주지 그랬어요?"

건방 떨지 말라는 가르침의 주먹이 또 날아왔다.

"거기 가서 뭘 하려고?" 던바 경이 물었다.

클라이스트는 사내를 훑어보았다. 꾀죄죄하고 지저분해 보였으며, 꼴사나운 격자무늬 천을 두른 옷차림도 흉측했다. 지금껏 이렇게 추레한 경은 본 적이 없었다.

"배를 타고 최대한 멀리 갈 생각이에요."

"왜?"

"마운트 누젠트 대학살 때 리디머들에게 가족을 잃었어요. 놈들이 멤피스를 점령하는 걸 보고, 두번 다시 그놈들 볼 일 없는 곳으로 떠나야겠구나 생각했죠."

"저 말은 어디서 구했냐?"

"저건 내 말이에요."

또다시 클라이스트의 머리에 주먹이 날아왔다.

"오다가 발견했어요. 아마 실버리힐 전투에서 주인을 잃고 떠돌던 녀석일 거예요."

"그 전투에 대해서는 나도 들었다."

"이 녀석을 데려가면 리디머들이 돈으로 보상해줄 겁니다." 핸섬 조니가 한마디했다.

"그랬다가는 놈들이 당신을 교수대에 매달걸요."

그 말에 클라이스트에게 또 한 대 따귀가 날아들었다.

"던바 경!"

"알았어요. 던바 경."

"핸섬 조니, 이 녀석의 말을 뒤져봐." 던바가 명령한 후 클라이스트의 옆에 쭈그려 앉더니 물었다.

"리디머들의 목적이 뭐냐?"

"몰라요. 내가 아는 건 그들이 살인마 집단이고, 놈들에게서 멀리 떨어지는 게 상책이란 사실뿐입니다. 던바 경."

"지난 이십 년 동안 마테라치 놈들도 우릴 잡지 못했어. 누구한테 쫓기든 상관 안 한다."

클라이스트의 소지품을 한아름 안고 돌아온 핸섬 조니가 그것들을 땅에 부려놓았다. 물건이 아주 많았다. 클라이스트는 멤피스에서 용도가 아주 단순한 물건조차 죄다 최상급으로 훔쳐왔다. 칼자루에 상아 장식이 박힌 포르투갈 강철 검, 캐시미어 울로 만든 담요 따위를 비롯해 60달러가 들어 있는 실크 지갑 등등. 그것들을 보고 다섯 사내는 쾌재를 불렀다. 던바가 잔뜩 폼을 잡긴 했지만 평소 그들의 벌이는 신통치 않았던 것이다. 추레한 옷차림과 꾀죄죄한 꼬락서니를 봐도 알 만했다.

"좋아요." 클라이스트가 말했다. "내 거 다 가져가요. 오늘 운수 대통한 날인 줄 아세요. 대신 놓아주기나 해요."

또 주먹이 날아왔다.

"던바 경."

"아무래도 이 시건방진 꼬마 놈을 먹어치워야겠는걸."

클라이스트는 그 말의 느낌이 못마땅했다.

"제가 이 자식을 다시 덤불로 데려가겠습니다." 핸섬 조니가 말했다. "말썽의 여지를 남기면 안 되니까요."

던바 경이 그를 노려보았다.

"그전에 짐승 같은 짓을 할 셈이라는 거 다 안다, 핸섬 조니." 그는 소리를 지르더니 클라이스트를 돌아보았다. "일어나라."

클라이스트가 일어섰다.

"입고 있는 겉옷 이리 내."

클라이스트는 짧은 코트를 벗어주었다. 비폰드의 응접실 옷걸이에서 훔쳐온, 단순하지만 아름답게 재단한 부드러운 가죽 코트였다.

던바가 말했다.

"넌 줄곧 내게 거짓말을 했어. 사내답지 못한 짓이야." 그는 재킷을 보고 감탄하면서도 너무 작다는 사실에 탄식했다. "하지만 네 말대로 거래는 공정해야지."

그가 거친 길을 가리키며 덧붙였다.

"저리로 가면 숲을 빠져나갈 수 있을 거다. 그후에는 알아서 해.

자, 이제 꺼져!"

클라이스트에게 두 번 말할 필요는 없었다. 조니가 분노와 욕정의 눈빛으로 지켜보는 가운데, 클라이스트는 그를 지나쳐 오 분 전에 입고 있었던 옷의 반만 걸친 채 숲속으로 사라졌다.

"내가 선발한 삼백 명은 뛰어난 능력을 가진 자들이었고, 강철 고리로 네게 묶일 충성스러운 자들이었다. 특별한 목적의 집에 수감된 타락자들로 그들을 대신할 수는 없어."

"그럼 누구로 그들을 대신하죠? 우리는 또 십 년을 기다려야 합니까?"

보스코는 케일이 처음으로 '우리'라는 표현을 썼다는 사실을 인지하지 못할 만큼 맥이 빠지고 멍한 상태였다. 하지만 자신의 속내를 감추려고 애쓴다는 점은 그나마 고무적이었다.

"아니, 그럴 수는 없다."

"기록 같은 건 있나요?"

"아, 모든 리디머에게는 각자의 신상 기록부가 있지. 거기에 신상에 관한 모든 것이 적혀 있다."

"당신 것도 있나요?"

"물론이다."

"그걸 읽어보고 싶습니다."

"이 계획은 성공 못할 거야."

"못할 수도 있죠. 연옥수들은 죽음의 문턱에 서 있어요. 머지않아 영원한 지옥에 떨어지면 날마다 악귀들이 그들의 창자를 삽으로 도려내거나 산 채로 잡아먹고 똥으로 싸기를 영원히 되풀이하겠죠. 그런 운명에서 구해주면, 그것이 강철 고리가 되어 그들과 나를 묶어줄 겁니다."

"그들은 비정상적인 자들이야. 영혼이 좀먹고 녹슨 괴물들이다."

"성에 안 차면 다시 돌려보내 처형시킬 겁니다. 그들은 모두에게 버림받은 숙련자들이에요. 어쨌거나 그들의 신상 기록부를 보여주세요." 케일은 오랜만에 처음으로 싱긋 웃으며 덧붙였다. "당신도 그 점을 부정하진 못할걸요."

"좋다. 우리 둘이 함께 기록부를 읽어본 다음 생각하도록 하지."

"귀도 후크에 대해 말해주세요."

그때 노크소리가 들리더니 곧바로 문이 열렸고, 리디머 한 명이 들어와 보스코에게 공손히 고개 숙여 인사하고는 '인트로'라고 적힌 상자를 내려놓았다. 상자 안에는 서류가 가득했다. 그가 다시 인사하고 밖으로 나갔다.

보스코가 입을 열었다.

"후크는 내겐 성가신 존재다. 네가 신경쓸 사람이 아니야."

"그에 대해 알고 싶습니다."

"어째서?"

"육감이죠. 더구나 저는 모든 걸 알아야 한다고 생각했습니다."

"모든 것? 방금 노틸이 가져온 서류 봤지? 저게 고작 하루치 서류다. 그나마 적은 편이지. 너는 네가 잘하는 것에 집중해."

"얘기해줘요."

"좋다. 후크는 수학으로 세상을 이해할 수 있다고 믿는 박식한 학자다. 대단한 기계 발명가지. 워낙 총명해서 그런 부류 중에서는 최고로 인정받지만, 하지 말았어야 할 일들에 지나치게 관여한 어

리석은 자다. 나는 그의 지성을 높이 사서 지난 십 년 동안 내버려
두었다. 하지만 달에 대한 그의 선언이 교황의 뜻을 거슬렀고, 나
는 그에게 멀리 떠나라고 경고했다. 한스를 찾아가면 일자리를 구
할 수 있을 거라고 했지. 내가 멤피스에 있을 당시 후크는 배를 타
러 프레이 벤토스로 갔는데, 출항을 기다리며 여관에서 지내다 간
트의 부하들에게 붙잡히고 말았다."

"어째서 그들이 후크를 슈투트가르트로 데려가지 않은 거죠?"

"그가 슈투트가르트에 있으면 내 책임에서 벗어나니까. 지금 나
는 그를 신앙 증명의 제물로 만들지 않으면 교황의 권위에 도전하
는 꼴로 비칠 처지야."

"하지만 당신은 교황이 틀렸다고 했죠."

"일부러 옆길로 새는구나."

"어떤 기계를 만들었나요?"

"불경스러운 기계들이었다."

"어째서 불경스럽죠?"

"하늘을 나는 기계니까. 만약 신께서 인간을 날게 할 생각이었
다면 우리에게 날개를 주셨을 것이다. 철갑을 두른 전차도 마찬가
지야. 만약 신께서 인간에게 갑옷을 주실 생각이었다면 비늘을 갖
고 태어나게 하셨겠지. 그리고 내가 아는 바에 따르면 후크는 오이
에서 햇빛을 추출하는 기계도 구상했다. 그가 만든 설계도들은 대
부분 헛된 망상이었지. 하늘을 나는 호피오콥터라는 기계는 터무
니없는 아이디어야. 하늘을 날기는커녕 땅 위를 굴러가지도 못할
것처럼 생겼거든. 하지만 그가 설계한 수문은 동쪽 운하에 실제로
사용되고 있다."

"만약 신께서 수문이 존재하게 하실 생각이었다면 물이 거꾸로 흐르는 것도 가능하게 하시지 않았을까요?"

보스코는 케일의 미끼를 물지 않았다.

"후크에 대해 알고 싶다면 그의 기록부를 읽어봐라. 네가 그러건 말건 그자는 죽은 목숨이지만."

클라이스트는 다음날 던바 경과 그의 부하들이 떠나기 전까지 근처를 어슬렁거리다가 가시덤불 속에 두고 온 칼을 되찾았다. 그리고 이제 뭘 할지 신중하게 궁리했다. 너그러운 성품은 아니었지만 복수에는 관심이 없었다. 그건 위험한 짓이었다. 클라이스트는 모험주의자가 아니었다. 하지만 지금 그는 말 한 마리 없이, 소지품도 없이, 돈도 없이, 달랑 옷 몇 점만 걸친 채 끔찍한 황무지 한가운데 있었다. 결국 던바 일행을 뒤쫓기로 결심했지만, 그로부터 사흘 동안 줄곧 그릇된 판단을 한 건 아닐까 하는 생각이 들었다. 춥고 배가 고팠다. 물론 추위와 허기는 익숙했지만, 주위에 녹지가 꽤 많은데도 물웅덩이 하나 눈에 띄지 않았다. 탈수증에 걸리면 금세 죽을 수 있고, 만약 던바 일행을 놓치기라도 하면 끝장이었다. 도중에 클라이스트는 한 번 쉬었다. 거기서 대나무를 발견했는데, 조금 약하지만 쓸 만했다. 어떻게든 그걸 써먹어야 했다. 그는 대나무 줄기 하나를 5피트 길이로 잘라 얇은 막대 십여 개로 만든 다음 서둘러 던바 일행을 뒤쫓았다. 그날 내내 따라가다가 녹갈색 물이 고인 작은 웅덩이를 발견하고는 위험을 무릅쓰기로 결심했다. 좀처럼 경험하기 어려운 끔찍한 맛이었다. 던바와 그의 부하들은 어둠이 내리기 한 시간 전에 멈췄고, 클라이스트는 흐려지는 빛 속에서 작업을 서둘렀다. 대나무가 아직 초록색이어서 자르기가 수월했다. 우선 끈처럼 얇게 자르고 꼬아서 활시위를 만들었다. 그런 다음 나무를 쪼개서 길쭉한 조각 세 개로 나누고, 세 조각의 길이를 다르게 했다. 어두워질 무렵에는 세 조각을 겹치고 대나무 끈으로 묶어 활처럼 만들었다. 그러고는 잠깐 눈을 붙이려다가 죽은 듯이 곯아떨어졌다. 이튿날 날이 밝자마자 작업을 시작한 클라이스트는 던바 일행이 움직이자 다시 뒤쫓아갔고, 그들이 정오에 두 시간쯤 쉬는 동안 무기를 완성했다. 활의 양쪽 끝을 뒤로 젖히면 더 강해지겠지만 그럴 시간이 없었다. 그건 복잡한 작업이었다. 해가 나면서 고통스러운 갈증이 밀려들었다. 하지만 클라이스트 못지않게 활도 바짝 말라서 활과 시위 모두 팽팽해졌다. 주위에 돌조각이 널려 있어서 불과 십 분 만에 화살촉을 만들 수 있었다.

구더기가 들끓는 까마귀 시체는 살깃의 재료가 되어주었다. 하지만 까마귀 깃털은 다루기가 쉽지 않아서, 대부분은 제대로 된 살깃을 만들지 못하고 버려야 했다. 그것들을 대나무 살대에 끈으로 정확히 묶기가 여간 어렵지 않았다. 화살 제작장 리디머인 하트가 봤다면 흠씬 두들겨 맞았겠지만, 열악한 상황을 고려하면 결과물은 썩 나쁘지 않았다. 충분히 근접해서 쏜다면 꽤 심각한 타격을 입힐 수 있었다. 클라이스트는 녹초가 됐다. 목마르고, 배고프고, 기분이 꿀꿀했다. 던바 일행에게 들키지 않으려고 멀리서 잽싸게 몇 번 시험 삼아 쏴보았다. 자신의 활솜씨에 대한 만족감과 강렬한 적의가 뒤섞여 피로감이 누그러졌다. 하지만 던바 일행과 너무 멀어져서 이미 놓쳤을지도 모른다는 불안감에 서두르다가, 하마터면 울창한 숲에 가려져 있던 그들의 야영지로 걸어들어갈 뻔했다.

해가 지기 직전에 클라이스트는 가까스로 야영지 둘레를 반쯤 기면서 상황을 살폈다. 네 명은 확인했지만 다섯번째 놈이 눈에 띄지 않았다. 어두워지면 하려고 마음먹었던 기습은 미뤄야 했다. 아침에 다시 접근하는 위험을 무릅쓰지 않으려면 그 자리에서 밤새 기다리는 편이 나았다. 하지만 다섯번째 놈을 확인하지 못한 터라 몇백 야드 뒤로 물러나기로 결심했다. 전진도 후진도 지독히 까다롭고 성가시기는 마찬가지였다.

아홉 시간 뒤, 머리가 쪼개질 것 같은 두통을 참고 다시 돌아와서 살펴보았다. 여전히 네 명뿐이었는데, 어제 사라졌던 놈은 돌아왔고 던바 경이 보이지 않았다. 당혹감과 흥분과 두려움에 머리가 터질 것 같았지만, 다섯 명 모두가 모일 때까지는 공격할 엄두가 나지 않았다. 이윽고 여덟시 무렵, 야영지 가장자리의 커다란 덤불 같은 곳에서 던바가 기어나왔다. 몇 초 뒤, 그가 야영지 가장자리에서 오줌을 누면서 부하들에게 출발 준비를 하라고 큰 소리로 명령했다. 클라이스트는 활에 화살을 메기고 시위를 당겼다. 엄청나게 강한 오른팔과 어깨와 등이 팽팽하게 긴장했고, 클라이스트는 심호흡을 한 후 시위를 놓았다. 화살이 던바의 왼쪽 엉덩이에 꽂히자 그가 비명을 질렀다. 삼 초 뒤, 나머지 네 명의 눈이 휘둥그레졌다. 한 놈이 소리쳤다.

"뭡니까?"

또 한 발의 화살이 핸섬 조니의 입안에 꽂히자, 그가 두 팔을 휘저으며 뒤로 쓰러졌다. 세번째 놈은 겁에 질린 채 미끄러지고 넘어지면서 숲속으로 달아났다. 잘못 조준한 화살 한 발이 그의 발에 맞았다. 그는 고통스러운 비명을 지르며 마지막 몇 야드를 깡충거리며 숲속으로 사라졌다. 아직 화살에 맞지 않은 또 한 놈은 반대 방향으로 달아났다. 거의 야영지 한가운데에 있는 다섯번째 사내는 움직이지 않았다. 클라이스트가 그를 겨냥하자 활이 구부러지면서 끽끽 소리를 냈고, 곧이어 발사된 화살은 사내의 가슴 한복판에 꽂혔다. 헉하는 고통스러운 소리가 들렸다. 클라이스트는 다시 화살을 메기고 시위를 당긴 다음, 신중하고 재빠르게 야영지 안으로 들어서면서 쓰러진 자들을 향해 이리저리 활을 돌렸다. 핸섬 조니는 전혀 위협적이지 않았다. 무릎을 꿇은 채 고개를 숙인 남자는 여전히 신음중이었지만, 숨을 들이마실 때마다 기묘한 휘파람 같은 소리를 냈다. 사람 입에서 나올 법하지 않은 소리였다. 그 사내도 위협적이지 않을 터였다. 그 이상한 소리가 멈추기만 바랄 뿐이었다. 옆으로 누운 던바는 낯빛이 섬뜩하게 창백하고 입술에 핏기가 없었다.

"기회가 있었을 때 널 죽였어야 하는 건데." 던바가 나직이 중얼거렸다.

"기회가 있었을 때 나를 내버려뒀어야죠."

"그럴 걸 그랬나."

"무기 있어요?"

"그걸 내가 왜 말해야 하지?"

"하긴 그렇군요." 클라이스트는 불안한 표정으로 계속 숲을 주시했다. 너무 위험한 상황이었다.

"이대로는 몇 시간 뒤에나 죽을 거야. 날 죽여줘."

"물론 그래야겠지만, 그게 말처럼 쉽지 않아요."

"어째서? 아까는 손쉽게 저들을 해치웠잖아."

"그랬죠. 하지만 그땐 화가 나 있었거든요."

"할말 다 했으면 이제 날 끝장내고 가."

"당신 부하들이 돌아올 거예요. 그들한테 부탁해요."

"몇 시간 뒤에나 오겠지. 아예 안 올 수도 있고."

"글쎄요, 난 그러고 싶지 않은데."

"그게 너한테 최선……"

갑자기 '푹!' 하는 소리가 났다. 클라이스트가 쏜 화살이 정통으로 던바의 가슴에 박혔다. 던바는 눈이 휘둥그레지더니 길게 숨을 내쉬었다. 마치 몇 분이 흐른 것 같았지만 고작 몇 초였다. 두 사람 모두에게 다행히도 그게 끝이었다.

던바 뒤에서 무릎을 꿇고 있던 사내는 여전히 신음중에 바람 빠지는 소리를 냈다. 클라이스트는 털썩 꿇어앉으면서 몸을 들썩였다. 하지만 뱃속에 아무것도 없어 목구멍에서 나오는 게 없었다. 구역질을 하면서 동시에 숲을 주시하기가 쉽지 않았다. 그는 활을 내려놓았다. 가지고 있던 물건들을 되찾고 새로운 전리품을 뒤지려면 두 손이 자유로워야 했다. 느릿느릿 일어서던 그가 갑자기 비명을 질렀다.

5야드 앞에 소녀가 서 있었다. 그녀는 휘둥그레진 눈으로 클라이스트를 바라보다 그의 품속으로 뛰어들더니 울음을 터뜨렸다.

"고마워요! 고마워요!"

소녀는 마치 잃어버린 부모를 찾은 아이처럼 처절한 안도감과 감사의 마음으로 클라이스트를 꽉 껴안고 흐느꼈다. 그리고 그의 입술에 진한 입맞춤을 퍼부은 다음 품에 달려들어 절대로 놓아주지 않을 것처럼 두 손으로 양어깨를 단단히 붙잡았다. "당신은 정말 용감했어요. 너무나 용감했어요." 그러고는 뒤로 물러서서 흠모의 눈빛으로 그를 살펴보았다.

클라이스트는 자신을 존경스럽게 쳐다보는 소녀를 보고 어리둥절해하며 표정이 몹시 흔들렸다. 인간 본성을 연구하는 학자가 아니더라도 그 표정의 의미는 대번에 알 수 있었다. 그가 멍하니 지켜보는 동안, 클라이스트가 그녀를 구하러 온 게 아니라는 사실을 깨달은 표정이 빠르게 떠오르는 태양처럼 소녀의 얼굴 위로 스쳐갔다. 흠모의 표정이 가시고 소녀의 눈이 눈물로 젖기 시작했다. 그 모습을 보니 안쓰러운 기분이 들었다. 클라이스트로서는 드문 일이었다.

뜻밖의 사실에 불안해진 소녀가 더 뒤로 물러서더니, 감사의 마음으로 포옹하는 동안 그의 허리띠에서 뽑은 칼을 내밀었다.

당혹감과 분노가 서린 클라이스트의 표정이 너무 우스꽝스러워서 소녀가 웃음을 터뜨렸다.

클라이스트의 얼굴이 분노로 시뻘게지자 오히려 소녀는 더욱 크게 웃었다. 이윽고 클라이스트가 다가가 손에 든 칼을 쳐서 떨어뜨리고 그녀의 얼굴을 후려쳤다. 소녀는 석탄 자루처럼 쓰러져 땅에 머리를 세게 부딪혔다. 클라이스트는 소녀에게서 눈을 떼지 않고 칼을 집어든 다음 재빨리 숲 쪽을 둘러보았다. 상황이 점점 통제 불능이 되고 있었다. 코피가 범벅이 된 소녀의 얼굴은 이제 충격과 고통의 표정으로 일그러져 있었다. 소녀가 일어나 앉았다.

"아까는 웃더니 지금은 울상이구나."

소녀는 아무 말도 하지 않았다. 뒤로 물러난 클라이스트는 야영지에 널린 짐들을 뒤져 자기 물건과 들고 갈 수 있는 다른 물건을 찾기 시작했다. 무릎 꿇은 사내는 계속 신음하고 있었고, 구멍 뚫린 허파에서는 여전히 휘파람소리가 났다.

소녀가 다시 울기 시작했다. 클라이스트는 계속 짐을 뒤졌다. 던바 경의 꾸러미로 짐작되는 것에서 돈이 나왔다. 더 챙겨갈 물건은 별로 없었다. 강도로서 그들의 삶은 변변치 않은 듯했다. 말도 세필뿐이었는데, 그중 한 마리는 클라이스트에게서 빼앗은 말이었다. 소녀의 울음소리가 점점 커지면서 도무지 그칠 기미를 보이지 않았다. 거기에 무릎 꿇은 사내의 신음과 바람 새는 소리까지 더해 클라이스트의 신경을 건드렸다. 하지만 그것은 단순히 짜증만은 아니었다.

과거에 리디머 프레이저가 말하기를, 계집의 눈물은 사내의 영혼을 녹여버리는 만물 용해액이다. 눈물 많은 계집은 그 간교한 기만의 액체로 사내의 올바른 판단력을 흐릴 수 있다.

당시 클라이스트는 이 경고의 타당성이 의심스러웠는데, 여자를 본 기억이 전혀 없기 때문이었다. 물론 멤피스에서 지내는 동안 몇 가지 측면에서 여자에 대한 경험이 아주 크게 확장되긴 했지만, 눈물에 관해서는 별 도움이 되지 못했다. 키티 타운의 매춘부들은 눈물을 보이는 일이 거의 없었다.

"입 닥쳐." 그가 말했다.

소녀는 칭얼거리는 정도로 울음소리를 낮추고 이따금 무겁게 흐느꼈다.

"대체 여기서 저 부랑자 놈들과 뭘 하고 있었던 거야?"

소녀는 북받치는 설움을 가누려고 애쓰면서 힘겹게 훌쩍이느라 처음에는 대답하지 못했다.

"놈들이 날 납치했어. 그리고 죄다 겁탈했어."

납치당했다는 말은 사실이 아니거나 과장인 듯했다. 멤피스에서 지내는 동안 클라이스트는 겁탈이라는 말에 익숙해졌다. 거기서 희한하고 재미있는 겁탈 이야기를 자주 들었는데, 그게 뭐냐고 묻는 바람에 한층 더 비웃음을 사곤 했다. 클라이스트는 소녀의 대답에 놀랐지만 믿지는 않았다. 거짓말쟁이가 틀림없었다. 하지만 그렇게 괴로운 표정을 지을 줄은 예상치 못했다. 물론 몇 분 전에는 클라이스트를 보고 깔깔댔지만.

"네 말이 사실이라면 유감이네."

"저 말들 중 한 마리를 나한테 줘."

"그랬다가는 날 따라올 텐데? 꿈도 꾸지 마."

"제일 좋은 말은 네가 가져가. 나머지는 형편없는 말들이야."

틀린 소리는 아니었다.

"다음 마을에 가면 저놈들을 팔 수 있는데, 도둑일지도 모르는 너한테 뭐하러 말을 줘? 어쩌면 더 나쁜 사람일지도 모르고."

"저 말들에는 모두 주인의 낙인이 찍혀 있어. 멋모르고 팔려 했다가는 도둑으로 몰려 교수대에 매달릴걸."

"오호라, 뭘 좀 아시나본데?"

클라이스트는 자기 물건과 전리품을 채운 가방을 안장에 올렸다.

"제발. 악당 두 놈이 아직 주위에 있단 말이야."

"그중 한 놈은 꽤 오랫동안 아무도 뒤쫓지 못해."

"하지만 나머지 한 놈은 멀쩡하잖아."

"됐어. 입이나 닥쳐. 저리로 가." 클라이스트는 서쪽을 가리키며 말을 이었다. "다시 내 눈에 띄면 그 피투성이 머리를 잘라버릴

90

줄 알아." 그리고 말에 올라타 숲 바닥에 앉아 있는 소녀를 여전히 신음중에 휘파람소리를 내는 무릎 꿇은 사내 옆에 버려둔 채 떠났다. 젊은 여자를 허허벌판에 내버리고 떠나는 행동은 비열해 보일 수도 있었다. 그러나 적어도 납득할 만한 위험에 처한 젊은 여자를 구해준 과거의 유일한 경험이 가져온 끔찍한 결과를 고려하면 그럴 만도 했다.

"그가 옳다고 생각하십니까?"

길의 질문에 보스코가 되물었다.

"자네 생각은 어떤가?"

"저는 그가 틀렸다고 생각합니다. 연옥수들은 감옥에 있어야 마땅합니다. 놈들에게 걸맞은 운명이죠. 만약 신께서 그들의 심성을 변화시키지 못하셨다면, 신의 분노가 인간으로 화한 자조차 그들을 변화시킬 수는 없습니다. 그에게 신의 은총이 있기를."

"우린 자네의 생각이 틀렸기를 바라야 하네, 리디머. 케일은 놀라움으로 가득찬 존재야."

"제가 왜 그를 좋아한 적이 없는지 이제 알겠군요."

두 사람 모두 웃었다.

"계속 말씀드려도 될까요? 보스 이카르드를 공격하려는 계획에 대해서 말입니다."

스위스의 성주인 보스 이카르드는 그 나라의 악명 높은 조그 왕 다음가는 권력자로, 실은 왕과 거의 맞먹는 이인자였다. 마테라치 제국이 붕괴된 지금은 주변 지역 막후 실력자들 중 가장 막강한 존재였다. 보스코와 길이 보기에 그가 마테라치 잔당을 스패니시 리즈에 피신하도록 허락한 것은 실수였다. 그것은 리디머 연방의 이익을 위협하는 행위로 비쳐졌다. 그러나 그들이 미처 몰랐던 사실이 있었으니, 보스 이카르드의 생각도 그들과 같았지만 조그 왕의 갑작스러운 변덕 때문에 어쩔 수 없이 마테라치들의 스패니시 리즈 체류를 허락했다는 것이었다. 리디머 외교부는 외교와 정보 수집 능력이 신통치 않았고, 외교부가 수집한 정보에 보스코가 접근할 수 있는 권한은 제한적이었다. 어차피 그런 정보 가운데 보스 이카르드가 마테라치 잔당이 스스로 떠나도록 가능한 한 모든 조치를 취했다는 사실은 없었다. 그는 체류 허가 말고는 원조나 돈을 전혀 제공하지 않았으며, 도움을 안 주면 결국 마테라치 무리가 굶주림을 이기지 못하고 다른 곳으로 떠나 골칫거리가 사라질 거라고 기대했다. 마테라치 잔당의 존재 때문에 리디머들의 신경을 건드려 말썽이 생기면 좋을 것이 없었다. 하지만 보스코는 이카르드가 마지못해 체류를 허가했다는 사실을 전혀 몰랐으며, 외견상 마테라치 놈들을 환대했다는 사실만으로 그의 의도를 짐작할 따름이었다. 그래서 이카르드를 죽임으로써 조그에게 경각심을 심어주고, 누구든 마테라치뿐 아니라 리디머들의 반감을 산 자를 받아들이려는 자는 가만두지 않는다는 경고를 보내는 것이 좋겠다고 판단했다.

"아니. 그를 죽이는 것은 잠시 미뤄야 해…… 적어도 몇 달 동안은. 케일이 연옥수들을 변모시킬 수 있을지 확인할 때까지."

"미루는 건 위험합니다."

"미루지 않는 게 위험하지. 우리는 홍수 한가운데 놓인 처지야. 앞으로 나아가는 것도 위험하고, 뒤로 물러나는 것도 위험해. 시기가 무르익을 때까지 나는 케일의 이름과 명성을 널리 퍼뜨릴 생각이네. 자네가 그를 더퍼스 드리프트로 데려가주게."

"왜죠?"

"왜냐하면 케일이 해결책을 찾아낼 테니까."

"확신하시나보군요."

"그를 데려가서 직접 확인해. 아무래도 자네는 주님의 분노가 가진 힘을 썩 믿지 않나보군. 믿어야 마땅하건만."

"메아 쿨파(내 탓이로소이다), 리디머."

보스코는 콧방귀를 뀌었다. 길의 시큰둥한 태도가 못마땅했다.

"후크는 어쩌실 겁니까?"

"케일의 성공 여부가 판가름날 때까지는 간트가 낌새를 챌 빌미를 만들어서는 안 돼. 따라서 후크를 공개적으로 처형하고, 그 사실을 널리 공표함으로써 좋건 싫건 굴욕을 감수해야 해. 저명한 인사들을 초청하게나."

문에서 노크소리가 들리고 곧이어 케일이 안으로 들여보내졌다. 보스코는 케일에게 길과 함께 남쪽으로 가서 포크 부족 문제를 처리하라고 했다. 케일은 반발하기는커녕 질문조차 하지 않았다.

"저는 그를 원합니다. 후크요."

"어째서?"

"그의 신상 기록부를 읽고 설계도들을 봤거든요. 일부는 당신이 말한 대로 허무맹랑할 수도 있지만, 공성 기계는 잘 만든 것 같더군요. 심지어 거대 석궁도 쏠 만해 보입니다. 좋은 아이디어가 곳곳에 있어요. 당신도 그의 수문이 훌륭한 발명품이라고 하지 않았습니까."

"그자는 교황의 뜻을 어겼다."

"당신은 교황을 죽일 생각이고요."

"그건 아니다. 하지만 정말 그럴 생각이라면, 교황의 노여움을 살 짓부터 하지는 않을 것이야."

"후크의 기계들은 교황의 노여움에 대한 걱정을 잊게 해줄 겁니다."

보스코는 한숨을 내쉬고 창가로 걸어갔다. "수많은 쇳덩이가 불 속에 있고 한없이 많은 주전자들이 그 위에서 끓고 있다. 나는 상충하는 요구들의 균형을 맞춰야 해."

"제 요구가 먼저입니다."

"너는 신의 분노이지 전능하신 주님 자신은 아니야. 거기에는 상당한 차이가 있다. 네 운명을 너무 밀어붙이면 그 사실을 깨닫게 될 거야." 보스코는 케일의 표정을 보더니 웃으며 덧붙였다. "이런, 이런. 내 말은 위협이 아니다. 너의 실패는 곧 나의 실패야."

"한때 저는 당신이 너무 막강해서 아무도 대들지 못한다고 생각했습니다."

"음, 그건 잘못된 생각이었다. 지금 너와 난 모기 날개 끝에 서 있는 신세야. 이걸 알아둬라. 만약 네가 더퍼스 드리프트에서 목적을 이루어 내가 그 힘을 이용할 수 있게 되면, 우리는 후크의 처형을 지연시킬 수 있을 것이다. 내겐 그걸 막을 힘이 없다. 괜한 엄살이 아니야. 네가 더퍼스 드리프트에서 연옥수 문제를 해결하면, 상황이 어떻게 바뀔지는 아무도 모른다. 모든 것이 네 손에 달려 있다."

리디머 길과 또다른 리디머 두 명을 대동하고 여행길에 오른 케일은 엿새 만에 드리프트에 다다랐다. 그러는 동안 매일 70마일 이상 강행군을 이어가면서 20마일마다 역참에 들러 조랑말을 갈아탔고, 마지막 80마일은 쉬지 않고 계속 달렸다. 그 지역에는 안타고니스트 척후대가 너무 활개를 쳐대서 역참 같은 시설이 남아나질 않았다. 목적지에 도착한 케일은 녹초가 되었다. 어깨가 아파서 죽을 지경이었고, 손가락은 오페라 로소에서 솔로몬 솔로몬에게 잘렸을 때 못지않게 아팠다.

"잠을 조금 자두십시오." 길이 케일을 파란 삼베로 만든 텐트로 안내하며 말했다. 그동안 쉽게 잠드는 법이 없었던 케일은 자신을 위해 마련된 끔찍하게 불편한 간이침대에 눕자마자 잠들었다. 여덟 시간 뒤, 길이 케일을 깨우고는 역한 맛이 나는 액체가 담긴 컵을 내밀었다. 그 액체를 마시면서 케일은 불과 몇 달 사이 자신이 돼지기름처럼 물러졌다는 생각이 들었다. 예전 같으면 이런 역겨운 음료도 참고 마실 만했을 터였다.

"쓰레기나 다름없잖아." 케일은 골똘한 표정으로 자신을 바라보는 길에게 말했다.

길은 정말로 당황한 표정이었다. "죄송합니다." 컵을 도로 받아든 그는 뭐가 문제인지 알아보려고 맛을 보았다. "제 입에는 썩 나쁘지 않은데요."

두 사람은 서로 바라보며 의미 없는 눈빛을 주고받았다.

"가서 전지 주변을 둘러보고 상황 파악이나 하시죠. 우리가 돌아올 때쯤이면 식사가 준비되어 있을 겁니다."

"당장 가지."

트란스발평원은 성소에서 남서쪽으로 400마일 떨어진 곳에 있는 초원이다. 스스로를 '포크'라고 부르는 이곳 사람들은 그 드넓은 지역에서 농사를 짓고 사냥을 하는데, 최근에 안타고니즘으로 개종했다. 그래서 어떤 기준으로 보나 기괴한 무리인 그들의 신앙은 엄격하고 열정적이다. 포크의 신분 등급은 둘로 나뉜다. 일반 남성들과 한 명의 지도자인 포크 마이스터. 이제는 거의 언제나 설교자이자 정신적 지도자 역할만 하는 마이스터는 반드시 천 명 이하에 대해서만 권위를 갖는다. 개종하기 전에도 리디머 신앙에 귀속된 적이 없고 아무런 관련도 없던 그들은 수도사 같은 침략자들에 대한 증오와 혐오가 워낙 거셌고, 그 감정은 거의 광기에 가까웠다. 물론 과장된 말이겠지만, 포크는 활을 손에 들고 말안장 위에서 태어난다고 했다. 따라서 동부 전선의 참호 전투 방식은 이런 지역의 이런 사람들과의 싸움에는 쓸모가 없었다. 포크는 대규모 군대 형태로 싸우지 않고 백 명에서 사백 명 사이로 이루어진 게릴라 부대로 싸웠다. 물론 병력이 더 적을 때도 있고 많을 때도 있었다. 이들은 공격을 받으면 그대로 광대한 초원으로 퇴각했다. 이런 방식에 참호 전투로 대응하는 것은 도끼로 파리를 죽이려는 것이나 다름없었다.

리디머들은 포크와의 전쟁을 오래전에 잊었다. 대부분의 군대가 심각한 교착 상태에 빠진 동부 전선에 묶여 있어서였다. 하지만 설령 충분한 예비 군력이 있다 해도, 포크가 잘 알고 사랑하는 땅에서 그들처럼 민첩하고 노련한 무리를 대적하고자 할 때 병력 우위는 무용지물이었다. 더구나 리디머들은 기병대를 거의 운용하지 않았고, 보유한 기병들의 전투력도 신통치 않았다. 물론 육박전이 벌어지면 리디머 일개 부대만으로도 대규모 포크 군대를 도살할 수 있을 터였다. 하지만 그들은 결코 육박전에 응하는 법이 없었다.

교황과 그의 측근들이 포크와의 전쟁을 중요하게 여기지 않았기 때문에, 보스코와 프린셉스는 동부 전선에 적용했다면 의심의 눈을 샀을 새로운 전술들을 자유로이 시도할 수 있었다. 케일을 되찾겠다는 절박한 목적으로 마테라치 공격에 나서기 전에도 두 사람은 포크와의 전쟁 방식에 대대적인 변화를 주었다. 일렬로 늘어선 전진 요새 서른 곳을 지은 것이다. 단단한 방벽과 방어용 울타리를 두른 일반적인 요새가 아니었다. 트란스발평원에서 가장 중요한 모든 전략적 요충지를 방어하는 유동적 방어 진지 구축이 목적이었다. 이들 후방에는 훨씬 더 큰 규모의 전통적인 요새 여덟 군데를 두었는데, 전진 요새 중 어느 곳이라도 적의 공격을 받으면 즉각 지원군을 보내기 위함이었다. 이는 리디머 전쟁사에서 가장 독특한 군사 계획이었다. 불행히도 모든 뛰어난 계획의 문제는 실전에 적용할 수 있느냐의 여부이다. 마테라치 공격이라는 당면 과제 때문에 프린셉스가 자리를 비우자, 그 대신 투입된 머저리가 새로운 전술들을 시행해 끔찍한 위기를 초래했다. 포크들은 참호 속에 서서 영역을 방어하는 대규모 리디머 군대를 공격할 생각이 전혀 없었다. 대신 리디머 군대의 무시무시한 군사적 강점이 무용지물이 되고, 모든 약점을 응징하듯 유린할 수 있는 지점들을 공략했다. 그 결과 진척이 없던 전쟁은 붕괴 끝에 패배를 눈앞에 둔 전쟁으로 바뀌었다. 전진 요새들은 혹독한 공격을 받고 포크에게 점령당했으며, 공격한 측의 사상자 수는 미미한 데 비해 리디머 쪽에는 대규모 사상자가 발생했다. 요새들을 탈환하려 할 때도 리디머들은 큰 손실을 입었다. 하지만 신속히 퇴각할 시기를 늘 알고 있는 포크 쪽은 손실이 적었다. 최근에 멀리 드라켄즈버그 부근의 요새들을 공격한 포크 무리가 몇 주 후 돌아오면 피투성이 참극이 다시 벌어질 터였다. 물론 피투성이 참극은 오로지 리디머들에게만 해당되는 것이었다. 더퍼스 드리프트(바보의 여울) 요새가 그 애처로운 이름을 얻게 된 것도 가장 중요한 전진 요새이면서 몇 번이나 포크에게 빼앗겼기 때문이다.

강의 물굽이에 의해 형성된 거대한 U자 형태를 상상해보라. 그 U자의 안쪽 땅은 바깥쪽 땅보다 20피트가 낮은데, 야트막한 언덕이 솟아 있는 제방 쪽을 제외하고는 다 그렇다. 이 언덕 너머에 난 길은 강을 건너 곧장 맞은편으로 이어지기 때문에 지극히 중요한 길로, U자를 정확히 반으로 갈라놓는다. 이 길을 몇백 야드 따라가면 꼭대기가 탁자처럼 평평한 거대한 산이 나타난다. 북쪽과 남쪽 제방의 높이가 20피트 차이가 나기 때문에, 어느 쪽에서 출발하든 80마일의 거리를 수레와 함께 수직에 가까운 산비탈을 오르려면 드리프트에 있는 이 길을 이용하는 수밖에 없다. 방어할 전체 지역의 폭은 겨우 2천 야드였다. 케일이 고민해야 할 문제는 이해하기는 쉽지만 해결하기는 까다로웠다. 트란스발평원에는 이런 요충지가 쉰 곳 정도 있는데, 군대가 충분하지 않아서 일반적인 방식으로는 그곳들을 방어할 수 없었다. 포크의 움직임을 봉쇄하고 그들이 바다로부터 물자를 보급받지 못하게 하려면 거의 모든 지점을 거의 동시에 방어해야 했다. 요즘 포크는 이곳들을 마음껏 유린하면서 보급품이 오는 동안에는 그곳들을 점령하다가 리디머들이 나타나면 사라졌고, 전선을 위아래로 오가면서 다른 비슷한 요새들을 닥치는 대로 빼앗았다.

케일은 거의 여덟 시간 동안 U자 지대를 거닐었다.

"어떻게 생각하십니까?" 길은 이 경이로운 존재의 대답이 몹시 궁금했다.

"까다롭겠어." 대답은 그뿐이었다. 그리고 케일은 최근 포크의 공격에서 살아남은 자들을 면담하게 해달라고 요청했다. 생존자는 고작 두 명뿐이었는데, 포로를 노리는 전쟁이 아니었기 때문이다. 하지만 케일은 저녁 내내 그들과 얘기를 나누었다.

"현재 이곳에 몇 명이 있지?" 케일이 길에게 물었다.

"이천 명입니다."

"이곳에 얼마나 둘 수 있지?"

"기껏해야 이백 명입니다. 전에는 어땠는지 모르지만 지금은 이들을 위한 보급품이나 부대가 없습니다."

"천팔백 명은 보내."

영리한 길은 굳이 이유를 묻지 않았다. 방어 병력이 넉넉하다면 적이 공격할 리가 없었다.

"이제 어쩌실 생각입니까?"

"떠나는 수밖에." 케일이 대답했다.

드리프트 방어를 위해 아무 조치도 취하지 않고 천팔백 명을 따라서 퇴각하는 동안 케일은 그저 퉁명스럽게 굴 뿐이었지만 길은 이유도 모른 채 전전긍긍했다. 퇴각 부대와 함께 5마일쯤 이동했을 때, 케일이 한쪽으로 자신의 말을 돌리자 골이 나 있던 길도 호위병 두 명과 함께 그 뒤를 따라갈 수밖에 없었다. 이윽고 케일은 요새 쪽으로 방향으로 틀더니 드리프트 후미에서 800야드쯤 떨어진 야트막한 언덕으로 향했다. 너무 높지도 가깝지도 않아 포크 정찰병의 관심을 끌지 않을 만한 언덕이었다. 그들은 요새에서 더 가깝고 요새가 더 잘 보이는 지점을 찾을 터였다. 케일이 말에서 내리더니 나머지 리디머들에게도 내리라고 손짓했다. 그러고는 언덕 꼭대기로 걸어올라가다가 마지막 몇 야드는 기어서 올라갔다. 안도감에 분이 삭은 길이 케일을 따라서 올라갔다.

"나한테 바라는 게 있나?" 케일이 적대적인 말투로 물었다.

"저는 리디머 보스코 님의 지시에 따를 뿐입니다."

그 말은 사실이기에 더 다그칠 필요는 없었지만, 케일은 여전히 길의 태도가 못마땅했다. 그는 배낭에서 뚜껑 없는 가죽 병 같은 것과 둥근 유리 두 개를 꺼낸 다음, 뚜껑 없는 가죽 병 양끝에 유리를 끼우고 중간에 달린 두 끈을 당겨 유리들이 고정되도록 조여맸다. 보스코가 불완전한 달의 모습을 보여줄 때 사용한 망원경이었다. 전에 그것과 쌍둥이처럼 똑같이 생긴 망원경을 리디머 피카르보에게서 훔쳤는데, 스캐블랜드에서 마테라치 정찰대에게 붙잡혔을 때 어떤 병사 놈이 그것을 훔쳐갔다. 이제는 반평생 전의 일처럼 까마득했다.

케일이 말없이 퉁명스럽게 대할수록, 자신이 하찮은 대접을 받는다는 생각에 심통이 난 길은 태도가 점점 변하는 듯했다. 처음에는 케일의 위상이 써먹고 버려도 되는 애콜라이트에서 신의 분노의 화신으로 변한 것에 몹시 혼란스러웠다. 누구보다 충성스러운 리디머인 그조차 이런 엄청난 비약을 납득하기가 어려웠다. 하지만 케일의 태도가 점점 더 경멸적이거나 냉담해질수록 지난 십 년간 그를 무시했던 마음은 경외와 신뢰로 바뀌었다. 길은 숭배의 욕망을 타고난 자였으며, 그가 아무리 총명하다 해도 지난 팔 개월 동안 케일을 지배하게 된 강렬하고 어두운 기운과 지극히 냉담해 보이는 태도는 마법에 몹시 예민한 사내에게 마법을 주입하는 것과도 같았다. 케일은 그 변화를 감지했다. 존경과 흠모, 그리고 물리적 두려움 이상의 공포를. 케일은 길이 자신의 변화를 느끼지 못한다는 것을 알고 있었다. 하지만 더욱 놀라운 것은 길의 가슴속에 자라는 숭배심이 그에게 헛바람을 불어넣고 있으며, 케일 자신도 그걸 느낀다는 것이었다. 마치 예전에 베이그 헨리와 함께 성물실에서 성수를 담는 부드러운 짐승 가죽에 바람을 불어넣고 바닥에 통통 튕기면서 불경스러운 기쁨을 만끽할 때처럼. 사람들 곁을 지나갈 때 그들이 나를 보고 움츠러드는 것을 느낀다는 것. 그건 굉장한 일이었다.

그날 하루가 저물 때까지 케일은 요새 주변을 감시하면서 흙에 전장 지도를 그렸다 지우고 또 그리고 지우기를 되풀이하는 동안 거의 말이 없었다. 참호와 건물, 시선 따위를 그리는 내내 호기심 가득한 길이 보지 못하게 하거나 봐도 이해할 수 없게 그렸다. 알려주면 안 되는 비밀이 있어서가 아니라 짜증을 불러일으키기 위해서였다. 하지만 길은 답답해하면서도 오히려 더 감동받은 눈치였다. 시간이 갈수록 이런 멍한 흠모의 시선을 즐기게 된 케일은 갖가지 표시와 기호를 만들어내면서 단순히 재미 삼아 해괴하고 의미 없는 그림을 그려댔으며, 덕분에 길은 궁금증의 늪에서 익사할 지경이었다.

어두워지기 직전에 케일이 언덕 아래로 내려가자 길도 따라갔다. 케일은 보초를 사교대로 배치하려다 문득 마음이 바뀌었다. 웅얼웅얼 투덜대는 불만의 소리에도 아랑곳하지 않고 야간 보초 근무를 삼교대로 정했다. 오만한 태도는 그에 대한 경외심을 한층 더 강화시켰다. 케일도 그걸 느낄 수 있었다. 자신의 변덕에 몹시 만족한 케일은 다시 언덕마루로 올라가 최대한 편안히 누워 있다가 잠이 들었고, 아르벨 스완넥의 꿈을 꾸었다. 믿을 수 없을 정도로 아름다운 그녀는 궁궐 복도에서 쫓아오는 케일을 요리조리 피해 다녔다. 한때 사랑했던 연인이 아니라 적당히 예의를 갖춰 대해야 하는 성가신 존재를 약 올리듯이. 꿈속에서 그녀를 만날 때면 그는 분노와 힘을 빼앗긴 채 모욕당한 탄원자 신세로 전락했다. 자신이 품위 있게 멸시당한다는 사실을 차마 받아들이지 못하면서, 아르벨을 붙잡아놓고 그녀의 배신이 끔찍한 실수였다는 사과를 들을 수 있길 바라는 어처구니없는 마음이 들었다. 모든 게 잘될 거라고, 다시 행복해질 거라고. 하지만 늘 그녀는 케일의 존재가 영 달갑지 않다는 듯 돌아서버렸다. 동이 트기 직전에 눈을 뜬 케일은 참담한 기분이었다. 자신의 무력함에 대한 수치심과 분노가 활활 타올랐다.

케일은 말없이 먹고 마신 다음 길을 곁에 둔 채, 새벽빛 사이로 서서히 드러나는 드리프트의 모습을 보려고 기다렸다. 현재 U자 한복판 참호들 안에는 궁수들이 가득했다. 그 참호들은 볼트와 화살이 직격할 수 없는 각도로 지어져 있었지만, 이제는 문제가 확연해졌다. 참호를 파느라 땅에서 퍼올린 붉은 흙이 초원의 누런 풀과 뚜렷한 대조를 이루어서 마치 빨갛게 칠한 동그란 표적처럼 보였다. 이 거리에서는, 여기저기 갈라지고 벌어진 물굽이 지대 안에 매복한 쉰 명가량의 궁수들은 케일의 망원경으로도 쉽게 발견되지 않을 만큼 잘 숨어 있는 것처럼 보였다. 한 시간 뒤 해가 완전히 떠오르자 길이 케일의 팔을 잡아당기더니, 드리프트 전방에 솟은 탁자 모양 산 옆, 북쪽에서 몰려오는 먼지 구름을 가리켰다. 그 먼지 구름 사이로 점차 포크의 대부대가 드러났다. 말을 탄 병사들이 수레 네 대를 끌고 드리프트로 달려가고 있었다. 처음에 그들은 곧장 한가운데로 밀고 들어올 기세였다. 어리석은 자살 행위나 다름없는 움직임이었는데, 실버리힐에서 그런 광경을 목격한 케일은 한순간 이 게릴라 부대가 정말로 그러려는 게 아닐까 의심했다.

그들은 400야드 앞에서 정지했다. 그리고 십 분 정도 멈춰 있다가 둘로 나뉘었다. 절반은 강을 따라 동쪽으로 이동했고, 나머지 절반은 서쪽으로 이동했다. 남은 소수의 병사들은 덮개에 싸인 수레들을 끌고 산 뒤쪽으로 돌아갔는데, 케일은 그 속셈이 몹시 궁금했지만 알 길이 없었다. 어딘가 이상한 수레들이었다. 덮개로 덮여 있지만 형태가 특이했다. 드리프트에 있는 리디머들은 공격을 기다리는 수밖에 없었다. 거의 한 시간이 지났을 무렵 길이 다시 케일의 소매를 잡아끌었다.

"저 산마루 아래 부분을 보십시오."

그는 산꼭대기 밑에 펼쳐진 평평한 지대를 가리켰다. 그곳으로 눈길을 돌린 케일은 드리프트에서 몇백 피트 위에 있는 수레들을 발견했다. 세 대는 덮개가 벗겨져 있었지만, 거리가 워낙 멀어서 망원경으로도 흐릿하게 보였다. 틀과 밧줄로 이루어진 일종의 투석기라는 것만 알아볼 수 있을 뿐 케일이 모르는 무기였다. 케일에게서 건네받은 망원경으로 살펴본 길은 그것들이 쇠뇌 같다면서, 한동안 동부 전선에서 안타고니스트들이 즐겨 사용했다고 말했다.

"난 들어본 적이 없는데." 케일이 대꾸했다.

"그냥 멋들어진 쇠뇌일 뿐입니다. 다만 훨씬 크죠. 구 개월 전쯤 안타고니스트 놈들이 잠깐 사용했는데, 언덕 공격에만 효용성이 있어서 현재는 동부 전선에 많지 않습니다. 여기서도 별 쓸모가 없을 겁니다."

오래지 않아 그들은 첫번째로 희한한 광경을 보고 놀랐다. 오 분 동안 미친듯이 부산을 떨던 병사들이 마침내 쇠뇌를 설치했다. 하지만 10피트 길이의 활로 드리프트의 참호를 겨냥하지 않고 거의 수직으로 하늘을 향해 조준했다. 곧이어 강력한 쇠뇌에서 발사된 거대한 볼트들이 살짝 비스듬히 위로 솟구쳤다. 귀에 거슬리는 불쾌하고 새된 굉음이 울려퍼졌다.

"살대 둘레에 깃을 달아서 울부짖는 소리가 나는 겁니다. 상대를 겁주려는 거죠."

볼트들이 울부짖으며 위로 솟구쳤다가 가파른 포물선을 그리면서 구름에서 떨어져내린 듯이 짧고 누런 풀밭에 묵직하게 내리꽂혔다. 그로부터 이십 분 동안 쇠뇌들은 계속 볼트를 쏘면서 거리를 맞추더니, 마침내 세 개 중 두 개는 참호 속으로 떨어지는 수준에 이르렀다. 비명소리가 들린 것으로 보아 거대한 볼트 몇 개가 표적에 명중한 듯했다. 하지만 너무나 희한한 이 광경을 보고도 케일은 쇠뇌가 승부를 결정할 거라는 생각은 들지 않았다.

잠시 중단되었던 발사가 재개되었다. '텅!' 하는 쇳소리와 함께 볼트들이 솟구쳤는데, 이상하게도 모습과 소리가 아까와는 달랐다. 멀리 떨어진 언덕 위의 케일과 길게 발사하는 쇳소리가 전달될 무렵 거대한 볼트들은 이미 공중에 떠 있었다. 하지만 이번에는 소리가 한층 이상하고—더욱 둔중했다—자연스럽게 정점에 다다랐다가 땅으로 떨어지는 볼트의 포물선도 어딘가 달랐다. 굳이 망원경으로 보지 않아도 확실히 볼트의 살대가 훨씬 더 두꺼웠다. 케일은 날아가는 볼트를 보려고 황급히 망원경을 집어들었다. 그가 망원경에 눈을 대는 순간, 두꺼운 살대가 공중에서 갈라져 훨씬 더 가느다란 볼트 십여 개로 나뉘더니 서서히 벌떼 같은 무리를 이루고 참호에 내리꽂혔다. 투두둑 소리와 함께 대여섯 명의 비명소리가 들렸다. 곧이어 두꺼운 볼트가 계속 발사되었다. 이따금 그중 하나는 분리에 실패했지만, 대부분 일 분마다 아홉 발씩 발사되어 백여덟 개의 얇은 볼트들이 육십 초마다 참호 속 리디머들에게 쏟아졌다. 이제 죽음의 비명과 죽어가는 자의 비명이 끊임없이 들렸다. 길은 분노를 억제하느라 얼굴이 창백해졌다. 살아남은 리디머들이 몸을 숨기려고 필사적으로 참호를 더 깊이 파는 모습이 망원경을 통해 보였지만, 이는 비를 피하려고 땅속으로 파고드는 것처럼 부질없는 짓이었다. 소용없다는 것을 깨달은 생존자들은 참호 밖으로 기어나와 달아나기 시작했다. 그러나 그들이 고작 50야드쯤 달려갔을 때, 거대한 U자 양쪽에서 볼트와 화살이 파도처럼 날아와 어린아이가 막대기로 잡초들을 후려치듯 그들을 쓸어버렸다. 스무 명가량의 리디머들이 항복했다. U자 주위의 수풀과 거대한 흰개미 언덕 뒤에서 포크 병사들이 쏟아져나왔다. 100야드 안에 백육십 명의 병사들이 모여 있었다. 포크 병사 몇 명이 다가와 항복을 받아들였다. 케일은 자비를 모르는 리디머들에게 과연 자비가 베풀어질지 궁금했다. 그때 U자 뒤쪽 언덕에서 화살 여섯 발이 날아왔고, 앞으로 나왔던 포크 세 명이 비명을 지르며 쓰러졌다. 항복을 거부하는 리디머 열 명이 언덕 한쪽에 자리잡고 있었다. 하지만 케일이 보기엔 오른쪽의 맹점 때문에 포크 일개 소대가 저항하는 리디머들에게 50야드 이내로 접근할 수 있었다. 리디머들은 궁지에 몰려 있었고, 포크 쪽은 계속 병사를 공급할 수 있었다. 워낙 거리가 가깝고 포크의 수가 훨씬 많아 리디머들은 첫번째 진격에 제압당해버렸다. 커다란 참호에서 빠져나온 리디머들에게 자비가 베풀어질 가망은 이제 완전히 사라져버렸다. 결국 요새를 방어하던 자들은 십 분 만에 전멸했으며, 포크 쪽 사망자는 리디머 패잔병들의 서툰 항복 때 죽은 자들뿐이었다. 이번에도 포크는 지상에서 가장 막강한 군대를 철저히 농락한 것이다.

사흘 뒤, 앞서 케일이 가장 가까운 주요 요새로 보낸 천팔백 명은 다시 드리프트를 수비하고 있었다. 그전에 포크는 이백 대가 넘는 보급품 수레들과 천 명에 가까운 병력이 지나가는 것을 목격했고, 리디머들이 접근해오자 그대로 평원으로 사라져버렸다. 그들은 더퍼스 드리프트건 다른 어떤 진입로의 요새건 지난번처럼 어렵지 않게 빼앗을 수 있다고 믿었다.

케일은 백부장 열일곱 명을 자기 주위에 빙 둘러세우고, 500야드 너머 얕은 구덩이에 처박혀 있는 죽은 리디머들의 전술을 한 시간 동안 설명한 다음 그들이 그토록 쉽게 패배한 까닭을 알려주었다. 케일이 질문해보라고 했지만 질문한 이는 겨우 몇 명이었다. 대답해보라고 했지만 역시 대답한 것도 겨우 몇 명뿐이었다. 케일이 보기에 그들 중 누가 드리프트를 방어했어도 결과는 마찬가지였을 듯싶었다. 물론 포크를 더 오래 붙들어뒀을 만한 자들도 두셋 있었다.

"두 시간을 줄 테니 방어 계획을 세워봐. 그런 다음 자네들 이백 명은 여기 남을 거야. 사흘 뒤 지원군이 올 때까지 버틸 수 있나 보자고."

"그들을 어떻게 고르실 겁니까?"

"기도로."

텐트로 돌아오는 동안 케일은 자신의 대답이 참으로 가벼웠다고 생각했다. 아무리 악랄한 리디머들이라 해도 조만간 이백 명이 죽어나갈 터였다.

실제로 그들은 그렇게 죽었다. 그전에 케일은 새로운 방어 전술을 경청하고 자신의 생각을 실전에서 확인하기 위해 몇 가지를 고치라고 지시한 다음, 신앙심을 들먹이는 불경스러운 장난 대신 제비뽑기로 요새 방어자들을 선발했다. 그리고 최초 작전회의 도중에 백부장 한 명을 알아보고 손수 그의 이름을 명단에 추가했다. 과거에 훈련 시간에 잡담을 했다는 이유로 남자 손목만큼 두꺼운 밧줄로 케일의 엉덩이를 때린 리디머였다. 실제로 떠든 사람은 케일이 아니라 도미니크 사비오였다는 사실만 알았더라도 이 리디머는 죽음을 모면할 수 있었을 것이다. 그날 사비오는 베이그 헨리에게, 자신은 밤에 자다가 죽어 악마의 똥으로 나오기를 영원히 되풀이하게 될 거라고 소곤거렸다.

지난번처럼 이번에도 케일은 길과 함께 더퍼스 드리프트에서 반마일쯤 떨어진 낮은 언덕으로 물러났다. 이번에는 이틀을 기다렸는데, 그사이 케일은 이따금 아주 치졸한 방식으로 길을 괴롭혔다. 키티 타운에서의 음탕한 경험들을 은근슬쩍 들려준 것이다. 물론 당시 연애 초기였던 케일은 그곳에 가지 않았다. 클라이스트와 베이그 헨리만 거기 갔는데, 베이그 헨리는 죄책감을 느끼면서도 그곳에 매료되었다.

케일은 리디머 길에게 말했다.

"1달러만 주면 음탕한 년을 살 수 있지. 더 싼 경우도 있고. 2달러면 뒤를 핥아주는 년도 살 수 있어."

이건 케일이 지어낸 이야기였는데, 그런 변태 같은 매춘부는 없을 거라고 믿었기 때문이다. 그러나 잘못된 생각이었다. 키티 타운에서는 돈만 있으면 어느 누구도 상상하지 못하는 변태도 구할 수 있었다.

이틀 동안 케일은 주로 잠을 자면서 길과 호위병 두 명에게 지급된 음식 대부분을 먹어치웠고, 더퍼스 드리프트에서 벌어진 전투와 앞으로 벌어질 전투에 대해 끊임없이 상상하면서 종이에 끼적였다. 또한 스완넥과의 다음 만남에 대해서도 생각했다. 상실감에 젖은 그녀가 그의 품에 뛰어들어 흐느끼고, 그사이 죽어가는 보스코가 마지막 숨을 헐떡이면서 그녀의 배신이 악랄한 속임수였다고 시인하는 광경. 이내 케일은 자신의 어처구니없는 망상에 수치심을 느끼고 그 아름다운 목을 동정이나 후회 없이 서서히 조르는 모습을 상상했다. 자신의 무자비한 손아귀에 눌려 캑캑대고 가르륵거리는 그녀를. 이따금 길어지는 이런 몽상이 끝나면 부끄러움이 밀려들면서 슬며시 화가 났다. 하지만 그러면서도 번번이 다시 공상에 잠겼고, 거룩한 리디머 클레멘타인이 말한, 사악한 생각을 좇는 죄를 저질렀다. 케일은 자신이 클레멘타인조차 상상할 수 없을 정도로 미친, 서사시 규모의 사악한 생각을 좇는다고 생각했다. 전에 이드리스푸케는 이렇게 말했었다. "지독하게 악랄한 자들은 대개 소심해서 생각을 행동으로 옮기기를 주저하지. 세상을 위해 다

행스러운 일이야.'

타이거산의 거대한 바위턱에서 내려다볼 때 케일은 불안한 기쁨과 함께 즐거운 불쾌감을 느꼈다. 지금 더퍼스 드리프트 근처 언덕에서도 그때와 같은 불안감과 불쾌감, 기쁨과 즐거움이 느껴졌다. 모름지기 마침내 긁을 수 있는 가려움보다 좋은 것은 없었다.

천부장 밑의 백부장들은 참호를 깊이 파는 건 소용이 없지만 흙이 단단하니 참호 바닥의 흙을 돋워 시렁을 만들어두면 볼트의 소나기를 피할 수 있다는 결론을 내렸다. U자 한가운데 있는 주 참호를 지키기 위해 그들은 바깥쪽으로 좌우에 더 많은 참호들을 팠다. U자 바깥쪽 400야드 지역의 덤불을 모조리 잘라내고 불태우려던 계획은 케일 때문에 무산되었는데, 그가 작업에 천팔백 명이 아니라 이백 명만 동원하라고 지시했기 때문이었다. "앞으로는 이곳에 이백 명밖에 둘 수 없는데 지금 있는 병력을 사용하는 것이 무슨 의미가 있겠어?"

더구나 이 지역에는 커다란 바위와 콘크리트처럼 단단한, 울퉁불퉁 엉성한 벌집 같은 흰개미 언덕이 사방에 널려 있어서 숨을 곳이 많았다. 그리고 지난번 전투 당시 놓쳤던 허점을 방어하기 위해 U자 안쪽 언덕으로 참호를 이동시켜놓았다.

6

"넌 내 영웅이야."

클라이스트와 소녀는 부분적으로 죽은 떡갈나무 앞에 앉아 있었다. 움푹 파인 부분에 모닥불을 피워놓아서 꼭 벽난로처럼 보였다.

"난 네 영웅이 아냐."

"아니, 영웅 맞아." 소녀가 장난스레 대꾸했다. "날 구해줬으니까."

"난 널 구해주지 않았어. 내 물건을 찾으러 갔을 때 네가 그 숲에 있었을 뿐이야. 난 네가 거기 있는 줄도 몰랐어."

"가슴으로는 알고 있었어." 소녀가 짓궂게 반박했다.

클라이스트는 콧방귀를 뀌었다.

"맘대로 생각해. 내일 너 가고 싶은 데로 가. 나는 최대한 멀리 다른 곳으로 갈 테니까."

"내가 사는 곳에서는 누군가의 목숨을 구해주면 그 사람을 영원히 책임져야 한다고 해." 소녀가 찌르레기처럼 즐겁게 조잘거렸다.

이 말은 소녀가 지금껏 했던 어떤 거짓말보다도 터무니없는 소리였으며, 클레프트 사람들이 생각하는 책임의 의미에 전적으로 위배되는 것이었다.

"그게 어떻게 말이 돼? 반대라면 또 모를까." 클라이스트가 성난 표정으로 쏘아붙였다.

"좋아. 그럼 내가 널 책임지지, 뭐."

"우선 난 너희 부족 사람들이 어떻게 생각하는지 따위는 관심 없어. 그리고 네가 날 책임지는 것도 원치 않아. 그냥 멀리 떠나줘."

소녀가 웃었다.

"마음에도 없는 소리 하기는. 네 이름이나 말해줘."

"난 이름 없어. 무명인이야."

"누구나 이름은 있어."

"난 없어."

"내 이름을 말해줄까?"

"아니."

"그렇게 말할 줄 알았다니까."

"그럼 왜 물어봤는데?"

"왜냐하면 네 목소리가 너어어어무 듣고 싶었거든."

소녀는 과장스럽게 대답하고는 또 웃었다. 그로부터 두 시간쯤 뒤에 클라이스트는 완전히 두 손 들어야 했다.

이틀 뒤, 케일과 길은 살아남은 리디머 여섯 명의 항복을 포크가 받아주는 모습을 지켜보았다. 물론 그들은 잠시 논쟁을 벌였고, 마침내 지난번보다 훨씬 더 조심스럽게 포로를 받아들였다. 손발이 묶인 채 수레에 실린 리디머들은 십 분 뒤 탁자 모양 산 너머로 사라졌다.

"몇 번이나 더 하실 겁니까?" 길이 침울한 표정으로 물었다.

케일은 대답하지 않고 언덕 아래로 내려가 말에 오른 다음, 강인한 이름에 걸맞지 않게 허약한 배스천(보루) 요새로 돌아가기 시작했다. 그곳에 도착하고 닷새 뒤, 그는 리디머 세 명과 함께 성소로 돌아와 언짢은 표정의 보스코와 마주했다.

"해결책을 찾을 때까지 트란스발평원에 있으라고 했을 텐데."

"해결책을 찾았습니다."

놀라움에 아무 말 못하는 보스코의 모습에 케일은 내심 즐거웠다. 알고 지낸 지 오래였지만 과거에는 이런 일이 불가능했다.

"설명해봐라."

케일은 설명했다. 그의 이야기가 끝나자 보스코는 미심쩍은 표정이 되었는데, 케일이 못 미더워서가 아니라 그 제안이 너무 훌륭한 나머지 거짓말 같아서였다. 보스코는 자신이 심혈을 기울여 뽑은 이백아흔아홉 명의 전위부대를 형장의 이슬로 사라지게 한 우스꽝스러운 사건에서 비롯된 끔찍한 함정에서 벗어날 길을 제공받은 것이었다. 그의 경험에 비춰보면, 자신이 안고 있는 가장 큰 문제의 마수에서 벗어날 길을 누군가가 제공할 때는 대가를 걱정하거나 심지어 욕망이 만들어낸 그럴싸한 망상일까 머뭇거려서는 안 됐다. 사람은 자신이 믿고 싶은 것을 믿게 마련이다. 아마도 이것이 모든 상투적 진리 중에서 가장 아름다운 진리일 거라고 보스코는 생각했다. 비록 케일의 제안은 공교롭게도 지금 그에게 가장 필요한 것과 정확히 일치했지만, 보스코로서는 받아들이는 수밖에 달리 선택의 여지가 없었다.

"네가 떠나 있는 동안 내가 연옥수들을 밖에 세워놓고 그중 한 놈을 놈들 눈앞에서 처형시켰다. 힘겨운 죽음이었지. 지켜보기에 힘겨웠다는 뜻이다. 네가 그들에게 무엇을 원하는지 말하면 다들 그 일을 머릿속에 떠올릴 거다. 만약 기대에 부응하지 못하면 어떤 꼴을 당하게 될지."

"모든 연옥수가 적합하지는 않습니다. 서른 명 정도는 너무 제정신이 아니거나 멍청해서 쓸모가 없어요. 하지만 저는 처형 집행인이 아니죠. 그자들은 마셜시에 있는 바스티유로 보내주세요."

"그들을 보내는 편이 낫다고 확신하는 까닭은 무엇이냐?"

"그럴 것 같으니까요. 말씀드렸다시피 저는 처형 집행인이 아닙니다."

"좋다. 하지만 넌 페타르 브르지카의 신비로운 능력을 폄하할 권리가 없어."

충동을 참았어야 했건만, 트란스발평원 문제로 우쭐해진 케일은 오만하게 쏘아붙이고 말았다.

"신비로운 능력? 도살자에 불과하잖아요."

"생각을 함부로 드러내지 말라고 몇 번이나 일러줘야 하느냐?" 보스코가 피곤한 표정으로 대꾸했다. "자, 내 말 잘 들어라. 신께서 말씀하시면 그 말씀은 진리라는 확신이 뒤따라야 한다. 하나의 참된 믿음이 불관용인 까닭은, 반대를 두려워하는 오만한 선생 따위여서가 아니야. 그것이 불관용인 것은 진리가 진정한 사실이기 때문이다. 2 더하기 2는 5나 3이라고 주장하는 선생을 인정하는 건 관용이 아니다. 그런 자는 어느 시대 어느 사회에서도 용납되어서는 안 돼. 우리는 영원을 위해 인류의 구원을 가로막는 거짓말을 더 이상 참아줘선 안 된다. 그러니, 우리 모두를 위해 주님의 진리로 부터 벗어나는 어떤 것도 관용할 수 없다는 점은 2 더하기 2가 4라는 사실만큼이나 명백하다. 교황은 지상의 모든 믿음의 원천이며, 그분과 처형 집행인이 훌륭한 협력 관계를 이루어야만 이 땅에 실존하는 유일한 사랑을 강제로라도 전파할 수 있다. 주님의 사랑은 외곬이며, 가장 엄하고 가장 완고한 교리야."

"브르지카는 피에 굶주린 욕망에만 봉사할 뿐입니다."

"그렇지 않다. 가당찮은 소리. 다른 여느 리디머와 마찬가지로 그도 신앙 수호를 위해 애콜라이트를 준비시키는 일을 택할 수 있었다. 온 인류에 대한 주님의 사랑을 설파하는 법을 배울 수도 있었지. 가련하기 짝이 없는 인류, 그들이 이룬 보잘것없는 모든 것들에 대한 주님의 사랑 말이다. 인간의 정신은 타락했고, 인간의 취향은 역겹고, 인간의 육신은 사악한 배신을 하지. 인간의 모든 것이 지루하고 진부해. 이런 세상에서 브르지카는 가장 고된 임무를 선택한 것이다. 바로 자신과 같은 인간을 고문하고 죽이는 것 말이다. 그래서 아무도 그와 함께 식사하려 들지 않고, 그와 함께 하루를 보내거나 그의 곁에서 기도하려 들지 않는다. 그런 두려움과 혐오의 고독 한가운데서 브르지카는 사람의 일상적이고 유쾌한 음성이 아니라 오로지 죽어가는 자의 신음에 자신을 내맡겨야 한다. 그가 신앙 증명의 마당에 도착하면 거기 모인 동료들은 두려움의 눈빛으로 바라보지. 이교도나 불경한 자가 앞에 던져지면, 브르지카는 그자를 잡아늘여 나무 형틀에 묶고, 두 팔을 들어올린다. 소름 끼치는 정적이 흐르는 동안 뼈 부러지는 소리와 죄인의 비명만 들리지. 이윽고 브르지카는 그의 몸을 형틀에서 풀어 땅바닥에 길게 눕힌 다음, 예리한 갈고리로 가슴에서부터 치골까지 배를 갈라 내장을 끄집어낸다. 그사이 죄인은 공포에 질린 눈빛으로 비명을 지르고, 용광로 아가리처럼 입을 딱 벌리지."

"그런데도 당신은 아무도 그자 옆에 앉으려 하지 않는 까닭을 모르시나요?"

"알다마다. 하지만 모두가 혐오한다 해도 브르지카는 위대하고 막강한 존재야. 이 세상에서 처형 집행인을 없애면 순식간에 질서가 무너져 혼돈이 찾아온다. 인간에게서 은혜로운 영생을 앗아가는 사악하고 기회주의적인 악인과 무법자, 변절자와 불경한 자들 앞에서 친절과 동지애, 선행이 무방비 상태가 되는 거지. 그러니 브르지카야말로 영웅이자 성인이라 하지 않을 수 있겠느냐."

보스코와 케일은 잠시 서로 노려보았다.

"저는 후크를 원합니다."

"그건 불가능하다고 말했을 텐데."

"당신이 가능하게 만들어야 합니다. 포크는 신무기를 갖췄어요. 우연히 돌 밑에서 발견한 무기가 아니란 말입니다. 제겐 후크가 필요합니다."

"모든 것이 위태로운 상황이다. 이 문제로 교황의 뜻을 거스르면 그자들이 포교청 집행부를 파견하는 데 빌미가 생겨."

"간트가 집행부의 페르티우스죠?"

"페리투스(고문 역할을 하는 신학자)다." 보스코가 케일의 말을 정정해주었다. "페르티우스는 할례 의식 후 남은 살 조각이야."

"아하."

"하려는 말이 뭐냐?"

"간트가 집행부와 함께 올까요?"

"성소를 손아귀에 넣을 기회를 마다할 위인이 아니지."

"그자가 당신을 신앙 증명의 제물로 삼을 수도 있습니까?"

"네 소망이 깃든 말 같구나. 대답은 '아니다'이다. 하지만 카르멜렝고(교황의 시종 겸 재무관) 자리에서 쫓겨날지도 모르지. 그러면 내 모든 힘은 사라지게 될 것이다."

"제가 트란스발평원의 문제를 해결하면 그들이 오는 걸 막을 수 있습니까?"

"아니. 그곳에서의 실패는 우리의 자존심에 상처를 주고 동부의 안타고니스트에게는 기쁨을 주지만, 포크는 안타고니스트에게조차 성가신 존재다. 한 명의 포크는 안타고니스트 광신도지만, 둘만 모여도 분파가 생기거든. 설령 우리가 트란스발평원에서 놈들에게 패퇴한다 해도, 놈들은 금세 저희끼리 싸우기 시작할 게다."

잠시 침묵하던 케일이 마침내 입을 열었다.

"방법은 간단합니다."

"어떻게?"

"그들이 원하는 걸 주세요. 후크의 죽음 말입니다. 그러면 놈들이 이곳에 올 명분이 없을 테니까요."

"알겠다." 잠시 후 보스코가 대꾸했다. "겉으로 드러난 것과 속뜻이 다른 말이로구나."

"네. 저는 후크를 원합니다. 반드시 데려가야겠어요."

밖에서는 케일의 전령으로 배속된 모델이 초조하게 기다리면서 방안의 대화를 엿듣고 있었다. 보스코는 살짝 언성을 높인 채 꽤

116

오랫동안 명확한 대답을 주지 않았다. 모델은 생각했다. 케일에게 문제가 생긴 걸까? 마침내 밖으로 나온 그의 대장은 두 귀 사이에 낀 짙은 안개를 걷으려는 듯 몇 분 동안 말없이 고개만 저었다.

"뭐 좀 가져다드릴까요, 대장님?"

케일이 모델을 바라보며 대답했다.

"그래. 가서 아침식사를 다시 가져와. 그리고 내 방으로 가져가서 나 대신 먹어라."

"내 이름은 토머스 케일이고, 너희는 내 손아귀 안에 있다."

죄수의 분노, 자기 연민, 두려움, 절망, 슬픔, 또다른 분노, 증오, 상실감, 사랑 등등, 구름처럼 층층이 쌓인 수많은 복합적 감정들에 짓눌린 비참한 연옥수 이백여 명을 지켜보는 동안 케일은 이토록 많은 리디머들 앞에 서 있다는 기묘한 쾌감을 만끽했다. 그의 선언은 장난스럽고 과장되어 있었지만, 실제로 그들은 케일의 손아귀 안에 있었다. 누가 그를 비난할 수 있겠는가? 눈앞의 사내들을 갓 태어난 아기들처럼 마음대로 다룰 권능이 주어진다면 누가 마다하겠는가? 상대를 공정하고 너그럽고 친절하게 대해야 할 필요가 전혀 없는 상황이라면 더더욱 그랬다. 교회법에 따르면 그들은 이미 죽은 자들이었다. 썩 중요하지 않은, 형식적 문제인 실제 처형만 시행되지 않았을 뿐이다. 케일은 그들에게 무슨 짓이든 할 수 있었다. 보복에 대한 허가를 받았다기보다는 호기심을 충족시킬 멋진 기회를 얻은 기분이었다. 원하는 건 뭐든 해도 되고 뒤탈도 전혀 없다면 기분이 어떻겠는가?

"나는 지금껏 너희가 해보지 못한 수많은 일들을 지시할 것이다.

만약 불복하면 처벌을 받게 될 것이다. 몰래 불복해도 처벌받을 것이다. 불평을 해도 처벌받을 것이다. 임무에 실패해도 처벌받을 것이다. 내 기분이 언짢아도 처벌받을 수 있다. 하지만 단 한 가지에 대해서는 처벌이 없을 것이다. 만약 스스로 생각하는 법을 터득하지 못하면 이 광장으로 되돌아와 즉결 처형될 것이다."

이윽고 케일은 광장 밖으로 걸어가기 시작했다. 도중에 연옥수중 한 명이 그의 시야 가장자리에 들어왔다. 오래전부터 알던 리디머 에이버리 훔볼트였다. 그의 얼굴에 떠오른 표정은 철저한 경멸과 멸시, 혐오였다. 그의 곁을 지나가던 케일이 엄청난 힘으로 리디머의 머리를 후려쳤다. 훔볼트는 줄이 끊어진 꼭두각시 인형처럼 쓰러졌고, 케일은 걸음을 조금도 늦추지 않으면서 계속 광장 밖으로 걸어갔다. 사실 케일은 훔볼트의 표정을 완전히 오해했다. 그것은 경멸이나 멸시, 혐오의 표정이 아니었다. 건방지게 콧방귀를 뀌는 듯한 그의 표정은 얼굴 왼쪽의 신경이 손상되어 낯가죽이 처진 것이었다. 블랙버드 레이스의 마녀가 실은 무고하므로 신앙 증명 의식의 끔찍한 제물로 바쳐져서는 안 된다는 그의 주장을 엿듣고 분노한 간수 두 명에게 두들겨 맞은 결과였다. 하지만 케일의 오해 덕분에 나머지 연옥수들은 그의 의중을 확실히 파악하게 되었다.

희한하게도 리디머들은 온갖 허황된 이야기는 믿으면서 상상력은 몹시 부족하거나 아예 없었다. 이는 고도의 지능을 가진 보스코역시 마찬가지였다. 기적이나 기괴한 천벌, 순교자들이 남긴 담석이나 포피包皮 따위와 관련된 소문이라면 아무리 터무니없는 소리라도 식전부터 일곱 가지를 믿을 수 있는 보스코였건만, 귀도 후크를 감옥에서 빼내오려는 케일의 교묘한 작전을 듣고는 어리둥절했다.

"내가 간수 몇 명을 보내서 그냥 빼내오면 되지 않느냐?"

"포교청에서 조사단을 보내면 어쩔 겁니까? 후크가 미심쩍은 죽음을 맞기 전에 지극히 건강했다는 점과, 납득할 만한 이유도 없이 모든 원칙과 관례를 깨고 그를 감옥에서 빼냈다는 사실이 드러날 텐데요."

젊은 시절 열정적이고 신앙심 깊었던 보스코는 거짓말을 늦게 배웠다. 물론 이제는 그럴싸한 거짓말들을 지어냈지만, 그가 한 말이 심각한 의심을 사는 일은 없었다. 동료들을 속이기 시작할 무렵에는 막강한 존재가 되어 있었기 때문이다. 보스코를 의심하는 정적들도 큰 압박을 가하지는 못했고, 기껏해야 짧은 밧줄에 형식적인 질문 몇 가지를 매달아 흔드는 수준이었다. 반면 케일과 베이그 헨리, 클라이스트는 애콜라이트의 생사를 좌우할 수 있는 자들을 상대로 거짓말을 하고, 사기를 치고, 속임수를 쓰며 살아왔다. 애콜라이트가 그릇된 생각이나 그릇된 행동, 그릇된 태도의 낌새가 조금이라도 보이면 용서하는 법이 없는 이들이었다. 뒤가 구린 표정은 죄를 지었다는 증거였고, 너무 떳떳한 표정은 역겨운 자만이라는 죄의 증거였다. 그 결과 세 소년은 걸음마를 배울 때처럼 자연스럽게 거짓말이 몸에 배어 고질적인 거짓말쟁이가 되었다. 처음에는 다소 아슬아슬했지만, 금세 능숙해져서 생각하지 않고도 거짓말이 술술 쏟아져나왔다. 힘없는 거짓말쟁이는 만사에 철두철미해야 거짓말이 들통나지 않았다. 진짜 같은 거짓말을 해야 하고, 서툰 거짓말쟁이가 하는 온갖 실수를 조심해야 했다. 그런 실수를 하면 덜떨어진 놈에게조차 탄로나기 십상이었다. 남을 속일 때 가장 중요한 것은 일상의 흐름을 절대로 깨지 않아야 한다는 점이었다. 늘 똑같은 일상에서 작은 변화라도 감지되면 아무리 둔한 자도 수상한 낌새를 채기 마련이었다.

"사형수 감옥에서 후크를 빼낼 그럴싸한 핑곗거리는 질병뿐입니다. 교회 청문회가 열릴 경우 둘러댈 변명 말이죠. 머리를 굴려보세요. 정말로 그런 일이 일어난 것처럼, 그보다 더 진짜처럼 보일 방법을 생각해내라고요. 믿을 만한 의사를 한 명 보내세요. 의사는 있습니까?"

"있지."

"후크에게 큰체꽃을 먹이세요. 땀이 나고 얼굴이 벌게질 거예요. 목 매달린 리디머의 거상 뒤에 그 꽃이 자랍니다. 의사라면 찾을 수 있을 거예요."

보스코는 화가 났다. 과거에 케일이 그런 증상을 호소해서 세 번이나 방으로 돌려보내 쉬도록 해준 적이 있었다.

케일이 이죽거렸다.

"주님의 분노에게서 무얼 기대하셨나요? 내일쯤이면 교도소에 열병이 돈다고 간수들이 전부 술렁일 겁니다. 그때 후크를 옮기라고 지시하면 돼요. 당연한 조치이니 일상에서 벗어나는 짓은 아닌 셈입니다. 당신은 나한테 그것이 죄라고 말하곤 했죠."

"아무래도 내가 중요한 것을 잊고 있었나보다. 알려줄 테니 마음에 새겨둬라. 주님은 당신의 위대한 전령들을 많은 곳에 심어놓으신다. 대개 그들은 자신이 누구이며 무엇을 해야 하는지 알려줄 길잡이가 없어서 미쳐버리지."

그날 밤, 교도소 내 열병 징후에 대한 주간 검사가 예정보다 하루 일찍 시행되었다. 체꽃액을 받은 귀도 후크는 반항하지 않고 마셨다. 의심할 까닭이 없었기 때문이다. 노골적인 공개 처형을 준비해놓은 리디머들이 그를 독살할 필요가 있겠는가. 이튿날 예상대로 후크의 몸에 열과 땀이 나고 수포가 번졌다. 그것을 열병의 증상으로 단정할 수는 없었지만—광범위한 리디머 사회에 급속도로 퍼질 수 있는 열병은 엄청난 공포의 대상이었다—화들짝 놀란 간수들이 의사를 다시 부른 것은 포교청에 거짓말을 할 배짱이나 꾀가 없어서였다. 그 점에 대한 굳은 믿음이 이 눈속임 작전의 시발점이었다. 일부러 소란스럽게 감방에서 후크를 빼내어 연옥수들 사이를 지나가게 한 것은 그의 뚜렷한 병세를 보여주어 최대한 많은 증인을 확보하기 위함이었다. 콧수염이 없고 불그레한 턱수염만 무성해 낯빛은 확연히 드러났다. 붉은 턱수염만 있는 얼굴은 섬뜩해 보였지만, 이십 년 전 한 심술궂은 아가씨에게서 완벽하게 어울린다는 말을 들은 이후로 지금껏 후크는 그 모습을 유지하는 데 많은 공을 들였다. 약제사가 실수로 복용량을 세 배나 늘린 탓에 그는 정신 착란 상태가 되어 고래고래 소리치다가, 열병에 걸린 죄수가 곡기 없이 지내다 죽도록 가둬두는 외딴 독방으로 옮겨졌다. 이 독방은 리디머들이 그 같은 죄수에게 제공할 수 있는 가장 친절한 해결책이었다. 열병의 끔찍한 마지막 단계에서 오래 고통받다 죽는 것보다는 수분 부족 때문에 악화된 고열로 빨리 죽는 편이 나았다. 몇 분 뒤 케일이 도착했고, 곧이어 뒤따라온 보스코와 길은 케일이 눈속임 작업에 열중하는 모습을 지켜보았다. 후크가 발작을 일으키는 상태라 작업하기가 까다로웠다. 그는 우선 살갗이 거

의 드러날 정도로 붉은 수염을 바짝 잘랐다. 후크 옆에 쌓인 붉은
털들은 인상적이면서도 혐오스러웠다.

"저기다 눈과 꼬리를 붙이면 붉은 쥐처럼 보이겠군요."

잠시 후 길과 보스코가 밖으로 나갔다가 십 분 뒤 시신 한 구를
가지고 돌아왔다. 나이와 몸무게가 후크와 비슷한 자였다. 앞서 케
일은 시체 보관소에서 시신을 가져오는 게 좋을 거라고 했다. 정말
로 거기서 가져왔는지, 빼내올 때 문제는 없었는지에 대해 묻지는
않았다. 길과 보스코도 아무 말이 없었다.

이미 후크의 옷을 벗겨놓은 케일은 곧바로 시신의 옷도 벗겼다.
그런 다음 시신에게 후크의 옷을 입히고, 죽은 자를 처리하는 관례
에 따라 커다란 붕대로 머리와 턱밑을 감쌌다. 그러고는 바닥에 쌓
여 있는 털을 붕대 안쪽에 쑤셔넣어 후크의 수염이 붕대에 눌려 있
는 것처럼 보이게 했다. 보스코는 코웃음을 쳤다. 영리한 아이디어
일지는 몰라도 처형장에서는 눈에 띄지도 않을 터였다.

케일이 대꾸했다.

"이제 시작일 뿐입니다. 한 시간 뒤에는 훨씬 더 그럴싸해 보일
겁니다. 더구나 사람은 자신이 예상하는 것만 보는 법이죠. 내일
이자를 불태울 때 리디머들을 멀찌감치 세워야 합니다."

길이 보스코에게 말했다.

"그건 사후 처형입니다. 교단에서 브르지카를 보자고 하지 않을
까요?"

"브르지카는 문제될 것 없어."

보스코는 후크를 일으켜 세우라고 길에게 손짓했다.

"우리한테 키스해줘, 예쁜아." 후크가 흐리멍덩한 표정으로 중

얼거렸다.

"이자를 어디로 데려가실 겁니까?"

길의 질문에 보스코가 대답했다.

"주님은 호기심 많은 자들을 위한 지옥을 만드셨다."

"그냥 살짝이라도 해줘." 후크가 또 중얼거렸다.

이윽고 보스코와 길이 그를 밖으로 끌고 나가자, 케일은 시신의 얼굴을 감싼 붕대 밑으로 다시 털을 쑤셔넣기 시작했다.

이십 분 뒤, 두 개의 담장으로 성소의 나머지 방들과 구분된 새로운 방에 안착한 후크는 두건을 쓴 뚱뚱한 수녀의 간호를 받았다.

시신과 한방에 있던 케일은 붉은 수염의 모양을 다듬기 시작했다. 이제 그 수염은 죽은 사내의 창백한 낯빛과 대조되어 진홍색으로 보였다. 작업하는 동안 케일은 나직이 노래를 흥얼거렸다.

"모두가 우릴 싫어해. 그러거나 말거나.

모두가 우릴 싫어해. 그러거나 말거나.

모두가 우릴 싫어해. 그러거나 말거나.

모두가 우릴 싫어해. 그러거나 말거나."

"연옥수들에게 문제가 생겨서 그들을 옮길 준비를 해야 한다고 간수들에게 말하세요. 그리고 그들을 이십사 시간 동안 그곳에 가둬두세요. 후크를 가까이서 본 자는 연옥수들과 간수들뿐입니다. 나머지 사람들을 모두 사후 처형식에 참석시키되 열병이 옮을지 모르니 멀리 떨어져서 보라고 하세요. 그런 다음 재빨리 화형을 끝내는 겁니다."

"화형은 조용히 치르는 게 낫지 않습니까?" 길이 물었다. "수많은 사람들 앞에서 하는 건 너무 위험합니다."

"아니, 케일의 말이 옳아. 사람은 자신이 예상하는 것만 보게 마련이지. 포교청은 우리가 그런 악명 높은 이교도를 공개 처형하길 원할 거야. 그들이 원하는 대로 해주자고."

둘 다 너무 영리해. 길은 속으로 중얼거렸다. 그리고 자신의 불충과 오만을 동시에 후회했다. 몇 시간 동안 기도하면서 적어도 십분은 자학해야 할 거야. 어쩌면 삼십 분 동안. 혀도 깨물어야 하지 않을까? 길은 그것도 하겠다고 다짐했다.

"고맙네, 리디머. 이만 가보게."

보스코의 말에 길이 물러갔다. 보스코는 냉소와 기대가 서린 표정으로 케일을 바라보았다.

"나한테 묻고 싶은 게 있느냐?"

"네. 피카르보는 왜 그 여자애를 해부한 겁니까?"

"의외의 질문이구나." 보스코는 자기 책상 옆에 있는 작은 벽장을 열고 끈에 묶인 접책 한 권을 꺼내 건넸다. "그의 방에는 책이 아주 많다. 그걸 다 읽으려면 아마 몇 달은 걸릴 게다. 하지만 이것은 그가 남긴 일종의 선언서지. 틀림없다."

"그럼 당신은 아무것도 몰랐나요?"

"나 말이냐? 전혀."

"어떻게 그럴 수가 있죠?"

"내가 너한테 거짓말하는 것 같으냐?" 보스코는 놀란 표정이었다. "물론 과거에는 진실을 감추곤 했지. 신의 분노이신 분에게." 진심 어린 존경과 진심 어린 냉소가 담긴 말투였다. "하지만 네게 노골적인 거짓말을 한 적은 없다고 기억한다. 물론 필요하다면 그럴 수도 있었겠지. 하지만 지금은 거짓말하지 않는다."

"그자는 여자들을 데리고 있었습니다. 작은 궁전에 걸맞지 않은 커다란 방들에요. 어떻게 그럴 수가 있죠?"

"네게는 모든 리디머가 똑같아 보이겠지. 모두 막강한 존재로 비칠 게다. 하지만 애콜라이트만 그렇게 생각할 뿐 리디머들끼리는 사정이 다르다. 부서가 다양하고 계급이 천차만별이야. 그 선은 절대로 넘을 수 없다. 피카르보는 이 구역을 지배한 리디머였다. 어떤 독재자보다도 막강한 권력을 지녔었지. 리디머들끼리 질문하는 것조차 허락되지 않았다. 모든 사람이 모든 정보를 공유하는 세상에서 특정 지식을 통제할 힘을 가진다는 것은 모든 리디머가 시기할 만한 최고의 권력이지. 열쇠 꾸러미를 가진 자가 그러하듯, 주님 앞에서 가치 있는 존재라는 징표인 셈이다."

"아는 자들이 있었을 텐데요."

"물론 그랬지. 열두 명이 알고 있었다. 이 문서를 읽었거든."

"그들은 어찌됐습니까?"

"점점 질문이 도발적이 되는구나."

"수녀들은요?"

"리디머 하나쯤은 언제든 갈아치울 수 있다. 그러나 주님이 만족하실 만큼 요리를 잘하고 옷을 다릴 줄 아는 이를 그렇게 할 수는 없지. 더구나 수녀들은 피카르보의 속셈에 대해 아무것도 몰랐다. 신학적으로 볼 때 여자에게 영혼이 있느냐 없느냐는 상당한 논쟁거리다. 나는 없다고 본다. 영혼이 있건 없건 그건 그들 잘못이 아니야."

"수녀들이 데리고 있던 여자들은 뭐죠?"

"아, 그래. 그 질문의 답은, 답이 없다는 것이다. 수녀들은 늘 폐쇄된 삶을 살기에 여자애들을 몰래 데려다 키우기가 놀랍도록 쉽다. 피카르보도 틀림없이 그걸 알고 있었겠지. 내겐 할 일이 많다. 천천히 읽어보거라."

잠시 후 보스코가 떠나자 케일은 자신의 삶을 바꿔버린 글, 하나의 제국을 거덜낸 선언문을 읽기 시작했다.

7

새벽이 되자 숲에서 홍방울새들이 소란스럽게 지저귀기 시작했다. 해가 지기 전 그들이 불렀던 아름다운 아리아와 코러스는 이제 나뭇가지 위에서 사내들이 주먹다짐을 하며 고장난 호루라기를 불어대는 것처럼 귀 따가운 소음으로 바뀌었다.

이 시끄러운 소리에도 아랑곳없이 소녀 데이지는 그의 품속에서 깊이 잠들어 있었다. 과거에 클라이스트는 수백 명의 소년들과 한 방에서 잤는데, 그들은 깨어 있을 때보다 잠들어 있을 때 훨씬 더 꼴사나웠다. 반면 이 소녀는 깨어 있을 때와는 사뭇 다르게 아름다워 보였다. 그녀를 지켜보는 동안 마치 브랜디나 진을 들이켜고 가슴이 뜨거워질 때처럼 아주 기분좋은 느낌이 온몸에 퍼졌다.

클라이스트는 여자를 경외하면서도 불신했다. 누가 그러지 않겠는가? 최근까지는 단순히 무지해서 그렇다는 말로 설명이 가능했다. 그는 여자를 구경조차 못해본 소년이었으니까. 이제는 여기저기서 의미심장하게 여자를 경험했지만, 그건 비정상적이고 유별난 경험이었다. 클라이스트는 케일이 구해준 소녀 리바를 적대시했다. 그녀의 뜻과는 상관없이 그들에게 온갖 시련이 닥쳤고, 그녀의 잘못은 아니었지만 그녀 때문에 수없이 죽을 고비를 넘겼기 때문이다. 여자에 관한 두번째 경험은 멤피스의 귀족 아가씨였는데, 그녀는 모든 남자를, 특히 클라이스트를 경멸의 대상으로조차 여기지 않았다. 그리고 마지막 경험은 키티 타운의 매춘부들이었지만, 그들의 비참한 모습과 냉정함 때문에 결국 그곳으로의 발길을 끊어버렸다.

자라면서 겪은 폭력의 기억과 갑작스레 느껴지는 포근함의 충돌에 압도되어 그는 던바 경의 잔당 두 놈을 찾아내 참혹하게 죽여버리겠다고 단단히 마음먹었다. 이 고귀한 모험에 대해 알려주면 데이지가 사랑과 존경의 눈빛으로 황홀해할 줄 알았건만, 데이지는 그 얘기를 듣고 기겁하더니 멍청한 짓 하지 말라며 핀잔을 주었다. 클라이스트는 당혹스러운 가운데 멋쩍어졌다.

"그러면 뭐가 달라지기라도 해?"

"아니." 그가 쭈뼛쭈뼛 대답했다. "하지만 기분은 좋을 거야."

"나도 그럴 거야." 데이지가 미소지었다. "하지만 싸움은 위험해. 무슨 일이 벌어질지 아무도 몰라. 그런 쓰레기들을 죽이려고 목숨을 거는 건 정말로, 정말로, 정말로 쓸데없는 짓이야. 언젠가 마주치면 놈들이 취해서 잠들어 있을 때 뒤에서 칼로 찌르면 돼."

데이지가 까르르 웃자 클라이스트는 어리둥절한 표정으로 그녀를 빤히 쳐다보았다. 그녀의 제안이 아니었더라도 어차피 그럴 작정이었다. 클라이스트는 더욱더 사랑에 빠졌다. 솔직히 말하면 이런 새로운 느낌을 며칠 동안 천천히 만끽하며 익숙해지고 싶었지만, 데이지는 인내심이 많지 않았다. 번개의 움직임도 그녀에 비하면 느렸다. 클라이스트 위에 올라탄 데이지는 어찌할 바를 몰라서 쭈뼛거리는 그의 몸을 구석구석 탐했다. 그녀의 몸이 엄청나게 경련하며 떨리자 클라이스트는 그녀가 발작증으로 죽는 줄 알았다. 키티 타운에 놀러갔을 때는 이런 일이 없었다. 그저 참담한 느낌뿐이었다. 마침내 기진맥진해서 드러누운 데이지는 몹시 걱정하는 클라이스트를 보고 놀랐고, 방금 벌어진 일을 설명해야 했다. 이토록 목석같은 젊은이에게조차, 아니, 이런 젊은이에게는 특히나 충격적인 이야기였다. 클라이스트가 너무 놀라서 생각에 잠긴 표정을 짓자 데이지는 울음을 터뜨렸고, 그 바람에 클라이스트는 한층 더 혼란스러워졌다.

데이지는 클라이스트의 팔을 베고 잠들어 있었다. 그는 잠든 소녀를 마비된 왼팔에서 아주 조심스럽게 들어올린 다음 두 사람 몫의 아침식사를 준비했다. 배가 고팠던 탓에 금세 자기 몫을 먹어치우고는 데이지가 깨어나길 기다렸다. 그녀와 이야기하고픈 조바심 때문에 손가락으로 밀어보기까지 했다. 하지만 이 소녀는 업어가도 모를 만큼 깊이 잠들어 있었다. 낙담한 클라이스트는 이런 중요한 때 코를 고는 데이지에게 살짝 화가 나서 그녀의 아침밥까지 먹어버렸다.

"내 건 어디 있어?" 클라이스트가 음식을 다 먹고 접시를 핥는 동안 데이지가 나직이 물었다.

"지금 만들어줄게." 데이지의 미소에 모든 분노가 사그라졌다. 물은 이미 끓고 있었다. 이십 분 뒤, 데이지는 던바 경에게서 빼앗은 콩과 쌀을 게걸스럽게 먹어댔다.

"여기서 혼자 뭘 하고 있었던 거야?"

"그냥 정처 없이 돌아다녔어."

"이런 곳에서?"

"가본 적이 있는 곳을 돌아다니는 건 의미가 없잖아."

"넌 너무 어려."

"너보다는 나이 많아."

"난 내 몸은 지킬 수 있어."

"나도 마찬가지야."

그들은 멋쩍은 표정으로 서로를 바라보았다.

"평소에는 그랬단 소리야. 이번에는 조심하지 않아서 붙잡혔지. 내 잘못이었어."

그 말에 클라이스트는 화가 났다.

"그놈들이 한 짓이 어떻게 네 잘못이야?"

"그런 말 안 했는데. 악랄한 무법자들의 말을 훔치려고 한 게 잘못이란 뜻이지. 더구나 그들은 널 죽이지 않았고, 난 그게 고마울 따름이야."

클라이스트는 대꾸할 말을 찾을 수가 없었다. 데이지가 빙그레 웃었다.

"그러니 난 그자들 등을 찌르지 않을지도 몰라."

"넌 어디서 왔니?"

"콴톡스."

"처음 듣는 곳인데."

"여기서 걸어서 사흘쯤 떨어진 곳이야. 나 이제 집에 가고 싶어.

나랑 같이 가."

"좋아."

클라이스트는 주저 없이 대답했다. 그러곤 곧바로 후회하긴 했지만, 그저 그런 자신의 모습이 너무 낯설어서였다. 마치 또다른 사람이 자기 안에 살게 된 기분이었다. 아주 어리석은 말이나 행동을 할지도 모르는 사람이.

"넌 가족 있어?"

"가족 없는 사람도 있니?" 데이지는 금세 후회하고 덧붙였다. "미안해."

"미안해할 필요 없어. 네 가족은 네가 이런 데서 돌아다니게 내 버려두지 말았어야 해."

"어째서?"

"너무 위험하잖아."

"살인 잔치를 벌이러 가려는 사람은 너잖아."

"난 너의 명예에 대한 복수를 해주고 싶었어."

데이지가 웃었다. "우리 부족인 클레프트 사람들은 그런 거 안 믿어. 우린 호기심이 아주 많지만 명예는 별로 안 따지거든."

"지금 날 비웃는구나."

"아니, 그렇지 않아. 정말이야. 존경, 고결, 정직, 우린 그런 거 하나도 안 믿어. 우리 주변의 모든 부족들은 그런 걸 중시하지만. 그래서 늘 이 명예 저 명예 때문에 싸우지. 명예 때문에 자살하고, 명예 때문에 아내와 딸을 죽여. 만약 내가 데칸 사람이라면 죽은 목숨이야. 내가 겁탈당했다는 걸 알면 교수대에 매달 테니까." 데이지는 두 손가락으로 허공을 찌르며 덧붙였다. "아마 그걸 명예라고 생각하겠지."

그녀가 보기에 클라이스트는 충격을 받은 표정이었다. 물론 실제로는 조금 놀랐을 뿐이었다. 데이지가 웃음을 터뜨렸다. "하지만 그놈들은 소처럼 아둔하고 호기심도 없어. '호기심이 고양이를 죽인다.' 그들이 좋아하는 속담이지. 우리 삼촌 애덤은 음부가 희한하게 생겼다는 피렌체의 매춘부를 보려고 닷새 동안 라인강을 따라 카누를 타고 갔어. 나도 우리 마을에서는 유명해. 닭한테 뒤로 걷도록 훈련시켰거든."

"뭐하러 그런 짓을 한 건데?"

데이지는 재미있어 죽겠다는 듯 까르르 웃었다.

"클레프트 사람들 사이에는 이런 속담이 있거든. '닭이 뒤로 걷도록 가르칠 수는 없다.'"

8

리디머 피카르보의 선언

우리 선조들의 잘못은 논쟁의 여지가 거의 없을 만큼 명백하다. 물론 칭송받아 마땅한 위인들까지 매도해서는 안 된다. 하지만 잘못을 저지르는 것은 인간이며, 주께서는 우리가 치열하게 인간성을 도야해야 할 이유를 주셨다. 애초에 여자는 남자의 벗으로서 탄생했으나, 그 목적에 걸맞은 동반자가 되지 못했다. 아니, 처음부터 그러했다. 진정 벗이나 동반자라면 남자를 유혹해 파멸로 이끌고, 사탄의 말에 귀기울이게 하여 주께서 남자와 여자에게 유일하게 금하신 것을 먹게 했겠는가? 단 하나의 욕망을 참는 대가로 행복과 기쁨을 주신 주님의 그 너그러움. 만족이라는 것을 모르고, 늘 남자를 꼬드기고, 가질 수 없는 것이라면 뭐든 원하는 여자들 때문에 우리는 모든 것을 잃고 말았다. 세상을 그림으로 표현하길 거부하는 그릇된 제인 가문조차 여자의 혀를 그린 그림에서 유래한 악마의 상징과 남자의 귀를 의미하는 유혹의 상징을 갖고 있다는 사실은 어쩌면 당연하다. 애초부터 여자는 신께서 남녀 사이에 선사하신 우정을 더럽혔다. 이성으로부터 성장하는 우정은 여자의 욕망이 그 이성을 불태우는 것을 목도했다. 욕망은 남녀의 우정을 파멸시켰다. 남자와 여자는 남편과 아내로서 서로 의지하며 조화롭게 살아야 마땅하건만, 우리가 목도하는 것은 언제나 여자의 충동질에 떠밀린 남자가 무절제하게 아내와 사랑을 나누는 광경이다. 올바른 사랑은 이성을 길잡이로 삼고, 충동적인 욕망에 휩쓸리는 것을 거부해야 한다. 결국 이성적이고 분별 있는 사내들은 그렇게 외간남자에게 사랑받듯 남편에게 사랑받길 원하는 여자들에 의해 타락하는 것이다. 이보다 더 지독한 악행이 있겠는가. 모든 남자는 간통하듯 제 아내와 사랑을 나누는데, 이성적이고 적당한 사랑에 만족하지 않는 여자 때문에 그럴 수밖에 없다. 여자에게 사랑은 존재 의미이기에 그들은 온건한 사랑이나 이성적인 사랑은 태생적으로 견디지 못한다. 인류 역사가 입증했듯이, 남자의 영혼만이 욕망으로부터 해방되어 신성의 경지에 오를 수 있다. 어떤 여자도 남자에 의해 구원되길 원치 않는다. 여자에게 만물의 중심은 주님이 아니라 자기 자신이다. 오랜 조사와 실험 끝에 나는 여자들이 음부와 욕망뿐 아니라, 그들의 쓸개에서 나오는 신비로운 액체로 이성을 불태운다는 사실을 발견했다.

더 좋은 고기와 양모를 얻기 위해 돼지와 양의 종자를 개량하듯, 지금껏 나는 이곳에 가둬놓은 여자들에게 다양한 방법으로 육욕에 관한 모든 것을 가르쳤다. 아름다운 외모와 부드러운 살갗, 매끄러운 머리칼이 주는 쾌감, 민감한 기관을 일깨워 부풀리는 온갖 요령을 가르쳤다. 그들은 아주 어릴 때부터 남자를 즐겁게 해주는 방법을 배웠기 때문에 오로지 남자에게 쾌락을 주는 일만 생각하고(보통 여자들보다 훨씬 더), 남자들은 주님의 뜻을 섬길 때가 아니라 오로지 그들과 있을 때만 기쁨과 위안을 얻게 되었다. 이런 식으로 나는 그들의 자궁에 강한 자극을 주어 자궁유*가 다량 분비되게 했으며, 과도한 분비로 농도가 짙어진 자궁유는 결국 응축되어 호박琥珀이나 역청瀝靑처럼 단단해졌다(이는 지옥의 물질이라고 부르는 것이 가장 적절하다). 주님과 목 매달린 리디머에게서 받은 영감과 나의 기술로 이 물질을 발견하고 떼어내서 연구해보니, 그것을 가루로 만들어 성유聖油와 섞으면 여자들이 자신과 남자들에게서 순식간에 파괴적으로 빼앗은 본래의 선한 우정을 회복시켜주는 힘이 생긴다는 사실을 알게 되었다. 내가 '리디머의 오일'이라고 부르는 이 혼합물을 복용하면 남자는 욕정이 누그러져 여자를 거부할 뿐만 아니라, 광기에 사로잡혀 끔찍한 발작을 하던 리디머들마저 선한 동지애와 행복을 되찾을 수 있다. 또한 여성의 부재로 인한 우울증과 남근 분노의 폐해로부터 수많은 남자들을 교화할 수 있다.

문이 열리고 보스코가 돌아왔다.
"다 읽었느냐?"

---

* 태반에 착상된 수정란에 영양을 공급하는 하얀 분비물.

"아직요."

"보여다오."

케일은 방금 읽은 마지막 문장을 손가락으로 가리켰다. 오랜 습관은 고치기 어려운 법. 미처 자제하기도 전에 벌어진 일이었다.

"음." 그 모습에 옛 기억이 떠오른 보스코가 멋쩍은 표정으로 말했다. "나머지는 나중에 읽어도 된다. 네 의견은 어떠냐?"

"남근 분노가 지나친데요."

보스코가 빙그레 웃었다.

"옳은 말이다. 피카르보는 어떤 색정광보다도 훨씬 더 여자에게 집착했다. 방금 네가 읽은 것이 미친 소리 같겠지. 나머지 내용은 여자들을 길러내는 특별한 농장에 대한 계획이다. 그 물질을 대량 생산해 세상을 진정시키기 위함이지. 하지만 이게 아니었다면 네가 성소를 떠날 일은 결코 없었을 테고, 마테라치 제국은 여전히 세상에서 가장 막강했을 거야. 세상사라는 게 참으로 기이하지 않느냐?"

"그 여자들은 어쩔 겁니까?"

"모르겠다. 지금 있는 곳에 놔둬도 될 거야."

"누군가를 노린 함정이군요."

"그래. 그 여자들을 만나보겠느냐?"

당연히 케일은 놀랐다.

"저를 노린 함정인가요?"

"너를 노리는 함정은 많지만 내가 만든 것은 없다. 나는 너의 충실한 종이니까."

"네. 아니, 제 말은 그들을 만나보겠다는 뜻입니다."

"네가 트란스발평원에서 돌아오면 만날 수 있도록 일정을 잡아 놓겠다. 피카르보는 미친놈이었을지 몰라도 그의 연구는 매우 흥미로워."

일주일 뒤, 케일은 의심과 기대, 불안과 분노에 사로잡힌 연옥수들에게 둘러싸인 채 더퍼스 드리프트의 낮은 언덕에 서 있었다. 그곳에는 귀도 후크도 있었다. 앞서 케일은 드리프트를 탈환하기 위한 전투가 벌어질 거라고 예상했었다. 그곳을 점령중인 포크 무리가 고작 이백서른 명의 리디머들이 온다는 사실을 눈치챘다면 말이다. 하지만 케일 일행이 도착했을 때 이미 포크는 평원으로 사라져버린 뒤였다.

"주위를 둘러봐라." 케일이 소리쳤다. "너희가 어리석다면 여기서 모두 죽을 것이다. 너희가 영리하다면 여기서 모두 죽을 것이다. 너희가 배운 온갖 훌륭한 기술을 사용한다면 여기서 모두 죽을 것이다. 이것 한 가지만 명심해라. 어린아이처럼 생각하고 행동하지 않는다면 너희는 여기서 죽을 것이다."

"크게 말하쇼!" 뒤쪽에서 리디머 한 명이 소리쳤다. 케일이 길에게 눈짓하자, 길이 호위병 둘을 데리고 방금 입을 연 리디머의 뒤로 가 앞으로 나가라고 손짓했다. 의기양양하게 거만한 걸음걸이로 앞으로 나온 그는 케일 앞에 서서 맥주 잔에 남은 찌꺼기 같은 색깔의 눈으로 노려보았다.

"방금 뭐라고 했지?" 케일이 물었다.

"크게 말……"

사내의 말이 끝나기도 전에 케일이 다가서서 이마로 그의 얼굴을 들이받았다. 그 자리에서 쓰러진 리디머는 부러진 코를 잡고 신음했다. 뒤로 물러난 케일은 다시 판판한 바위 위에 올라서서 말했다.

"귀가 나쁜 자들도 모두 여기서 죽을 것이다."

그러고는 연옥수들에게 돌아서라고 한 다음, 이 참호와 저 참호를 가리키면서, 이 언덕은 어떻게 수비를 강화했는지, 적의 공격을 막으려고 저 타격 지대를 어떻게 보강했는지 등등, 지금껏 드리프트에 시도된 다양한 수비 방식을 간단히 설명해주었다.

"내가 이야기한 것들의 공통점은 하나다." 설명을 마친 케일이 단호하게 말했다. "지금껏 수비 계획을 세운 자들과 그 계획을 수행한 자들이 모두 죽었다는 것. 너희는 열다섯 명씩 조를 이루고 조장과 부조장, 병장을 뽑아야 한다. 기존 방식은 모두 잊어라. 안 그러면 죽게 될 것이다. 각 조는 하루 동안 이곳을 걸어다니며 지원 부대가 올 때까지 사흘간 살아남을 전술을 마련해야 한다. 실패할 경우 너희를 성소로 돌려보내 신앙 증명의 제물로 삼겠다고 위협할 필요도 없다. 어차피 포크가 살려두지 않을 테니까. 시작해라. 일몰 한 시간 전에 이곳으로 돌아오도록."

연옥수들에게 기존 수비 방식이 실패한 이유를 알려주고 지도를 보여주는 게 아니라, 참호와 바위가 늘어선 실제 지세를 보여줌으로써 모든 것을 구체적이고 현실적으로 설명해주면 그들 스스로 깨달을 거라고 기대한 것이었다. 살아남을 길은 하나뿐이라는 것을. 하지만 모든 조가 죄다 필패의 전술만 내놓자 문득 그런 생각이 들었다. 공포는 거의 모든 일을 가능케 하지만, 스스로 생각하게 만들지는 못한다고.

이튿날 도하渡河 지점 근처에 연옥수들을 소집한 케일은 커다란 바위의 판판한 윗부분에 달걀 하나를 올려놓았다.

"이 달걀을 세워놓을 수 있는 자에게는 부대 내에서 가장 쉬운 일을 맡기겠다. 포크가 나타나면 곧바로 후방에 알리는 전령 임무가 그것이다."

그로부터 몇 분 동안 갖가지 방법으로 스무 번쯤 시도한 연옥수들은 결국 불가능한 일이라고 판단했지만, 틀림없이 케일이 어떤 꼼수를 쓸 거라고 짐작했다. 물론 그들이 예상치 못한 방법이었다. 연옥수들이 포기하자 케일이 바위로 다가오더니, 달걀을 집어들고 바위에 톡톡 쳐서 끝 부분을 깨뜨린 다음 똑바로 세워놓았다.

"깨도 된다는 말은 안 했잖습니까."

"난 아무 말도 안 했다. 규칙을 정하는 건 너희였다, 내가 아니라." 케일은 여울을 가리키며 말을 이었다. "이 도하 지점은 수비자의 관점에서 보면 나쁜 장소다. 난 너희가 이곳을 옮기는 방법을 찾아내길 바란다."

"그건 불가능합니다."

"정말 그렇다고 생각하나?"

"땅을 무슨 수로 옮깁니까?"

"맞는 말이다. 불가능하다. 그런데 어째서 너희의 방어 전술은 죄다 강에 가까운 참호 안에서 싸우는 것이지? 맨손으로 적과 맞붙기라도 할 셈인가? 사거리가 10마일인 활을 갖고 있다면 그만큼 떨어져 싸울 수 있다. 전장을 직접 걸어볼 수 있다면, 설령 그럴 수 없다 해도, 아이처럼 생각해라. 실제 장소에서 실제 전술을 구사하는 자신을 상상해라. 적의 마음속으로 들어간 다음, 실제로든 머릿속으로든 전장을 걸어라. 자신의 마음을 실제 세상의 모형으로 만들어라. 말을 탄 적의 모습을 상상한 다음, 참호 속에 있는 자신의 모습을 상상해라. 머릿속으로 현실의 모든 것을 실험해라. 너희에 겐 실수를 통해 배울 시간이 없다."

케일은 지난번에 공격당했을 당시 리디머 대부분이 죽은 참호들 쪽으로 연옥수들을 데려갔다.

"어디가 전선인가?"

이제 분위기를 파악하기 시작한 연옥수들은 말이 없었다.

"그렇게 숨는 건 의미가 없다. 실수를 하려면 지금 해라. 그걸 바로잡아줄 내가 있는 지금."

연옥수 한 명이 참호 앞쪽의 여울을 가리켰다.

"틀렸다. 이곳에는 전선이 따로 없다. 적의 공격 방향은 옆과 뒤, 앞쪽이다. 이곳은 사방이 전선이다. 그렇다면 어디에 자리잡아 야겠는가?"

"높은 곳입니다."

연옥수들은 오전 미사 시간에 사제의 물음에 답하는 신도들처럼 자연스럽게 대답했다. 이 익숙한 분위기에 다들 웅성거렸다. 마치 공통의 기억이 떠올라서, 버림받기 전의 시절이 생각나서 즐거워 하는 눈치였다.

"또 틀렸다. 너희는 가장 좋은 자리를 잡아야 한다. 대개는 높은 곳이 그런 자리지만 여기서는 아니다. 장담하건대, 일반적으로 옳 은 방향으로 행동하면 결국 죽게 될 것이다."

케일은 강의 U자 모양 물굽이를 가리켰다. 마치 거대한 도끼로 줄기차게 내리찍은 듯 강기슭 양쪽이 들쭉날쭉했다.

"너희 주변의 지형을 이용해라. 저 강기슭을 더욱 들쭉날쭉하게 만들어 공격에 대비할 수도 있다. 하지만 보다시피 대부분 작업이 되어 있는 상태다. 이 자리는 20마일 안에서 가장 좋은 은폐 장소다."

"잠깐만요." 연옥수 한 명이 말참견을 했다. "아까는 우리가 이 여울 가까이 있을 필요가 없다고 했잖습니까? 누가 훔치는 것도 아니니까요. 그런데 이제는 아예 강 옆에 바짝 붙으라는 겁니까?"

"아까 마지막 남은 신선한 달걀을 써버리지 않았다면 그걸 네게 줬을 것이다. 나는 마음이 바뀌었다. 높은 곳을 포기하고 싶지 않기 때문이다. 나머지 너희와 마찬가지로." 케일은 U자 모양 물굽이 너머의 덤불을 가리키며 말을 이었다. "여울은 저기서도 충분히 방어할 수 있다. 하지만 모든 걸 고려할 때, 이 들쭉날쭉한 강기슭이 더 낫다. 적어도 너희로서는 그렇길 기대하겠지. 더구나 이곳에는 전방과 후방이 따로 없다는 점을 명심해라. 나는 너희 중 몇 사람을 높은 곳에 둘 것이다. 만약 포크가 우리 사이에 끼어들려 하면 놈들은 양쪽에서 공격을 받게 된다." 케일은 연옥수들을 둘러보며 물었다. "혹시 이중에 저격수 연맹 출신이 있나?"

리디머 궁수들은 대개 밀집 대형으로 전장에 투입되기 때문에 아주 정확한 사격 솜씨가 필요하진 않지만, 특수 훈련을 받은 궁수가 필요한 곳에는 저격수 연맹 궁수가 동원되었다. 이곳에는 여섯 명이 있었다. 케일은 그들에게 사흘치 식량과 식수를 챙기라고 지시한 후, 그들이 지시에 따르는 동안 나머지 연옥수 대부분을 강기슭으로 보내 땅을 파헤치게 하여 자연이 만들어놓은 들쭉날쭉한 지형을 보강하게 했다. 나머지 서른 명은 참호 파는 작업에 투입되었다.

"머리 바로 위에서 내리꽂히는 화살에 맞지 않으려면 참호 바닥 가장자리에 공간을 넉넉히 만들어두어야 한다." 케일은 길게 몇 가지 지시를 더 내린 다음, 저격수 여섯 명을 데리고 U자 모양 물굽이 앞에 솟은 탁자 모양 산으로 달려갔다.

땅을 파는 동안 연옥수들은 수다를 떨었다. 안 들리니 크게 말하라고 건방지게 굴다가 케일에게 맞아 쓰러진 리디머의 친구들이 주절거렸다.

"몇 달 전만 해도 우리 중 누구라도 저 쥐방울만한 개자식이 우리한테 손대는 상상만으로도 놈의 내장을 꺼낼 수 있었는데."

"나한테 손대기만 해봐. 그랬다가는 확 그냥……"

"그냥 뭐?" 다른 연옥수가 콧방귀를 뀌었다. "우리가 남한테 무슨 짓이든 할 수 있는 시절은 끝났어. 저 녀석은 신께서 임명한 존재야. 저 녀석 목소리와 말에서 느낄 수 있어."

"말투에서도."

"허풍선이 애콜라이트일 뿐이야. 저런 놈은 전에도 봤어. 성모의 환상을 봤다고 떠벌리는 놈이 나타나면 삽시간에 사람들이 몰려들지만, 결국 거짓말이 들통나기 마련이지."

사방에서 웅성웅성 수긍하는 소리가 들렸다. 예언하는 성인의 환상을 보았다고 주장하는 애콜라이트가 등장하면 모두의 관심이 쏠리지만, 속이는 재주가 탁월한 놈이 아니면 결국 거짓말이 들통나 공개적으로 처벌을 받는데, 그런 일이 심심찮게 일어나곤 했다.

"네 말이 틀리길 기대하는 게 좋을 거야." 또다른 리디머가 대꾸했다. "우리와 처형장 사이에 서 있는 사람은 저 소년뿐이니까. 난저 녀석을 믿고 싶고, 실제로 믿어. 목소리에서 그걸 느낄 수 있거든. 그가 하는 말은 잘 들으면 모두 옳아. 이제 겨우 십대 소년이라는 점도 그가 특별한 존재임을 말해주지. 주님이 아니고서야 아이의 머릿속에 그런 지식을 넣어줄 수는 없어."

"아가리 닥치고 땅이나 계속 파."

지나가던 길이 다그쳤다. 그에게 그들은 혐오스러운 연옥수에 불과했다. 하지만 그들과 마찬가지로, 길의 머릿속에서도 케일에 대한 경외와 의심이 뒤엉켜 덜거덕거리고 있었다.

두 시간 만에 혼자 돌아온 케일은 산마루에서 이곳을 굽어보며 생각한 것들을 정리하기 시작했다. 산마루에 있을 때, 동부 전선에서 활약한 베테랑 저격수 한 명이 예수강림절 기간에 스와인버그에서 본 것을 떠올리고 아이디어를 냈다. 그의 의견에 만족한 케일은 즉석에서 그를 범 베일리*로 진급시켰는데, 멤피스에서라면 치명적인 모욕이었을 이 말이 리디머들에게는 중요한 직함처럼 들렸다. 케일은 이 장난이 재미있게 느껴졌다. 하지만 산에서 내려오는 동안 그것이 실은 유치한 짓이며, 훗날 저격수들로부터 원성을 산다면 더욱 골치 아프게 될지도 모른다는 생각이 들었다. 그러나 어차피 엎질러진 물이었다. 케일은 훗날의 일을 미리 걱정하지 않았다.

드리프트로 돌아온 케일은 가장 뛰어난 기수 스무 명을 불러내 입고 있는 수단을 벗으라고 지시했다. 그리고 덤불에서 그러모은 들풀 한 꾸러미로 그 옷들을 채워 허수아비처럼 만든 다음, 지난번 포크 습격 당시 수많은 리디머들이 죽어나간 오래된 참호 바닥에 박힌 장대들에 꿰어놓게 했다. 30야드 이상 떨어져 있으면 진짜 사람으로 착각하기 쉬웠다. 리디머들이 두건을 쓰고 싸울 이유가 없다는 걸 포크들이 알 턱이 없었다.

---

* '부관'이라는 뜻과 더불어 '동성애자'라는 의미도 내포되어 있다.

"기병들은 무엇에 쓰시려고요?" 리디머 길이 미심쩍어하는 표정으로 물었다. 케일은 즉답을 회피할까 생각했지만 그래야 할 까닭이 없었다.

"저 언덕에서 이곳을 내려다볼 때 나를 호위할 자들이다." 케일은 두 번의 대학살 광경을 지켜보았던, 반 마일 너머의 언덕을 턱짓으로 가리켰다.

"이자들을 지휘할 생각은 없으십니까?"

"나는 사람을 구하러 여기 온 게 아니다, 안 그런가? 자네도 그렇게 생각하지 않아?"

길은 케일을 빤히 쳐다보다가 대답했다.

"그렇습니다."

"자네가 한 말이 기억나는군. 지휘관은 둘 중 하나를 선택해야 한다고 했지. 항상 선봉에 서거나 가끔씩만 앞장서거나. 맞지?"

"그랬죠."

"그럼 이젠 아예 나서지 않는 걸 해보자고. 내가 누군가, 리디머?"

두 사람은 처음에는 서로를 응시하기만 했다.

"신의 왼손이십니다."

"내가 여기 있는 까닭은?"

길은 대답이 없었다.

"여기서 자네가 이해할 수 없는 것이 있나?"

"없습니다."

후크가 그들 쪽으로 걸어오며 기묘한 색깔의 바위를 몇 분 동안 살펴보고는 중얼거렸다.

"이곳의 돌에는 유황이 섞여 있는 것 같습니다."

"자네 말에 올라타. 우린 곧 떠난다."

삼십 분 뒤, 케일은 후크만 곁에 둔 채 익숙한 언덕 위에서 자신의 작품을 내려다보고 있었다. 만족스러웠다. 궁수들이 정확히 겨냥할 수 있도록 50야드마다 크고 작은 돌덩이를 놓으라고 보낸 자들 말고는 아무도 보이지 않았다. 물론 그는 연옥수들이 어디 숨어 있는지 알고 있었다.

이튿날 후크가 북쪽에서 피어오르는 먼지구름을 포착한 것은 동이 트고 두 시간 뒤였다. 케일은 연옥수들에게 포크 무리가 다가온다고 경고하기 위해 드리프트 한가운데로 무딘 화살을 한 발 쏘라고 지시했다. 한 시간도 못 돼서 정찰대의 모습이 보였다. 그들은 둘씩, 더러는 셋씩 무리 지어 드리프트로 다가오고 있었는데, 앞선 열 명을 중심으로 2천 야드에 걸쳐 비뚤비뚤하게 한 줄로 몰려왔다. 강에 다다른 그들은 아무런 낌새도 채지 못했다. 지대가 푹 꺼지면서 안쪽에 있던 자들이 한데 모였다. 케일은 목덜미를 따라 흐르는 강렬한 전율을 느꼈다. 기분이 좋으면서 동시에 언짢은 느낌이었다. 이제 포크 정찰병 열다섯 명이 무방비로 리디머 궁수 칠십 명의 사선 근처로 몰려가기 시작했다. 그러다가 이내 뭔가 이상한 낌새를 챈 듯 멈춰 섰다.

"제기랄!"

케일이 신음했다. 포크 무리가 돌아서서 흩어지기 시작했을 때는 이미 화살들이 소리 없이 장엄한 곡선으로 원호를 그리며 솟아올랐고, 이 초도 지나지 않아 정찰대 위로 비처럼 쏟아져내려 한 놈만 빼고 모조리 말에서 떨어뜨렸다. 그리고 남쪽으로 달아나는 생존자를 향해 화살 삼십여 발이 날아갔다. 케일은 화가 불뚝 치밀었다. 단 한 놈에게 저 많은 화살을 쏘다니. 겁에 질려 죽어라 달아나는 표적 하나를 맞히기 위해서라 해도 낭비였다. 길도 같은 생각인 듯했다. 사격을 중지하라는 그의 고함소리가 둔덕을 향해 느릿느릿 올라갔다. 길은 영리한 자였다. 더이상은 매복이 통하지 않는다는 것과. 이제부터는 열다섯 명으로 이루어진 소규모 부대가 나타나 손쉬운 표적이 되어줄 리 없다는 것을 그는 알고 있었다.

삼십 분 뒤, 탁자 모양 산 정상으로부터 100피트쯤 아래 중턱에서 굵은 곡사曲射 화살 한 발이 거의 수직으로 하늘 높이 솟구쳤다. 화살은 들풀을 채워넣은 수단들이 배치된 참호 대열 10야드 앞에 떨어졌다. 세번째 화살부터는 참호에 닿기 시작했고, 화살 세례와 더불어 그 못지않게 치명적인 작은 볼트 수십 발이 한 시간 동안 참호들을 휩쓸었다. 가짜 수비대를 배치한 이 전술은 탁자 모양 산에서 저격수가 제안한 것으로, 그는 그 발상에 대해 모욕적인 직함을 상으로 받았다. 그의 작전은 지금껏 성공적이었으며 모두의 예상을 훌쩍 뛰어넘었다. 포크 부대는 엄청나게 많은 곡사 화살을 낭비했을 뿐만 아니라 여전히 아무것도 눈치채지 못했고, 리디머들이 더퍼스 드리프트와 평원의 여타 요새들에서 선보인 것과 같은 일련의 서툰 전술을 구사한다고 확신하는 눈치였다. 물론 그럴 만도 했다. 이제 대규모 포크 병력은 고지대를 차지하기 위해 언덕 남사면을 기어오르고 있었다. 고지대를 차지한 후, 강기슭에서 첫 일제사격으로 많은 포크 병사를 죽인 리디머들을 위에서 사살하려는 속셈이었다. 그러는 사이 각각 백 명 정도로 이루어진 두 무리가 동쪽과 서쪽으로 질주하는 광경이 케일의 눈에 띄었다. 본대에서 양쪽으로 어느 정도 떨어져 있다가 강에 접근하려는 것 같았다.

그리고 밤이 되면 양쪽에서 강을 따라 이동하다가 리디머 궁수들을 습격하려는 모양이었다. 케일은 자신의 존재를 드러내는 것이 영 내키지 않았지만, 결국 리디머 한 명에게 U자 모양 물굽이 서쪽으로 몰래 내려가 경고의 의미로 화살 한 발을 쏘라고 지시했다. 물론 화살이 너무 쉽게 눈에 띄어 케일 일행의 존재가 들통나지 않도록 해넘이 직전에 쏘아야 했다.

그날 하루가 끝날 때까지 포크의 공격으로 인한 작은 충돌이 빈발했다. 틈만 나면 게릴라 부대가 몰려와 싸움을 걸었는데, 수비대의 머릿수와 형태를 최대한 파악하려는 수작이었다. 하지만 이런 비공식적인 전투에 익숙지 않다 해도 리디머들 중 전쟁 경험이 없는 자는 한 명도 없었다. 길은 이따금 알아듣지 못할 말로 고함을 지르면서 병사들을 확실히 통제했다. 더구나 케일의 지시에 따라 맞은편 강기슭의 들쭉날쭉한 지형들 사이의 통로를 끊어놓은 덕분에 수비를 맡은 병사들은 U자 모양 물굽이 지대를 비교적 쉽게 오갈 수 있었다. 운이 따라서 포크 부대가 강의 수비가 너무 막강하다고 판단한다면, 그날 밤 강바닥을 따라 공격할 엄두를 내지 못할 수도 있었다.

그날 저녁에는 그믐달을 품에 안은 얄따란 초승달이 떠서 흐릿한 빛을 뿌리고 이따금 구름에 가려 사라졌다. 이런 어둠 속에서 기다리고 있노라니 불안이 밀려들었다. 칠흑 같은 밤이 주위를 에워싸는 게 아니라 머릿속에 가득 엄습해오는 것만 같았고, 안팎에 대한 감각이 모조리 사라졌다. 마침내 구름이 지나가고 가느다란 달이 나타나니, 멀리 떨어져 있는 나무와 탁자 모양 산의 비탈이 드러났다. 그러자 고작 몇 인치 앞이라고 느꼈던 검은 공간이 실제로는 몇 마일 거리였음이 드러나면서 감각의 혼란이 밀려들었다. 평원에 서 있는 창백한 나무 한 그루가 달빛에 언뜻 비쳤는데, 케일의 눈에는 그 나무가 허공에 떠 있는 것처럼 보였다. 물론 실제로는 거의 1마일 떨어진 평야에 서 있다는 걸 알고 있었다. 가장 기본적인 감각조차 뒤죽박죽인 상황에 칠흑 같은 어둠 속에서 살의를 품고 다가오는 자를 기다리는 것은 불쾌한 경험이었다. 이런 밤의 평원은 담력이 뛰어난 자들에게조차 상대가 먼저 움직이길 기다리며 약을 올리는 버거운 적으로 느껴졌다. 이리저리 뛰어다니는 들개나 사슴이 실제보다 두 배는 더 크고 세 배는 더 빠르게 움직이는 것처럼 느껴졌다. 고슴도치가 코를 쿵쿵대는 소리도 사자가 먹이에게 달려들기 전에 으르렁거리는 소리만큼 크게 들렸다. 참호 바로 앞에서 부스럭거리며 스멀스멀 기어다니는 것이 치명적인 이빨이나 독침을 가진 짐승이면 어쩌지? 밤은 평범한 것들을 기괴하게 탈바꿈시키는 불쾌한 연금술사였다. 아무것도 아닌 덤불이 암살자로 변신해, 숨소리만 크게 내도 죽이려 들 것 같았다. 하지만 더욱 끔찍한 것은 자기 자신마저 변하는 느낌이었다. 이런 어둠의 일부가 되는 자신을 상상해보라. 더구나 시간을 잴 방법도 당연히 없었다. 시간은 사라져버렸다. 두 시간이 흘렀건만 기껏해야 사오 분이 지난 느낌이었다. 이상한 생각들이 머릿속을 들쑤시기 시작했다. 오늘 저문 해가 내일 다시 떠오르지 않으면 어쩌지? 평소에는 상상도 하지 않을 일들이 이런 밤에는 가능할 것만 같았다. '결코 내일의 태양을 보지 못하리.' 문득 비폰드 경이 어느 책에서 인용한 구절이 자꾸만 생각났다. '결코 내일의 태양을 보지 못하리.'

그때 별안간 저 위 구름 속에서 한 지점이 번쩍하고 빛났다. 곧이어 또 불빛이 보였다. 길이 불화살로 강바닥을 밝히고 있는 것이었다. 차례차례 솟아오르는 화살들이 강의 U자 모양에 감싸인 것처럼 보였다. 아름다웠다. 일고여덟번째 화살이 솟구친 뒤 비명과 고함이 들렸다. 포크 병사들이 가파른 강기슭 양쪽에서 날아온 화살 세례에 맞은 것이었다. 불이 붙지 않은 화살들이 포크 부대 쪽으로 빗발치듯 날아가는 광경이 보이진 않았지만, 그들을 숨겨줄 엄폐물은 거의 없었으며 그들이 연옥수들에게 돌진하는 것도 불가능했다. 케일의 지시에 따라 강 건너에 가시나무들을 일렬로 깊이 박아놓았고, 뾰족하게 깎은 말뚝들도 여러 줄 꽂아놓았기 때문이다.

공격은 오래가지 못했다. 그래 보였다. 하지만 잠시 후 두번째 공격이 시작되었다. 이번 공격은 처음 공격보다 훨씬 금방 끝났다. 그후로는 장미처럼 붉은 아름다운 새벽이 밝아올 때까지 아무 일도 없었다.

이렇듯 부드럽게 하루가 시작되고 천둥이 치듯 해가 솟아오르더니, 일곱시 무렵에는 벌써부터 무더웠다. 저 아래 맞은편 강기슭을 보니, 죽은 자들과 죽어가는 자들이 서른세 명이었다. 비록 강기슭에 가려 보이지는 않지만, 이쪽에도 그 수의 절반 정도가 쓰러져 있을 듯싶었다. 부상자들은 강을 따라 기어서 돌아가려 했지만 속도가 느렸다. 한 놈은 부상이 너무 심해서 정신이 오락가락하는지 연옥수들에게서 달아나기는커녕 오히려 그리로 느릿느릿 기어가고 있었다.

부상을 입고 퇴각하는 자들 중 하나가 서서히 속도를 내자, 연옥수들 쪽에서 화살 한 발이 왜가리처럼 빠르게 날아와 그에게 명중했다.

"저들이 뒤늦게 자비를 베푸는군요." 귀도 후크가 진지한 표정으로 말했다. "이런 뙤약볕 아래서 서서히 죽어가는 건 정말 못할 짓이죠." 케일이 웃음을 터뜨리자 후크가 물었다. "내가 무슨 재미있는 말이라도 한 겁니까, 선생?"

"연옥수들이 저 불쌍한 녀석의 고통을 끝내주려고 그런 게 아니야. 우연이었어. 또 화살을 쏜다면 그건 저 부상병의 동료들이 영웅적인 행동을 하도록 부추기려는 수작일 뿐이고."

"쓰레기 같은 놈들." 후크는 케일의 생각을 읽으려는 듯 그를 빤히 쳐다보았다. "내가 나약해 보입니까?"

"아니. 놀랍다고 생각한다."

"고통받는 인간을 안쓰러워하는 게 말입니까?"

"당신이 리디머들에게서 연민을 기대한다는 사실 말이야."

"기대하지 않는 걸 기대할 수도 있는 법입니다."

"왜 그래야 하지? 그런다고 뭐가 달라지는데?"

"너무 비관적이군요. 그렇게 컸습니까?"

"물론이지."

"왜 그렇게 냉소적이죠?"

"난 그게 무슨 소린지 몰라."

"냉소주의란……"

"뭔지 알고 싶지도 않아."

퉁명스러운 반응에 발끈한 후크는 더이상 대꾸하지 않았다. 몇 분 뒤 케일이 입을 열었다.

"전에 내 친구가 말하기를, 타인의 본성을 탓하는 것은 시간낭비라고 했어."

"내 생각이 옳았군요."

"뭐가 옳아?"

"당신이 비관적으로 키워졌을 거라는 짐작 말입니다."

케일은 언짢아하는 기색 없이 씩 웃기만 했다.

"이드리스푸케가 나를 키워줬으면 좋았을걸. 그랬다면 지금 내가 후크 선생 당신 입맛에 한결 맞는 모습일 텐데 말이야."

그 순간 또다른 화살이 날아가 또다른 부상병에게 꽂혔다.

"지금보다 나은 인생을 꿈꾸는 건 어리석은 짓입니다."

하지만 후크와의 대화에 질린 케일은 대꾸하지 않았다. 그때 U자 모양 물굽이 뒤에서 언덕 쪽으로 기어가는 포크 병사 십여 명이 눈에 띄었다. 곧이어 또 열 명, 다시 열 명이 따라갔다. 언덕마루의 저격 참호 속에 있는 백부장은 인내심이 지나쳐서 그들이 자기 쪽으로 다가오는 것을 관망하고만 있었다.

"어서 쏴."

케일이 나지막이 중얼거렸다. 이윽고 화살 세례가 쏟아지면서 대여섯 발 정도 명중했다. 하지만 이제는 더 많은 포크 병사들이 몸을 낮추고 기어가고 있었다. 불룩한 지대 위로 달려가는 놈들도 있었다. 보아하니 참호에서 날아온 화살에 맞아 쓰러지는 것은 그 지대를 넘어갈 때뿐이었다. 케일이 언덕 방어 계획을 세울 당시에는 비탈에 엄폐물이 전혀 없어 보여서 꼭대기까지 올라가는 건 거의 불가능하다고 판단했다. 하지만 이제 보니 놓친 부분이 있었다. 언덕 비탈을 3분의 2쯤 올라간 포크 병사들은 얕은 구덩이 속으로 들어갈 수 있었는데, 거기 모여서 화살을 피하고 있다가 한꺼번에 돌격하려는 속셈이었다. 이렇듯 뻔히 보이는 엄폐물을 놓치다니 말도 안 되는 일이었다.

지금껏 케일에게는 성스러운 깨달음의 순간이 수도 없이 찾아왔다. 길 위에서 혹은 산마루에서 그런 환상을 볼 때면, 감겨 있던 눈이 뜨이는 기분이었다. 지금 더퍼스 드리프트의 언덕마루에서 케일의 뇌리를 때린 것은 그런 신성한 깨달음은 아니었으나, 진실이라는 점에서는 다를 바가 없었다. 즉, 결코 이곳에서 실패하면 안 된다는 것.

생각이란 것을 하기 시작한 이후로 케일이 품어온 가장 절박한 소망은 혼자 있는 것이었다. 하지만 언덕 꼭대기를 향해 기어올라가는 포크 무리를 보고 있노라니, 가장 큰 희망이 물거품으로 바뀌는 광경이 눈앞에 어른거렸다. 놈들이 언덕을 차지하면 드리프트를 점령하게 될 것이다. 놈들이 연옥수들을 죽이면 보스코가 케일의 안전을 보장할 힘을 가질 수 없게 된다. 결국 케일은 영영 혼자 있지 못할 것이다. 설령 지금 도망친다 해도 뒤에는 리디머, 앞에는 안타고니스트가 버티고 있었다. 500마일을 달아난들 뭐가 달라지겠는가? 그래봤자 안전과는 거리가 멀었다. 이 세계에서는 어디서든 혼자 있다는 건 외따로 고립되어 언제 살해당할지 모른다는 뜻이었다. 남의 비위를 맞추며 살아야 평온이든 고요든 얻는 법이다. 케일이 세상의 굴레에서 벗어나 유유자적 살아갈 수 있는 곳은 어디에도, 손바닥만한 공간도 없었다. 몸을 누일 집을 구해야 하고, 연명할 음식을 사야 했다. 그러니 싸워야 했다. 쉬지 말고 싸워야 했다. 싸움을 멈추면 결국 익사할 것이다. 정신 차려라. 전진하지 않으면 죽는다. 전진해라.

멤피스에서 케일이 숨쉬듯 쉽게 적을 만든 것은 어리석음과 실수 때문이었다. 그가 잘 알고 이해하는 사람은 리디머들뿐이었다. 그들의 일원이기에 여기서는 케일에게도 기회가 있으며, 소속감도 가질 수 있었다. 다른 곳에서는 그저 분노하는 데 재능을 가진 소년일 뿐이었다. 케일은 드리프트에서 몰살당할지 모를 연옥수들과 단단히 엮여 있어서, 그들 한 명 한 명을 사랑하고 믿어야 할 처지였다. 선택의 여지가 없었다. 지금껏 줄곧 그랬다. 케일은 순식간에 그것을 깨달았고, 마치 무너져내리는 거대한 댐 아래 거대한 홍수처럼 처절한 현실이 그를 덮쳤다. 내면의 모든 것이, 마음과 영혼이 고래고래 소리치며 반대했지만, 케일은 자리에서 일어나 비탈 아래 모여 있는 연옥수 스무 명에게로 달려갔다. 그들은 코앞에 닥친 재앙을 까맣게 모른 채 말 옆에 서 있었다.

일각을 다투는 상황이었지만 공격 계획을 설명해야 하기에 케일은 땅에 드리프트를 그리면서 지시 사항을 알려주었다.

"알겠나?"

연옥수들은 고개를 끄덕였다.

"그럼 나한테 그대로 다시 말해봐."

그들은 잠시 머뭇거렸지만 케일이 지시한 내용을 충실히 복창했다. 케일은 한번 더 지시를 되풀이하고는 모두 말에 오르게 했다.

"성공하면 너희는 리디머 보스코에게 성자나 다름없는 대접을 받을 것이다."

언덕 위에서 케일이 깨달은 바로 이자들에게는 목숨보다 소속감이 중요했다. 혼자 있기를 갈망하는 그로서는 끔찍할 따름이었지만. 케일은 자신이 연옥수들을 참혹한 죽음에서 구해줬다고 생각했지만 그들에게 그것은 구원 그 이상이었다. 케일이 그들의 죄를 사하고 이 세상에서 자유롭게 해주러 온 천사라면, 그들은 갈 곳도 없고 살아갈 의미도 없이 떠도는 버려진 존재였다. 그들에게 자유는 영혼의 자유였다.

후크가 어리둥절한 얼굴로 지켜보는 가운데 케일은 연옥수들을 이끌고 언덕 꼭대기를 향해 말을 달렸다. 죽음을 눈앞에 두고도 그들 사이에는 동지애와 충성심이 넘실거렸다. 케일은 그 힘을 느낄 수 있었다. 이윽고 낮은 둔덕을 넘어선 그들은 포크 부대가 참호를 향해 마지막 진격 준비를 하고 있는 언덕을 향해 더욱 빠른 속도로 몰려갔다. 앞에서 벌어지는 전투에 정신이 팔린 포크 놈들은 연옥수 무리가 고작 50야드 너머에서 돌진해올 때까지 아무도 뒤를 걱정하지 않았다. 이제 적의 눈에 띈 연옥수들은 온갖 성자와 순교자의 이름을 외쳐댔으며, 이윽고 살육이 시작되었다.

우묵한 땅으로 내려간 연옥수들은 곧바로 멈춰 부리나케 말에서 내린 다음—이들은 기병이 아니라 말 탄 보병으로 훈련받은 이들이었다—측면에서 포크 무리에게 돌진했다. 갑작스러운 홍수가 숲을 쓸어버리듯이, 몇 달간의 끔찍한 수감 생활로 독기가 오른 성난 리디머들이 포크 부대의 앞 열을 무너뜨렸다. 케일 앞에는 광기와 살기, 증오로 가득찬 난폭한 연옥수 십여 명이 있었다. 처음에는 그들을 따라가고 있자니 마치 움직이는 벽 뒤에 숨은 기분이었다. 하지만 이미 광분한 상태인 연옥수들은 대형이 무너지기 시작했고, 처음에는 당황했던 포크 부대가 금세 충격을 흡수하고 적을 밀어내기 시작했다. 우측의 포크 부대가 이제는 느슨해진 리디머들의 벽을 갈라놓았다. 이 반격으로 틈이 벌어지자, 케일은 다시금 살육의 재능을 발휘하기 시작했다. 맨 처음 맞닥뜨린 자는 벤

반 브리다였는데, 수염이 북슬북슬한 이 열여덟 살짜리 사내는 무거운 신음소리를 내면서 눈앞의 소년에게 칼을 두 번 휘둘렀다. 거기까지였다. 케일의 단검이 상대의 턱 바로 아래 목을 찌르면서 칼끝이 뒷덜미로 튀어나왔다. 하지만 너무 세게 찔러 척수를 관통하는 바람에 칼날이 뼈에 박혔고, 반 브리다가 쓰러지자 케일은 손에서 칼을 놓쳤다. 케일은 고개 숙여 다음 공격자의 첫 일격을 피하고 다음 상대의 일격도 피했다. 사실 그들은 번갈아 공격한 게 아니라 동시에 공격한 것이었다. 그들에게 바짝 다가든 케일은 왼쪽 사내의 허리를 잡아 균형을 무너뜨리고 나머지 공격자 쪽으로 밀어 다시 주먹을 날리지 못하게 했다. 그리고 상대의 발등을 짓밟았다. 발 뼈가 부러진 나쿠루의 프란스 아르놀디가 고통의 비명을 내질렀다. 케일은 쓰러지는 적을 나머지 사내에게 밀쳐버렸고, 동료에게 부딪혀 뒤로 비틀거리던 사내는 때마침 도착한 연옥수의 칼에 찔려 간이 관통되면서 즉사했다. 그로서는 행운이었다. 전장에서는 기왕 죽을 거면 빨리 죽는 편이 나았다. 고마워할 겨를 따위는 없었다. 케일은 곧바로 발이 부러진 아르놀디를 끝장냈다. 아르놀디는 두 손을 내뻗으며 "안 돼!" 하고 소리쳤지만, 애쓴 보람도 없이 케일의 일격에 허리에서 목까지 뻗어 있는 등골이 부러졌다. 곧이어 케일에게 달려든 또다른 사내도 필연적인 죽음을 맞이했다. 불베이터스 레인에서 마지막까지 싸운 덕분에 '최후의 용사 드비어'라는 별명을 얻은 주아니 드 비어는 사타구니 바로 위에 케일의 주먹을 맞고 쓰러졌다. 제아무리 용맹한 그도 모래밭 위에서 몸을 뒤틀며 괴로워했다. 케일은 뒤에 있는 연옥수들에게 거리를 좁히라고 소리쳤다. 포크 무리가 잠시 주춤했다. 눈앞에 있는 소년의 가공할 호전성에 놀란 그들은 마치 유명한 주교가 지나가는 광경에 입이 딱 벌어진 촌부들처럼 멍하니 지켜보았다. 이 소년은 혼자서 모두를 상대할 기세였으며, 자신에게 덤비는 자들에게 너무도 섬뜩하고 자연스러운 분노를 발산했다. 케일의 고함소리에 놀란 연옥수들이 그를 에워싸러 달려오자 적이 공격을 재개했다. 케일은 자신이 처한 위험을 새삼 느끼고 조심스레 뒤로 물러났다. 이따금 짧은 창들이 그 뒤의 리디머 무리에게 파고들었는데, 고함과 비명이 터져나오는 와중에도 그 소리는 또렷이 들렸다. 창이 피와 살을 뚫고 들어가는 둔탁한 소리. 말 궁둥이를 때리는 것 같은 그 소리는 볼트나 화살에 맞는 소리와는 전혀 달랐다. 케일은 창에 찔리지 않으려고 전진하면서 앞의 연옥수들을 방벽으로 삼았다. 하지만 지금까지 포크 부대를 보호해준 비탈의 우묵한 지대는 이제 언덕마루에서 궁수들이 쏘는 화살을 막아주지 못했다. 측면에서 밀려드는 적과 싸우려면 몸을 일으켜야 해서 몸이 노출될 수밖에 없기 때문이었다. 좁은 지대에 갇혀 케일의 인간 장벽에 밀리는 지금, 포크의 승리를 약속해주었던 꼭대기까지의 거리 30야드는 그들을 궁수의 손쉬운 먹잇감으로 전락시켰다.

이 궁지를 벗어날 해법을 생각해낸 사람은 엔켈두른의 설교자 프레디칸트 빌조엔이었다. 언덕마루 궁수들의 사격을 멈추게 하려면 리디머 방벽을 뚫고 들어가 한데 뒤엉켜 싸우는 수밖에 없었다. 빌조엔은 엄청난 열정을 지닌 자였다. 그의 설교를 듣고 있노라면 마치 겁에 질린 호저의 가시처럼 목덜미의 털이 쭈뼛 서곤 했다. 여느 포크보다도 덩치가 1.5배는 크고 넓적한 접시 같은 얼굴에 수염을 두른 그가 삽으로 생지옥을 만들기 시작했다. 여느 포크와 마찬가지로 프레디칸트도 작은 삽을 들고 다녔는데, 구멍 파기에서 부터 짐승 도살에 이르기까지 이 평원에서 모든 일에 쓰이는 삽이 었다. 가벼운 삽은 대나무로 만든 자루에 네모난 강철 날이 달렸고, 자루 쪽을 제외한 세 변의 날이 숫돌로 연마되어 있었다. 프레디칸트가 휘두르는 날카로운 삽이 적의 어깨와 엉덩이, 무릎을 베었다.

삽으로 연옥수 벽을 뚫고 들어간 프레디칸트는 거룩한 광기에 사로잡힌 채 부하들에게 따라오라고 소리치면서 좌우로 솜씨 좋게 적을 내리쳤다. 마치 멤피스의 귀부인이 조식으로 나온 삶은 달걀을 잘라 먹듯 리디머의 머리를 댕강 잘라버렸다. 자비로운 즉사였다. 그의 양쪽에 있던 리디머들은 동료가 쓰러지자 흠칫 놀라며 기가 꺾였다. 프레디칸트가 매섭게 찌른 삽을 얼굴에 정통으로 맞은 사내는 이와 턱이 나뉘고 혀가 잘렸다. 그다음 리디머는 한쪽 팔이, 다음 사내는 한쪽 발이 잘렸다. 이제 어느 정도 공간이 확보되자 프레디칸트는 황소나 곰이 아니라 지옥의 일곱번째 결계를 뚫으라는 주님의 지시를 받은 목사처럼 진중하게 삽을 휘둘렀다. 케일은 왼쪽으로 물러나 있었다. 그의 눈에는 신과 자연이 짜고서 성스러운 광기를 불어넣은 한 인간이 허리케인처럼 몰아치는 광경이 보였다.

분노와 자만심에 젖어 노호하는 프레디칸트는 계속 삽을 휘둘렀다. 이제 그의 뒤에서 밀려드는 포크 무리는 배짱이 더욱 두둑해졌고 점점 더 용맹스러워졌다. 마치 개한테 물어뜯기듯이 그들의 삽에 연옥수들의 손이 잘리고 엉덩이가 갈라져 속살이 드러났다. 짐승도 그토록 참혹하게 죽지는 않을 것이었다. 계속 다가드는 프레디칸트 뒤로 포크 무리가 늘어서 있었고, 케일은 여전히 겁먹은 연옥수들 뒤에 있었다. 잠시 후 모든 것이 열리는 순간이 찾아왔다. 여기서 길이 갈라지면서 두 가지 운명이 그를 부르기 시작했다. 승리의 손짓과 패배의 고갯짓. 그때 프레디칸트가 실수를 저질렀다. 케일과 눈이 마주치는 순간, 허영심이 그를 죽음으로 내몬 것이다. 케일의 허영심과 그의 허영심이 맞닥뜨린 그 짧은 순간에 프레디칸트는 케일을 일개 소년으로 간과해버렸다. 날아오는 짧은 창을 피해 케일이 몸을 돌리자, 그를 지나친 창이 달아나는 연옥수의 뒤꿈치에 꽂혔다. 케일은 마치 선물을 받기라도 한 듯 그 가엾은 사내의 발에서 창을 뽑았다. 프레디칸트가 아직 달아나지 않고 남아서 싸우던 연옥수의 배를 가르는 동안, 케일은 창을 움켜쥐고 어깨 위로 쳐든 후 두 걸음 내디디면서 던졌다. 힘과 균형이 완벽하게 조합된, 이제껏 누구도 본 적이 없는 우아한 동작이었다. 독사도 그렇게 본능적으로 물지는 못했다. 창은 프레디칸트의 샅타구니 바로 위에 꽂혔다. 그리고 방광을 찢고 골반을 부수면서 궁둥이로 튀어나왔다. 프레디칸트가 고통에 울부짖으며 땅에 쓰러지자, 피와 오줌이 마치 포도주와 물처럼 모래땅에 쏟아지면서 김이 피어올랐다. 케일은 그 광경을 영영 잊지 못했다. 이윽고 그는 연옥수들에게 진격하라고 소리쳤다. 자신들의 목자가 지금 고함을 질러대는 소년에게 살해당하는 모습을 본 포크 병사 둘이 곧바로 복수심에 타올라 케일 쪽으로 다가왔다. 하지만 그에게 다다른 자는 한 명뿐이었다. 나머지 한 놈은 용기를 되찾은 연옥수들에게 처리되었다. 남은 한 놈이 케일을 공격했다. 그 칼에 맞았다면 케일은 두 동강이 났을 터였다. 하지만 마치 아이들과 전쟁놀이를 하는 어른처럼 그는 점점 더 냉철하게 적을 응시했다. 그에게 적의 공격은 서툴고 꼴사납고 엉성했다. 그러나 이제는 화살들이 가까이 날아들고 있었다. 한 발은 거의 맞을 뻔해서 한순간 집중력이 흐트러졌다. 무기들이 부딪치는 소리, 비명과 고함 때문에 지금껏 그가 보여준 초인적인 우아함은 사라졌다. 그가 흔들리는 모습을 본 사내한 명이 자신감을 얻고 케일을 걷어차려 했다. 사내의 발길질을 피한 케일은 상대의 나머지 한 발을 걷어차고 허리를 붙잡아 눌러 모래땅 위에 쓰러뜨렸다. 그러고는 순식간에 몸을 뒤로 젖혀 자신의 칼을 집어들었다. 두 사람이 조용히 끙끙거리고 헉헉대면서 사투를 벌이는 동안 케일은 무게 중심을 이동해 자세를 바로잡았다. 그러고는 힘을 모아 적의 손에서 자신의 팔을 빼낸 다음 칼로 찔렀다. 포크 병사의 몸이 부르르 떨렸고, 그사이 케일은 일어서서 주변 상황을 살폈다. 프레디칸트가 죽자 포크 부대는 전의를 상실했다. 그들이 후퇴했고, 언덕에서 다시 화살이 빗발치기 시작했다. 포크 부대의 목숨은 이제 몇 분 남지 않았다. 이어진 학살의 참상에 대해서는 프레디칸트 빌조엔조차 그 지옥의 고통을 활기찬 말투로 묘사하지 못했을 것이었다. 죽은 자들과 죽어가는 자들의 입안에 이미 파리 떼가 알을 까고 있었다.

그리하여 이 하찮은 언덕에서, 리디머들에게 실패의 대명사가될 때까지 무명이었던 그 장소에서, 고작 달걀 하나를 삶는 시간동안 이백 명도 안 되는 자들이 벌인 승강이 끝에 한 세상 전체가완전히 바뀌었다.

포크의 상황은 악화에 악화를 거듭해갔다. 드리프트에서 실수를범한 자는 케일만이 아니었다. 서쪽에서 지켜보고 있던 포크 마이스터에게는 케일이 이끄는 습격대는 보이지 않았지만, 전투 끝 무렵 백부장이 이끄는 지원 부대가 언덕 아래로 돌진하기 시작하는 광경은 보였다. 그가 받은 최신 정보는 포크 부대가 언덕을 점령하러 집결하고 있으며 승리가 확실하다는 것이었다. 낮은 둔덕을 넘어 시야에서 사라지는 리디머들이 보이기는 했지만, 포크 마이스터는 이미 빼앗긴 고지를 되찾으려는 절박한 심정에 목숨을 내던지는 모습이라고 생각했다. 리디머들이 치명적인 실수를 저지르는 상황을 이용하기로 마음먹은 그는 자기 군대에게 언덕 앞쪽에서 강을 건너 U자 모양 물굽이 안쪽에서 드리프트를 공격하라고 명령했다. 하지만 백부장이 자신의 부대를 다시 불러모으고 케일이 언덕 아래 새로운 수비진을 구축하자, 포크 습격대는 또다른 리디머 세력과 맞서고 있다는 사실을 깨달았다. 이제 그들은 손쉬운 표적이 되어, 자신들이 점령했다고 믿었던 언덕마루와 후방 고지대에서 볼트와 화살이 마구 날아들었다. 가짜 리디머들을 세워놓은 참호 안으로 숨은 소수 병력도 오래 살아남지 못했다. 참호 안에서 싸우는 것은 그들에게는 세번째 리디머 세력과 맞서는 것이었다. 이 포크 잔당에게는 일말의 자비도 베풀어지지 않았다. 평생 자비를 베풀어본 적이 없는 자들이니 억울하지는 않을 터였다.

엄청난 손실을 입은 포크는 리디머들의 독특한 전투 방식에 충격을 받아 퇴각하기 시작했다. 그들은 탁자 모양 산중턱에 배치한 곡사 화살을 쏘면서 안전하게 달아나려 했다. 케일이 그 산에 두고 온 리디머 저격수들이 마침내 솜씨를 발휘한 것은 그때였다. 이제는 완전히 안전해진 위치에서 궁수들이 포크 발사병 절반을 쏴 죽이는 동안, 놈들은 방어는커녕 곡사 화살 발사대를 가져갈 수도 없다는 사실을 깨달았다. 결국 발사대를 버린 그들은 탈출하는 포크 잔당에 합류하기 위해 달아났다.

이날 케일의 판단은 단 하나를 제외하면 모두 옳았는데, 그 한 가지 착오가 그의 명민함과 용기를 완전히 무용지물로 만들 뻔했다. 일종의 교훈을 얻은 셈이었지만 어떤 교훈인지는 확실치 않았다. 어쩌면 절대로 실수하지 말라는 교훈이 아니었을까. 케일은 길이 기다리고 있는 언덕마루로 걸어올라갔다. 사방에서 연옥수들이 환호성을 지르며 "신께서 축복하시기를!"이라고 소리쳤다. 케일은 그들을 경멸하지만 지금껏 그들을 구하려고 목숨을 걸었다. 또한 그들은 케일에게 철저히 의지했으며, 지금 그가 깨달은 바로는 그 자신 역시 그들에게 철저히 의지했다.

길은 살짝 고개 숙여 인사했을 뿐이지만, 그 모습에서 케일은 자신에 대한 그의 태도가 한층 깊이 변했음을 느꼈다.

"저들의 마음을 완전히 얻으셨군요. 아무리 타락한 자들도 두 번 구해준 사람을 사랑하지 않기는 어려운 법입죠."

"그래, 몹시 아슬아슬했어."

참호 안에 내려선 케일은 언덕 비탈을 바라보았다. 그는 지대 전체가 또렷이 내려다보이는 지점에서 말에 올라, 땅에서 7피트 높이에서 그곳을 전장으로 선택했었다. 하지만 내려와서 보니 전장 한가운데 불룩 솟은 지대가 있었다. 이는 참호에서 불과 20야드 거리까지 볼트나 화살에 맞지 않고 진격할 수 있다는 뜻이었다. 케일은 자신의 어리석음에 놀랐다. 다른 것은 모두 옳게 판단했는데 이걸 놓치다니. 어떻게 그토록 아둔할 수 있단 말인가?

"저들은 사과받아야 마땅하다." 케일이 길에게 말했다. 비록 연옥수들을 혐오했지만 그 말은 진심이었다.

"터무니없는 소리입니다!" 길은 단호히 반발했다가 곧 사과하는 투로 걱정스럽게 말했다. "굳이 그러실 필요는 없다고 봅니다."

"내 실수는 저들도 알아."

"당신이 저들을 살리려고 전장을 준비했고, 상황이 악화되자 저들을 구하러 왔다는 걸 알죠. 저자들이 무언가를 이긴 건 참으로 오랜만입니다. 저들은 승리했습니다. 이제 저들은 당신 것입니다. 당신은 실수를 범했고 그걸 바로잡았습니다. 장수가 하는 일이 그런 게 아니겠습니까?"

"자네가 순교자의 훈련장에서 이토록 너그러운 적은 없었던 걸로 기억하는데."

"훈련은 강하게, 실전은 가볍게."

"그럼 그토록 모질게 굴었던 것이 나를 위해서였을 뿐이란 건가?"

"승리하고 살아남으셨으니 그렇다고 말할 수 있겠죠."

"포크가 돌아올지 몰라서 확인차 정찰대를 보냈다. 저들에게는 자네가 얘기하도록."

"아니요. 당신이 하십시오."

"싫어."

하지만 결국 십 분 뒤, 케일은 U자 지대 한복판 바위 위에 서서 연옥수들에게 일장 연설을 했다. 물론 그들에 대한 증오와 분노가 입 밖으로 새어나가지 않도록 조심했다. 그러나 할말이 별로 없었다. 케일은 그들을 위해 목숨을 걸었고, 그들은 죽음에서 살아 돌아왔다.

이 무렵, 산에서 내려와 있던 후크는 리디머들이 내지르는 환호와 찬양의 소리를 들으면서 그들이 숭모해 마지않는 소년이 거북해하는 표정을 보았다. 그들은 케일이라는 백지에 각자의 열망을 쏟아붓고 있었다. 연설을 마친 케일은 못마땅한 표정으로 후크에게 방금 산에서 끌고 내려온 곡사 화살 발사 장치를 조사해 한 시간 안에 보고하라고 지시했다. 후크는 고개를 끄덕이면서 이죽거렸다.

"당신이 증오하는 이들에게 충성해야 하나 싶어 꺼림칙했는데 괜한 걱정이었군요. 세상에는 여러 가지 종류의 충성이 있답니다, 케일 선생. 예컨대 돼지치기가 돼지에게 바치는 충성도 있지요."

케일이 대꾸할 말을 찾지 못하는 동안, 후크는 그를 기다리는 곡사 화살을 살펴보러 비탈을 따라 내려갔다.

한 시간 뒤, 후크가 조사 결과를 보고했다. 그는 3피트 길이의 커다란 볼트를 한 손에 쥐고 있었다. 볼트의 살대 둘레에는 작은 다트 열두 개가 꼼꼼하게 나란히 묶여 있었다.

"일반 노끈을 고무와 엮어서 묶어놓은 겁니다. 고무가 뭔지는 압니까?"

"아니."

"모르는 게 당연할 수 있죠. 콩다민이 아비뇽에서 교황에게 고무를 선보이려 했을 때 대주교는 이상할 정도로 물이 스미지 않는 고무를 보고 그가 사술邪術을 부린다며 체포하려 했습니다."

"그 일이 이 끈과 무슨 상관이지?"

"아무런 상관도 없죠. 하지만 고무는 늘어나는 성질도 갖고 있습니다." 후크가 끈을 잡아당기자 끈이 늘어났다. 많이는 아니었지만 그의 말이 사실임을 보여주기에는 충분했다. "발사되는 순간 볼트에 밀랍으로 붙여놓은 장선腸線이 고무 노끈을 풀어버리는 겁니다. 제가 보기에는 대략 오 초 안에 풀립니다. 그러면 다트 열두 개가 분리되면서 본체를 따라 땅으로 떨어지죠. 물론 좀더 설명이 필요하겠지만 기본 원리는 그렇습니다."

"복제품을 만들 수 있겠나?"

"어렵지 않을 겁니다."

"그럼 만들어."

"다만 문제가 하나 있죠."

"뭔데?"

"기술적인 문제가 아니라 신학의 문제입니다. 교황은 고무를 좋아하지 않아요. 로마를 비롯해 전 세계에서 고무의 사용을 금한다는 명확한 교황령은 없었지만, 유연한 물질을 비자연적인 것으로 여겨 몹시 의심합니다. 콩다민을 구속하려 했다는 건 고무를 사술의 일종으로 본다는 방증입니다."

"확실한가?"

"내 입지가 불분명하고 나로서는 위험을 무릅쓸 수 없다는 건 확실하죠. 하지만 당신은 나보다 처지가 나아요. 어쩌면 보스코가 일종의 한시적 규정을 만들어줄지도 모릅니다. 물론 그와 파르시 추기경의 반목이 걱정되긴 합니다만."

케일이 한숨을 내쉬었다.

"당신은 어떻게 그리 잘 알지?"

"당신은 어째서 그렇게 모릅니까?"

"그렇게 잘 아는 양반이 나 덕분에 감옥에서 탈출했군?"

"내가 졌수다, 케일 선생. 하지만 목적을 이루는 방법은 하나가 아니라 여러 가지인 법이죠."

"그래서?"

"나는 지금껏 어떤 엔진을 만들어왔습니다. 내겐 소중한 것이죠."

"난 당신이 엔진을 만들다가 특별한 목적의 집에 수감된 걸로 아는데."

"맞습니다."

"불경도 서슴지 않는 자가 사술을 부린다는 혐의를 걱정한단 말인가?"

"왜냐하면 그 엔진을 위해 죽을 각오는 돼 있어도 고무줄을 위해 죽을 각오는 돼 있지 않거든요. 내가 죽음을 무릅써야 한다면 그에 걸맞은 보상을 원합니다."

"보상? 내가 보스코한테 들은 바로 당신은 불경스러운 엔진을 만든 죄로 사형을 언도받았다던데. 산 채로 온몸의 살갗을 벗겨 식초 통에 담그는 형벌을 받아 죽기로 되어 있었다고 말이야."

"수명이 몇 년 더 늘었다고 해서 온전한 삶을 얻은 건 아닙니다."

"그 말 잊지 않도록 노력하지. 하지만 당신은 이걸 기억해야 해. 당신의 이빨 하나까지 모두 내 것이라는 것."

"나는 고마움을 모르는 사람이 아닙니다."

"그럼 고마움을 안다는 건가?"

"남에게 아무리 큰 빚을 졌어도 자신의 이익부터 추구하는 건 인간의 본성입니다."

"그래서 그 엔진의 용도가 뭔데?"

"엄밀히 말하면 아무 용도도 없습니다. 내가 만드는 엔진은 자연과학 연구가 목적이거든요. 나는 사물의 본성을 파헤치고 싶습니다. 당신이 힐난하기 전에 한말씀 드리자면, 순수한 호기심에서 비롯된 이 연구에는 실질적인 쓸모가 하나 있습니다. 들어보시겠습니까?"

"당신 친구 있나, 후크?"

"막강한 권력을 지닌 친구는 없지요."

"만약 나를 갖고 논다는 판단이 서면 죽여버리겠어."

"여부가 있겠습니까."

케일은 웃으면서 후크에게 앉으라고 손짓했다. 후크는 그가 시킨 대로 앉으면서 몸을 숙이고 땅에 동그라미를 그렸다.

"이 원이 지름 200피트에 완전히 밀폐된 강화 구리 파이프라고 상상하십시오. 나는 모든 물질이 하나의 입자로 이루어져 있다고 믿습니다. 내가 원자라고 명명한 그 입자가 세상 만물, 그러니까 흙, 공기, 불, 물을 이루며, 오로지 자연이 원자들을 조합하는 다양한 방식에 따라서만 형태가 달라진다고 생각합니다. 그러나 만약 내 생각이 옳다면, 거대한 힘은 자연이 만들어낸 것을 원상태로 되돌릴 수 있습니다. 그래서 나는 지상에서 가장 순수한 물질을 찾아 그 물질로 공을 두 개 만든 다음, 이 원형 파이프 양쪽 끝에서 그것들을 강하게 쏘아 충돌시키려고 합니다. 그러면 만물을 구성하는 원자들로 쪼개질 테니까요."

"원자가 존재한다는 걸 어떻게 알지? 만약 그걸 증명해야 한다면?"

"아하," 후크가 감탄조로 대꾸했다. "나이에 걸맞지 않은 재능을 지닌 장군인 줄만 알았는데 아니군요. 아주 총명한 젊은이예요."

"내가 당신한테 이야기한 그 친구가 이런 말을 했지. 기왕에 아첨을 하려면 대놓고 확실하게 하라고. 혹시 당신도 그자를 아나?"

"모든 아첨이 다 거짓은 아니랍니다, 케일 선생."

"계속 이야기해봐."

"나는 수학적 사고로 원자의 존재를 확신하게 됐습니다." 케일이 그를 바라보았다. "크게 감탄하는 표정은 아니군요. 어쨌든 나는 굳게 믿고 있고, 내 믿음을 뒷받침하는 수치도 있습니다. 하지만 설령 내 생각이 틀렸다 해도 상관없습니다. 내가 해결해야 할 문제는 어떻게 하면 순수한 물질로 만든 두 공을 아주 강하게 충돌시켜 기본 입자를 떼어내느냐입니다. 그래서 화살이 날아가는 속도보다 몇십 배 빠르게 무거운 물체를 날리는 방법을 연구하다가 특별한 목적의 집에 수감되어 비참한 죽음 직전까지 갔죠. 솔직히 인정하건대, 당신이 아니었다면 살아남지 못했을 겁니다."

"아첨은 그만."

"중국에서 가져온 폭약 제조 문서로 거의 이 년 동안 실험을 거듭했습니다. 갖고 있던 소량의 폭약을 거의 다 쓰고서야 가능하겠구나 하는 확신이 서더군요. 하지만 제조법이 너무 조악했습니다. 배합 실수로 엉망이 되는 경우에 대한 힌트 몇 가지와 성분 표시뿐이었죠. 그래서 수없이 실패를 되풀이했지만, 체포되기 몇 달 전엔 상당한 성과를 거두었습니다. 힘은 조금 약하지만 엄청난 섬광과 연기, 빛을 내는 폭약을 만들었죠. 하지만 그걸 보고 겁먹은 조수들이 팔랑귀 몇 놈에게 나불거렸어요. 결국 리디머들이 들이닥쳐 폭약을 찾아냈고, 그런 자들에게 설명하기 쉽지 않은 것을 한두 개 발견했습니다."

"예를 들어?"

"시신이 한 구 있었습니다. 그리 놀랄 일도 아니죠. 사형장에서 가져온 시체였습니다. 나는 시신 해부를 회색지대로 여겼습니다. 논란거리가 아니라고요. 종교적으로는 말입니다."

"리디머들의 생각은 달랐나?"

"종교적 의미로 회색지대는 글자 그대로 회색지대더군요."

"그래서 요점이 뭔가?"

"중국 폭약을 개발할 수 있도록 날 보호해주고 자금까지 대준다면 일석이조일 겁니다."

"어째서?"

"순수한 물질로 만든 공 두 개를 서로 충돌시킬 수 있다면, 사람에게 철탄을 쏘는 무기도 만들 수 있으니까요. 그런 무기가 전투 양상을 어떻게 바꿀지 생각해보십시오. 설령 한 번밖에 발사하지 못한다 해도 그런 무기를 든 병사는 적을 한 명, 혹은 그 이상을 부상 입히거나 죽일 겁니다. 상상만 해도 섬뜩하지 않습니까? 그 무기를 버린 병사들은 일반 병사처럼 싸워야 하지만, 이미 전투가 시작되자마자 자신들의 머릿수만큼 적을 죽인 상황입니다."

"그런 무기는 아직 당신의 상상일 뿐이야."

"현실로 만들 수 있습니다. 내게 연구 공간과 자금만 제공해주면."

"당신에게 속는 게 아니라고 어떻게 확신하지?"

후크는 기분이 상한 표정으로 대답했다.

"나도 도리가 뭔지는 압니다. 하지만 당신도 알다시피 내가 일생일대의 업적을 이루려면 금속관에서 단단한 물체를 발사하는 방법을 알아내야 합니다. 사실 지식 탐구와 강력한 무기 개발은 하나이자 같은 것이죠. 전쟁은 모든 것의 아버지니까요. 더구나 당신이 위대한 장군이 되면 나도 목숨을 부지할 수 있습니다. 안 그렇습니까?"

"당신이 나를 바보 천치로 여기지만 않는다면 그렇겠지. 만약 과학에 대한 내 무지를 이용해 날 갖고 놀다가 걸리면, 당신은 식초 단지 안에서 오르락내리락하는 양파 신세가 될 거야. 알아들었나?"

"그런 위협은 필요 없습니다."

"필요해. 오늘 내가 언덕 위에서 싸우는 모습 지켜봤지?"

"네."

"나는 연옥수들에게 이래저래 별 감정 없어. 포크 놈들은 나한테 무슨 의미일까? 하지만 그들은 죽어 없어졌으니 애초에 존재하지 않은 것이나 마찬가지야. 그걸 생각해봐야겠어. 이제 피곤하군."

9

이 무렵 클라이스트는 콴톡스에서 클레프트 사람들과 거의 한 달을 지내고 있었다. 처음에는 가지 않으려 했는데, 그곳에선 안전할 거라는 데이지의 말을 듣고 한참을 고민했다. 비록 클레프트나 콴톡스에 대해서는 들어본 적이 없었지만, 콴톡스의 아래쪽 구릉지에 거주하는 성마르고 신경질적인 부족 머슬맨을 멤피스에서 한번 본 적이 있었다. 그때 그는 머슬맨을 멀리하라는 충고를 들었는데, 특히 갑부의 양탄자를 수선하거나 새 양탄자의 도안을 그리려고 그들이 데려온 소수의 여자들에게는 얼씬도 하지 말라고 했다. "머슬맨은 자기들 여자 근처에 얼쩡대는 놈을 가만두지 않아. 물불 안 가리고 죽이려 들지. 게다가 누가 야만인 아니랄까봐 그 여자들도 죽여. 혹시 또 모른다는 거지."

데이지는 놀란 표정으로 그 말이 사실이라고 인정하면서, 오히려 실제보다 훨씬 완곡한 표현이라고 했다.

"머슬맨은 정신 나간 광신도들이야. 사악하고 못된 놈들이지. 자기 부족 여자들을 혐오하고 개처럼 다루는데, 그들의 종교에서는 여자를 거짓말을 일삼는 더러운 존재로 여겨. 그들의 신이 정해놓기를 머슬맨의 아내들과 딸들은 간 속에 있는 그릇에 남자의 명예를 담고 있는데, 그것이 더럽혀지면 남자가 명예를 되찾을 유일한 길은 그 여자를 죽이고 다시 명예를 쌓는 거래. 어처구니없지 않아? 심지어 여자가 겁탈당해도 그 가엾은 여자를 목 졸라 죽인다는 거야. 정말 역겨워."

"클레프트는 그렇지 않아?" 클라이스트가 걱정스레 물었다.

"맙소사, 당연하지."

"어째서?"

"우선 우린 정신병자가 아니고, 천년 전에 콴톡스로 와서 그놈들을 몰아냈으니까."

"그럼 너희는 마테라치와 비슷한가보구나. 별로 종교적이지 않다는 점에서."

"어머, 아냐. 우린 무척 종교적인걸."

충격적인 말이었다. 가슴이 철렁 내려앉은 클라이스트가 물었다.

"어떻게?"

데이지는 자기 부족의 신앙을 설명하며 그 중요성을 읊어댔지만 썩 조리 있게 얘기하진 못해서 클라이스트로서는 이해하기가 어려웠다. 그들이 종교에 별로 구속되지 않는다는 정도만 파악했다. 클레프트의 종교에서는 식량으로 쓰는 청결한 짐승과, 먹으면 안 되는 불결한 짐승을 엄격히 구분하는데, 클라이스트가 보기에 어차피 후자는 아무도 먹으려 들지 않을 만한 것들이었다. 이를테면 박

쥐를 비롯해 기어다니거나 꿈틀대는 짐승을 먹는 것은 엄격히 금지되었다. 거미를 먹으면 이 주 동안 불결한 몸이 되고, 만약 클라이스트가 예전처럼 쥐를 잡아 살을 바른다면—그러고 싶지는 않지만—육 개월 동안 추방당하는 벌을 받게 될 것이었다. 클레프트 사람들은 신을 아주 멀게 느끼는 듯했다. 그들이 신을 입에 올릴 때면, 마치 친절하긴 하지만 날마다 친척 생각을 하며 살지는 않는 부유한 숙부에 대해 말하는 것 같았다. 클라이스트는 베이그 헨리를 버리고 온 죄책감을 떨치지 못했는데, 이드리스푸케에 대해서도 아주 조금은 죄스러웠다. 사실 같이 가겠느냐고 물어봐주지도 않은 사람들을 위해 목숨을 걸고 모험에 나설 까닭은 없었다. 그걸 거부한 행위는 어느 모로 보나 정당했다. 하지만 한편으로는 그 결정이 옳았다고 정말로 굳게 믿었다면 야밤에 도둑놈처럼 달아나지 말았어야 한다는 생각도 들었다. 물론 케일에게는 눈곱만치도 미안하지 않았다.

"너랑 내 문제는? 어쩔 셈이야?"

"난 가축이 아냐." 데이지가 대꾸했다. "아버지 소유물이 아니라고. 아버지도 꽉 막힌 사람은 아니니 날 구해준 너한테 고마워할 거야."

그 말은 사실로 입증되었다. 하지만 데이지의 아버지가 환대해줬음에도 클라이스트는 세상을 바라보는 클레프트의 사고방식을 좀처럼 이해할 수가 없었다. 그가 리디머들의 사고방식을 이해한 것은 단지 오랫동안 그들 틈에서 살았기 때문만은 아니었다. 멤피스에서는 겨우 몇 주 만에 마테라치 사람들을 상당히 파악했다고 느꼈다. 그리고 멤피스는 전 세계에서 몰려든 온갖 인종과 온갖 부류의 인간들로 가득찬 곳이었다. 하지만 거기서 그 어떤 놀라운 종족을 만난 뒤에도 어렴풋이 어딘가 허전한 느낌은 없었는데, 콴톡스에서는 줄곧 그런 느낌이 들었다. 콴톡스는 툭하면 범람하는 골짜기와 올라갈 수 없는 바위턱, 깊은 구렁이 무수히 많은 기묘한 석회암 지대에 있었다. 높은 절벽 곳곳에 외부인은 모르는 우묵한 곳들이 파여 있어 몸을 숨기거나 한데 모여 적을 공격하는 장소로 쓰였다. 이곳에서 클레프트 사람들은 교역을 어지럽혔다. 지나가는 상인들을 덮쳐 물건을 훔치고, 빼앗고, 후무리고, 강탈하고, 약탈하고, 압수하면서 그들이 입은 옷만 남기고 탈탈 털어갔다. 물론 옷까지 벗겨갈 때도 있었다. 왕성한 절도 행각으로 클레프트의 악명이 높아지자, 주변에 거주하는 부족들 사이에서는(호전적인 머슬맨을 제외한 다른 부유하고 오래된 부족들에 대해 클레프트는 굳이 이름을 붙이지 않고 그들의 재물만 훔쳤다) 누구든 도적질을 하면 클레프트 추종자라는 별명을 얻었다. 이따금 클레프트의 탐욕과 말썽이 더이상 참을 수 없는 지경에 이르렀다고 판단한 다른 산악 부족들이 하나로 뭉쳐 토벌대를 구성하고 미로 같은 콴톡스의 깊디깊은 중심부를 찾아 원정에 나서곤 했다.

데이지를 따라 콴톡스의 심장부로 들어오고 불과 삼 주 만에 클라이스트는 처음으로 클레프트의 전쟁 방식을 체험했다. 그에겐 매우 독특하게 다가온 경험이었다. 자진해서 전투를 도울 뜻이 전혀 없던 클라이스트는 그가 던바 패거리를 잔학무도하게 죽인 일을 떠벌린 데이지에게 버럭 화를 냈다. 멤피스에서 지낼 때부터 그가 세운 원칙은 타인에게 쓸모 있을 만한 자신의 물건이나 능력을 절대로 남들 앞에서 자랑하지 않는 것이었다. 그래서 데이지에게도 앞으로는 자기처럼 하라고 당부했다.

"왜?" 그녀가 놀란 얼굴로 물었다.

"왜냐하면 저들이 내가 광狂전사 바너비처럼 싸우는지 보려고 나를 선봉에 세우는 걸 원치 않으니까."

"넌 걱정이 너무 많아."

"그래서 내가 살아 있는 거야."

"너한테 싸워달라고 부탁할 사람은 아무도 없어. 너랑은 상관없는 일이니까."

"어쨌든 내 말 명심해."

나흘 뒤, 클라이스트는 데이지 아버지의 특별한 초대를 받고 어느 거대한 석회암 절벽 꼭대기에 앉아 있었다. 이 절벽 뒤쪽에 탈출로가 많다는 건 이미 확인해놓았다. 클라이스트 옆에 앉은 데이지는 몹시 들뜬 표정이었지만 초조해 보이지는 않았다. 그들이 내려다보는 골짜기는 폭이 800피트가량으로, 클레프트 사람들은 투박한 방벽을 세워놓았다. 거기서 오락가락 서성이는 클레프트 오백 명가량은 웃고 떠들면서 마치 아무 걱정거리도 없는 사람들처럼 굴었다. 골짜기 반대편 끄트머리에는 천 명가량의 머슬맨 병력이 모여 있었다. 삼십 분 동안 기다리던 그들이 이내 밀집 대형으로 전진하기 시작하자, 은을 입힌 방패와 창이 햇살을 받아 반짝였다. 200야드 전방에서 머슬맨 무리가 멈춰 서자, 그때부터 클레프트 사람들은 진지한 표정으로 적을 주시하면서 원색적인 욕설을 쉴새없이 쏟아내기 시작했다. 머슬맨들은 짐승과 붙어먹는다는 둥, 그들의 어미는 몰골이 추악하고 그들의 아내와 딸은 더러운 갈보라는 둥. 머슬맨 무리는 부족의 여자들을 언급한 조롱을 듣고 발작할 것 같은 분노에 사로잡혔다. 실제로 몇몇 사내들은 명예를 능멸하는 이 모욕에 비통함을 참지 못하고 눈물을 쏟으면서 털썩 꿇어앉아 머리 위로 흙을 던지기 시작했다. 이런 과정이 계속 되풀이되었다. 골짜기 방벽 한쪽에서 클레프트 십여 명이 누군가의 이름을 외쳤다.

"파티마는!"

그러자 또다른 십여 명이 합창하듯 화답했다.

"돼지와 그 짓을 한다네!"

이번에는 다른 이름이었다.

"아이다는!"

또다시 합창.

"한 번에 세 마리랑 하는 걸 좋아해!"

하지만 가장 격한 반응을 불러일으킨 것은 클라이스트가 듣기에는 가장 덜 모욕적인 조롱이었다.

"나스룰라는!"

곧이어 유난히 또렷한 목소리 하나가 화답했다.

"허벅다리 안쪽에 사마귀가 하나 있지!"

그러자 머슬맨 하나가 제 아내의 신체적 특징을 정확히 읊은 이 말을 듣자마자 이성을 잃고 분노의 고함을 지르더니 클레프트 전열을 향해 자살이라도 하려는 듯 냅다 뛰기 시작했다. 다행히도 발작적으로 서두른 탓에 돌부리에 걸려 넘어졌고, 그가 일어서려 하자 친구와 친척 대여섯 명이 달려와 고래고래 소리지르며 반항하는 그를 붙잡고 자기들 진영으로 끌고 갔다.

머슬맨 무리가 평정을 되찾기까지 십 분은 족히 걸렸다. 클라이스트는 여전히 웃으면서 데이지를 보고 말했다.

"지금 너희는 실수하는 거야. 상대를 저렇게 약 올리다니."

데이지는 어깨만 으쓱할 뿐 대꾸하지 않았다. 이윽고 공격이 다시 시작되면서 머슬맨 무리가 노련한 군대처럼 일사불란하게 전진했다. 매우 인상적인 광경이었다. 클라이스트는 참혹한 유혈 사태가 벌어지리라 예상했다. 하지만 클레프트 사람들은 실버리힐에서 쏟아지던 화살 세례처럼 여전히 욕설을 퍼붓기만 했다. 마침내 성난 머슬맨 무리가 괴성을 지르며 돌격했다. 그러자 클레프트 병사들은 제대로 조준도 하지 않고 아무렇게나 활을 쏘고는 돌아서서 달아나버렸다. 데이지가 폴짝폴짝 뛰고 박수를 치며 좋아하는 동안, 클레프트 무리는 골짜기 뒤쪽에 구불구불 뻗어 있는 무수한 협곡으로 달려갔다. 돌을 쌓아 만든 방벽 너머에 널린 온갖 함정들 때문에 머슬맨의 진격이 잠시 지체되었다. 구덩이 속에 숨겨놓은 날카로운 대나무 조각을 밟아 발이 베이고, 방벽 틈 곳곳에서 독사들이 몰려나왔다. 클레프트 사람들이 달아나기 직전에 방벽 너머로 쏟아부은 거미도 수천 마리에 달했다. 물론 독거미는 한 마리도 없었지만, 머슬맨에게 거미는 먹는 건 고사하고 만질 수도 없는 불결한 벌레였다. 그들이 다시 전열을 갖추고 추격을 재개할 무렵에는 클레프트 사람들이 대부분 시야에서 사라졌고, 협곡 꼭대기에 남아 있던 젊은 병사들은 한층 심한 조롱을 외쳐댔다. 물론 그들은 성난 머슬맨 몇 명이 쫓아오자 잽싸게 달아났다. 그러나 손가락처럼 좁은 협곡들 사이로 석회암 절벽의 수많은 바윗덩이를 맞닥뜨린 머슬맨 병사들은 적을 뒤쫓아봐야 아무 소용도 없을뿐더러 목숨까지 위태로워지리라는 사실을 깨달았다.

"가자."

데이지는 클라이스트를 데리고 절벽에서 내려온 뒤, 혹시라도 머슬맨 척후병에게 들킬까봐 우회로를 따라 마을로 돌아왔다. 그날 오후 내내 전투라고 볼 수 없는 기이한 대전투에서 퇴각한 클레프트 병사들이 속속 귀환했는데, 그들은 도망친 일을 무용담처럼 신나게 떠벌렸다. 담력이 없다는 걸 뻐기고, 용맹스러운 행동을 전혀 하지 않은 걸 자랑하면서, 적을 마주하고도 맨 앞의 병사조차 일어서지 않는 데 성공했다고 으스댔다.

축하 잔치가 며칠째 이어지는 동안 수많은 병사들이 한없이 과장된 무용담을 늘어놓았다. 조금도 위험을 무릅쓰지 않고 일말의 용맹성도 내비치지 않으면서 교활한 재주로 막강한 적에게 크나큰 피해를 입혔다는 것이었다. 모두가 경쟁적으로 어처구니없는 이야기를 지어내면서 적을 어떻게 농락했는지 떠벌렸다. 건널 수 없는 깊은 구렁 건너편이나 오를 수 없는 절벽 꼭대기처럼 지극히 안전한 곳에 자리잡고 아둔한 머슬맨 놈들이 사랑하는 여자의 이름을 스스로 말하도록 약 올린 다음, 그들의 아내나 누이나 어머니의 성적 순결을 아주 기발하고도 추악한 방식으로 더럽혔다는 것이었다. 그런 이야기를 즐겁게 경청하는 동안 클라이스트는 클레프트 사람들에게 궁극의 승리란 적과 일대일로 맞붙어 영웅적인 몸싸움 끝에 물리치는 것이 아니라, 괜한 위험을 무릅쓰지 않고 어리석은 적으로 하여금 스스로 심장 발작을 일으켜 쓰러져 죽게 만드는 것임을 깨달았다. 즉, 자기 친족 여자들의 순결 문제라면 뭐든 믿어버리는 머슬맨의 어리석음과 클레프트 사람들의 탁월한 거짓말 솜씨가 빚어낸 승리였다. 하지만 클라이스트는 그런 이야기가 재미있으면서 한편으로는 충격적이었다. 사실 그가 클레프트의 전투 철학에 끌린 까닭은 그것이 지금껏 클라이스트가 리디머들에게서 배운 모든 것—고통, 피, 자기희생, 의무—에 어긋났기 때문이다. 그리고 바로 그 때문에 반발심 역시 생겨났다.

데이지가 사는 마을인 소호는 특별히 심어놓은 올리브 나무들이 그늘을 드리운 산책로에 둘러싸여 있어서, 저녁마다 클레프트 사람들은 그 길을 짝지어 거닐면서 세상사에 관하여 한담을 나누곤 했다. 요즘은 클라이스트를 대화 상대로 원하는 이들이 많았다. 원체 클레프트 사람들은 세상만사에 엄청나게 호기심이 많은데다 특히 리디머에 대해 궁금해했다. 그들은 리디머의 관습과 신앙을 도무지 이해하지 못하기에 몹시 신기하게 여겼다. 클라이스트가 들려주는 리디머 신앙의 모든 것, 잔혹한 일화, 천국과 지옥에 관한 오싹한 이야기를 그저 말도 안 되는 흥미진진한 거짓말쯤으로 치부했다. 클라이스트는 리디머들처럼 믿고 행동하는 자들이 정말로 있다는 사실을 납득시킬 재간이 없었다.

"처녀가 애를 낳아? 하! 하! 하! 물위를 걸어? 히! 히! 히! 죽었다가 되살아난다고? 호! 호! 호! 최후의 네 가지? 후! 후! 후!"

머슬맨과의 전투가 벌어지고 며칠 뒤, 이번에는 클라이스트가 데이지의 아버지에게 질문을 해대느라 바빴다. 유쾌한 악당 같은 이 노인은 클라이스트에게 흠뻑 빠졌는데, 물론 완전히 신뢰할 정도는 아니었다.

"보세요, 수베리 씨. 줄행랑 전술을 비난할 생각은 없지만, 우리가 배운 바로 그건 목숨을 잃는 최고의 지름길입니다."

"지금 난 살아 있잖나. 이 마을에서 장례식 준비하는 집이 몇이나 되지?"

"그런 전술이 어디서나 통하는 건 아니에요. 기병대가 따라올 수 있는 곳에서라면 말발굽에 밟히겠죠. 상대가 뛰어난 보병대라면 사람 발에 밟힐 테고요."

"하지만 우린 여기저기서 싸우지 않아. 이 동네에서만 싸우지."

"다른 데서 싸워야 할 경우라면요?"

"안 싸워."

"약탈하러 갈 때가 있잖아요."

"적에게 죽을 때도 있지. 하지만 훔친 물건은 이 산으로 가지고 와. 그리고 부득이 총력전을 벌여야 할 경우에는 훔친 것들을 그냥 버리고 이곳으로 도망쳐오지."

"여기 오기 전에 적에게 포위되면 어쩌죠?"

"싸워서 빠져나오지 못하면 죽는 수밖에 없겠지."

"맞서 싸우지 않으면 전투에서 승리할 수 없어요. 명백한 사실입니다."

"물론 그렇겠지. 하지만 우린 싸움을 벌이지 않아. 그저 훔치고 빼앗을 뿐. 리디머들은 신을 위해 죽고 마테라치는 영광을 위해 죽는다지만, 그건 내 알 바 아니야. 그런 방식은 우리한테 걸맞지 않거든. 세상을 살아가는 방식은 무수히 많은 법이라네." 수베리는 웃으면서 험준한 바위산과 깊은 구렁, 끝없이 골짜기가 펼쳐진 주위의 석회암 지대를 가리켰다. "사막이 광신자를 만든다는 건 누구나 안다네. 하지만 이런 곳은 고상한 겁쟁이를 길러내지. 우리는 다른 부족과 어울려 사는 법을 알아."

"늘 남의 물건을 훔치면서 말이죠."

"그야 어쩔 수 없지. 완벽한 사람은 없는 법이니까."

드리프트에서의 승전 이후 석 달 동안 케일과 길은 포크 토벌전
을 확대하면서 연옥수들을 나누어 열 명씩 조를 이루게 하고 각각
의 연옥수에게 일반 리디머 이백 명을 통솔하게 했다.

전쟁 초반에는 승리보다 패배가 많았는데, 다행히도 죽어나가
는 이들은 이 까다로운 전투의 특성상 새로운 전술을 이해하지 못
하거나 이해하려 들지 않는 자들이었다. 놀랍게도 연옥수들은 대
부분 살아남아 더욱 크게 활약했다. 이는 케일이 보기에 그들이 이
미 완전한 순종의 삶과 결별했기 때문이었다. 애초에 그래서 연옥
수가 된 자들이 아니던가. 그것 못지않게 중요한 이유도 있었지만
케일은 왠지 그 사실을 받아들이지 못했다. 케일에 대한 연옥수들
의 숭모. 길은 그 사실을 눈치챘으며, 연옥수들이 케일을 깊이 신
뢰하는 모습을 그가 가진 특별한 신성의 더욱 확실한 증거로 여겼
다. 물론 케일은 거룩한 존재가 아니었으며, 성인이나 예지자로 추
앙받지도 않을 것이었다. 아무리 타락한 안타고니스트라 해도 하
나의 인간이지만 케일은 그렇지가 않았다. 길이 보스코의 말을 이
해하기로는 그랬다. 어떤 면에서는 살아 있는 자도 아니었다. 그는
거룩한 분노의 화신이었다. 어쩌면 절대자의 분노가 순수한 것이
듯 천사가 되면서 순수해졌는지도 몰랐다. 그밖에 다른 면들은 모
두 불타 없어지고 있었다. 태어나서 성장하기 위해서는 그도 인간
이어야 했다. 하지만 이제는 그런 것이 필요 없어졌으며, 소년으로
서의 케일은 길의 눈앞에서 사라지고 있었다. 물론 인간으로 보이
는 모습이 언뜻언뜻 스칠 때는 있었다. 진지에서 벌어진 우스꽝스

러운 일을 보고 웃거나, 어린아이가 무언가에 정신이 팔렸을 때 그러듯 혀를 빼물고 몰두하는 광경이 그랬다. 하지만 그런 일은 점점 줄었다. 연옥수들이 그런 케일에게 끌리고 제 목숨을 내던져서라도 그를 기쁘게 하려는 건 어쩌면 당연한지도 몰랐다. 이드리스푸케라면 아주 속된 표현으로 이 상황을 설명했으리라. 케일이 진주나 다이아몬드를 쟁이듯 연옥수들을 비축한다고. 가끔은 전쟁이라는 부당하고 참담한 상황의 특성상, 그가 희망을 쏟아부은 자들이 가슴에 화살을 맞고 쓸모없는 자들이 우연히 전공을 세워 그의 심기를 건드리기도 했다. 하지만 비록 연옥수들은 케일의 동기를 오해했을지라도, 그가 자신들 한 사람 한 사람을 중요시한다는 것, 몹시 소중히 여긴다는 것을 알았다. 한 주가 지나고 한 주가 지나고 또 한 주가 지나는 동안, 포크 토벌전의 양상이 전반적인 패배에서 서서히 교착 상태로 바뀌다가 이제는 간간이 승전보가 들려왔다. 케일은 반영구적 요새 스물세 곳을 최전선에 새로 짓고 그곳들 모두가 50마일 이내에 위치한 주요 요새 다섯 곳으로부터 지원을 받도록 했다. 케일의 전술에 말려들어 서서히 초원에 발이 묶인 포크는 안타고니스트 보급함이 실어오는 물자를 받으러 갈 길이 없게 되었다(연안의 지형이 너무 들쑥날쑥해 리디머들이 보급함의 정박을 저지할 수는 없었다). 포크 기병대는 케일의 전선을 쉽게 들락거릴 수 있었지만, 소형 마차보다 큰 짐수레는 케일의 반영구적 요새들이 통제하는 도로를 통하지 않고서는 통행이 불가능했다. 이제는 포크가 그런 도로를 점령하기가 어려워졌고, 애써 점령해도 잠깐뿐이었다. 그럴 때 간간이 보급 물자가 수송되곤 했는데, 이것 역시 케일에게는 희소식이었다. 오래전에 깨달은 사실이었지만, 희망이야말로 사람을 죽이는 것이었다. 희망은 사람을 약하게 만든다. 삶에서 아무것도 기대하지 않아야만 살아남을 수 있다. 포크는 마지막 남은 희망 때문에 파멸할 것이었다.

"그러니까." 후크가 입을 열었다. "지금은 교착 상태입니다. 저들에게도 우리에게도 승전보는 없죠. 이 요새들을 지키는 게 다입니다."

케일이 대꾸했다.

"절대 그렇지 않아. 머지않아 우리가 공세를 취할 테니까."

"무슨 수로요? 군대도 없는데."

"없지. 하지만 곧 뛰어난 장군 둘이 도우러 올 거야."

"당신보다 뛰어나다는 겁니까?" 후크가 이죽거렸다. "어떻게 그럴 수가 있죠? 대체 그 걸출한 인물들이 누굽니까?"

"12월 장군과 1월 장군." 케일이 대답했다.

케일이 포크의 목숨줄을 끊으려고 애쓰는 동안, 보스코는 그에게 같은 짓을 하려는 교황 아래 정적들에 맞서 어떻게든 시간을 벌고 있었다. 그자들은 폭력 대신 신학을 무기로 이용했는데, 물자 봉쇄가 아니라 협의회 발족으로 그의 숨통을 끊으려는 중이었다.

문제의 신학 논쟁은 기름과 물에 관한 것이었다. 천성이 사악하고 비천하며 타락한 피조물인 인간을 구원할 수 있는 자는 전지전능한 신뿐이다. 그러나 리디머 사회의 지배적인 믿음은 목 매달린 리디머가 인간이면서 동시에 신이라는 것이었다. 어떻게 그것이 가능할까? 최근까지는 이 문제에 대해 그냥 넘어가는 분위기였는데, 아덴의 주교인 리디머 리스토리어스가 성스러운 유제乳劑라는 이론을 주창함으로써 논란을 불러일으켰다. 그가 주장하기를, 목 매달린 리디머에게는 물과 기름 같은 두 가지 본성이 뒤섞여 있다고 했다. 지상에 사는 동안에는 그 혼합물이 한 종류의 액체로 보이지만, 시간이 지나면 다시 물과 기름으로 뚜렷이 분리된다고 했다. 섞일 수는 있지만 결국 나뉜다는 것이었다. 이에 대해 살렘의 주교인 리디머 시릴은 반박했다. "터무니없는 소리! 목 매달린 리디머의 본성은 물과 포도주와 같소. 처음에는 나뉘어 있지만 일단 섞이면 어떤 힘으로도 되돌릴 수 없는 불가분의 형태가 되는 거요."

이렇듯 논쟁이 가열되었으나 파르시와 간트 둘 중 어느 누구도 옥신각신하는 두 사제를 화해시키는 일에는 일말의 관심조차 보이지 않았다. 결국 잠깐 제정신을 되찾은 벤토 교황이 이 문제를 해결하고 싶다는 뜻을 피력했고, 문제를 판가름할 협의회가 마련될 적합한 장소를 정할 권한을 간트와 파르시에게 부여했다. 그러나 교황이 이 같은 결정을 내린 까닭은 이튿날 그의 뇌에 내려앉은 안개 속으로 사라져 알 수 없었다. 간트와 파르시는 심의회를 성소에 두는 것이 적합하다고 결정했는데, 그런 회의가 열리는 장소는 한시적으로 회의 주재자의 통제를 받기 때문이었다. 이번 경우에는 당연히 간트와 파르시가 주재자였다. 그들은 성소에서 어디든 갈 수 있고 누구에게나 질문할 수 있는 권한을 갖게 되었다. 목 매달린 리디머의 본성 문제가 단순한 신학 논쟁을 넘어 몹시 중대한 현실적 사안으로 변모한 것이었다. 보스코로서는 불운이었다. 엘리트 장교 삼백 명이 몰살당한 치명적인 타격을 입음으로써 이 위대한 책략가조차 결국 스와인돌의 운동법칙에 지배될 수밖에 없게 되었다. 앞으로 나아가지 않으면 뒤로 움직이기 마련. 지금 그가 할 수 있는 일은 최대한 느리게 뒷걸음치는 것뿐이었다. 물론 보스코도 샤르트르에 인맥이 있었지만, 오랜 세월에 걸쳐 많은 뇌물을 주고 맺은 관계인데다 성소에서 지속적으로 주시하기 쉽지 않은, 믿을 수 없는 동지들이었다. 이제는 뇌물의 약발도 떨어지고 있었고 믿지 못할 동지들이 보스코를 버리지는 않는다 해도 그와 두 추기경 간의 권력 다툼의 결과가 뚜렷해지기 전까지는 그를 대신해 전면에 나서는 위험을 무릅쓰지 않을 터였다. 이달 안에 성소에서 회의를 열겠다는 간트와 파르시의 계획은 순식간에 교황 궁무처에 상정되어 큰 반대 없이 통과되었다. 이는 보스코에게 몹시 나쁜 소식이었다. 그는 남겨둔 뇌물을 모두 사용함으로써 반격에 나섰다. 그 결과, 샤르트르에 소집된 위원회에는 어떤 연유로든 보스코에게 빚을 졌거나 리디머 사회를 개혁해야 한다는 그의 의지를 은밀히 지지하는 자들로 꽤나 북적거렸다. 특명을 받고 트란스발평원으로 급파된 전령은 케일이 포크 토벌전에서 엄청난 성공을 거두었음을 확인했다. 간트와 파르시는 그 소식이 전해지려는 것을 막으려 했지만 실패했는데, 우선 동부 전선의 교착 상태가 오래 지속되는 동안 크게 흔들린 신도들의 사기를 회복시킬 승전보가 필요했기 때문이다. 안타고니스트 무리가 라코니아 용병단을 통째로 고용할 수 있을 만큼 거대한 은광을 아르젠툼에서 발견했다는 소문 때문에 리디머의 사기는 한층 떨어져 있었다. 두번째 이유는, 종교와 정치 모두 평화로운 시기엔 적을 물리쳤다는 낭보만큼 정신을 각성시키는 것도 없기 때문이다. 만약 그 적이 실은 위협적인 이교도 무리가 아니라 성가신 존재에 지나지 않는다면, 신도들에게 그들이 언제든 큰 화를 몰고 올 수도 있다는 사실과, 포크를 대수롭지 않게 여기며 진짜 위험성을 심각하게 과소평가했던 과거의 실수를 상기시키면 됐다. 이제 창공에 빛나는 새로운 별 하나만 있으면 되는데, 그 별의 이름이 케일이었다. 그토록 어린 소년이 그런 엄청난 힘을 지녔다니 좀처럼 믿기지 않는 사실이었지만, 오히려 그 점 때문에 신도들은 마침내 신께서 당신의 손을 보여주셨다고 믿는 분위기였다.

사실상 트란스발평원의 문제가 매듭지어졌으니 이제 보스코는 케일을 다시 성소로 불러들여 회의에 등장시킬 준비를 할 수 있었다. 도박이라는 건 알고 있었다. 어디로 튈지 모르는 케일을 전적으로 신뢰하기는 어려웠다. 물론 길이 줄곧 며칠에 한 통씩 보스코에게 서신을 보내 거듭된 실패와 마침내 이룬 성공을 보고하고, 토머스 케일의 정신과 영혼의 상태에 대한 견해를 어김없이 밝혔다. 지금껏 케일의 행위는 나무랄 데가 없지만 마음속에서는 무슨 일이 벌어지고 있을까? 보스코에게 가장 다급한 신학적 관심사는 인간성과 신성이 뒤섞인 목 매달린 리디머의 본성이 아니라 토머스 케일의 본성이었다. 물과 포도주일까, 아니면 사악한 유제일까?

보스코는 포교청을 밤낮으로 가동해 트란스발평원에서 케일이 대승을 거두었다는 소문을 리디머 세계 구석구석으로 퍼뜨리면서 용맹스러움, 영리함, 성스러움, 친절함, 약자에 대한 연민 등의 성품을 강조했다. 이윽고 그가 기적을 행했다는 비공식적인 풍문도 떠돌기 시작했는데, 끔찍할 정도로 신심이 돈독한 리디머 병사들이 그를 만났을 때 성 리디머 제롬이 두 손이 잘린 채 피를 줄줄 흘리는 환영과 성 리디머 핀레이가 피치*로 적신 담요에 싸여 성냥처럼 불이 붙여지는 곡두를 보았다는 풍설도 들렸다.

이런 사정도 모른 채 보스코가 시킨 대로 주민이 많고 멀리 돌아오는 길을 따라 성소로 귀환하던 케일이 얼마나 놀랐을지 상상해 보라. 심지어 아주 외진 곳에서조차 사람들이 길가에 늘어서서 절을 하고 축복을 내려달라고 소리쳤으며, 그가 지나간다는 소문에 몇 날 며칠을 걸어온 이들도 있었다. 앙심을 품은 포크 무리의 습격으로 참혹한 피해를 본 크고 작은 마을들에서는 남녀 모두 감사의 눈물을 쏟으며 희생과 순교의 찬송가를 불러댔다.

"우리 성도의 믿음은 아직도 살아 있노라. 불과 칼, 음습한 감옥의 고통을 이기고!"

이 특별한 찬송가를 다시 듣게 된 케일은 목덜미 털이 쭈뼛 서고 기분이 언짢았다.

포크의 마수가 닿지 않을 만큼 먼 곳에서도 사람들은 수많은 성상聖像을 들고 행진했으며, 수십 세대 동안 교회 바깥의 빛을 본 적이 없는 성스러운 교수대들을 꺼내 정오의 햇살 아래 높이 쳐들었다. 장님과 연주창 환자 무리가 케일이 천상의 자비를 대신 간청해주길 바라며 그의 수단 자락이나 심지어 말갈기라도 만지려고 비틀비틀 다가오는 광경을 본 길은 흠칫 놀라며 불같이 화를 냈다.

성소를 향해 올라가는 구불구불한 길에 다다르자 길은 좀처럼 생각의 갈피를 잡을 수가 없었다. 겉으로는 무덤덤해 보이는 케일도 뭔가 묘한 기분에 사로잡힌 눈치였다. 단순히 성소의 담장을 보고 혐오감이 밀려들어서만은 아니었다.

성소가 세워져 있는 거대한 바위산을 반쯤 올라갔을 때, 일렬로

---

* 원유, 콜타르 따위를 증류시키고 남은 찌꺼기.

나아가는 그들 곁으로 고행관苦行官이 따라붙었다. 승리하고 돌아오는 리디머에게 인간이 이룬 모든 업적은 허무하고 부질없는 것임을 상기시켜주는 것이 고행관의 임무인데, 그는 그 일을 몹시 즐겼다. 바위산의 나머지 절반을 마저 올라가 거대한 문을 지나 회개의 뜰로 들어설 때까지 줄곧 그는 케일의 귀에 속삭였다. "명심하라. 그대는 흙이며 결국 흙으로 돌아가리라. 명심하라. 그대는 흙이며 결국 흙으로 돌아가리라……" 그 소리를 스무 번쯤 들은 케일은 고행관에게로 고개를 돌리고 나직이 대꾸했다. "입 닥쳐."

이 말에 고행관은 너무 놀라서, 성 리디머 바나버스의 여섯 기사단이 거대한 방진을 이룬 채 케일의 귀한을 기다리는 안뜰에 이를 때까지 정말로 입을 다물고 있었다. 이윽고 다시 말해도 괜찮겠다고 판단한 그는 이번에는 신도들을 향해 큰 소리로 외쳤다.

"명심하라. 그대는 흙이며 결국 흙으로 돌아가리라."

그러고는 케일 일행에게 지시했다.

"정지!"

케일이 걸음을 멈췄다.

"내 쪽으로 돌아서라."

이번에도 케일은 고행관이 시키는 대로 했다. 고행관은 왼손에 든 희끄무레한 리넨 주머니에 손을 넣고 내용물을 조금 꺼냈다. 아헨에서 화형당한 순교자 스물네 명의 재를 섞은 가루였다. 그걸 들어 케일의 이마에 대고, 뒤집힌 L자 모양의 단순한 교수대 형상을 그렸다.

"죽음, 심판, 천국, 지옥

최후의 네 가지는 우리가 사는 집이요.

고행, 죽음, 죄악

이것들은 우리가 입는 옷이로다."

케일은 거대한 광장을 한번 둘러보았다. 성일聖日을 맞아 이글거
리듯 강렬한 색깔의 옷을 입은 리디머들이 각자가 속한 신심회 별
로 모여 층층이 구획을 이루고 서 있었다. 빨간색 금색이 어우러진
정복을 차려입은 착한 도움의 수녀회, 표정이 우스꽝스러운 종자
들과 함께 흰옷 차림으로 서 있는 라자리스트회 수사단, 하나의 참
된 믿음의 마력과 아름다움을 노래하는 쿠리아 기사단, 목에 두른
대마 밧줄에 쓸려 생살이 드러난 네크로틱 아스픽시에이트가 보
였다. 스카를라티는 진홍빛 중산모를 썼고, 초록색 검은색이 어우
러진 멜빵을 한 캥지엠은 뾰족이 솟은 후드로 머리를 덮은 채 손에
쥔 비탄의 구슬 열다섯 개를 차례차례 굴리고 있었다. 그들 맞은편
에 무릎을 꿇은 바테니 무리는 육식 거부의 징표인 일곱 마디가 달
린 띠를 허리에 두르고 말린 콩을 넣은 양말을 신은 차림이었다.
줄줄이 끈을 맨 프로몬디는 목청껏 할렐루야를 외쳤고, 페카비는
작게 탐하다 크게 잃는다며 한탄하고 있었다. 잠시 후 보스코가 갈
대처럼 생긴 살수기를 들고 열을 따라 걸으면서 리디머들의 머리
위로 고통의 물과 비탄의 기름을 뿌렸다. 그는 열번째 리디머 앞에
설 때마다 소금을 주어 죄의 쓰디쓴 맛을 보게 했으며, 다들 눈물
을 흘리며 그 힐책을 받아들였다. 보스코가 그들에게 리디머의 멍
에이자 주님의 짐인 다섯 겹 스카풀라*를 목에 걸어주는 동안, 그
를 따라오는 복사는 아름다운 모습으로 참회하는 신도들을 향해

향로를 흔들어 냄새가 배게 했다.

이윽고 본격적으로 성가대의 노래가 시작되었다. 알리멘테리의 저음은 어쩌나 깊은지 뱃속 어딘가에서 흘러나오는 것만 같았고, 물속의 예인 밧줄을 당긴 것처럼 창자가 떨려왔다. 곧이어 부드럽고 가벼운 칸타빌레 음조가 합쳐지고 충돌하고 다시 합쳐졌는데, 마치 서로 다른 노래를 듣는 듯했다. 이어서 어린 소년들의 얼음처럼 순수한 고음이 울려퍼졌고, 케일의 등줄기를 따라서 털이 쭈뼛 얼어붙었다. 천상으로 올라가는 그 날카로운 소리가 어쩌나 끔찍한지 비명을 지르고 싶을 지경이었다. 잠시 후 서서히 노래가 끝나기 시작했다. 우선 어린 소년들의 고음이 사라지고, 이어서 중음이 걷히더니, 마지막으로 저음이 차츰 사그라졌다. 마치 폭풍이 바다 쪽으로 멀어져가듯이.

상상을 뛰어넘을 정도로 아름다웠다. 하지만 케일은 그 노래가 싫었다.

성소에 처음 왔을 때 그는 어느 주요 성일에 펼쳐진 놀라운 광경과 노랫소리에 믿을 수 없을 정도로 감동받았다. 그토록 어린 소년으로서는 감당하기 버거운, 소리와 색이 어우러진 거대하고 모호한 야외극이었다. 케일이 커갈수록 그런 성일의 의식은 끔찍이 지겨워졌고 음악의 힘은 점점 강해졌다. 노래에 소질이 있는 자들은 밖으로 소리가 새어나가지 않는 곳에서 날마다 네 시간씩 연습했다. 케일도 노래 실력을 시험받은 적이 있었는데, 고양이가 녹슨 톱에 목이 잘릴 때 내는 소리 같다는 평을 받고 탈락했다. 매정한

---

* 수도복을 보호하기 위해 어깨에 걸치는 옷.

평가였지만 틀린 말은 아니었다. 그리하여 그는 해마다 네 차례 성
가대의 노래와 오케스트라의 연주를 들었는데, 점점 그걸 좋아하
면서 동시에 싫어하게 되었다. 영혼이 죽은 리디머들의 노래에 어
찌 마음이 흔들릴 수 있단 말인가?

잠시 후 망자를 위한 미사가 열리는 거대한 바실리카로의 행진
이 시작되었다. 이 미사는 믿음을 수호하려다 죽은 자들이 아니라
목 매달린 리디머의 말씀을 듣기 전에 죽어서 구원받지 못한 영혼
들을 위한 것이었다. 목 매달린 리디머의 누이를 새긴 조각상과 수
많은 순교자들의 성상 모두를 비롯해 성소 안의 크고 작은 성스러
운 교수대 수천 개가 슬픔과 애도의 분위기 속에서 자주색 실크에
덮여 있었다. 앞으로 한동안 그 상태로 두었다가 사십 일 후 천을
고정시켜놓은 핀을 정확히 동시에 제거해 자주색 실크가 번들거리
며 벗겨지면 아름다운 미소와 고문당한 팔다리, 온갖 상처, 거룩한
수난의 애처로운 고통이 드러날 터였다.

광장에서 〈아뉴스 데이〉*의 아름다움에 마음이 흔들렸던 케일은
바실리카에서 지루한 두 시간을 보내며 평정을 되찾았다. 주위의
모든 것에 권위를 불어넣어주던 훌륭한 음악이 사라지자, 빨간 옷
과 까만 옷과 금색 중산모, 신기하게 생긴 조끼, 타오르는 향, 우아
하게 흔드는 축복의 손이 따분하고 우스꽝스러워 보이면서 마음이
놓였다. 성소의 뛰어난 성가대들이 만들어내는 모욕적일 만큼 사
랑스러운 소리에 치밀어올랐던 분노가 누그러졌다. 특히 한심하고

---

* '하느님의 어린 양'이라는 뜻으로, 그리스도의 명칭 중 하나이자 이 구절로 시작하
는 노래.

꼴사나운 자기혐오의 기도가 그의 분노에 음울한 치유제 역할을 해주었다.

> "발밑에 널린 흙보다도 못하나니
> 문 옆에 자라는 잡초보다도 못하나니
> 버려둔 칼에 스는 녹보다도 못하나니
> 주여, 당신의 바람에도 못 미치나니
> 나는 못나고 못나도다."

그리고 마침내 케일은 아름다운 노래에 대한 분노와 망자를 위한 미사의 숨막히는 지루함이 불쾌하게 뒤섞인 상태로 자기 방으로 돌아왔다. 삭신이 쑤시는 여행을 마친 지금 쓰러져 자고 싶은 생각이 절실했지만, 보스코는 아직 케일을 놓아주지 않았다.

"잘했다. 하지만 물어볼 게 있으니 대답해다오. 연옥수들이 이번 승리에 충분히 기여했느냐?"

"저는 피곤합니다."

"금방 끝내마. 자세한 이야기는 나중에 하면 되니까."

"기여했을 겁니다." 케일은 보스코를 기쁘게 해준 것 같아서 곧바로 한마디 덧붙였다. "그랬을 수도 있죠."

"시간이 촉박하다, 케일. 우린 이기지 않으면 죽어."

"나중에 얘기해요."

"애초에 나는 멤피스를 점령할 생각이 없었다. 그들의 제국이 다시 우리에게 대항하지 못하도록 내가 총독 영감과 그의 가족 대부분을 잡아두고 있을 뿐이지." 이 말은 더이상 사실이 아니었지만, 보스코는 케일이 동요할지 몰라 일부러 그들이 탈출한 사건을 언급하지 않았다. 더구나 그후 벌어진 일에 대해서도 아는 바가 별로 없었다. 예컨대 늙은 마테라치가 폐렴으로 이미 죽었다는 사실을 그는 몰랐다. "우리는 마테라치 제국과 안타고니스트를 동시에 상대할 수 없어."

"그것도 고려했어야 하지 않습니까?"

"다른 건 생각할 겨를이 없었다. 네가 탈출하는 바람에 선택의 여지가 없어졌으니까. 만약 네가 피카르보의 방에 들어가지 않았다면 모든 게 달라졌을 것이다."

"당신이 나를 거기로 보냈죠."

"물론 그랬지. 하지만 이제 너도 깨닫기 시작했듯이, 좋은 일이건 나쁜 일이건 거의 모든 일은 실수에서 비롯된다."

케일이 웃음을 터뜨렸다.

"당신의 실수 말인가요?"

"아니."

"자고 싶습니다."

"좋다. 하지만 의심의 여지를 남기지 않기 위해 한마디만 해두마. 너와 나는 끊을 수 없는 사슬로 함께 묶여 있다. 이 세상에서 네가 갈 수 있는 곳은 내 곁뿐이야. 너도 멤피스에서 실컷 놀면서 깨달았겠지만, 결국 모든 사람이 네게 등을 돌리게 된다. 그게 네 운명인 셈이지. 지금처럼 이곳에서 나와 함께 있는 수밖에 없어. 내 말 알아들었다고 대답해라."

케일은 한동안 보스코를 바라보다 마지못해 고개를 주억거렸다. 보스코도 고개를 끄덕여 화답했다.

"잘 자라. 주님의 가호가 있기를."

그가 떠나자마자 문에서 노크소리가 들리더니 애콜라이트 모델이 안으로 들어왔다. 케일은 그를 보고 몹시 반가워하는 자신에게 놀랐다.

"오랜만입니다."

"좋아 보이는구나."

실제로 모델은 안색이 좋았다. 케일이 지시해둔 덕분에 밥을 추가로 챙겨 먹은데다 음식의 질도 한몫했다. 얼굴에 살이 올라 있었다. 물론 뚱뚱하거나 그런 건 절대 아니었지만, 식사량이 부족하고 몇 시간씩 중노동에 시달리는 시종의 퀭한 표정은 더이상 보이지 않았다. 심지어 피부도 얼룩덜룩하거나 칙칙하지 않고 발그레했다. 그걸 보고 케일은 깨달았다. 하루에 두 번 제대로 된 식사를 하는 것은 삶이 주는 최고의 선물 중 하나라고. 연옥수들에게도 시행하는 것이 좋을 듯싶었다.

"몸은 괜찮으십니까?"

"응."

"우리 모두 당신의 크나큰 성공에 흥분했답니다."

"우리?"

"애콜라이트들 말입니다."

순간 케일은 모델에게서 뭔가 이상하고 머뭇거리는 분위기를 감지했다.

"왜 그래?"

"네?"

"털어봐."

"실은 그동안 제 음식을 동료들과 나눠먹었습니다."

"그래서 문제라도 생겼나?"

"그건 아닙니다. 하지만 제 동료 중 하나가 2번 감옥 식수 담당입니다." 모델은 한층 망설이는 태도로 말을 이었다. "거기서 수감된 안타고니스트 첩자 한 놈이 물을 기다리며 그러는데, 자기가 당신 친구라고 하더랍니다."

케일은 놀랍고도 어리둥절했다. 모델이 불안해 보이는 것도 당연했다. 이런 이야기를 발설하고 다니는 건 잔도 없이 맨손으로 독약을 쥐는 것과 같았다.

"난 그런 자를 모르지만, 이 일은 아무한테도 말하지 않겠다. 그자가 자기 이름을 말했나?"

"아뇨. 하지만 당신한테 주라고 제 동료에게 메시지를 줬답니다." 모델이 불법인 호주머니에서 종잇조각 하나를 꺼내 케일에게 내밀었다. 정체를 알 수 없는 물질로 봉인되어 있었다. 케일은 봉인을 뜯었다. 오래된 찬송가책에서 찢은 것이 틀림없는 종이에 두 단어가 적혀 있었다.

'베이그 헨리.'

10

"헨리가 고문당했습니까?"

"아닐 게다." 보스코가 대답했다.

"여기 있다는 걸 당신은 알았나요?"

"넌 나를 교도소의 중급 관리쯤으로 여기나보구나. 그 녀석이 여기 있다는 걸 내가 어찌 알겠느냐?"

"헨리를 풀어주십시오."

"알겠다."

케일은 보스코의 차분한 대답에 놀랐다. 보스코가 빙그레 웃으며 물었다.

"내가 거부할 줄 알았느냐?"

"네."

"어째서? 그 녀석은 너를 다시 만나려고 여기로 돌아온 게 틀림없어. 그리고 네가 어디로도 갈 마음이 없다는 건 너와 나 모두 알고 있지."

조롱당하는 기분이 든 케일은 화제를 바꾸었다.

"어째서 헨리가 고문당하지 않은 겁니까?"

"좋은 질문이라고 해주마. 행정상의 실수였다. 4번 감옥에서 열병이 창궐하는 바람에 나머지 감옥들이 죄수로 북적였지. 인원과 업무가 많아져서 고모라의 죄를 지은 자가 실수로 너의 믿음직한 친구와 같은 번호를 받은 것이다."

"이곳 교도소에서는 실수가 잦은가보군요."

"정말 그렇지? 어쩌면 그것이 신의 뜻인지도 모른다."

"지금 헨리를 만나고 싶습니다."

"리디머 길을 보내 데려오마. 길이 그 녀석을 아니까. 이제 만족하느냐?"

물론 보스코는 감사를 기대하지는 않았지만, 머쓱해하는 케일을 보는 것은 재미있었다.

"그 녀석이 여기 있다는 걸 네가 어떻게 알았는지 물어봐도 되겠느냐?"

케일이 보스코를 돌아보았다.

"네."

"그래서?"

"물어봐도 된다고요."

"변화에 익숙해지기가 쉽지 않구나. 옛날 같았으면 이런 무례는 매질로 보답했을 텐데."

"네?"

"별 뜻 없는 말이다. 네 애콜라이트가 너를 아주 좋아하나보구나."

"제겐 애콜라이트가 없습니다."

"없긴 왜 없어. 사방에 있지. 나는 너와 나 사이의 일들이 변했다는 건 알지만, 과연 네가 변했는지는 의문이구나. 어쩌면 그리 깊지 않은 내면은 여전히 성난 꼬마에 불과하지 않은가 싶다."

"그게 저의 본모습 아닌가요?"

"정의로운 분노와 못된 성깔은 엄연히 다른 것이다. 그 점을 이해하면 좋겠구나. 베이그 헨리는 한 시간 안에 만나게 될 거다."

"수녀원에 들어가고 싶습니다."

"좋을 대로 하거라."

"요즘 너그러우시군요."

"걱정되느냐?"

"꿍꿍이가 있는 거 아닙니까?"

"나에 대한 네 예상이 뒤죽박죽이 되는 걸 즐길 뿐이지. 아무래도 너는 현재 상황을 제대로 파악하지 못하는 것 같구나."

"제 맘대로 할 수 있다, 그겁니까?"

"그 질문의 대답은 네가 잘 알고 있어. 하지만 무얼 해도 되고 안 되는지 더 신중히 생각하는 게 좋을 게다."

"저는 성깔 못된 꼬마일 뿐이죠."

"너와 나 모두를 위해 그게 사실이 아니길 바란다. 수녀원 열쇠는 곧 가져다주라고 하마. 거기 가면 뭐든 마음대로 해도 좋다."

보스코는 문손잡이를 잡다 말고 뒤돌아섰다. 늘 이런 식이었다. 마치 뒤늦게 생각난 것처럼 마지막 순간에 진짜 속내를 드러내는 버릇.

"라코니아 놈들에 대해서는 얼마나 알고 있느냐?"

"용병이죠. 값비싼."

케일은 마치 뭔가 기억하려는 듯 잠시 생각에 잠겼다. 오만을 감춘 무표정을 오랜 세월 수련하지 않았다면 자신의 옛 주인을 놀려먹을 뜻밖의 기회 앞에서 웃음이 비어져나오고 말았을 것이다. 그는 심각한 표정으로 한마디 덧붙였다.

"크로논호톤톨로고스."

물끄러미 바라보던 보스코는 케일의 속셈을 눈치챘다.

"내게는 익숙지 않은 단어구나."

역시 그는 미끼를 물지 않았다.

"허풍선이, 무법자란 뜻입니다."

"그렇구나. 또 뭘 알지?"

"없습니다."

"안타고니스트가 아르젠툼에서 은광을 발견했다는 소문이 떠돌고 있어. 더이상 소문도 아니지. 십중팔구 놈들은 그걸로 라코니아 용병을 대규모로 고용해 우리와 싸우게 할 것이다."

"제가 알기로 그들은 한 번에 삼백 명 이상 고용되는 법이 없습니다."

"네가 라코니아에 대해 아는 게 더 없는 줄 알았는데?" 오만한 침묵이 이어졌다. 보스코가 말을 이었다. "놈들에 관한 자료를 보내주마. 네 목숨도 거기 달렸으니 굳이 꼼꼼히 읽어보라고 당부할 필요는 없겠구나."

케일을 상대하는 데 지친 보스코는 더는 아무 말도 않고 떠났다.

보스코가 사라지자 케일은 자신의 감정에 대해 생각했다. 불안과 기쁨이 똑같이 치밀어올랐다. 베이그 헨리를 만난다는 충격적인 기쁨, 그 기쁨의 깊이에 대한 불안. 지금까지는 아르벨 마테라치에 향한 분노가 그녀로 인한 끔찍한 외로움을 뒤덮었다. 하지만 그 감정으로 친구를 잃었다는 상실감도 더불어 감춰졌다. 방금까지만 해도 케일은 베이그 헨리가 곁에 있는 것이 익숙하지만 그가 있건 없건 상관없다고 믿었다. 그러나 이제 자신이 친구를 얼마나 그리워했는지 깨닫고는 불안해졌다. 친구가 돌아왔다고 생각하니 흥분을 억누를 수가 없었다. 거대한 수로들로 연결된 댐으로 이루어진 케일의 영혼은 거대한 수문으로 곳곳이 막혀 있었다. 하지만 물이 새거나 스미지 않는 댐은 없는 법.

클라이스트는 어찌됐을까? 아마 죽었겠지. 케일은 그렇게 생각했다.

11

그러나 클라이스트는 어느 누구 못지않게 멀쩡히 살아 있었다.

"나랑 성교하는 게 천국보다 낫다고 생각하니?"

나체로 두 다리를 벌리고 클라이스트의 몸에 걸터앉아 그의 무릎 위에 드러누운 데이지가 물었다.

클라이스트는 그녀의 젖가슴을 뚫어져라 보고 있었다. 어쩜 저렇게 신비로울 수가 있지? 불가사의했다. 비록 과거에 쾌락을 경험해본 적은 없었지만, 잠시나마 멤피스에서 온갖 것을 즐긴 덕분에 레몬 커드, 체스, 쿨하우스 괴롭히기, 아무 일도 안 하고 빈둥대기, 지나친 일광욕이나 음주 등등 아무리 재미있는 것도 자주 접하면 질릴 수 있다는 사실을 알게 되었다. 하지만 벌거벗은 여자는? 그건 도무지 물리지가 않았다. 여체가 주는 감흥은 처음에는 그저 충격적일 따름이었지만 익숙해진 지금은 달랐다. 마치 음식을 먹고 만족스러워지는 것과도 같았다. 몇 시간만 지나면 처음 배고팠을 때와 똑같이 허기가 밀려들었다. 대체 왜 싫증이 나지 않는 걸까?

클라이스트는 유심히 관찰하고 있다는 걸 데이지가 눈치채지 못하도록 눈을 감은 척하며 누워 있었다. 데이지가 그의 강렬한 눈길을 부담스러워해서가 아니라, 클라이스트 자신이 그녀에게 몹시 매료되었다는 것이 어쩐지 부끄러워서였다. 데이지가 클라이스트 위에 무릎 꿇은 채 앉아 뒤로 누워 있는 탓에 그녀의 넓적다리 살이 살짝 긴장되어 강인한 근육이 드러나 보였다. 마테라치 여자들의 길고 가는 다리와는 사뭇 달랐다. 그녀들이 도도한 걸음걸이로 거대한 무도회장에 들어서면 클라이스트는 그 모습을 힐끔거리곤 했다. 가끔 넓적다리 윗부분까지 찢어진 드레스 차림으로 나타날 때면 그에게는 결코 허락되지 않을 우아하고 매끄러운 속살이 드러났다. 방정맞고 덜 세련된 키티 타운의 매춘부들은 몸집과 생김새가 다양해서 무키 출신들은 풍만하고 가스콘 출신들은 아담하면서 명랑하고 갈색 눈이 왕방울 같았지만, 데이지처럼 근육질인 다리를 가진 여자는 한 명도 없었다. 데이지의 넓적다리는 묘하게도 나머지 몸과 비율이 맞지 않아서, 마치 유별나게 강한 젊은 사내의 다리 같았다. 그리고 두 다리 사이의 털과 주름진 살은 엄청난 신비와 놀라움의 근원이었다. 이런 건 상상도 못했다. 몇 달 전까지 클라이스트는 불가사의한 악마의 놀이터에 사는 여자들에게는 불알과 자지를 닮은 것, 다만 사악한 존재에 걸맞게 더욱 뾰족하고 추악한 것이 달려 있으리라 짐작했다. 하지만 실제로 그것은 너무나 은밀하고 부드러워서, 그걸 느낄 때마다 여전히 숨이 막히면서 수치심과 쾌감이 밀려들었다. 대체 이건 뭘까? 뭐지, 이 느낌은? 그 위로는 얇은 지방 띠를 두른 데이지의 배. 더 위는 둥그런 젖가슴과 단단한 갈색 유륜과 분홍색 젖꼭지, 그리고 거의 언제나 빨간 밀랍 같은 것을 바른 넓은 입술. 맨 위에는 미소짓는 행복한 눈과 긴 머리.

데이지가 입을 열었다.

"몰래 훔쳐보기 끝났으면 말해봐. 나한테서 뭐 달라진 거 발견했어?"

클라이스트가 눈을 번쩍 떴다.

"넌 내가 널 쳐다보는 거 싫어?"

"좋아해. 하지만 몰래 훔쳐볼 필요는 없잖아."

"훔쳐본 거 아냐."

클라이스트의 목소리에서는 짜증과 부끄러움이 묻어났다.

"화내지 마. 언제든 보고 싶으면 맘껏 봐도 돼. 어쨌든 내 질문에는 아직 대답하지 않았어. 자, 어때?"

뭔가 달라진 게 있는 듯했지만 눈에 띄지 않았다. 데이지를 위아래로 훑어보던 클라이스트가 말했다.

"모르겠어. 네가 말해줘."

"정말 몰라?"

클라이스트는 데이지의 어조와 표정이 바뀐 것을 알아차렸다. 머리를 예쁘게 땋았다거나 중지 손톱을 아름답게 장식한 것을 알아봐주지 않아서 토라진 게 아니었다. 어차피 알몸이라 장신구 따위도 없었다. 대체 뭐가 달라진 걸까?

"나 임신했어."

클라이스트는 무슨 말인지 못 알아들은 듯 데이지를 빤히 쳐다보았다. 실제로 못 알아들은 것이다.

"그게 무슨 뜻인데?"

데이지도 클라이스트 못지않게 어리둥절한 표정으로 그를 바라보았다. 그녀가 예상한 것보다 까다롭거나, 적어도 훨씬 더 이상한 대화가 될 듯싶었다.

"나한테 아기가 생길 거라고."

클라이스트의 표정이 놀라움으로 바뀌기는 했지만, 데이지가 보기에 상황을 조금이라도 이해한 표정은 아니었다.

"어쩌다 그렇게 됐어?" 클라이스트가 기겁한 듯이 물었다.

"무슨 소리야?"

"어떻게 아기를 갖게 됐느냐고."

"너 아기가 어떻게 만들어지는지 몰라?"

"몰라."

"성소에서 아무도 알려주지 않았어?"

"난 올해 여자를 난생처음 봤어. 그러니 모를 수밖에. 난 아무것도 몰라. 너 지금 무슨 이야기를 하려는 거야?"

"사람들한테 물어볼 생각은 안 했어?"

"아기에 대해서? 왜 그래야 하지?"

"그럼 아기가 어떻게 생기는 줄 알았는데?"

"몰라. 내가 왜 아기에 대한 생각을 해야 해?"

"정말 믿을 수가 없어."

"내가 왜 너한테 거짓말을 하겠어?"

데이지는 당혹스럽고 걱정스러운 눈빛으로 클라이스트를 바라보았다.

"아니, 네가 거짓말을 한다는 뜻이 아냐. 그냥 좀 어처구니가 없어서 그래. 아기가 어떻게 생기는지도 모른다니……"

"정말이야, 난 몰라."

둘은 서로 마주 바라보았다. 클라이스트는 두려움에 낯빛이 허
옜고, 데이지는 당황해서 창백했다. 잠시 침묵이 흘렀다.

"그래서 네가 어떻게 아기를 가졌는지 말해줘."

"너 때문이야."

"나? 난 아기에 대해 아무것도 몰라."

"네가 나한테 아기를 줬어."

"내가? 어떻게?"

클라이스트의 무지가 끝을 헤아릴 수 없을 만큼 깊다는 사실을
서서히 깨달은 데이지는 멍한 표정으로 앉아서 대답했다.

"네 자지가 내 안에 들어오면 흥분해서 침을 뱉어. 그렇게 아기
가 생기는 거야."

"맙소사! 왜 말해주지 않았어?"

"네가 모르는 줄 몰랐으니까."

"난 아무것도 몰라."

터무니없는 주장은 아니었다. 멤피스에 가기 전까지 클라이스트
가 알던 거라고는 그에게 증오와 두려움의 대상인 종교와 그의 특
기인 살인 기술뿐이었다. 그 자신도 누군가에게 살해당할 수 있기
에 그런 기술을 두려워했다. 멤피스에서는 온갖 종류의 지식이 폭
포처럼 쏟아졌는데, 바싹 마른 커다란 무지의 스펀지와 다름없던
클라이스트는 어마어마하게 많은 지식을 모조리 빨아들였다. 안타
깝게도 아직 그것들을 모두 정리하여 체계적으로 연결시켜놓지 못
했는데, 평범한 열대여섯 살 소년이라면 아무리 머리가 나빠도 이

미 오래전에 깨쳤을 지식들이었다. 어떤 면에서 보면 클라이스트는 아기와 다를 바 없었다.

"이제 우린 어쩌지?" 클라이스트가 풀죽은 소리로 물었다.

"일은 이미 네가 저질러놓고." 데이지는 되레 신경질을 냈다.

"넌 이렇게 될 줄 알고 있었잖아. 그러니 네 잘못이야."

"내 잘못이라고?"

"그래. 네 아버지가 날 죽이려 들 거야."

"아니, 그럴 리 없어."

"휴, 다행이다. 확실해?"

"물론 네가 나랑 결혼할 경우에만."

"너랑 결혼한다고?"

"이제는 결혼이란 말을 들어본 적이 없다고 하겠구나."

"말도 안 돼."

"진짜 말도 안 되는 건 아기가 어떻게 생기는지 모른다는 거야."

이죽거리는 소리를 더는 들어줄 수가 없었다.

"사람들이 결혼하는 광경은 종종 봤어. 이런저런 이야기도 들었고. 하지만 아기에 대해서는 아무도 말해주지 않았어. 어떻게 생기는지도."

"이제 알게 됐잖아." 데이지가 서글프게 대꾸했다.

데이지의 아버지는 그녀가 기대한 만큼 기뻐하지도 않았고, 클라이스트가 걱정한 만큼 죽일 듯이 노발대발하지도 않았다. 수베리는 클라이스트에게 상당히 호감을 갖고 있었다. 클라이스트가 딸의 목숨과 명예를 지켜주었기 때문이다. 그러나 목숨을 구해준 건 그렇다 쳐도 명예를 지켜준 건 명백한 거짓이었다. 하지만 워낙 멀리서 벌어진 일이라 데이지가 구출된 경위에 대해서는 딸의 이야기를 믿을 수밖에 없었다. 그러나 설령 클레프트 사람들이 클라이스트의 육체적 용기와 전투 기술에 대한 데이지의 자랑을 곧이곧대로 믿는다 해도, 문제는 그들이 그런 재주를 별로 높이 치지 않는다는 것이었다. 그래서 그들은 부족의 일원에게 엄청난 친절을 베푼 이방인을 기꺼이 받아들이기는 했지만 클레프트 사회에서 의미 있는 지위를 부여해주진 않았다. 데이지의 아버지는 도적질의 대명사가 된 사람들 사이에서도 칭송이 자자한 절도 솜씨 덕분에 상당한 재산과 영향력을 지닌 사내였다. 그에게 딸의 임신 사실을 알린 후 클라이스트는 데이지가 시킨 대로 클레프트의 약탈 원정에 동참하겠다고 자청했다가 오히려 상황만 악화시켰다. 원정대의 규모로 보아 별로 어렵지 않은 약탈이 될 거라 믿고 선심 쓰듯 말한 것이 그들의 자존심을 건드린 것이었다. 특히 클라이스트가 데이지에게 떠밀려 이 어설픈 제안을 하기 전까지 그의 처지를 딱하게 여기던 사람들이 분개했고, 그 바람에 데이지와의 결혼을 허락해달라는 요청까지 눈총을 샀다. 데이지는 일부러 그런 게 아니냐며 클라이스트를 힐난했다. 이제 모두가 그에게 화가 났으며, 특히 데이지가 부글부글 끓었다. 클라이스트는 문득 자신이 그녀를 몹시 사랑하고 있음을 깨달았다. 아기가 생기는 방법과 아빠가 된다는 사실에 놀랐던 마음이 진정되자, 이번에는 아빠가 된다는 생각이 너무 황홀해서 놀랐다. 클라이스트가 주위에서 본 아기들은 사랑스럽고 아름다웠으며, 거의 늘 행복했다. 물론 너무 낙관적인 시각이긴 하지만, 대개 아기들이 시끄럽게 보채기 시작하면 엄마들이 데려가는데다 클라이스트는 완전한 무지의 두터운 베일을 통해 아기들의 가장 예쁜 모습만 보니, 아무리 왜곡된 시각이라 해도 그를 욕할 수는 없었다. 그러나 그의 젊고 거친 영혼 깊숙한 곳에서는 많은 감정들이 감춰진 채 자라고 있었다. 아빠가 된다는 것은 전에는 생각도 할 수도 없는 불가능한 일이었지만, 이제는 신비로운 모험처럼 느껴졌다. 하지만 클레프트의 약탈 원정을 돕겠다는 제안을 너무 서툴게 하는 바람에 그가 꿈꾸는 행복은 발목이 잡힌 듯했다. 뭔가 과감한 해법이 필요했다. 우선 그는 소유물을 몽땅 데이지의 아버지에게 바쳤다. 멤피스에서 훔쳐온 물건들과 던바 경 패거리에게서 빼앗은 것들이었다. 그러자 수베리는 기뻐했고 데이지도 화가 누그러졌다. 이어서 클라이스트는 자신이 혹독하게 익힌 궁술이 얼마나 유용한지 시범을 보이겠다고 제안했다. 도적단으로서 클레프트 사람들의 재능을 눈곱만큼도 폄하하지 않으려고 조심해야 했다. 그들은 매번 약탈에 성공했다고 주장하면서 으스댔지만, 그런 이야기를 줄기차게 듣다보니 한 가지는 확실해졌다. 이웃 부족을 습격해 말과 소, 비축해둔 과일과 고기, 술 궤짝들, 의자, 돈, 양, 염소, 돼지, 장신구 등등 몰고 오거나 실어올 수 있는 것을 깡그리 훔친 뒤에는 위험할 정도로 단순한 방침에 따른다는 것이었다. 이들이 항상 지키는 원칙은 어느 마을을 습격하든 최대한 빨리 거기서 벗어나 안전한 산으로 돌아온다는 것이었다. 클레프트 사람들은 절대로 일부러 위험을 무릅쓰지 않았으며, 대개 전투를 달가워하지도 않았다. 그래서 집요한 추적자들의 속도를 늦추는 데 요긴한 이동식 수비 대형을 갖추거나 후방 교전에 필요한 준비를 하는 법이 없었다.

클라이스트는 빈객으로 이곳에 온 후 몇 달간 던바 일당을 학살할 때 사용한 활보다 훨씬 더 성능이 좋은 활을 상당수 만들었다.
솔직한 심정으로는 자신의 재능을 대수롭지 않게 여기는 클레프트
사람들에게 조금 짜증이 났다. 이제 그는 이곳 사람들의 자존심을
건드리지 않고 그들을 감동시킬 수 있으리라 생각했다. 쉽게 예측
할 수 없는 낯선 위험을 감수하지 않고도 명성을 얻게 될 거라고.
클라이스트가 보기에 도적질은 위험했다. 미지의 변수가 너무 많
았다.

앞서 보았다시피 클레프트의 활솜씨는 그들의 활만큼이나 초보
적이었다. 대규모 적을 향해 한꺼번에 쏘는 건 잘하지만, 그 정도
는 누구나 했다. 전문가인 클라이스트가 보기에 그 이상의 궁술은
그들에게 언감생심이었다. 그래서 클레프트 영토의 낮은 구릉지에
서 궁술 시범을 보이기로 했다. 그곳은 약탈 원정대 오십 명이 안
전한 은신처로 돌아오기 직전에 적에게 발각되어 단 한 명에게 몰
살된 유명한 참사 현장이었다. 클레프트에게 오십 명은 참담한 손
실이었다. 클라이스트가 짐작하기로 이 부족의 머릿수는 도합 천
오백을 못 채웠고, 그중 3분의 2가 여자와 아이, 노인이었다. 학살
로부터 삼 년이 지난 지금도 인구가 완전히 회복되지 않았다. 클레
프트 부족이 여자들을 크게 구속하지 않는 데는 단순한 이유가 있
었다. 그들에겐 주변 부족들처럼 남자가 많지 않았다. 클라이스트
는 그런 참사가 되풀이되지 않도록 돕겠다면서 시범을 보이겠다
고 제안했는데, 이번에는 데이지의 지도를 받으며 신중을 기했다.
시범을 준비하는 과정은 순탄치 않았다. 다들 구경은 해도 도움을
주는 건 노골적으로 꺼렸기 때문이다. 클라이스트가 시범에 사용
할 뭉툭한 화살을 보여주긴 했지만, 클레프트 사람들은 그것도 몹

시 위험하기는 마찬가지라고 여겼다. 그래서 클라이스트에게 필요한 말들을 빌리는 데도 상당한 시간이 걸렸다. 그나마 데이지가 자기편으로 만든 여자들을 부추겨 남자들을 좀생이라고 몰아붙인 덕분이었다. 마침내 모든 동의를 얻고 시범 준비가 완료됐다. 구경하려고 현장에 모인 사람들은 당연히 침울한 표정이었으며, 그 끔찍한 참사가 생각나 몹시 비통해하는 이들도 있었다. 데이지와 그녀의 친구들은 클라이스트가 대충 만든 인형 스무 개를 남자들이 마지못해 빌려준 말들에 얹어 묶었다. 클라이스트는 학살이 벌어졌던 지점에 가슴 높이까지 담을 쌓고 그 뒤에 서서 나뭇가지로 위장했다. 500야드 너머에 있는 말들은 웃자란 풀을 먹는 둥 마는 둥 따분한 표정으로 멀뚱거리고 있었다. 이윽고 여자 이십여 명이 그 심드렁한 짐승들을 대충 일렬로 세우고 클라이스트 쪽을 보게 하더니, 각자 가죽 채찍을 들고 데이지의 고함소리에 말의 옆구리를 세차게 내리쳤다. 그러자 말들은 태도가 바뀌어 놀라 울어대고 뒷다리로 일어서더니, 뒤에서 여자들이 꽥꽥 고함을 지르자 겁에 질려 달아나기 시작했다. 그러는 동안 말 위의 지푸라기 인형들이 아래위로 튕기며 흔들거렸다. 사람들의 눈길을 끌기 위해 클라이스트는 기묘하면서도 인상적인 자신의 상체 대부분을 드러냈다. 그의 몸은 두꺼운 밧줄의 매듭처럼 근육이 불거져 스무 살은 더 먹은 남자의 몸처럼 보였다. 모두가 지켜보는 가운데 클라이스트가 처음 쏜 화살이 하늘로 치솟았다. 다들 그렇게 빠르고 그렇게 커다란 원호를 그리는 화살은 난생처음 보았다. 그렇게 날아간 화살은 클라이스트가 겨냥한 지푸라기 인형의 가슴을 정통으로 꿰뚫고 빠져나갔다. 인상적인 광경이었지만 아직 거리가 너무 멀어서 그 탁월한 솜씨에 부족민들이 완전히 넋을 잃을 정도는 아니었다. 클라이스트는 표적들이 더 가까이 다가오길 기다렸다. 자신의 능력을 과시하기 위한 모험이었다. 이윽고 구십 초 뒤 겁먹은 말들이 그의 은신처에 다다르자 클라이스트는 놀랍도록 빠르게 연달아 활을 쐈다. 우르르 지나가는 말들 위에서 화살에 맞지 않은 인형은 둘뿐이었다.

클레프트 사람들은 감격하면서도 조심스러워했다.

"그날은 적이 백 명이나 됐어."

"난 저것들이 여기 오기 한참 전에 서른 발은 명중시킬 수 있었어요. 그런 손실을 무시할 사람은 없겠죠. 더구나 실전이라면 이런 식으로 하지도 않을 겁니다. 적이 쳐들어오기 몇 시간 전, 심지어 며칠 전부터 놈들을 쏴 죽일 테니까요. 600야드 거리에서는 열 발 쏴서 다섯 발 맞힐 수 있어요. 말까지 셈에 넣으면 여덟 발이고요."

반대하는 이들이 몇 명 있었지만 클라이스트의 제안은 받아들여졌다. 어차피 그들이 잃을 거라고는 요모조모 따져봐도 클레프트인들에게 아무 의미도 없는 유쾌한 이방인 한 명뿐이었으니까.

12

베이그 헨리는 리디머 두 명의 부축을 받으며 방으로 들어왔다.

"침대에 눕히고 나가."

케일이 침대 옆으로 다가와 꿇어앉았다. 흠씬 두들겨 맞았는지 코와 아랫입술에서 피가 흐르고 있었다.

"꼴이 말이 아니구나. 대체 여기서 뭐하는 거야, 이 우라질 멍청아?"

"어쨌든 만나서 기뻐."

"여기서 뭘 하는지부터 이야기해봐."

"얼마 전까지 보이니치 오아시스에 머물다가, 정원용 흑토를 싣고 돌아가는 마차를 따라 이곳에 왔어. 마지막에 얻어 타려고 했는데 나를 알아보는 놈이 있지 뭐야. 더구나 요즘은 이곳에 드나드는 사람을 빠짐없이 확인하더라."

"그럴 줄 예상했어야지."

"그랬어야 했는데 못했어."

"그럴 줄 예상하고 이 근방에 얼씬대지 말았어야지."

"어쨌든 이렇게 널 만났잖아."

"천운이야. 요만큼만 어긋났어도 넌 죽었어." 케일은 엄지손가락과 집게손가락을 붙이는 시늉을 했다. "브르지카의 칼에 찔려 깅키스 필드에 버려지기 일보 직전이었지. 난 그 일을 영영 몰랐을 테고."

"결과만 좋으면 됐지, 뭐."

하지만 베이그 헨리의 얼굴은 점점 더 핼쑥해졌다. 언짢았던 케일의 기분도 조금 누그러졌다.

"널 만나서 기쁘다."

"뽀뽀는 안 해줄 거야?"

"그 정도로 기쁘진 않아."

둘 다 씩 웃었다.

"뭐 좀 먹을 순 없어?" 베이그 헨리가 물었다.

"시켜놨어."

마치 밖에서 듣고 있기라도 한 듯 모델이 노크하고 두 사람이 먹을 음식이 담긴 쟁반을 들고 들어왔다.

"이만큼 더 가져와." 케일이 말했다.

"여기도 한도가 있습니다. 조리사들이 제 말은 듣지도 않을 테고요."

케일은 보스코가 분노했다며 주방을 위협하는 쪽지를 써주었다. 베이그 헨리는 식사하기 위해 몸을 일으켜 앉으면서 케일에게 먼저 이야기를 해보라고 했다.

두 시간이 넘도록 계속된 케일의 이야기는 베이그 헨리가 두번째 식사에 열을 올릴 즈음에야 끝이 났다.

"한마디로 보스코는 완전히 미쳤어. 제정신이 아냐." 베이그 헨리가 말했다.

"너랑 나한테는 다행이지."

"그럼 넌 이제 어쩔 셈이야?"

"여기 머물면서 끝까지 지켜봐야지." 케일이 대답했다.

"무슨 뜻이야?"

"모두의 눈길이 나한테 쏠려 있어. 그런데 내가 어디로 가겠어? 더이상 멤피스는 없어. 마테라치도 없고. 안타고니스트 놈들은 나를 보자마자 죽이려 들걸. 설령 어딘가로 달아난다 해도, 물론 그럴 수도 없겠지만, 어떤 머저리가 나를 놈들에게 안 넘기겠어? 보스코가 없다면 난 죽은 목숨이야. 올바르고 선량하신 베이그 헨리 선생, 너도 마찬가지고. 지금 우리는 머리부터 발끝까지 보스코의 것이야. 완전히 발목이 잡힌 거지."

베이그 헨리는 잠시 묵묵히 앉아 있더니 마침내 입을 열었다.

"맞는 말이야."

"내가 모르는 게 있다면 말해줘."

두 소년은 맥주를 마시고 한동안 음울한 침묵 속에서 담배를 피웠다.

"이제 네 차례야." 케일이 말했다.

베이그 헨리는 멤피스를 떠난 뒤 케일을 쫓아가기로 결심한 일부터 이야기했다.

"클라이스트는 별로 내켜하지 않았어."

"상상이 간다. 난 그 녀석이 결국 따라나섰다는 게 놀라운데."

"너무 놀라지는 마. 일주일 뒤에 달아났거든."

"보스코가 나 말고 널 데려갔다면 나도 클라이스트랑 똑같이 했을 거야."

"아니, 넌 그러지 않았을 거야."

"아냐, 그랬을 거야."

"어쨌거나 이드리스푸케와 나, 우리 둘은 타이거산 근처에서 너를 놓쳤어. 바위가 많아 걸어가기 어려운 지대잖아. 난 도보 여행이 체질도 아니고. 이드리스푸케는 나더러 자기랑 같이 휘츠터블에 가서 배를 타자고 했어. 그 사람이 그리워. 거기서 보이니치로 갔지. 내 이야기는 여기까지야."

"보이니치에 오래 있었구나."

"좋은 곳이야. 그곳으로 돌아가고 싶어."

서로의 근황 이야기는 그걸로 끝이었다. 케일은 두 시간 동안 떠들면서도 일부러 장광설은 피했는데, 전쟁 이야기를 별로 좋아하지 않아서이기도 했지만, 그가 인류 말살의 대리인이라는 보스코의 믿음을 이야기했을 때 베이그 헨리의 눈빛이 변하는 것을 봤기 때문이기도 했다. 그 눈빛이 무슨 뜻인지 그로서는 확신이 서지 않았다. 믿음도 아니고 두려움도 아니고, 콕 집어낼 수 있거나 그러고 싶은 어떤 것도 아니었다. 그래서 신의 분노 이야기를 한 뒤에는 일부러 대수롭지 않게 말했지만, 베이그 헨리의 반응이 자꾸 신경쓰인다는 걸 표정에서 지울 수가 없었다. 베이그 헨리가 자신의 이야기를 일부만 믿는 것이 싫은 게 아니라, 오히려 우스꽝스러운 소리로 여기는 게 언짢았다. 자신이 중요한 존재라는 사실에 마음이 쏠리면서 친구의 비웃음이 불쾌해진 것이었다.

반면 베이그 헨리는 단순히 진실을 축소시킨 정도가 아니라 노골적으로 거짓말을 했다. 처음 이야기를 시작할 때만 해도 그럴 마음이 없었다. 지난 여섯 달 동안 둘은 모두 변했다. 그리고 이들 마음속에 들어찬 의문은 그 변화가 얼마나 클까 하는 것이었다.

이튿날 베이그 헨리가 케일의 방에 왔을 때, 둘 사이에는 다정하면서도 어색한 분위기가 흘렀다. 하지만 케일은 그들이 증오하는 남자와 종교를 상대로 과거와는 사뭇 다른 방식으로 타협했다는 것을 뽐내고 싶었다. 그래서 어디로 가는지는 말해주지 않고 베이그 헨리를 수녀원으로 데려갔다. 그리고 도중에 그를 놀라게 했다. 열쇠를 꺼낸 것이다! 그것이 여러 열쇠들 중 하나라는 것도 보여주었다. 이는 마치 케일이 무릎을 꿇고 미사를 집전하거나 주교관을 꺼내 머리에 쓴 것만큼이나 충격적이었다. 케일은 자신이 성소에서 권력자가 되었다는 걸 보여줬다고 생각했지만, 베이그 헨리는 그것을 걱정스러운 징표로 받아들였다. 퍼킨 워벡이 목 매달린 리디머를 배신하는 대가로 달콤한 셰리주 1갤런과 양 열두 마리를 받은 것처럼 케일이 뇌물을 받은 건지도 모른다고 생각했다. 말도 안 되는 일이었지만, 지난 일 년간 벌어진 일들을 생각하면 불가능이란 없었다.

케일이 문을 열자 그들은 수녀원을 보호하는 겹겹의 벽 중 첫번째 벽 안으로 들어섰다. 다시 10야드를 걸어 다다른 두번째문에는 자물쇠가 세 개 달려 있어서 서로 다른 열쇠 세 개가 필요했다. 본격적인 수녀원 안에 들어서자 진초록색 역청 바닥이 석회석으로 바뀌었고, 몇 야드마다 꽂혀 있는 양초들은 소나 돼지의 수지가 아니라 밀랍의 부드럽고 따뜻한 빛을 내뿜고 있었다. 또다른 문이 나타나자 케일이 열쇠도 없이(자물쇠가 없는 문인가?) 문을 활짝 밀어젖히고는 베이그 헨리에게 들어가라고 손짓했다.

마치 이들이 와주기만을 손꼽아 기다렸다는 듯 요란하게 숨을 들이쉬는 소리가 들리더니 오랫동안 참아온 흥분의 파문이 일었다. 벽을 따라 각 모퉁이에는 상냥하게 미소짓는 수녀들이 있었고, 방안에는 마치 생일 케이크를 기다리는 아이들처럼 조바심을 내며 꼼지락거리는 소녀 열두 명이 앉아 있었다. 나이는 열세 살에서 열여덟 살가량인 듯했다. 분홍빛 소녀들, 갈색 소녀들, 까만 소녀들, 완벽한 올리브색 피부의 소녀들, 귀신처럼 창백한 낯빛의 소녀들. 두 젊은이가 방안으로 들어오자 다들 기뻐서 신음이 나올 지경이었다. 심지어 숨죽인 기쁨의 비명까지 터져나오자, 뒤에서 수녀 한 명이 꾸짖듯이 혀를 차며 소녀의 어깨에 경고의 손을 얹었다.

"좋은 아침입니다, 숙녀 여러분." 케일이 빙그레 웃으며 인사했다.

"좋은 아침이에요, 케일 님." 소녀들이 한목소리로 대답했다.

"나의 가장 오랜 벗이자 가장 멋진 친구를 여러분께 소개하겠습니다. 전에 내가 말한 멋진 친구, 베이그 헨리입니다. 멤피스의 전설, 실버리힐 전투의 영웅이죠."

베이그 헨리는 긴장한 사내의 미소를 지었다. 그 모습에 환호성을 지르던 소녀들은 케일이 두 손을 들자 조용해졌다.

"자, 모두 내 말 들어요. 누가 베이그 헨리에게 특별 서비스를 해주겠습니까?"

소녀 열두 명이 모두 번쩍 손을 들었다.

"저요! 저요! 저요! 저요! 저요! 저요! 저요! 저요!"

베이그 헨리의 낯빛이 하얘지면서 동시에 기쁨에 겨워 붉게 상기되었다.

"기다려요! 기다려요, 여러분! 정숙하게!" 인피리어 수녀원장이 소녀들을 꾸짖었다. "베이그 헨리가 우리를 어떻게 생각하겠어요?"

"난 저 질문의 대답을 알 것 같은데." 케일이 베이그 헨리의 귀에 대고 속삭였다. 베이그 헨리가 노려보자 케일은 이제 그만 놀려야겠구나 싶었다.

"인피리어 원장님, 방이 준비되면 두 명을 뽑아 저희에게 보내주시겠습니까?"

인피리어 수녀원장이 정중하게 고개를 숙이자, 케일은 베이그 헨리의 팔을 잡고 또다른 문으로 가 이번에도 열쇠 없이 문을 열었다. 그러고는 베이그 헨리에게 커다란 소파에 앉으라고 손짓했는데, 앉는 자리라기보다는 침대 같아 보였다.

"뭐 좀 마실래?"

"됐어."

"맥주랑 포도주가 있는데."

"맥주."

케일은 술병을 덮은 리넨 천을 걷고 잔에 술을 부어 친구에게 건넸다.

"넌 내가 저 여자애들하고 뭘 하길 기대하는 거야?" 한참을 꿀꺽꿀꺽 마신 베이그 헨리가 물었다.

"네가 저 여자애들하고 하고 싶은 거."

"저들은 노예야. 노예를 부리는 건 옳지 못해."

"무의미한 소리이긴 하지만, 저 여자애들은 모두 법적으로 자유인이야. 너나 내가 그랬듯이."

"내가 뭘 하길 기대하느냐는 질문에 아직 대답하지 않았어."

"네가 뭘 하든 내가 왜 신경써야 해? 네가 죄책감을 느낀다면 그건 몹쓸 생각에 매달려 살기 때문이야."

"지금 농담할 기분 아니야."

"알았어."

이건 사과였다.

"너 자신을 좀 봐. 중국보다도 열악한 상태잖아. 저 여자애들은 모두 남자를 보살피는 훈련을 받으며 키워졌어."

"어째서?"

"그야 모르지."

"아니, 난 알고 싶어. 리바는 자기가 아는 걸 전부 나한테 말해줬지만, 왜 그렇게 살아왔는지는 몰라. 난 그 이유를 알고 싶어."

"저 여자애들은 여기서 너를 건강하게 만들어줄 수 있어. 네가 상상도 못할 방식으로, 가장 까다로운 마테라치 말괄량이 계집애의 시중을 드는 것보다도 세심하게 보살펴줄 거야."

"왜?"

"그건 좋을 대로 생각해. 점심 먹으면서 이야기하자. 넌 그냥 침대에 누워 있어. 곧 음식이 올 거야."

몇 분 뒤, 각자 쟁반을 든 수녀들이 노크하고 안으로 들어와 헨리 옆의 거대한 소파 위에 요리를 늘어놓았다. 독일식 커스터드를 곁들인 쇠고기 요리, 각설탕과 게살로 만든 블랑망주, 닭튀김, 부드러운 기름이 흐르며 자글자글 소리가 나는 바삭한 돼지고기가 높이 쌓인 접시, 토마토케첩과 노란 겨자 소스를 뿌린 길쭉한 핫도 그. 나이지리아산 철갑상어알과 우크라이나에서 들여온 샴페인도 있었다. 그리고 후식으로는 커드와 섞은 장미수 젤리를 두고 갔다.

식사를 하는 동안 케일은 베이그 헨리에게 피카르보의 선언문에 대해 이야기해주었다.

몇 가지 질문을 하고 잠시 말이 없던 베이그 헨리는 마치 무언가를 털어내기라도 하듯 고개를 절레절레 저었다.

"난 보스코가 완전히 정신 나간 놈이라고 생각했어. 그렇게 미치고 어떻게 멀쩡히 살아 있는 거지?"

두 소년은 다시 옛 기억을 함께 나누며 키득거렸다.

"저 여자애들은 그 일에 대해 아무것도 몰라?" 베이그 헨리가 물었다.

"이곳에 있는 여자애들은 우리가 자기들을 선택하러 온 줄 알아. 정말로 백마를 타고 은빛 갑옷을 입은 기사인 줄 알지. 착각 속에 사는 거야. 머리가 나쁘지는 않지만 아무것도 몰라. 평생 남자가 천사 같은 존재라고 배웠거든. 용감하고 친절하고 고상하고 강인하다고. 다만 이따금 악마가 부추겨서 불같이 화를 내는 남자도 더러 있다고. 하지만 설령 그런 남자한테 맞아도 상냥하게 미안하다고 말하고 착하게 굴어야 한다고 배워. 그러면 남자 안의 악마가 사라져서 모든 게 다시 정상으로 돌아온다고 말이야."

"넌 저들에게 진실을 알려주려고 하지 않았어?"

"어떻게 말해야 좋을지 모르겠어. 어쩌면 넌 알지도 모른다고 생각했지. 하지만 우선은 그냥 저애들 이야기를 들어주면서 널 보살피도록 내버려둬. 저 여자애들이 조잘대는 이야기를 들어봐. 기가 막힐걸. 하지만 저애들은 그런 이야기를 믿어. 한마디도 빠짐없이."

"난 여자애들한테 아무 짓도 안 할 거야."

"저애들은 신경 안 써."

"네가 어떻게 알아?"

"하고 싶으면 하고, 싫으면 하지 마. 상대가 거부하지 않는데 못할 것 없잖아? 앞날은 아무도 몰라. 넌 몇 주 후에 죽을 수도 있어. 보스코가 마음만 먹으면 저 여자애들도 마찬가지고. 살고, 먹고, 즐겨라, 우리는 내일 죽을지니. 이드리스푸케가 그렇게 말했잖아?"

"이드리스푸케가 한 말이라고 모두 진리는 아냐."

"좋을 대로 생각해."

잠시 후 베이그 헨리는 건습실乾濕室로 안내받았다.

13

성소 수녀원에 있는 건습실은 창문이 없고 밀랍 양초로 불을 밝혀 마치 화덕 안 같았지만 냄새와 느낌은 아늑했다. 벽에는 레바논산 붉은 삼나무 널판이 줄지어 붙어 있고, 바닥엔 출처를 알 수 없지만 물과 비누에 대한 저항성 덕분에 각광받는 검은 목재가 깔려 있었다. 방 한가운데에는 기름칠을 한 푸주한 도마처럼 생긴 크고 네모난 통나무 두 개가 놓여 있었다. 호기심 어린 베이그 헨리는 기대와 걱정으로 마음이 분주했다. 선발된 두 소녀가 그를 건습실로 데려갔는데, 한 소녀는 자신을 아눈자타라고 소개했고 또 한 소녀는 주디스라고 했다.

"성은 뭐예요?"

"우린 이름밖에 없어요." 주디스가 대답했다.

아눈자타가 기대에 찬 표정으로 물었다.

"기분이 언짢은가요?"

"아뇨."

"조금도요?"

"왜 그런 걸 묻죠?"

"당신이 우리한테 고함을 지르면 좋을 것 같아서요." 이번에도 주디스가 대답했다.

"저 찬장 문도 쾅 닫으면서요."

"왜요?"

"남자를 진정시키는 연습을 하고 싶거든요."

"왜요?"

"남자들은 자주 고함을 지르지 않나요?"

베이그 헨리는 소녀들이 원하는 것에 당황했지만, 자신의 경험상 그들의 말이 사실임을 인정할 수밖에 없었다.

"우리한테 호통을 쳐달라고 케일님에게 부탁했더니 별로 좋은 생각이 아니라고 하더라고요."

"그 말이 옳을 거예요."

"당신은요? 제발 해주세요!"

소녀들이 어찌나 사랑스럽게 애원하던지, 그런 짓은 못할 것만 같던 베이그 헨리도 더이상 거절하는 건 무례하다는 생각이 들었다. 그로부터 오 분 뒤, 베이그 헨리는 방구석에 앉아 심장이 터질 듯이 통곡하고 있었다. 이제는 소녀들이 당황해서 창백한 얼굴로 그를 내려다보았다. 방금 이 착한 젊은이가 소녀들 앞에서 미친듯이 토해낸 분노의 폭풍이 그들을 뒤흔들었다.

십 분 뒤 고통이 사그라지기 시작하자, 소녀들은 베이그 헨리를 부축해 일으켜세웠다.

"미안해요, 미안해요." 그는 같은 말만 되풀이했다.

"자, 자, 괜찮아요." 주디스가 달래듯이 말했다.

"그래요, 괜찮으니 울지 말아요." 아눈자타도 거들었다.

소녀들은 헨리의 셔츠와 바지, 양말을 벗기고 크고 판판한 통나무들 중 하나로 그를 데려갔다. 그들이 속옷까지 벗기려 하자 헨리는 거부하는 기색을 내비쳤다. 하지만 소녀들은 거역할 수 없는 주님의 율법을 이야기하듯 "당신을 씻겨야 해요"라고 말했다. 더이상 거부하기에 그는 너무 피곤했다. 헨리의 몸에서 오래된 흉터와 최근에 2번 감옥에서 구타를 당해 생긴 상처와 멍을 본 소녀들은 탄식을 내뱉으면서 어쩌다 이 지경이 됐느냐고 물었다. 그 말이 너무 상냥해서 헨리는 또 울음을 터뜨릴 뻔했다.

"비누를 밟고 넘어졌어요."

그렇게 말하고 웃으니 울컥했던 마음이 진정되었다. 헨리가 말하기 싫어하는 것을 눈치챈 소녀들이 그를 두고 나가더니 더운물과 비누를 가져왔다. 그들은 헨리가 비누를 밟고 넘어지지 않았다는 걸 알고 있었다. 행색을 보니 한동안 비누 구경도 못해본 사람 같았기 때문이다. 주디스가 양동이에 담긴 더운물을 헨리의 머리에서 발까지 조심스레 붓자, 아눈자타가 상처와 멍을 너무 세게 누르지 않도록 아주 세심하게 비누질을 하면서 커다란 거품 옷을 만들었다. 그로부터 한 시간 동안 소녀들이 주무르고 문질러 욱신거리는 몸을 어찌나 부드럽고 솜씨 좋게 풀어주었는지 헨리는 잠이 들었고, 마사지가 끝난 뒤에도 깨어나지 않았다. 소녀들이 조심스럽게 물기를 닦아준 뒤 마치 아기를 다루듯 메리바의 백악 채석장에서 가져온 고운 탤컴파우더를 뿌리고 몸 구석구석 향긋한 살구 기름을 발라주는 동안에도 곤히 잠들어 있었다. 소녀들은 타월로 그를 덮어주고는 계속 자게 두고 떠났다. 저녁 늦게 헨리가 눈을 떴을 때 돌아온 소녀들은 그를 식당으로 데려가 다시 음식을 먹여주면서 바깥세상에서 어떻게 살았는지 물었다. 헨리는 소녀들에게 불쾌한 이야기를 해줄 필요는 없다고 생각했고, 그러고 싶지도 않았다. 그래서 멤피스에서 지낸 이야기를 해주었고, 그러자 소녀들은 놀라서 눈이 휘둥그레지고 기겁했다. 그들은 꿈속에서나 볼 법한 뾰족탑, 정신없이 분주한 시장, 그리고 화려한 상류층 젊은이들—멋진 사내들과 눈의 여왕처럼 희고 도도한 아가씨들—에 대한 이야기를 한마디도 빠짐없이 들으며, "어떻게요?" "왜요?" 하면서 감탄을 연발했다. 베이그 헨리는 식당에 앉아 느긋하게 먹고 마시며 자신의 말을 한마디도 흘려듣지 않는 아름다운 두 소녀와 행복한 시간을 누렸다. 물론 이야기하는 동안에도 이런 순간이 다시는 오지 않을 거라고 생각했다. 하지만 아직 기쁨은 끝나지 않았다. 잠시나마 궁금증이 풀린 두 소녀는 이제 다른 즐거움을 준비했다. 하지만 그게 무엇이었는지 굳이 설명할 필요는 없으리라.

14

"너를 있는 그대로 사랑해주는 건 신과 저 여자애들뿐이야." 마치 근사하고 소중한 물건처럼 베이그 헨리가 이 여자들에게서 저 여자들에게로 건네지며 이 주가 흘렀을 때 케일이 헨리에게 말했다. "저 가엾은 것들은 세상 물정을 모르거든."

"그럼 끝나기 전에 더욱더 열심히 즐겨야겠네."

여기에 이견은 없었다. 하루는 밤에 주량 이상으로 술을 마신 소녀가 베이그 헨리에게 이곳 여자들이 두 소년 중 그를 훨씬 더 좋아한다고 주절거렸다. 기뻐하는 기색이 역력한 베이그 헨리가 자세히 이야기해달라고 보채자, 그 수다쟁이 소녀는 동료의 만류에도 아랑곳없이 비밀을 술술 털어놓으며 툴툴댔다.

"당신 친구는 항상 슬프거나 화가 나 있어요. 우리가 아무리 별짓을 다해도 즐거워하질 않아요. 당신과는 달라요. 정말 까다로운 상대예요. 그래서 우리 중 몇 명이 별명을 붙였어요. 뭔지 알아요?"

"이번만은 제발 그 입 좀 다물 수 없어?" 그녀의 친구가 쏘아붙였다.

"너나 입다물어! 우리가 지은 별명은, 바로 '도도한 톰'이에요."

"너무 미워하지는 마." 베이그 헨리도 술이 과해서 조금 감상적으로 말했다. "실연의 상처가 있는 녀석이니까."

"정말로요?"

소녀는 묻자마자 곯아떨어졌다. 하지만 곁에 있던 영리한 소녀 빈첸사는 술을 한 방울도 입에 대지 않아 말짱했다. 그녀는 혀가 느슨해진 베이그 헨리에게 케일이 실연당한 사연을 꼬치꼬치 캐물어 전부 알아냈다.

"나쁜 여자네요." 빈첸사가 말했다. "어쩜 그렇게 못된 짓을."

"난 한때 그녀를 좋아했어." 베이그 헨리가 서글프게 대꾸했다. "클라이스트는 그런 적 없었지만."

"내가 보기에는 당신 친구 클라이스트가 옳아요. 그런 여자를 좋아해서는 안 돼요."

"클라이스트는 아무도 좋아한 적이 없어."

물론 베이그 헨리는 모르고 있었지만, 그의 말이 과거에는 사실이었을지 몰라도 이제는 확실히 아니었다. 얼마 전 클라이스트는 황홀할 정도는 아니어도 행복한 결혼식을 올렸다. 클레프트 사람들에게 결혼은 별로 번거로운 일이 아니었다. 그들은 결혼을 간단한 절차, 심지어 형식적인 의례로 여겼다. 반면 머슬맨은 가장 소박한 결혼식에도 몇 주에 걸쳐 쓸데없는 잔치를 벌이며 어마어마한 낭비를 일삼았다. 데이지의 아버지는 "참 대단한 꼴불견이야! 그딴 게 무슨 의미가 있다고?"라며 그런 그들을 비웃기 좋아했다.

그러나 사실 클레프트 부족은 머슬맨의 결혼 소식에 항상 귀를 기울였다. 결혼식에 참석하러 가거나 집으로 돌아가는 사람들을 덮쳐 약탈하려는 속셈에서였다. 그러던 어느 날, 평소보다 훨씬 더 으리으리하고 성대한 결혼식이 열렸을 때 클라이스트는 처음으로 새로운 친척들을 대신해 일을 하러 나갔다.

이 기간에 수많은 사람이 한데 모일 것을 예상한 클레프트 부족은 유난히 성대한 결혼식이라는 점을 고려해 평소보다 위험을 무릅쓰고 약탈 원정대의 병력을 크게 늘려 머슬맨 영토로 보냈다. 하지만 신중히 계산하고 떠난 이 원정은 어리석은 짓으로 판명났다. 머슬맨 놈들이 오로지 클레프트를 유인하려는 목적으로 성대한 결혼식 소문을 퍼뜨리고, 예상대로 클레프트가 덫에 걸리자 바카 골짜기에서 그들을 포위한 것이다. 머슬맨은 매우 교활하고 전투 기술도 뛰어났다. 수베리는 첫날 살아남은 자들을 이끌고 밤에 골짜기를 탈출해 산으로 돌아오려 했다. 멀고 험난한 여정이었다. 클라이스트가 아니었다면 십중팔구 수베리는 자신을 따라온 일흔 명과 함께 죽었을 터였다. 수베리 일행이 탈출한 후 이백오십 명의 머슬맨들은 적을 학살하고 말겠다는 각오로 사흘 동안이나 뒤쫓아 왔고, 결국 얼굴도 본 적 없는 열여섯 살, 어쩌면 열다섯 살일 수도 있는 소년에게 차례로 죽임을 당했다. 사흘째 되는 날이 끝나갈 즈음 적을 너무 많이 죽여 신물이 난 클라이스트는 장인이 몹시 언짢아하는 데도 아랑곳없이 적들이 탄 말에 활을 쏘았다. 하지만 짐승들의 비명도 차마 듣지 못할 지경이 되자 경고 화살을 쏘는 데 만족했다. 엄청난 손실을 입고 상대 저격수조차 찾지 못한 머슬맨 무리는 동료들의 시신을 수습하고 클라이스트의 승리를 인정하면서 마지못해 퇴각했다. 산으로 돌아온 클라이스트는 자신이 한 일에 만족하면서도 한편으로는 그렇게 많은 사람들을 너무 손쉽게 죽였다는 것에 약간 침울해졌다. 물론 오랫동안 우울한 기분에 빠져 있진 않았지만, 그의 안에서 작지만 뚜렷한 변화가 일었다. 살인이 끔찍하게 느껴졌다. 남의 손에 죽기 싫다는 마음이 어느 때보다 강해져서였다. 돌이켜보면 살아야 할 가치가 느껴지지 않았던 성소에서조차 살아남으려고 기를 썼었다. 그래서, 수많은 인명을 빼앗아 며칠 내내 기분이 썩 좋지 않음에도 더 기분이 좋지 않아야 할 것만 같았다. 그런데 무언가가 그를 쿡쿡 찔렀다. 어쩌면 양심이었는지도 모른다. 리디머들이 항상 입에 달고 다니지만 그들에게서 한 번도 느껴본 적 없는 것. 하지만 후회나 죄책감이 밀려들 만큼 강한 양심은 아니었다. 리디머들이 그에게 그들의 흔적을 남겼음을 상기할 정도였다. 놈들이 의도하지는 않았지만 영원히 사라지지 않을 흔적. 이따금 클라이스트는 자신이 성소에 들어가지 않았다면 어떤 사람이 되었을지 몹시 궁금했다. 지금과 완전히 다르리라는 것만은 틀림없었다. 하지만 지난 일은 되돌릴 수 없는 법이니 고민은 무의미했다. 그리고 클라이스트는 별로 고민하지도 않았다.

15

멤피스의 부랑아들이 고무줄놀이를 하며 부르는 노래 중에 라코니아 사람들에 관한 것이 있다.

라코니아의 에포르*
해골보다 앙상하지
까만 수프를 먹어 머릿속도 까매
갓난아기를 구덩이에 던진다네
하나! 둘! 셋! 넷!
순전히 재미로 노예를 죽이고
심심하면 또 죽이지
머리에 관을 이고 다니면서

---

* 고대 그리스의 민선 장관. 여기서는 라코니아의 통치자들을 가리킨다.

침대 대신 관에서 잔다네
다섯! 여섯! 일곱! 여덟!
막대기로 아이들을 때리면서
시퍼렇게 멍이 들도록 갈겨대지
찡그리거나 신음하는 애는
한 번 더 조져준다네
아홉! 열! 열하나! 열둘!

근처에 어른이나 고자질쟁이가 없을 때만 부르는 마지막 절도
있다.

그들은 아이를 전투에만 써먹지 않아
악랄한 욕정을 채우는 데 사용하지
끔찍한 짓을 애들한테 하는 거야
거시기를 꽂는다네 아이들 뚱! 꼬! 에!

이 절은 대부분 속삭이듯 노래하지만, 마지막 세 글자는 최대한
큰 소리로 합창한다.
케일은 보스코가 보내준 자료를 읽으려고 벌렁 누웠다. 유능한
사람이 자기보다 더 뛰어나다는 자를 대할 때 흔히 내비치는 시건
방진 경멸의 태도였다. 하지만 자료를 읽어내려가는 동안 경멸감
은 사라지고 독특한 내용에 흠뻑 매료되었다.
라코니아의 정신과 생활 방식을 숭배하는 자(고대 아티카어로
'라코니아필로이디오드')라면 앞서 언급한 속된 노래를 길거리 부

랑아들의 근거 없는 비방쯤으로 치부할 것이었다. 하지만 순전히 아이들이 지어낸 것으로 보이는 관에 관한 구절을 제외하면, 세상에서 가장 기괴한 이 집단에 라코니아필로이디오드처럼 홀딱 반하지 않은 이들은 노래에 담긴 비난을 강력히 옹호했다. 나라가 아니라 병영을 닮은 사회에서 사는 라코니아인들은 스스로를 '지상에서 가장 자유로운 민족'으로 여겼는데, 그들은 어느 누구의 지배도 받지 않고 어떤 물건도 생산하지 않았다. 그들의 나라는 오로지 한 가지 기술에만 심취했다. 바로 전쟁. 라코니아에서 태어나는 건강한 사내아이는 국가에 소속되어 다섯 살이 되면 가족들로부터 강제로 분리되어―정말로 그런 짓이 자행되는지는 모르겠으나―예순 살이 될 때까지 '죽이지 못하면 죽어라'라는 한 가지 원칙만 훈련받았다. 물론 예순 살에 이르는 자는 드물었다. 건강하게 태어나지 못한 아기들은 저속한 노래가 주장하듯 '디포짓'이라고 불리는 깊은 구렁에 버려졌다. 물론 그들은 시라고는 쓰지 않지만 만약 라코니아 사람들이 시를 쓴다면, 노년의 기쁨이나 고통에 관한 시는 거의 없을 것이다. 그들이 이처럼 폭력에 대한 맹목적인 추구를 지탱하는 수단은 두 가지였다. 만삼천 명이 넘는 법이 없는 라코니아 인구의 3분의 1은 항시 용병으로 활동하는데, 그들은 보수가 높기로 유명했다. 그리고 라코니아의 국가 재정 대부분을 뒷받침하는 것은 헬롯의 존재였다. '노예'라는 말은 이 비참한 사람들의 굴종과 속박을 설명하기에 충분하지 않았다. 마테라치 제국이나 다른 나라의 노예들과 달리 헬롯은 여기저기서 생포해온 잡다한 인종들이 아니었으며, 이 주인에서 저 주인으로 팔려가지도 않았다. 정복당한 나라의 국민인 그들은 전체가 그대로 라코니아에 종속되어,

한때 저희 것이었던 땅을 일궈 교역에 쓰일 작물을 생산하고 그 농산물은 모두 라코니아에 귀속됐다. 라코니아인들이 병영에서 아이들을 키우는 것은 단 하나를 두려워했기 때문인데, 그것은 바로 헬롯이었다. 이 국가 농노들이 압도적인 머릿수로 사방을 에워싼 상황에서 노예들의 지속적인 복종은 전쟁에 집착하는 라코니아인들에게 점차 중요한 문제가 되었다. 그들이 삶의 유일한 목적을 추구할 수 있었던 건 헬롯 덕분이지만, 헬롯은 그들의 삶에 가장 큰 위협이기도 했다. 전에는 끊임없이 전쟁을 벌이기 위한 수단이었던 헬롯은 이제 전쟁을 지속할 수밖에 없는 이유가 되었다. 면도날 같은 이빨을 가진 사나운 개가 자기 꼬리 물기에 열중하게 된 것이다.

라코니아를 다스리는 다섯 명의 에포르는 예순 살 생일을 넘기고도 생존한 소수의 원로들이 선출했다. 앞서 소개한 노래의 가사에는 에포르가 해골처럼 앙상하다고 되어 있지만, 이를 뒷받침하는 역사적 근거는 없다. 라코니아를 혐오하는 많은 사람들은 라코니아인들이 좋아하는 농담은 남을 조롱하는 것, 특히 그들이 경멸하는 신체적 불구자를 비웃는 것이라고 하지만, 에포르 아리스타데스의 저 유명한 일화가 사실이라면 꼭 그런 것은 아니었다. 라코니아 남자들은 오 년마다 한 번씩 투표권을 행사하는데, 어리석음이나 오만, 혹은 어떤 이유로든 많은 대중의 반감을 산 에포르를 처형하는 이 투표에서 천 표를 넘게 얻은 자에게는 사형이 언도되었다. 자신의 득표수가 죽음의 숫자에 근접하고 있음을 알고 불안해하던 에포르 아리스타데스에게 그를 한 번도 만난 적이 없으며 문맹인 한 시민이 다가와 투표에 사용되는 점토 서판에 '그 개자식 아리스타데스'의 이름을 적어주면 고맙겠다고 부탁한 일이 있었다. 그가 기꺼이 자신의 이름을 적어주었다는 이 일화는 아리스타데스가 자신의 신용에 대해 발휘한 기지와도 같았다. 결국 그는 겨우 두 표가 모자라 살아남았다. 라코니아에서 태어나는 아이들에 대한 이야기도 유쾌한 것은 거의 없었다. 디포짓에 버려진 아이들이 오히려 행운아라는 농담이 멤피스에 나돌 정도였다. 병영에 배치된 아이들에게는 성소의 애콜라이트가 먹는 음식만큼이나 열악한 식사가 제공되었는데, 심지어 양은 훨씬 적었다. 살아남기 위해 자신만의 절도 기술을 스스로 터득하게 하려고 일부러 괴롭히는 것이었다. 훔치다 발각될 경우 가혹한 처벌을 받았는데, 부도덕한 행위라서가 아니라 서툰 절도 기술을 들켰기 때문이다. 이와 관련해 유명한 일화가 있다. 에포르 칼론이 키우는 여우를 잡아먹으려고 훔친 열 살짜리 소년이 미처 여우의 목을 비틀어 죽이고 숨기기도 전에 열병식에 나가라는 지시를 받았다. 여우가 발각되어 동료들 사이에서 망신당하기 싫었던 소년은 자신의 배를 갈라 창자를 여우에게 먹이고는 신음소리 한번 내지 않고 쓰러져 죽었다고 한다. 라코니아 용병을 본 적이 없는 자들은 허무맹랑한 이야기라고 비웃었지만, 한 번이라도 라코니아인과 맞닥뜨리면 생각이 바뀌었다.

앞서 소개한 노래에 등장하는 악명 높은 까만 수프는 돼지 피와 식초로 만든 음식이었다. 용병처럼 돈으로 고용된 협상가인 듀에너의 한 교섭 전문가가 그 혼합물을 맛보고는 그걸 준 라코니아인에게, 어찌나 맛이 역겨운지 라코니아인들이 죽음을 두려워하지 않는 까닭을 알겠다고 할 정도였다. 입담 좋은 사람답게 그는 만족시키기 어렵기로 소문난 마테라치 유부녀들에 관해서도 비슷한 농담을 지껄였다. 마테라치인과 라코니아인의 차이점이라면, 후자가 그 같은 농담을 몹시도 재미있어한다는 것이었다. 까만 수프가 기이하고 놀라운 또다른 점은, 악취를 풍기는 기름과 견과로 만든 '죽은 사람 발'—케일과 클라이스트, 베이그 헨리가 머릿속에 떠올릴 때마다 진저리를 치는 역겨운 음식—과 비교해 썩 나을 것도 없는 맛이건만, 라코니아인들은 까만 수프를 굉장한 진미로 여기고 국외로 추방된 자들이 다른 무엇보다 무척 그리워한다고 널리 알려져 있다는 것이었다.

유머 감각을 갖춘 라코니아인들이 잔인하고 광기 어린 리디머들이나 오만하고 속물적인 마테라치인들보다는 나아 보인다면, 이제 세계 역사상 가장 이상한 민족일 라코니아인들이 생각해낸 가장 음침하고 역겨운 풍습을 소개하겠다. 제정신 박힌 사람이라면 성인 남자와 어린 소년 간의 성교를 천벌 받을 범죄로 여기고, 그런 짓을 저지른 자는 사형에 처해야 한다고, 처참하게 죽일수록 좋다고 생각하겠지만, 라코니아에서는 이 변태 행위가 사회적 용인을 넘어 법적으로 강제되었다. 나이 많은 사내가 열두 살짜리 소년을 그런 용도로 쓰지 않으면 남자다움의 모범을 보이지 못했다는 명목으로 무거운 벌금이 부과되는 것이다.

어쩌다 그런 해괴하고 구역질나는 기습習習이 생겨났는지는 알수 없었다. 더구나 그들은 이상할 정도로 어머니를 높이 떠받든다고 하는데, 라코니아에서 어머니들은 지위 고하를 막론하고 아무 남자에게든 모욕적인 말을 할 수 있으며 심지어 유산도 상속받았다. 이 관습은 이웃 나라들로부터 큰 반발을 샀으며, 들리는 바에 따르면 구역질나는 강제적 남색 풍습보다 훨씬 더 큰 비난을 받았다고 한다.

보스코가 준 이 모든 정보는 공개가 금지된 증언 문서에 실려 있었는데, 케일은 그 문서를 아무한테도 보여주지 말라는 지시를 받았다. 하지만 나머지 대부분의 내용보다 오래전에 실린 것이 틀림없는 한 가지 정보가 유독 그의 눈길을 끌었다. 그것에 관해 베이그 헨리와 상의하고 싶었다. 라코니아에서 추방된 한 병사의 주장과 관련된 그 정보는 소규모 특수 비밀조직인 크립테이아의 존재를 알려주는 신빙성 있는 증언으로, 그는 이 조직이 '반反 병사'들로 이루어져 있다고 주장했다. 가장 잔인하고 무자비한 라코니아 젊은이들 중에서 선발된 그들은 개인의 생존을 염두에 두지 않고 대규모 전투에 동원되는 일반병들과 달리 독자적인 생각과 행동, 개성을 계발하도록 훈련받는다는 것이었다.

"보스코가 나를 위한 아이디어를 여기서 얻은 걸까?" 케일이 베이그 헨리에게 물었다.

"넌 생각이 너무 많아. 그러다 점점 머리가 커져서 문에 끼어 이 방에서 나가지도 못하는 거 아냐? 물론 네 말이 맞을지도 모르지. 어쨌든 보스코가 놈들에게서 다른 걸 배우지 않은 게 천만다행이야."

"어휴, 소름 끼쳐." 케일은 역겨운 듯 혐오의 표정을 지었다.

16

"블랙버드 레이스의 마녀와 얘기하고 싶습니다."

케일은 이 요구가 거부될 거라 예상하고 말했다. 보스코는 신의 파괴적인 영혼이 육체로 화한 존재가 청소년이기도 하다는 점을 새삼 떠올렸다. 케일의 예상이 빗나가는 대답을 하면 쾌감이 따를 터.

"여부가 있겠느냐."

이어진 침묵의 응답이 그를 만족시켰다.

"지금 당장이요."

"좋을 대로 해라."

보스코는 자신의 인장이 찍힌 양피지 십여 장 중에서 하나를 빼 내 서신을 작성하기 시작했다.

"저 혼자 따로 만나고 싶습니다."

"나는 블랙버드 레이스의 마녀를 두번 다시 보고픈 마음이 전혀 없으니 걱정 마라." 즐거움은 배가되었다.

보스코는 케일이 '특별한 목적의 집' 안쪽 깊숙이 수감된 열 명의 죄수를 보호하는 네 단계 검문을 통과하는 데 적어도 한 시간 반은 걸리도록 조처했다. 특히 마지막 단계에서 오십 분을 기다려야 했는데, 케일이 가져온 서신의 진위를 위한 확인서를 받으러 전령이 보스코에게 갔다가 돌아와야 했기 때문이다. 그 오십 분 중에서 사십 분은 그날 저녁 보스코의 세번째 즐거움이었다. 일부러 전령을 자신의 사무실 밖에서 기다리게 한 것이다.

마침내 전령이 돌아오자, 열쇠를 가진 간수가 우선 커다란 문을 열어주고 이어서 마녀의 감옥 안으로 들여보내주었다.

누워 있던 여자는 옥문이 열리자 겁먹은 얼굴로 꼿꼿이 일어나 앉았다. 워낙 뜻밖의 방문이라 그럴 만도 했다.

"나가봐." 케일이 말했다. 간수가 따지려 들자 그는 덧붙였다. "두 번 말하지 않겠다."

"나가면서 문을 잠그겠습니다."

"내가 다시 널 부를 때." 케일은 일부러 사이를 두었다가 힘주어 말을 이었다. "그거 하지 마."

간수는 그 수수께끼 같은 경고의 의미를 정확히 알아들었는데, 이따가 케일이 옥문을 열라고 소리칠 때 일부러 시간을 끌며 기다리게 할 참이었던 것이다.

치밀어오르는 분노를 억누른 채 간수가 옥문을 잠그자, 케일은 손에 들고 있던 양초를 의자 없는 탁자에 내려놓았다. 감옥 안에 가구라고는 그 탁자와 간이침대뿐이었다. 끔찍한 음식과 그나마도 턱없이 부족한 양 때문에 깡마른 여자가 커다란 갈색 눈으로 케일을 빤히 바라보았다. 그녀의 눈은 실제보다 더 커 보였는데, 머리를 모두 밀어버린 탓이었다. 머릿니 때문이기도 했고, 악랄한 간수의 심술 때문이기도 했다.

"얘기를 하려고 온 것뿐이야. 두려워할 것 없어, 내게서는."

"다른 사람에게서는?"

"당신은 성소 안의 특별한 목적의 집에 갇혀 있어. 그러니 다른 자들은 두려울 수밖에 없지."

"당신은 누구죠?"

"내 이름은 토머스 케일이야."

"처음 듣는 이름이군요."

"들어봤을 텐데."

"설마 신께서 그분의 모든 적을 멸하라고 보내신 토머스 케일?" 케일이 아무 말도 하지 않자 여자는 꾸짖듯이 덧붙였다. "주님은 그분 아이들의 어머니예요."

"내겐 한 번도 어머니가 없었어." 케일이 대꾸했다. "그게 좋은 거야?"

"호모 호미니 루푸스(인간은 인간의 적이다). 당신이 그래요, 토머스? 인간의 적?"

"솔직히 나름대로 적대적 행위를 한 건 사실이야." 케일이 골똘한 표정으로 대답했다. "하지만 나에 대한 소문이 이곳에 있는 당신한테까지 닿는다고 그게 무조건 진실은 아냐. 당신에 대한 세간의 풍문을 당신 귀로 들어봐야 해."

"내게 뭘 원하나요?" 여자가 물었다.

좋은 질문이었다. 케일도 자신이 뭘 원하는지 몰랐으니까. 물론 어떻게 여자 한 명이 수많은 방법으로 리디머들의 분노를 샀는지 궁금하긴 했다. 하지만 케일이 보스코에게 이 면회를 요구한 진짜 이유는 궁금증을 풀기 위해서라기보다는 그의 성질을 건드리려는 목적에서였다. 케일은 그가 거절할 거라고 생각했었다.

케일이 여기저기 주머니에서—이제는 원하는 만큼 얼마든지 주머니를 가질 수 있었다—패스티, 먹기 편하게 둘로 자른 작은 빵, 큼지막한 치즈 조각, 사과 한 알과 약간의 거르 케이크, 우유 한 병 등등을 꺼내기 시작했다.* 작은 얼굴을 이미 꽉 채우고 있는 여자의 두 눈이 한층 더 커졌다.

"너무 기름지지 않을까 걱정이야."

"기름지다고요?"

"당신 위에 부담을 줄까봐."

"난 평생 파이 구경 한번 못하고 순무만 먹고 살아온 부랑자 따위가 아니에요. 리브의 딸이라고요. 글도 읽어요. 라틴어를 할 줄 알죠."

"그래서 여기 잡혀온 거야? 오만의 죄를 범해서?"

"글을 읽을 줄 아는 걸 말하는 건가?"

"가난한 자들을 얕잡아보는 거죠. 그들이 파이나 거르 케이크를 먹어보지 못한 건 그들 잘못이 아니야. 나도 최근까지는 구경도 못 했어. 그래서 당신 말에 언짢아진 거고."

케일의 미소에 여자는 그를 고깝게 보지 않았다.

"먹어도 되나요?" 음식을 향한 엄청난 갈망이 그녀의 눈에 이글

---

* 패스티는 고기 파이의 일종이며, 거르 케이크는 과일과 설탕을 섞어 만든 필링을 얇은 페이스트리 빵 사이에 채운 케이크인 듯하다. 작가는 이들 음식에 해당하는 영단어의 철자를 살짝 바꿨다.

거렸다.

"얼마든지."

여자는 조신하게 먹으려 했지만, 패스티의 환상적인 맛을 보고는 배불리 먹지 않겠다던 결심을 잊었다.

"여기만 나가면 음식은 지겨울 만큼 많아. 이 똥통에서는 상상도 못할 정도지."

"구래우 저마 구래우."

여자는 음식을 입에 문 채 알아듣지 못할 말을 웅얼대며 고개를 끄덕이고는 계속 먹어댔다. 케일은 패스티에 이어 적어도 일 파운드는 되어 보이는 치즈가 입으로 들어가는 모습을 걱정스럽게 지켜보았다. 그는 여자의 손아귀에 남은 치즈를 조금 힘겹게 빼앗아 테이블에 내려놓았다.

"그러다 배탈나. 밑으로 내려갈 여유를 줘야지."

그러고는 여자의 어깨를 잡고 침대에 눕혔다. 잠시 쉬면서 리브의 딸로서—리브가 뭔지는 모르겠지만—평정심을 되찾으라는 것이었다. 갖가지 음식과 우유와 치즈에 깃든 혼과 패스티에 꿀이 들어 있었다는 믿음이 그녀에게 새 생명을 불어넣은 것만 같았다. 케일은 거의 일 분 동안 기다렸는데, 여자는 죽기 직전에 목숨을 되찾은 사람 같았다. 키도 자란 듯 보였고, 더이상 두 눈이 두개골을 압박하지 않았다. 어느 새 그 눈에 눈물이 고이기 시작했다.

"당신은 죽음의 천사가 아니라 생명의 천사예요."

케일은 뭐라고 대꾸해야 좋을지 몰라 아무 말도 하지 않았다.

"내가 어떻게 도와주면 될까요?"

여자는 마치 신심과 교양으로 손님들에게 감동을 주기 위해 아버지의 응접실에 불려나온 리브의 딸처럼 물었다.

"난 당신이 갖가지 격문을 써서 교회 문에 걸어놓았다는 걸 알아. 그리고 다른 사람들에게도 같은 짓을 하게 했다더군. 왜 그랬는지 알고 싶어."

여자는 송장처럼 보일지는 몰라도 바보는 아니었다.

"그게 법정에서 내 죄목으로 쓰일 건가요?"

"당신은 이미 받을 공판은 다 받았어." 케일은 자기가 너무 잔인한 말을 했구나 싶었지만 이미 내뱉은 말이었기에 한마디 덧붙였다. "미안해."

"그런 말 하지 마요." 여자가 들릴락 말락 대꾸했다. "내가 언제 사형당하는지 혹시 알아요?"

이 말이 케일을 뒤흔들었다. 왠지 뜨끔하고 죄책감이 밀려들었다.

"아니. 몰라. 금방은 아닐 거야. 내가 알기로는 당신을 먼저 샤르트르로 데려갈 거야."

"그러면 내가 하늘을 다시 보게 되나요?"

이 말에 케일은 한층 더 심란해졌다.

"그래. 틀림없어. 샤르트르는 아주 먼 곳이야."

긴 침묵이 흘렀다.

"이유를 알고 싶어요?" 마침내 여자가 입을 열었다.

"응."

물론 이제 그는 이 여자에 대해 더 아무것도 알고 싶지 않았다.

"이 년 전쯤에 신부가 자리를 비운 교회의 성물실에 몰래 숨어들었어요. 난 오지랖이 넓은 여자거든요. 다들 나더러 그래요."

케일은 침울한 표정으로 고개를 끄덕였지만 오지랖이 뭔지는 몰랐다.

"원래 성물실은 신부가 잠가놓아야 하는데, 내가 거기서 역시 신부가 잠가놓아야 하는 금고를 발견했어요. 금고 안에는 목 매달린 리디머의 복음서 네 권이 있었어요. 목 매달린 리디머가 제자들에게 하신 말씀이 적힌 책들이었죠. 복음서 읽어본 적 있어요?"

"아니."

"읽은 사람과 이야기해본 적은?"

케일은 그녀의 정신 나간 질문에 웃음을 터뜨렸다.

"당연히 없지. 교구 신부 나부랭이가 리디머의 복음서 네 권으로 뭘 한 거야? 복음서는 오로지 추기경들만 읽고, 그마저도 인간의 마음이 복음서를 더럽힐 것을 우려해 딱 한 번만 허락돼. 그런 추기경은 쉰 명을 넘지 않고. 더구나 그들이 촌구석 교구 신부에게 복음서를 보여줄 리도 없잖아. 깔보는 건 아니니 언짢아하지 말고."

여자는 언짢은 표정은 아니었지만 놀란 기색이 역력했다.

"그건 필사본이었어요. 그 교구 신부가 쓴 게 틀림없어요. 뛰어난 필경사는 아니지만 정성스레 글씨를 쓰는 사람이었죠."

"결국 기억에 의지해서 썼나보군."

케일은 이 문제를 대수롭지 않게 여기는 눈치였다.

"뭐라고 적혀 있었는지 궁금하지 않아요?"

여자가 깜짝 놀란 표정으로 물었다.

"아니."

여자는 케일의 태도에 아랑곳하지 않고 말을 이었다.

"우리가 스스로를 사랑하듯 이웃을 사랑해야 하며, 우리가 남에게 대접받길 바라듯 남을 대해야 한다더군요. 그리고 누가 나의 원뺨을 때리면 오른뺨도 내어주라고 쓰여 있었어요."

"오른쪽 엉덩이가 아니고?"

"정말이에요!"

"정말인지 아닌지 당신이 어떻게 알아?"

"책에 그렇게 적혀 있었으니까요."

"어느 정신 나간 리디머가 쓴 책이겠지. 이곳의 리디머들은 여기서 200야드 떨어진 마당에서 해마다 열 권 정도의 책을 불태워. 꿈속에서 주님의 말씀을 들었다고 우기는 미친놈들이지. 다른 점이 있다면 당신네 멍청이는 적어도 자기가 횡설수설 써놓은 글을 감춰두고 보관하는 분별력은 있었다는 점뿐이야."

"그 글은 진리였어요. 난 알아요."

"다들 그렇게 떠벌리지. 그밖에 다른 말은?"

"모든 인간에게 평화와 선의가 깃들지어다." 여자가 대답했다.

케일은 그렇게 즐겁고 재미난 말은 난생처음 들어본다는 듯 폭소를 터뜨렸다.

"말도 안 되는 소리. 어이가 없네. '복종하고 감내하라…… 체념하고 순순히 걷어차여라.' 리디머에게는 이게 더 어울리지."

여자는 케일을 보고 눈이 휘둥그레졌다. 그녀를 보면서 케일은 멤피스 동물원에서 보았던 괴상한 짐승, 집게손가락이 몸뚱이 길이의 절반이었던 동물의 커다란 눈을 떠올렸다.

"아이들을 괴롭히는 인간은 벌받아야 해요. 아예 맷돌을 목에 매달아 바다에 던져버려야 마땅해요."

묘하게도 케일은 그 말을 별로 재미있어하지 않는 눈치였다. 그리고 잠시 아무 말도 없었다. 침대 가장자리에 앉아 있는 여자는 연약하고 앙상해 보였으며, 그녀가 무슨 일을 당했을지 생각하던 케일은 이 소름 끼치는 곳으로 끌려오게 된 사연을 듣고 웃었던 자신이 못마땅해졌다.

"앞으로 음식을 조금 가져다주라고 해볼게."

그것이 그가 생각해낼 수 있는 최선의 안락함이었다. 여자가 케일을 바라보았다. 그러자 케일은 엄청 늙은 기분이 들면서 몹시 언짢아졌다.

"달아나게 도와줄 수 있어요?"

"아니. 그러고 싶지만 그럴 수 없어."

특별한 목적의 집에서 나오자, 마침내 겨울이 도래하여 갓 내린 눈에 덮여 있는 성소의 거대한 광장이 보였다. 높고 고르게 쌓인 눈을 밟자 뽀드득 소리가 났다. 잎이 다 떨어진 나무들 사이에서 까마귀 떼가 울어댔고, 바늘 같은 이빨을 드러낸 사냥개들은 마치 도둑이나 탈주자를 응징하려는 듯 추운 허공을 향해 짖어댔다. 어떤 것도 음울하고 거대한 성소의 건물들을 매력적으로 보이게 할 수 없지만, 광장을 뒤덮은 눈밭과 구름 사이로 아주 가끔씩 새어나오는 달빛이 어우러진 밤에서는 차가운 아름다움이 느껴졌다. 물론 그곳에 사는 자에게는 아름다워 보이지 않겠지만.

얼마 후 케일은 마녀에게 음식을 가져다줘도 되느냐고 보스코에게 물었다.

"나로서는 허락할 수가 없구나."

"허락하지 않는 거겠죠."

"아니다. 그럴 수가 없다. 이런 말 들어본 적 없지? '집에서는 사자, 밖에서는 스패니얼.'"

"처음 듣는 말입니다."

"음, 이제 들었구나."

"스패니얼이 뭐죠?"

"필사적으로 알랑거리는 개로 악명이 높지. 네가 그 여자의 감옥에 다녀온 일은 내가 어떻게든 무마할 수 있다. 물론 그것도 한 번뿐이야. 하지만 그 마녀가 처형당하기 전까지 목숨을 연명하는 데 필요한 것 이상으로 음식을 내줄 수는 없다. 만약 그 사실이 알려지면 나는 즉시 이교도로 낙인찍힐 테니까. 틀림없어. 리디머 신앙에 대한 그 여자의 죄는 무게를 가늠할 수 없을 정도다."

"그 여자에게 약속했어요."

"그렇다면 더욱 어리석었구나."

"목 매달린 리디머의 말씀이 담긴 책의 사본을 읽고 이야기를 한 것이 무게를 가늠할 수 없는 죄인가요?"

"그렇다."

"그 여자가 찾아낸 책은 불태웠겠죠."

"그게 최선이라고 보았다."

"그리고요?"

"그리고 뭐?"

케일을 약 올리는 보스코의 표정은 기쁨으로 일그러질 지경이었다.

"목 매달린 리디머의 말씀이 담긴 그 책 말입니다. 그게 뭐였죠?"

생각에 잠긴, 여전히 놀리는 듯 찡그린 보스코의 표정.

"목 매달린 리디머의 말씀이 담긴 책이었다."

침묵.

"나를 놀리고 있군요."

"그렇다. 하지만 목 매달린 리디머의 말씀이 담긴 책의 필사본이라는 사실은 변함이 없지."

"훌륭한 필사본이죠."

"꽤 훌륭하지. 몇 군데 오류는 있지만, 그 친구는 영리하고 기억력이 아주 뛰어난 자였다."

"였다?"

"못 알아듣는 척할 필요는 없다."

"그럼 그 여자가 한 짓이 어째서 그렇게 큰 죄입니까?"

보스코가 웃었다.

"아까 네가 말한 대로지. 인간의 마음이 신의 말씀을 쉽사리 더럽히기 때문이다. 그나저나 굉장히 좋은 표현이구나. 내가 설교할 때 사용해도 괜찮겠느냐?"

"내가 하는 말을 엿들었나요?"

"설마 그럴 줄 몰랐다는 게냐?"

케일은 잠시 아무 말도 하지 않았다.

"사실 난 그게 무슨 뜻인지 모릅니다. 멤피스에서 친구 녀석이 한 말을 들었을 뿐이죠. 당시에는 웃자고 한 소리였습니다."

보스코는 살짝 실망했다. 케일이 그 말을 하는 것을 엿들었을 때 그는 케일이 무척 자랑스러웠다. 어쨌든 모든 것이 그의 뜻대로 되었다. 마녀와의 약속을 지킬 수 없다는 사실이 케일의 엄청난 허영심을 잠시 누그러뜨린 것 같았다. 그러니 질문에 대답하지 않을 이유가 있겠는가?

"신께서 세상을 다시 시작하기로 결심하셨다는 것을 모르는 리디머들조차, 만사에 혼란과 분쟁을 일으키는 인간의 우행은 끝이 없다는 점에 모두 동의한다. 누구나 이해할 수 있을 만큼 쉽고 평이한 주님의 말씀이라 해도 그 참뜻이 무엇인지를 놓고 인간은 서로의 목을 따려 들 것이다. 내가 보기에 주님의 말씀을 인류에게 보여주는 것은 돼지에게 진주를 던져주는 격이야. 따라서 블랙버드 레이스의 마녀가 한 짓은 결코 용서받을 수 없는 것이다."

그런데 그날 밤늦게까지 내린 눈은 성소에 낯선 아름다움만 가져다준 게 아니었다. 폭설 때문에 리디머 가이 밴 오언 장군이 성소로 피신 온 것이다. 문지기들이 들여보내주지 않아 십 분이나 거대한 문 밖에서 기다린 밴 오언은 기분이 몹시 언짢았다. 원래는 동부 전선을 수호하는 골란고원의 사령부로 돌아갈 생각이었는데, 예정대로 갔다면 보스코가 있는 성소를 20마일 너머에서 지나쳤을 터였다. 하지만 폭설 때문에 길이 막혔고, 이런 지독한 악천후 속에서 미처 서둘러 돌아갈 준비를 못한 밴 오언은 어디로든 피난하지 않으면 얼어죽을 신세였다. 그는 보스코를 싫어했다. 삼십 년 전, 자신이 유화 성절을 기념하는 설교를 했을 때 보스코가 비웃는 모습을 봤다고 믿었기 때문이다. 사실 보스코는 그냥 따분했을 뿐이며, 밴 오언의 설교가 끝나면 나올 핫초콜릿을 생각하고 있었다. 핫초콜릿은 그 특별한 명절에만 맛볼 수 있는 귀한 음식이었는데, 그날의 주인공인 성자가 끓는 설탕물에 산 채로 넣어진 것에서 유래했다.

결국 거대한 문을 지키는 여러 탑 중 한 곳에 보스코가 나타났다.

"당신은 누구이며, 원하는 게 뭡니까?"

밴 오언이 고래고래 소리쳐 대답했다.

"내가 누군지는 말 안 해도 알잖소!"

"내가 아는 것은 당신이 컬러 군목軍牧에게 알려준 이름뿐입니다. 그것만으로 이 한밤중에 신분 확인도 없이 당신을 병사 백 명과 함께 성소 안으로 들일 거라고 생각한다면……" 보스코는 굳이 더 말하지 않았다.

밴 오언은 욕지거리를 내뱉고 조명병에게 등불을 쳐들라고 소리친 다음, 후드를 뒤로 젖혀 얼굴을 드러냈다.

"이제 됐소?"

"조명병에게 병사들을 차례로 비추라고 하십시오. 일일이 확인해야겠습니다."

"빌어먹을!" 밴 오언이 조명병을 돌아보고 지시했다. "저자가 시키는 대로 해."

보스코를 만족시키기까지는 그로부터 십 분이 걸렸다. 물론 상대가 친구였다 해도 똑같이 했겠지만, 솔직히 보스코는 빨리 들어오지 못해 짜증이 난 밴 오언을 보고 내심 즐거웠다. 마침내 신분 확인이 끝나자 보스코가 고개를 끄덕이고 밴 오언의 시야에서 사라졌다. 그러고도 이 분을 더 기다려야 했던 밴 오언은 점점 분노와 의심에 사로잡혔다. 이윽고 문이 열리긴 했지만, 틈이 너무 좁아서 병사들과 말들이 하나씩 차례로 느릿느릿 들어가야 했다.

맨 먼저 들어온 밴 오언이 보스코에게 따지려고 두리번거리다 군목에게 소리쳤다.

"그자는 어디 있나?"

"보스코 님은 침소에 드셨습니다. 리디머. 내일 아침식사 후에 장군님을 모셔오라고 사람을 보내실 겁니다. 제가 장군님을 숙소로 안내하겠습니다. 나머지 병사들의 잠자리는 중앙 홀에 마련될 테고, 그곳은 밤새 잠가놓을 겁니다."

밴 오언은 씩씩대면서 군목을 따라 새하얀 눈밭을 가로질렀다. 어서 말을 마구간에 몰아넣고 추위를 피하고 싶은 병사들은 대장이 어디로 가는지 보지도 않았다. 하지만 높은 창문에서 그를 유심히 지켜보는 한 사람이 있었다. 아까 찌무룩한 기분으로 본관에 들어온 케일이었다. 그는 밀랍 양초를 들고 도서관으로 가서 보스코에게서 훔쳐온 열쇠로 문을 연 다음, 서가를 찬찬히 살펴보면서 밴 오언에 관한 자료와 『라코니아 용병단의 전술』이라는 아주 얇은 책자를 찾아냈다. 그러고는 보스코의 책상으로 걸어가 푹신한 의자에 앉아서 읽기 시작했다.

"나는 최대한 빨리 골란으로 돌아가야 하오."

"어째서 서두르십니까, 리디머?"

"먼저 당신 애콜라이트에게 나가 있으라고 해주면 좋겠는데."

"제 애콜라이트요?" 보스코는 어리둥절한 표정을 짓고는 이내 덧붙였다. "아, 이 젊은이는 제 애콜라이트가 아닙니다. 토머스 케일입니다."

밴 오언은 짐짓 놀라며 내심 깔보는 표정으로 케일을 바라보았다. 케일도 심드렁한 눈빛으로 그를 노려보았다.

"여기 있게 하고 싶다면 좋을 대로 하시오." 밴 오언이 말했다.

"그러겠습니다."

"시간이 촉박하니 짧게 말하리다."

밴 오언은 자신의 이야기가 의미심장하게 들리도록 일부러 사이를 두고 말을 이었다.

"안타고니스트에게 고용된 라코니아 용병 팔천 명이 맥서평원을 가로질러 골란고원으로 행군하고 있소."

"그리고 당신은 그곳의 수비를 지휘하러 가는 거군요?"

이는 질문이 아니라 단정이었다.

"아니오."

밴 오언은 보스코가 헛다리를 짚어 기쁘다는 듯 의기양양하게 덧붙였다.

"내 목적은 골란고원을 전진 방어 기지로 만드는 것이외다. 그 짐승 같은 놈들이 충격과 공포로 우리를 농락하는 짓을 더는 용납하지 않을 거요. 우리 리디머 군대는 어떤 적도 두려워하지 않으며, 특히 그 꼴사나운 남색꾼들 따위는 조금도 두렵지 않소. 지금 골란고원에는 내 병사 팔천 명이 대기중이고, 내일이면 일만 명이 더 합류하게 될 거요."

"아무것도 두려워하지 않지만 적의 두 배가 넘는 병력으로 수적 우위를 점하겠다는 말씀이십니까?"

밴 오언은 자신의 대담성에 보스코가 놀랐구나 싶었는지 씩 웃었다.

"새로운 전술을 추구하는 사람은 당신만이 아니오, 보스코. 하지만 나는 불필요한 위험을 무릅쓰지 않는 대담한 전술을 구사할 생각이오."

"네, 대담하시군요." 보스코는 짐짓 상대를 인정해주는 투로 대꾸했다.

밴 오언은 만족스러운 표정으로 말없이 고개만 끄덕였다. 케일이 처음으로 말문을 연 것은 그때였다.

"맥서평원에서 놈들을 공격하는 것은 미친 짓입니다."

"자네는 그곳을 잘 아나보군, 젊은이?"

"제가 아는 것은 대부분 평지라는 사실입니다. 그리고 평지의 특성은 어디나 마찬가지죠. 라코니아 용병들이 더없이 좋아할 만한 전장입니다. 거기서 전투를 벌인다면 놈들에게 생일상을 차려주는 꼴일 겁니다."

생일상을 받는다는 표현은 멤피스에서 종종 들었는데, 당시에 케일은 그게 재미있다고 생각했다. 하지만 보스코의 방에서 그 말을 내뱉으면서는 그런 즐거운 느낌이 별로 없었다. 상대가 생일이 없는 자였기 때문이다. 애콜라이트가 뜻밖의 언행을 할 경우 리디머가 그를 죽일 권리가 있다는 것은 주지의 사실이었다. 만약 밴 오언이 그 건방진 말에 그토록 놀라지 않았다면, 혹은 무기를 갖고 들어왔다면 무슨 일이 벌어졌을지 모를 일이었다.

느닷없이 보스코가 탁자 너머로 번개같이 주먹을 내질러 케일의 얼굴을 후려쳤다. 이번에는 케일이 너무 놀라서 돌처럼 굳을 차례였다.

"부디 이 녀석을 용서해주십시오." 보스코가 밴 오언에게 차분한 어조로 말했다. "우리가 섬기는 리디머의 영광을 빛나게 할 재능을 지녔다고 조금 떠받들어줬더니 거만하고 버릇없는 놈이 되었나봅니다. 장군께서 용서하신다면 저희가 제공할 수 있는 모든 지원을 아끼지 않을 것이며, 제가 이 녀석을 처벌하겠습니다. 진심으로 사과드립니다."

적대적인 상대의 이러한 겸손함은 케일의 무례함 못지않게 충격적이었다. 어리둥절해진 밴 오언은 바보처럼 고개를 주억거리고 보스코의 안내를 받으며 복도로 나갔다.

보스코가 문을 닫기 전에 밴 오언은 숨을 죽인 채 케일을 돌아보았다. 결코 유쾌한 광경이 아니었다. 케일의 얼굴은 분노로 창백해져 있었다. 케일뿐 아니라 어느 누구에게서도 본 적이 없는 표정이었다.

"왼쪽 서랍에 칼이 들어 있다." 잠시 후 돌아온 보스코가 케일에게 말했다. "원한다면 언제든 나를 죽여라. 하지만 그전에 내 말부터 들어주기 바란다."

케일은 대꾸하지 않았으며, 표정조차 바뀌지 않았고 움직이지도 않았다.

"방금 네가 하려던 말은 세상을 바꿀 수도 있었다." 보스코의 목소리는 부드러웠지만 살짝 떨렸다. "너의 적이 실수를 저지르려 할 때는 절대로, 절대로 끼어들지 마라."

케일은 여전히 꼼짝도 하지 않았다. 하지만 마치 악마처럼 시뻘게졌던 얼굴이 서서히 본래 낯빛을 되찾기 시작했다.

보스코가 말을 이었다.

"이제 난 여기 앉겠다. 내 이야기가 끝나고 나면, 나를 죽일지 말지 네 뜻대로 해도 좋다."

문을 닫고 돌아온 이후 처음으로 보스코는 케일에게서 눈을 돌리고 벽에 붙여놓은 나무의자에 앉았다. 들개의 눈처럼 노랗게 이글거리던 케일의 눈 속에 인간의 눈빛이 스며들기 시작했다. 보스코가 길게 한숨을 내쉬고 다시 이야기를 시작했다.

그로부터 이십사 시간 뒤, 수녀원에 나타난 케일은 베이그 헨리에게 앞서 벌어진 일을 들려주었다.

　"이 정도로 아슬아슬했지." 케일은 엄지손가락과 집게손가락을 거의 닿을 듯이 맞대고 말했다. "하마터면 그를 죽일 뻔했어."

　"왜 안 죽였는데?"

　"수호천사, 내 수호천사가 말렸거든."

　베이그 헨리가 웃었다.

　"천사가 너한테 욕이라도 한 거야? 사실 난 그에게 감사해야 돼. 네 수호천사 말이야. 내 목숨을 구해줬잖아."

　"너무 좋아하지 마. 나쁜 소식도 있거든."

　"뭔데?"

　"보스코가 밴 오언에게 약속했어. 나랑 연옥수들을 데려가도 좋다고."

　"어째서?"

　"참관자로서. 보스코가 그에게 그러더라고. 나랑 연옥수들이 트란스발평원에서 아무리 큰 성공을 거뒀다 해도 밴 오언 같은 장군에게 배울 것이 많다고. 그리고 뇌물도 줬어."

　"뇌물?"

　베이그 헨리의 눈이 휘둥그레졌다. 인간의 가슴에 증오가 너무 가득차면 더이상 증오를 받아들일 수 없는 지경에 이르기도 한다. 베이그 헨리는 리디머들을 생각할 때 바로 그런 기분이었다. 하지만 리디머가 뇌물을 받는다는 것은 그에게도 충격적이었다.

　"보스코는 밴 오언에게 성 바나버스의 유족(遺足)을 줬어. 밴 오언은 성 바나버스를 열렬히 숭앙하거든. 사람 시체 조각을 보고 광분하던 멤피스의 고양이들 생각나지? 딱 그런 식이야."

케일은 밴 오언에게 사과까지 해야 한다는 말을 베이그 헨리에게 차마 하지 못했다. 울화가 치미는 일이지만 어쩔 수 없었다.

이십사 시간 전에 보스코가 케일에게 말했다.

너는 이 상황을 감내해야 한다. 머지않아 밴 오언이 몰락하는 꼴을 보게 될 테니 그걸 위안 삼아라.

정말로 그가 몰락할 거라 확신하십니까?

아니.

"나쁜 소식은 뭔데?" 베이그 헨리가 케일에게 물었다.

"너도 나랑 같이 가게 됐어."

"내가? 왜?"

"너를 데려가겠다고 내가 요청했거든."

"대체 무슨 생각으로 그런 거야?"

"네가 필요하니까."

"난 아무 도움도 안 돼."

"자신을 과소평가하지 마."

"이건 과소평가의 문제가 아냐."

"내 생각에 귀기울여줄 사람이 필요해. 내가 너 말고 누구랑 얘기하겠어?"

"난 가기 싫어."

"그렇게 말할 줄 알았어. 여기 눌러앉아 네 등짝에서 빛이 난다고 믿는 예쁜이들과 놀면서 여생을 보내고 싶겠지. 하지만 그럴 순 없어. 정신 차릴 때가 된 거야."

"알았어!" 베이그 헨리가 버럭 소리를 질렀다. "알았어! 알았

어! 알았다고!" 그러고는 잔뜩 뿔난 말처럼 씩씩대다가 물었다.
"언제 가는데?"

"예정대로라면 내일."

"보스코가 어째서 나를 보내주는 거지?"

"너랑 내가 그 여자들을 곤경에 빠뜨리지는 않을 거라고 믿으니까."

"정말 그럴까?"

"모르겠어. 네 생각은 어때?"

베이그 헨리는 직접적인 대답을 회피했다.

"적어도 보스코가 우리에게 육욕의 죄를 즐기게 해준 까닭은 설명이 되는군."

"그건 너한테 해당되는 얘기지. 보스코가 나를 거기 보낸 건 그딴 걸로 신의 분노를 타락시킬 수는 없기 때문이야."

"정말 네가 그런 존재란 말이야?"

"네 생각은 어때?"

"왜 자꾸 묻기만 하는 거야?"

"궁금하니까. 난 네 의견을 존중하거든. 아까 말했다시피."

잠시 침묵이 흘렀다. 케일이 다시 입을 열었다.

"여자들 이야기가 나와서 말인데, 우리가 떠나기 전에 내 애콜라이트 모델을 수녀원으로 데려가는 게 어떨까?"

"뭐하러?"

"친절을 베푸는 거지. 앞으로 우리가 어떻게 될지 누가 알아? 어쩌면 모델은 평생 여자를 만날 기회가 없을 수도 있어."

베이그 헨리는 이제 성난 얼굴로 케일을 노려보았다.

"그 여자애들은 멤피스 동물원에 있는 짐승들이 아냐. 네가 친구한테 빌려줄 수 있는 물건이 아니라고."

"알았어. 열 내지 마. 하지만 너도 차례가 왔을 때 거부하지 않았잖아."

"그애들은 차례대로 갖고 노는 노리개가 아냐."

"좋을 대로 생각해. 제기랄! 그냥 말이 그렇다는 거야."

베이그 헨리는 대꾸하지 않았다.

이튿날, 골란고원으로 출발한 지 두 시간쯤 되자 베이그 헨리는 춥고 참담한 심정이 되었다. 수녀원에 두고 온 사랑스러운 아가씨들이 너무나, 너무나 그리웠다. 대부분이 눈물을 흘렸지만, 베이그 헨리가 가장 좋아하는 빈첸사는 그의 양볼에 입을 맞춘 다음 입술에 가볍게 키스했다. 베이그 헨리는 부르르 떨었다. 추위 때문은 아니었다. 빈첸사가 부드럽게 키스해주며 귀에 속삭인 말이 생각나서였다. 수녀원의 아가씨들 중 단연 가장 영리한 빈첸사는 베이그 헨리의 마음을 말 한마디로 사로잡았다.

"내게 돌아오면 지금껏 당신이 한 번도 보지 못한 것을 보여줄게요."

베이그 헨리는 소녀들이 미치도록 그리웠다. 누가 그를 욕할 수 있겠는가. 설령 천국이 있다 해도 성소 수녀원에서의 삶보다 좋을 수는 없으리라. 물론 단지 지옥에 둘러싸여 있지 않다는 점에서 좋은 것만은 아니었다. 그리고 그것은 문제 중의 문제였다. 지옥을 뚫고서라도 소녀들에게 돌아가고 싶었지만 그럴 수가 없었다. 거기에 필요한 위협과 폭력과 분노의 재능을 가진 자는 한 사람뿐이었다.

골란고원에 도착한 것은 엿새 뒤였다. 길이가 대략 40마일에 이르는 거대한 산등성이인 이곳은 거룩한 도시 샤르트르에 있는 교황궁과도 그만큼 떨어져 있었으며, 천연 방벽으로 샤르트르 우측을 막아주었다. 골란고원의 오른쪽으로 이어진 맥머도스산맥 동부는 어떤 군대도 넘을 수 없기 때문에, 200마일을 더 내려가 라코니아 용병단과 중립국 스위스의 분쟁지대인 '버포드 갭'이라는 산길을 지나야 한다. 이곳은 골란고원 동부에 늘어선 리디머들의 천연 방어물 사이에 있는 유일한 취약 지점이었다. 만약 라코니아 용병단이 안타고니스트와 손을 잡기로 한다면, 그들은 이 산길을 통해 공격해올 것이 틀림없었다. 골란고원 왼쪽으로 펼쳐진 샤르트르와 그 너머의 광대한 리디머 영토는 전선들이 수호하고 있었다. 참호들이 한 줄로 길게 500마일에 이르도록 늘어서 있었고—10열 횡대로 참호가 배치된 곳도 있다—그 끝에는 또다른 방어물인 웨델해海가 펼쳐져 있었다. 까마득한 옛날부터 안타고니스트 무리는 이런 천연 방어물과 인공 방어물에 가로막혀 옴짝달싹하지 못했다. 만약 아르젠툼에서 막대한 양의 은이 발견되지 않았더라면 라코니아 용병 전체를 전장에 투입하기 어려웠을 것인데, 라코니아 용병단은 병력 공급의 가장 중요한 원천이 사라지는 재앙을 막기 위해 한 번에 최대 삼백 명까지만 고용되는 정책을 고집하기 때문이었다. 또한 그들이 버포드 갭의 소유권을 놓고 스위스와 전면전을 벌이게 하는 데도 돈이 들었는데, 평상시엔 양쪽 모두에게 전략적으로 크게 중요하지 않은 장소였다.

지금은 라코니아 용병들이 골란고원으로 진군하기에 좋은 여름이 아니었다. 이곳의 겨울은 평년엔 온화해서 보수만 후하다면 이런 부적합한 시기의 행군도 고려해볼 만했지만, 올해 겨울에는 사상 유례가 없는 최악의 한파가 몰아쳤다. 길은 험하고, 날씨는 매섭고, 낮은 괴롭고, 밤은 견디기 어려울 정도였다. 그래서 보스코는 밴 오언에게 샤토버 스크랩의 날씨가 아무리 궂어도 맥서평원을 가로지르려는 라코니아 용병단의 사정이 더 나쁠 테니 성소에서 조금 지체돼도 괜찮을 거라고 안심시켰다. 더구나 좀처럼 보기 힘든 폭설까지 내려서, 드넓고 탁 트인 평원 위로 부는 바람에 눈이 섞여 거대한 눈밭이 형성되었다. 제아무리 온갖 역경을 이겨내는 라코니아 용병단이더라도 하늘을 날지는 못하므로 발이 묶일 수밖에 없었다. 그들이 시커먼 죽으로 연명하는 사이, 추위를 이기지 못한 헬롯들은 십여 명씩 비참하게 죽어나갔다.

골란고원에 도착하자마자 밴 오언은 케일과 베이그 헨리에게 온갖 불쾌하고 쓸데없는 허드렛일을 떠맡겨 혹사시켰다. 차디찬 칼바람을 맞으며 움직일 때는 아주 단순한 작업조차 고역이므로 두 소년을 괴롭히는 것은 어렵지 않았다. 또한 연옥수들에게는 가장 춥고 열악한 숙소를 제공하고 일부러 최소한의 음식만 가져다주게 했다.

"저자들은 누구냐? 인상이 마음에 안 들어. 뭔가 기분 나쁜 구석이 있단 말이야."

냉담한 표정의 연옥수들에 대해 밴 오언이 케일에게 물었다.

케일은 보스코가 옳다는 걸 알고 있었고, 자신의 불행을 바라는 자에게 속내를 드러내는 것이 유치한 짓이라는 것도 알고 있었지만, 무심결에 대꾸하고 말았다.

"인간이라는 구부러진 목재에서 곧은 물건이 만들어진 적은 없

258

습니다, 리디머." 이는 밴 오언이 보스코에게서 받은 유족의 주인인 성 바나버스, 밴 오언이 열렬히 숭앙하는 성자가 남긴 유명한 말이었다.

"지금 장난하는 거냐?"

"아닙니다, 리디머."

"그렇다면 다시 묻겠다. 저자들은 누구냐?"

성 바나버스가 남긴 명언이 하나 더 있었다. '악의가 담긴 진실은 어떤 거짓말보다 효과적이다.' 성소를 떠나기 전날 밤 케일은 도서관에서 찾아낸 성자의 전기에서 진실에 대한 명언을 읽고 감명받았는데, 아직 꼬맹이였을 당시 거짓말에 대해 스스로 터득한 바와 그의 말이 일맥상통해서였다.

"큰 죄를 지었으나 특별한 용맹함으로 자신의 과오를 속죄하는 자들입니다. 그 이상은 말 못합니다. 말하지 않겠다고 성 바나버스의 발에 맹세했거든요."

만약 밴 오언이 애콜라이트의 무례한 언동에 익숙한 자였다면, 자신이 놀림받고 있다는 사실을 더 쉽게 알아차렸을지 모른다. 케일은 너무 큰 실수를 저질렀구나 싶었다. 심지어 그 말을 하는 동안에도 자신의 어리석음을 경멸했다. 밴 오언이 건방진 젊은이의 은밀한 조롱을 익히 아는 자였다면 무슨 일이 벌어졌을지 몰랐다. 밴 오언은 앞에 있는 기분 나쁜 소년을 어떻게 받아들여야 좋을지 난감했다. 그저 마음에 안 든다는 생각뿐이었다. 비록 그는 한 번도 본 적이 없었지만, 소년 성자의 전례가 없는 것은 아니었다. 대개 그들은 거룩함을 입증하고 죽음으로써 성자가 됐기 때문에 더 이상 남을 성가시게 할 일이 없었다. 신의 선택을 받은 존재로 주목받은 소년 전사는 지난 삼백 년간 한 명도 없었다. 그나마 그 이전의 성 요한도 세인트 앨번스에서 첸치 부족을 물리치고 불과 몇 년 뒤 역시나 천연두에 걸려 죽었다. 성모의 아름다운 환상을 보고 현자들이나 해석할 법한 수수께끼 같은 예언을 하는 선택받은 소년의 존재는 수긍할 수 있지만, 그 소년이 늑대의 탈을 쓰고 이죽거리는 양이라면, 더구나 보스코의 손아귀에 있는 자라면 이야기가 달랐다. 밴 오언의 문제는 그가 자기 잇속만 차리는 야심차고 교활한 인간은 아니라는 점이었다(물론 그게 가장 큰 특징이었지만). 그는 목 매달린 리디머를 따르는 독실한 신자이기도 했다. 만약 지금 눈앞에 있는 혐오스러운 멍청이가 단순히 남다른 도살 재능을 지니고 거들먹거리는 애송이가 아니라 정말로 신의 은총을 받은 자라면 어찌해야 좋을까? 괜한 실언이라도 했다가는 정치적 문제로 끝나지 않을 터였다. 영혼마저 위태로워질 수 있었다.

폭설을 몰고 온 뜻밖의 악천후는 시작될 때 그랬듯 삼시간에 바뀌었다. 살을 에는 차가운 북풍이 물러가고 여느 때처럼 한결 따뜻한 동풍이 불어오자, 그 많던 눈이 사흘도 못 돼서 녹아버렸다. 가벼운 토탄질 흙으로 이루어진 맥서평원의 땅 밑에는 크고 작은 구멍이 숭숭 뚫린 바위들이 깔려 있어서, 마치 멤피스의 궁전 안에 있는 욕조의 마개를 뽑은 것처럼 눈 녹은 물이 쉽게 빨려들어갔다.

이제 전투 준비로 바빠진 밴 오언은 케일에 대해 생각할 겨를이 없었다. 케일은 이때를 틈타 베이그 헨리를 데리고 연옥수들에게 가져다줄 음식을 구하러 갔다.

베이그 헨리가 투덜거렸다.

"굶주리게 내버려둬. 얼어죽게 두란 말이야. 난 저자들이 돼지

콜레라에 걸려 척추가 뒤틀리면 좋겠어. 왼쪽 귀가 썩어 오른쪽 호주머니 안에 떨어질 정도로 말이야."

"이성적으로 생각해, 베이그 헨리. 조만간 네 목숨이, 더 정확히 말하자면 내 목숨이 그들 손에 달릴 테니까."

특이한 사건 하나가 일어난 것은, 슬러프 탄전炭田에서 골란고원 남쪽으로 연료를 운반하는 짐마차 행렬을 호위하는 쓸데없고 불필요한 임무를 수행하고 있을 때였다. 소규모 눈사태 때문에 큰길이 막혀 샛길을 따라 돌아 갈 수밖에 없었는데, 그 길 근처에서 슬러프 탄전의 연료로 철을 생산하는 음산한 제련소가 눈에 띄었다. 그곳에선 일반 철뿐만 아니라 값이 너무 비싸고 공정이 까다로워 리디머들이 좀처럼 사용하지 못하는 훨씬 귀한 강철도 생산했다. 낮은 언덕을 넘어가는데 저 아래 산더미처럼 쌓인 더미가 거의 동시에 케일과 베이그 헨리의 눈에 들어왔다. 두 소년은 말고삐를 당기고 밑을 내려다보면서 충격과 공포에 휩싸여 말문이 막혔다. 바람에 날려 일부분만 눈에 덮여 있는 그 거대한 더미는 실버리힐에서 대재앙을 맞은 마테라치 병사들의 갑옷이었다. 멀리서 보면 마치 사람 형상을 한 바다 생물의 껍데기가 산처럼 쌓여 있는 것 같았다. 멤피스만 해산물 가판대 옆에 남은 게와 바닷가재 껍데기 같아 보였다. 오 분 뒤 케일과 베이그 헨리가 폐물 창고 입구로 내려와보니, 노인 둘이 화로 옆에 서서 불을 쬐고 있었고, 그들이 지켜보는 가운데 인부 대여섯 명이 두 소년 앞에 산처럼 쌓인 갑옷 더미에서 온갖 잡동사니를 꺼내 짐마차에 싣고 있었다.

"이게 다 뭡니까?"

가장 늙은 사내가 소년 리디머를 쳐다보면서 함부로 대해도 될지 말지 고민하더니 적당한 선에서 대답했다.

"마테라치 놈들과의 전투에서 승리하고 얻은 전리품이다. 오만하고 기세등등하던 그놈들은 지금 어디 있느냐?"그러고는 경건한 말투로 덧붙였다. "흙으로 돌아갔다."

"이것들을 어디로 가져가는 거죠?"

"녹이러 가지. 저기 있는 거대한 용광로에 들어갈 거다. 물론 지금은 가동하고 있지 않지만. 보다시피 날씨가 이래서 석탄을 충분히 가져오기 어렵거든."

짐마차 옆에 있는 인부들은 일이 좋아서가 아니라 추위에 몸이 굳을까봐 서둘러 움직이고 있었다. 한 남자가 짐을 실으며 부르는 노래는 리디머들이 가장 숭앙하는 찬송가 하나와 주정뱅이들이 좋아하는 뱃사람 바나클 빌에 대한 노래를 뒤섞은 불경스러운 노래였다.

　　"오오오오오 죽음과 심판과 천국과 지옥이여
　　우리가 떠받드는 최후의 네 가지여
　　난 차라리 창녀 마리를 떠받들겠네
　　오이로 그 짓을 하는 어여쁜 갈보를!"

나머지 인부들은 추위에 떨면서 노래는 듣지도 않고 일에 열중했다. 갑옷을 부품별로 떼어내고, 가죽 끈들은 썩지 않은 곳을 칼로 잘라내고, 가벼운 자투리들은 짐마차 안으로 던져넣었다. 쇠장갑은 잘그락거리고, 투구와 등갑은 덜거덕거리고, 팔찌와 각종 장신구들은 서로 부딪쳐 쩽그랑쩽그랑 시끄러운 소음을 내면서 짐마차 안에 차곡차곡 쌓여갔다. 인부 하나가 케일과 베이그 헨리를 발견하고는 동료에게 소리쳤다. "입 닥쳐, 멍청아!" 노래하던 인부가 곧바로 입을 다물었다. 즐거워 보였던 얼굴이 긴장된 적개심을 띤 표정으로 마술처럼 바뀌었다.

케일이 서서 지켜보는 가운데 베이그 헨리가 갑옷 더미 쪽으로 걸어갔다.

"어이, 친구. 그거 보려면 1달러 내." 인부 한 명이 그쪽을 향해 말했다.

"아가리 닥치시죠." 베이그 헨리가 명랑하게 대꾸했다.

"너희는 여기 오면 안 돼."

"그럼 이제 2달러 내야겠는걸." 노래 부르던 인부가 한마디했다.

"걱정 마쇼. 댁한테 어울리는 걸 줄 테니까." 베이그 헨리가 맞받아쳤다.

케일이 인부들에게 걸어가 말없이 1달러를 내밀었다. 베이그 헨리는 왜 그렇게 신경질적으로 굴었을까?

"2달러에 합의 봤는데."

"쓸데없이 욕심 부리지 마."

인부들 모두 과욕을 부려 좋을 게 없다고 판단한 눈치였다. 그들에게서 돌아선 케일은 베이그 헨리가 거대한 폐물 더미 가장자리에 널린 갑옷들 사이를 걷다가 허리를 숙여 반쯤 우그러진 투구를 집어드는 모습을 지켜보았다. 그 투구의 코 보호대 위에는 고작 어른 엄지손가락보다 살짝 큰 에나멜 배지가 달려 있었다. 빨강과 검정이 어우러진 체크무늬와 파란색 별 세 개가 그려져 있었다.

"이건 카르멜라 마테라치의 문장이야." 베이그 헨리는 똑같이

생긴 또다른 투구를 고갯짓으로 가리켰다. 때가 묻어 꾀죄죄하긴
했지만, 손에 쥔 투구와 달리 새것이었다. "저건 그 아들의 투구
가 분명하고. 둘 다 전사했다는 소문은 들었지만 정확히 아는 사람
은 없어. 클라이스트가 그애 지갑을 훔쳤다가 돌려주면서 10달러
를 받았는데, 그걸 샐리 가든스에서 발견했다고 했어." 베이그 헨
리는 첫번째 투구를 조심스레 땅에 내려놓고 곧장 폐물 더미 앞으
로 다가가더니, 마치 올라갈 것처럼 한 발을 높이 얹었다. 그러고
는 있는 힘껏 또다른 투구를 끌어냈는데, 이번 것은 궂은 겨울 날
씨에 노출돼 색이 죄다 빠지고 누더기처럼 너덜거리는 더러운 깃
털 장식이 달려 있었다. 베이그 헨리가 케일에게 투구를 들어 보이
며 말했다. "내 이럴 줄 알았다니까. 그 똥자루 라첼스가 쓰던 투구
야. 전에 그 자식이 내가 길을 막았다고 귀싸대기를 갈겼거든."

"이제 잘못을 깨달았겠군."

베이그 헨리가 웃음을 터뜨렸다. "맞아. 나를 언짢게 하는 자는
죄다 헨리의 저주에 걸리지. 이 자식, 고통스럽게 죽었어야 하는
데." 그러고는 멤피스 시장에서 보았던 인형술사가 하듯이 투구의
눈가리개를 열었다 닫았다 하면서 이죽거렸다. "예전처럼 욕지거
리 좀 해보시지그래?"

베이그 헨리는 거대한 폐물 더미를 둘러보았다. 이러니저러니
해도 멤피스는 그에게 엄청난 즐거움을 준 곳이었다. "이것들을 이
렇게 썩히다니 안타깝네. 값어치가 엄청날 텐데."

애써 안 듣는 척하던 인부들도 이 말에는 가만있지 못했다.

"얼마나 나간다는 겁니까?"

"만 달러? 만오천?"

"거짓말 마쇼."

그 말에 케일과 베이그 헨리 모두 웃음을 터뜨렸다.

"미안하지만 그건 터무니없는 소리요."

"좋을 대로들 생각해." 케일이 대꾸했다. "물론 상태가 엉망이긴 하지. 더구나 살아남은 자들 중에 이걸 착용할 수 있는 자는 거의 없으니까. 이런 차림으로 움직이는 요령을 익히려면 몇 년은 걸리거든. 갑옷이 몸을 보호해주긴 하지만 그만큼 대가가 따르는 법이야."

"하지만 이것들을 전부 녹이는 건 미친 짓이야." 베이그 헨리가 말했다.

"어째서? 이제 세 시간만 지나면 어두워질 거야. 그만 가는 게 좋겠어."

두 소년이 걷기 시작하자 뒤에서 인부 한 명이 소리쳤다.

"이걸 어디로 가져가면 됩니까? 그것만 알려주시면 앞으로 기도할 때마다 두 분을 기억하겠습니다."

골란고원 뒤쪽 비탈에 자리잡은 거대한 창고인 '은총 입은 호노라투스의 식량' 안에서 케일은 밴 오언의 전시 사령관사에서 훔쳐온 요청서와 위조한 병참장 서명으로 소 옆구리살 두 덩이를 내오라고 지시했다.

"네 짓이란 걸 그자가 알면 어쩌지?"

"운이 따른다면, 알아채기 전에 그는 전장에서 죽을 거야."

"만약 그자가 승리하면? 패하더라도 살아남으면 어쩌려고?"

"그럴 일은 없을 거야. 그자가 적을 막아내긴 어려워."

"우린 실버리힐에서도 그렇게 생각했어."

상상이 가다시피, 소 한 마리의 몸통을 진지로 가져오면서 이목을 끌지 않기란 결코 쉬운 일이 아니었다. 그러나 진지가 워낙 분주한데다 어스름까지 기다렸다 멀리 에둘러 온 덕분에 고기와 함께 모두가 먹을 순무까지 무사히 옮길 수 있었고, 감격한 연옥수들은 이 뜻밖의 선물을 고맙게 받아 곧장 굽고 끓이기 시작했다. 케일은 또한 성소를 떠나기 전에 보스코의 책에서 찢어온 종이 한 장을, 밴 오언이 묵는 전시 사령관사의 목재 토대에서 잘라낸 나뭇조각과 함께 트란스발평원의 시체에서 발견한 작고 그럴싸해 보이는 구리 상자에 넣어 연료 담당에게 주면서, 목 매달린 리디머가 희생되었던 실제 교수대의 조각이라고 주장했다. 그리고 그 대가로 석탄 열네 자루와 약간의 땔나무를 받아냈다. 케일과 베이그 헨리는 연옥수들이 둘러앉아 모닥불을 쬐며 환희에 찬 표정으로 음식을 먹는 모습을 말썽꾸러기 아이들 보듯 지켜보았다.

"마음이 훈훈해지는 광경이군."

케일이 빙그레 웃으며 중얼거렸다. 베이그 헨리는 그 말을 부정하고 싶었다. 문제는 마음이 정반대로 흘러간다는 점이었다. 평생 자신을 겁박하고 괴롭혔던 자들과 신앙을 함께하는 사내들을 보고 있노라니 정말로 마음이 훈훈해졌다. 둘이 가져다준 음식과 불을 받고 안쓰러울 정도로 고마워하며 따뜻하고 배부른 기분을 만끽하는 연옥수들을 보니, 마치 그들과 하나의 끈으로 묶이는 것 같은 묘한 연대감이 들기 시작했다. 베이그 헨리는 그 감정이 싫었다. "내가 어떻게 저들을 딱하게 여길 수 있지?" 그가 케일에게 참담한 표정으로 속삭였다. 그러나 그들이 앉아 있는 크고 허술한 막사에는 불빛과 기쁨, 깊은 만족감이 넘실거리고 있었다. 발이 따뜻해지고 배가 불렀을 때만 나올 수 있는 풍경이었다. 케일이 친구를 보고 말했다.

"눈물을 쏟지는 마. 익사할지도 모르니까."

이튿날 동트기 전에 떠날 준비를 마친 두 소년은 하늘이 밝아올 즈음 말에 올라 골란 진지를 벗어나기 시작했다. 전투 준비의 마지막 날이 밝자 골란 진지는 마치 거대한 개처럼 기지개를 켜기 시작했다.

트란스발평원에서의 승리로 케일의 명성이 자자한데다, 두 소년이 진지를 들락거리는 모습을 익히 보아온 초병들은 케일과 베이그 헨리가 진지를 통과해 맥서평원으로 내려가는 언덕으로 향하는 내내 군말 없이 고개만 끄덕였다. 리디머들의 식사 시간을 알리는 종이 울리고 주인 없는 개들이 짖어대는 동안 두 소년은 언덕 아래로 내려가기 시작했다. 삼십 분 뒤, 그들은 말 타기 좋은 평지를 빠르게 이동하면서 주위를 유심히 살폈다. 여전히 눈이 녹지 않은 땅이 여기저기 보였지만, 고원에서 멀어질수록 그런 곳이 눈에 덜 띄고 크기도 점점 작아졌다.

말들을 쉬게 하려고 잠시 멈춰 서 있는데 베이그 헨리가 말했다.

"라코니아 놈들이 아무리 세다 해도 소용없어. 지금은 많이 따뜻해졌지만, 그런 추위 속에서 엿새를 야영했다면 제대로 걷기도 어려울 테니까."

"그렇겠지." 케일이 고개를 끄덕였다.

말들이 충분히 쉬었다고 판단한 두 소년은 다시 말에 올라 천천히 길을 나섰다. 혹시라도 정찰에 나선 라코니아 기병대와 맞닥뜨릴 경우 말이 지쳐 있으면 곤란하기 때문이었다. 케일의 목적은 이 지대의 상태를 파악하는 것이었다. 눈석임 때문에 땅이 어떻게 바뀌었는지, 방어하거나 공격해야 할 요충지가 있는지 알아야 했다. 십중팔구 질척거릴 땅은 전장으로 좋지 않을 터였다. 이는 라코니아 용병단에게 특히 불리할 텐데, 다른 전술이 있는지는 모르겠지만 이들은 늘 10열 횡대의 강력한 대형을 여러 개 구성해 힘과 난폭성, 그리고 군인이라기보다 무용수들이 군무를 추듯 전투 대형을 기동하는 독특한 방식으로 적을 압도하려 들기 때문이었다.

"라코니아 사람들은 춤을 많이 춘다고 문헌에 나와 있어."

"그 짓 하다 지겨워지면 춤추나보군."

"모르지. 문헌에 보면 그들은 성절 같은 특별한 날에 공개적인 의식을 거행하면서 추잡한 비역질을 한대."

"거짓말하지 마!"

"사실이라는 소리가 아냐. 난 그냥 거기 적힌 대로 말하는 거라고."

"그럼 놈들의 포로가 되지 말아야겠는걸."

"물론이지. 하지만 넌 걱정하지 않아도 될 거야."

"어째서?"

"너무 못생겼거든."

"성소의 아가씨들은 그런 말 안 하던데."

"그럼 뭐랬는데?"

"내가 멋지대. 완전 멋지다고 했어."

두 소년은 웃으면서 거의 십 분 동안 조용히 말을 달렸다.

"저 남자 봤어?"

"응. 굳이 들키지 않으려고 애쓰는 눈치는 아니네."

몇 분 전부터 200야드 너머에서 케일과 베이그 헨리를 뒤쫓아오던 말을 탄 남자 한 명이 낮은 언덕 너머에서 모습을 드러냈다. 마음만 먹으면 얼마든지 몸을 숨길 수 있을 높이의 언덕이었다.

요란하게 철컥! 하는 소리가 났다. 베이그 헨리가 안장에 매단 작은 쇠뇌의 시위를 당기는 소리였다. 그는 말 탄 남자가 눈치채지 못하도록 조심스럽게 볼트를 매겼다.

"뒤로 돌자."

케일이 고개를 끄덕였고 두 소년은 말을 뒤로 돌리기 시작했다. 뒤따라오던 남자가 잠시 멈칫하더니 곧 말을 돌리기 시작했다.

"저자가 조금이라도 더 다가오면 다시 장전해. 첫 발은 빗나가게 쏴."

"그냥 맞히면 안 돼?"

"뭐하러? 경고만 하고 쫓아버려."

베이그 헨리가 쇠뇌를 쳐들고 조준한 다음 경고용 볼트를 발사했다. 의도했던 것보다 가까이 볼트가 스쳐가자 남자가 탄 말이 놀라 뛰기 시작했다. 하지만 남자는 풋내기 기병이 아니었다. 두 소년은 말을 세우고 지켜보았다.

"어이," 라코니아 척후병이 소리쳤다. "나랑 얘기 좀 하지."

케일이 말을 멈추고 돌리는 사이 베이그 헨리는 재장전을 마쳤다.

"생각 없나?" 남자가 다시 물었다.

"무슨 속셈이야? 우린 여기 노닥거리러 온 게 아냐."

"그런 게 아니야. 이게 마지막 기회일 수도 있다."

"이쪽으로 와!" 케일이 소리쳤다. "우리가 볼 수 있도록 두 손을 들고. 여기 내 친구가 방금 일부러 빗나가게 쏜 거야. 이번에는 제대로 쏠 테니 조심해."

말 탄 남자가 웃으며 대꾸했다.

"허튼짓은 안 할 테니 걱정 마라. 내 명예를 걸고 약속하지!"

"비역꾼들에게 무슨 명예가 있어?" 베이그 헨리가 물었다.

"무슨 소리야?" 남자가 되물었다.

"이쪽으로 와." 케일이 다시 소리쳤다. "천천히. 조금이라도 쓸데없는 짓 했다가는 저승에 가서 웃게 될 줄 알아."

척후병은 케일이 시킨 대로 다가오기 시작했다. 양쪽의 거리가 10야드쯤 되었을 때 케일이 지시했다.

"멈춰."

척후병이 말을 세우고 입을 열었다.

"아름다운 아침이구나. 이런 날은 살아 있다는 게 행복하지."

베이그 헨리가 대꾸했다.

"댁은 앞으로 그럴 일 없을 거야. 댁의 친구 놈들이 우릴 덮칠 계획을 세우고 있다면 말이지. 이걸로 댁의 가슴에 한 발 박고, 댁이 땅에 떨어지기도 전에 우리 정찰대 쪽으로 돌아갈 거야."

"그럴 필요 전혀 없단다, 애야." 척후병은 머리칼에 섬세한 구슬 장식을 달고 말끔히 면도한 젊은 사내였다.

"원하는 게 뭐야?" 케일이 물었다.

"얘기 좀 하자니까."

"무슨 이야기?"

"너희, 리디머 맞지?"

"그럴 수도 있지. 그게 댁이랑 무슨 상관인데?"

"이런 말 해서 미안하지만, 머지않아 피바람이 불고 비명이 난

270

무할 곳을 돌아다니기에 너희는 좀 어리지 않니?"

케일이 빈정거렸다.

"뜻밖인걸. 라코니아 용병들은 과묵한 줄 알았는데."

"사실 대개는 그렇지. 하지만 죄다 똑같다면 재미없는 세상 아니겠어?"

"당신 크립테이아야?"

남자의 속눈썹이 살짝 떨렸다. 그는 고개를 한쪽으로 기울이고 빙그레 웃었다.

"그럴지도 모르지. 어린 녀석이 제법 많이 아는구나."

케일은 상황을 파악하려고 재빨리 좌우와 뒤를 살피면서, 베이그 헨리가 남자의 가슴에 쇠뇌를 겨냥하고 있는 것도 확인했다.

"쇠뇌 들고 있는 네 친구, 설마 발끈하는 성격은 아니겠지?"

"솔직히 말하면 나도 몰라." 케일이 대답했다. "그러니 내가 당신이라면 꼼짝 않고 있겠어. 내 질문에나 대답해. 원하는 게 뭐야?"

"대화나 좀 할 생각이었다니까."

"요즘은 이런 걸 대화라고 하나보지?" 베이그 헨리가 물었다.

"무슨 뜻인지 못 알아듣겠는걸." 젊은 남자는 그 말에 담긴 조롱을 똑똑히 알면서도 태연히 대꾸했다.

"내가 당신이라면 이 친구 심기를 건드리지 않겠어." 케일이 말했다. "당신 가슴에 쇠뇌를 겨누고 있는 상황에서는 말이야."

젊은 남자는 재미있다는 듯 케일을 바라볼 뿐, 불안해하는 기색은 전혀 없었다.

"이름이 뭔가, 젊은 친구?"

"먼저 말해."

"로버트 팬쇼." 척후병은 베이그 헨리에게서 눈을 떼지 않은 채 고개를 까딱하고는 한마디 덧붙였다. "이제 우라질 네 이름을 말할 차례다."

"도미니크 사비오." 케일은 아주 뛰어난 시력을 타고난 독수리 말고는 아무도 알아채지 못할 만큼 살짝 고개를 까딱이고 말을 이었다. "말조심하는 게 좋을 거야. 여기 있는 내 친구 심사가 뒤틀리면 댁은 곧바로 지옥행일 테니까. 그리고 난 늘 이 친구가 발끈하는 걸 좋아하지."

"만나서 반갑다, 도미니크 사비오."

"혼자서 많이 반가워하쇼."

하지만 그때 팬쇼의 눈 속에서 뭔가 기묘한 것이 살짝 흔들렸다. 뜬금없이 케일의 말이 한쪽으로 움직이기 시작한 것이었다. 팬쇼가 앞으로 한 걸음 더 내디뎠다.

"가만있어!" 케일이 말에게 소리쳤지만 그는 말 다루는 솜씨가 신통치 않았고, 말은 계속 움직였다. 그때 한쪽 말발굽이 왕골과 들풀이 뒤섞인 덤불 속으로 이상하리만치 깊이 빠지더니, 마치 먹이를 노리고 있던 짐승이 튀어오르듯 땅이 솟구쳐올랐다. 겁에 질린 말이 울부짖으면서 균형을 잃고 뒷다리로 서는 바람에 케일은 둔중하게 땅 위로 쿵 떨어졌다. 워낙 심하게 땅바닥에 부딪혀서 드러누운 채로 신음했다. 곧이어 눈에 보이지 않을 만큼 빠른 속도로 한 남자가 수풀 밑에서 굴러나오더니, 어리둥절한 케일을 붙잡아 뒤집고는 방패처럼 자기 앞을 막고 케일의 목에 칼을 댔다.

"진정해! 진정해!"

팬쇼가 베이그 헨리에게 소리쳤다. 눈앞에서 벌어진 일과 그 속도에 놀란 베이그 헨리는 미처 쇠뇌를 발사하지 못했다. 다행이었다. 만약 발사했다면 팬쇼는 확실히 죽었겠지만, 덩달아 케일도 죽었을 터였다.

"진정해! 진정하라고!" 팬쇼가 소리쳤다. "여기서 우리 모두 살 수 있어. 내가 설명할게."

베이그 헨리가 고개를 끄덕이며 말했다. "계속해."

"이 친구는 내 부하야. 내가 저 밑에 있으라고 했어." 팬쇼는 왕골과 들불이 꿰매져 있는 가로 6피트 세로 4피트 크기의 천을 턱으로 가리키고 말을 이었다. "그런데 아까 너희가 이쪽으로 오는 걸 봤어. 난 너희가 지나쳐가는지 확인하려고 뒤따라왔어. 하지만 너무 가까워졌지. 그때쯤 너희가 너무 어려 보여서 병사가 아닐 거라 생각하고 다른 데로 유도하려고 했어. 그런데 내 짐작이 틀렸던 거야, 그치?" 팬쇼는 베이그 헨리를 진정시키려고 애써 미소 지었다. 그가 보기에 이 소년은 위험스러웠다. 발끈하는 성미인데다 서툰 궁수도 아닌 듯했다.

"우리 모두 여기서 무사히 벗어날 수 있다." 팬쇼는 다시 한번 반복해서 말했다. "그 쇠뇌만 내려주면 여기 있는 내 친구가 도미니크를 놔줄 거야."

"댁들부터." 케일이 말했다. "난 분명히 말했어."

"이 꼬마의 멱을 따고 나서 네놈을 해치워주마!" 케일을 잡고 있는 사내가 소리쳤다.

"다들 진정하라고. 이제 내 친구한테 도미니크를 일으켜세우라고 할 테니, 거기서부터 시작하자. 알았지?"

베이그 헨리가 고개를 끄덕였다.

"셋을 셀 테니 준비해. 하나, 둘, 셋."

그러자 케일을 잡고 있던 사내가 소년을 일으켜세웠고 둘 다 일어나 섰다. 케일의 목에 댄 칼은 조금도, 눈곱만큼도 움직이지 않았다.

"아주 좋아." 팬쇼가 안도하며 말했다. "우리 모두 정말 잘하고 있어."

"이제 어쩔 거야?" 베이그 헨리가 물었다.

"솔직히 까다로운 문제인데, 만약 우리가……"

그 순간 케일이 오른발을 들었고, 자신을 잡고 있는 사내의 정강이를 찍어누르면서 팔꿈치로 상대의 가슴을 찌르고 손목을 움켜잡아 있는 힘껏 비틀었다. 남자가 비명을 질렀지만 허파에서 바람 빠지는 소리만 나왔다. 케일은 경주견처럼 잽싸게 몸을 뒤틀면서 다시 팔꿈치로 남자의 팔뚝을 찍고 그의 손에서 칼을 빼앗았다. 놀랍게도 남자는 여전히 움직일 수 있었다. 남자는 케일이 내지른 칼 공격을 막아내더니 주먹을 휘둘러 그의 관자놀이를 후려쳤다. 고통스럽게 비명을 지르고 뒤로 물러난 케일이 상대의 가슴을 향해 다시 칼을 내질렀다. 남자는 한 번, 두 번 공격을 피한 다음 케일의 왼쪽 정강이를 걸어찼다. 그 바람에 한쪽 발이 땅에서 떨어진 케일은 그 다리로 무릎을 꿇고 말았다. 남자가 다시 케일을 얼굴을 향해 묵직한 펀치를 휘둘렀다. 제대로 맞았다면 이가 모조리 나갔겠지만, 케일이 뒤로 몸을 뺀 덕분에 주먹이 턱끝을 아슬아슬하게 스치고 지나갔다. 주먹이 빗나가는 바람에 쓰러진 남자가 뒤로 기어가는 사이 케일은 재빨리 두 발로 섰다. 이제 둘은 일어섰고, 서로를 노려보며 공격할 기회를 노렸다. 칼을 든 케일이 유리했다.

"그만해! 이쯤에서 멈추자고! 네 친구한테 말해!" 팬쇼가 베이그 헨리에게 소리치고 덧붙였다. "우리 모두 살아서 갈 수 있어. 누구도 여기서 죽을 필요는 없다."

"저는 상관없습니다." 사내가 케일을 쏘아보며 중얼거렸다.

"난 상관있다! 제기랄, 시킨 대로 해!" 팬쇼가 소리쳤다. "당장 물러서! 안 그러면 맹세코 저 녀석들 편이 돼서 널 죽이겠다!"

살육보다 복종 훈련을 훨씬 더 많이 받은 사내는 한 걸음 한 걸음 천천히 아주 조심스럽게 뒤로 물러났다.

"축하한다. 우리 모두에게 다행이야. 내 뒤로 올라타, 모슨." 팬쇼가 베이그 헨리를 바라보며 물었다. "나 좀 움직여도 되겠지, 젊은 친구?"

"난 당신 친구가 아냐."

팬쇼가 고삐를 당겨 모슨 쪽으로 말을 몰았다. 여전히 케일을 노려보는 모슨은 마치 상대의 심장부터 먹을지 간부터 먹을지 궁리하는 것 같은 표정이었다.

"내 뒤에 올라타, 모슨."

"제 칼을 가져가야 합니다."

팬쇼가 한숨을 내쉬고는 '그것 좀 돌려주지 않을래?'라고 말하는 듯한 지친 표정으로 케일을 바라보았다.

케일이 꼿꼿이 서서 칼을 쳐들고는, 알아서 집어가라고 40야드쯤 떨어진 곳으로 힘껏 던졌다.

"고맙다." 팬쇼가 말했다. 이제는 노련한 킬러의 무심한 표정이 사라진 모슨은 왕골 담요를 집어들고 마치 저녁 식탁에 앉기 위해 의자를 빼듯 쉽고 우아하게 팬쇼 뒤에 올라탔다. 아까보다 훨씬 더

젊어 보였다.

"또 보자, 꼬마들아." 두 소년에게 인사한 팬쇼는 말을 돌려 달려가다 잠시 멈춰 모슨이 칼을 집어들게 한 다음 금세 500야드 이상 멀어지더니, 불과 십 분 전에 모습을 드러냈던 언덕 너머로 사라졌다.

"아무래도 난 이런 일엔 맞지 않는 것 같아." 베이그 헨리가 중얼거렸다.

"아주 멋지게 잘해냈어." 케일이 대꾸했다. 곧이어 케일이 다시 말에 오르자, 두 소년은 최대한 빨리 골란고원으로 돌아가기 시작했다.

하지만 그들이 지켜보는 가운데 언덕 너머로 사라졌던 팬쇼와 모슨은 그리 멀리 가지 않았다. 도중에 작은 골짜기를 발견한 두 사내는 왕골과 들풀을 붙인 담요를 펼쳐놓고 그 위에서 라코니아 용병들의 짐승 같은 놀이에 열렬히 탐닉했다.

'여덟 순교자의 전투' 전날 밤이었다. 지난 육백 년 동안 리디머 여덟 명이 내일 전투가 벌어질 곳 혹은 그 근방에서 신앙을 위해 목숨을 바쳤기 때문에 그런 이름이 붙은 날이었다. 전투가 벌어지기도 전에 이미 순교자의 피로 축성된 전장이 존재한다는 것은 결코 우연이 아니었다. 리디머들을 끔찍이 증오하는 적이 워낙 많기 때문에, 한 명 이상의 리디머가 목 매달리거나, 참수되거나, 뭉개지거나, 사지가 잘리거나, 교살되거나, 교수대 또는 십자가에 걸린 장소가 적지 않았다. 그래서 순교 성인의 이름으로 전장을 명명할 때 누구를 골라야 좋을지 막막할 지경이었다. 심지어 마을에서 벌어지는 사소한 주먹다짐에도 성인의 이름을 붙일 수 있을 정도였다.

케일은 마지막 작전회의에 참석해달라는 요청은 받지 않았지만 오지 말라는 소리도 못 들었다. 베이그 헨리와 함께 밴 오언의 전시 사령관사 뒤에 숨어 문 앞에 모인 사관들이 들어갈 때 슬며시 묻어갈 기회를 노리고 있던 케일이 친구에게 속삭였다. "들어가서 내가 어쩌면 좋을까?"

"계속 입다물고 있어."

"그래."

이윽고 리디머 사관 대여섯 명이 도착하자, 케일은 그들 뒤에 바짝 붙어 안으로 따라들어갔다. 그리고 그 큰 방에서 가장 어둡고 가장 복작이는 구석으로 갔는데, 어차피 환하게 밝혀져 있는 곳은 커다란 작전 지도가 걸려 있는 벽뿐이었다.

그러나 몹시 실망스럽게도, 밴 오언이 구상한 전술 중에서 눈에 띄게 어리석은 것은 하나도 없었다. 라코니아 용병단과 가장 먼저 격렬하게 충돌할 맨 앞줄 리디머들이 유난히 무거운 갑옷을 입는다는 점 말고는 흥미로운 점도 없었다. 물론 밴 오언은 보스코의 도서관에 있는 라코니아 전술 자료들을 참조할 수 없는 처지이므로, 그가 세운 작전들은 어느 것 하나 비난하기 어려웠다. 다만 밴 오언의 빈약한 예비 병력 규모를 보고 코웃음 치는 소소한 쾌감은 있었다. 케일이 보기에는, 전체 병력이 적의 두 배나 된다면 예비 병력을 훨씬 더 많이 남겨두어 예상 밖의 상황에 대처할 수 있도록 해야 했다.

회의가 끝나자 케일은 내일 있을 전투 준비를 위해 바삐 나가는 사람들 틈에 끼어 몰래 빠져나왔다. 베이그 헨리가 따라나오며 말했다.

"반대로 생각할 수도 있어. 압도적인 수로 적을 밀어붙이지 않으면 첫 공격이 실패로 끝날지 몰라. 예비 병력을 너무 많이 두는 건 군사력을 분산시키는 꼴이야. 내가 밴 오언이래도 다른 전술을 쓰지는 않을 것 같아."

"아무도 너한테 안 물어봤어."

"네가 물어봤잖아."

"이젠 후회가 되는걸. 용서해달라고 주님께 기도해야겠다."

"진짜? 아직도 기도해?"

케일은 대답하지 않았다.

"그런 거야?"

"그래, 아직도 기도해." 그러고는 잠시 침묵하다가 말을 이었다. "나를 악에서 구해주시고 온종일 네 못생긴 얼굴을 보게 해달라고 기도하지."

"내 얼굴? 난 멋져. 너도 전에 그렇게 말했잖아."

연옥수들의 막사로 돌아와보니, 밴 오언의 부관이 보낸 공문이 와 있었다. 케일과 연옥수들이 전투를 참관하는 것은 상관없지만, 지휘 본부나 전장에는 얼씬대지 말라는 지시였다. 또한 어떤 식으로든 전투에 개입해서는 안 된다고 했다.

희소식이었다. 사실 케일은 밴 오언이 악의적으로 그를 위험한 상황으로 내몰까봐 걱정하고 있었다. 전투에 승리하건 패배하건 간에 그자는 케일의 명성이 더 높아질 기회를 원천 봉쇄하려는 속셈이 틀림없었다. 케일은 명령서를 다시 읽으며 답장을 쓰고 기분 좋게 잠자리에 들었다.

이튿날 케일은 대부분의 연옥수들에겐 그들이 언제나 좋아하는 늦잠을 허락했지만, 새벽 무렵 베이그 헨리와 연옥수 열 명을 데리고 출발했다. 진지 입구에서 케일 일행은 그날의 전투를 준비하며 술렁이는 군대를 가로질렀다. 그들이 '여덟 순교자의 전장' 앞에서 말을 돌려 북쪽 절벽으로 달려가는 동안, 리디머 병사들은 각자 생각에 너무 빠져 있어서 그들에게 눈길조차 주지 않았다. 팬쇼와 맞닥뜨리기 전에 봐둔 작은 절벽에서는 전장이 훤히 내려다보였다. 지난번에 온 이후로 케일은 라코니아 놈들이 근처에 전초기지를 세워놓았는지 살펴보라고 연옥수들을 보낸 뒤, 일이 잘못될 경우에 사용할 퇴로 두 곳을 직접 확인했다. 잠시 후 절벽 위로 올라간 케일 일행은 말없이 서서 전투가 시작되길 기다렸다. 평원 건너편 끝자락에는 이미 라코니아 용병들이 모여 있었는데, 일사불란한 대형이 아니라 유별나게 큰 시골 장터에 몰려든 구경꾼들처럼 어수선하게 서서 리디머들이 전열을 갖추는 광경을 지켜보았다.

맨 먼저 앞으로 나선 칠천 명의 병력으로 이루어진 블랙 코딜리어는 그 이름에 걸맞게 자주색과 검은색이 어우러진 갑옷 차림이었다. 케일이 서 있는 절벽은 전장에서 몇 마일이나 떨어져 있었지만, 찬송가 노랫소리가 바람을 타고 그곳까지 흘러왔다. 두 소년은 웃음을 터뜨리고는 조롱하듯 노래를 따라 부르기 시작했다.

"스쳐가되 기억하라
지금의 너, 한때의 나
지금의 나처럼 너도 그럴지니
죽을 각오로 나를 따르라

오늘은 나, 내일은 너
나는 먼지이며 너도 그러하니
소름 끼치는 죽음의 진실
마지막 숨을 두려워할지니."

　케일과 베이그 헨리는 전투가 어떻게 끝나건 간에 자신들의 적
이 죽으러 가는 광경을 안전한 곳에서 편안히 지켜보며 거의 발작
적으로 즐거워했다. 베이그 헨리는 아르벨 스완넥의 궁전에서 네
쌍둥이가 부르던 노래가 생각났다. 곡조는 금세 떠올랐지만 노랫
말의 처음 몇 줄은 잊었다.

　"오! 죽음이여, 그대의 독침은 어디에
오! 무덤이여, 그대의 승리는?
지옥의 종소리가 딸랑딸랑 울려퍼지네
내가 아니라 너를 위해서!"

　바람의 방향이 조금 바뀌었는지 노랫소리가 들렸다 말았다 했
다. 하지만 블랙 코딜리어 무리가 항상 전장에 갖고 다니는, 성당
종만큼 거대한 향로가 앞뒤로 흔들거리면서 피어오르는 엄청나게
큰 연기 기둥은 전열을 압도할 정도로 인상적이었다.
　라코니아 용병들은 살짝 흥미로운 야외극을 구경하는 관객들처
럼 여전히 진지 앞에서 어슬렁거리고 있었다. 이윽고 골란고원의
네번째 부대가 등장했다. 히에로판트라고 불리는 이들은 다섯 개
의 신심회로 이루어져 있고, 총 병력은 일만이었다. '원죄 없으신

성심의 종從' '영원히 경배를 올리는 가난한 시몬' '노르베르토의 후예' 험상궂은 '겸손함의 봉헌회', 그리고 가장 소름 끼치는 '자비의 형제회'. 그로부터 한 시간 동안 리디머 군대는 전열을 갖추었다. 금빛 제복, 붉은 깃발, 자주색 휘장, 고해신부들의 잎꼭지 무늬 제의, 임종 직전에 도유塗油를 청하기 전까지는 죽어가는 자들을 건드릴 수 없는 위생병들의 분홍 잎사귀 무늬 수사복, 이 모두가 백파이프에 맞춰 움직이고 있었다. 변덕스러운 바람에도 아랑곳하지 않을 만큼 시끄러운 백파이프의 소리는 일단 전투가 시작되고 찬송가가 그치면, 골란고원의 비죽 튀어나온 바위턱 위에서 지켜보는 밴 오언이 자기 목소리 대신 신호로 사용할 터였다. 그리고 다섯 신심회는 각자 독특한 소리와 지시에 따라 전진하거나 방향을 틀거나 후퇴할 것이다.

이윽고 리디머들의 공격 전열이 반쯤 갖춰졌을 때, 라코니아 병사들이 움직이기 시작했다. 물론 구경꾼들 같은 어수선한 분위기는 달라지지 않았다. 하지만 삼 분도 지나지 않아 들쑥날쑥한 사각 대형 여러 개가 눈 깜짝할 사이에 만들어졌다. 그러나 이내 다시 흥미를 잃은 듯 움직임이 멎었는데, 비록 대형은 흐트러지지 않았지만 오와 열을 정확히 맞춘 군대의 일사불란함은 여전히 없었다. 라코니아 용병들이 멀뚱멀뚱 지켜보는 동안 리디머의 두번째 부대가 완전히 대형을 갖추었다. 블랙 코딜리어가 길게 나란히 한 줄로 늘어서서 맨 앞에 섰고, 나머지 병사들은 6열 횡대로 그 뒤에 섰으며, 기동성이 가장 뛰어난 경장갑 부대는 맨 뒤에 섰다. 반 마일 뒤에서는 예비 병력 천 명이 밀집 대형으로 서 있었다. 곧이어 나팔 소리가 울려퍼지자 백파이프 여섯 개의 귀 따가운 음악이 그쳤다.

그 소리의 잔향이 상처 입은 거대한 야수의 마지막 숨처럼 바람을 타고 흘러왔다.

잠시 정적이 감돌았다. 그사이 리디머 군대의 오른쪽 후방에 자리잡은 오백 명의 기병대 쪽에서 병사의 고함소리인지 말의 콧소리인지 모를 기묘한 소리만 한 번 들렸다.

라코니아 군대 앞쪽에서 움직임이 있었다. 깃발을 두 개씩 든 병사 여덟 명이 여전히 엉성해 보이는 대형들 앞에서 좌우로 달려나갔다.

잠시 후 양쪽으로 흩어진 병사들이 깃발을 쳐들고 신호하기 시작했다. 그러자 마치 물에 들어간 게으른 말이 전기뱀장어에 닿아 움찔하듯, 라코니아 군대가 갑자기 빠르게 움직였다. 여섯 개의 느슨한 사각 대형이 미장공의 흙손처럼 모서리가 뾰족해졌다. 다시 깃발 신호가 떨어지자 라코니아 용병들이 1마일 가까이 떨어져 있는 리디머 군대 쪽으로 진군하기 시작했다. 마치 무용단이나 무언극 배우들처럼 걸음걸이와 동작이 완벽했다.

곧이어 또 깃발 신호. 사각 대형 여섯 개가 동시에 멈춰 섰다. 한 박자 쉬고 또다시 깃발 신호. 병사 팔천 명이 한목소리로 내지르는 함성. 이어서 칼로 방패를 두드리는 엄청난 소음이 울려퍼졌다. 처음에는 마주보고 두드리던 그들은 곧이어 적을 향해 돌아섰다. 노랑과 빨강이 뒤섞인 거대한 색의 향연이었다. 각각의 열이 차례차례 좌우로 이동하자 모든 사각 대형이 일자 대형으로 바뀌면서 30열 횡대가 10열 횡대로 줄어 전장에 긴 줄을 이루었다. 다시 깃발들이 물결치고, 다시 함성이 터지고, 다시 방패 두드리는 소리가 울려퍼지더니, 길이가 1천 야드에 이르는 두꺼운 벽 같은 6열 횡대가 동시에 움직이기 시작했다. 골란고원에 있는 밴 오언의 지휘 본부에서 나팔소리가 들려오자, 모든 리디머가 한목소리로 외쳤다.

"죽음! 심판! 천국! 지옥!
우리가 떠받드는 최후의 네 가지여!"

케일과 베이그 헨리는 양쪽 군대 모두에게 막연한 적개심을 품고 멀리 떨어진 절벽 위에서 안전하게 구경하고 있었지만, 목덜미에서 등줄기를 따라 흐르는 불쾌한 두려움의 전율은 어쩔 수가 없었다. 베이그 헨리는 이 소름 끼치는 기도의 힘을 떨쳐내려고 케일을 향해 나직이 노래를 읊조렸다.

"난 차라리 창녀 마리를 떠받들겠네
오이로 그 짓을 하는 어여쁜 갈보를!"

강기슭 진창에서 황소가 빠져나오듯이 마침내 리디머 대군이 전진하기 시작했다. 그 순간, 케일과 베이그 헨리가 놀랄 일이 벌어졌다. 라코니아 용병들이 죽으려고 환장했는지 갑자기 뛰기 시작한 것이다. 그냥 가볍게 뛰는 게 아니라 맹렬히 질주하고 있었다. 수천 명이 하나의 목표를 가지고 함께 움직이는 거대한 벽의 힘과 질서에 치명적인 행동이었다.

양쪽 대군이 서로 마주하고 마치 얼룩이 퍼지듯 전열을 펼치는 동안, 맥서평원의 작은 동물들은 그 사이에 끼어버렸다. 가장 먼저, 그리고 유일하게 달아난 짐승은 꿩이었다. 그 멍청한 새들은 라코니아의 전열에 짓밟히기 직전까지 멀뚱멀뚱 있다가 푸드득거리며 하늘로 날아올랐다. 토끼들은 물밀듯이 몰려드는 라코니아 군대와 꼼짝 않고 끈기 있게 기다리는 리디머 군대 사이에서 갈팡질팡 뛰어다니며 숨을 곳을 찾았지만 갈 데가 없었다. 토끼들을 사냥하던 여우도 겁에 질려 이리저리 달아나다 결국 노아의 홍수 때 방주 밖에서 물에 잠긴 짐승들처럼 군대의 파도에 삼켜졌다.

라코니아 용병단의 갑작스러운 돌진은 리디머 군대의 좌우에 자리잡은 궁수대 백부장들을 당황시켰다. 이미 그들은 리디머 전열 쪽으로 살짝 기운 비탈을 따라 몰려오는 적 때문에 당황한 상태였다. 몇 초간 멈칫거리는 움직임도 혼란을 가중시켰다. 지금껏 일정한 속도로 전진해오는 적만 보았기 때문이다. 빨리 쏘라고 재촉하는 성난 밴 오언의 호통을 들었을 때는 이미 두 차례 일제사격의 기회가 날아간 후였다. 정신을 차린 궁수들이 부리나케 활을 쏘자, 붉은 옷차림으로 돌진해오는 적들을 향해 무시무시한 화살들이 허공을 가르며 날아가는 것이 두 소년의 눈에 들어왔다. 하지만 라코니아 용병들이 몰려오는 속도가 워낙 빨라서, 포물선을 그리며 날아간 화살들은 후방에 있는 자들만 맞히고 대부분 쓸모없이 뒤쪽에 떨어졌다.

거리가 너무 가까워진 지금은 돌진해오는 라코니아 병사들과 그들을 막아주는 방패를 향해 낮게 직선으로 쏠 수밖에 없었다. 그런데 충격적인 사실이 또하나 드러났다. 이 용병들이 또다른 용병을 고용한 것이었다. 원거리 전투는 나약한 짓이라고 너무 오랫동안 경멸해온 탓에 활솜씨가 형편없는 라코니아 용병들은 리틀 이탈리아에서 궁수 사백 명을 고용했다. 리디머 궁수들이 쏜 화살은 앞서 달려오는 라코니아 본대를 지나쳐 오른쪽 후방에 처져 있던 용병 궁수들에게 맞았다. 이미 백오십 명이 죽었고, 나머지는 오도가도 못하는 신세가 되었다. 하지만 이제 리디머 궁수들은 닥치는 대로 활을 쏘면서 본대에 화력을 집중하느라 이탈리아 용병 쪽은 신경쓰지 못했다. 그리고 그사이 전열을 재정비한 용병 궁수들이 이번에는 리디머 궁수 부대를 향해 화살을 퍼부었다.

참혹했다. 궁수들의 존재를 예상하지 못한데다 활을 쏠 줄만 알았지 맞아본 적이 별로 없는 리디머 궁수들은 쏟아지는 화살 세례에 당황했으며, 한데 모여 있다보니 날아오는 화살에 족족 맞았다. 부상당한 자들과 죽어가는 자들의 비명 사이로 백부장들과 부관들이 고래고래 소리쳤다. "고개 숙여! 고개 숙여! 고개 숙여! 고개 숙여!" 또다른 백부장이 고함을 질렀다. "조심해! 앞을 봐! 저기! 저쪽!" 리디머 한 명의 가슴에 화살이 꽂히자, 그 옆에 있던 리디머는 뜻밖의 채찍질에 놀란 말처럼 움찔했다. 다른 이들도 공연히 고개를 숙이고 몸을 웅크렸다. 멀거니 서 있던 리디머들은 속수무책으로 습격당하듯 배나 얼굴에 화살을 맞았다. 불과 일 년 전 마테라치 기병대를 초토화시킨 궁수들이 눈 뜨고 당하는 신세로 전락한 것이다. 그사이 라코니아 용병들은 화살 한 발 맞지 않고 돌진하며 주먹을 휘두르듯 블랙 코딜리어 전열을 거세게 치고 들어갔다. 크고 작은 방패들이 부딪치는 소리는 장엄하기보다는 볼품없게 쨍그랑거리는 소리였다. 하지만 온 세상을 통틀어 그렇게 빠르고 강력한 장갑 부대를 맞아서 버틸 수 있는 무리는 리디머뿐일 터였다. 전열이 무너진 곳도 더러 있었고, 그런 곳에선 리디머 병사와 라코니아 용병이 뒤엉켜 구르면서 꼴사납게 널브러졌다. 상대가 버티거나 한꺼번에 무너져 전열이 뚫리길 기대했던 라코니아 용병들은 땅에 쓰러진 채 머뭇거리다가 대기중이던 노르베르토의 후예들에게 학살당했다. 곧이어 밀고 밀리는 상황이 벌어졌고, 양쪽에서 고함과 리드미컬한 명령이 터져나왔다. 마치 축제 때 줄다리기를 하며 함성을 지르는 것 같았다. 맨 뒤의 병사들이 바로 앞의 병사들을 몸으로 밀었고, 그 병사들도 앞에 선 병사들의 등을 어깨로 밀면서 힘겨운 신음을 쏟아냈다. 그러는 동안 맨 앞줄에서는 치열한 전투가 벌어졌다. 까마득히 먼 언덕에서 내려다보면, 라코니아 용병들의 검붉은 어깨 망토와 리디머 신심회들의 여러 색깔이 마치 탁자 위에 엎지른 물과 기름 같았다. 하지만 경계선을 따라 여기저기 반대편으로 색이 살짝 퍼져나가면서 뒤섞이곤 했는데, 이내 침입자들이 살육당하거나 뒤로 밀리면서 다시 색깔은 본래 전열로 흡수되었다.

곧이어 충격적인 사실이 또하나 드러났다. 지금껏 자신들과 마찬가지로 오로지 전투만 하고 전투 기술만 배우는 자들과 싸워온 라코니아 용병들은 수많은 전쟁을 치르는 동안 다양한 적들의 특기를 훔쳐왔다. 방금 그들은 스트라우드족의 검을 본뜬 새로운 칼을 꺼내들었는데, 길이가 40인치에 이르고 끝이 심하게 구부러진 장검이었다. 그 칼은 리디머들의 방패를 손쉽게 두 동강 냈고, 앞에 있는 적의 투구도 무시무시한 힘으로 썰어버렸다. 주먹질이나 가벼운 칼질 정도만 견디도록 제작된 리디머의 투구는 망치와 창을 합친 듯한 강력한 무기에 간단히 쪼개졌다. 그 파괴적인 칼로 내리치고 찌를 때마다 치명적인 상처를 입은 블랙 코딜리어의 전열은 흔들리기 시작했다. 잠시 후 심장에 꽂힌 칼을 마지막으로 비틀 듯, 라코니아 용병단이 섬뜩하고 노련한 전술을 발휘했다. 가운데 전열을 무너뜨리기 어렵다고 판단한 라코니아 군대가 후방 중앙부에서 가장 억센 병사들이 밀집한 오른쪽으로 중심을 이동해 그쪽의 전력을 더욱 강화한 것이다. 구부러진 칼에 무너진 블랙 코딜리어 전열은 더 약하거나 보호장비가 부실한 병사들로 대체됐고, 그 결과 리디머 군대의 중앙과 오른쪽이 서서히 밀렸다. 그러는 동안 리디머 군대의 좌측은 구부러진 칼을 휘두르는 가장 강한 군인들로 신속하게 보강된 라코니아 용병단에게 삽시간에 무너지기 시작했다. "고작 이거냐? 잠깐, 뭐야? 기다려! 도망치지 마! 맞서 싸워라!" 무너지는 전열과 대혼란, 사방에서 터져나오는 고함 소리. 양쪽 병사들은 대부분 승패를 전혀 짐작할 수가 없었다.

땅이 울리는 소리와 병사들의 비명, 고래고래 명령하는 지휘관들과 지시를 전달하는 나팔소리, 죽은 자들과 죽어가는 자들. 그러는 동안 라코니아 용병단의 우측이 마침내 상대를 제압했다. 리디머 병사들 중 달아날 수 있는 자들은 달아났고, 그러지 못한 자들은 적의 손에 끝장이 났다. 이제 라코니아 용병단의 선회 진격을 방해하는 것은 피와 똥오줌과 흙에 범벅이 되어 미끈거리는 시체들뿐이었다. 용병들은 축 늘어져 무거워진 시신들을 밟고 나아가느라 비틀거렸고, 죽어가는 자들과 여전히 고함을 질러대는 부상병들은 적의 발목을 잡아끌었다. 아직 싸울 기력이 남은 일부 병사들은 휘청거리는 적을 칼로 찔러댔다. 뒤에서 밀어대는 통에 별안간 질서가 무너진 라코니아 용병들은 속수무책으로 당할 수밖에 없었다. 이 난장판 속에서 필사적으로 전진하면서 라코니아 용병단은 지난 십 년간 전장에서 죽은 병사들보다 더 많은 병력을 잃었다. 하지만 결국 목적을 이루자 전투는 끝이 났다. 물론 살육은 아직 끝나지 않았다. 언덕에서 내려다보며 절망적인 두려움에 사로잡힌 밴 오언이 할 수 있는 일은 보잘것없는 예비 부대를 보내는 것뿐이었지만, 그들은 필연적인 결말을 잠시 늦추다 죽을 운명이었다. 중앙부 우측의 리디머들은 싸움을 멈추지 않았다. 그러나 옆에서 치고 들어온 라코니아 병사들이 마치 소풍이 끝난 뒤 돗자리를 둘둘 말듯 간단히, 잔혹하게 적을 몰살했다. 도망치지 않은 자들은 모두 죽었다.

실버리힐에 이은 두번째 전투에서 베이그 헨리와 케일은 결국 다시 한번 대학살을 목도했다. 주위에 있던 연옥수들은 줄곧 목이 터져라 리디머 군대를 응원했는데, 그 소리가 너무 시끄러워서 베이그 헨리가 조용히 하라고 화를 내야 할 정도였다. 그는 그들을 처형할 때 환호하던 자들, 그들을 살아 있는 시체, 영혼 없는 존재로 여기던 자들을 응원하고 있는 거라고 핀잔을 주려 했다. 하지만 같은 생각을 하고 있던 케일이 친구가 무슨 말을 하려는지 눈치채고 그의 팔에 손을 얹어 제지했다. 괜히 전투에 끼어들어 낭패를 본 실버리힐에서와 달리, 이번에 케일은 처참한 결말이 나기 전에 일찌감치 자리를 떴다. 그리고 그날 괴멸당한 리디머들과 달리 그에게는 행운이 따랐다.

케일과 베이그 헨리가 이끄는 연옥수 부대 중 일부는 눈물을 흘렸고, 몇몇은 죽은 자와 죽어가는 자들을 위해 기도를 읊었다.

"죽음, 심판, 천국, 지옥이여." 이성에 반하는 아홉 범죄 중 세 가지 죄를 짓기 전에는 메이너스의 기도 대부였던 연옥수 길트랩이 읊조리는 소리였다. 나머지 연옥수들은 베이그 헨리가 또 화낼까봐 나직한 소리로 화답했다. "우리가 떠받드는 최후의 네 가지여."

앞장서서 무리를 이끄는 두 소년은 이런 상황에 어울리지 않는 웃음을 감추기 위해 고개를 깊이 숙였다.

골란고원 쪽으로 되돌아가는 동안 케일은 일행을 보호하기 위해 '맥서의 손가락들'을 따라 에움길로 이동했다. 길고 낮고 좁다란 이 언덕들은 그 형상이 끝이 뭉툭한 손가락들이 골란고원의 에움 길을 가리키는 것 같아 그런 이름이 붙었다. 라코니아 용병들은 활 솜씨뿐 아니라 말 타는 솜씨도 변변치 못했는데, 그날 그들이 투입하지 않은 예비 병력은 빠른 기병대였다. 벼랑을 떠나기에 앞서 케일은 라코니아의 예비 병력이 밴 오언의 전망대 저 너머에서 골란고원으로 천천히 에둘러 가는 모습을 발견했다. 그래서 혹시라도 라코니아 기병대와 맞닥뜨릴까 일부러 느릿느릿 이동했다. 손가락들을 따라 양쪽으로, 그리고 언덕마루 바로 밑으로 케일이 파견한 정찰병들은 당나귀를 타고 울퉁불퉁한 사면을 단단히 디디면서 위협적인 조짐이 없는지 유심히 살폈다. 그중 한 명이 손가락들의 뭉툭한 끝 바로 앞에서 케일을 향해 꼭대기로 올라오라고 손짓했다. 케일이 베이그 헨리를 데리고 걸어서 꼭대기에 다다르자, 정찰병은 골란고원으로 향하는 스무 명가량의 리더머 부대를 가리켰다.

"밴 오언이야?" 소형 망원경으로 지켜보는 케일에게 베이그 헨리가 물었다.

"틀림없어. 저기를 봐." 케일은 망원경을 친구에게 건넸다.

베이그 헨리는 케일이 가리킨 곳을 유심히 살펴보았다. 서른 명 정도로 이루어진 라코니아 기병대가 밴 오언의 호위대를 쫓고 있었는데, 서두르는 기미도 없이 설렁설렁 걷는 호위대는 적의 습격을 까맣게 모르는 눈치였다.

"밴 오언은 가망이 없어." 베이그 헨리가 한마디했다. "내가 본 그의 호위대에는 노쇠한 병사들과 설교자들밖에 없었단 말이야."

케일이 망원경을 도로 받아들고 지켜보는 동안 라코니아 용병들은 점점 더 가까이 다가왔다. 그 와중에도 망치들이 케일의 머릿속을 두들겨댔다. 베이그 헨리는 망원경 없이도 꽤 또렷이 볼 수 있었다. 오 분 뒤, 라코니아 기병대가 250야드 근방으로 다가오자 밴 오언의 후위 호위병들이 적을 발견했다. 베이그 헨리가 지켜보는 가운데 호위대 전체가 동시에 천천히 뛰기 시작하더니, 이내 전속력으로 달렸다. 그리고 밴 오언으로 보이는 자를 에워싼 대여섯 명의 호위병을 제외하고 기병 전원이 뒤로 물러나 자신들의 대장과 점점 다가오는 라코니아 용병들 사이에 일렬로 벽을 만들었다. 하지만 아무리 시원찮은 기병대라 해도 라코니아 용병은 리디머보다는 나았고, 그들이 탄 말도 더 좋은 말이었다. 따라서 밴 오언이 따라잡히는 것은 시간문제였다. 마침내 드넓은 평원에 뾰루지처럼 솟은 작은 언덕 위로 몰려간 호위대는 사령관을 둥그렇게 에워싸고 적을 기다렸다. 케일은 베이그 헨리에게 망원경을 건넸다. 이제 리디머 호위대 앞으로 30야드까지 다가온 라코니아 기병대는 말에서 내려 금세 공격 대형을 이룬 후 살짝 물매진 비탈을 따라 올라갔다.

케일이 다시 손가락 모양을 한 언덕 아래로 내려가려 하자 베이그 헨리가 친구의 팔을 잡았다.

"어쩔 셈인데?"

"나? 밴 오언을 구하러 갈 거야. 넌 여기 있어."

"왜?"

"알았어. 너도 같이 가."

"난 그 똥자루 도와주기 싫은데. 왜 도와주려는 거야?"

"그럼 구경하면서 감탄이나 해. 꼬마야."

"정신 나간 짓 하지 마."

"두고 보라고." 말을 마치자마자 케일은 산양처럼 껑충껑충 언덕 아래로 내려갔다.

베이그 헨리는 당나귀를 탄 정찰대와 함께 언덕마루에서 기다리며 지켜보았다. 그사이 평원으로 이동한 케일과 연옥수들은 나중에 '필록힐'이라고 불리게 된, 반 마일 너머의 언덕 전장으로 달려갔다.

아까 케일이 충동적으로 군다고 생각했던 베이그 헨리는 빠르게 진격하는 케일과 연옥수들을 지켜보면서 자신의 생각이 틀렸음을 깨달았다. 이 속도로만 달려가면 라코니아 기병대의 후위를 칠 수 있었다. 그러면 앞뒤로 리디머 부대 사이에 끼게 된 라코니아 용병들은 당연히 승리할 전투를 패배로 마감할 가능성이 농후했다. 더구나 케일은 위험을 무릅쓰고 직접 공격할 생각도 없었다. 베이그 헨리는 활보다 쇠뇌를 사용하는 것이 더 효과적이라고 늘 주장했는데, 궁수를 양성하려면 시간이 오래 걸리기 때문이었다. 쇠뇌는 고작 몇 달만 훈련해도 활처럼 명중이 가능했고, 오히려 더 좋은 성과를 얻을 때도 있었다. 그래서 케일은 필록힐 꼭대기에서 70야드 떨어진 곳에 멈춰 연옥수들을 말에서 내리게 한 다음, 그들 뒤에 멀찌감치 서서 라코니아 기병대를 쇠뇌로 사격하라고 지시했다. 그날 저녁에 한 연옥수가 베이그 헨리에게 말하기를, 케일이 공격

명령을 내리자 연옥수 한 명이 밴 오언의 호위대가 위험해질 거라며 반발했다고 했다. 그러자 케일이 그자의 얼굴을 아주 세게 후려쳤고, 연옥수가 베이그 헨리에게 전한 바에 따르면 '코가 비스터 자두처럼 터져버렸'다.

필록힐에 자리잡은 사령관 호위대가 위험해질 수도 있었지만, 어쨌든 라코니아 기병대가 입은 피해는 참혹했다. 일 분도 안 돼서 빨간 망토를 두른 용병 여섯이 쓰러졌다. 그들은 케일과 연옥수들에게 반격하기 위해 돌아설 수밖에 없었다. 하지만 이번에는 호위대가 뒤에 있어서, 필연적인 패배의 방향만 바뀐 꼴이었다. 그들이 언덕 아래로 돌진하는 광경은 멀리 있는 베이그 헨리가 보기에도 꽤 무시무시했지만, 연옥수들에게 달려드는 와중에도 세 명이 더 죽었다. 곧이어 섬뜩할 정도로 치열한 막상막하의 전투가 벌어졌다. 그런데 밴 오언의 호위대는 자신들을 구하러 온 특공대가 목숨을 걸고 필사적으로 싸우는 광경을 멀뚱멀뚱 지켜보기만 했다. 당장 필록힐에서 달려내려와 아군과 함께 라코니아 기병대를 앞뒤로 공격해야 마땅하건만 그러지 않았다. 이제는 병력이 상대의 절반밖에 안 됐지만 라코니아 기병대는 연옥수들과 달리 갑옷 차림이었고—물론 보병처럼 중장갑은 아니었다—그들의 전투 방식에 이상적인 지대인 언덕 위에서 아래를 향해 공격중이었다. 제정신이 박혀 있다면 당연히 라코니아 기병대를 쫓아왔어야 할 호위대가 그냥 기다리면서 구경하는 지금, 더이상 연옥수들에게는 유리한 점이 없었다. 케일이 두 손을 동그랗게 말아 입에 대고 소리쳤다. "우릴 도와줘!" 하지만 사령관의 호위대는 자신들을 구해준 연옥수들을 소 떼 보듯 바라보기만 했다. 연옥수들 뒤로 10야드쯤 떨어져 서서 머리끝까지 화가 난 채 욕설을 중얼거리던 케일은 호위대가 상황을 잘못 파악한 게 아니라 일부러 방관하고 있음을 깨달았다. '어째서? 우릴 도와야 마땅하잖아.' 하지만 순교와 희생의 가치를 믿는 장군이라면, 더 큰 일을 하기 위해 자신의 생존이 가장 중요하다고 믿는 자라면 이야기가 달랐다. 밴 오언과 그의 호위대는 이미 건너편 비탈을 따라 내려가며 골란고원으로 돌아가고 있었다. 만약 케일이 베이그 헨리나 클라이스트처럼 궁술이 뛰어났다면, 멀리 떨어진 곳에서 안전하게 라코니아 용병들을 차례차례 쏴 죽였을 것이다. 하지만 그에겐 그런 능력이 없었다. 그냥 들러붙어 싸우는 수밖에 없었다. 자신의 우둔함에 화가 난 케일은 사납게 포효한 후 너덜너덜해진 전선 왼쪽으로 달려가 맨 처음 눈에 띈 라코니아 병사를 뒤에서 투구 밑으로 칼을 찔러넣어 목을 꿰뚫었다. 왼쪽을 치는 것이 늘 유리했는데, 케일이 오른쪽으로 몸을 기울여 말을 탔기 때문이다. 이런 불균형한 자세는 일반적으로 좋지 않지만, 케일은 왼다리를 2피트 정도 살짝 들어 옆에 있는 자의 취약한 무릎 관절을 발로 찼다. 관절이 꺾인 남자는 고통스러운 비명을 지르며 쓰러졌지만 관자놀이를 걷어차이자 곧바로 조용해졌다. 케일은 사면초가 상태에 있던 연옥수 두 명을 잡아 구해준 다음 그들과 함께 측면에서 라코니아 용병들을 공격했다. 반대편 측면에서는 갑옷을 입지 않은 연옥수들이 몹시 고전중이었다. 월등하게 훈련된 적의 힘과 기술 앞에서 그들은 상대가 되지 못했다. 그러나 밴 오언의 배신에 분노한 케일은 지금 적개심과 증오로 가득찬 회오리바람과도 같았다. 비록 의도한 바는 아니었지만, 괴물처럼 무참하게 적을 쓰러뜨리는 그를 본 연옥수들은 그 용맹성에 감탄했으며, 심지어 그가 자신들을 사랑한다고 생각했다. 본래 싸우다 죽는 것을 삶의 목적으로 여기는 라코니아 용병들조차 살인에 관한 케일의 탁월한 재능에 압도된 듯했다. 정교함이나 우아함 없이 오로지 잔혹하게 찌르고 후려치는 모든 움직임은 적을 무찌르고 말겠다는 의지, 적이 아무리 몸부림쳐도 반드시 패배시킨다는 확신으로 가득차 있었다. 측면이 밀리는 라코니아 용병들은 그런 케일을 보고 전의를 상실하는 듯했다. 적뿐만 아니라 스스로에게도 무자비한 그들은 두려움을 드러내지 않았지만, 죽기 몇 분 전에는 이미 패배를 확신했다. 일곱 명이 세 명이 되고, 세 명이 한 명이 되었으며, 결국 전투는 끝이 났다. 곧이어 여느 전장에서 볼 수 있는 참혹한 광경이 펼쳐졌다. 울부짖는 부상자들, 넋이 나간 자들, 기뻐 날뛰는 자들, 아직 숨이 붙어 있는 라코니아 용병들을 잔인하게 끝장내는 연옥수들. 한 라코니아 용병은 다리에 가벼운 부상만 입었는데, 연옥수 두 명이 혹시 모를 위험—숨긴 단검 따위—을 경계하며 그자를 칼로 찔러대며 조롱해대고 있었다. "안타고니스트 똥자루!" 정확한 표현은 아니지만 그들이 생각해낼 수 있는 가장 나쁜 욕이었다. "무신론자 악당놈!" 딱 맞지는 않았지만, 이것이 라코니아 용병단의 진실에 더 가까웠다. 묘하게도 리더머들은 대부분 안타고니스트 무리가 그들이 따르는 신앙의 분파이며 그들이 믿는 것을 거의 다 믿는다는 사실을 몰랐다. 두 연옥수의 칼 중 하나가 라코니아 용병의 손바닥을 깊이 베자, 고통스러운 비명소리가 케일의 주의를 끌었다. 분노한 케일은 달려가 신경질적으로 두 연옥수를 밀쳤다. 이미 겁에 질린 라코니아 병사는 자신을 내려다보는 케일을 보고 눈이 휘둥그레졌다. 그리고 그가 윗몸을 일으켜 두 팔을 뻗는 순간, 번개같이 뻗어나온 칼이 그의 쇄골을 뚫고 심장으로 파고들었다. 끔찍한 기침소리가 몇 초 이어지더니 곧 무의식과 죽음이 찾아왔다. 몇 시간 동안 부상으로 고통스럽게 죽어간 자들이나 잔인한 희롱과 서툰 칼놀림으로 천천히 죽은 자들이 맞은 최후보다 훨씬 더 친절한 최후였다. 저멀리 평원의 전장에서는 아직도 수천 명이 그런 공포를 기다리고 있었다. 예전에 이드리스푸케가 멤피스만의 모래 해변에서 생선튀김과 감자튀김을 먹으며 베이그 헨리에게 말했듯 때로는 현실에서 눈을 돌리는 편이 나았다.

잠시 후 베이그 헨리가 도착했다. 당나귀 정찰대는 여전히 300야드 뒤에 있었다. 주위에 널린 시체들을 둘러보던 베이그 헨리가 살아남은 연옥수 여덟 명에게 말했다.

"이런 광경은 난생처음 보는걸."

이 말이 결코 칭찬이 아니라는 걸 분명히 아는 케일은 친구를 쏘아보았다.

"저 두 놈의 갑옷을 벗기고 무기를 챙겨. 어서."

몇 분 뒤 그들은 죽은 연옥수들을 싣고 자리를 떴다.

이날 케일은 실버리힐에서보다 죽음에 훨씬 더 가까이 다가갔지만, 결국 전투는 잘 마무리되었다. 그리고 한 가지 교훈을 얻었으며, 죽지 않고 살아남았다. 물론 나중에 베이그 헨리에게 그는 '어쩌다 그렇게 됐는지 지금도 모르겠어'라고 말했다. 하지만 케일에게 그날은 아직 끝난 것이 아니었다.

여덟 순교자의 전장에 자라난 왕골과 헤더는 대부분 멀쩡했지만, 전투가 벌어진 자리는 엉망이 되어 풀밭 아래 진흙이 드러나고 땅이 헤집어졌다. 불과 일주일 전만 해도 살을 에는 듯이 추웠는데, 바다에서 불어오는 훈풍이 눈을 녹이고 점점 강해지면서 날은 한층 더 따뜻해졌다. 오후가 되자 계절이 무색할 만큼 훈훈해졌고, 섬뜩한 죽음만 있던 곳에는 새로운 생기가 넘실거렸다. 따스한 왕골 덤불 아래 땅속에 묻혀 있다가 전투 때문에 밖으로 드러난 날벌레 알 수백만 개가 햇볕에 데워져 부화하더니, 불과 한 시간 만에 전장 크기만한 기둥 모양으로 소용돌이치면서 1천 야드 상공으로 솟아올랐다.

학살 현장에서 가까스로 살아남아 엉망진창 무리 지어 골란고원 기슭으로 달아난 삼천여 명의 리디머들이 뒤를 돌아보고는 공중에 펼쳐진 광경에 깜짝 놀랐다. 안개 같은 구름이 하늘에 떠 있었는데, 마치 살아 있는 생물처럼 꿈틀거리며 이리저리 움직였다. 그들 중 그런 것을 본 적이 있는 자는 거의 없었다. 실제로 그것은 생물이었다. 처음에는 뒷다리로 일어선 오소리 같더니, 곧이어 낙타 모양으로 바뀌었고, 이제는—고래를 본 적이 있는 자들의 눈에는— 고래와 아주 흡사해 보였다. 하지만 피로와 수치심, 불안과 공포에 사로잡힌 대부분의 리디머들에게는 참혹한 패배와 불경스러운 라코니아의 승전에 분노한 목 매달린 리디머가 고개를 젓는 모습으로 보였다. 마침내 바람이 변하고 날벌레 무리가 우발적으로 형태를 바꾸자, 비탄에 잠긴 구세주의 형상은 일순간 험악하게 노려보는 무자비한 소년의 얼굴로 변했다. 나중에 그들은 대부분 정말로 그렇게 보였다고 입을 모았다. 심지어 며칠 뒤에는 그 자리에 있지도 않았던 자들까지 점점 더 많은 리디머들이 그 사건을 믿었다.

몇 시간 만에 다시 골란고원으로 줄지어 돌아온 리디머들이 떠벌린 소문은 마치 기적의 빵 위에 바른 버터처럼 삽시간에 퍼져나갔다. 인류 종말이 예정되어 있고, 유대인들이 개종하러 샤르트르로 몰려들고 있고, 세계 종말의 난장이 네 명이 말을 타고 웨어거리를 내달렸고, 그레이벌리힐에서는 붉은 용이 나타나 해를 둘러걸친 여자 위에 섰고, 휘스터블에서는 땅의 괴수가 마을 사람들에게 바다 괴수를 섬길 것을 강요했다는 소문. 뉴브라이턴에서는 천사가 주님의 분노가 담긴 그릇을 들고 나타났다. 이런 소문들이 널리 퍼지자, 그날의 끔찍한 패배가 기묘하게 왜곡되어 리디머들의 입에 오르내렸다. 애콜라이트인 한 소년이 당나귀 턱뼈로 적군 백 명을 물리치고, 자신의 군대를 적에게 내준 리디머 밴 오언을 안타고니스트 배신자들로부터 구해냈다는 이야기가 골란고원 전역을 휩쓴 것이다.

이 마지막 소문은 순전히 거짓도, 전적으로 우연의 산물도 아니었다. 앞서 보스코는 케일을 알고 그를 믿는 동조자들을 골란고원으로 보냈는데, 그들이 필록힐에서 벌어진 사건과 수치를 왜곡하여 퍼뜨린 소문은 그런 이야기를 갈망하는 자들의 귀로 흘러들어 갔다. 적어도 사건의 왜곡은 그들의 소행이었다. 라코니아 용병단은 골란고원을 점령하기 위해 진군하거나 심지어 리디머들의 참호라인을 뒤에서 쳐러 돌아가지도 않았다. 놀랍게도 그들은 기존의 자리에 그대로 머물렀다. 몇 시간도 지나지 않아 골란고원의 모든 리디머들은 목 매달린 리디머와 그분의 육화된 분노의 형상이 신의 공포로 라코니아 놈들의 발을 묶은 것이라고 철석같이 믿게 되었다.

하지만 라코니아 용병들이 전투 일주일 전에 구축해놓은 진지로 후퇴한 것은 날벌레 떼나 신 때문이 아니었다. 그것은 끔찍이 성가시고 습관적인 두려움 때문이었다. 현자들이 이르기를, 한 바구니에 달걀을 전부 넣으면 거기에서 눈을 떼지 못하게 된다고 했다. 만약 바구니에 담긴 달걀들이 유별나게 귀한 것이라면 상황은 훨씬 더 암울해진다. 그것이 라코니아 용병단이 안고 있는 문제의 핵심이었다. 전장의 혼란과 공포 속에서 무용단처럼 움직이는 그들의 능력은 평생에 걸친 가혹한 보살핌과 광포한 배려에서 탄생한 것이었다. 그들 한 사람 한 사람을 키우는 데 엄청난 시간과 돈이 들었고, 그 시간을 벌기 위한 재화는 노예들에게서 나왔다. 이 노예들은 사방 곳곳에서 잡아온 자들이 아니었다. 노예로 끌려오면서 가족과의 연이 끊어지고 모든 인간관계까지 단절된 자들이 아니라, 사촌에 팔촌까지 한데 모여 살을 맞대고 사는 자들이었다. 노예는 많았고, 라코니아 용병은 적었다. 라코니아 전사 중에 죽음을 두려워하는 자는 없었다. 그러나 그들 모두 자신이 소유한 남녀노예들은 두려워했다. 여덟 순교자의 전투에서 라코니아 용병 한 명이 죽을 때 리디머는 열네 명이 죽었다. 하지만 그 정도 손실로도 라코니아 용병단은 충격에 휩싸였다. 그 전투에서 죽은 천백 명과 함께 무덤으로 사라진 그간의 노력과 공이 막대해서, 한 세대가 지나도 만회가 되지 않을 지경이었다. 라코니아 용병의 수는 너무 적었고, 그들의 훈련은 너무 길고 혹독했다.

그토록 성공적인 참변이 벌어진 상황에서 라코니아의 에포르들은 대책을 마련하지 않을 수 없었으며, 골란고원을 돌아 리디머들의 참호 라인을 뒤에서 덮쳤다면 몇 달, 심지어 몇 주 만에 전투를 끝냈을 수도 있는 상황에서 라코니아 용병단이 머뭇거린 것은 바로 그 때문이었다.

에포르들은 골란고원 앞에 진을 친 용병 군대에게 땅을 파고 매복해 있으라 명한 다음, 헬롯 노예들에게 한 가지 제안을 했다. 만약 그들이 가장 강하고, 가장 용감하고, 가장 영리한 사내 삼천 명을 차출해 골란고원에서 라코니아 용병들과 함께 싸우고 돌아오면, 참전자 모두를 노예의 굴레에서 벗겨주고 각각에게 200달러와 땅 한 마지기씩을 주겠다고. 헬롯들은 이 전례 없는 자유와 부의 기회를 냉큼 거머쥐고는 곧바로 가장 뛰어난 사내 삼천 명을 선발했으며, 정해진 시간과 장소에 비무장 상태로 나타난 노예들은 매복해 있던 라코니아 병사들에게 속수무책으로 학살당했다. 이 사건으로 나머지 헬롯들은 잔뜩 겁에 질렸고, 자유로워지고자 하는 의지가 있는 가장 강한 사내들을 몰살하고 크게 안도한 에포르들은 안타고니스트 무리가 제공한 추가 대금을 받고 재차 진격하기로 결정했다. 하지만 대량 학살 작전을 세우는 데는 안타고니스트에게서 돈을 더 뜯어내는 것만큼이나 꽤 긴 시간이 걸렸다. 결국 라코니아 군대가 다시 움직이기까지는 삼 주가 걸렸고, 그사이 보스코는 뛰어난 활약을 펼쳤다.

이틀도 지나지 않아 패전 소식을 들은 보스코는 다시 이틀 뒤 교황청에 내린 마비痲痺의 기운을 이용해 샤르트르로 가서 교황 알현을 요청했다. 그 와중에도 그는 자신의 비밀 신심회와 연락을 주고받으면서 동조자들에게는 언변이 가장 뛰어난 특사를 보냈는데, 그들은 그 같은 재난 상황에 불안과 두려움에 사로잡혀 있으면서도 잇속을 챙길 일이 없을지 살피는 것을 잊지 않는 이들이었다.

라코니아의 위협에서 벗어나야 한다는 절박감이 극도로 고조됐음에도 모든 사람이 똑같이 케일을 믿으려 하지는 않았다. 보스코의 적들은 하나로 뭉쳐 있었다. 하지만 한편으론 그들도 여느 리디머와 다름없이 밴 오언의 패전에 기겁했으며, 그것이 초래할지 모를 결과에 잔뜩 겁을 먹었다. 그리고 모략과 이기심으로 똘똘 뭉친 불충한 자들일지언정 순수한 종교적 열의가 없는 것은 아니었다. 그들도 궁금했다. 정녕 케일은 죽음의 사자일까? 우회적이고 모호한 방식으로 오래전부터 어렴풋이 예정되어 있는 존재가 과연 그일까? 혹자는 그것이 죽음의 사자에 대한 예언이 아니라 심하게 손상된 원본 문헌을 잘못 해석한 것에 불과하며, 리디머들의 적을 무참히 파멸시키고 세상 종말을 불러올지도 모를 존재가 아니라 기근이 일 년 넘게 지속될 때 주님께서 내려주실 칠십 알의 건포도와 견과로 만든 성스러운 과자를 의미하는 것인지도 모른다고 주장했다. 물론 그 예언의 진의가 어둠의 파괴자냐 영양 만점의 과자냐 하는 논쟁은 리디머 신앙이 파멸의 위기에 명백히 직면한 마당에 그다지 중요하지 않았다.

래스의 제8군을 케일에게 맡겨야 한다는 보스코의 놀라운 요구는 처음엔 가차없이 퇴짜를 맞았다. 잠깐 동안 정신이 돌아온 교황은 마테라치 대군을 물리친 장본인이자 이미 샤르트르에 와 있는 리디머 프린셉스 장군을 사령관으로 임명하라고 명했다. 신중하고 합리적인 결정이었다. 하지만 보스코의 지령을 받은 프린셉스는 목구멍에 생선 가시가 걸려 죽음의 문턱에 있는 신세라고 엄살을 떨었다. 그리고 이번에도 교황에게 서신을 보내, 자신은 케일이 세운 작전을 따라서 마테라치 군대에 승리했을 뿐이며, 케일을 제8군의 수장으로 임명해달라고 지극히 겸손하게 요청했다. 그의 병세를 믿지 못하는 많은 이들의 의심을 불식시키고자, 프린셉스는 교황이 직접 죽어가는 자를 위한 기도를 읊어달라고 요청했다. 그래야만 적들이 눈치채지 못할 거라며 보스코가 억지로 시킨, 그였다면 결코 저지르지 않았을 불경스러운 행위였다.

이로 인해 간트와 파르시가 받은 충격은 이루 말할 수가 없었다. 그들에게 프린셉스는 최후의 희망까지는 아니어도 최선의 희망임은 틀림없었다.

"당장 조치를 취하지 않으면 우리는 패배할 거요. 그 소년에게 사령관 자리를 줍시다." 파르시가 신음하듯 중얼거렸다.

"그런 무모한 행위를 용납했다가는 제 명에 못 살 거요. 그 녀석이 진정 주님의 사자라면 유혈이 낭자한 광경이 징표로 더 어울릴 거외다. 날벌레 구름이나 망할 보스코의 나불거림 따위가 아니라." 하지만 구원자를 갈망하는 신도들의 열의가 너무 강해서 방관하고만 있을 수는 없었다.

"그럼 좋소." 마침내 간트가 입을 열었다. "개에게 토끼를 보여 줍시다."

한 시간도 지나지 않아 교황청 전령이 무장 호위병 여덟 명과 함께 보스코의 거처로 찾아와 당장 케일이 교황을 알현케 하라고 했다. 갑작스러운 지시에 놀란 보스코는 케일과 동행하겠다고 했지만, 전령은 두려움이 역력한 표정으로 요청을 거부했다.

"소년만 데려오라는 명령을 제가 직접 받았습니다, 리디머."

결국 교황 앞에서 해야 할 말과 행동, 또는 삼가야 할 말과 행동을 알려주지 못한 보스코는 일종의 함정일 게 뻔한 곳으로 향하는 케일을 지켜볼 수밖에 없었다.

대기실로 안내받은 케일은 거기서 기다리라는 지시를 받았다.

교황을 알현하기 전에 혼자 있으면서 불안해지라는 의도에서였다. 방 저편에 촛불을 밝혀놓은 곳으로 눈을 돌리자, 네 개의 향로에서 피어오르는 뿌연 연기 사이로 리디머 순교자들 중 으뜸으로 꼽히는 성 요셉이 산 채로 돌이 된 것 같은 조각상이 보였다. 그가 순교한 날 특별한 사건이 하나 일어났는데, 누군가가 측은지심 때문에 리디머의 편을 든 것은 아마도 그때가 처음이자 마지막이었을 것이다. 그날 마을 사람들은 자신들이 믿는 '하나의 참된 신앙'을 모욕한 죄로 성 요셉을 처형하고자 모였다. 그때 썩 존경받지 못하는 떠돌이 목사가 처형을 막으려고 고래고래 소리쳤다. "그대들 중에 죄 없는 자, 맨 먼저 돌을 던져라!" 이 자비로운 목사에게는 불행하게도, 그리고 성 요셉에게는 한층 더 불행하게도, 한 남자가 뻔뻔스러운 표정으로 커다란 돌멩이를 들고 달려와 자신만만하게 외쳤다. "난 죄가 없다!" 그러고는 돌멩이로 리디머의 정강이를 내려치자, 성 요셉의 다리가 끔찍한 소리와 함께 부러졌다!

케일이 본 조각상은 그 죄 없는 사형집행인이 또다른 돌멩이를 머리 위로 쳐들고 이미 괴로워하는 성 요셉을 내려치려는 순간을 표현한 것이었다. 지금껏 케일은 참혹한 순교 장면을 새긴 목조 각상을 자주 보았다. 석고 가루 페인트로 단순한 색 몇 가지를 단조롭게 칠한 그 조각상들은 모든 리디머 교회의 신도들을 대상으로 한 번에 천 개씩 만들어진 조악한 물건, 기껏해야 그럭저럭 봐줄 만한 것들이었다. 반면 샤르트르에 즐비한 수많은 조각상들은 너무도 달랐다. 실제보다도 더 현실적이었으며, 그냥 아름다운 조각이 아니라 살아 숨쉬는 것만 같았다. 돌을 내리치는 남자의 손은 매우 아름다울뿐더러 세세한 부분까지 표현되어 있었다. 그 손은 인부의 손으로, 다 나았거나 거의 나아가는 작은 상처들이 손가락마다 새겨져 있었다. 손톱도 하나만 빼고 죄다 때가 끼어 있었다. 얼굴도 단순히 악의가 서린 성난 표정이 아니었다. 잔혹한 행위가 주는 기쁨과 쾌감, 그리고 생동감 넘치는 표정 아래 깊이 서린 좌절감까지 포착되어 있었다. 아주 매끄러운 상아로 만든 치아는 신중하게 변색해놓았는데, 그중 두 개는 깨져 있고 하나는 완전히 썩은 것 같았다. 한편 성 요셉의 모습은 바위처럼 단단한 심장을 가진 사람마저 연민을 느낄 만큼 처참했다. 왼다리는 첫번째 돌덩이에 맞아 부러진 정도가 아니라 아예 짓이겨져 있었으며, 살을 찢고 튀어나온 정강이뼈는 부러진 자리가 뾰족뾰족하고 온통 피범벅이라 보는 것만으로도 괴로웠다. 뼈에서 새어나온 골수는 유리로 만들어져 번들거렸다. 벌어진 입에서는 고통스러운 비명이 터져나오는 듯했다. 그의 얼굴에 떠올라 있는 것은 거룩한 체념의 표정이 아니라 주름살 하나하나에 새겨져 표출되는 공포와 분노였다. 하지만 케일의 눈길은 성 요셉을 내려치려는 사내 쪽으로 다시 쏠렸다. 사내의 얼굴에는 증오가 일렁였고, 오로지 상대를 죽여야만 풀릴 맹렬한 분노가 눈빛에 넘실거렸다.

하지만 케일의 마음은 죽음을 눈앞에 둔 광신도에게 연민을 느끼게 하기 위해 이 비범한 조각상을 만든 자에 대한 혐오로 가득 차올랐다. 그때 대기실 끄트머리 문간에서 기침소리가 들렸다. 거기서 기다리는 리디머 쪽으로 걸어가는 동안, 그는 싸움을 앞둘 때면 거의 늘 그러듯 무감각과 긴장감이 뒤섞인 기분에 사로잡혔다.

잠시 후 케일이 들어선 방에는 교황을 위시로 수많은 리디머들이 모여 있었다. 숨이 멎을 정도로 화려한 그곳은 바닥에서 천장까지 솟은 스테인드글라스 유리창과 더불어, 아까 대기실에서 본 것 못지않게 놀랍고 끔찍한 종교적 장면을 새긴 비범한 조각상들이 즐비했다.

저만치 50야드 앞에는 금빛 제의를 입은 교황이 마치 지상에 강림한 신과 같은 표정으로 성좌에 앉아 있었다. 막강하고, 근엄하고, 지혜롭고, 범접하기 어려운 존재. 늘 쓰는 금빛 모자 밑으로 희끗희끗한 머리칼이 보였다. 다양한 신심회의 성절 수단을 입고 성좌 양쪽에 늘어선 채 케일을 지켜보는 팔십 명의 리디머들은 보스코의 시건방진 애콜라이트를 겁주기 위해 오늘 이곳에 불려와 있었다. 성좌 뒤에서 성가대의 노래가 시작되자 우렁차고 섬뜩하게 울려퍼지는 최저음이 어찌나 둔중하던지 케일은 내장까지 흔들리는 것만 같았으니, 간트가 노린 게 바로 그것이었다. 어떻게 보아도 열다섯 살 소년인 케일은 성좌 앞을 가로막은 파란색 밧줄을 향해 50야드를 걸어갔다. 이윽고 성좌 앞에 다다르자, 옆에서 함께 걸어온 리디머가 그 두꺼운 밧줄을 넘어가지 못하게 하려는 듯 케일의 어깨를 잡았다.

우렁찬 합창이 절정에 이르면서 소름 끼치는 전율이 밀려들었고, 마지막 음이 울려퍼지는 순간 허공에 가득찬 신비롭고 거대한 뭔가가 신의 뜻만을 남긴 채 모든 자아를 망연히 잊게 했다. 긴 정적이 흐르는 사이, 신이 임명한 강인한 사자 머리 교황은 거룩한 신의 지혜에 영혼을 맡기고 눈앞의 소년을 물끄러미 바라보았다.

"대체 누구의 이름으로 여길 찾아와 주님의 대리인을 번거롭게……"

"당신은 그가 아냐." 케일이 사무적인 어조로 말했다. 그러자 가

뻔 숨을 들이마시는 소리와 함께 성좌에 앉은 노인의 위엄 있는 얼굴이 멤피스에 사는 아이의 풍선에서 바람이 빠지듯 급격히 졸아들었다.

"그게 무슨……"

"당신은 그가 아냐."

"그럼 누구란 말이냐?"

이제 늙은이의 목소리는 거룩하고 위엄 있는 음성과는 거리가 멀었다. 소년의 건방진 말투가 못마땅해 발끈한 기색이 역력했다.

가짜 교황의 눈을 무례하게 노려보던 케일은 눈을 돌리지도 않고 성좌 양쪽 중 한쪽에 늘어선 리디머 사십 명의 중간쯤에 서 있는 쇠약해 보이는 노인을 손으로 가리켰다. 놀라서 술렁이는 소리가 또 한번 일자 케일은 내심 만족스러워했다. 느릿느릿, 불길하게, 그는 자신이 가리킨 노인 쪽으로 돌아섰다. 그리고 고개 숙여 인사했다. 옆에서 리디머가 앞으로 가라고 손짓하자, 케일은 진짜 교황에게로 걸어가 손이 닿을 정도로 가까이 다가갔다. 교황 성하가 케일을 바라보며 멍하니 미소를 짓더니, 입을 맞추라고 손을 내밀었다.

"먼 길을 왔느냐?"

17

케일은 기분좋은 보스코를 본 적이 거의 없었지만, 교황 알현을 마치고 다시 만난 그의 옛 주인은 무척이나 즐거운 기색이었다.

"하! 그 오만한 멍청이 왈러가 가짜라는 걸 어떻게 눈치챘지? 그 역할에 딱 맞는 적임자였을 텐데."

"신발을 보고 알았어요."

미친듯이 좋아하고 감탄하는 보스코를 보고 케일은 좀 어리둥절했다. 케일의 말이 무슨 뜻인지 잠시 궁리하던 보스코는 이내 알아차린 듯 한층 화색이 돌았다.

"훌륭해! 아주 훌륭해!"

"무슨 뜻이야?" 방 한쪽에 있던 베이그 헨리가 물었다.

베이그 헨리와 얘기할 때는 지금 눈앞에 있는 리디머를 항상 '그 똥자루 보스코'라고 불렀던 케일로서는 대답하기가 쉽지 않았다.

"이유는 모르겠지만, 예전에 내가 꼬마였을 때 여기 계신 리디머가 교황의 신발에 대해 해준 이야기가 생각났어. 특별히 붉은 실크로 만든 신발인데, 교황만이 그 색깔 신을 신을 수 있다는 거야. 그게 왜 떠올랐는지는 모르겠지만 아까 예배당에 들어가자마자 그 신발이 보이더라고. 다른 사람들은 모두 까만 가죽 신발이었어. 목에다 교황 표식을 매달아놓은 거랑 다를 바가 없지."

"터무니없는 소리." 보스코가 쾌활하게 대꾸했다. "나는 하느님의 뜻이 그렇게 또렷이 나타나는 건 본 적이 없다. 네가 영감을 받은 거야."

하지만 가짜 교황을 내세운 이 독특한 시험이 과연 케일의 제8군 사령관 임명에 결정적으로 기여했는지, 혹은 조금이라도 영향을 끼쳤는지는 의문이다. 이미 샤르트르 거리 곳곳에서 설교자들이 케일을 신의 분노의 화신으로 떠받들고 있었고, 그중 보스코의 지령에 따라 선동하는 자들은 일부에 지나지 않았다. 사람들이 그토록 구세주를 갈망하고 그를 맞이할 준비가 된 경우는 전례를 찾기가 어렵다.

이미 샤르트르에는 라코니아 용병단이 골란고원으로 곧장 진군하거나 우회해 쳐들어오지 않는 납득하기 어려운 상황이 보고된 상태였다. 하지만 리디머 제8군 사령관으로 임명될 소년의 머릿속에는 우물쭈물하는 용병들이나 놀라운 반격 작전 따위는 없었다. 그는 잃어버린 사랑을 그리워하며 마음 약한 개처럼 울고 있었다. 하지만 통속적인 로맨스에 등장하는 상실과 후회의 눈물은 아니었다. 물론 케일이 아르벨 스완넥에게 느끼는 복잡하고 다양한 감정에는 그런 회한도 당연히 있었으나, 이 눈물에 서린 것은 대부분 분노와 굴욕감, 특히 굴욕감이었다. 그리고 그 중심에는 케일이 생각하기 싫은 어떤 특별한 사건, 잠 못 이루는 괴로운 밤이면 썩은 이를 쩔러대는 혀처럼 자꾸만 떠오르는 일이 있었다.

그날 밤은 케일의 인생에서 최고로 행복한 밤이었다. 물론 이 영예를 위한 경쟁은 그리 치열하지 않았지만, 앞서 언급한 통속적인 로맨스들과 달리 현실의 사랑은 차근차근 단계를 밟아가며 마지막 절정에 이르는 법이 없다. 이야기 속에서는 상실의 고통을 적당히 겪고 나면 그 절정이 가장 행복했던 순간으로 아로새겨져 결국 아름답게 기억되기 마련이다. 과연 얼마나 많은 남자와 여자들이, 심지어 얼마나 많은 아이들이 인생의 가장 행복했던 순간에서 까마득히 멀어졌다는 사실을 뒤늦게 깨달을까? 이 우울한 생각에 위안을 주는 것은 단 하나, 인생은 모른다는 것. 갑자기 일이 잘 풀릴 수도 있고, 뜻밖의 행운이 찾아올 수도 있다. 아름다운 이방인, 성공한 아이, 갑작스러운 유명세, 우연한 만남, 행복한 귀향, 이 모든 것이 가능하다. 크나큰 위안을 주는 변함없는 진리, 인생은 모른다는 것이다. 하지만 그날 밤 케일은 철학적 위로에 안주할 기분이 아니었다. 그는 다시 아르벨의 침대로 돌아와 수백 년 전처럼 느껴지는 일을 떠올리고 있었다. 케일 옆에 누워 잠든 그녀는 조용히 숨쉬면서 이따금 기분좋은 소리를 냈다. 왠지 그날 밤 케일은 좀처럼 잠이 오지 않았다. 삶이 한결 편해진 즈음에는 마음만 먹으면 금세 잠들고 언제든 깨어나는 것이 뜻대로 되지 않았다. 방 끄트머리에서는 양초 여러 개가 타고 있었으며, 그 흐리고 따뜻한 불빛 속에서 케일은 일어나 물을 마시러 갔다. 벽에 등을 기댄 채 물을 마시는 동안 그는 곤히 잠든 아르벨의 얼굴을 바라보았다. 그는 잠든 남자들의 얼굴을 싫어했다. 코 고는 소리, 사내 체취, 헛간 같은 숙소에 모여 꿈나라를 헤매던 소년들의 모든 것이 싫었다. 촛불이 너울거려도 아르벨의 얼굴은 변함없이 아름다웠다. 살짝 큰 코가 조금만 더 작았더라면 인형 같은 조잡스러운 미녀가 되었을 테고, 입술도 적당한 크기에 비해 훨씬 더 두꺼웠지만 그녀에게는 아주 잘 어울렸다. 문득 그런 생각이 들었다. 내가 여기 있다니, 어떻게 그런 일이 가능했을까? 갑자기 가슴속으로 기쁨이 밀려들어 요동쳤다. 너무도 신비로운 기분, 삶의 모든 가능성에 대한 경이로움. 서서히, 조심스럽게 침대로 걸어간 케일은 아르벨이 덮고 있던 이불을 살며시 걷었다. 알몸으로 누워 잠들어 있는 그녀의 길고 날씬한 몸, 젖살처럼 보드라운 배, 작은 가슴(무엇이 이보다 더 아름다울까?), 길쭉한 다리, 살짝 몽톡한 발가락들. 케일은 아르벨을 위아래로 훑어보며 감탄했다. 그러고는 잠시 망설이다 그녀의 두 다리 사이에 감춰진 거뭇한 털을 바라보며 숨을 죽였다. 천국이 있다 한들 그 보드랍게 접힌 살이 주는 놀라움보다 더 좋을 수 있겠는가?

"뭐하는 거야?"

아르벨이 꼼짝도 않고 눈만 뜨더니 별안간 잠에서 깼다. 평소에 거의 늘 그러듯이 케일이 아르벨의 얼굴을 보고 있었거나 그녀를 향해 몸을 돌렸다면, 아르벨은 그의 눈에서 다정함을 보았을 것이다. 그녀가 이불을 끌어당긴 행위는 그 자체로 심한 힐난이었다. 그녀의 예쁜 얼굴에 혐오의 기운이 서렸다.

"수치스러워." 아르벨의 떨리는 목소리에는 케일이 이해 못할 불쾌감이 담겨 있었다. 그가 해명하려고 입을 벌리자 그녀가 먼저 쏘아붙였다.

"됐어. 그냥 가줘."

케일은 말없이 자리를 떴다. 운이 조금만 따랐어도 그 굴욕의 밤은 그를 비켜갔을 수도 있었다. 그날 밤 케일은 더 쉽게 잠들 수 있었고, 아르벨도 잠에서 깨지 않았을지 모른다. 그랬다면 만사가 무탈했으리라.

샤르트르에서 십오 분마다 울리는 은은한 종소리를 들으며 마침내 케일은 잠이 들었다. 여섯시에 베이그 헨리가 깨우자, 그는 더이상 전쟁과 생사의 문제를 제외한 어떤 것도 생각할 겨를이 없었다.

리디머 보스코 장군도 케일처럼 한 가지 일에만 집중하고 싶었을 것이다. 하지만 그를 찾아온 리디머가 있었다. 처음에는 여기저기 지시를 내리고 정보를 요청해야 할 일이 너무 많아 무시하려 했지만, 그 깡마른 리디머는 꼭 전할 말이 있다며 고집을 부렸다. 결국 보스코는 잠시 일을 멈추고 만나보기로 했다. 성가신 작자를 빨리 쫓아버리려면 그 수밖에 없었다.

"자네는 누군가?" 보스코가 물었다.

남자는 한숨을 내쉬었다. 이런 처우가 못마땅하다는 기색이 역력했다. 남들이 자신을 진지하게 대해주길 바라는 자였다.

"성령청에서 온 리디머 예스입니다."

"그런 곳은 들어본 적이 없는데."

"전에는 금욕청이라고 불렸죠."

"아, 그건 들어본 이름이군."

"그럼 제가 하찮은 일로 찾아온 게 아님을 아시겠군요."

"원하는 게 뭔가?"

"당신을 도우려는 겁니다, 리디머."

"전쟁을 앞둔 나를 돕는 길은 자네가 이만 가주는 거라네."

"교단은 사랑으로 주교들을 도울 의무가 있습니다."

"난 주교가 아냐."

"주교뿐 아니라 독신의 순결을 지키는 여타 고위 성직자들도 돕지요. 그들이 타락의 길로 빠지지 못하도록 말입니다. 사랑과 배려의 차원에서 저희 성령청은 늘 고위 성직자 곁에 머물며 모든 사적이고 비밀스러운 생활을 예방하고자 합니다. 어떻게 저희가 여러분께 신앙의 선도자로서 순수한 행동만 하라고 요구하면서 필요한 도움을 제공하지 않을 수 있겠습니까, 리디머?"

"도움?"

"성령청 관계자가 항시 대동하는 겁니다."

"항시 대동? 그럼 침실에까지?"

"특히 침실이 중요하죠, 리디머. 물론 어둠의 시간에는 안대로 눈을 가리고 곁에 있어드릴 겁니다. 그리고 또다른 배려로서 야간 장갑도 제공해드립니다. 야간 장갑의 용도는……"

"그래, 알아들었다." 보스코가 말허리를 잘랐다. 그러고는 부드러운 표정으로 말을 이었다. "뭘 걱정하는지는 잘 알겠네, 리디머. 자네 말이 맞아. 사생활이 없는 자에게 사생활 침해란 있을 수 없겠지." 그리고 유감스러운 듯 미소를 지으며 덧붙였다. "하지만 자네도 알다시피 내가 당면한 문제는…… 물론 이보다 중요하지는 않겠지만, 더욱 다급한 사안이라네."

리디머 예스는 금욕의 준수가 생존 문제보다 더 다급하다고 여기는 듯했다. 보스코가 다시 말했다.

"어쨌든 나는 곧 돌아온다네. 물론 살아남는다면. 그때 이 문제를 좀더 진지하게 논의하세나."

리디머 예스는 이 제안이 썩 탐탁지 않은 눈치였다. 그는 고위 성직자들이 자신과 성령청을 반기지 않는 게 몹시 유감스러웠다. 그는 단지 도움을 주려고 애쓰는 듯했지만, 상대의 입장에서는 그렇게 생각하기 어려웠다. 결국 그는 다음주에 다시 오겠다고 마지못해 대답한 다음 자리를 떴다. 그가 밖으로 나가자마자 보스코는 길을 불러 지시했다.

"저 리디머 예스라는 자를 명단에 올려."

감시당하는 것을 걱정하는 자는 보스코만이 아니었다.

"네가 만물을 다스리는 망할 놈의 전능한 신이 되셨으니 이제 어떻게 달아나?"

"그럼 내가 어쩌겠어? 싫다고 할까? 네 생각을 말해봐. 무슨 말이든 들어줄게."

"어이구, 고마워서 눈물이 다 나네." 베이그 헨리는 다정함이라고는 없는 눈빛으로 노려보며 물었다. "넌 이 상황이 좋구나?"

"늘 그렇듯 나로서는 좋아하거나 참을 수밖에 없어. 달리 무슨 수가 있겠어? 난 내가 잘하는 일을 할 뿐이야. 어차피 선택의 여지도 없었고."

"져."

"뭐?"

"지라고!"

"더 크게 떠들지그래? 그 정도로 도시 저편까지 들리겠어?"

"걱정 마. 들을 놈은 들을 테니까."

"그런 바보 같은 소리는 난생처음이군."

"대체 왜 이래? 라코니아 용병단이 진격하게 내버려두면 놈들이 트리폴리까지 참호 라인을 쓸어버릴 거라고 네 입으로 말했잖아. 일주일 뒤에 샤르트르가 무너지면 삼천 마일 안에 그들을 막아설 자는 없을 거라고 말이야. 근데 왜 지금 놈들을 막으려는 거야?"

"왜냐하면 놈들이 우리도 쓸어버릴 테니까. 라코니아 용병들이 사내아이들에게 무슨 짓을 하는지 너도 알잖아? 아마 포로한테도 같은 짓을 할 거야. 나는 트란스발평원에서 포크 안타고니스트 수천 명을 죽였어. 이제 보스코가 데리고 있는 죽음의 천사에 대한 소문이 사방에 퍼졌겠지. 안타고니스트 놈들은 가장 부정한 리디머들의 신상 정보가 적힌 카드 열두 장을 갖고 다녔어. 눈에 띄면 그 자리에서 죽이려고. 이젠 카드가 열세 장이 됐어."

"그리고 넌 그 소식을 듣고 기분이 좋았겠지. 대단하신 우리 토머스 케일 선생."

"그게 무슨 뜻이야?"

"잘 알면서 뭘 물어."

"난 너한테 따라다니라고 부탁한 적 없어. 대체 넌 여기서 뭐하고 있는 건데?"

짜증이란 짜증은 전부 담아서 내뱉은 말이었다. 그리고 그 말은 친구의 가슴에 제대로 꽂혔다.

"그건 내가 날마다 스스로에게 하는 질문이야."

"그래서? 진작에 멤피스나 다른 데서 고민했어야지. 여기 오기 전에 말이야. 제기랄, 안 그래도 심란한데 이딴 소리나 듣고 있다니."

"네가 마테라치의 오래된 궁전에서 소름 끼치는 불한당 취급을 받으며 지낼 때, 넌 내 덕에 목숨을 부지했어. 그때는 나한테 불만 없었잖아? 그리고 네가 그 옛 같은 배신자 아르벨 우라질 스완넥한테 미쳐서 정신 나간 머저리처럼 실버리힐 아래로 달려내려갈 때, 도마 위의 생선처럼 펄떡이며 죽어갈 너를 열두 번은 구해줬다고."

독기 어린 침묵이 흘렀다. 이윽고 케일이 먼저 입을 열었다.

"실버리힐에서 네가 나를 구해준 건 기껏해야 여섯 번이란 걸 알아뒀으면 좋겠군. 그나저나 너 일일이 세고 있었구나? 알려줘서 고마운걸."

"그날 전장의 상황을 너보다 훤히 보고 있었다는 걸 알아야지."

"난 머저리가 아냐." 케일이 쏘아붙였다.

"아니, 맞아. 우린 여기서 달아날 궁리를 해야 해. 당장." 베이그 헨리가 대꾸했다.

"이제 보니 머저리는 너군. 달아날 곳은 없어. 귀 안 먹었으면 똑똑히 들어. 지금 우린 살기등등한 개자식들에게 세 방향에서 둘러싸여 있어. 멤피스에서 지낼 때 나는 안타고니스트 무리를 좋게 말하는 사람을 한 번도 못 봤어. 단지 그들이 리디머가 아니라고 해서 우리에게 호의를 베풀 거라고 기대해선 안 돼."

"그래도 리디머들보다 나쁠 수는 없어."

"더 나쁠 수도 있지. 설령 그렇지 않다 해도 그들에게 우리는, 특히 나는 리디머일 뿐이야. 트란스발평원에서 내가 누구랑 싸웠다고 생각해? 동네 할망구랑 싸웠을까?"

방문을 두드리는 소리가 들리더니, 밖에서 경비병이 곧바로 문을 열었다. 보스코였다. 지난번에 봤을 때처럼 좋은 분위기는 결코 아니었다.

"교황께서 너의 사령관 임명을 한시적으로 승인하셨다. 여기 서명하거라."

보스코는 서류 두 장을 탁자에 내려놓았다.

"그게 뭡니까?"

"영장이다."

"무슨 영장인데요?"

"블랙버드 레이스의 마녀를 처형하라는 영장이다."

"그 여자는 일개 아낙네일 뿐입니다."

"절대 아니다. 서명해라."

"싫습니다."

"어째서?"

"말했잖아요. 일개 아낙네일 뿐이라고."

"너도 알다시피 그 여자는 교황의 이교도 화형이 목 매달린 리디머의 자비로운 가르침에 위배된다고 비판하는 격문을 여덟 마을의 교회 문에 못박았다. 그런 짓을 하고 어찌 살기를 바라겠느냐?"

"그럼 별들은 여전히 반짝입니까?"

"이죽거리지 마라. 그 여자가 죽을 수밖에 없다는 건 너도 잘 알지 않느냐."

실제로 케일은 알고 있었다. 불온한 죄를 그렇게 많이 지은 여자가 저절로 불타 죽지 않은 게 놀라울 지경이었다. 보스코가 말을 이었다.

"내가 죄목을 하나하나 짚어주마. 교회 문에 격문을 붙였다. 사형. 교황을 비난했다. 사형. 이교도의 목숨을 걱정했다. 사형. 그리고 목 매달린 리디머의 인간적 특성을 언급했다. 사형. 또한 여자로서 이런 짓을 저질렀다. 태형. 그리고 한밤중에 교회 문에 다가가려고 남장을 했다. 사형." 그는 영장을 가리키며 덧붙였다. "납득했으면 서명해라. 납득 못해도 서명해라. 어쨌든 서명해."

"어째서 제 서명이 필요한 겁니까?"

"교황은 자비로운 분이라 사형 집행서에 서명하지 못하기 때문이다. 따라서 샤르트르의 리디머 군대 사령관이 서명해야 한다. 그리고 오늘 아침부터 그 사령관은 너다."

"그렇다면 사령관으로서 이 문제를 좀더 생각해보겠습니다."

"이상하게 들리겠지만, 그게 그렇게 간단치가 않다. 오늘 오후에 네가 여기를 떠나면, 이 도시에서 두번째로 높은 군대 성직자인 내가 주둔군 사령관이 된다. 그러면 내가 이 영장에 서명할 것이다."

"그럼 문제될 게 없군요."

"아니, 있다. 이 영장에 서명하는 것은 대단한 영예이며, 그 명령의 시행에 참여하는 것도 마찬가지다. 만약 네가 서명하지 않으면, 교황이 직접 임명한 자로서 너의 첫 행위는 하나의 참된 믿음을 욕되게 하는 것인 셈이다. 실로 언어도단이지. 너는 사령관직을 박탈당하게 될 테고, 인간으로나 짐승으로나 이 세상에 설 자리가 없을 것이다. 네가 어찌하든 그 여자는 죽는다. 서명해라."

부루퉁하고 맥빠진 표정으로 보스코를 바라보던 케일이 마침내 입을 열었다.

"밴 오언. 샤르트르에서 두번째로 높은 군대 성직자는 밴 오언입니다."

"아니다." 보스코가 조용히 대꾸했다. "네가 이 두번째 영장에

서명하면 달라진다."

　리디머들의 처형식에 두 번 이상 참석해본 자라면, 처형장에서 매번 비슷한 광경이 펼쳐진다는 것을 알 것이다. 관중, 기다림, 도착, 함성, 비명, 길거나 짧은 죽음, 땅에 떨어진 피와 잿더미.

　리디머들의 특징 중 하나는, 리디머가 아닌 자들은 혐오와 독단으로 대하면서 같은 리디머에 대해서는 아량과 관용을 베푼다는 것이었다. 간혹 안타고니스트와의 내통이나 소년 성추행 문제를 가혹하게 다룰 때 말고는, 리디머가 저지른 죄는 어지간하면 눈감아주었다. 심지어 심각한 성추행이라도 그 행위가 벌어지는 장면을 고위직 리디머가 목격하지 않았다면 고발하기 어려웠다. 만약 고소가 들어왔는데 거짓이라면—설령 사실일지라도 일단 거짓으로 판명나면—고소자에게는 끔찍한 처벌이 가해졌다. 그렇다보니 아주 절박한 피해자들만 고소를 했기 때문에 그런 추잡한 일이 드물다는 자화자찬도 가능했다. 물론 그런 피해자들도 대부분 금세 후회했다.

　이렇듯 평소에는 리디머 처벌에 신중을 기하는 터라, 골란고원 앞에서의 패전에 대해 밴 오언에게 책임을 묻기로 결정한 것은 전례가 없는 일이었다. 결국 밴 오언은 무능이 아니라 반역 혐의로 고발되었다. 언제나 유능했던 장군이 갑자기 형편없는 전술로 패퇴한 것이 납득 불가능했기 때문이다. 그래서 모두가 이것이 종종 리디머 군대의 참패를 설명하는 표현, 즉 '뒤통수치기'의 본보기라고 생각했다. 여덟 순교자의 전투는 명백한 뒤통수치기였다. 왜냐하면 안타고니스트의 비밀 첩자인 밴 오언이 승리가 확실했던 전투를 교묘히 패전으로 이끈 것이 틀림없었기 때문이다.

밴 오언의 재판은 그가 참석하지 않은 채 열렸는데, 법정에서 그 자가 안타고니스트의 추악한 거짓말을 늘어놓지 못하게 하기 위함이었다. 재판에 회부되고 불과 사흘 만에 밴 오언은 '해방의 광장'으로 끌려갔다. 하지만 베로나의 주교이자 지난 전투에서 엄청난 손실을 겪은 블랙 코딜리어 신심회의 수장조차 밴 오언을 교수한 후 화형시키는, 결코 작지 않은 특혜가 덧붙여진 사형이 언도될 때 반대하지 않았다. 물론 사적으로는 블랙 코딜리어를 전멸시킬 뻔한 밴 오언의 내장을 무딘 삽으로 파내도 시원치 않을 판이었지만, 이러한 선례를 남기는 것에 어깃장을 놓을 마음은 없었다. 사람 일은 모르는 법이니까.

부루퉁한 표정의 케일이 이끄는 고위 리디머들은 해방의 광장과 교수대 두 개가 내려다보이는 단상에 앉았다. 교황은 참석하지 않았고, 베이그 헨리도 없었다. 하지만 이미 운집한 구경꾼들은 누군가가 처벌받는 광경에 대한 기대감으로 들끓고 있었다.

간수 네 명에게 둘러싸인 사형수가 나타나자, 흥분한 구경꾼들이 술렁이기 시작했다. 어떤 자들은 요란하게 박수를 치고 몇몇은 음란한 조롱을 퍼부으며 미친듯이 좋아했는데, 이를 두고 훗날 역사학자 솔러린은 '사람이 아니라 들짐승 무리 같았다'고 했다. 많은 위병들이 가로막고 있었지만, 구경꾼들은 교수대를 더 잘 보려고 앞으로 다가들었다. 관례에 따라 도미니크회 처형 감독관 노벨라가 밴 오언에게 망토를 벗으라고 명령했다. 비록 양털 튜니카는 아직 입고 있었지만, 리디머 단상 뒤쪽에서 요란하게 웅성대는 불만의 소리가 흘러나왔다.

"꼭 저래야 하는 건가?"

하지만 개입하기에는 너무 늦었다. 이미 밴 오언은 벌받는 아이처럼 순순히 망토를 벗었다. 이렇게 될 줄 예상한 그는 이 시점에 자신이 그 거룩한 망토를 정말로 소중히 즐겨 입었다고 경건하게 발언할 작정이었지만, 두려움 때문에 입이 바싹 말라서 말이 나오지 않았다. 이윽고 점점 낯빛이 창백해지는 처형 감독관 노벨라가 밴 오언을 사다리 쪽으로 데려갔다. 밴 오언이 물을 달라고 청하자, 법정에서는 그토록 열렬히 자신했던 일을 실행하려니 두려워 얼이 빠진 감독관은 얼결에 자신의 휴대용 물병을 내주었다. 밴 오언은 목을 축이고 일장연설을 할 생각이었지만, 처형장의 현실에 대해 노벨라보다 잘 아는 처형 집행인은 그의 속셈을 간파했다. 그는 영웅적 연설 따위가 처벌의 의미를 퇴색시키는 것을 용납하고 싶은 마음이 없었다.

"죄가 없다고 떠들어댈 생각은 접어라. 교수대에 매달린 우리의 거룩한 리디머를 본받아 끝까지 입을 다물어라."

처형 집행인은 밴 오언을 거칠게 밀어 사다리를 올라가게 했다. 사형수를 따라서 반쯤 올라가다 관중의 환호에 으쓱해진 집행인은 어릿광대처럼 허리 숙여 인사하다 발이 미끄러져 하마터면 떨어질 뻔했다. 이 수치스러운 행위는 노벨라의 신경을 건드렸고, 그는 격분해서 집행인에게 호통을 쳤다. 그러자 잔뜩 겁에 질린 집행인은 사다리 꼭대기에 다다랐을 때 방금까지 으스대던 모습은 온데간데없이 바짝 긴장했다. 밴 오언이 마지막으로 남길 말을 하기 시작했다.

"오 주님, 당신 손에 제 영혼을 맡기나이다. 부디 제가 오늘 밤힐 초가 영원히 꺼지지 않……"

연습까지 하며 열심히 준비한 작별인사가 끝나기도 전에 뒤에서 너무 일찍 거칠게 밀었다. 그 바람에 밴 오언은 목이 올가미에 걸리자마자 부러졌을 뿐만 아니라, 너무 서툴고 세게 밀어서 마치 시계추처럼 앞뒤로 흔들리기까지 했다. 불붙이는 임무를 맡은 리디머가 기지를 발휘해 장작더미로 올라가 이미 죽은 사내가 흔들리는 것을 멈추면 좋았으련만, 그도 긴장한 나머지 곧바로 장작에 횃불을 대고 말았다. 바짝 말려 기름을 먹인 장작은 금세 장엄하게 타올랐다. 불행히도 시신이 화염 속에서 마치 그네 탄 아이처럼 앞뒤로 흔들리는 동안, 무슨 조화인지 별안간 돌풍이 일어 불길이 시체를 피해 일렁였다. 이를 보고 구경꾼들은 두려움에 사로잡혀 기겁했다. "기적이다! 기적이야!" 하지만 잠시 후 바람이 죽고 시신의 흔들림이 느려지자, 구경꾼들은 좀더 잘 보려고 금세 다시 앞으로 몰려갔다.

몇 분 뒤, 두려움과 매혹에 사로잡힌 사람들이 넋을 놓고 지켜보는 가운데, 밴 오언의 두 팔을 묶은 밧줄이 완전히 불타버렸다. 열기가 어찌나 강렬하던지 그의 오른손이 서서히 위로 올라갔는데, 마치 원망의 손짓으로 구경꾼들을 가리키는 것 같았다. 이 사건을 두고 훗날 포교청은 밴 오언이 무고한 자의 죽음을 바란 신도들을 저주한 것이 아니라 회개의 징표로서 축복을 내린 것이라 했다.

단상에 있던 리디머들은 이제 처형 광경에 진심으로 넌더리가 났으며, 몇몇 양심적인 자들은 자신이 한 짓에 죄책감과 수치심을 느꼈다. 하지만 아직 다 끝난 게 아니었다. 이교도의 시신을 욕보이는 임무를 맡은 아라비아트회 신도 열 명이 회개와 참회의 돌을 가득 담은 무거운 자루를 질질 끌면서 등장했다. 이제는 거의 타버린 시신 앞에 일렬로 늘어선 그들은 곧바로 주먹만한 돌멩이를 주검에게 던지기 시작했다. 그러는 동안 반쯤 남은 몸뚱이의 파편들이 불속으로 떨어졌다. 솔러린이 기록한 바에 따르면, '피와 창자가 비처럼 쏟아졌다'.

리디머나 안타고니스트가 다스리는 영역 밖에서는 사람을 산 채로 불태워 죽이는 광경을 볼 일이 거의 없을 것이다. 흔히 세인들은 산처럼 쌓아놓은 장작더미 위에 가이 포크스나 컬리 윌리 장군의 인형을 세우고 불을 지르는 겨울 축제의 기억을 바탕으로 이런 화형식을 상상한다. 하지만 현실의 모습은 더 평범하고 엄청나게 더 끔찍하다. 적당히 부유한 상인의 정원에 피워놓은 모닥불을 상상해보라. 그리고 다 큰 돼지를 아주 소박한 장작더미 위에 올리고 산 채로 불태우는 광경을 상상해보라.

이제 블랙버드 레이스의 마녀가 죽는 데 걸린 십오 분에 대해, 인간의 목구멍에서 나온 소리라고 믿기 어려운 귀 따가운 비명소리에 대해, 그 끔찍한 악취에 대해, 그리고 오, 주여, 그 참혹한 시간에 대해 말하지 않는 까닭이 이해될 것이다. 화형식 내내 케일은 지켜보면서 단 한 번도 눈을 돌리지 않았다. 어쨌든 아무리 섬뜩한 순교라 해도 끝은 있기 마련이었다.

"어땠어?" 베이그 헨리가 물었다.

"그렇게 궁금했으면 와서 봤어야지."

"금방 끝났다고 말해줘."

"금방과는 거리가 멀어도 한참 멀었어."

"네 잘못이 아니야."

"하지만 그래도 넌 날 비난하겠지."

"아니."

"맞아. 너는 내가 내 힘을 이용해 그 여자를 어디든 안전한 곳으로 마술처럼 탈출시켜줬어야 한다고 생각해. 하지만 그런 안전한 곳을 알면 내가 거길 갔겠지. 아마 너는 내가 은총 입은 자들의 단상에서 뛰어내려 그 여자의 손에 묶인 끈을 자르고 날개를 펼친 다음 함께 날아갔어야 한다고 생각할걸."

"그런 말 한 적 없어."

"나는 죽을 위기에 처한 죄 없는 처녀를 두 번이나 구해줬어. 그래서 어떻게 됐지? 나랑은 상관도 없는 일을 변화시키려고 괜히 참견했다가 수천 명의 목숨을 잃게 만들었어."

"그게 네 잘못이 아니라는 건 나도 알아. 단지 딱해서 그래."

"딱하지만 와서 지켜볼 정도는 아니었군."

베이그 헨리는 대꾸하지 않았다. 어차피 무슨 할말이 있겠는가?

몇 시간 뒤 샤르트르를 빠져나온 두 소년은 급히 조직된 제8군의 진지로 갔다. 빠르게 구축되어가는 진지는 이미 해자와 둑, 울타리로 방벽이 형성되어 있었다. 도착하고 몇 분 안 있어 케일은 블랙 코딜리어 전열을 괴멸시킨 라코니아 용병단의 신형 검을 살펴보기 시작했다. 그는 나무로 사람 머리를 몇 개 만들어 리디머 투구를 씌우고 예의 구부러진 검으로 내리쳐보았다. 한 번만 빼고는 전부 첫 일격에 투구가 쪼개졌다. 그는 막사로 돌아와 이십 분 동안 생각하다가 베이그 헨리를 돌아보고 말했다.

"짐수레 삼십 대를 이끌고 마테라치 갑옷이 쌓여 있는 폐물 창고로 가서 투구를 전부 찾아서 가져와. 병사는 열다섯 명, 필요하다면 더 데려가도 돼. 도착하자마자 투구 여섯 개를 기병에게 들려 나한테 보내줘. 시험해봐야 하니까."

"지금은 너무 늦어서 못 가."

"그럼 내일 가. 길에게 내가 보자 한다고 전하고."

오 분 안에 길이 나타나자 케일이 지시했다.

"죽은 개 열두 마리를 구해다줘."

"죽은 개를 어디 가서 구한단 말입니까?"

"꼭 개가 아니어도 되고, 열두 마리일 필요도 없어. 죽은 고양이 스물네 마리도 괜찮아. 알아들었어?"

"네."

"농부들이 키우는 동물의 목을 따지는 마. 썩어가는 놈들이 필요하니까. 뼈에서 살이 떨어질 정도로 부패했어야 해."

"리디머 보스코님이 뵙고 싶어하십니다."

케일은 씩 웃었다.

"늘 그렇지. 이리 모셔와."

잠시 후 두 사람은 몇 분 동안 막사에 대한 이야기만 나눴다. 케일은 본론이 서로의 마음속에 떠오르지 않도록 최대한 예의 바르게 대화를 이끌었고, 결국 그의 옛 스승이 먼저 얘기를 꺼낼 수밖에 없었다.

"그나저나 네가 세운 작전을 나한테 보여주겠느냐?"

"아무 작전도 없는걸요. 적어놓은 건 말이죠."

"그렇다면 뭐가 있는데?"

"아직 생각중입니다."

"네 생각을 나한테 알려줄 거냐?"

"하루나 이틀은 필요합니다."

"하루냐, 이틀이냐?"

"이틀. 아마도요."

"만약 그전에 놈들이 공격해오면?"

"그건 제2안이 될 겁니다."

"어떤 작전이지?"

"모릅니다, 리디머. 아직 제1안도 없는 걸요."

"나를 놀리는 건 유치한 짓이야."

"제가 당신을 놀렸다면 그렇겠죠. 당신은 질문을 하고 저는 대답하지 못할 뿐입니다."

"대략적으로라도 말해보거라. 이해할 테니."

"아뇨. 당신은 이해한다고 말하지만, 제 이야기를 들으면 이해하지 못할 겁니다."

"이해할 거다."

"아뇨, 이해 못합니다. 이해할 거라고 생각할 뿐이죠."

"결국 네 대답은 '말 못한다'로구나."

"제 대답은 '알려주겠다'입니다. 하지만 아직은 아닙니다."

오 분 뒤, 케일이 예상한 대로 보스코의 막사에서 길이 자신의 주인에게 보고하고 있었다.

"녹슨 투구 이천 개와 죽은 개 열두 마리를 가져오라고 했습니다."

18

이 주도 지나지 않아 클라이스트와 만삭의 아내는 어느 떠돌이 의사―차라리 약이 듣지 않는 편이 행운일 정도인 돌팔이―로부터 골란고원에서 벌어진 놀라운 사건에 대해서 들었다.

리디머들과 라코니아 용병단이 엄청난 전투를 벌였고, 리디머 군대가 마지막 한 명까지 전멸할 만큼 참혹한 학살이 일어났다는 것이었다. 그 소식을 듣고 클라이스트는 당연히 기뻐했지만, 그 기쁨은 오래가지 않았다. 산골 촌놈들을 위해 많이 윤색한, 보잘것없는 소년 하나가 결국 리디머들을 구원했고 그 소년 케일이 자신의 영혼을 아득한 창공으로 드높이는 죽음의 천사로 추앙받고 있다는 이야기를 들었을 때 클라이스트는 하마터면 혀를 삼킬 뻔했다.

등이 아프고 치질이 심한 데이지는 나중에 클라이스트와 함께 침대에 누워 쉬면서, 아까 들은 과장된 이야기의 자초지종을 이해해보려고 했다.

"그러니까 네 친구라는 애가……"

"그 녀석은 내 친구가 아냐."

"네 친구라는 그애가 아득한 창공으로 영혼을 드높일 수 있는 죽음의 천사가 아니란 말이야?"

"물론 죽음의 천사인 건 맞아. 케일이 가는 곳마다 초상이 나니까. 죽음 제조기나 다름없지."

"하지만 혼령을 불러내진 못하고?"

"응."

"아쉬워라. 창공으로 혼령을 불러낼 수 있는 친구를 두면 아주 유용할 텐데 말이야."

"그런 건 못해. 그리고 말했다시피 그 자식이 가는 곳마다 죽음의 비명이 터져나와. 내가 그 자식에게서 최대한 멀어지려고 하는 건 그래서야. 만약 너를 만나지 않았다면 달의 뒤편까지 달아났을걸. 갈 방법을 모를 뿐이지."

데이지는 비통한 얼굴로 한숨을 쉬었다.

"에구, 가엾은 우리 남편."

그녀는 더 말이 없다가 통증이 누그러지고 나서야 아까 그 돌팔이 의사에게서 산 크림 단지를 클라이스트에게 내밀었다.

"발라줘."

"뭐?"

"발라달라고."

클라이스트는 아내를 물끄러미 보았다.

"네 손으로 해."

"난 배가 너무 많이 나와서 손이 닿질 않아. 나보다는 네가 하는 게 쉬워."

"네 언니한테 부탁하면 안 돼?"

"정떨어지는 소리 하지 말고. 어서 바르기나 해."

클라이스트는 이제 데이지와 언쟁을 벌이지 말아야 할 때를 잘 알고 있었다. 그에게 의료 기술이 없는 것도 아니었다. 죽이려고 달려드는 놈들이 우글거리는 리디머들은 부상 치료 솜씨가 뛰어난 것으로 유명했다. 비록 그들의 의료 책자인 『마니페스토 카톨리코』에는 부상이 아닌 치질 치료법은 실려 있지 않았지만, 적어도 환부 다루는 요령은 클라이스트도 모르지 않았다. 가엾은 데이지는 여전히 힘겹게 숨을 몰아쉬고 있었다.

"미안해."

"괜찮아."

몇 초 뒤 클라이스트가 크림을 다 바르자, 데이지의 항문을 찔러대던 통증이 가라앉기 시작했다.

"고마워."

"언제든 말만 해."

"거짓말쟁이. 일 년 전에는 네가 이런 일을 하게 될 줄 상상도 못했을걸." 이제는 살짝 욱신거리기만 했다. 데이지는 길게 안도의 한숨을 내쉬고 다시 말했다. "내 옆에 누워." 그리고 클라이스트가 순순히 옆에 눕기를 기다렸다가 말했다. "할 이야기가 있어."

"뭔데?"

"화내지 않겠다고 약속해."

"그냥 말하면 안 돼?"

"너 요즘 노략질 나가는 일이 너무 잦아. 너무 위험하다고."

"위험한 건 나도 알아. 그래서 위험을 무릅쓰지 않지. 날카로운 물건에는 500야드 이내로 절대 다가가지 않아."

"물론 그렇겠지. 그건 나도 믿어. 하지만 요즘 우린 너 때문에 노략질 횟수가 두 배로 늘었단 말이야."

"그래서?"

"머슬맨 놈들이 보고만 있지 않을 거야. 머슬맨 용병들은 싸움 실력이 우리보다 뛰어나."

"너희보다 못 싸우는 사람들이 있기나 해? 할 줄 아는 거라고는 딴 데 보는 사람 머리에 돌덩이를 떨어뜨리는 것뿐이잖아."

"내 말이 그 말이야. 다들 욕심만 늘었어. 이런 식으로는 오래 못 가."

"내가 안 간다고 하면 너희 아버지가 노발대발할걸. 그리고 내가 돕지 않겠다고 하면 다들 치질 환자 보듯 못마땅하게 여길 테고."

"어쨌든 내 말뜻은 알아들었지?"

"응."

"아빠한테 말할 생각이야. 그전에 너한테 말해주려던 것뿐이었어."

"내가 안 된다고 하면?"

데이지는 클라이스트를 빤히 보았다. 화가 난 게 아니라 놀란 표정이었다.

"헛소리하지 마."

비극적 불운을 타고난 튀니스의 샤론이라는 여인은 늘 진실을 말했지만 아무도 믿어주지 않았다고 한다. 클레프트인들은 자기 생각을 내세우는 여자를 혐오하지는 않았지만, 듣고 싶지 않은 말을 무시해버리는 것은 보통 사람들과 다를 바 없었다. 처음에 데이지의 아버지는 자기 딸에게만 화를 내면서, 상관도 없는 일에 주제넘게 참견하지 말라고 호통을 쳤다. 아내를 꾸짖는 장인의 퉁명스러운 말투에 부아가 난 클라이스트는 열심히 아내 편을 들었다. 그 바람에 데이지의 요구가 실은 클라이스트의 생각이었으며 그가 아내를 보호막으로 이용했다는 비난이 들끓었는데, 클레프트인들이 배신이라고 부르는 그것은 그들 역시 자주 써먹는 전략이었다. 클라이스트는 평상시 클레프트인들에겐 미덕으로 통하는 게으름과 배은망덕함과 비겁함으로 손가락질받았다. 데이지의 언니와 몇몇 친구들 말고는 아무도 두 사람에게 말을 걸지 않았으며, 클라이스트가 더이상 노략질에 동참하지 않겠다고 하면 표결로—결과는 이미 정해졌지만—두 사람의 추방 여부를 결정하기로 했다.

클라이스트와 만삭인 데이지는 이 추운 계절에 갈 곳도 없이 쫓겨나거나 계속 부족과 지내면서 시키는 대로 하는 수밖에 없었다. 선택의 여지가 없었지만 굴복하는 게 못마땅하지도 않았다. 데이지는 분에 겨워 아버지한테 펄펄 뛰었지만, 클라이스트는 증오 어린 침묵의 순종에 평생 익숙해져 있었다. 결국 그들 부부는 침울하게 뜻을 굽혀야 했다.

케일에 관한 소식도 클라이스트를 언짢게 했다. 달갑지 않은 죄책감—케일이 아닌 베이그 헨리에 대한 죄책감—이 밀려들어서만은 아니었다. 훨씬 더 깊이 묻혀 있어 한 번도 제대로 마주한 적 없는 허깨비 같은 것이 자꾸만 마음속에 떠올랐다. 베이그 헨리는 케일의 초인적인 살인 능력을 심각하게 받아들인 적이 없었지만, 콴톡스로 흘러들어온 요란한 소문—평소 같으면 허튼소리로 치부해버렸을—은 클라이스트의 영혼에 파문을 일으켰다. 저멀리서 케일이 마치 살아 있는 귀신처럼 가는 곳마다 초자연적인 재앙을 일으키고 있다는 생각을 하니 어쩐지 불길한 느낌이 들었다. 클라이스트는 자신과 케일 사이에 바다만큼의 거리를 둘 기회가 있었지만, 이제 그 기회는 사라졌다. 그 생각을 할 때마다 등골이 오싹했다.

"언젠가 우리 할머니가 그러셨어." 불안해하는 남편을 보고 데이지가 말했다. "사람은 자기가 믿고 싶은 대로 믿는 법이라고."

"그럴지도 모르지." 클라이스트는 어린 아내에게 말했다.

19

"저놈들이 왜 진군하지 않지?"

보스코는 라코니아 용병단의 이해할 수 없는 행태에 대해 케일이 뭐라고 할지 듣고 싶었다. 물론 원하는 대답은 케일 자신도 이해할 수 없다는 것이었다.

케일은 보스코의 질문에 고개도 들지 않았다. 나무로 만든 머리에 씌워놓은 마테라치 투구 여섯 개를 계속 살펴보면서 무덤덤하게 대꾸할 뿐이었다.

"왜 그러는지 알 수 있을 것 같습니까?"

"아니."

"그럼 뭐하러 걱정하나요?"

"굉장히 무례해졌구나."

이번에는 케일이 보스코를 쳐다보았다.

"제 말이 틀렸습니까?"

보스코는 미소 지었지만 결코 유쾌한 표정은 아니었다.

"아니. 틀린 말은 아니다."

기다리고 있던 야공장冶工長이 도착하자 케일은 여분의 투구 하나를 그에게 보여주며 물었다.

"어때 보이나?"

"잘 만들었군요. 좋은 강철을 썼습니다. 하지만 녹이 너무 슬었네요. 저라면 이런 걸로 머리를 보호하진 않겠습니다. 다른 투구를 볼 수 있을까요?"

"이 일이 끝나면 보여주지. 물러서."

케일은 구부러진 라코니아 검으로 마테라치 투구 여섯 개 모두를 사납게 내리쳤다. 그러고는 야공장에게 말했다. "같이 투구를 벗기자." 투구 세 개는 그럭저럭 멀쩡했고, 하나는 손상을 입었으며, 나머지 두 개는 깨졌다.

"내일이면 이런 투구 이천 개가 도착할 거야."

"상태가 같은 것들입니까?"

"아마도. 확실치는 않아." 케일은 구멍이 난 투구들을 가리키며 물었다. "수리할 수 있겠나? 뚫린 자리에 철판을 붙일 수 있겠어?"

야공장은 족히 일 분 동안 투구들을 유심히 살펴보았다.

"잘하면 더 튼튼하게 만들 수도 있겠습니다. 시간은 얼마나 주실 수 있죠?"

"모르겠어. 적어도 이틀. 어쩌면 더 줄 수도 있고. 가능한 한 빨리 끝내. 야공들은 필요한 만큼 데려다 쓰고. 일차분이 오늘 오후에 도착할 거야. 자네가 달라는 건 뭐든 주라고 병참장에게 지시해 놨어. 혹시 문제가 생기면 나한테 바로 와. 어느 누구도 거치지 말고. 알아들었지?"

야공장은 보스코를 바라보았다. 케일은 한마디하려다 관뒀다. 보스코가 고개를 끄덕이자 야공장이 대답했다.

"네, 알겠습니다."

야공장이 사라지자 보스코는 궁금증을 참지 못하고 케일에게 물었다.

"개들은 어디에 쓸 생각이냐?"

"트란스발평원에 있을 때 보니, 포크 놈들은 항상 물탱크에 죽은 짐승을 넣어 적을 괴롭혔습니다. 우물이 있으면 거기에도 넣었죠."

"그래, 알겠다."

"아뇨, 그게 다가 아닙니다. 고인물에 시체를 넣으면 물이 오염됐다는 게 금방 드러납니다. 악취가 나니까요. 라코니아 놈들은 진지 옆으로 흐르는 개울에서 식수를 얻습니다. 따라서 라코니아 놈들이 냄새를 맡지 못하는 상류에다 죽은 개들을 넣을 생각입니다."

"흐르는 물에 넣으면 독이 희석될 텐데."

"네."

"실버리힐에서는 리디머들이 죄다 설사에 시달렸지만 그래도 승리했다."

"네."

"물에 독을 푸는 짓은 죽을죄라는 걸 아느냐?"

"그렇다면 제게 영혼이 없는 게 다행이군요."

죽은 개 열두 마리는 죽은 돼지 여덟 마리와 비둘기 한 궤짝으로 대체되었다. 베이그 헨리와 연옥수 스무 명은 적당히 부패한 그 짐승들을 라코니아 진지에서 최대한 가까운 상류에 조심조심 던져넣었다. 한밤중에 얼음처럼 차가운 물로 들어가 악취 나는 주검 수십 구를 옮기는 일이 얼마나 즐거울지 상상해보라.

나흘이 지나도 여전히 라코니아 쪽에서는 아무 움직임이 없었다. 베이그 헨리가 가져온 투구들은 상태가 좀더 나은 것도 있고 나쁜 것도 있었다. 야공들은 케일이 정한 최저 목표치인 강화 투구 이천 개를 향해 순항중이었다.

"이제 너의 전술을 나와 논의하겠느냐?"

싸늘하지만 존경 어린 보스코의 말투에 케일은 살짝 놀랐다. 이번에도 얼렁뚱땅 넘어갈까. 전술이 준비되지 않아서가 아니라 그냥 삐딱하게 굴고 싶었다. 하지만 비록 보스코를 증오하긴 해도, 베이그 헨리를 제외하면 그의 총명함을 제대로 알아줄 사람은 보스코뿐이었다. 더구나 케일은 옛 스승과 프린셉스 앞에서 자신의 능력을 시험하고 싶었다. 실버리힐의 전투는 케일이 계획한 것이었지만, 그 광포한 진흙탕 싸움에서 실제로 승리한 자는 프린셉스였다. 케일은 당시 누가 사령관이었더라도 자신의 전략을 따랐으면 실버리힐에서 마테라치 군단을 반드시 괴멸시켰을 거라고 확신했다. 하지만 불알이 졸아들 정도로 아슬아슬한 승리를 거둔 마당에 어찌 장담할 수 있겠는가? 케일도 트란스발평원에서 실수를 했으며, 누구도 완벽할 수는 없었다. 그는 그 실수를 통해 배웠고, 덕분에 지금 포크 무리는 비참한 평원에서 골골대며 두 달 동안 찍소리도 못 냈다. 그러나 라코니아 용병들을 상대로는 단 한 번의 실수도 용납되지 않았다. 그래서 케일은 계획을 시험해봐야 했는데, 그 상대는 자신이 존중하는 사람들뿐이었다. 물론 베이그 헨리를 제외하면 나머지는 존중하면서도 증오하는 자들이지만.

그리하여 비판을 염려하는 한편 자신만만한 태도로, 케일은 지금껏 라코니아 용병단이 전장에 투입한 가장 막강한, 아마도 그런 병력이 투입된 적이 없기에 패전의 기록도 없는 군대를 물리칠 계획도를 펼쳐놓았다.

"라코니아 용병단은 이제껏 제가 직접 보았거나 문헌에서 읽은 어떤 군대보다도 쉽고 빠르게 기동합니다. 고원에서 내려다보니 놈들은 공격하기 이 분 전에 우익 부대만 강화하더군요. 그리고 거기서 적의 대형을 무너뜨립니다. 최정예 병사들을 우익에 두고 재빨리 중앙 부대를 오른쪽으로 옮겨 원래도 가장 막강한 지점을 순식간에 두 배로 강화하는 거죠."

"그래서?" 보스코가 물었다.

"우리는 좌익 부대를 두 배 강화해야 합니다."

"그렇게 간단한가?" 프린셉스의 질문이었다.

좋은 질문이었지만, 이미 대답을 준비한 케일에게는 대수롭지 않았다.

"그리 간단하지 않습니다. 훈련 없이 머릿수만 늘리면 오합지졸에 불과합니다. 밀고 밀리다 서로 걸려 넘어지겠죠. 저는 이 대형을 이루는 훈련을 하루에 열다섯 시간씩 시켰습니다. 라코니아 놈들의 진격이 늦어질수록 우리 능력은 더욱 향상됩니다."

"투구도 준비될 테고."

"공격 대형 오른쪽 4열과 나머지 2열이 쓸 분량밖에 없습니다."

"더 구할 가망은 없느냐?"

"없습니다. 대부분 공기에 노출되어 녹슬어버렸습니다. 우리가 구해온 것들은 쓰레기더미 깊이 묻혀 있었죠. 그것들을 버려두는 건 엄청난 낭비였습니다."

잠시 침묵이 흐르는 동안 케일은 그 순간을 즐겼지만 보스코나 프린셉스는 그러지 못했다. 물론 그들을 탓할 일은 아니었다. "어쨌든 라코니아 놈들이 오른쪽 4열을 돌파한다면 이길 가망이 별로 없습니다. '여덟 순교자의 전투'에서 그토록 쉽사리 패한 건, 이제는 고인이 된 밴 오언—주여, 그의 영혼을 안식에 들게 하소서— 이 친절하게도 적에게 너무나 유리한 작전을 세웠기 때문입니다."

"너는 안 그럴 거란 뜻이냐?" 프린셉스가 물었다.

"네. 만약 놈들이 골란고원을 공격하지 않고 우회하려 든다면, 여기 이 지점에서 싸울 생각입니다." 케일은 손가락으로 지도를 가리켰다.

"여덟 순교자의 전장처럼 평평해 보이는군." 프린셉스가 말했다.

"실은 그렇지가 않습니다. 저는 이곳을 지나서 왔고, 그후로 여섯 번이나 말을 타고 가봤습니다. 여기 평원 한가운데 솟은 땅은 아주 완만해 보이지만 실은 그렇지 않아요. 산처럼 우뚝 솟은 언덕이 평원을 둘로 가르고 있죠. 여기서는 여덟 순교자의 전장처럼 일렬 횡대로 진군이 불가능합니다. 이쪽이 아니면 저쪽으로 가야 합니다. 이 언덕에 방책을 짓고 궁수 부대를 배치할 생각입니다. 그러면 라코니아 용병단은 전장에 들어서기도 전에 이미 지난번보다 두 배는 많은 사상자를 낼 겁니다. 그리고 더 큰 피해를 줄 자신이 있습니다. 여기는 골란고원의 경사면인데, 너무 가파르고 멀어서 궁수로는 공략할 수 없죠. 두 분께 보여드려야겠군요."

삼십 분 뒤, 진지 앞의 평원으로 나가니 해가 저물고 있었다. 물론 후크는 흉측한 붉은 수염을 깎고 머리를 완전히 밀었지만, 보스코는 단번에 그를 알아보았다.

"이쪽은 체스니 팬셔입니다." 케일이 말했다.

"반갑소, 팬셔 선생." 보스코가 목례를 했고, 프린셉스는 말없이 고개만 까딱했다.

새로운 아이디어를 리디머에게 소개하는 것은 쉬운 일이 아니었다. 받아들여지는 경우가 별로 없기 때문이었다. (하지만 살의로 가득한 좋은 아이디어만큼 훌륭한 무기가 있겠는가?) 아이디어는 생각에서 비롯되는데, 인간은 지독히도 생각에 약한 존재였다. 그러나 철학자에 가장 가까운 리디머 '히포의 성자 오거스틴'은 이런 말을 했다. "인간의 정신은 생각에 부적합하게 만들어졌다. 절단 수술은 고도로 숙련된 의사가 해야 하듯, 생각도 그런 자들만이 행해야 한다. 그것도 드물게." 위험스러우리만치 자주적인 생각을 가진 보스코와 프린셉스조차 쉽게 설득되지 않을 터였다. 냉혹한 젊은이답게 케일은 후크가 개조한 박격포의 시범 운용에 살아 있는 돼지를 쓰고 싶어했다. 후크는 자신의 결벽증 때문이 아니라 사람 체형에 맞게 제작된 갑옷을 몸부림치는 돼지 몸뚱이에 고정시키는 건 불가능하다며 케일을 설득했다. 케일은 마지못해 동의했다. 하지만 두번째 시범에는 자기 뜻대로 하겠다고 고집을 부렸다. 반드시 살아 있는 짐승을 쓰겠다는 것이었다. 결국 후크는 두번째 시범이 아무리 끔찍해도 금방 끝날 거라고 애써 자위하며 동의했다.

케일을 따라 두 장소를 둘러본 두 리디머는 의심 어린 당혹감에 사로잡혔다. 첫번째 장소에는 죽은 돼지 열여섯 마리가 2열 횡대로 늘어서 있었는데, 마테라치 갑옷이 돼지 시체마다 맞는 부위에 억지로 고정되어 있었다. 50야드쯤 떨어진 두번째 장소의 우리 안에는 살아 있는 돼지 열두 마리가 해맑게 꿀꿀거리고 있었고, 그 옆에는 밧줄로 단단히 묶어놓은 커다란 나무상자 세 개가 있었다.

두 리디머는 죽은 돼지들에게서 100야드쯤 떨어져 있는 5피트 높이의 두꺼운 통나무 벽 뒤로 물러나, 후크가 커다란 빨간 깃발이 달린 깃대를 든 모습을 지켜보았다. 이윽고 케일이 시작 신호를 보내자 후크가 커다란 깃발을 공중에 힘차게 흔들어댔다. 아무 일도 일어나지 않고 삼십 초쯤 지났을 때, 기대에 차 있던 두 리디머는 돼지들 위로 높이 거무스레한 구름이 나타나 한꺼번에 밑으로 쏟아지는 광경을 보았다. 순간 연달아 빛이 번쩍이고 둔탁하게 투두둑 하는 소리가 들렸다. 케일은 두 사제를 데리고 돼지들이 늘어선 곳으로 돌아가 피해 상황을 살펴보게 했다. 800야드쯤 떨어진 골란고원 비탈에 배치된 곡사 쇠뇌 스물네 대에서 발사된 8인치 길이의 볼트들이 40평방야드의 땅을 빼곡히 뒤덮고 있었다. 돼지에게 명중한 볼트들은 살에서 고작 1인치 정도만 튀어나와 있었다. 하지만 갑옷에 꽂힌 볼트들도 살을 뚫고 3, 4인치 깊이로 박혀 있었다.

"골란고원 중턱에 있는 평지에 이 쇠뇌 오십 대를 둘 수 있습니다. 그 높이에서는 골짜기 방향으로 사거리가 1마일이 넘죠. 라코니아 놈들이 왼쪽 길로 오게 할 수만 있으면 적어도 놈들의 우익에는 사거리가 닿을 테고, 어쩌면 더 멀리 닿을 수도 있습니다."

보스코와 프린셉스는 질문을 했지만 많지는 않았다. 보는 것만으로도 매우 인상적이었다. 50야드 떨어진 곳의 살아 있는 돼지들도 놀랍다는 듯 그들을 향해 꿀꿀거렸다.

"아까 그 자리로 돌아가야겠습니다." 케일이 두 남자에게 말했다. 하지만 후크는 그들을 따라가지 않고 긴장한 표정으로 돼지우리를 향해 걸어갔다. 그곳에서는 케일의 연옥수 한 명이 불붙은 횃불을 들고 기다리고 있었다. 마찬가지로 긴장해 있었지만 후크보다는 표정을 잘 감추고 있는 케일이 통나무 벽 뒤로 돌아와 그에게 시작 신호를 보냈다. 후크는 연옥수와 함께 돼지우리에서 멀어졌다. 그런데 연옥수가 우리에서 30야드쯤 떨어진 곳에서 멈춰 서 있는 동안 계속 걸어가던 후크가 갑자기 커다란 참호 속으로 사라졌다. 후크가 소리치자 연옥수는 횃불을 땅에 떨어뜨리더니, 몸이 빨라서 특별히 선발된 자답게 말벌에게 쫓기듯 쏜살같이 들판을 가로질러 참호로 달려가 후크 옆으로 사라졌다. 오 초쯤 지났을 때 돼지우리 안에서 지옥문이 열렸다. 마치 세상의 종말이 온 것처럼 쾅! 하는 굉음과 함께 거대한 화염이 솟구치면서 짐승들을 삼켜버린 것이다.

　무슨 일이 벌어질지 알고 있던 케일조차 소스라치게 놀랐지만, 보스코와 프린셉스는 너무 큰 충격을 받은 나머지 땅바닥에 나동그라졌다. 두려움 때문만이 아니라 그 끔찍한 힘이 멀리서 보내온 물리적 충격파를 견딜 수 없어서였다. 케일은 돼지우리에서 벌어진 성공적인 학살 못지않게 두 리디머의 굴욕적인 광경에도 내심 즐거웠다. 충격에서 회복될 시간을 오 분 정도 준 다음, 그는 얼떨떨해하는 두 사람을 데리고 돼지우리 옆에 서 있는 후크와 연옥수 쪽으로 갔다. 한때 돼지들이 버글거리던 우리 안에는 그들이 와서 봐주길 기다리는 돼지 잔해가 널려 있었다. 팬셔, 그러니까 후크가 기대한 대로 두번째 시범은 금방 끝났지만, 상상을 초월하는 파괴력 앞에서 두 사제는 할말을 잃었다. 소름 끼치고 참혹한 처형 광경은 지금껏 그들도 익히 봐왔지만, 법 집행에 따른 그런 죽음은 수고스럽고 오래 걸렸다. 실은 그것이 처형의 핵심이었다. 하지만 방금 눈앞에서 벌어진 광경, 사람보다 더 큰 몸뚱이들의 내장과 다리, 머리가 떨어져나간 참상은 끔찍하고 비인간적인 힘의 징표였다. 다른 세상의 광포한 힘. 그들로서는 이해할 수 없는 것. 설령 악마가 이곳으로 날아와 맨손으로 돼지들을 갈가리 찢어발겼다 해도 이렇게 놀랍지는 않았을 터였다.

하지만 한 시간 뒤에 놀란 쪽은 케일과 후크였다. 두려움 때문에 여전히 창백한 보스코가 그 혐오스러운 무기를 라코니아 용병들에게 사용하는 것을 허락하지 않았기 때문이다.

"이런 파괴적인 무기를 만들었다는 걸 교황청에서 알면 어떻게 될지 모른단 말이냐? 우리 모두를 불태워 멤피스에 여봐란듯이 매달아놓을 거다. 너와 이 정신 나간 인간이 오늘 뭘 선보였는지 정녕 모르겠느냐?"

"우리가 선보인 건 이미 우리 군대를 박살낸 적이 있는 적군을 물리칠 확실한 방법입니다, 로드 리디머." 성난 케일이 고함을 지르며 대꾸했다. "만약 또 그런 일이 벌어지면, 놈들은 목 매달린 리디머의 옥좌가 있는 샤르트르로 무혈입성할 겁니다. 놈들에게 오줌을 갈겨줄 인간 하나 없어요."

거친 표현이었지만 틀린 말은 아니었다. 두 사람 모두 놀랐는지 입을 다물었다. 프린셉스와 후크는 이 위대한 고위 성직자와 신의 분노가 육화한 소년이 나누는 험악한 대화에 어리둥절한 나머지 바라보기만 했다. 이윽고 케일이 분을 누그러뜨리고 먼저 다시 입을 열었다.

"제가 지면 다시는 기회가 없을 겁니다. 이건 당신이 원한 거예요."

"지금은 교황청에 반기를 들 적기가 아니다."

"그럼 그게 언제 온단 말이죠?"

반박할 수 없는 말이었다. 지금이 아니면 두번 다시 기회가 없을 터였다. 지난 삼십 년 동안 자신이 준비해온 모든 것이 더는 미룰 수 없는 실행의 시점에 이르렀음을 깨달은 보스코는 체념한 표정으로 대꾸했다.

"샤르트르에서 준비할 일들이 있어 이만 가봐야겠다. 만약 네가 승리하면 확실하고도 신속하게 연락해라. 만약 지면 라코니아 놈들이 대신 소식을 전해주겠지."

그걸로 논쟁은 끝이었다. 입을 다물고 천막을 나섰던 보스코가 곧바로 다시 들어와 서신 한 통을 내밀었다.

"며칠 전에 주려던 것이다. 너 대신 트란스발평원으로 간 자가 보낸 서신이다. 네가 흥미로워할 것 같았다."

케일은 과시하듯 달아놓은 수많은 호주머니 중 하나에 일부러 과장된 동작으로 편지를 넣었다. 리디머 신앙에서 호주머니는 인간의 영혼에 숨겨져 있는 은밀한 것을 의미하기에 원래 애콜라이트에게는 호주머니가 금지되어 있었다. '호주머니'는 악마의 또다른 이름이었다.

이십 분 뒤 보스코와 프린셉스는 샤르트르로 가는 길에 올랐고, 케일은 천막 밖에서 엿들으려고 서 있던 베이그 헨리에게 자초지종을 설명해주었다. 둘은 한동안 말없이 앉아 있었다.

"지금이 달아날 기회일 수도 있어." 케일이 입을 열었다. "네가 원한다면 말이야."

"너무 위험하다고 네가 말한 걸로 기억하는데."

"내 생각이 틀릴 수도 있지. 그리고 지금 보스코는 싫건 좋건 나를 믿어야 해. 아무도 널 뒤쫓지 않을 거야. 여기 남아 있는 것도 위험하긴 마찬가지야. 오십 대 오십인 셈이지."

"난 못 가."

베이그 헨리는 뭔가 다른 꿍꿍이가 있는 게 틀림없었다.

"어째서?"

"그 여자아이들을 두고 떠날 수는 없어."

케일은 어이가 없어서 끙 소리를 냈다. "네가 그 여자들에게 해줄 수 있는 일은 없어."

"그럼 그냥 달아나라는 거야?"

"할 수 있는 일도 없으면 그래야지 별수 있어?"

"만약 네가 이기면? 그 여자아이들을 어떻게 할 건데?"

"내가 할 수 있는 일도 많지 않을 거야. 전혀 없거나. 내 앞가림도 못할 처지야. 너도 문제고."

"하지만 넌 지금껏 전장에 등장한 최강의 군대를 물리칠 방법을 알고 있잖아?"

"그렇다고 할 수 있지."

"근데 네 앞가림도 못한다는 게 말이 돼?"

"왜냐하면 라코니아 용병단을 이기는 건 가능하지만 천사의 날개를 타고 날아다니며 성소를 들락거리는 건 못하거든."

"넌 그들과 싸우고 싶은 거야, 그렇지?"

"내가 잘하는 일에 희망을 걸고 싶으니까. 도망은 내 전문이 아냐."

"그게 아냐. 넌 싸우고 싶은 거야. 이 상황을 즐기는 거지."

"내가 할 수 있는 선택이 뭔지 말해봐."

"달아나."

"말했잖아. 싫어. 나쁜 선택은 선택이 아냐."

"하지만 난 달아나도 괜찮아?"

"그런 말은 안 했어. 왜 자꾸 싸우려 드는 거야?"

"싸우긴 누가 싸워. 싸움 걸기는 네 특기잖아. 넌 그런 녀석이야. 외눈박이 나무늘보한테도 싸움을 걸 놈이라고."

"말도 안 되는 소리 하지 마. 나무늘보가 뭔데?"

"멤피스 동물원에 있는 짐승이야."

"귀여워?"

"무지."

"너도 후크를 따라서 골란고원으로 올라가. 거기라면 가장 안전할 테니까."

"그렇겠지."

"그럼 나랑 같이 전장 한복판에 있겠다고 고집부리지 않을 거야?"

"응."

"이제 좀 정신을 차렸나보군."

"넌 전장 한복판에 뛰어들 거야?"

"가능하면 안 그럴 거야."

"여덟 순교자의 전투 때도 그렇게 말했잖아."

"실수로부터 배우려고 노력중이야."

"이번에는 실수하지 않는 게 좋을걸."

"그래."

"하지만 우린 여자아이들을 버리고 떠날 수 없어."

"괜찮아. 보스코는 그애들을 함부로 죽이지 않을 거야."

"넌 그자를 별로 좋게 생각하지 않았잖아."

"지금도 그래. 그냥 좀더 잘 알게 됐을 뿐이야. 보스코는 내가 큰일을 해주리라 믿고, 그걸 자기 목숨보다 중요시해. 성소에 있는 여자들보다 훨씬."

"그럼 넌 네가 뭘 할 수 있다고 생각해?"

"무슨 뜻이야?"

"글쎄. 내가 보기에 요즘 넌 자신이 신이라고 생각하는 것 같아."

"내가 여자아이들을 마음대로 빼내올 수 있다고 생각하는 사람은 너지 내가 아냐. 난 그저 살아남을 궁리만 해. 그리고 이유를 콕 집어 말할 수는 없지만, 너를 살릴 궁리도 하고 있지."

"네가 내일 있을 전투를 손꼽아 기다리지 않는다고 말해줘."

"난 내일 있을 전투를 손꼽아 기다리지 않아."

"못 믿겠는걸."

"네가 믿건 말건 상관없어."

잠시 침묵이 흐르는 동안 두 소년 모두 더 험악한 말을 생각해내려고 고민했다. 묘하게도 케일이 먼저 굽혔다.

"우리가 달아나도 보스코는 여자애들을 죽이지 않을 거야."

"어째서?"

"데리고 있으면 써먹을 일이 생길지 모르니까."

"그걸 네가 어떻게 알아?"

"모르지. 하지만 내 생각은 그래."

"내가 그 말을 듣고 싶어한다고 생각하는 거, 그건 네 생각이야."

"그렇지. 하지만 허튼소리는 아냐. 보스코가 하는 일에는 다 이유가 있어. 나도 한때는 그가 그냥 나쁜 놈이라서 나를 때린다고 생각했어. 하지만 실은 그렇게 단순한 문제가 아냐."

"너 보스코 좋아해?"

"존경해."

"좋아하는구나."

"단단히 미친 인간이긴 하지만, 보스코는 만사에 철두철미해. 그 점이 존경스러워. 난 그게 좋아. 그 품성이 나를, 우리를 구해줄 거야. 내가 그를 올바르게 인도한다면."

"네가 마침내 보스코를 이해한다면, 조심하는 게 좋을 거야."

"어휴, 더럽게 말 많네! 너 지금 말하는 거야, 아니면 궁둥이에서 뿡싯뿡싯 바람이 새는 거야?"

"그런 단어는 없어."

"증거 대봐."

20

"무슨 일로 보자고 했나, 이드리스푸케? 바꿔 말하자면, 뭐가 나한테 필요할 만한 제안이라고 갖고 오셨나?"

왕의 침대만큼 커다란 책상에서 이드리스푸케 맞은편에 앉아 있는 세뇨르 보스 이카르드가 말했다. 자기만족적이고 냉소적인 확신이 얼굴에 어려 있었다. '네놈을 잘 아니 허튼수작은 꿈도 꾸지 마'라고 말하는 표정이었다. 그는 법률가이자 과학자로서(닭을 눈雪속에 담아 보존하는 방법을 발명했다) 만방에 널리 알려졌고, 무엇보다 권력자들의 고문으로 유명했는데, 특히 학식뿐 아니라 어리석은 행위와 괴팍한 악취미로도 명성이 자자한 스위스의 조그 왕을 보좌하는 것으로 명성이 높았다. 보스 이카르드가 없었다면 스위스가 지난 오백 년간 어떤 전쟁에도 휘말리지 않은 놀라운 능력을 상실했으리라는 점은 온 세상이 인정하는 바였다. 하지만 누구나 예견하듯 머지않아 폭풍이 몰려올 상황에서 제아무리 영리하고 자유

분방한 자라 해도 계속 그런 능력을 유지할 수 있을지는 심히 의심스러웠다. 지금 그가 스패니시 리즈와 스위스의 심장부로 그 폭풍을 몰고 온 이드리스푸케를 적대적으로 대하는 것은 그래서였다.

이날 이드리스푸케와 세뇨르 보스 이카르드는 십여 년 만에 처음으로 말을 섞었는데, 물론 그 당시에도 일반적인 의미의 대화를 한 것은 아니었다. 이카르드가 이드리스푸케에게 사형을 언도하면서, 죽기 전에 남길 말이 있느냐고 물었을 뿐이기 때문이다. 이카르드는 살인 혐의로 법정에 선 이드리스푸케가 무죄라는 것을 잘 알고 있었다. 바로 그 자신이 살인을 지시한 장본인이었기 때문이다. 둘 사이에 특별히 악감정이 있던 건 아니었다. 평결 그 자체는 이드리스푸케를 고용했던 가울라이터 가문을 압박하기 위한 수단이었을 뿐이다. 당시 이드리스푸케를 애지중지했던 가울라이터 가문은 자신들에게로 도망쳐온 보스 이카르드의 정적 중 한 명과 이드리스푸케를 교환하자는 제안에 응했는데, 이카르드는 가울라이터들이 그자의 명분에 동조했다고 생각했다(꽤나 치열하고 복잡한 대의였지만, 그게 뭐였는지 제대로 아는 자는 이제 찾아보기 어렵다). 실제로 가울라이터 가문은 그의 명분에 공감하긴 했지만, 이드리스푸케와의 교환을 거부할 정도는 아니었다. 결국 그 도망자는 강제로 송환되어 즉결심판을 받고 처형되었다.

요즘 이카르드는 정치적인 문제로 늘 짜증이 나 있었다. 일상적인 문제에서 그는 매우 유쾌한 사람이었고, 설령 자신의 유해를 부하들이 생석회로 덮어 어느 후미진 구덩이에 처넣어도 여전히 유쾌할 위인이었다. 비폰드는 그를 이렇게 평가했다. "악랄한 정치가의 전형이지만 한층 더 교활하지. 자기와 가치관이 다른 사람을 모두 위선자로 여긴다는 게 최대 약점이야."

스위스의 국경도시 중에서 가장 큰 스패니시 리즈에 비폰드가 있다는 사실, 그것이 이카르드의 근심의 원인이었다. 솔직히 진짜 문제는 비폰드가 아니라 거기로 도망쳐온 마테라치 잔당이었는데, 비록 절름발이 신세로 전락했지만 여전히 상당수가 남아 있었다. 이카르드가 보기에 그들은 수치스러울 정도로 쉽게 제국을 잃고는 굳건히 중립을 지켜온 나라로 기어들어와 심각한 골칫거리가 되었으며, 점점 더 큰 문제로 대두되고 있었다. 그는 더이상 쓸모가 없어진 동지들에 대해서는 언제나 기본 원칙을 고수했다. 원조를 아끼지 않되 실질적인 도움은 주지 않을 것. 불행히도 감상적인 속물인 스위스의 조그 왕은 곤경에 처한 동료 왕족에게 은신처와 경제적 지원을 제공해야 한다고 고집을 부렸다. 이카르드는 그것이 그 자체로 엄청난 낭비이자 예견 불가능한 문제들이 자라날 비옥한 토양이라고 생각했다. 그게 어떤 문제일지 고민하던 그는 이드리스 푸케를 만나 얘기를 들어보기로 결심했고, 그 이복형에 대해서는 일부러 여봐란듯이 면담을 거절했다. '그 늙다리 개자식이 홀대받고 있다고 느끼게 하는 것'이 가장 현명한 처사라고 여겼기 때문이다.

"그래, 자네는 나한테 뭘 해줄 수 있나?" 이카르드가 이드리스 푸케에게 물었다.

"당신의 솔직함은 늘 그렇듯 새롭군요, 세뇨르."

"그렇게 생각한다니 유감이군."

"다행히도 제가 쓸모가 있을 겁니다."

"그래?"

"머지않아 제가 여기로 누군가를 빼내올 텐데, 제 생각에는 당신한테 엄청나게 유리한 상황이 될 겁니다."

"지난번에는 어떤 놈이 엘도라도에 가서 금을 산더미처럼 캐올 테니 투자 좀 하라더군."

"아주 젊은 리디머 전사입니다. 그들에게 워낙 소중한 존재라 오로지 그 젊은이를 되찾기 위해 마테라치를 공격했죠. 그 친구에 대해 들어보셨습니까?"

"아니."

"그렇다면 당신이 거느린 정보원들의 능력이 전보다 한참 떨어지는군요."

"좋아. 실은 들어봤네. 토머스 케일이라고 하더군."

"뭘 알고 계십니까?"

"자네는 뭘 알지?"

"당신보다는 꽤 많이 압니다."

"궁금하군. 말해보게나."

이카르드는 이드리스푸케의 이야기를 들었다. 분명 아주 흥미롭고 기묘한 이야기였다.

"그게 다인가?"

"물론 아닙니다. 최근에 리디머들이 당신을 만나러 왔습니까?"

"그……랬지."

"확실치 않나보군요."

"아니. 똑똑히 기억해. 몹시 섬뜩한 두 명이었어. 그중 한 놈은 이가 초록색이었다네."

"그들이 뭐라던가요?"

"우리가 마테라치 가문을 돕는 것에 불만을 표하더군."

"이 정도로 돕는다고 하기는 좀 그렇죠."

"그건 은혜를 모르는 소리지. 어느 모로 보나 우리는 그들을 잘 대해줬다네. 만약 입장이 바뀌었다면 마테라치 원수는—평온히 영면하길—우리를 이렇게 대하지 않았을 걸세."

"그건 당신 생각이죠."

"물론이지. 어쨌든 내 생각은 그렇다네."

"그래서 그자들에게 뭐라고 했습니까?"

"리디머들한테? 썩 꺼지라고 했네."

"아주 유쾌한 분위기였겠군요."

"자네가 말한 그 비범한 괴물, 그 젊은이가 원하는 게 뭔가? 그리고 내가 왜 그 요구를 들어줘야 하지?"

"안전하게 국경을 지나가게 해달라는 겁니다."

"리디머들이 엄청난 위험을 무릅쓰면서까지 되찾으려는 친구를 받아주는 건 좋은 생각이 아닌 것 같은데. 마테라치 가문이 어쩌다 그렇게 한심하게 몰락했는지 나로서는 알 길이 없지만, 여러 정황을 고려할 때 그 젊은이를 가까이 둔 건 현명하지 못한 처사였어."

"경우에 따라 다릅니다."

"어떤 경우?"

"이 비범한 괴물이—그에게 딱 맞는 표현이군요—리디머 영토에서 당신 영토로 오줌을 싸길 바라느냐, 당신 영토에서 그들 영토로 오줌을 갈기길 바라느냐에 따라서 말입니다."

"아주 골치 아픈 젊은이 같은데."

"어차피 여기로 올 겁니다."

"어째서?"

"왜냐하면 리디머들이 그 친구를 이용해 안타고니스트 무리를 파멸시키고 나면 이 나라로 들이닥칠 테니까요. 그리고 그들을 이 끄는 자는 결코 유쾌하지 않은 토머스 케일일 겁니다. 단지 우정의 손을 내밀었을 뿐인데 당신이 매몰차게 뿌리쳐서 몹시 언짢은 상 태겠죠. 리디머들은 절대로 멈추지 않을 겁니다. 당신네가 이교도 건 비신도건 그들에게는 매한가지입니다."

"어째서 그들이 지금 대대적인 전쟁을 벌이지? 지난 육백 년 동 안 잠잠하더니만."

"변하고 있으니까요. 그리고 당신도 서둘러 마음을 정하지 않으 면 마테라치와 같은 길을 걷게 될 겁니다."

"생각해봐야 할 문제인걸."

"저라면 오래 끌지 않을 겁니다."

세뇨르 보스 이카르드는 이드리스푸케가 오기 전보다 그가 떠난 뒤에 확실히 훨씬 더 불안해졌다. 허풍을 치는 거라면 알아챌 수 있다고 생각했지만, 오늘은 완전히 설득당한 기분이었다. 하지만 이카르드는 이드리스푸케가 모르는 것을 하나 알고 있었으니, 라 코니아 용병단이 마침내 골란고원으로 진군하기로 결정했다는 사 실이었다. 일단 리디머 군대와 그들의 젊은 괴물이 남색꾼으로 이 루어진 라코니아 살인마들과 제대로 전투를 벌이면, 이카르드는 그들이 위협적인 존재인지 아닌지 판단할 터였다. 그때까지는 이 드리스푸케가 휘파람으로 〈패딩턴 폴리〉를 흥얼거리면서 그 살인 기계 젊은이와 돌아다니게 내버려도 될 듯싶었다.

이제는 어느 후미진 도서관을 가도 멤피스의 몰락 이후 마테라치 가문의 도피를 다룬 책을 백 권은 찾을 수 있다. 환상적인 이야기, 마법 같은 이야기, 신비로운 이야기, 역사물, 엉성하게 급조된 기록, 우아한 전설, 냉담하고 비극적인 이야기, 솔직하고 간결한 이야기, 어둡게 윤색된 이야기, 시뻘겋게 피로 얼룩진 고통스러운 이야기 등등, 특징은 달라도 모두 일정 부분 진실을 담고 있다. 하지만 그중 10분의 1만 읽어도 못 견디게 따분해질 텐데, 그토록 춥고 곤궁한 시절에 일어난 공포와 고통으로 점철된 이야기는 죄 거기서 거기이기 때문이다. 끔찍하게도 실제로 그들은 그랬다. 멤피스를 탈출한 도망자 사천 명은 천신만고 끝에 절반만 스패니시 리즈에 도착했고, 여행 내내 겪은 고초 못지않은 홀대를 받았다.

"어떻게 됐어?"

최근에 비워진 유대인 거주 구역으로 이드리스푸케가 돌아오자 비폰드가 물었다. 이곳의 지도자 라비는 리디머들이 맹위를 떨치는 지금 자신의 신도들을 이끌고 리디머 무리에게서 최대한 멀어지기로 결심했다. 더는 갈 곳이 없어 돌아와야 할 때까지 달아나겠다는 것이었다.

이드리스푸케는 이복형에게 간략히 이야기해주었다.

"그자가 날 만나줄까?"

"아뇨."

"솔직히 그 입장이라면 나라도 그럴 거야."

그 말을 듣고 이드리스푸케가 이죽거렸다.

"속물 마음은 속물이 알아주시는군요. 대단들 하십니다."

"그자가 너는 다시 만나주겠지?"

"모르죠. 형님도 그자가 어떤 부류인지 알잖아요. 늘 자기가 상대를 좌지우지할 수 있다는 걸 과시하는 자입니다."

"그렇긴 하지."

"허세를 잔뜩 부리긴 하지만, 이제 어찌해야 좋을지 갈등하고 있습니다. 물론 형님에 대해서는 한시바삐 이 나라에서 내쫓을 생각이죠. 그 어수룩한 늙다리 조그의 호의에 기대는 건 별로 도움이 안 됩니다."

"그래."

긴 침묵이 흘렀다.

"네 생각에 케일은 어쩔 것 같으냐?"

"기다리는 수밖에 더 있겠습니까? 이카르드는 스위스군 대부분을 국경에 배치했습니다. 600마일에 걸친 안타고니스트 참호들과 200마일에 걸쳐 있는 긴장한 스위스 국경 수비대가 케일과 베이그 헨리를 가로막고 있는 셈이죠. 틀림없이 케일은 적당한 때를 기다릴 겁니다."

그때 노크소리가 들리더니 곧바로 밖에서 문이 열렸다. 경비병은 숭모와 배려가 가득한 태도로 아르벨 마테라치를 방안으로 안내했다. 이제는 규모가 너무 줄어 다스릴 자도 거의 없는 잔당에 불과한 마테라치 가문의 마지막 군주일 수도 있는 그녀였지만, 적어도 여왕 같은 풍모는 느껴졌다. 전보다 더 성숙하고 아름다워졌으며, 갖은 고초를 겪으면서 지혜로운 노인 같은 분위기가 생겼다. 불과 몇 달 만에 모든 것이 바뀌었다. 그녀의 세상은 파괴되었고, 아버지는 죽었고, 이제 남아 있는 마테라치 일족 중 서열이 가장 높은 아르벨은 사촌인 콘과 결혼하여 만삭인 몸이었다.

21

그로부터 나흘 뒤, 케일이 기대한 대로 라코니아 용병단은 골란 고원을 돌아 곧장 샤르트르를 점령하러 진군하기 시작했다. 비록 맥서평원 전투에서 승리를 거두긴 했지만, 그 와중에 너무도 소중한 병사들이 죽어나간 손실을 만회하려면 안타고니스트의 은이 필요했다. 그들이 용병 파견 말고 돈을 벌 수 있는 유일한 방법은 라코니아를 비롯해 주변을 에워싸다시피 한 식민 국가들에 거주하는 어마어마한 수의 헬롯 노예들을 부려먹는 것이었다. 노예들을 겁박하고 그들의 우두머리들을 처단함으로써 기강은 세웠지만, 그럴수록 라코니아의 수입은 줄었고—노예가 죽으면 그만큼 손해니까—헬롯 노예들은 끊임없이 반란을 꾀했다. 라코니아인들이 노예가 순종하건 반항하건 상관하지 않고 무수히 죽였기 때문이다. 헬롯 몇천 명을 학살할 때마다 단기적으로는 우쭐해졌지만 장기적으로는 불안이 가중됐다. 죽음을 두려워하지 않는 라코니아인들이

354

었지만, 절멸의 공포는 떨칠 수가 없었다. 그래서 라코니아 용병단은 다시 전장으로 돌아와 샤르트르 침공에 나섰다.

당장 케일의 걱정거리는 암벽과 야트막한 언덕으로 이뤄진 골란고원의 지형을 이용해 양쪽으로 적을 방어하고자 하는 리디머의 작전을 라코니아 놈들이 간파했을지 모른다는 것이었다. 언덕은 훨씬 드넓은 전장이 보이지 않도록 적의 시야를 가리는 정도에 불과했지만, 가장 좁은 지대로 적을 끌어들일 계획에는 거대한 암벽만큼 탁월한 전략적 지형이었다. 일단 그곳에서 혼란에 빠지면 제아무리 라코니아 용병단이라 해도 전투중에 전열을 재정비할 수 없을 터였다.

케일에게 안타깝게도, 라코니아 왕으로 새로 선출된 제러미 스튜어트 클라크는 실제로 이미 그런 문제점을 간파한 터였다. 그러나 선택의 여지가 별로 없었다. 그로서는 병목 지대의 위험을 무릅쓰고 골란고원을 통해 샤르트르로 진격하거나, 현재 위치에 눌러앉아 기다리는 수밖에 없었다. 후자의 경우 최근에 받아놓은 귀중한 보급 물자를 소모하고 병사들을 육체적으로뿐 아니라 정신적으로도 굳어지게 만들 터였다. 아무리 잘 훈련받았다 해도 병사는 인내심이 없기 마련이다. 이미 병사들의 열의가 식을 대로 식은 지금, 지겹도록 오래 기다린 끝에 마침내 출정 준비를 시켜놓고 또 멈출 수는 없는 노릇이었다. 스튜어트 클라크 왕으로서는 그런 명령을 내릴 마땅한 명분이 없었다. 더 남쪽으로 이동해 한결 편평한 후방에서 샤르트르를 공격하려면 최소 일주일은 걸릴 테고, 그랬다가는 리디머 군대가 대비할 시간이 더 늘어날 터였다. 안 그래도 이미 그들에게 너무 많은 시간을 주었다. 스튜어트 클라크 왕은 안타고니스트들이 골란고원 서쪽으로 뻗은 참호 라인을 공격함으로써 자신들을 더욱 압박하려 들 것임을 알고 있었다. 이제 더는 진군을 늦출 수 없었고, 우회해서 공격하는 것은 무의미할 터였다.

다양한 위험 요인을 저울질한 끝에 그는 이미 리디머 군대를 괴멸시킨 전력이 있으니 계속 전진하는 게 현명하리라 판단했다. 더구나 얼마 전부터 부대 전체가 언짢은 복통에 시달리고 있었는데, 이질처럼 심각하지는 않지만 다들 끔찍한 설사와 기분 나쁜 복통으로 고생하는 형편이었다. 이 모든 상황을 고려할 때, 최단 경로로 샤르트르를 침공하는 것이 가장 현명한 처사였다.

세 시간 가까이 머뭇거리던 라코니아 군대가 마침내 움직이는 모습을 지켜본 케일은 느닷없이 공포와 환희가 뒤섞인 기분에 사로잡혔다. 사방 100마일 안에서 유일하게 유리한 방어 전장으로 적이 들어오고 있었다. 하지만 문득 케일은 앞서 경험한 두 번의 대규모 전투 당시, 안전한 곳에서 전장을 내려다보며 이게 잘못됐느니 저게 문제니 잔소리를 늘어놓는 구경꾼처럼 굴었던 일이 생각났다. 가장 악명 높은 군대와 맞선 지금, 뭔가를 아는 것과 그걸 느끼는 것의 차이를 인식하지 않을 수 없었다. 이제 케일은 그 차이를 느꼈다. 어쩐지 이 공포는 오페라 로소에서 솔로몬 솔로몬과 싸울 때 온몸을 마비시키던 두려움과는 조금 달랐다. 이번에는 밀려드는 공포로 무릎에 문제가 생긴 것 같았다. 정말로 다리가 후들거렸다. 오페라 로소에서는 심장이 멎는 기분이었는데.

앞서 케일은 전투 상황을 지켜볼 수 있도록 부대 마지막 대열 뒤쪽에 탑을 세우라고 지시했는데, 지금은 그 경량 구조물에 달린 가느다란 사다리를 올라가지 못할까봐 걱정이었다. 케일은 무릎을 내려다보며 속으로 꾸짖었다. 그만 떨어. 그만하란 말이야. 라코니아 용병들은 느릿느릿 사각 대형을 이루며 전진해오고 있었다. 한순간 모든 것이 절망적으로 느껴졌다. 자신의 병사들이 약하게 느껴지고, 자신이 세운 방어 및 공격 전술이 천천히 다가오는 거대한 살인 기계 앞에서 가소로워 보였다. 결국 사다리에 한 발을 올리고 천천히 한 발, 잠시 머뭇거리다 또 한 발. 어디든 다른 곳으로 달아나고만 싶었다. 누가 자신을 구출해 멀리 데려가 안전하게 지켜주었으면 싶었다. 다시 한 발을 올리고 또다시 한 발. 이윽고 거친 바다에서 너무 야심차게 헤엄치던 아기 물새가 물가에 다다르듯 가까스로 탑 꼭대기에 올라간 케일은 이미 그곳에 있던 호위병 두 명의 부축을 받으며 일어섰다. 그들은 화살과 볼트, 창으로부터 케일을 보호해줄 거대한 방패를 들고 있었다. 라코니아 용병 군대를 바라보면서 케일은 '악랄한 질산칼륨'이라고 명명한 폭발물이 순조롭게 작동하기만 하면 다 잘될 거라고 애써 자위했다.

그런데 심각한 문제가 발생했다. 비가 내리기 시작한 것이다. 나중에 후크가 설명하길, 악랄한 질산칼륨은 물을 좋아하지 않거나 혹은 물을 너무 좋아했다. 마치 사막의 모래가 물을 사랑하듯, 극소량의 습기마저 빨아들였다. 구름이 걷히고 이 분 만에 악랄한 질산칼륨의 인화성은 늪지대 수준으로 떨어졌다. 이 약점을 알고 있던 후크는 자신이 발명한 폭발물의 성능을 습한 날 보여주지 않으려고 극도로 조심했는데, 약점을 감추기 위해서가 아니라 작동하지 않을까봐 불안해서였다. 지금껏 그가 체험한 전투는 트란스발 평원에서의 전투뿐이었고, 마침 그때는 건기였다. 돌이켜보면 당연히 그 무기의 약점을 알렸어야 했지만, 적어도 비가 오기 전까지는 그럴 생각조차 하지 못했다. 본래 발명가라는 존재는 자신이 만들어낸 물건을 제대로 선보일 최적의 여건을 조성하려 들기 마련이다.

습기의 공격을 까맣게 모른 채 연옥수 두 명의 호위를 받으며 탑 위에서 라코니아 용병단의 진격을 지켜보고 있던 케일은 극도의 긴장감 속에서 기름에 푹 적신 도화선에 불을 붙이라고 신호할 준비를 했다. 황홀한 흥분과 고통스러운 기다림의 시간이었다. 이윽고 그가 신호를 보내자, 까마귀 떼가 울어대듯 귀 따가운 나팔소리가 터져나왔다. 그 순간 리디머 군대의 맨 앞줄이 땅에 꽂혀 있는 주목朱木 말뚝 뒤에서 한 걸음 물러났고, 대기중이던 이인 일조 리디머들이 그 자리에 더 많은 말뚝을 박기 시작했다. 일반적인 울타리처럼 앞을 완전히 가리지는 않지만, 말뚝 사이로 사람이 빠져나갈 수는 없는 간격이었다. 게다가 10인치 간격으로 박은 말뚝들에는 잔뜩 벼린 고기 거는 갈고리들이 고정되어 있었다. 그동안 케일은 리디머들을 이인 일조로 짝지워 하루에 열두 시간씩 훈련시켜 말뚝 박는 시간을 단축시켜왔다. 이윽고 도화선에 붙은 불이 질산칼륨 통에 다다르기 전에 갈고리 박힌 말뚝들이 한 겹 더 땅에 박혔다.

한편, 골란고원 중턱에서는 케일의 전술이 한층 큰 문제에 봉착했다. 비록 빗줄기는 약해졌지만, 짧고 거센 소나기가 악랄한 질산칼륨을 녹여버린데다 곡사 쇠뇌의 시위가 비에 젖는 바람에 평균보다 더 무거운 볼트를 발사하는 힘이 떨어졌다. 후크가 재빨리 방수포로 쇠뇌들을 덮었지만, 진격해오는 라코니아 용병단의 우익을 공격하려면 쇠뇌의 최대 사거리로 볼트를 발사할 수 있어야 했다.

시위가 살짝 젖은 지금 사거리는 4분의 3으로 줄었고, 결국 곡사쇠뇌는 무용지물이 되었다.

필사적이 된 후크는 부리나케 깃발을 흔들어 발사가 불가능하다는 신호를 보냈고, 부서질 듯 약한 탑 위에서 그 신호를 본 케일은 불안에 사로잡혔다. 곧이어 골란고원 곳곳에서 흔들어대는 임시 깃발들이 보였다. 악랄한 질산칼륨에 대한 신호는 마련해놓지 않았는데, 굳이 그럴 이유가 없었기 때문이다. 이제 라코니아 용병들이 질산칼륨 통으로 접근하고 있었고, 시간을 정확히 맞춘 도화선의 불도 거의 다다라 있었다.

케일이 다시 신호를 보내자, 귀청을 찢는 나팔소리가 또 밑에서 터져나왔다. 이번에는 리디머 군대의 맨 앞줄 전체가 고개를 숙인 채 옆으로 돌려 방어적으로 몸을 옹송그렸다. 계속 전진해오던 라코니아 병사들이 여덟 순교자의 전투 때처럼 달리기 시작했다. 도화선의 불은 계산대로 통에 다다랐고, 라코니아 용병단도 케일이 기대한 순간에 도착했다. 하지만 아무 일도 벌어지지 않았다. 용병들은 대부분 흙을 얇게 덮어놓은 통을 밟았지만, 발밑의 땅이 이상하다는 느낌을 받으면서도 멈출 수 없는 상황이었다. 그때 라코니아 전열 오른쪽에 설치한 통들 중 끝에서 두번째 통이 폭발했다. 원래는 전방으로 터지도록 설계되어 있었지만, 나무로 만든 통은 믿을 만한 것이 못 된다. 통이 앞뒤로 터지는 바람에, 몰려오던 적들만큼 리디머들도 목숨을 잃었다.

하지만 이 단 한 번의 폭발로 라코니아의 전열 전체가 놀라서 멈춰 섰다. 어느 누구도 이런 광포한 힘을 본 적이 없었다. 땅이 폭발해 하늘로 치솟았고, 귀청을 찢는 굉음은 우레보다 끔찍했다. 전열 전체가 몸서리치며 멈춰 서더니 마치 놀란 짐승 한 마리가 비틀거리듯 동시에 뒷걸음쳤다. 사람의 손으로 이루어지는 도살은 가까이에서 베고 찔러 살과 뼈를 난도질하는 것이기에 끔찍하기 그지없다. 하지만 엄청난 화염과 연기가 만들어낸 참상을 난생처음 목격하는 기분이 어떨지 상상해보라. 상황을 파악하느라 양쪽 군대가 아우성치고 있을 때 마치 성질 나쁜 신이 그들 사이의 땅을 손으로 내려친 듯 한순간 갑자기 엄청난 정적이 흘렀다. 다들 참혹하게 베고 찌르는 전투에는 익숙했지만, 눈 깜짝할 사이 사람이 터지고 갈가리 찢기고 가루가 되는 광경은 아무도 본 적이 없었다.

통들이 제대로 터지지 않아 입을 벌린 채 멍하니 있던 케일의 가슴속에서 당혹감과 공포가 난무했다. 하지만 그만 그런 건 아니었다. 스튜어트 클라크 왕은 타고 있던 말이 폭발에 놀라 앞다리를 들고 일어서는 바람에 낙마했고, 그의 곁에 있는 전령 대여섯 명도 마찬가지였다. 겁에 질린 말들은 사방으로 달아났고, 최악의 악몽을 선사하려던 공격은 완전히 중단되었으며, 1천 야드에 이르는 전열은 가장 중요한 순간의 동력을 상실했다. 왕과 마찬가지로 모든 지휘관들이 말에서 떨어졌거나 말을 진정시키려고 기를 쓰고 있었다. 통들이 폭발하지 않아 두려움에 얼이 빠졌던 케일은 잠시 후 가까스로 정신을 차렸다.

케일에게는 궁수가 많지 않았지만, 스무 개의 통 중에서 일부가 폭발하지 않을 경우 라코니아 놈들을 처리하기 위해 미리 대기시켜놓은 궁수들이 있었다. 그는 탑에서 내려와 밑에서 기다리고 있던 말에 올라탄 후, 앞에 늘어선 궁수 사백 명에게 일제사격을 시작하라고 소리친 다음 언덕으로 전령을 보내 매복중인 궁수 사백 명에게 적이 오른쪽으로 돌아오려 할 때까지 기다리라고 지시했다. 이윽고 라코니아 용병단이 공격을 재개하기 위해 전열을 가다듬기 시작했고, 케일은 길에게 이미 훨씬 강해져 있는 좌익으로 예비 병력을 데리고 가 힘을 보태라고 손을 흔들어 신호했다. 대부분 블랙 코딜리어 생존자로 이루어진 예비 병력이 리디머 군대 좌익으로 천천히 달려가기 시작했다. 문득 케일은 작전을 변경하고 전투가 다시 시작될 때까지 뭘 해야 좋을지 모르겠다는 생각이 들었다. 일단 관망해보자, 관망해보자고. 하지만 아무것도 하지 않는 상황이 너무 두려웠고, 여기 그대로 있어야 할지 아니면 탑으로 돌아가 기다려야 할지 모른다는 당혹감이 너무 커서 진정이 되지 않았다. 전열 후방에서 수백 년 같은 이십여 초 동안 길을 잃고 절박해진 아이처럼 초조하게 왔다갔다하던 그는 마침내 마음을 다잡고 멈춰 섰다. 어린 시절 길고 괴로운 밤에 끔찍한 두려움에 시달릴 때 그랬듯 엄지손가락 밑의 살을 손톱으로 꾹 누르자, 밀려드는 고통에 서서히 진정되는 듯한 느낌이 들었다. 몇 초 동안 심호흡을 하고 말을 탑 쪽으로 돌린 케일은 잠시 후 평정심을 되찾고 라코니아 놈들이 공격을 재개하면서 전투가 다시 시작되는 광경을 지켜보았다.

이번에 라코니아 용병들은 달려오면서 공격하지 않았다. 그냥 걸어서 전진해왔다. 이제 라코니아의 가장 강력한 우익은 대규모로 보강된 케일의 좌측 부대와 마주했다. 하지만 케일이 보유한 병력으로는 라코니아의 가장 막강한 부대와 대적하면서 동시에 가운데와 오른쪽에도 여섯 줄이나 여덟 줄의 전열을 배치하는 것이 불가능했다. 갈고리 박힌 주목 말뚝을 박아놓은 것은 그래서였다. 말뚝들은 라코니아 용병들의 진격 속도를 늦추고, 가운데와 오른쪽의 약한 전열을 지켜줄 방책이었다. 그리고 적들이 이 방책을 돌파하면, 지금껏 훈련한 대로 이곳 리디머 병사들은 무리하게 저항하지 않고 천천히 후퇴하며 싸울 계획이었다. 그러면 언덕 위의 궁수사백 명이 뒤쪽에서 적을 공격할 텐데, 이런 상황에서 라코니아 용병들은 갑옷을 입지 않은 후위 부대를 지키려고 진격을 중단하고 돌아서야 할 터였다. 그러지 않으면 세계 최고의 궁수들이 일 분마다 열 발씩 일제히 쏴대는 화살에 속절없이 쓰러질 수밖에 없었다.

케일의 왼쪽 부대에는 그런 전술이 필요 없었다. 라코니아의 오른쪽에는 가장 막강하고 노련한 전사들이 20열 횡대로 늘어서 있지만, 지금 그들을 상대하는 리디머 군대는 거의 50열이었다. 파괴력이 무시무시한 라코니아의 검을 리디머 병사들의 투구가 막아주고, 수많은 병사들이 밀고 밀리는 혼전으로 인해 전열이 붕괴되지만 않는다면, 케일은 라코니아의 우익을 오히려 밀어붙여 놈들의 좌익 쪽으로 몰아간 다음 이십 일 전에 놈들이 블랙 코딜리어에게 했던 방식으로 되갚아줄 생각이었다.

결국 그 전술만으로 승리를 거두었는지는 이후 몇 달, 몇 년 동안 논란거리가 되었다. 그날 케일은 밤늦도록 베이그 헨리와 승전에 대해 얘기를 나누면서 정말 아슬아슬하게 이겼다고 말했다.

"넌 그 얼빠진 후크랑 같이 고원 중턱에 처박혀 있어서 전혀 쓸모가 없었지." 케일이 명랑하게 말했다. "하지만 짐승 시체를 개울에 넣지 않았다면 우린 승리하지 못했을 거야."

그날의 전투는 단순히 죽음을 두려워하지 않는 쪽과 죽음을 영생으로 가는 문으로 여기는 쪽의 싸움이었기에 실로 끔찍했다. 광포하게 시작된 전투는 여섯 시간 만에 끝이 났다. 스튜어트 클라크 왕은 자신의 병사 팔천 명과 함께 전사했고, 가까스로 살아남은 자들은 사 주에 걸쳐 퇴각 전투를 벌이며 믿기 어려운 용맹함과 지구력을 보여주었다. 물론 이미 모든 것이 끝난 마당에 그들의 생존으로 라코니아 용병단의 운명이 달라지진 않았다. 그날 토머스 케일은 그들의 역사를 영원히 바꿔버렸으며, 이는 당시 케일이 굳게 믿은 장거리 곡사 쇠뇌와 질산칼륨 통의 엄청난 파괴력에 비해 썩 중요하게 여기지 않았던 세 가지 덕분이었다. 마테라치 전사자들의 투구를 가져다 만든 강화 투구와 영리한 전술, 그리고 라코니아 진지에서 식수로 사용한 개울에 부패한 짐승 시체를 넣어 심각한 설사를 일으킨 것, 그 세 가지였다. 그 물을 마신 병사들은 설사에 시달리느라 기운이 빠져서—그 정도면 충분했다—하루종일 육중한 갑옷을 입고 싸우기가 어려웠다. 그리고 광기 어린 용기와 자기희생적인 전투력을 발휘한 리디머들의 공로도 인정해줘야 마땅했다. 그날 내내 케일은 목숨을 걸고 자신을 호위하는 연옥수 열 명과 함께 쉴새없이 전방과 후방을 왔다갔다했다. 한순간 탑 꼭대기에 있다가도 금세 밑으로 내려와, 무너지기 직전의 위태로운 전열 맨 앞으로 가서 어느 곳을 시급히 막고 어디서 물러나야 하는지 고래고래 소리쳐 알렸다. 케일이 말을 타고 오른쪽 전열로 달려갈 때마다 그가 다칠까봐 겁먹은 연옥수들은 마치 자신의 영생이 걸린 듯 필사적으로 그를 보호했다. 케일은 그쪽에 박아놓은 날카로운 갈고리 방책이 라코니아 놈들에게 돌파되지 않게 애썼으며, 일단 놈들이 넘어오면 일사불란하게 병사들을 후퇴시키고 적을 그 자리에 가두어 언덕 위의 궁수들이 치명상을 입히도록 했다. 그런 다음에는 전투의 승패가 달린 왼쪽의 거대한 전장으로 돌아와 죽을힘을 다해 밀어붙이라고 독려하고, 쓰러진 병사는 일으켜세우고, 적의 힘이 느슨해진 곳에 있는 자들에게는 다른 곳으로 이동해 힘을 보태라고 고함을 질렀다. 어느덧 두려움이 사라지자 정신없이 전투에 몰두한 케일은 자신이 의기양양해지고 있다는 것을 걱정할 겨를이 없었으며, 심지어 분노나 슬픔 대신 가늠할 수 없는 환희에 사로잡히기도 했다. 이따금 작은 목소리가 그에게 정신 차리라고 소리칠 뿐이었다. 전투가 벌어지는 내내 그는 유리창의 약한 부분을 찾기 위해 윙윙대며 이리저리 날아다니는 말벌이나 파리와도 같았다. 전장의 사령관은 항상 선봉에서 병사들을 이끌거나, 이따금 그러거나, 아예 나서지 않기도 한다. 케일은 마지막 방식을 택하겠노라고 늘 다짐했지만 그날은 불가능했다. 이따금 라코니아 용병들이 리디머 전열에 구멍을 내면 케일은 거기로 치고 들어가 구멍을 막고 정신병원에서 가장 차분한 미치광이처럼 적을 몰아쳤으며, 전투 기계로 자라난 존재답게 현란하게 칼을 휘두르고 적의 공격을 막아냈다. 그가 세상에서 가장 혐오하는 자들과 연옥수들은 자신에게 다른 운명은 없다는 듯 케일과 함께 죽으려고 그의 곁으로 달려갔다. 그러다 연옥수들에게 둥그렇게 에워싸이면 케일은 뒤로 물러나 다시 말을 타고 탑으로 돌아와 탑 꼭대기에서 마치 신이 자신이 창조한 혼돈을 굽어보듯 전장을 내려다보았다. 이윽고 유리창이 거짓말처럼 말벌에게 굴복하고 움찔거리더니 이내 깨졌다. 위태롭게 뒤틀리던 라코니아의 우익 전열은 그냥 깨진 것이 아니라 아예 터져버렸다. 그 파괴적인 힘에 거대한 야수는 단숨에 무너지고 말았다. 오랜 싸움에 지칠 대로 지친 짐승은 앞에서 밀어대는 적의 무게만이 아니라 자기 무게마저 견디지 못하고 무너졌다. 그 집단적인 죽음 앞에서 용기나 힘은 더이상 무의미했으며, 일단 무너지자 그 순간 전투도 끝이 났다. 하지만 병사 개개인의 학살은 끝나지 않았다. 이제 짐승은 여러 부위로 쪼개져 각각의 병사들로 나뉘었고, 스스로 더 작은 야수가 되어 달아날 수 없는 그들은 홀로 떨어진데다 너무 약해서 쉽게 죽일 수 있는 존재가 되었다.

전투가 승리로 끝나자, 불과 몇 주 전에 라코니아 용병들이 리디머들에게 저지른 섬뜩한 학살이 이번에는 라코니아 쪽에 자행되었다. 무슨 말이 필요하겠는가? 참혹할 따름이었다. 충격과 공포, 내리 찔러대는 칼, 땅에 뿌려지는 피. 설령 못마땅하다 해도 케일은 그들을 제지할 수 없었을 것이다. 대신 그 일을 백부장들의 재량에 맡겼다. 그들의 명령으로 살육이 중단될 무렵 포로는 고작 오백 명쯤이었고, 가까스로 달아나는 데 성공한 자들은 몇천 명에 불과했다. 케일은 급히 해야 할 일이 두 가지 있었다. 하나는 소식을 기다리는 보스코에게 낭보를 전하는 것이고, 또하나는 귀도 후크를 궁둥이 털이 오그라들 만큼 엄하게 꾸짖는 것이었다. 어찌나 신랄하고 험악하게 욕을 퍼부었는지 그 일은 이날의 전투 못지않게 인구에 회자되었다.

케일이 깨닫지 못한 것이 있다면, 이번 승리가 자신에게 닥친 치명적 위험을 또다른 위험으로 바꿔놓았다는 사실이었다. 이번에는 스스로 타개할 수 없는 문제였다. 샤르트르에서는 보스코가 결정적인 행동을 주저하고 있었는데, 이는 우유부단함에서 비롯된 것이 아니라 그가 마주한 복잡한 문제 때문이었다. 그는 적들을 아주 신속히 처단해야 할 뿐 아니라 동지들도 상당수 죽여야 했다. 그

동지들은 대부분 불만의 동지였고, 그는 그걸 잘 알고 있었다. 그들은 완벽하게 깨끗해진 세상을 만들려는 보스코의 꿈을 열렬히 지지하지 않았는데, 이유는 단순했다. 그의 꿈이 뭔지 몰라서였다. 만약 알았다면 소스라치게 놀랐을 것이다. 보스코는 신학적 불만이 가득한 자들로 이루어진 꼴사나운 무지개 연합을 결성했는데, 그들 중 많은 이들이 개인적 원한과 종교적 원한, 이기적인 불만에 사로잡힌 자들이라 공존이 불가능했으며, 명백한 변화의 기운을 감지하고 어떻게든 강한 쪽에 서려는 기회주의자들이었다. 그중 가장 위험한 자들은 순수한 신세계를 보스코만큼이나 갈망하는 무리로, 새로운 세계의 도래에 앞서 이루어질 청소 작업에 자신이 꼭 필요한 존재라고 여겼다. 그 위험한 동지들의 우두머리인 리디머 폴 모스비는 그 같은 몽상가와 기회주의자 집단을 오래전부터 금전적으로 지원해왔다. 동지들에게 호의를 베풀고 영향력을 행사해온 그는 돌려받아야 할 빚이 많았다. 일 년 전 모스비는 그 오래된 도시의 심장부에서 거대한 '배움의 돔' 다음으로 중요하고 거룩한 건축물인 '자비와 동정의 바실리카'를 불태운 안타고니스트 추종 집단의 간부들을 번개같이 체포한 덕분에 샤르트르에서 막강한 힘을 갖게 되었다. 사실 이 화재는 진짜 음모를 기다리다 지친 모스비가 직접 일으킨, 혹은 사주한 사건으로, 정신질환 이력이 있는 리디머 네 명을 미리 찍어두고 은밀히 최면제를 투여해 횡설수설하게 해서 체포한 것이었다. 그들은 신속히 처형되었으며, 그 보상으로 모스비는 새로 발효된 '막강한' 법안을 시행하는 책임자가 되었다. 즉, 고발이나 고소 없이도 누구든 사십 일 동안 구금할 수 있게 하는 법안이었다. 모스비는 누구를 체포하든 혐의를 찾아내기까지 사십 일도 걸리지 않았다. 분위기나 정서상 훈방되는 자들도 더러 있었지만, 요주의 인물 명단에 올라 앞으로 협조하지 않으면 어떻게 될지 똑똑히 깨닫고 풀려난 자들도 있었다.

하지만 모스비는 이제 막 경험한 가장 순수한 형태의 힘이 점점 커지는 것을 즐기기 시작했다. 그는 보스코가 원치 않는 체포와 협박도 서슴지 않았다. 그리고 리디머 신앙 회복에 대한 자신의 생각을 거침없이 피력하며 보스코와 언쟁을 벌이기 시작했다. 게다가 사적인 자리가 아닌 모임에서 번번이 반론을 제기하며 자기가 보스코 못지않게 중요한 존재임을 과시했고, 새로운 신도들이 자신을 순종적인 하인쯤으로 여기는 것을 용납하지 않으려 했다. 더 큰 문제는 그가 케일의 신성을 의심함으로써 보스코의 심기를 건드렸다는 점이다. 사실 모스비는 케일이 정말로 신의 분노가 육화된 존재일지 모르지만 외모는 그래 보이지 않는다고 농담을 했을 뿐이었다. 흔히 대수롭지 않은 냉소가 진지한 반론 못지않게 혹은 더 큰 상처를 주듯이, 보스코는 모스비의 농담을 심각하게 받아들였다. 그리고 그 순간 모스비와 그를 따르는 패거리의 운명은 결정되었다고 볼 수 있다. 하지만 완전히 확정된 것은 결코 아니었다. 보스코는 막강한 두 파벌을 동시에 처리해야 했는데, 몇 시간 뒤에 한꺼번에 파멸시킬지 따로따로 없앨지 확신이 서지 않았다. 그에게는 크게 유리한 점이 하나 있었다. 바로 누구도 예상치 못한, 놀랍도록 독창적인 일을 꾸미고 있다는 점이었다.

진정으로 결정적인 전투란 없다. 결정적이라는 말에 딱 맞을 것 같은 골란고원에서의 전투도 라코니아 용병단에게 승리를 거둔 직후 샤르트르에서 벌어진 사건에 의해 그 항구적 의미가 좌우되었다. 보스코는 우선 리디머들을 라코니아 놈들로부터 지켜달라고 기도하려는 의도임을 공언하면서 '영원한 경배의 신심회 총회'를 소집했다. 만약 케일이 지면 그들은 패전으로 자신들이 얻을 온갖 이득을 위해 기도할 테고, 케일이 이기면 그 기도와는 정반대의 일이 벌어질 터였다.

라코니아가 패퇴했다는 소식을 듣자마자 보스코는 자신의 싸움을 시작했다. 대부분 보스코의 지지자들―믿을 만하건 미심쩍건 간에―로 이루어진 모임의 참석자들은 그의 종교적 파수꾼인 리디머 프란시스 할데라에 의해 회당 안으로 몰아넣어졌다. 신심회 연합의 중진인 할데라는 보스코가 멀리 성소를 근거지로 수년간 샤르트르에 지지 기반을 쌓는 데 중대한 기여를 했다. 한없이 순종적인 해결사이자 심부름꾼인 그는 아첨이 필요한 자에게는 버터처럼 부드러웠고, 공갈이 효과적인 자에게는 무자비했다. 어떤 식으로든 때가 다가오는 지금 그런 재능들은 더이상 필요가 없어졌으며, 할데라의 근본적인 믿음 결여나 용기 부족은 보스코가 신중하게 세운 안정적인 계획의 중요 요소로 이용될 터였다. 기도가 시작되기 전에 보스코는 할데라를 다른 방으로 데려가 격리시키고 거짓말로 안심시켰다. 그리고 케일의 승전 소식이 접수되자마자, 할데라가 지금껏 애콜라이트 네 명과 싸움질을 했고 한 명의 물건을 훔쳤으며(사실이었다) 수많은 동조자들과 함께 안타고니스트 이교도 무리와 공모했다는(사실이 아니었다) 증거를 들이댔다. 보스코는 할데라가 저지른 범죄가 사실이건 아니건 그에 대한 벌로 산 채로 천천히 구워 죽일 거라고 위협하면서, 대신 사실대로 털어놓고 협조하면 추방으로 끝날 것이라 했다. 당연히 할데라는 자신의 죄를 인정했으며, 보스코가 원하는 자는 누구든 공모자로 몰겠다고 했다. 보스코는 그에게 문서 한 장을 주고 이십 분 동안 낭독 연습을 시켰다. 그사이 아무것도 모르는 총회 참석자들은 이미 이긴 전투의 승리를 위해 기도중이었다.

보스코는 쉽게 한자리에 모을 수 있는 동지들을 처리하면서 동시에 이 도시 곳곳에 흩어져 있는 정적들을 제거하는 작업도 착수해야 했는데, 그 모든 일을 거의 동시에 이뤄내야만 했다. 그러려면 케일의 승전 소식이 도시 전체로 퍼지는 것을 최대한 늦추는 것이 관건이었다. 그런 엄청난 승리의 낭보는 대대적인 축하 행사라는 혼란을 야기할 텐데, 정적들이 어디 있을지 예측할 수 없는 상황에서는 그들을 제거하기가 어려웠다.

당황하고 겁에 질린 할데라가 회당 안의 거대한 돌계단 봉독대 두 곳 중 한 곳으로 올라가는 동안, 30야드쯤 떨어진 다른 봉독대에서 이미 기다리고 있던 보스코는 그를 유심히 지켜보았고, 그러는 동안 베키나지에서 첫 암살이 시도되고 있었다. 리디머 로와 단지 운이 없어서 그와 함께 있던 동료 두 명은 승전 기도를 하다가 길의 암살자 네 명의 습격을 받고 칼에 예닐곱 번 찔렸다. 다른 자들은 접근하기가 그렇게 쉽지 않았다. 삼십 분의 침묵을 깨고 거리로 나온 하셀트의 장관은 인근 건물 창문에서 날아온 볼트에 맞았는데, 그 힘이 어찌나 셌는지 볼트가 그의 몸을 뚫고 뒤에서 그를 호위하던 수사까지 부상을 입혔다고 했다. 믿기 어렵지만 사실이었다. 길의 암살자들이 선호하는 그 무기는 시위를 지나치게 팽팽하게 당겨놓아서 거의 언제나 치명상을 입혀서 파괴 쇠뇌라고 불렸다. 하지만 그 이름에 걸맞은 약점이 하나 있었으니, 시위가 너무 팽팽한 나머지 이따금 방아쇠를 당기는 순간 안에 꽉 채워놓은 악랄한 질산칼륨이 폭발하듯 쇠뇌가 통째로 해체된다는 것이었다. 교황 경호대 베가르즈의 수장 리디머 브레다가 목숨을 건진 것은 그 덕분이었다. 보스코가 노리는 다른 표적들과 달리 암살의 정황에 익숙한 그는 자신을 죽이려는 암살자가 볼트를 발사하는 순간 쇠뇌가 박살나면서 터져나온 섬뜩한 '팅!' 소리의 의미를 알아차렸고, 즉시 가장 가까운 골목으로 피신했다. 하지만 그것은 판단 착오였으며, 거기서 브레다는 운이 다했다. 그가 들어간 골목은 '앵파스 장루'*라는 곳으로, 프랑스어에 대한 무지가 그의 목숨을 앗아간 것이었다. 길이 막혔음을 깨닫고 재빨리 다시 대로로 돌아왔지만, 쇠뇌가 폭발하는 바람에 이마에 큰 상처를 입은 암살자가 피를 줄줄 흘리며 골목 입구를 가로막고 있었다. 암살 실패로 자존심이 상한 그는 임무 완수에 목숨이라도 바칠 기세였다. 뒤늦게 사태를 파악한 브레다의 경호원들이 마침내 그를 구하러 달려왔지만, 이미 암살자가 브레다의 손목을 자르고 허파를 칼로 찌른 뒤였다.

쇠뇌 볼트를 이용한 다른 암살들은 한결 순조로웠다. 피렌은 샤토됭거리에서 죽었고, 더불어 하디와 내시도 죽었다. 피트 신부는 공회당에서 암살당했다. 유난히 정이 많아 '애정 어린' 올리버라고 불리는 리디머는 르베르디거리에 있는 자신의 목사관에서 기막히게 쏜 볼트에 맞았다. 창문 너머 50야드 거리에서 쏜 볼트가 또다른 창문까지 뚫고 실내로 날아들어와, 그날 처음으로 그 앞을 지나가던 올리버의 가슴에 명중한 것이다. 하지만 솜씨 좋은 목각사나

---

* '장루거리의 막다른 골목'이라는 뜻.

배관공이 한정되어 있듯, 수준 높은 암살자의 수도 정해져 있었다. 자신이 속한 비밀 신심회의 살인 기술에만 의존해야 하는 처지인 길은 탁월한 암살자와 그런대로 유능한 암살자, 실력이 들쭉날쭉한 암살자 모두를 활용할 수밖에 없었다. 서툰 암살자는 숙련자가 아니라도 사용할 수 있는 무기로 가까이서 작업을 해야 한다. 그날 나이프와 단검, 작은 곡괭이로 성공한 암살도 꽤 많았는데, 비록 길의 예상보다는 적긴 했지만 실패도 더러 있었다. 엉뚱한 리디머를 찌른 경우가 두 번 있었고, 예상 외로 경호가 삼엄하거나 암살자가 무능해서 실패하기도 했다. 하지만 가장 중요한 두 표적인 간트와 파르시는 당연히 최고의 암살자들에게 맡겨졌는데, 한 명은 조너슨 브리게이드였고 나머지 한 명은 길 자신이었다. 둘 중 누가 더 잘했는지는 암살 방법의 독창성과 빠른 판단, 무기를 자유자재로 다루는 탁월한 능력과, 무엇도 운에 맡기지 않는 철두철미함이 판가름을 해줄 터였다.

간트와 파르시를 죽이기 어려운 까닭은 그들이 만사에 의심이 많아서가 아니라(어차피 보스코의 암살 계획은 상상조차 할 수 없는 것이었다) 워낙 허영심이 강하고 스스로를 중요하게 여기는 자들이라 우연한 접근이 불가능했기 때문이다. 그들은 성스러운 궁전에서 바실리카로, 거기서 성당으로 갔다가 다시 궁전으로 돌아올 때 늘 마차를 탔고 보통 사람들과 일반 리디머들의 눈에 띄지 않으면서 들락거렸는데, 이는 높은 지위를 과시하려는 의식적인 행위였다. 물론 허영심 때문이건 두려움 때문이건, 접근이 불가능하다는 사실은 암살자에게 난감한 문제였다.

브리게이드는 암살 계획을 세워놓은 상황이었다. 하지만 자기 작품이 훌륭하긴 해도 위대하지 않다는 것을 아는 진정한 예술가처럼 자신의 계획이 조금 못마땅했다. 그는 단순하고, 투박하고, 덜 움직이는 방식을 좋아했다. 그래야 일이 틀어질 가능성이 낮기 때문이었지만, 분명한 것을 선호하는 취향 때문이기도 했다. 간트가 머무는 '거룩한 선민의 궁'에서 보스코의 동조자 한 명이 알려주기를, 간트가 정오에 6시과 기도를 드리러 예배당으로 들어갈 때 사용하는 통로를 발견했다고 했다. 그 통로 입구에는 고작 5피트 높이의 문이 있는데, 겸손한 전임자가 만들어놓은 이 괴상한 문은 예배당으로 들어오는 자는 누구나 예의 바르게 고개를 숙이도록 일부러 높이를 낮춘 것이었다. 브리게이드는 간트가 이 문을 지나자마자 문을 닫고 빗장을 건 다음 그를 죽이고 탈출할 생각이었다. 간단한 계획 같지만 실은 그렇지 않았다. 간트가 항상 거기서 6시과를 치르는 건 아니었기 때문이다. 늦은 아침마다 두통에 시달리는 그는 자주는 아니지만 이따금 어두컴컴한 자기 방으로 돌아가 쉬곤 했다. 긴장감이 팽팽한 이런 날 간트가 쉽게 편두통에 굴복할 거라고 짐작하기는 어렵지 않았다. 탈출하는 것도 문제였다. 예배당은 엄청나게 복잡한 '거룩한 선민의 궁' 한복판에 있었다. 마지막 문제는 그를 안으로 들이고 밖으로 내보내줄 배신자의 침착함과 진실함을 믿어야 한다는 것이었다. 몹시 불안해진 브리게이드는 궁전 안을 걸어다니며 다른 기회를 노리기로 결심했는데, 결코 덜 위험한 전략은 아니었다. 이제껏 그는 마지막 순간에 계획을 바꾼 적이 없었지만, 도무지 불안감을 떨칠 수가 없었다. 그가 세운 원래 계획은 훌륭했지만 재앙의 냄새가 났다. 경건한 암살자로 십 년을 보낸 뒤, 브리게이드는 본능을 무시하는 법을 배웠다.

이십오 년이 지난 지금은 다시 본능에 따르는 법을 배웠다. 어쩌면 그냥 늙어가는 것일지도 모른다고 그는 생각했다.

그사이 신심회 총회 장소에 모인 자들은 불안해하지는 않았지만 모임의 규모에 어리둥절한 것은 틀림없어 보였다. 지난 수년간 보스코는 이 집단을 형성하는 데 힘썼지만, 그 규모와 회원 대부분을 비밀에 부치려는 노력도 게을리 하지 않았다. 이 자리에 참석한 이들은 대부분 자연스레 동지가 된 자들이 아니거나, 자신이 전혀 다른 계획의 공모자라고 믿는 자들이거나, 이도 저도 아닌 자들이었다. 이런 차이들은 조정되어야 했는데, 물론 동의에 따른 조정은 아니었다. 보스코의 웅대한 계획을 알면 기겁했을 온건한 개혁주의자와 다른 방식의 구원을 꿈꾸는 불만투성이 광신도 모두가 제거 대상이었고, 그날 오후에 처리될 터였다.

커다란 봉독대 한곳에 서 있는 할데라는 엄마를 몹시 화나게 한 어린아이처럼 보스코를 바라보았다. 떨고 있지는 않았지만 벌벌 떠는 듯이 보였고, 겁에 질린 얼굴은 백짓장처럼 창백했다. 보스코는 눈앞에 있는 아이를 더이상 사랑하지 않고 지켜주지도 않는 사납고 무자비한 엄마처럼 조바심 어린 표정으로 할데라를 향해 시작하라고 손짓했다. 마치 마술사와 묘기를 부리는 강아지의 쇼를 구경하려고 모인 관객들 사이에 웃음이 번지듯, 섬뜩한 불안감이 삽시간에 퍼져나갔다. 할데라는 자신이 안타고니스트 이교를 추종하는 끔찍한 죄를 저질렀으며—내뱉는 말들은 그의 표정처럼 창백했다—가슴 아프고 부끄럽게도 다른 자들과 공모했다고 실토했다. (앞서 보스코는 할데라에게 지시했다. "공모자의 수는 언급하

지 마라. 다들 긴장해야 하니까. 죽음의 천사가 그들 위로 지나가
며 퍼덕이는 날개의 바람을 모두가 느껴야 한다. 그게 중요하다.")

두려움에 사로잡힌 수많은 눈이 자신에게로 쏠린 가운데, 보스
코는 몹시 서글프고 배신당한 표정으로 눈물까지 그렁그렁했다.
할데라는 한 명씩 차례차례 더듬거리는 말투로 명단을 읊어나갔
다. 이제 살아 숨쉴 시간이 얼마 남지 않은 이들이었다. 버트, 스
톤, 드보, 하우드, 존스, 포터, 매슨, 피티스테어. 다들 자기 이름이
불릴 때마다 얼굴에서 핏기가 사라졌다. 대부분 반발하지 않고 묵
묵히 일어나 자리에서 걸어나왔는데, 순순히 복종하면 끔찍한 판
결이 조금 가벼워질지 모른다고 기대하는 눈치였다. 옆에서 지켜
보던 운좋은 이들은 그들이 스쳐지나갈 때 불운이 전염되기라도
할까봐 뒤로 몸을 움츠렸다. 통로에 있던 근엄한 종교 경찰들은 그
들을 데리고 뒤쪽으로 가서 회의장 밖으로 나갔다. 그들이 사라지
기도 전에 또다른 이름이 불렸다. 그렇게 호명이 이어지는 동안,
어떤 자들은 충격을 받고 고분고분 지시에 따랐으며, 이따금 당황
하는 이들도 있었다.

"아뇨, 그는 아닙니다. 프레더릭 태버너를 잘 아는데, 그는 절대
배신자가 아닙니다."

"죄송합니다, 리디머 여러분. 앉아주십시오, 태버너 님."

죄인으로 지목되었다가 곧바로 정정된 태버너는 평생 결코 회복
되지 않을 충격에 휩싸였다. 나머지 청중은 이 실수에 기겁했으며,
그것이 자신들에게 무슨 의미일지 고민했다.

배신자로 지목된 자들은 회의장에서 50야드 떨어진 커다란 방
에서 대기하다가 더 작은 방으로 보내진 후 상의를 모두 벗었다.

이 대규모 처형을 위해 성소에서 브르지카가 불려왔는데, 혼자 감당하기에는 수가 너무 많아 도와줄 처형 집행인이 다수 배정되었다. 자신의 독보적인 처형술과 관련된 일이라면 늘 민감하게 구는 브르지카는 그들의 솜씨가 형편없을 거라며 불만을 터뜨렸다.

"그자들은 저의 신비로운 기술에 대한 모독입니다." 이기적인 천재 같은 말투로 그가 길게 말했다.

자신의 재능을 과신하지 않는 조너슨 브리게이드는 새로운 계획의 영감이 떠오르자 마치 실패로 낙담한 작가가 갑자기 영감을 얻거나 좋은 해결책이 떠올라 고통스러운 무능의 미로에서 벗어난 것처럼 흥분했다. 아버지가 도편수였던 브리게이드는 삼층 높이의 비계에 벽돌이 잔뜩 쌓여 있는 것을 보고 눈살을 찌푸렸다. 그런데 그 벽돌로 작업하려던 인부들에게 일을 중단하고 승전 기도를 하러 가라는 지시가 떨어졌다. 몇 시간 동안 벽돌을 비계에 쌓아올린 인부들은 한 가지 문제에 직면했다. 다시 한 시간 넘게 벽돌을 내려 땅에 쌓아놓느라 기도 시간에 늦을 것인가, 아니면 조금 위험하지만 벽돌을 비계 위에 두고 갈 것인가. 그들은 벽돌이 안전하다고, 비계가 버텨줄 거라고 판단했다. 조너슨 브리게이드가 나쁜 마음을 품고 접근할 가능성을 그들이 고려할 이유가 있겠는가? 그가 비계의 고정장치를 느슨하게 하고 밧줄을 특정 지점에 묶어, 간트와 그의 신실한 형제들이 예배당을 향할 때 밧줄을 힘껏 당겨 1톤이 넘는 벽돌 더미가 쏟아지게 할 악랄한 자라는 것을 인부들이 무슨 수로 짐작하겠는가? 간단한 작전이었다. 그리고 근처에 있는 외벽을 따라 주방으로 가면 쉽게 탈출도 가능했다. 완벽했다. 하지만 인부들이 돌아오는 것이 문제였다. 그들이 기도하러 가는 것을 본

십장이 얼른 돌아와 비계에 쌓여 있는 벽돌을 땅으로 옮기라고 했기 때문이다. 변수가 없는 작전을 세워야 직성이 풀리는 브리게이드는 다른 방법을 찾으라고 충고하는 하늘의 계시일 거라 믿고 새로운 계획을 강구하기 시작했다.

반면 길이 세운 파르시 암살 계획은 요행을 감안한 것이었다. 파르시가 점점 더 남들 눈에 띄지 않으려 했기 때문이다. 열린 공간을 불편해하는 그의 습성은 최근 몇 년 사이 아예 두려움으로 바뀌었다. 심지어 교황궁에서의 접견조차 땅속 터널 안에서 이루어졌다. 파르시는 빛이 있는 곳에 매일 이십 분 동안만 나타나 한쪽으로만 개방된 회랑 안을 거닐며 자신의 성무일도서에 담긴 디다케*의 구절을 읽었다("내 욕망을 제거하소서, 주여, 내 영혼을 마구 치소서" 등등). 그가 왕래하는 곳들에 대한 정보는 얻기 어려웠다. 하지만 파르시의 의례적인 일과 중 하나를 우연히 알게 된 길은 카팩스 탑 꼭대기로 올라가 한참을 기다린 끝에 그 광경을 직접 목격했다. 날마다 파르시의 기도 순회 시간은 똑같았고, 걷는 속도도 거의 일정했다. 다만 이 성스러운 정원의 일부가 회랑으로 지어져 있었는데, 브리게이드가 숨어 있는 카팩스 탑 꼭대기에서 내려다보이는 유일한 부분이 처마가 긴 지붕으로 덮여 있어서 파르시의 모습이 어둑한 그늘에 가려졌고, 그로 인해 파르시가 입고 있는 수단 자락 아랫부분만 보인다는 것이 문제였다. 한마디로 탑에서는 활이나 쇠뇌로 그를 죽이는 것이 불가능했다. 하지만 파르시가 단조

---

* 신약성서 외경 중 하나로. 원제는 '12사도를 통해 이방인들에게 준 교훈'이다. 줄여서 헬라어로 '교훈(가르침)'이라는 뜻의 '디다케'로 칭한다.

롭고도 규칙적인 비틀대는 걸음걸이로 거의 일정한 속도로 걷고 있었기에, 비록 탑에서 보이지는 않지만 회랑이 끝나는 곳에서 그가 이십 초가량 완전히 노출되어 있을 거라고 길은 짐작했다. 물론 독수리 둥지 같은 탑 꼭대기에서 직접 쏘아 맞힐 수는 없었다. 대신 파르시의 걸음을 계산해서 그가 회랑을 빠져나와 보이지 않는 곳에 노출되어 있을 때를 예측한 다음, 300야드 너머 마당에 대기하고 있는 궁수 사십 명에게 담장 너머로 활을 쏘라고 신호할 생각이었다. 그렇게 포물선을 그리며 날아간 화살들은 거리 두 개를 넘어 파르시가 자기 죄를 벌해달라고 기도하고 있을 회랑 끄트머리에 내리꽂힐 터였다. 길은 기발한 계략으로 파르시의 소원을 들어줄 참이었다.

나중에 밝혀진 바로는 잠시 후 벌어질 일을 목격한 자가 있었는데, 길은 파르시가 어떻게 죽었는지 정확히 알고 싶어 대규모 처형에서 그자를 구해주었다.

궁수들이 쏘아올린 수많은 화살들이 섬뜩하고 아름다운 곡선을 그리며 검은 구름처럼 날아가는 모습에 길조차 기겁했다. 보이지 않는 곳에서 기도를 읊조리는 고위 성직자를 노리고 쉬이익 우아하게 날아간 화살들이 벽과 땅과 사람에게 맞자 툭, 팅, 푹 하는 소리가 들렸다. 결국 길의 예상은 맞아떨어졌지만 아슬아슬했다. 파르시는 검은 구름의 가장자리에 있던 화살 세 발에 맞았을 뿐이었다. 하나는 발에, 하나는 사타구니에, 세번째 화살은 배에 맞았다. 놀라서 기겁하는 소리와 고통의 비명이 들려오자마자 길은 탑에서 내려왔다. 하지만 가벼운 상처로도 그런 고통을 느낄 수 있었다. 네 시간 뒤 목격자를 구해내고 나서야 길은 안심했는데, 그자는 파르시가 기도를 읊조리는 동안 회랑 안에 앉아 있던 수련 수사였다.

400야드 떨어진 어두컴컴한 방안에서는 잔뜩 화가 난 모스비가 자신이 누구인지 똑똑히 상기시켜주리라 다짐하며 보스코를 기다리고 있었다. 비밀 감옥에서 가장 가까운 그 작은 방은 창문이 높이 나 있어 밖을 볼 수가 없었으며, 체포와 학살의 현장에서 최대한 멀리 떨어져 있었다. 모스비가 물을 가져다달라고 하인에게 정중히 부탁하자(그는 하인에게 무례하게 구는 것은 부적절한 짓이라고 여겼다) 브르지카가 주전자를 들고 들어와 그의 뒤로 가서 컵에 물을 따르기 시작했다. 곧이어 보스코를 닮은 사람이 들어오자 모스비가 고개를 들고 운을 뗐다. "이런 부당한……" 하지만 뒤에서 브르지카가 머리끄덩이를 잡고 목을 베자, 그가 하려던 말은 영원히 사라져버렸다.

한편 조녀손 브리게이드는 이상적인 암살 장소를 이제 그만 찾아야겠다는 생각이 들기 시작했다. 하지만 조금만 더 찾으면 발견할 수 있으리라는 믿음을 떨칠 수가 없었다. 줄곧 그의 의식 밑에서 어떤 목소리가 계속 보챘다. 아무리 불만족스럽고 위험해도 애초에 세운 계획으로 되돌아가라고. 아무것도 안 하는 것보다는 뭐라도 하는 게 나아. 이러다가 죽어. 그만해. 하지만 그럴 수가 없었다. 브리게이드는 늘 조금만 더 노력하면 답이 나올 거라고 믿었다. 그때 문이 열리더니 리디머 간트와 뒤에서 그를 따르는 사제 여섯 명이 눈앞에 나타났다. 양쪽이 서로를 바라보는 동안 간트는 상대가 누구인지 궁리했지만 생각이 나지 않았다. 브리게이드는 순간 머리가 텅 비었지만, 그의 몸은 본능적인 암살자의 세포들로 이루어져 있었다. 그가 살며시 앞으로 나아가자, 간트는 뒤에 있는 사제들 때문에 방안에 있을 수밖에 없었다. 그때 좋은 수가 떠올랐다. 악의가 담긴 진실은 어떤 거짓말보다 효과적인 법.

"존경하는 리디머 님." 브리게이드가 입을 열었다. "당신을 노리는 암살자가 나타났습니다. 저를 따라오십시오." 그는 간트의 팔을 살며시 잡고 사제들을 향해 빙그레 웃었다. "자네들은 리디머 간트 님이 부르실 때까지 여기서 기다려주게. 목숨을 걸고 이 문을 지켜야 해." 그러고는 문을 닫은 다음 간트의 팔을 잡아끌면서 잽싸게 계단을 올라갔다. 점점 더 걸음을 빨리하던 두 사람이 널찍한 층계참에 다다르자, 브리게이드는 간트의 양 어깨를 움켜쥐고 반항하는 리디머를 쏜살같이 밀어붙여 커다란 창문 밖으로 던져버렸다. 유리창이 수천 개의 조각들로 산산이 깨졌고, 고위 성직자는 비명을 지르면서 50피트 아래 자갈밭으로 떨어져 죽었다. 살짝 밑을 내려다본 브리게이드는 곧장 탈출로를 찾으러 부리나케 계단을 내려가며 소리쳤다.

"불이야! 불이야!"

이것이 그 유명한 '거룩한 선민의 궁에서 일어난 최초의 추락사'였다. 두번째 사건은 또다른 이야기다.

실로 굉장한 날이었다!

기념비적이고, 악의적이고, 참혹하고, 비극적이고, 잔인한 날. 어떤 말로도 이날의 공포를, 수많은 목숨을 잃고 제국을 얻은 그 잔혹한 드라마를 형언할 길이 없다. 족히 천오백 명에 이르는 리디머들을 신속히 처형해야 했는데, 브르지카와 같은 숙련자와 주저하면서도 굳게 마음먹은 길에게도 버거운 일이었다. 수준 높은 처형 집행인은 솜씨 좋은 요리사나 병기공, 석공처럼 드물었다. 사실 이런 대규모 처형도 극히 드물었다. 적의 사기를 꺾기 위해 마테라치 쪽에 분명한 메시지를 보낸 마운트 누젠트의 대학살이나 보스코가 신중하게 선발한 리디머들이 특별한 목적의 집에서 몰살당한 특수한 경우와는 다른 상황인 그날의 처형은 무엇이 목적이었을까? 핵심은 한 개인을 은밀하게 영구적으로 제거하느냐, 본보기를 보이고자 요란하게 공개적으로 제거하느냐였다. 전자의 경우는 굳이 서두를 필요가 없었다. 후자의 경우는 아주 독특하고 굉장한 구경거리가 되어야 했다. 수개월 동안의 어둠과 추위, 굶주림으로 쇠약해지지 않은 쌩쌩한 인간 천오백 명을 처형하는 것은 쉬운 일이 아니었다. 평소에 조수를 쓰지 않는 브르지카는 그 많은 인원을 죽일 때도 거들어줄 사람이 없었다. 따라서 그와 길에게는 이 작업이 결코 만만치 않았다.

"돼지의 멱을 따본 적 있습니까?" 브르지카가 길에게 물었다.

"아니."

브르지카는 음울한 표정으로 말을 이었다.

"저는 어릴 때 아버지 농장에서 자랐는데, 아버지는 돼지 잡는 요령을 익히는 데 이 년은 걸린다고 하셨습니다. 사람을 죽이는 건 훨씬 더 어려운 일이지요."

"내가 데려온 자들은 살인 경험이 많다네. 다들 이 일이 중요한 까닭을 알고 있지."

브르지카는 자신의 위대한 재능을 무시당한 사람처럼 신경질적으로 끙하는 소리를 냈다.

"처형은 전장에서 눈앞의 적을 죽이거나 달아나는 자를 죽이는 것과는 전혀 다른 문제입니다. 처형만의 운율과 이유, 요령과 기술이 있죠. 처형을 집행할 때는 시종일관 냉정을 유지하기가 어려운데, 특히 동지를 죽여야 할 때 그렇습니다. 하지만 당신은 내 말을 믿지 않는 것 같군요."

"자화자찬하는 것보다는 훨씬 믿음이 가는군, 리디머." 길이 대꾸했다. "어쨌든 자네가 이끌어주면 우리도 해낼 수 있을 걸세."

"자신 있습니까?"

비록 끔찍하긴 했지만 그들은 해냈다. 우선 길은 여섯 개의 방에 최대 삼백 명씩 모아놓은 자들에게 그날 벌어진 안타고니스트 추종자들의 반란에 연루되지 않은 자는 조금도 두려워할 필요가 없으니 안심하라고 했다. 그리고 소수의 가담자를 솎아내려면 안타깝지만 전원 심문해야 한다고 했다. 하지만 필수적인 심문이 끝나면 대부분 풀려날 테니 걱정 말라고 했다. 또한 절차상 손발을 묶어야 한다는 점을 이해해주리라 믿으며, 대신 그들 중 대다수가 무고할 것이므로 예의를 갖춰 진행하겠다고 말했다. 그리고 리디머 신앙이 흔들릴 이 중대한 위기에 모두가 협조해주길 부탁했다. 진실성을 보여주기 위해 길은 자신의 두 손발을 뒤로 느슨하게 묶게 했다. 그러고는 두 발을 살살 끌면서 방 밖으로 나갔다. 이 모습을 본 체포된 리디머들은 안심하고 순순히 손발이 묶인 채 열 명씩 무리 지어 밖으로 따라나갔다. 처음 몇십 명은 가장 가까운 마당으로 끌려나왔는데, 거기서 기다리고 있던 브르지카와 조수 네 명이 그들을 강제로 꿇어앉히고 목을 베었고, 길이 선발해온 자들은 그 시범을 지켜보았다.

처음에는 브르지카의 불쾌한 예상이 적중했다. 사람 멱을 따는 일이 전장에서 적을 죽이는 것보다 더 정확하고 섬세한 기술이 필요하다는 것을 미숙한 처형 집행인들이 깨달은 것이다. 길이 요령 있게 사형수들을 조금씩 데려오고 손발을 단단히 묶지 않았다면 큰 낭패를 볼 뻔했다. 브르지카가 생각해낸 간단하고 즉흥적인 방법은 주효했다. 그는 사형수들이 방에서 나오기 직전에 목탄 조각으로 그들의 목에 선을 그었는데, 점점 초조해지고 흥분하는 처형 집행인들은 그 표시만 따르면 되었다. 그것은 참혹한 일에 무척 익숙한 자들에게조차 참혹한 일이었다. 하지만 브르지카의 말마따나 (그만큼 잘 아는 이가 또 있겠는가?) 처형이 끝난 뒤에는 섬뜩하면서도 으쓱한 기분이 들었다. 아무리 끔찍한 순교의 참상도 끝나면 잊히기 마련이었다.

저녁 무렵에는 잔인한 수확처럼 계획이 마무리되었고, 비록 실수도 잦고 어리석은 짓도 많았지만 보스코의 거대한 도박은 그의 승리로 막을 내리고 있었다. 이 침착한 광인조차 성공적인 결과에 놀라움을 드러냈다. 하지만 해결해야 할 작은 문제가 남아 있었다. 이제 도시는 장악되었고, 실패보다는 성공이 훨씬 더 많았으며, 일부는 탈출했고 안타깝게도 착오로 인한 억울한 죽음도 더러 있었지만, 그날 벌어진 끔찍한 사건들이 알려지자 두려움에 사로잡혀 어리둥절해진 시민들은 폭발 직전에 이르렀다. 이때 보스코가 퍼뜨린 케일의 대승 소식은 샤르트르 깊은 곳에서 암약하던 안타고니스트 무리가 봉기하고 진압되는 과정에서 수많은 유명인사들과 교단의 성부들이 목숨을 잃는 끔찍한 대가가 치러졌다는 주장에 날개를 달아주었다. 어떤 주장도 이보다 더 타당하고 그럴싸해 보일 수는 없었다. 쿠데타? 혁명? 이곳 샤르트르에서? 더구나

이의를 제기할 만한 자들도 거의 남아 있지 않았다. 불과 서른여섯 시간 만에 리더머들은 스스로 구원받았으며, 보스코의 마음속에서 이 세상은 가장 위대한 최후의 정화를 향해 기수를 돌렸다.

저녁 늦게 침소에 든 벤토 교황은 샤르트르 외곽에 있는 문 없는 수녀원의 수녀들만큼이나 그날 벌어진 사건의 진실을 잘 알고 있었다. 마침내 보스코도 숨을 돌리고 궁전에서 식사할 기회가 생겼으며, 그 자리에는 길이 동석했다. 두 사람 모두 도저히 상상할 수 없을 만큼 지쳐 있었기에 서로 말이 별로 없었다.

"자네는 인간의 임무를 완수했네." 한참 뒤에 보스코가 입을 열었다. "그리고 주님의 위대한 뜻도 수행했지."

"할 일이 더 있을지도 모릅니다." 말할 기운이 거의 없는지 길의 대꾸는 아주 나직했다.

"무슨 일 말인가?"

길은 말하지 않는 편이 나을 수도 있을 큰 죄를 마음에 담고 있는 사람처럼 보스코를 빤히 보았다.

"기탄없이 말씀드리고 싶습니다."

"나한테는 언제든 기탄없이 말해도 되네. 특히 지금은."

"말해서는 안 될 것을 말씀드리고 싶습니다."

"그렇게 변죽만 울리는 건 지극히 언짢은 짓이라 사료되네만."

"알겠습니다. 저는 당신의 뜻에 따라 끔찍한 짓들을 저질렀습니다. 오늘은 선량한 자들의 피에 무릎까지 잠긴 채 걸었죠. 제 숨이 붙어 있는 한 앞으로는 편히 잠들지 못할 겁니다."

"자네가 우리의 과업에 영혼을 걸었다는 건 아무도 부정하지 못할 걸세."

"네, 맞습니다. 제 영혼을 걸었죠. 하지만 영혼을 걸고 지옥의 문까지 갔는데, 그런 무시무시한 모험을 하고도 무의미하게 끝내기는 싫습니다."

"나도 똑같은 위험을 감수했다네."

"그러셨습니까?"

"무슨 말을 하려는 건가?"

"마음만 먹으면 당신은 지상에서 신의 목소리가 될 수 있습니다. 당신이 땅에서 펼치는 뜻이 하늘에서도 펼쳐지겠죠. 하지만 현재 신의 대리인은 이 방 건너 열두번째 방에서 베개에 머리를 처박은 채 잠꼬대를 웅얼거리고 무지개와 따뜻한 젖을 꿈꾸며 자고 있습니다."

"무슨 소린가? 그분은 교황이시네."

"그 나약한 정신의 소유자는 지금 당신의 손아귀에 있습니다. 제가 대신 마무리짓도록 해주십시오."

섬세함과 광포함이 한데 뒤섞인 보스코의 비범한 정신 속에 무슨 생각들이 방망이질했을지 과연 누가 알겠는가. 그는 한동안 아무 말이 없었다.

마침내 보스코가 길에게 말했다.

"자넨 그냥 그 일을 하고 아무 말도 하지 말았어야 해. 묻지 않고 잘 마무리하고 나서 내게 알렸어야 마땅할 일을 주절주절 떠들다니 유감이군. 난 자러 가야겠네."

보스코는 밖으로 나가면서 살며시 문을 닫았다. 길은 달착지근한 셰리주를 커다란 잔에 따라 벌컥벌컥 마시고 큰 소리로 혼잣말을 했다.

"그리고 보나마나 나한테 헷 사람 우리아처럼 가장 치열한 전투의 최전선을 지휘하게 하는 상을 내렸겠지."*

그는 맛이 끔찍한 와인을 꿀꺽꿀꺽 마시고 나직이 흥얼거렸다.

"누구나 알지, 머저리라도,

기회는 한 번 문을 두드린다는 걸."

하지만 누구나 알다시피, 혼란은 결코 끝이 없는 법이다.

---

* 다윗 왕은 충성스러운 장수였던 우리아의 아내와 간통한 뒤 우리아를 최전선으로 보내 죽게 했다.

22

골란고원에서 리디머들은 평소 관습보다 훨씬 더 음울하게 승리를 자축했다. 찌르고 베고 죽이는 고된 전투를 치른 터라 모두 기진맥진해 있었다. 케일도 지치긴 마찬가지였지만 잠이 오지 않았다. 아까 진지로 끌려오는 포로 하나를 알아본 그는 보초 둘에게 그자를 데려오라고 지시했다. 천년은 더 지난 기분이었지만 삼 주 전에 맥서평원에서 만났던 쾌활한 척후병이었다. 케일은 그자의 두 손을 앞으로 묶고 두 발을 의자에 묶은 다음 보초들에게 멀리 가 있으라고 했다. 이제부터 하려는 이야기를 누가 엿들으면 곤란했다.

"내 손 좀 풀어주지그래?" 팬쇼가 입을 열었다. "손이 묶인 채 대화하는 건 썩 편하지가 않거든."

"편하건 말건 난 관심 없어. 당신과 계약을 하고 싶어."

"뭐라고?"

"거래 말이야."

"무슨 거래?"

"우리가 붙잡은 포로는 오백 명이야. 다들 앞날이 암울하지. 난 당신이 포로 이백오십 명을 데리고 이곳을 탈출해 집으로 돌아가게 해주겠어."

"함정 같은데."

"그렇게 생각하겠지. 하지만 아냐."

"어째서 널 믿어야 하지?"

"팬쇼 당신이 믿을 수 있는 건, 내일 정오면 라코니아 포로는 두 부류만 남을 거란 사실이야. 죽은 포로와 곧 죽을 포로."

케일은 팬쇼에게 생각할 시간을 주었다.

"놀이의 희생양이 되느니 담담하게 죽음을 맞는 편이 낫다는 자들도 있을 텐데."

"이건 놀이가 아냐."

"그걸 내가 어떻게 아는데?"

"내가 장난하는 걸로 보여?"

"그렇진 않아."

"이런 제안을 하는 이유를 당신이 알 필요는 없어. 국경까지 가려면 며칠이나 걸리지?"

"방해만 없다면 나흘."

"방해는 없을 거야. 내가 당신을 따라갈 테니까. 몇 마일 떨어져서."

"왜?"

"몰라도 된다니까."

"솔직히 네가 보기에도 너무 수상쩍지 않아?"

"매우 수상쩍지."

팬쇼는 의자에 등을 기대고 한숨을 쉬었다.

"싫어."

"뭐라고?"

대화가 시작된 이후 케일은 처음으로 당황했다.

"저들은 동료 절반을 두고 가지 않을 거야."

"이 말을 들으면 마음이 바뀔걸? 당신은 내일 처형될 텐데, 나로서는 막을 도리가 없어. 이미 죽은 목숨인 셈이지."

"내가?" 팬쇼는 빙그레 웃으며 대꾸했다. "그래, 처형이라는 말을 듣는 순간 마음이 바뀌었어. 하지만 나머지 라코니아 병사들은 바뀌지 않을 거야. 원래 기질이 그렇거든. 그리고 설령 내가 동지를 저버리라고 설득한다 해도 내일까지는 무리야. 마실 것 좀 없어?"

케일이 컵에 물을 따라 팬쇼의 입에 대주었다.

"한 잔 더 주면 고맙겠는데."

케일은 또 부탁을 들어주었다.

"그런데, 혹시 진지를 벗어나자마자 다시 싸우려 드는 거 아니겠지? 곧장 국경까지 갈 거라고 어떻게 믿지?"

"우린 게릴라전을 하는 용병이 아냐." 팬쇼가 대답했다. "명예롭게 떠날 수 있다면, 그러니까 절반은 떠나고 나머지 절반은 사형수로 남는 상황이 아니라면 최대한 빨리 고국으로 돌아가야 할 의무가 있어. 우린 국가의 소유물이거든. 아주 비싼 소유물."

그는 잠시 침묵하다가 물었다.

"오늘 우리가 몇이나 죽었지?"

케일을 거짓말을 할까 궁리했다.

"팔천 명. 대략."

팬쇼는 크게 놀란 눈치였다. 창백한 얼굴로 한동안 말을 잇지 못했다.

"솔직히 말할게."

케일이 웃었다.

"아니, 내가 그래야지."

"우리가 그 많은 병력을 회복하려면 이십 년은 걸려. 오백 명 모두 한 사람도 빠짐없이 데리고 가야 해. 보복 공격은 절대 없을 거야."

"국경을 넘고 나와 부하 이백 명가량을 받아줄 준비만 해주면 다른 건 아무래도 좋아. 그게 우리가 원하는 거래야. 포로를 모두 풀어주겠어. 당신은 우리가 무사히 국경을 넘게 해주면 돼."

"내 손이 자유롭다면 악수로 합의할 텐데."

"어림없는 소리."

"동의." 팬쇼는 짧게 말했다.

"동의." 케일도 짧게 대답했다. 그리고 두 사람은 세부 사항을 논의했다. 한 시간 뒤, 팬쇼는 다른 라코니아 포로들 곁으로 돌아갔다.

케일은 이 거래를 베이그 헨리와 검토한 다음, 라코니아 포로를 감시하는 연옥수들에게 베이그 헨리를 보내 임무 해제를 지시했다. 라코니아 포로들은 오십 명 정도만 수용할 수 있는 작은 방책 안에 손발이 묶인 채 갇혀 있었다. 평소에 리디머들은 적을 생포할 일이 거의 없었다. 연옥수들이 있던 자리에는 취사병과 서기를 비롯해 보초로 전혀 어울리지 않는 오합지졸들이 세워졌고, 라코니아 포로들이 탈출할 때 필요한 말들을 지키던 병사들도 그런 식으로 대체되었다. 케일은 축하연을 방책에서 최대한 멀리 떨어진 곳에서 열게 한 다음, 달콤한 셰리주를 있는 대로 가져가 베풀었다.

탈출 자체는 전혀 극적이지 않았는데, 가엾은 취사병들과 설거지 담당 병사들이 얼마나 비참한 운명을 맞이했을지는 말할 필요도 없었다. 팬쇼는 케일이 준 나이프로 포로들의 손발에 묶인 밧줄을 잘라 오백 명 남짓한 라코니아 병사들을 풀어주고 다 같이 방책을 넘어와 베이그 헨리를 만났다. 말을 지키던 불운한 보초들을 향해 환희에 찬 백조처럼 소리 없이 다가간 그들은 십 분 뒤 훔친 말들을 리디머 진영 밖으로 끌고 나온 다음, 골란고원 쪽으로 말을 달리면서 최근에 자신들이 참담하게 패배한 전장을 가로질렀다.

방책과 말을 지킬 다음 당직자들을 일부러 명확히 정해놓지 않은 덕에, 포로들의 탈출은 날이 밝고 나서야 드러났다. 보고를 들은 케일은 온갖 고문과 처형으로 책임자들을 다스리겠다고 위협하는 척한 후, 당장 라코니아 포로 추격을 준비하라고 지시하면서 직접 연옥수들을 이끌고 나가 자신의 명성에 남을 오점을 손수 지우겠노라고 했다. 의문을 제기하는 자는 한 명도 없었다. 아홉시쯤 추격에 나선 케일과 베이그 헨리, 이백 명가량의 연옥수들은 이런 추적에 걸맞지 않게 수상할 정도로 많은 보급품을 싣고 갔다.

길이나 보스코라면 케일이 그런 상황에 쓸모 있을 리 없는 후크를 왜 데려갔는지 의아해했을 것이다. 케일이 출발하기 전에 보스코로부터 편지 한 통이 도착했는데, 승전을 축하하고 샤르트르에서 벌어진 일을 간략히 설명한 다음, 이제 이겼으니 당장 돌아오라고 지시하는 내용이었다. 케일은 편지를 베이그 헨리에게 건넸다.

"이상한데. 무슨 일인지 궁금한걸."

"우리가 그걸 알아낼 기회가 영영 없길 기대하자고."

"답장 보낼 거야?"

"당연하지."

전령에게 이튿날까지 떠나지 말라고 지시한 케일은 평소 버릇대로 최대한 진실을 담아 재빨리 거짓 답장을 썼다. 상당수의 라코니아 포로들이 탈출했고, 그들이 전장에서 달아난 자들과 합류해 반격해올 가능성이 있기에, 이를 고려하여 본격적인 방어를 위해 참호를 파라고 지시했으며, 탈출자들을 쫓아가서 괴멸시키거나 적어도 그들이 국경을 넘어 샤르트르에 대한 재공격을 준비하지 않는다는 사실을 확인하기로 했다는 내용이었다. 운이 따른다면 앞으로 여러 날은 지나야 보스코가 사태를 파악할 테고, 그때쯤이면 케일과 베이그 헨리와 후크는 멀리 달아나 있을 터였다. 다만 두 가지 문제가 남아 있었다. 두 배가 넘는 병력을 뒤쫓는 위험, 그리고 이 추격의 진실을 알게 되면 등을 돌리고도 남을 자들과 동행하는 위험. 환영받으며 리디머들의 품으로 돌아가는 게 아니라 다시 추방자 신세가 된다는 것을 알면 연옥수들이 케일의 말을 듣겠는가?

앞서 케일은 팬쇼에게 탈주 이틀째 밤에 작은 봉화를 피우라고 요구했다. 그래야 낮에 너무 가까이 다가가지 않고도 그의 위치를 알 수 있고, 공격을 서두르지 않는 까닭을 연옥수들에게 둘러댈 수 있을 터였다. 케일은 베이그 헨리를 먼저 보내 봉화를 확인시켰고, 그가 돌아오자 팬쇼가 약속을 이행했다는 사실에 놀랐다.

"정말로 약속을 지킬 거라고는 생각 안 했는데."

"꼭 그렇다고 볼 수는 없어. 봉화가 진지에 있지 않았거든. 라코니아 병사는 두 명만 있었어."

"아주 멀리 갔을 수도 있겠군."

"그럴 수도 있지만, 아냐. 내가 도착했을 때 보초 교대중이었는데, 그들을 따라가서 보니 팬쇼와 나머지 병사들은 4마일쯤 떨어진 곳에 있었어."

"약속을 지키는 살인마 무리라. 이상한 놈들이군."

"연옥수들한테는 언제 말할 거야?"

"내일. 그전에 녀석들이 우릴 죽이지 않는다면 아직 하루는 더 살 수 있는 셈이야."

"나보다는 네가 위험하지."

"생각해보니 너는 멀리 떨어져 있는 편이 낫겠어. 멀리서 지켜보다 상황이 나빠지면 달아날 수 있게 말이야. 망원경을 가져가."

"아주 너그러우신데."

"난 너그러운 사람이거든."

둘 다 웃었지만 베이그 헨리는 그러겠다고도 싫다고도 하지 않았다.

다음날 아침, 케일은 여전히 연옥수의 일부가 좋아하는 '죽은 사람 발' 대신 손수 솥에 끓여 만든 말린 과일을 섞은 포리지로 대부분의 연옥수들을 먹인 뒤 모두 모이라고 소리쳤다. 십 분 전에 그는 베이그 헨리가 말을 타고 진지를 빠져나가는 모습을 지켜보았다. 둘은 서로를 향해 고개를 끄덕여 작별인사를 했다. 하지만 케일이 연옥수들에게 말하려고 바위 위로 뛰어올라갔을 때, 베이그 헨리가 다시 진지로 돌아와 말에서 내렸다. 다시 고개를 끄덕인 케일은 몇 분 동안 친구를 물끄러미 보기만 했다. 하지만 지금 그는 다른 생각을 하고 있었다. 어젯밤에 베이그 헨리와 함께 달아나지 않은 것이 후회되기 시작한 것이었다. 하지만 경비가 극도로 삼엄한 국경을 둘이서 성공적으로 넘을 가능성은 별로 없어 보였다. 두 가지 나쁜 선택 중 이것이 덜 나쁜 선택일까?

케일은 거짓말로 연설을 시작했다.

"친애하는 리디머들이여, 내가 너희 한 명 한 명을 알듯이 너희도 나를 잘 안다. 지금껏 어떤 경우에도 나는 가능한 한 모든 일을 너희에게 솔직하고 분명하게 이야기했다."

다들 케일의 말이 사실이라고 인정하며 수런거렸다.

"이틀 전에 나는 너희에게 거짓말을 했다."

연옥수들이 또 웅성거렸다.

'괜찮은데?'

베이그 헨리가 속으로 중얼거렸다. 뒤쪽 언덕에서 베이그 헨리는 쇠뇌의 안전장치를 풀어놓고 풀밭에 엎드린 채 숨어서 지켜보고 있었다.

"하지만 오로지 너희의 목숨을 구하기 위함이었다." 케일은 보스코가 보낸 편지와 다른 종이를 허공에 흔들며 말을 이었다. "두꺼비보다 더 유독한 이 편지는 내가 목숨보다 신뢰하는 보스코가 보낸 것으로, 내가 너희를 사지로 내몰고 수많은 전장과 특별한 목적의 집에서 너희와 함께 고통받은 소중한 병사들의 목숨을 무수히 잃게 했다고 적혀 있다. 이 편지의 목적은 우리를 우리가 사랑해 마지않는 교황에 대한 반역 음모에 가담시켜 그분의 측근들을 살해하고, 하나의 참된 믿음을 거짓된 신앙으로 변질시키는 것이다. 반역을 꿈꾸는 보스코조차 그 거짓된 신앙이 무엇인지는 차마 부끄러워 글로 쓰지 못했다."

그 편지는 보스코가 보낸 서신이 아니라 케일이 베이그 헨리와 함께 만들어낸 위조 편지였다. 보스코가 저지른 반역 행위는 그에 대한 연옥수들의 존경심을 갉아먹었을 터였다. 그러나 진짜 편지에는 케일이 한패라는 사실도 담겨 있었다. 연옥수들은 입을 다물었고 대부분 낯빛이 창백해졌다. 케일은 이번에 샤르트르에서 죽은 자들의 이름을 일일이 읊으면서—물론 이 명단은 진짜였다—모두의 눈을 바라보았다. 연옥수들은 한 명도 빠짐없이 나무 그루터기처럼 꼼짝 않고 서서 이 믿지 못할 이야기를 믿어야 하나 말아야 하나 자문하고 있었다.

"나는 너희가 선택할 수 있도록 이틀 동안 말을 달려 이곳에 왔다. 이 치욕스러운 음모에 결코 가담하지 않기로 결심했지만, 너희는 내 선택에 얽매일 필요가 없다. 한 사람 한 사람 모두가 선택을 해야 한다. 되돌아가거나 나와 함께 떠나자. 달아날 마음이 없는 자는 순순히 보내주겠다고 이 자리에서 약속한다. 자유롭게 해줄 가석방 증명서와 여권에 직접 서명해주겠다. 그리고 돌아갈 자의 주머니에 10달러를 넣어주겠다. 우리의 신앙이 분열되는 이 무참한 상황에, 나는 솔직히 우리와 함께 죽을 뜻이 없는 자와 함께 죽을 마음은 추호도 없다. 이 편지를 읽어보라." 케일은 연옥수들을 향해 편지를 흔들며 말을 이었다. "이걸 읽고 피가 돌처럼 굳지 않는다면 되돌아가라. 나는 너희를 한 번 구해주었고, 너희 모두는 나에게 십여 번 보답했다. 나와 함께 갈 자는 내 형제가 될 것이며, 떠나는 자 또한 영원히 내 친구로 남을 것이다. 편지를 읽는 동안 자리를 비켜줄 테니 빨리 결정해라. 우리가 탈주했다는 것은 이미 발각되었으며, 개들이 우리를 뒤쫓고 있다."

말을 마치고 바위에서 뛰어내린 케일은 가장 가까이 있는 연옥수에게 편지를 건넨 다음, 베이그 헨리가 있는 곳으로 걸어와 풀밭에 앉았다.

"상당수가 떠나기로 마음먹으면 어쩔 거야?" 베이그 헨리가 물었다.

"왜 전부 다가 아니고?"

"악의를 품고 추격해오는 사제들과 개들을 피해 샤르트르로 가봤자 도살장 문을 두드리는 꼴일 텐데?"

"편지를 읽고 있잖아."

"내용이 전부 사실은 아니잖아."

두 소년이 지켜보는 가운데 연옥수들은 의견을 주고받고 편지를 읽고 이야기를 나누고 다시 읽었다.

"훌륭한 연설이었어." 베이그 헨리가 말했다.

"고마워."

"네 연설 아니지?"

"보스코의 서재에 있는 책에서 봤어."

"이름 기억나?"

"지은이 이름은 몰라. 책은 기억나는데……" 케일은 잠시 머뭇거리며 덧붙였다. "생각이 날 듯 말 듯 하네."

"써먹었으면 이름 정도는 기억해야……"

"'프랑스인에게 죽음을'. 그런 제목이었어." 케일이 친구의 말허리를 자르며 만족스럽게 말했다.

결국 베이그 헨리의 예상은 틀렸다. 연옥수 스무 명 정도가 나머지 동료들의 엄청난 적개심을 무릅쓰고 되돌아가기로 결심했다. 분위기가 험악해지자 케일은 소란을 가라앉힌 다음, 가석방 증명서와 여비를 주겠다는 약속을 기분좋게 지켰다. 그는 연옥수들이 자신을 정직하다고 믿는 것을 중요하게 여겼다. 더구나 이런 사안에 정직하게 처신하는 모습을 보여주면 나머지 연옥수들은 기꺼이 따라올 터였다. 그리고 케일이 정직성을 입증하자 추가로 연옥수 세 명이 떠나겠다고 나섰다. 오 분 뒤 그들은 각자 장비를 챙겨 떠났다. 다시 오 분 뒤, 케일은 여전히 백육십 명이 조금 넘는 연옥수들과 함께 반대 방향으로 가기 시작했다. 그전에 그는 베이그 헨리더러 떠나는 연옥수들의 우두머리 한 명에게 그들이 가는 방향을 귀띔해주라고 했다.

"놀라운걸. 그런 뻔한 꼼수에 연옥수조차 속아 넘어가다니." 베이그 헨리와 케일 사이에서 말을 타고 가던 후크가 말했다.

"입다물어." 베이그 헨리가 쏘아붙였다.

"나는 어떻게 되는 거지?" 후크가 물었다.

"뭐가 어떻게 돼?" 베이그 헨리가 되물었다.

"10달러는 안 줘도 되니까, 연옥수들한테 제안한 것처럼 나한테도 여권과 가석방 증명서를 줘."

"당신은 머리부터 발끝까지 내 것이야. 그러니 아무데도 못 가." 케일이 대꾸했다.

"무능하기 짝이 없는 나 같은 놈은 쫓아버리는 편이 속 편하지 않을까 싶은데."

"틀림없이 당신도 나처럼 세상을 더 잘 보는 법을 배울 수 있을 거야." 케일은 부드러운 미소를 지으며 보다 위협적인 투로 말했다.

"무슨 뜻이지?"

"다음에 당신이 만든 기구를 쓸 일이 생기면, 전투가 시작될 때 당신을 나보다 두 걸음 앞에 세울 생각이거든."

샤르트르로 돌아간 연옥수들에게 베이그 헨리가 귀띔해준 방향으로 이틀을 행군한 뒤, 케일은 달아난 라코니아 놈들과 싸우지 않고 계속 따라가기만 하는 까닭을 남은 연옥수들이 의심하기 시작했으리라 짐작했다.

"이제부터 추격은 취소다. 우리 형제들이 스무 명가량 줄어든 터라 우리 병력은 달아난 라코니아 부대의 3분의 1에 불과하다. 안타고니스트 국경이 가까운 지금, 라코니아 증원 부대가 어디서든 숨어서 우리를 기다리고 있을지 모른다. 우리는 스패니시 리즈로 갈 것이다."

"거기 놈들은 안타고니스트와 동맹관계잖아요!" 연옥수 한 명이 소리쳤다.

"상황이 좋을 때만 그렇지. 스위스는 본래 중립국이야. 원조는 하되 타국 문제에 간여하는 법은 없지. 그렇다 해도 우리가 국경을 넘기 전에 너희가 입고 있는 수단은 벗어야 한다. 이건 결코 쉬운 일이 아니다. 그런 차림으로는 아예 불가능해."

"그건 우리의 신앙을 부정하라는 무리한 요구입니다, 대장."

"입을 다물고 있으면 아무것도 부정하지 않아. 이건 상식이다."

"난 우리가 형제인 줄 알았는데요, 대장."

"우린 형제다. 다만 내가 맏형일 뿐이지. 돈과 통행증을 챙겨서 떠나라. 내 약속은 지금도 유효하다."

"남고 싶습니다, 대장."

"안 된다."

"남게 해주십시오. 제가 말이 너무 많았습니다."

"더는 말하지 않겠다. 가라."

케일이 보기에 나머지 연옥수들은 그자의 무례한 태도에 흠칫 놀라고 케일의 독단적인 권력 행사에 기뻐하는 눈치였다. 그들은 전자에 익숙하지 않았고 후자에 안도했다.

동료 전체의 분위기가 자신에게 적대적임을 깨달은 연옥수는 재빨리 떠났다.

"내가 따라갈까?" 베이그 헨리가 말했다.

"뭐하러?" 케일은 무슨 뜻인지 못 알아듣는 척하며 되물었다.

"알면서 왜 물어?"

케일은 고개를 저었다.

"넌 나이가 들수록 점점 더 피에 굶주리는구나."

"저 친구는 어차피 리디머야. 돼지치기는 돼지에게 충성하는 법, 안 그래?"

케일이 빙그레 웃었다.

"너 요즘 후크랑 너무 많이 얘기하더라. 그자는 쓸모없는데다 나쁜 영향까지 주는 인간이야. 방금 떠난 놈은 그냥 내버려둬. 샤르트르까지는 너무 멀어서 그자가 우리한테 해 끼칠 일은 없어. 설령 도착한다 해도 말이야. 그럴 수나 있을지 의문이지만. 어쨌든 넌 다섯 명을 데리고 팬쇼의 눈에 잘 띄는 곳으로 가."

그러고는 흙 위에 선을 몇 줄 긋고 한마디 덧붙였다.

"그러고 나서 돌아와. 우린 여기서 기다릴 테니까."

23

악명 높은 독립 외교관 조직인 탈레랑에서도 가장 악명 높은 니컬러스 머크의 이름을 본떠 '늙은 머크'라고 불린 악당에 대해 들어본 사람이 있을 것이다. 비록 냉소적인 조언을 남발해 욕을 먹긴 했지만, 우리 모두 머크에게 진 빚을 인정해야 마땅하다. 그는 우리에게 이상적인 인간이 아니라 현실의 인간에 대해 이야기한다.

'원정에 나서기로 결심한 군주가 가야 할 길은 소유에 의한 정복이 아니라 약탈에 의한 정복이다. 위대한 정복자가 벽에 걸린 지도를 보고 자신의 영토에 해가 몇 시간이나 떠 있을지 상상하는 것은 물론 즐거운 일이지만, 정복지를 약탈하고 곧바로 떠나지 않으면 정복당한 자들을 다스리고 식민지를 운영해야 하는 골칫거리가 생긴다. 그들이 갈증으로 죽지 않도록 수로를 관리해야 하고, 툭하면 도로에 파이는 구멍을 메워야 하고, 굶주려 죽지 않도록 곡식 창고를 채워줘야 한다. 어디 그뿐인가. 빈번히 발생하는 살벌한 분쟁을 조정해야 하며, 인내심을 가지고 어렵게 맺은 조약이 깨지면—이런 조약은 늘 깨지기 마련이니—피차 병력의 소모 또한 불가피하다.

정복한 땅은 물려받은 저택이나 다름없다. 처음에는 근사해 보이고 은혜로운 행운으로 여겨지지만, 현실적으로는 시간과 노력, 고혈과 재산을 축내는 골칫거리에 불과하다. 정복자여, 약탈하라!'

잔뜩 골이 난 리디머 오백여 명이 칸톡스의 구릉지로 진군하게 된 것도 머크가 예상한 끊임없는 분쟁 탓이었다. 산적들이 머슬맨 부락을 습격하는 일이 점점 늘자 이 문제를 해결하려고 군대를 보낸 것이다. 춥고 습한데다 산적들이 머슬맨의 식량을 너무 많이 훔쳐가서 먹을 것도 거의 없었다. 리디머들은 어째서 죽음을 무릅쓰고 궁핍을 감내하며 종교적 동지도 아닌 자들을 도우러 가는지 이해할 수가 없었다. 머슬맨들은 안타고니스트 무리처럼 올바른 신을 그릇되게 섬기는 것도 아니고, 아예 엉터리 신들을 섬기는 야만인이었다. 새로 멤피스 총독으로 부임한 리디머는 자신이 내린 결정을 아랫사람들에게 설명하지 않는 버릇이 있었는데, 이번 역시 그랬다. 하지만 진군의 목적은 매우 단순했다. 멤피스에서 소모되는 식량은 상당 부분 머슬맨 부족에게서 공급되었다. 따라서 산적 무리의 약탈 행위는 몹시 심각한 골칫거리이자, 리디머의 통치를 비웃을 수 있다는 노골적인 과시였다. 원정은 분쟁 조정이 목적이 아니라 어떤 식으로든 리디머의 권위에 도전하면 무슨 꼴을 당하게 되는지 만방에 알리기 위함이었다. 이곳에 온 리디머들은 경찰이 아니라 징벌자였다.

클레프트 부족은 아무 일도 안 하는 것을 매우 좋아하는 사람들이지만, 지정된 장소에서 어쩔 수 없이 아무 일도 못하는 것은 몹시 싫어했다. 그래서 특히 파수 임무라면 질색을 했는데, 원래 마흔 살 미만의 남자들은 모두 돌아가며 파수를 봐야 했지만, 펨브로크 백작부인 메리의 말마따나 '지키는 것보다 어기는 것이 더 존경받는' 관습이었다. 재력 있는 자들은 사람을 사서 자기 차례를 피할 수 있었는데, 대개 너무 게으르고 무능하고 아둔해서 벌이 수단이 전무한 자들이 그 일을 했다. 대담하고 지능적인 방식으로 머슬맨 부락을 자주 습격해 재물이 엄청 늘어난 현재의 클레프트 부족 중에는 무능한 동료를 돈으로 사서 대신 언덕 위에 세울 수 있는 자들이 더 많아졌다. 지독히 추운 한겨울인 요즘은 아무 일도 일어나지 않고 뭔가 일이 벌어질 가능성도 거의 없기에 망보기는 한층 고역이었다.

파수꾼이 불을 피울 때는 엄격한 규칙이 있었다. 빛이 새어나가지 않는 구석진 바위틈에서, 바싹 마른 나무로 밤에만 작게 불을 피워야 한다는 것. 물론 그래야 마땅했지만, 비바람과 추위에 떨며 지키기에는 쉽지 않고 불편한 규칙이었다. 더구나 겨울밤인데 머슬맨이 공격해올 리도 만무했다. 어둠 속에서 얼음이나 빗물, 또는 둘 다로 뒤덮인 가파른 지대를 돌아다니는 것은 자살 행위나 다름없었다. 춥고 습한 곳에 누워 있다보면, 위험이랄 것도 없는 하찮은 위험을 무릅쓰고 젖은 나무라도 가져다—고지대에서 바싹 마른 땔감을 찾는 것은 악몽이다—불을 피우고픈 유혹이 밀려들었고, 그러면 결국 파수 임무는 뒷전으로 밀려나고 말았다. 클라이스트가 이 마을에 오면서 그런 상황은 더욱 심해졌다. 클라이스트의 재능 덕분에 클레프트 부족은 습격 기회가 더 많아져 재물도 크게 늘었으며, 돈으로 파수 임무를 떠넘기는 일도 잦아졌다. 그러다보니 더욱더 철저히 경계를 서야 할 마당에 오히려 점점 느슨해졌다. 만약 케일이 뜻하지 않게 정의의 사도처럼 리바를 구해주고 그로 인해 수많은 재앙이 일어나지 않았더라면, 어차피 한밤중에 머슬맨에게 목이 베일 일도 없는데 괜히 폐렴에 걸릴 위험을 감수할 필요가 없다는 계산은 지극히 옳았을 것이다. 그러나 그들은 리디머를 감안하지 못했다. 그럴 까닭이 없지 않은가? 하지만 완전히 예상 밖으로 리디머들은 얼음으로 뒤덮인 하우산과 어스본산을 기어올라, 파수꾼들이 살짝 키워놓은 모닥불 빛을 좇아 클레프트 부족을 몰살하러 몰려오고 있었다.

하지만 아무리 교활한 자도 운이 다할 때가 있는 법. 클레프트 파수꾼들이 세 번 교대된 뒤, 불을 크게 피워놓고도 너무 추워 잠들지 못한 파수꾼이 리디머들을 발견했다. 그는 싸우다 죽었지만, 소란이 이어지는 와중에 달아난 다른 파수꾼 한 명이 마을로 돌아가면서 다른 초소들에 경고를 보냈다. 죽을까봐 겁이 난 다른 파수꾼들도 곧 자세한 정보를 가지고 마을로 돌아왔다.

그들이 소식을 전하는 동안 클라이스트는 상대가 누군지 대번에 알아차렸다.

"필시 마테라치 놈들일 거야. 이십 년 전에도 여기 들이닥쳐 마을 대여섯 곳을 불태웠지." 수베리가 말했다.

"마테라치는 더이상 존재하지 않아요."

"공식적으로는 그렇겠지. 하지만 돈을 벌려고 용병 짓을 하는 놈들은 꽤 많이 남아 있을 거야."

"저들은 마테라치 용병 따위가 아닙니다."

클라이스트가 설명하자 한동안 침묵이 흘렀다.

"마테라치 놈들이 왔을 때 우린 그냥 짐을 싸서 산속으로 숨었다네. 놈들이 떠나길 기다렸지. 안타깝게도 마을은 여러 곳이 불탔지만, 놈들이 계속 머무를 수는 없거든."

수베리의 말에 엄청난 반발이 일었다. 요즘 사람들이 크게 부유해진 덕에 부자뿐 아니라 많은 이들이 불어난 재물을 보관하려고 새집을 짓기 시작했다. 대부분 반쯤 완성된 터라, 그것들을 불타게 내버려두고 떠나자는 말에 화가 난 것이었다. 말다툼은 한동안 이어졌다.

클라이스트가 참다못해 소리쳤다.

"제기랄! 저들은 우리를 혼내주러 오는 게 아닙니다. 어차피 놈들이 들이닥치면 여러분 중에 살아남아 훈계를 들을 사람은 한 명도 없을 거예요. 저들은 욕심이 과하면 어떻게 되는지 보여주려고 고작 집 몇 채 불태우는 걸로 끝내지 않을 겁니다. 당신들을 지상에서 완전히 쓸어버릴 거라고요. 남녀노소 가리지 않고 죄다 죽일 겁니다. 살아 있는 것은 하나도 그냥 지나치지 않아요. 그것도 여러분 눈앞에서요. 살아서 보는 마지막 광경이겠죠. 그러고 나면 톱과 무쇠 써레와 도끼로 여러분을 토막 내고 밧줄로 묶어 모조리 벽돌가마 속으로 던져넣을 겁니다. 그 재를 강과 개울에 쏟아부으면 시커먼 물이 흐를 테고, 당신들에 대한 기억은 검게 탄 숯찌꺼기로만 남을 것이며, 이 마을의 잔해는 폐허의 본보기가 될 겁니다."

짐작하다시피, 아니나 다를까 섬뜩한 침묵이 흘렀다. 누가 무슨 말을 해도 진지하게 받아들이는 법이 없기로 유명한 딕 탈턴이 정적을 깼다.

"설마 그렇게까지 하려고."

"여기서 이틀만 기다려보시죠, 한심한 양반. 보나마나 저승에 가서 웃게 될 겁니다."

"놈들과 싸우자는 거야?"

"싸워봤자 질 겁니다."

"그럼 어쩌자는 거야?"

"여길 떠야죠." ·

"어디로 갈 생각인데?"

"가장 가까운 국경이 어딥니까?"

"상부 슐레지엔.*"

"그럼 상부 슐레지엔으로 가야 합니다."

"한겨울에 노인과 어린애 수백 명을 데리고 산을 넘자고? 허무맹랑한 생각이야."

"더 좋은 방법 있습니까? 여기 계속 있었다가는 일주일 안에 클레프트인은 딱 한 부류만 남을 겁니다. 죽은 자요."

클라이스트의 이야기는 너무나 끔찍해서 생각조차 하기 싫을 정도였다. 그들은 몇 시간 동안 언쟁을 벌였고, 클라이스트는 리디머의 잔인한 일화를 차례차례 들려주었다.

"우릴 겁주려고 일부러 과장하는 거 같은데."

피로와 두려움, 좌절감에 사로잡힌 클라이스트는 그만 이성을 잃고 그 의심 많은 자를 주먹으로 쳐 땅바닥에 쓰러뜨렸다. 그리고 사람들이 뜯어말리기 전에 상대의 가슴을 걷어차 갈비뼈 두 대를

---

* 현재 폴란드에 속하는 옛 중부 유럽 지방.

부러뜨렸다. 줄곧 지켜보다 이 돌발 행동에 놀란 사람들은 클라이스트가 설령 틀렸다 해도 진심에서 나온 것임을 인정하는 눈치였다. 흥분을 가라앉힌 클라이스트는 이제 분위기가 바뀌었다는 것을 알아차렸다.

조금 잘난 체할 때가 됐다. 하지만 클레프트 부족의 문제는 과거에 대단한 일을 해냈다고 떠벌리는 사람을 참아주는 정도가 아니라 오히려 존경한다는 점이었다. 정말로 그런 일을 해낸 것보다 실은 하지도 않고 허풍으로 명성을 얻는 것을 더 높이 쳐주는 이들이었다. 이곳에서 수줍음이나 겸손은 미덕이 아니었다.

클라이스트가 말문을 열었다.

"아시다시피 여러분이 목숨 걸고 지키려는 새집들은 전부 내 덕에 지어지고 있는 겁니다. 당신들이 부유해진 건 오로지 내 기술 덕분입니다. 여러분 중에 정당한 싸움으로, 아니, 반칙을 써서라도 나를 이길 자는 한 명도 없습니다. 마음만 먹으면 나는 당신들을 반 마일 거리에서 활로 쏴 죽일 수도 있고, 1대1로 붙어 코를 부러뜨리고 손가락으로 눈알을 뽑을 수도 있죠. 나랑 싸워서 몸 성할 자는 아무도 없습니다."

자신의 아내와 아직 태어나지 않은 아이의 목숨이 위태로운 상황만 아니라면, 그는 이런 허세를 즐겼을 것이다.

"내가 이런 재주를 어디서 얻었을 것 같습니까? 돌 밑에서? 하루도 안 되어 이곳에 당도할 놈들에게서 배운 겁니다. 그리고 지금 여기로 몰려오는 리디머들의 살인 능력과 잔인성에 비하면 나는 신참 풋내기일 뿐이라는 점을 명심하세요. 맷돌처럼 감정이 없는 저놈들은 연민이란 걸 모릅니다. 저들에게 무쇠 칼은 지푸라기이고, 화살은 나무토막에 불과합니다. 따라서 여자들과 아이들은 당장 여길 떠나고, 남자들은 나와 함께 가서 적의 진군을 최대한 다른 쪽으로 유도해야 합니다. 더는 말하지 않겠습니다. 여러분이 내 뜻에 따르지 않는다면, 나는 아내를 데리고 떠날 겁니다."

"자네 아내는 지금 만삭이야, 클라이스트."

"그러니 내가 얼마나 심각한지 다들 알겠군요. 여기 남아 있으니 길가 도랑에서 출산하는 편이 산모와 아이 모두에게 더 안전합니다."

마을 사람들이 잔뜩 모인 상황에서 썩 좋은 방법은 아니었지만, 그들은 데이지를 불러 클라이스트의 말이 진심인지 물어봐야 했다. 비록 어리긴 해도 데이지는 어느 정도 존중받는 여성이었다. 클레프트 부족은 허풍선이를 높이 치긴 하지만, 임신 아홉 달째인 만삭의 아내를 데리고 한겨울에 황무지로 떠난다는 것은 너무나 끔찍한 짓이라 아무리 진심이라 해도 곧이곧대로 믿기 어려웠다.

데이지가 뒤뚱뒤뚱 걸어 마을회관으로 들어왔다. 몸이 엄청나게 불었고 허리와 엉덩이가 욱신거려 누굴 설득할 상태가 아니기에 그녀는 단도직입적으로 짧게 말했다.

"제가 알기로 우리는 두려워해야 할 때와 두려워하는 방법을 아는 사람을 존경했습니다. 늘 머리가 좋았고, 어느 누구보다 우리 자신을 잘 알았습니다. 우리가 영리한 겁쟁이의 쓸모를 십분 활용했기 때문이죠. 제가 보기에 여러분은 제 남편의 용기를 의심하고 있어요. 하지만 여러분은 제 남편이 지금 리디머들과 맞서지 않고 저와 함께 떠날 마음을 먹었다는 점에서 그를 더욱 신뢰해야 해요. 이성적으로 생각하세요. 죽음이 아니라 삶을 택하라고요."

그녀는 그렇게 말한 후 집으로 돌아가 자리에 누워 공포에 떨었다.

그로부터 또 한 시간 동안 논쟁이 벌어졌다. 아무리 쓸모 있는 녀석이라 해도 일개 소년이 떠벌린 말에 그런 모험을 할 수는 없다고 버티는 자들도 더러 있었다. 하지만 클레프트 부족은 일단 달아나기로 결정하면 미적대는 법이 없었다. 그리고 그들은 달아나는 데 선수였다. 클라이스트는 한시라도 빨리 떠나고 싶어 마음이 급했지만, 이것저것 준비하려면 다음날에나 출발할 수 있다는 것을 깨달았다. 그때쯤이면 리디머 군대가 열두 시간 거리 이내로 다가와 있을 터였다. 얼른 준비하지 않으면 도주 행렬이 무사히 산을 넘어 국경에 다다를 가망이 없었다.

"메건 맥시를 데려가서 산파로 쓸 생각이야."

데이지가 말했다. 남편을 안심시키려는 말투였지만, 정작 그녀 자신은 불안감을 떨칠 수 없었다.

"이런 어려운 상황에 그 여자가 과연 잘해낼까?"

"우리가 알아서 할 테니 걱정 마."

클라이스트가 빙그레 웃었다.

"갑자기 아주 용감해졌는걸."

"용감하긴. 지금처럼 겁쟁이가 된 기분은 난생처음인걸. 그리고 너도 나처럼 겁쟁이가 되어야 해."

"날 믿어."

"못 믿겠어. 넌 날 사랑하잖아. 사랑에 빠지면 어리석게 용감해지는 법이거든."

"덜 사랑하길 바라는 거야?"

"죽지 않고 살아남을 정도로만 사랑해줘."

"살아남고 싶으면 위험을 무릅써야 해. 클레프트인들의 문제는 살인은 거리낌없이 하면서 그 와중에 죽지 않길 바란다는 거야."

"그러니까 마을 사람들을 위해 희생할 이유가 더욱 없는 거지."

"클레프트 부족이 나를 위해 죽을 마음이 없는 것처럼, 나도 그들을 위해 죽을 생각은 없어. 내가 죽지 않으려는 건 오로지 너랑 네 안의 녀석 때문이야."

"좋아. 그 말 잊으면 안 돼."

"안 잊을게. 넌 참 이상한 여자야, 안 그래?"

"네가 여자에 대해 뭘 알아?"

그날 밤에는 둘 다 제대로 자지 못했다. 이튿날 아침 도착한 첫 번째 출발 장소에는 끔찍한 침묵만이 감돌았다. 클라이스트는 부모에게 버려진 아이와 자기 아이들을 버리는 아버지의 기분을 동시에 느꼈다. 지금껏 살아오면서 비참한 일을 무수히 겪었지만, 이렇게 괴롭고 참담한 기분은 처음이었다. 하지만 이윽고 사람들이 도착하자 비참했던 감정은 불같은 분노로 바뀌었다. 두고 가는 물건을 영영 못 찾을 것을 알기에 클레프트 사람들은 죄다 싸들고 떠날 생각이었다. 클라이스트는 그렇게 적은 사람들이 그렇게 많은 물건을 갖고 있었다는 사실을 믿을 수가 없었다. 마치 온 세상의 말과 노새와 당나귀에 산더미 같은 짐을 얹고 매달아놓은 듯했다. 일촉즉발의 참담한 분노에 사로잡힌 클라이스트는 왼쪽, 오른쪽, 가운데로 달려가 밧줄을 자르면서 여자들에게는 소리치고 남자들에게는 욕을 퍼부었다. 한 시간도 못 되어 지난 오십 년 동안 약탈해온 그릇과 냄비, 꼴사나운 장신구, 실크, 상자, 카펫, 각종 천이 산더미처럼 쌓였다. 클라이스트는 도주 행렬을 호위할 남자 백 명의 지휘관 다섯 명을 모아놓고, 산을 넘어가는 동안 모여들 다른 사람들의 짐도 전부 자기가 한 것처럼 버리게 하지 않으면 지휘관 모두를 죽이겠다고 으름장을 놓았다. 이러다보니 출발이 한참 더 늦어져서 클라이스트와 데이지가 작별인사를 나눌 시간조차 없었다. 클라이스트는 데이지에게 입을 맞추고, 작지만 억센 산악지대 말 위에 아내를 힘겹게 앉힌 다음 차마 보낼 수 없다는 듯 아내의 손을 꼭 잡았다.

"조심해."

마침내 클라이스트가 입을 열었다. 하지만 데이지는 손을 놓는 남편에게 아무 말도 못하고 다시 손을 잡으려 했다. 그러고는 두려움에 흐느끼면서 가까스로 목소리를 쥐어짜내어 말했다.

"난 다시는 이 손을 못 잡을 거야."

"잡게 될 거야. 난 살아남는 방법을 알아. 날 믿어."

이윽고 행렬이 이동하자, 목과 허리가 끊어질 듯 아픈 와중에도 데이지는 줄곧 클라이스트를 바라보았다. 마을 밖으로 나가 시야에서 사라질 때까지 한 번도 남편에게서 눈을 떼지 않았다.

데이지의 아버지가 클라이스트에게로 걸어왔다.

"자네 생각이 맞으면 좋겠군."

말은 그렇게 했지만, 그는 사위의 생각이 틀렸기를 간절히 바랐다.

리디머 오백여 명이 시몬스 야트라고 불리는 가파른 산길을 2열 종대로 올라가고 있었다. 리디머 로드리 갈강은 앞에서 열번째 줄에서 제 몸무게의 절반에 가까운 군수품을 짊어진 채 힘들다는 생각을 누르려고 나직한 목소리로 성 안토니오께 기도를 올렸다.

"거룩한 성인이시여, 물고기도 당신의 설교를 듣고자 물위로 솟구치고, 당신이 주님의 교수대 조각이 담긴 성물함을 들고 지나가면 노새도 무릎을 꿇사오니, 제 어머니를 걷어찬 일을 후회하며 제 다리를 자른 젊은이의 다리를 다시 자라게 해주신 이여, 이 가련한 죄인에게 자비를 베푸소서. 제 뻔뻔함을, 제 욕정과 욕망을, 제 자만심과 폭식을, 분노와 어리석음을, 시기와 태만을 용서하소서, 제 모든 죄를 사하소서."

간원하다 잠깐 고개를 쳐든 그는 60야드 너머 공중에 떠 있는 작고 까만 물체를 보았다. 뜨끔하는 두려움이 목덜미에서 시작되었을 때, 떨어지는 돌보다 빠르게 움직이는 그 물체가 가슴에 꽂혔다. 사방에서 동료 십여 명이 쓰러졌지만, 끔찍한 고통이 밀려들고 귀가 타는 듯이 뜨거워져 신경쓸 겨를이 없었고, 그는 결국 그렇게 삶의 마지막 몇 초를 보냈다.

리디머들이 미처 상황을 파악하기도 전에, 클라이스트가 이끄는 클레프트 전사 오십여 명은 이미 다시 야트 산길을 달려올라가고 있었다. 리디머들이 정신을 차리고 뒤쫓아오기 전에 사라지려는 것이었다. 기습은 한 번만 통할 터이기에 클라이스트는 얼마나 피해를 입혔는지 확인하기 위해 클레프트 사내들보다 조금 더 오래 남아 있었다. 열두 명쯤 죽은 듯했지만 그 정도로는 턱없이 부족했다. 문제는 그 산길이 매복 기습에 용이하지만 폭이 꽤 넓어 깎아지른 벼랑에서 떨어진 거대한 돌덩이들 사이에 적이 숨을 공간도 많다는 점이었다.

예상대로 리디머들은 무거운 배낭을 대부분 내려놓고 오십 명에게 지키게 한 다음 계속 전진했는데, 이제는 열 명씩 무리지어 바위 뒤에 몸을 숨겼다가 서로 앞서거니 뒤서거니 잽싸게 올라왔다. 첫 공격은 리디머들의 속도를 늦추긴 했지만 큰 효과는 없었다.

클라이스트가 클레프트 사내들에게 말했다.

"더 대담하게 공격해야 합니다. 안 그러면 놈들이 우리 행렬을 따라잡을 거예요."

클라이스트는 순순히 응하는 그들을 보고 놀랐는데, 이는 그가 클레프트 부족의 사고방식을 완전히 파악하지 못했기 때문이다. 지금껏 순교와 자기희생이 훌륭한 인간의 참모습이라고 배우면서도 그 두 가지를 끔찍이 혐오했지만, 그것들은 전쟁을 바라보는 그의 관점에 흔적을 남겼다. 클레프트 부족이 자유나 명예라는 신념에 목숨을 걸지 않는 것은 사실이었다(그들에게 그런 개념은 우스꽝스럽고 이해할 수 없는 것이었다. 죽은 자에게 자유나 명예가 무슨 소용이란 말인가?). 하지만 그들 역시 자기 가족을 살리기 위해서라면 조심스럽게나마 목숨을 걸 각오가 되어 있었다. 클레프트 부족의 고대 언어에서 영웅을 뜻하는 낱말은 어릿광대와 동의어였지만, 그들은 꼭 필요할 때 어쩔 수 없이 내보이는 용기, 궁지에 몰린 자의 용기마저 없는 사람들은 아니었다. 어차피 제 목숨을 소중히 여기지 않는 자는 거의 없으므로, 클라이스트가 진심이라는 것을 확신한 그들은—클레프트 부족은 남에게 속는 것을 질색했다—그의 명령에 따르기 시작했다.

클라이스트는 그들의 변화에 감동받기는 했지만, 그렇다고 상황이 실질적으로 크게 달라질 것 같진 않았다. 클레프트 사내들이 이제 단단히 결심했다고 해도 리디머들처럼 엄청난 전투력으로 무장한 자들이 아니기에 이 결심의 가치는 한계가 있었다. 그래서 그들

은 높은 산길 꼭대기에서 리디머들을 향해 돌을 밀어 떨어뜨리거
나 형편없는 활솜씨로 적의 이동 속도를 늦췄으며, 이따금 한자리
에서 정면으로 맞붙어 죽어라 싸우기도 했다. 그들은 매번 졌으며,
피해는 막심했다. 오죽하면 클라이스트가 너무 경솔하게 굴지 말
라고 제지해야 할 정도였다. 장담하건대 지금껏 그런 말을 들은 클
레프트인은 한 명도 없을 터였다.

하지만 아무리 명예를 중시하는 사회에도, 고결한 정신과 순교
를 숭앙하는 집단에도 배신자는 있었다. 리디머들 중에는 전설적
인 변절자 하우드가 있었고, 마테라치 가문에는 올리버 플런케트
가 있었다. 심지어 복종의 정신이 뼛속 깊이 박혀 있는 라코니아
용병단에도 버데트 해리스라는 배신자가 있었다. 그리고 클레프
트 부족이 절체절명의 위기에 처한 지금, 버그레이브 셀로가 그런
자였다. 클레프트인들 중 가장 부자인 셀로는 잃을 것이 아주 많았
다. 마차 바퀴 제조자이자 장사치요 대금업자인 그는 간악하고 교
활한 모리배이자 사기꾼이며 기회주의자였다. 상대가 조금이라도
틈을 보이면 기회를 놓치지 않고 실익을 챙겼다. 요컨대 버그레이
브 셀로는—물론 성주를 뜻하는 버그레이브라는 옛 직함은 그에
게 전혀 걸맞지 않다—자신이 누구보다도 영리하다고 생각했다.
따라서 늘 모든 사람을 얕잡아보는 그가 클라이스트를 쓸데없이
불안을 조장하는 풋내기쯤으로 여기는 건 당연했다. 그는 자기라
면 교묘한 간계로 모두에게—특히 버그레이브 셀로 자신에게—
유리한 합의를 이끌어낼 수 있다고 믿었다. 그래서 진심으로—그
에게 조금이라도 진심이란 게 있다면—자신에게 좋은 것이 장기
적으로 클레프트 부족 모두에게 좋은 것이라고 판단했다. 그래서

물론 양심에 손을 얹고 오랫동안 고민하긴 했지만, 자신에게는 너무도 괴로운 고뇌 끝에 모두를 위한 일을 하고야 말았다. 상당한 위험을 무릅쓰고 거의 개인적으로 리디머들에게 접근한 것이었다. 그는 가장 신뢰하는 동생을 보내 어둠 속에서 적에게 소리쳐 대화 의사를 전하게 했다. 리디머 부대의 사령관은 케일의 연옥수 한 명에게 훈련받은 자로, 처음에는 의심했지만 좋은 기회일지 모른다는 생각에 셸로의 동생에게 와서 얘기하면 무사히 돌려보내주겠다고 약속했다(가짜 신을 섬기는 자들과의 약속을 깨면 목 매달린 리디머가 기쁨의 미소를 짓는다는 말이 있었는데, 클레프트 부족이 떠받드는 신들 중 리디머가 용납할 수 있는 신은 하나도 없었다). 그 결과 의미 없는 거래가 이루어졌고, 리디머 사령관은 셸로 가족의 목숨과 그의 재물, 지위를 보장해주고 처형도 클레프트 지도자 십여 명에 한정하겠다고 약속했다. 셸로는 여러모로 나쁘지 않은 조건이라고 생각했다. 이제 그를 탐탁지 않게 여기던 적과 경쟁자들이 제거되고 자신이 우두머리가 되어 어리석은 클레프트 부족의 목숨을 구하면 모두가, 적어도 대부분은 앞으로도 계속 살아갈 수 있으리라는 계산에서였다.

클레프트의 공격이 시작되자마자 아무도 믿지 못하는 셸로는 손수 리디머 병력의 절반을 이끌고 야트 산길을 벗어나, 위험하지만 빠른 지름길로 산을 넘어 여자들과 아이들을 따라잡기로 마음먹었다. 그러면 그가 보기에 미친 짓인 위험천만한 여행으로부터 그들을 되돌릴 수 있을 것 같아서였다.

그후 벌어진 일은 일 년 전만 해도 절대 일어날 수 없는 일이었다. 리디머 사령관 산토스 홀은 케일의 연옥수에게 새로운 전술을 배우지 않았더라면 절대로 부대를 둘로 나누지 않았을 것이다. 케일이 등장하기 전까지 리디머들은 전군이 함께 움직이는 방식을 금과옥조로 여겼으며, 대개는 그것이 옳은 전술이었다. 비록 리디머들은 전장에서 유연성이 부족하지만, 홀은 트란스발평원에서 비정규군에 대해 상당히 많은 지식을 습득했다. 포크에 비하면 클레프트 부족은 아주 만만해 보였는데, 경계가 너무 허술하고 지도자라는 놈이 배신한다는 점에서 그런 심증은 더욱 굳어졌다. 홀의 임무는 기본적으로 응징이었기에 토벌 대상이 대부분 도망가는 것을 용납할 수 없었다. 어쩌면 셀로가 그의 부하들을 함정에 빠뜨리거나 엉뚱한 방향으로 끌고 가려는 계략인지도 몰랐지만, 홀은 그가 정말로 배신할 생각이라고 추측했으며, 어떤 목적이 있어 리디머 군대의 이동 속도를 늦추기 위해 공격하는 거라고 생각했다. 위태로운 상황이 전개되자 재앙이 닥칠 것에 대비해 여자들을 멀리 보내는 것이 틀림없었다.

그리하여 산토스 홀의 군대가 야트 산길을 통과해 더 가파른 라이던 골짜기로 진격하는 동안, 그의 부대 절반은 살며시 시몬산을 넘어, 산을 완전히 벗어나 닷새 거리에 있는 국경을 향해 느릿느릿 평원을 가로질러 도주하는 클레프트 행렬을 향해 다가갔다. 이제 홀은 라이던 골짜기에서 굳이 위험을 무릅쓰며 싸우지 않았고, 부대를 보호하는 동시에 클레프트의 계략이 먹혀든다는 인상을 주기 위해 일부러 천천히 전진했다. 산토스 홀은 셀로에게서 이야기를 들어 클라이스트에 대해 알게 되었는데, 비록 그에게는 생소한 이름이고 토머스 케일과의 관계도 몰랐지만—이제 그는 케일의 열렬한 추종자였다—클레프트 쪽에서 날아온 화살 몇 발이 끔찍이

도 정확했던 까닭은 알아차렸다. 만약 클라이스트라는 놈이 한때 리디머의 애콜라이트였다면, 생포될 경우 자신이 어떤 꼴을 당할지 똑똑히 알고 있을 터였다. 산토스 홀은 클라이스트를 반드시 생포하리라 자신했다. 산을 넘어간 그의 부대 절반은 도주 행렬을 따라잡은 다음 돌아와 산속에서 리디머 부대와 싸우는 클레프트 무리의 뒤를 덮칠 계획이었다.

리디머들의 움직임이 몹시 조심스러워지자 클레프트 전사들은 의기양양해졌다. 비록 느리긴 해도 시간이 지날수록 도주 행렬은 그 시간만큼 재앙에서 멀어지기 때문이었다. 그들은 자신들이 초인적인 리디머 병사들을 아주 많이 죽여서 적의 움직임이 굼벵이처럼 느려진 거라고 생각했다. 몇몇 사람은 클라이스트가 리디머 군대의 능력을 과대평가했고 괜히 위험을 과장해 엄청난 재산 손실만 초래한 건 아닌지 의심하기 시작했는데, 그런 상황에서는 그럴 만도 했다. 어떤 이들은 여전히 리디머들이 엄청난 전투력을 가진 괴물이라고 믿고 싶어했다. 그래야 자신의 용기가 더욱 대단해 보였기 때문이다(그 심정은 십분 이해가 간다). 실제로 대단한 용기였다. 클레프트 쪽의 사망자 수는 그들로서는 엄청났다. 어쨌든 그들은 소수였고, 우물쭈물하는 자는 없었다. 하지만 이제 리디머들이 몸을 사리자, 그들 쪽 사망자가 줄어드는 만큼 클레프트의 손실도 줄었다.

최악의 상황을 걱정한 클라이스트가 리디머들이 더 적극적으로 공격해오지 않는 까닭을 어째서 의심하지 않았을까. 실제로 그는 의심했다. 하지만 희망은 명석한 판단을 가로막는 큰 걸림돌이었다. 클라이스트는 버그레이브 셸로의 계략을 전혀 몰랐고, 그와 말을 나눈 적도 없었다. 시몬산을 넘어가는 지름길에 주의를 기울이라고 일러준 자도 없었다. 그런 길이 적지 않은데다, 너무 위험해서 안내자 없이는 지나가기 어려웠기 때문이다. 더구나 그날 클라이스트는 유난히 살인에 정확함을 발휘했다. 상대가 리디머들이다보니 거리낌이 없었다. 적이 조금만 움직여도 활을 쏘았고, 거의 매번 표적에 명중했고, 그때마다 클라이스트가 잔인한 기쁨의 미소를 지으면 클레프트 전사들은 열렬히 환호했다. 바위 뒤에 앉아 있을 수밖에 없는 리디머 산토스 홀은 자신과 부하들에게 엄청난 비탄을 안겨준 저 망할 놈에게 어떤 끔찍하게 벌을 줄지 궁리하고 있었다. 사실 클라이스트는 실버리힐에서 말고는 전투를 겪어본 적이 없었고, 그 경험은 이곳에서 별로 도움이 못 되었다. 그래서 자신의 작전이 비교적 쉽게 먹혀들자 어리둥절했지만, 의심할만한 명확한 근거가 없으니 상황을 있는 그대로 받아들일 수밖에 없었다. 클레프트 전사들과 리디머 군대가 소수의 사망자를 내며 골짜기에서 싸우는 동안, 시몬산의 춥디추운 꼭대기를 넘은 리디머 이백오십 명은 예상보다 빠르게 멀베리 구릉지로 들어서고 있는 구백 명의 여자들과 아이들을 뒤쫓기 시작했다.

클레프트 전사들이 골짜기 위로 천천히 물러나고 있던 둘째 날 오후 무렵, 클라이스트는 리디머들을 죽이는 것이 심각한 실수임을 깨달았다. 부상만 입히는 것이 훨씬 더 효과적이었다. 타인을 위한 희생을 얼마나 의미 있게 여기는지는 모르겠지만 리디머들은 자신이 겪는 고통에 더 민감했으며, 이는 고통의 크고 작음과 상관이 없었다. 그들은 어떤 비난에도 광적으로 분개했고, 자신의 행동이 아무리 잔인해도 그 행위의 자유를 조금이라도 억압하는 짓은 참을 수 없는 박해로 받아들였다. 수많은 동료들이 죽어나가는 처절한 전장에서는 일말의 망설임도 없이 싸우다가도 전투가 끝나면 부상자들을 정성껏 치료했는데, 적의 부상자를 무참히 죽이는 것과는 너무나 대조되는 감동적인 광경이었다. 리디머들은 부상을 치료하는 솜씨가 누구보다도 뛰어났으며, 새로운 치료법을 고안해 시도하려는 의지가 대단했다(물론 이런 의지가 다른 분야로 확장되는 법은 없었다). 실수를 깨달은 클라이스트는 그때부터 가능한 한 팔다리나 복부를 노리고 활을 쏘았는데, 이런 느린 매복 전투에서는 부상자 치료 때문에 리디머들이 전진하기가 어려울 거라는 판단에서였다. 결과는 만족스러웠다. 과거에 그를 괴롭혔던 자들이 울부짖고 이를 가는 소리가 더 크게 들려왔고, 그들의 전진은 한층 더 느려졌다.

하지만 또다른 리디머들은 이제 시몬산을 벗어나 멀베리 구릉지로 빠르게 내려가고 있었다. 곧 적에게 따라잡힐 도주 행렬은 아직 이틀은 더 가야 안전해질 수 있는 상황이었다.

이후 벌어진 참상에 대해서는 말이 필요 없을 정도였다. 저 위대한 니치가 이르기를, 제아무리 용감한 자도 차마 눈뜨고 볼 수 없는 것이 있다 하지 않았던가.

해질녘, 도주 행렬이 적에게 따라잡히고 다섯 시간쯤 지난 뒤, 리디머들은 말을 몰고 이제는 아내와 자식과 부모 모두를 잃은 클레프트 전사들을 공격하러 다시 산으로 올라갔다. 그들이 떠난 자리에 남은 교수대 열 개 주위에는 잿더미만 잔뜩 쌓여 있었다.

24

지난 이틀간 베이그 헨리는 이드리스푸케가—아직 살아 있는
지는 모르겠지만—무사히 지나갈 수 있게 준비해놓겠다고 약속한
국경 검문소를 찾으려고 스위스 국경을 오르내리며 여기저기 살폈
다. 하지만 앞서 이드리스푸케는 베이그 헨리에게 조심하라고 경
고한 터였고, 그의 계획에는 연옥수 백오십여 명까지 데려오는 건
포함되지 않았다. 국경 수비대에게 아무리 뇌물을 잔뜩 먹였다 해
도 그런 자들을 통과시켜줄 리는 만무했다. 아니나 다를까 이드리
스푸케가 알려준 러들로 검문소를 발견하고 '이드리스푸케'라는
암호를 외치자, 이십 초 뒤에 화살과 쇠뇌 볼트가 소나기처럼 날아
왔다.

결국 베이그 헨리는 나쁜 소식을 가지고 케일에게 돌아왔다. 베
이그 헨리가 나가 있을 때면 늘 그러듯 케일은 작은 모닥불 옆에
앉아 있었다. 그는 연옥수들을 혐오했고 부득이한 경우가 아니면

절대 그들과 엮이지 않으려 했으며, 연옥수들은 이런 그의 태도를 빛나는 고독의 표식으로 받아들였다. 적대감이 아니라 거룩함의 징표로 여긴 것이다. 케일은 골란고원에서의 두번째 전투가 시작되기 전에 받은 보스코의 편지를 읽고 있었다. 여러 개의 호주머니 중 하나에 넣어두고는 눈앞에 닥친 시급한 사안을 처리하느라 잊고 지낸 것이었다.

"그게 뭐야?"

베이그 헨리가 묻자 케일은 고개를 들고 재빨리 편지를 호주머니에 넣었다.

"아무것도 아냐."

"아무것도 아니라면서 왜 그렇게 불안하게 감추는 건데?"

"아무것도 아니라는 건 너랑 아무 상관도 없다는 뜻이야."

곧이어 베이그 헨리가 알아온 정보에 대해 둘이 나눈 대화는 예상대로 찌무룩했다. 이야기를 마친 베이그 헨리는 자신이 쬘 모닥불을 피우러 갔다.

새벽에 출발한 그들은 조용히 건너갈 수 있는 취약 지점을 찾으려고 거의 이틀 동안 국경을 따라 올라가며 살폈다. 하지만 곳곳에 만들어지고 있는 도랑과 울타리 등등 각종 장애물을 보니, 스위스가 점점 긴장하면서 불상사에 대비하는 것이 틀림없었다.

결국 케일 일행은 스패니시 리즈에 가장 가깝고 경비가 덜 삼엄한 근처 검문소를 찾아 돌격하기로 결정했다. 긴장해서 잠도 안 자는 스위스 놈들은 대비를 하고 있겠지만, 이런 한밤의 기습은 예상하지 못할 듯싶었다. 알고 보니 완덜리 검문소의 수비대는 신참들이었고, 새벽 세시의 어둠 속에서 백육십 명의 병사들이 난데없이

들이닥치자 너무 놀라서 반격도 못했다. 하지만 근처 숲속에 경비병 한 명이 숨어 있다가 검문소를 지나가는 연옥수들을 향해 겁도 없이 활을 쐈고, 모두가 무사히 통과했는지 확인하느라 고개를 돌린 베이그 헨리가 얼굴에 정통으로 화살을 맞았다.

바미안 룸에서 리디머 길은 묵묵히 보스코를 지켜보았다. 보스코는 창밖으로 거대한 '눈물의 성당'을 바라보고 있었다. 그곳에는 살아남은 교단의 귀공자들이 갇혀 있었다. 그들은 신의 명확한 의지와 어우러진 지혜로운 결정이 내려질 때까지 밖으로 나오지 말라는 지시를 받은 상태였다. 여기서 신의 명확한 의지와 어우러진 지혜로운 결정이라 함은 서거한 벤토 교황의 자리에 보스코를 선출하는 것이었다. 벤토 교황은 심장마비로 사망하기 직전 잠시 정신이 맑아진 동안 골란고원의 대승 소식을 전해들었다. 또한 교황 시해 음모를 꾸미고 있던 간트와 파르시가 결국 안타고니스트를 추종하는 수많은 배신자 무리와 함께 제거되었다는 소식도 들었다. 노인의 쇠약한 몸은 환희와 공포가 뒤섞인 감정을 감당할 수 없었다.

그리하여 지상에서 신의 최고 대리인이 되려는 보스코의 목표를 가로막고 있던 마지막 고민거리는 발롬브로사강의 이른 아침 물안개처럼 사라졌다. 지금 그는 난공불락 같은 산의 정상에 선 기분이었다. 바위와 얼음과 절벽 등등 온갖 장애물을 헤치고 산꼭대기에 다다라 밑을 내려다보니, 자신이 해온 일들의 소름 끼치는 공포가 또렷이 보이는 것만 같았다. 하지만 천 길 낭떠러지 밑으로 떨어져 온몸이 산산이 부서질지도 모를 이 모험에 그가 내건 것은 목숨이 아니라 불멸의 영혼이었다. 눈물의 성당을 응시하는 동안 보스코의 몸이 떨리기 시작했다. 물론 뒤에서 지켜보는 길에게는 여느 때처럼 차분히 생각에 잠긴 것처럼 보였다. 하지만 보스코의 영혼은 '목 매달린 리디머의 만민 교회'에서 교황이 선출될 때만 울리는 성 제라드의 거대한 구리종의 여운처럼 진동하고 있었다. 소문에 이르기를, 그 종을 치고 일주일이 지나도 소리굽쇠를 갖다대면 여전히 떨리는 종에 공명한다고 했다. 하지만 보스코가 퍼뜨린 공포의 충격은 그가 죽는 날까지 사라지지 않을 터였다. 어쨌든 그가 꿈꾸는 가장 섬뜩한 이상은 여전히 그의 앞에 있었다. 모든 것을 정화하는 죽음. 보스코는 자신이 이뤄낸 위업과 앞으로 해야 할 일을 생각하니 혼절할 지경이었다. 길은 방안의 기묘한 분위기가 어디서 비롯됐는지 알 수 없었지만, 결국 더는 불안감을 참지 못하고 입을 열었다.

"서거하신 교황의 아르젠툼 팡고 의식이 치러졌고, 그분의 시신은 장례 준비를 위해 영안실에 안치되었습니다."

아르젠툼 팡고의 기원은 리디머 전통의 안개 속에서 잊힌 지 오래였다. 이 의식은 서거한 교황의 이마를 은 망치로 세 번 쳐서 확실히 죽었는지 검증하는 것이었다. 교황 서거가 워낙 오랜만의 일이라 난생처음 이 의식을 수행한 리디머가 처음 때릴 때 너무 세게 쳐서 그만 이마가 움푹 패고 말았다. 화가 난 길은 사망 여부를 확인하는 게 아니라 죽은 자를 깨울 셈이냐고 뼛성을 낸 뒤, 망치를 빼앗아 나머지 두 번은 살살 두드려 의식을 마쳤다.

길은 보스코가 유난히 차분해 보인다고 오해하고는 더 중요한 소식도 전했다. 라코니아 포로 추격을 빌미로 도주한 케일이 이미 연옥수들과 함께 스패니시 리즈에 있을 것으로 추정된다는 것이었다.

길이 교황의 죽음을 앞당기겠다고 제안한 이후, 그와 보스코의 관계는 눈에 띄게 냉랭해졌다. 비록 문제가 편리하게도 저절로 해결되어 굳이 위험한 걸음을 내디딜 필요가 없어지긴 했지만, 길은 보스코의 거부에 여전히 꽁해 있었다. 그는 속으로 툴툴거렸다. 운이 좋았을 뿐이야. 난 틀리지 않았어. 보스코는 이에 대해 어떤 식으로든 충고나 비판을 하려 들지 않았는데, 그 역시 운이 따랐다고 느꼈기 때문이다. 하지만 어차피 그런 분노는 충고나 비판으로 다스릴 것이 아니었다. 보스코는 눈물의 성당 굴뚝에서 신임 교황 선출을 알리는 연기가 피어오르지 않는 것을 보고 중얼거렸다. "더 오래 끌면 내가 저자들의 꽁지에 불을 붙여줘야겠군."

하지만 정작 두 사람이 걱정하는 것은 어차피 시간문제인 교황 선출이 아니라 토머스 케일이었다. 불과 며칠 전이었다면 길은 그 어린 배신자 놈을 세상 끝까지 쫓아가 불경하고 배은망덕한 꼬마의 벌떡거리는 심장으로 기꺼이 이마의 땀을 닦겠노라고 선언했을 것이다.

이제 그의 옛 주인은 너무 거만해져서 그의 말을 들으려고도 하지 않는 눈치였다. 하지만 길은 보스코의 상처에 소금을 뿌릴 기회를 마다할 수 없었다.

"케일은 어떻게 하실 생각입니까?"

보스코는 길을 돌아보지도 않고 나직이 대답했다.

"아무것도 안 할 생각이야. 낙원을 즐기게 내버려둬. 하느님 아버지께서는 보이지 않는 갈고리와 투명한 밧줄로 그 녀석을 붙잡으셨지. 그 긴 밧줄 끝에 매달린 녀석은 세상 끝까지 떠돌겠지만,

밧줄을 한 번만 당겨도 이리 끌려오게 되어 있어."

그건 당신 생각이고. 리디머 길은 그렇게 말하고 싶었다. 그는 둘 중 누구도 케일을 다시는 못 보리라 생각했다. 모두가 므두셀라*의 나이까지 살지 않는다면 이승에서는 볼 일이 없을 거라고. 또는 재앙이 몰려오지 않는다면.

그때 문밖에서 누군가가 영혼에 굶주린 악귀에게 쫓기기라도 하듯 요란하게 문을 두드렸다. "리디머 보스코! 리디머 보스코! 문 열어요! 문 좀 열라고요!"

보스코를 놀라게 하기는 쉬운 일이 아니었지만, 나무문의 두께가 6인치나 되는데도 문밖에 있는 자의 혼란스러움과 두려움이 똑똑히 전해졌다. 보스코가 길에게 손짓하자, 길은 두려움 서린 목소리에 몹시 긴장해서 한 손에 칼자루를 쥐고 다른 손으로 문손잡이를 잡았다. 그러고는 잽싸게 문을 열면서 뒤로 물러났다.

놀라움과 두려움에 사로잡힌 사내의 표정이 너무 일그러져서 처음에 길은 그를 알아보지 못했다.

"대관절 무슨 일인가? 자네 하디 맞지?"

"맞습니다, 로드." 겁에 질린 리디머가 대답했다.

"진정해." 길이 보스코를 보고 덧붙였다. "이 리디머는 교황의 장례 책임자입니다."

"보스코 님……"

버데트는 쉽게 말을 잇지 못했다. 그에게는 너무 버거운 사안이 틀림없었다. 마치 겁먹은 아이가 흐느끼듯 시끄럽게 숨을 헐떡이

---

* 969세까지 살았다고 전해지는 구약성서 속의 인물.

기 시작했다.

"진정하게나." 보스코가 부드럽게 말했다. "기다려줄 테니 서두르지 말고."

버데트는 눈을 휘둥그레 뜨고 아연실색한 표정으로 보스코를 빤히 보았다.

"가서 보셔야 할 게 있습니다, 로드."

몹시 당황한 이 리디머에게서 더는 알아낼 것이 없다고 판단한 보스코는 앞장서라고 지시한 다음 길과 함께 말없이 따라갔다. 하지만 이제는 그들도 은 망치가 아닌 커다란 망치로 머리를 두들겨 맞는 기분이었다. 거대한 성당의 지하실 깊은 곳으로 그들을 인도하는 리디머는 여전히 격렬하게 헐떡였고, 그 소리 말고는 사위가 고요했다. 오 분여가 지났을 때, 그들은 성당 안에 있을 줄은 상상도 못했던 장소로 내려왔다. 흉측하고 우중충한 갈색 공간에 무수히 많은 통로들이 늘어서 있고, 흐릿한 불빛이 일렁이는 길은 저멀리 거대한 어둠 속으로 뻗어나갔다.

몇 분 뒤 자주색 문 앞에 멈춰 선 버데트가 노크도 하지 않고 문을 열더니, 두 남자가 들어가도록 문을 잡았다. 시간이 갈수록 그는 보스코와 길의 존재를 더 두려워하는 눈치였다. 두 남자는 그런 자들에게 익숙했지만, 이 사내에게는 그들마저 긴장하게 하는 뭔가가 있었다. 두려움이라기보다는 불안감에 가까웠다.

의심과 불안에 휩싸인 채 보스코가 먼저 들어갔다. 어떤 재앙이 기다리고 있을지 짐작도 할 수 없었으나, 그게 뭐든 재앙이라는 건 느낄 수 있었다. 창문이 하나도 없는 방이었지만, 최고급 양초들을 켜놓아서 꽤 밝았다. 그중에는 사람 허리만큼 굵은 양초도 있었는데, 그 옆에는 침대 같지만 침대는 아닌 것이 놓여 있었다. 염습용 탁자 위에 리넨 천으로 목까지 덮인 것은 교황의 시신이었다. 그의 양쪽에는 앞치마를 두르고 장갑을 낀 것으로 보아 염습사가 틀림없는 두 명이 서 있었다. 오래된 상아처럼 누리끼리하고 창백한 그들의 얼굴 역시 미묘하게 불안한 표정이었다. 뒤에서 문을 닫은 버데트는 여전히 말이 없었다.

보스코가 입을 열었다.

"더는 못 참겠군. 대체 무슨 일인가?"

버데트는 당장이라도 구역질을 할 것 같은 표정으로 두 염습사를 바라보고 고개를 끄덕였다. 염습사들은 리넨 천을 잡고 시신의 발 쪽으로 재빨리 둘둘 말아 치웠다. 교황은 앙상하고 창백한 알몸이었으며, 늙고 쭈글쭈글한 피부가 축 늘어져 있었다. 하지만 묘하게도 두 다리가 조금 벌어져 있었는데, 교황의 알몸 시신을 그런 자세로 모셔놓다니 이상했다. 너무나 끔찍한 침묵이 흘렀다. 침묵의 역사에서 전례가 없을 그러한 침묵이었다. 먼저 말문을 연 것은 길이었다.

"하느님 맙소사, 누가 교황의 성기를 훔쳐갔잖아!"

25

"멍청한 놈! 이건 여자야."

보스코가 싸늘하고 성난 얼굴로 쏘아붙였다.

모진 말이었다. 여자의 신체 구조에 무지한 것은 길의 잘못이 아니었다. 그럴 수밖에 없지 않은가? 물론 그가 섣불리 내린 결론은 어처구니없었지만, 눈앞에 펼쳐진 진실의 기괴함에 비하면 아무것도 아니었다. 지난 이십 년간 목 매달린 리디머의 거룩한 교회를 지탱해온 주춧돌이 수많은 온건 신학자들조차 영혼 없는 존재로 여기는 생물이었다니. 뇌졸중으로 정신이 흐려지기 전까지 교황은 명석함과 잔인성으로 보스코의 존경을 한몸에 받았다. 심지어 뇌가 망가져 사리분별이 흐릿한 가운데서도 블랙버드 레이스의 마녀에게 참혹한 사형을 언도하는 엄청난 열정의 소유자였다. 길은 너무 놀란 나머지 모욕에 가까운 보스코의 말에도 화가 나지 않았다.

"이 방의 열쇠를 주게나."

보스코가 버데트에게 말했다. 버데트가 수많은 열쇠가 달린 꾸러미에서 영안실 열쇠를 끄르는 동안 요란하게 절그럭거리는 소리가 났다.

"이 일을 다른 사람에게 말한 적 있나?"

"없습니다, 로드." 버데트가 대답했다.

보스코는 염습사 한 명을 바라보며 물었다.

"다른 사람에게 말한 적 있나?"

"없습니다, 로드."

이번에는 또다른 염습사를 바라보았다.

"이 일을 다른 사람에게 말한 적 있나?"

겁에 질려 말문이 막힌 사내는 고개만 저었다.

"나중에 리디머 길을 보낼 테니 그때까지 자네들은 여기 있게나. 그리고 저 기괴한 것은 덮어버려."

길과 함께 밖으로 나온 보스코는 문을 잠갔다.

삼십 분 뒤, 샤르트르의 지하거리에서 두 번이나 길을 잃은 끝에, 보스코와 길은 다시 바미안 룸으로 돌아왔다. 그러고도 둘 중 한 사람이 입을 열기까지 십 분이 걸렸다. 여전히 그들의 영혼은 지진에 흔들리고 있었다.

"어떻게 이런 일이 벌어질 수가 있죠?" 길이 물었다.

"아무 일도 벌어지지 않았어. 자네는 교황의 시신이 정상적으로 전시되게 손을 쓰게나. 모든 것이 정상적으로 진행되어야 해. 비정상적인 일은 하나도 일어나지 않았으니까."

"만약 알고 있는 사람이 더 있으면 어쩝니까?"

"하나의 참된 믿음에 치명적인 위협이 되겠지. 자네는 그 가능성을 조사할 준비를 하되 극도로 비밀리에 진행하게. 또한 여성 문제를 제기하는 것은 지옥불 속에서 영원히 저주받을 대죄라는 회칙回勅 성명도 마련해야 하네."

"여성 문제요?"

"그래."

길이 사이를 두고 다시 물었다.

"여성 문제가 뭡니까?"

보스코는 길을 빤히 보았다. 그러나 농담인지 아닌지 확실치 않았다.

"모르나?"

"가르침이 필요합니다."

보스코는 잠시 길을 보더니 대꾸했다.

"여성의 서품에 대한 논의를 개진하는 것이 어떤 종류의 죄인가 하는 문제네. 대답은 '천벌을 부르는 죄'이고."

길은 어리둥절한 표정이었다.

"그런 논의를 하는 자가 있습니까?"

보스코는 길을 물끄러미 보았다.

"지하에 누워 있던 괴물을 보고도 그런 걸 묻나?"

이 물음에 명확한 답은 없었다.

"그리고 영안실에 있는 리디머 세 명. 그자들은 어떻게 할까요?"

보스코가 한숨을 내쉬었다.

"헷 사람 우리아 이야기 기억하나?"

"네."

"그자들이 아무 말도 못하게 조치해. 난 더이상 내 손에 무고한 피를 묻히기 싫지만, 자네는 확실히 해줘야지. 아무 말도 하지 말게. 아무 말도 나오지 못하게 하고. 어느 누구도 허튼소리 못하게 하란 말이야."

창밖에서 뭔가가 리디머 길의 눈길을 끌었다. 눈물의 성당의 거대한 굴뚝에서 피어오르는 하얀 연기가 축축한 허공으로 흐느적거리며 스몄다.

"교황이 선출됐군요." 길이 보스코에게 말했다. "감축드리옵니다, 성하."

26

비폰드 총리가 황급히 자기 집으로 들어갔고 이드리스푸케가 뒤를 따랐다. 더이상 총리가 아니라 일개 잔당에 불과한 자에게는 이 집도 과분해 보일지 모르지만, 방이 두 개밖에 없고 그나마도 썩 크지 않았다. 한낮인데도 묵직하고 추레한 커튼이 창문을 가리고 있었다. 그날 아침 비폰드는 분명히 커튼을 젖혀놓았었다. 사소한 일에도 경계심이 강한 이드리스푸케가 제지하려 했지만 그의 이복형은 너무 빨랐다. 말릴 새도 없이 비폰드가 커튼을 와락 젖히고는 소리쳤다.

"하느님 맙소사!"

커튼이 열리기 시작할 때 자기 칼에 손을 댄 이드리스푸케는 비폰드가 너무 놀라 뒷걸음치는 순간 칼을 뽑아들었다. 두꺼운 창턱에 앉아 있는 케일을 보고 두 사람 다 어안이 벙벙했다. 케일은 무릎에 나이프를 올려놓은 채 두 남자를 빤히 보고 있었다.

"그 칼 조심히 다뤄요. 괜히 엉뚱한 사람 눈깔 뽑지 말고." 케일이 이드리스푸케에게 말했다.

"대관절 이게 무슨 짓이냐?" 비폰드가 소리쳤다.

케일은 창턱에서 내려와 나이프를 허리춤에 꽂았다.

"집사에게 내가 왔다고 알리라고 했어야 마땅하지만 인상이 맘에 들지 않더라고요. 두 눈이 가운데로 너무 몰려 있었거든요."

"일부러 놀래려던 거였지?"

비폰드가 의자에 앉으며 물었다. 케일은 대답하지 않았다.

"그거 아느냐, 케일? 구르카 부족은 칼이 피를 맛보기 전에는 뽑은 칼을 절대로 칼집에 넣지 않는다고 맹세한다."

"당신이 구르카가 아니라 다행이군요."

"베이그 헨리는 어디 있느냐?"

"다쳤습니다. 중상이에요. 국경을 넘다 얼굴에 화살을 맞았거든요. 빼낼 수가 없어요. 수술해줄 의사가 필요해요."

"이곳에 우리 의사가 두 명 있을 거야. 내가 주선해줄……"

"마테라치 의사는 됐습니다. 기분 나빠하진 마시고요."

"내가 손쓸 방법을 알아보마. 지금 베이그 헨리는 어디 있지?"

"여기서 10마일쯤 떨어진 농가에 연옥수 세 명과 같이 있습니다."

"그럼 너랑 네 친구만 온 게 아니란 말이냐?"

"그런 셈이죠."

케일은 연옥수들을 데려온 경위를 설명했다.

비폰드가 눈살을 찌푸렸다.

"그러니까 리디머 백육십 명을 여기 데려왔다는 말이냐?"

"엄밀히 말하면 그들은 리디머가 아닙니다."

"그래서 그 리디머 아닌 자들 백육십 명을 나더러 어쩌란 말이냐?"

"당신이 말하지 않는다면 나도 그들의 정체를 아무한테도 말하지 않을 생각입니다. 혹시 카자크 용병을 본 적 있습니까?"

"아니." 비폰드가 대답했다.

케일이 이드리스푸케를 바라보았다. 잠시 후 이드리스푸케가 고개를 저었다.

"아니."

"그럼 이제부터 저들은 카자크 용병입니다. 어차피 아무도 모르잖아요?"

"좀 얄팍한 꼼수인데." 이드리스푸케가 대꾸했다.

"일단은 그러는 수밖에 없어요. 걱정은 나중에 하죠. 지금 문제는 베이그 헨리입니다."

"엄청 고통스럽겠군."

"그렇진 않아요."

"고통은 얼마나 괴로운지 겪어보지 않으면 모르는 법이라고들 하지, 안 그래?"

"아뇨. 당신도 내가 상처 꿰맬 때 쓰는 구급상자를 봤을 겁니다."

"기억나는군."

"그 안에 아편 덩어리가 조금 들어 있습니다."

"그건 금시초문인데."

"굳이 알릴 이유가 없었으니까요."

"리디머들이 그런 것도 즐긴다니 조금 뜻밖인걸." 이드리스푸케가 한마디했다.

"자기 자신에게는 이따금 아주 관대하거든요. 부득이한 상황이

432

아니라면 고통스럽게 죽고 싶은 자는 없습니다. 어쨌든 연옥수 백육십 명이 따라온 상황이라, 소떼가 농가로 돌아올 때까지는 아편에 취한 채로 둬도 됩니다. 녀석의 얼굴에서 화살을 뽑는다고 잡아당기다가 화살대가 빠져버렸어요. 화살촉은 아주 깊이 박혀 있고요."

결국 이드리스푸케는 베이그 헨리를 스패니시 리즈로 데려오라고 케일을 설득했고, 그사이 자신은 의사를 수소문하기로 했다. 농가로 되돌아온 케일은 짐수레 두 대 중 하나에 연옥수들이 먹을 이틀치 식량을 실은 다음, 베이그 헨리를 지키고 있던 연옥수 두 명에게 수레를 20마일 떨어진 숲으로 가져가게 했다. 그러고는 자신을 의사쯤으로 여기는 후크와 함께 거의 혼수상태인 베이그 헨리를 나머지 수레 위에 실어 눕히고 스패니시 리즈로 돌아왔다. 녀석이 이따금 발작하듯 소리치지만 않는다면 무사히 도시 안으로 들어갈 가능성이 컸다. 본래 국경은 조마조마한 곳이지만, 상업 도시인 스패니시 리즈를 부유하게 만든 자들은 고객을 불편하게 해서는 안 된다고 생각했으며, 행정 당국이 모든 사안에 일일이 개입하는 것을 반대했다. 그래서 후크는 베이그 헨리에게 아편 반 토막을 더 먹여 얌전히 있게 하고 담요를 잔뜩 덮어 숨겼다. 덕분에 그들은 별 탈 없이 도시로 들어왔고, 얼마 지나지 않아 베이그 헨리는 비폰드의 침대에 누워 가벼운 혼수상태로 코를 골았다. 그사이 이드리스푸케가 가까스로 뇌물을 주고 불러온 외과의 존 브래드모어는 불안한 표정으로 베이그 헨리를 진찰했다.

그는 이십 분 동안 베이그 헨리의 상태를 살펴보면서 조수에게 뭔가를 받아적게 했다.

"화살촉이 환자의 눈 바로 아래에 박혔습니다." 의사가 베이그 헨리의 목 옆 부분을 만지자 신음이 새어나왔다. "다행인 건 가느다란 보드킨 화살촉* 같다는 점입니다. 길이는 오륙 인치 정도고. 음…… 상처를 통해 밀어서 빼낼 수는 없습니다. 그랬다가는 뇌의 절반이 딸려나올 테니까요." 그는 콧김을 내뿜고 오만상을 지었다. "경정맥과도 가깝습니다. 쉽지 않겠는데요." 의사는 다시 삼사 분 정도 여기저기 만지고 눌러댔다. 가엾은 베이그 헨리가 계속 힘겹게 흘리는 신음 따위는 신경쓰지 않는 눈치였다. 조수에게 몇 가지 메모를 더 적게 한 다음, 의사가 이드리스푸케를 보며 물었다.

"페인터가 뭐라고 하던가요?"

"그게 무슨 말인지……" 이드리스푸케는 즉답을 회피했다.

"당신이 그를 찾아갔다는 거 압니다. 어차피 대답 안 해도 됩니다. 무슨 이야기를 들었을지 이미 아니까요. 상처가 곪아 느슨해질 때까지 십사 일은 내버려두라고 했겠죠. 아닙니까?"

이드리스푸케는 어깨를 으쓱했다.

"일리 있는 말입니다. 상처에 고름이 차면 화살을 빼내기가 한결 수월할 테니까요. 하지만 환자는 죽을 겁니다. 패혈증으로 서서히 죽거나, 화살을 뽑아내다가 약해진 경정맥이 터져 순식간에 죽겠죠." 브래드모어는 한숨을 내쉬었다. "보다시피 몹시 까다로운 문제입니다. 화살촉이 뼈에 박혀 있어요. 어떻게든 화살촉을 꼭 집어야 하는데, 너무 깊은 곳에 단단히 박혀 있죠. 그래서 페인터가 상처가 곪은 뒤에 빼내라고 한 겁니다."

"그럼 어쩌면 좋겠소?"

---

* 길쭉한 마름모 형태의 화살촉.

"하여튼 그 방법은 곤란합니다. 상처 깊숙이까지 소독해야 합니다. 이미 감염이 시작됐거든요. 화살촉을 붙잡을 방법을 강구할 동안 어떻게든 감염을 멈춰야 합니다."

잠시 침묵이 흘렀다. 그때 몰래 안으로 들어와 방 뒤쪽에 숨어 있던 후크가 한마디했다.

"내가 도울 수 있을 것 같은데."

베이그 헨리가 또 나직이 힘겨운 신음소리를 냈다. 고통의 신음이 아니라 거부의 신음이었다. 안타깝게도 부상과 아편 때문에 그의 입에서는 알아들을 수 없는 말만 흘러나왔다.

27

베이그 헨리가 눈곱만치도 신뢰하지 않는 자의 손에 어쩔 수 없이 자기 목숨을 맡긴 동안, 클라이스트 역시 백 명이 채 안 되는 클레프트 전사들과 산속에서 살아남으려고 발버둥치고 있었다.

노인과 여자, 아이들로 이루어진 도주 행렬을 몰살한 리디머들은 곧장 산으로 돌아와 라이던 골짜기에 숨은 클레프트 전사들을 뒤에서 공격했다. 진퇴양난에 빠진 그들은 사망자가 급격히 늘기 시작했다. 이제 리디머들은 서두르지 않았다. 볼트나 화살로 클레프트 전사들을 쏴 죽이고, 중장갑 부대를 보내 불과 몇 분 동안의 기습만으로 엄청난 피해를 입혔다. 앞으로 이틀 안으로 아군 병력을 거의 희생하지 않고 적을 소탕할 수 있었지만, 학살을 자행하고 돌아온 리디머들은 불과 사흘 전에 클레프트 여자들과 아이들에게 한 짓을 밤에 떠들어대는 실수를 저질렀다. 사랑하는 가족을 되찾겠다는 희망이나 자유, 생존에 대한 기대를 품고 싸우는 자에게 절망을 안기는 것은 매우 효과적인 전술이다. 그러나 클레프트 부족이 다른 사람들과 크게 다른 점은 희생에 대한 태도, 정확히 말하자면 자기희생에 대한 태도였다. 이제 리디머들은 상대에게 비열한 조롱을 퍼부음으로써 클레프트 전사들이 끝끝내 매달리던 소중한 희망으로부터 그들을 해방시켜주는 우를 범했다. 절망은 전사로서 그들의 가장 큰 약점을 사라지게 했다. 즉, 살인에 거리낌이 없으면서 그 와중에 자기는 죽지 않으려는 것.

클라이스트도 참담한 심정이긴 마찬가지였지만, 리디머들이 적에게 써먹는 기만전술을 익히 알기에 여전히 아내와 뱃속의 아이가 살아 있을 거라는 희망을 차마 떨치지 못했다. 지금은 클레프트 사내들에게 희망을 줄 때가 아니었다. 살아갈 의미가 완전히 사라졌다고 믿게 하는 것이 유일한 길이었다. 클라이스트는 그들이 적에게 달려들지 못하게 한 다음, 새벽까지 기다렸다가 자신의 방식대로 공격해 가장 큰 대가를 치르게 하자고 설득했다. 그사이 사방을 에워싼 리디머들이 어둠 속에서 퍼붓는 조롱과 야유는 마치 명예롭게 죽으려는 자들을 위한 숭고한 연설과도 같았다. 클레프트 전사들은 적에게 가장 끔찍한 악몽을 선사하고 죽겠다는 각오를 다지고 또 다졌다. 클라이스트는 클레프트인들이 패배했다는 걸 알고 있었지만, 그는 지금껏 최선을 다했고 그들과 더불어 죽을 마음은 없었다. 그로서는 할 만큼 했다. 오로지 이번 공격을 이용해 혼자 빠져나가 아내가 정말로 죽었는지 확인할 생각뿐이었다. 이런 외진 산속에서 생을 마감할 수는 없었다.

클라이스트는 생존자 아흔 명가량을 모아놓고 자갈이 많은 흙 위에 지도를 그렸다. 현재 상황은 간단했다. 그들은 폭이 100야드 정도이고 양쪽에 절벽이 솟은 산길에 갇힌 신세였으며, 남은 리디 머들은 전방과 후방에 동일한 병력으로 나뉘어 있었다.

"평원에서 올라온 리디머들을 공격합시다. 우리가 원하는 건 그 놈들이잖아요. 그렇죠?"

주위에서 모두 고개를 주억거렸다.

"우리 병력을 두 개의 쐐기 대형으로 나누고 이 지점을 양쪽에서 공격해 돌파한 다음 적의 뒤에서 다시 합류하는 겁니다. 물론 그래 도 성공할 가능성은 거의 없지만, 적의 허를 찌르면 더 많이 죽일 수는 있겠죠. 우리가 다시 모일 수 있다면, 모든 리디머들을 전방 에 두는 셈입니다. 그렇게만 되면 저들에게 훨씬 버거운 상황이 벌 어질 테고요." 설명하는 동안에도 한숨이 나올 정도로 십중팔구 가 망 없는 작전이었지만, 이제 죽음도 불사하는 클레프트 전사들의 속도로 기습하는 것이라면 클라이스트 혼자 달아날 여지가 생길 수도 있었다. 그는 이 부족에게 많은 빚을 졌지만 목숨까지 빚지지 는 않았다. 그리고 클레프트 사람들 역시 클라이스트에 대해 같은 생각을 했을 테고, 이런 일로 괴로워하지도 않았을 터였다.

클라이스트는 속으로 중얼거렸다.

'이게 내가 할 수 있는 최선이야.' 클라이스트는 속으로 중얼거 렸다. '메아 쿨파. 메아 쿨파. 메아 막시마 쿨파(내 탓이오. 내 탓이 오. 나의 큰 탓이로소이다). 난 이들을 구할 수 없지만 나 자신은 구할 수 있어. 그것만 생각하자.'

다시 작전을 설명하는 동안 마음이 약해졌지만, 살아남아야 한 다고 외치는 나직하고 고집스러운 영혼의 목소리를 거부할 수는 없었다.

설명을 마친 클라이스트는 병력을 둘로 나누고 가족 관계상 몇 명의 자리를 바꾼 다음, 자신은 전투력이 나아 보이는 우익 부대에 들어갔다.

고함을 지르거나 어떤 식으로든 소리를 내서 공격 신호를 내리면 기습 효과가 떨어지기 때문에, 두 부대 사이에 밧줄을 길게 늘어뜨렸다. 습격하기에 적당할 만큼 날이 어슴푸레 밝으면 밧줄을 힘껏 당길 생각이었다. 하지만 양심의 손가락질을 완전히 무시할 수 없어서, 그는 리디머들 뒤에 깃발을 꽂아놓을 테니 다들 거기서 모이라고 했다. 그 말을 하자마자 괜한 약속을 했구나 싶어 후회했지만, 덕분에 다른 사람들보다 앞서 나갈 좋은 핑곗거리가 생긴 셈이었다. 일단 깃대만 꽂아놓으면 그다음은 알 바 아니었다.

리디머들이 무방비 상대이길 기대하는 것은 무리였지만, 이번만은 죽음도 불사하고 복수할 생각인 클레프트 전사들에게는 이상적인 상황이었다. 그들은 민첩했고 이곳은 그들의 땅이었다. 미명의 흐릿한 어둠 속에서는 뭐가 보이고 뭐가 안 보일지 판단하기 어려웠다. 클레프트 전사들은 리디머 보초들이 경고의 함성을 지르기도 전에 그들을 제압했다. 이 과정에서 클레프트 전사 한두 명도 죽었지만, 나머지 공격자들은 클라이스트가 시킨 대로 조용히 적 진영으로 돌진했다. 리디머 진영은 이미 술렁이고 있었지만 아직 상황 파악이 안 된 상태였다. 대나무 장대 깃발을 손에 쥐고 이미 앞서나간 클라이스트는 진지를 가로지르면서 마치 당황한 리디머 병사가 달아나는 것처럼 고함을 질러댔다. "후퇴! 후퇴!" 그때 백부장 한 명이 옆으로 지나가는 클라이스트의 팔을 붙잡고 소리쳤다. "입 다물어!" 그는 클라이스트가 겁에 질린 젊은 리디머가 아닐 줄은 꿈에도 몰랐다. 클라이스트는 상대의 손을 뿌리치고 죽어라 달렸다. 진지를 벗어나기 직전에 또다른 리디머가 클라이스트를 가로막고 넘어뜨렸다.

"너 뭐하는 놈……"

하지만 클라이스트는 그의 말이 채 끝나기도 전에 일어나 단숨에 나이프를 적의 가슴에 꽂고 깃발을 집어든 다음, 리디머들이 뒤를 방어하려고 쌓아놓은 돌담을 넘어갔다. 놈들은 이 돌담이 클레프트 전사들에게 더없이 좋은 방책으로 쓰일 줄은 상상도 못했을 터였다. 클라이스트는 커다란 빨간색 실크 깃발을 풀고 진지를 돌파한 자들이 쉽게 발견할 수 있도록 깃대를 바위틈에 꽂았다. 그러고는 산양처럼 빠르고 민첩하게 산을 오르면서 한 번도 뒤돌아보지 않았다.

클라이스트는 하루 만에 산을 벗어났다. 그리고 다음날, 리디머들이 세운 교수대 열 개와 잿더미, 그 밑에 남은 메마른 유골들 앞에 섰다. 한동안 그는 멍하니 서 있다가 꿇어앉아 두 손으로 머리를 감싸쥐고 울었다. 그렇게 하루가 더 지났을 때, 산악 전투에서 살아남은 클레프트 전사 스물한 명이 서너 명씩 무리지어 걸어와 클라이스트 옆에 앉았다. 만약 그가 클레프트 사람들을 좀더 이해했다면, 그들 중 어느 누구도 클라이스트가 여기 남아 있을 줄 상상도 못했다는 것을 깨달았을 것이다.

보나마나 리디머 군대가 쫓아올 터이기에, 여자들과 아이들을 묻어줄 시간은 없었다. 훗날 돌아오리라 다짐하고 떠난 클라이스트 일행은 최대한 멀리 계속 걸어갔다.

28

　대개 의료인들은 자신의 치료법을 도둑맞을까 서로 의심하는 반면 후크와 브래드모어는 형제처럼 죽이 잘 맞았다. 필시 둘이 가진 기술의 경계선이 아주 명확하기 때문이었다. 분명한 것은 상처를 정확하게 벌려놓아야 후크의 아이디어를 실행할 수 있다는 점이었다. 후크는 화살대만큼 가늘고 끄트머리가 바깥으로 휘어진 집게를 만들 생각이었다. 그 집게를 상처 속으로 밀어넣고 금속 화살촉의 화살대 구멍에 꽂으려는 것이었다. 그런 다음 스크루를 이용해 집게의 두 발을 화살대 구멍 안에서 천천히 벌려 화살촉을 단단히 붙들면, 들어갔던 길로 화살촉을 뽑아낼 수 있었다. 후크가 이 작고 정교한 기구를 만들러 주물 공장에 간 사이, 브래드모어는 기구를 삽입할 수 있도록 상처를 벌리는 작업을 시작했다. 우선 딱총나무로 역시나 화살대 두께의 가느다란 침을 여러 개 만들고, 감염을 막기 위해 장미 꿀에 적신 리넨 천으로 감싸 놓았다. 처음에는 가장 짧은 침을 베이그 헨리의 상처 속에 꽂아보았고, 상처 끝까지 깨끗한 통로가 만들어졌다는 확신이 들 때까지 점점 더 긴 침들을 차례차례 삽입했다. 사흘이나 걸린 이 지독히 고통스러운 작업이 끝날 무렵, 수많은 시도와 실수를 되풀이한 끝에 마침내 완성한 기구를 든 후크가 자신만만하게 나타났다. 베이그 헨리의 얼굴로 다가간 그는 애초에 화살이 꽂힌 각도로 기구를 쳐든 다음, 상처 한가운데 기구 끝을 대고 6인치만큼 밀어넣어 화살촉 구멍 안에 집게 끝이 들어가게 했다. 그리고 집게가 자리잡을 정확한 위치를 찾으려고 앞뒤로 여러 번 움직였다. 이윽고 후크는 기구 꼭대기에 달린 스크루를 돌려 집게의 두 발을 벌리고 화살촉을 꽉 붙들어 밖으로 뽑아낼 준비를 했다.

화살촉에 단단히 고정된 기구를 다시 앞뒤로 움직인 다음 조금씩 잡아당기자, 마침내 베이그 헨리의 얼굴에 박혀 있던 기분 나쁜 쇳조각이 빠져나왔다. 가련한 소년이 얼마나 큰 고통을 감내했는지는 이제껏 그런 수술의 고통을 누그러뜨려줄 아편은 세상에 없었다는 말로 충분할 것이다.

베이그 헨리의 시련은 아직 끝난 것이 아니었다. 이런 상처는 감염의 위험이 컸다. 브래드모어는 감염 치료의 달인이었다. 일단 화살촉을 빼낸 후—접시에 내려놓고 보니 상당히 컸다—브래드모어는 주사기에 백포도주를 채우고 상처 속으로 주입했다. 그런 다음 고운 빵가루와 테레빈유, 꿀을 섞은 액체를 개어 적신 아마 섬유로 만든 새로운 침을 상처에 꽂았다. 이 상태로 하루가 지나면 기존의 침 대신 더 짧은 침을 넣고, 그 과정을 다시 이십 일 동안 되풀이했다. 그후에는 '웅궤툼 푸스쿰'이라는 칙칙한 색깔의 연고를 발랐는데, 그 제조법은 브래드모어의 일급비밀이었다. 마침내 치료가 끝나자, 베이그 헨리를 겁주던 지옥 같은 공포는 더이상 얼씬대지 않았다.

케일이 베이그 헨리에게 먹이는 아편의 엄청난 양에 기겁한 브래드모어는 환자를 죽일 생각이냐며 아편을 내놓으라고 했다. 특히 아편 과다 복용으로 생긴 지독한 변비 때문에 몸이 터질지도 몰랐다. 케일은 시간만 나면 친구 곁에 앉아 있었다. 베이그 헨리는 종종 너무 아파서 말도 제대로 못했고, 브래드모어가 아편을 훨씬 더 적게 처방해주는데도 이따금 환각에 시달렸다. 브래드모어는 케일에게 과거 멤피스의 시장만큼이나 유명한 이곳 시장에 가서 온갖 종류의 음식을 사오라고 했는데, 대부분 케일이 들어본 적도 없고 엄청나게 비싼 것들이었다.

"자네가 친구를 저 꼴로 만들었으니 해결해야지."

문제는 아무도 돈이 없다는 점이었다. 브래드모어에게 줘야 할 수고비 문제는 지금껏 요령껏 회피했다. 브래드모어는 부유하기로 소문난 마테라치 일가가 상당한 재물을 가지고 탈출했으리라 짐작했다. 하지만 실은 그렇지 못했으며—케일은 잘 알고 있었다—그나마 가진 돈도 일개 소년의 어마어마한 치료비로 허비할 수는 없었다. 그들 앞가림하기도 버거운 형편이었다. 비폰드는 베이그 헨리를 치료해주면 돈은 얼마든지 줄 것처럼 굴었지만, 정작 치료비 지불은 케일의 몫이었다. 케일에게 남은 마지막 수단은 샤르트르의 접견실에 있던 성모상의 왕관에서 훔쳐온 작은 루비를 파는 것이었다. 그는 그것이 진짜 루비이기를, 적어도 값나가는 물건이길 바랐다.

　재정적인 문제는 그게 다가 아니었다. 케일에게는 목숨값을 지불해야 할 베이그 헨리뿐만 아니라 연옥수들도 있었다. 놈들이 그냥 사라져주면 좋겠다는 생각도 했지만, 그럴 일은 없을 터였다. 연옥수들이 케일을 믿고 따를뿐더러, 노련한 전사 백육십 명을 거느리면 향후 그에게 큰 힘이 되어줄 것이었다. 하지만 그들을 유지하려면 돈이 필요했고, 남들 눈에 띄지 않게 해야 했다. 만약 마테라치 일가 중 누구에게라도 정체가 발각되면 골치 아픈 일이 생길 것이 뻔했다.

　브래드모어가 화살촉을 뽑아내고 하루가 지났을 때, 결국 케일은 베이그 헨리의 끔찍한 변비를 치료해줄 음식을 사러 나갔다. 루비를 팔 수 있을지도 알아볼 생각이었다. 수많은 상점 사이로 걸으며 장사치들이 쏟아내는 알아듣지 못할 고함소리('봄포스! 봄포스! 봄포스! 투프라돌루! 칠리윌리스 루빌라나스칼레타! 버섯 떨이! 완전 싸다! 얄미운 놈한테 요리해줘도 될 만큼!')를 듣던 케일은 당근과 파스닙과 콜리플라워를 사람 얼굴 모양으로 절묘하게 늘어놓은 상점 맞은편에 다닥다닥 붙은 세 가게에 눈길이 쏠렸다. 가게 안에는 여자들이 한 명씩 탁자에 앉아서 바느질을 하고 있었다. 케일은 처음 두 여자를 몇 분 지켜보았지만, 셋 중 마지막 여자에게서는 눈을 떼지 못했다. 나머지 두 여자보다 훨씬 어려서이기도 했지만, 작업하는 속도가 놀라울 정도로 빨랐다. 케일은 한동안 그녀를 물끄러미 지켜보았는데, 속도뿐만 아니라 재킷에 깃을 다른 마술 같은 솜씨에도 매료되었다. 케일은 숙련된 기술자가 일하는 모습을 지켜보는 걸 좋아했다. 아가씨가 케일을 두 번 쳐다보더니―창문에 유리가 없었다―마침내 입을 열었다.

"옷 사시게요?"

"아뇨."

"그럼 꺼져요."

요즘 케일은 가게 안의 아가씨라 해도 상대가 마지막 말을 하는 것을 용납하지 않았지만, 피곤하고 기운이 없어서 참았다. 할 일이 있어 왔으니 괜한 말썽은 피우지 말아야 했다. 케일이 떠나자 아가씨는 고개도 들지 않고 일에 몰두했다. 십 분 뒤 그는 월보 가든스에 도착했는데, 평소 같으면 오 분밖에 안 걸렸을 거리였다. 스패니시 리즈의 여느 상업지구와 달리 그 상점가에는 스무 곳가량의 보석상을 노린 범죄를 막기 위해 화려한 제복 차림의 경비병 여섯 명이 배치되어 있었다. 이제 그곳은 멤피스를 대신하여 전 세계 귀금속 거래의 중심지가 되었다.

첫번째 보석상은 케일의 루비가 준보석에 불과하니 50달러쯤 쳐주겠다고 했다. 그 말을 듣고 케일은 기뻤다. 보석상이 거짓말을 하는 게 틀림없으니 십중팔구 훨씬 더 값나갈 것이기 때문이었다. 루비를 돌려달라고 하자 보석상이 값을 더 쳐주겠다고 했지만, 케일은 그냥 가는 게 낫다고 판단했다. 다음 보석상은 보석이 아니라 유리라고 주장했다. 그다음 보석상도 준보석일 뿐이라며 150달러를 주겠다고 했다.

값나가는 물건은 틀림없는데 얼마나 받아야 할지 막막했다. 살짝 맥이 빠진 케일은 마지막으로 카르카테라 귀금속점에 들어갔다. 계산대에 있는 남자는 삼십대 중반이었는데, 케일은 그가 동그랗고 챙이 없는 납작한 모자를 쓰고 있는 것으로 보아 유대인일 거라고 짐작했다. 지금껏 그가 만난 사람들 중에 그런 모자를 쓴 사람은 유대인뿐이었다.

"어떻게 오셨소?" 남자가 다소 조심스럽게 물었다. 케일은 루비인지 무엇인지 정확히 모를 보석을 계산대 위에 내려놓았다. 남자는 호기심 어린 표정으로 보석을 집어 양초 위로 가져가더니, 전문가답게 보석을 통해 빛이 굴절되는 모습을 아주 진지하게 조용히 살펴보았다. 잠시 후 그가 케일을 바라보았다.

"안색이 좋지 않군요, 젊은이. 좀 앉지그래요?"

"값이 얼마인지만 말해주면 됩니다. 이미 알고는 있지만, 당신이 그걸 훔치려 들지 어떨지 궁금해서 말이죠."

"훔치는 건 일도 아니에요. 고객이 서 있건 앉아 있건 말이죠."

마침 케일은 조금 피곤한 정도가 아니라 녹초 상태였다. 눈 주위가 거무스레한 것이, 멤피스 동물원에 있던 투구뿔닭의 눈과도 같았다. 뒤에 놓인 벤치에 앉으려 하자 두 다리가 후들거렸다.

"차 한잔하겠어요?"

"그 물건 가격이나 알려줘요."

"가격도 알려주고 차도 줄 수 있어요."

케일은 몸 상태가 너무 엉망이라 뻐딱하게 굴 기운도 없었다.

"고맙습니다."

보석상이 소리쳤다.

"데이비드! 차 한 잔 가져다주게나. 홍차로 부탁하네."

알았다고 외치는 소리가 들리자, 보석상은 다시 보석을 살펴보기 시작했다. 이윽고 데이비드로 짐작되는 남자가 찻잔을 받침접시에 올려 가져오더니, 보석상의 손짓을 보고 케일에게로 갔다. 차를 받아든 케일이 늙은이처럼 손을 떠는 바람에 찻잔과 받침접시가 달그락거리는 소리가 세 사람 모두에게 들렸다. 데이비드는 어리둥절한 표정으로 돌아갔다.

"젊은이, 이게 뭔지 알아요?" 보석상이 케일에게 물었다.

"아주 값비싼 물건이란 건 압니다."

"팔 수 있다면야 그럴지도 모르죠. 이건 '붉은 녹주석'이라고 불리는 일종의 보석이에요. 베스키디산에서 나죠. 내가 이걸 아는 건 보석 전문가라서가 아니라 그곳이 유일한 생산지이기 때문이에요. 그렇죠?"

"난 잘 모릅니다."

"사실이에요. 그리고 매우 흥미로운 점은, 까마득히 오래전부터 목 매달린 리디머의 하나의 참된 믿음을 따르는 자들이 베스키디산을 다스려왔다는 거죠. 알고 있었나요?"

"솔직히 말하자면 몰랐습니다."

"따라서 이 보석은 아주 오래된 물건이거나―나도 평생 두 개밖에 못 봤으니까요―내가 알기로 이 특별한 보석이 유일하게 남아 있는 목 매달린 리디머의 성모상에서 뜯어낸 것이 틀림없죠."

"그렇겠군요."

케일은 너무 지쳐 거짓말을 지어낼 기운이 없었고, 이 남자의 지식과 기술에 내심 감탄했다.

"미안하지만 훔친 종교 공예품은 취급할 수 없습니다."

케일은 차를 다 마시고 여전히 달그락거리는 찻잔과 받침접시를 옆 벤치에 내려놓았다.

"혹시 아는 사람 중에 매입해줄 분은 없습니까?"

"난 장물아비가 아닙니다, 젊은이."

"미안합니다."

이제는 형언하기 어려운 피로감에 어지러울 지경이었다. 벤치에서 일어난 케일은 보석상에게 걸어가 보석을 돌려받았다.

"훔친 물건 아닙니다." 그는 잠시 사이를 두고 덧붙였다. "그래요, 내가 훔쳤습니다. 하지만 이 붉은 녹주석만큼 좋은 장물은 지금껏 없었을 겁니다."

문을 열고 나가는 케일에게 보석상이 소리쳤다.

"600달러 밑으로는 팔지 말아요!"

문을 닫고 다시 거리로 나온 케일은 자기 방까지 걸어갈 기운이 남아 있는지 걱정스러웠다.

그때 명랑한 목소리가 들렸다.

"너 케일이지?"

케일은 상대를 무시하고 고개도 들지 않은 채 계속 걸어갔다.

하지만 험상궂게 생긴 남자 둘이 앞을 가로막자 걸음을 멈출 수밖에 없었다. 상태가 좋을 때라면 그런 자들과 맞닥뜨리지 않게 조심했겠지만, 지금은 썩 그렇지가 못했다.

명랑한 목소리가 또 들렸다.

"우리 말고도 세 명이 더 있단다."

케일은 그 남자를 바라보았다.

"실버리힐에서 만난 자군."

캐드버리가 빙그레 웃었다.

"기억해주다니 황공한걸."

"그때 안 죽었어?"

"나? 잠깐 들렀던 것뿐이야. 이드리스푸케는?"

"아직 살아 있어."

"착한 놈들만 일찍 죽는다더니 사실이군."

"그럼 당신 주인은? 뱀장어 해리였던가?"

"그걸 물어봐주다니, 정말 놀라운 우연의 일치군. 암토끼 키티 님이 너랑 얘기하고 싶어하신다."

"내 집사한테 말해. 약속 시간을 잡아줄 거야."

"버릇없는 말장난은 그만해라, 꼬마야. 우리 주인님은 기다리는 걸 좋아하시지 않아. 더구나 넌 좀 앉아서 쉬어야 할 것 같은데. 마지막으로 만났을 때보다 많이 삭았구나. 암토끼 키티 님이 널 해칠 마음이 있었다면, 우린 지금 이렇게 얘기하고 있지 못할 거야."

캐드버리가 손짓으로 길을 가리키자, 케일은 최대한 자연스럽게 걸어갔다.

다행히 멀리 가지는 않아도 되었다. 길모퉁이를 몇 번 돌아 운하 지구의 부촌으로 들어서자, 햇빛과 함께 행인들의 부러움이 쏟아져들어오도록 거대한 창문을 활짝 열어놓은 화려한 집들이 보였다. 가장 호화로운 저택 중 한 곳에 멈춰 서자, 기다렸다는 듯 문이 열리면서 케일 일행을 재빨리 안으로 들였다. 캐드버리의 안내를 따라 집안으로 더 들어간 케일은 우아한 정원이 내려다보이는 크고 시원한 방으로 들어섰다. 창밖으로는 회양목들이 미로처럼 늘어서 있고, 수직과 수평으로 배치해놓은 밧줄에 고정되어 벽을 타고 자라나는 과일나무들이 정연하고 반복적인 형태를 만들어내는 우아한 정원이 내다보였다.

"쓰러지기 전에 앉아라." 캐드버리가 의자 하나를 끌어다주며 말했다.

"주방에서 양파 요리라도 만들고 있어?" 케일이 물었다.

"아니."

이윽고 문이 열리더니 하인 한 명이 들어와 양초 여러 개를 켰다. 그러고는 끙끙대며 커튼을 닫았는데, 워낙 두껍고 높은 것이 가정용 커튼이 아니라 무대에 사용하는 막 같았다. 잠시 후 다시 문이 열리고 암토끼 키티가 안으로 스르르 들어왔다. 흡사 그림자가 들어오는 것 같았다. 후드를 어찌나 깊이 눌러 썼는지 흐릿한 빛 속에 얼굴은 거의 가려져 있었고, 마치 작은 사내아이가 너무 큰 잠옷을 입은 듯 온몸이 가운에 덮여 있었다. 하지만 사제 같은 분위기는 전혀 아니었다. 냄새도 달랐다. 리디머들은 좀처럼 씻질 않아 체취가 몹시 퀴퀴했다. 암토끼 키티는 아주 불쾌하지는 않은 냄새를 풍겼는데, 그냥 묘한 게 아니라 기묘하게 묘한 냄새였다. 캐드버리는 암토끼 키티가 앉을 의자를 잡고 있으면서 줄곧 케일이 그 기분 나쁜 존재에게 어떻게 반응하는지 유심히 지켜보았다. 아무도 말하지 않았고 아무도 움직이지 않았다. 보통 사람과는 다른 리듬으로 흘러나오는 키티의 숨소리만 흡사 개가 헐떡이는 소리처럼 들릴 뿐이었다.

"당신이 나를 보자고……"

케일의 말이 끝나기도 전에 암토끼 키티가 한마디했다.

"잘 볼 수 있게 밝은 곳으로 오거라."

얼굴을 가린 채 어둑한 곳에서 귀신처럼 등장한 그를 보고 케일은 이 기분 나쁜 분위기에 어울리는 목소리를 기대했다. 죽음의 기운이 서린 음침하고 험악한 목소리. 하지만 뜻밖에도 나직하고 혀

짧은 음성이었다. 여자가 아닌데도 여성적인 촉촉한 말투를 들으니 땀에 젖은 팔뚝의 털이 쭈뼛 설 지경이었다. 키티가 재촉했다.

"내가 부탁한 대로 해다오."

케일은 지친 몸을 끌고 힘겹게 앞으로 조금 나아갔다. 너무 쇠약해진 듯해 조심했지만, 그 덕에 어쩐지 자유로워진 느낌도 들었다. 지금은 무모한 짓을 할 만한 상태가 아니었다. 문으로 달려가는 건 고사하고 걸어가기도 어려운 지경이었다. 이 상태라면 새끼 고양이와 싸워도 이기지 못할 터였다.

"그래." 키티가 입을 열었다. "신의 분노가 이렇게 생겼군. 독창적이야. 안 그런가, 캐드버리?"

"맞습니다, 주인님."

"하지만 좀더 생각해보면, 아이를 전능하신 존재의 분노의 화신으로 삼은 건 일리가 있지. 순진한 아이가 겪게 될 수많은 시련을 상상해봐. 너 몸이 안 좋아 보이는구나."

"그냥 감기입니다."

"음, 우리한테는 옮기지 마라. 안 그런가, 캐드버리?"

우스갯소리였을 수도 있지만, 케일로서는 알 도리가 없었다.

"너에 대한 소문이 무성하더구나. 그중 절반쯤은 사실이냐?"

"더 많습니다."

"자만심이 강한 젊은이군, 캐드버리. 신의 화신다워."

"원하는 게 뭡니까?"

처음에는 별로 거슬리지 않던 기묘하고 달콤한 냄새가 점점 불쾌하게 느껴지자, 케일은 기분이 한층 더 나빠지기 시작했다.

"네가 가진 정보."

"무슨 정보 말입니까?"

"물론 아주 많은 정보를 원하지만, 네 친구들의 소식을 돈으로 사려는 모욕적인 짓은 하지 않겠다. 요즘 비폰드와 그의 이복동생이 무슨 짓을 하고 다니는지도 궁금하긴 하지만, 나는 그보다 더 중요한 정보를 원한다. 아마 너도 그 정보를 기꺼이 나눠줄 거다."

"어떤 정보 말이죠?"

"리디머들과 보스코에 대한 정보. 현재는 그가 교황인데……"

지금처럼 두려운 상황만 아니었다면 케일은 놀란 티를 내지 않았을 것이다.

"몰랐나보구나."

키티는 재미있어하는 기색이 역력했다.

"기회가 왔을 때 급히 달아났으니까요. 보다시피 나는 당신의 기대와 달리 별 도움이 안 될 겁니다."

"전혀 그렇지 않다. 소식이야 얼마든지 쉽게 접할 수 있다. 하지만 정보는 다르지. 너는 보스코와 그냥 가까운 사이가 아니었으니, 너에 대한 그의 계획과 이제 그 자신이 주춧돌이 된 리디머 신앙에 대한 계획을 내게 말해줄 수 있을 거다. 내게는 그 정보가 중요해. 아마 곧 전쟁이 벌어지겠지만, 전에 없던 새로운 전쟁이 될 것이다. 따라서 나는 그게 어떤 전쟁일지 알아야만 해." 키티는 의자에 등을 기대고 말을 이었다. "네게는 금전적인 보상이 따르겠지만, 네가 나를 통해 아직 너에게 썩 호의적이지 않은 세상을 쥐락펴락하게 될 거라는 점도 간과하지 마라. 루비보다는 권력이 더 소중한 법. 너의 연옥수들도 곧 존재의 명분이 생길 거다."

그가 일어서자 캐드버리가 재빨리 의자를 치웠다.

"며칠 뒤에 네 몸이 좋아지면 더 자세히 이야기하자꾸나. 캐드버리가 차를 가져다줄 것이다. 박하 차를 마시면 기운이 날 거야."

말을 마친 키티가 문으로 걸어가자, 놀랍도록 귀가 밝은 자가 밖에 있었는지 기다렸다는 듯 문을 열어주었고, 곧이어 암토끼 키티는 사라졌다. 아까 본 하인이 안으로 들어와 커튼을 젖히고 창문을 열어 환기를 시켰다. 냄새 때문에 구역질이 날 지경이었던 케일로서는 아주 다행스러웠다. 캐드버리가 차를 내오라고 지시하자, 케일은 창가로 걸어가 상쾌한 공기를 들이마셨다. 마치 십 분 동안 더러운 연못 바닥에 처박혀 있다 나온 것 같았다.

"뭘 기대했더냐?" 캐드버리가 물었다.

케일은 대답하지 않았다. 캐드버리는 상표에 큼지막한 글자로 '놀테 부인의 성유'라고 적힌 작은 병을 건넸다.

"다음에 올 때는 그걸 코에 대고 있으면 도움이 될 거야. 콧구멍에 자국만 남기지 마. 키티 님이 언짢아하실 테니까."

얼마 후 자기 방으로 돌아와 박하 차 대신 홍차와 크림 케이크 두 조각을 먹고 기운을 차린 케일은 금세 곯아떨어져 열네 시간 동안 잠을 잤다. 평소 예닐곱 시간만 자던 그였다. 잠에서 깨어보니, 누가 문 밑으로 밀어넣은 커다란 편지봉투가 눈에 띄었다. 스패니시 리즈성 대연회장에서 열릴 만찬의 초대장이었다. 연달아 세번째 읽고 있을 때 문에서 노크소리가 들렸다.

"나다, 이드리스푸케."

케일은 초대장을 한 손에 쥐고 문을 열어주었다. 워낙 크고 화려하게 장식한 초대장이라 눈에 띄지 않을 수가 없었고, 어차피 이드리스푸케는 사소한 것도 놓치는 법이 없었다.

"봐도 되지?"

이드리스푸케가 케일의 손에서 초대장을 잡아당기며 물었다.

"물론이죠."

케일은 이 대대적인 만찬의 목적과 자신이 초대받은 까닭이 궁금했지만, 뭐든 알아내려고 이드리스푸케에게 질문하기도 전에 단호한 충고를 들어야 했다.

"가면 안 돼."

"어째서요?"

"함정이야."

"만찬이라는데요."

"다른 사람들에게는 그렇지. 너한테는 함정이야."

"자세히 말해보세요."

"이건 보스 이카르드가 보낸 초대장이야."

"발신자가 시장이군요."

"그자는 말썽이 일어나길 원해. 그래야 스위스에서 두번째로 큰 도시에 눌러앉은 몰락한 제국의 잔당이 잃어버린 재산을 되찾고자 전쟁을 도모하는 마당에 그들을 방치하는 것이 얼마나 위험한지 국왕에게 보여줄 수 있거든."

"아주 틀린 말은 아니네요."

"그자 입장에서는 그렇지."

"그게 나랑 무슨 상관입니까?"

"네 명성이 너를 앞서가거든."

"무슨 뜻이죠?"

"네가 어딜 가든 재앙이 애완견처럼 졸졸 따라다닌다는 소문 말이다."

대꾸를 못해 당황하는 법이 거의 없는 케일도 그 말에는 흠칫 놀랐다.

"너와 마테라치 사람들 사이에 싸움이 일어나길 바라는 이카르드는 아주 멋진 빌미를 준비해놓았을 거다. 십중팔구 너는 아르벨과 그녀의 남편 맞은편에 앉게 될 거야."

이번에는 전혀 다른 종류의 침묵이 흘렀다.

"비폰드가 이 일을 알고 있습니까?"

"비폰드가 나를 보냈다."

"결국 시키는 대로 하란 뜻이군요."

"네가 시키는 대로 하는 적이 있냐? 요즘은 다들 너를 신으로 생각해. 성질 못된 불한당 싸움꾼이 아니라."

"나는 신이 아니라 신의 분노입니다. 이미 말했잖아요."

"비폰드는 네가 잘못되길 바라는 자가 좋아할 짓을 하지 말라고 경고하는 거란다. 이성적으로 굴라고 말이야." 그는 잠시 사이를 두고 덧붙였다. "부탁한다."

케일은 화려한 연회에 참석할 생각에 들떠 있었지만 이드리스 푸케의 말이 옳다고 생각했다. 하지만 스패니시 리즈의 가장 높은 탑에서 몸을 던지면 추락을 피할 수 없듯, 결국 욕망을 떨칠 수 없었다.

29

샤르트르의 심장부에 자리잡은 성당 안에서는 거대한 뭉게구름 같은 향 연기가 피어오르고 청아한 소프라노와 낭랑한 베이스의 노랫소리가 울려퍼지는 가운데, '하나의 참된 믿음'을 떠받치는 주님의 대리인인 새로운 교황 보스코 16세의 즉위식이 거행되고 있었다. 금색, 녹색, 주황색, 노란색, 파란색의 화려한 제의들이 줄줄이 늘어서 있는 모습은 마치 거룩한 무지개처럼 보였다. 물론 참석을 허락받은 수녀 스무 명은 모두 검은 옷차림에 얼굴 둘레만 살짝 하얀색이었다. 하지만 얼마나 황홀한 표정인가! 불결한 손을 내뻗지 못하도록 양손이 등뒤로 묶인 채 교황 성하를 우러러보는 그들의 얼굴에는 환희의 미소가 번져 있었다. 그들의 태도가 어찌나 열렬하던지, 영적으로 중요한 나이인 열한 살에 성체성사 도중 황홀경에 사로잡혀 죽은 복녀福女 이멜다 람베르티니처럼 또다시 거룩한 죽음이 일어날 것만 같았다.

물론 주교와 추기경, 교황 대사 등등 고위 성직자들을 비롯해 수많은 공직자와 장관들도 굉장히 들떠 있었다. 대부분 새로 임명된 자들로, 그들의 전임자들은 화형장으로 끌려갔거나 사막의 비밀 감옥과 구덩이로 보내졌으며, 더러는 여우 밥으로 전락했다. 이날의 의식은 그들의 교황이 세상 종말과 위대한 재생을 가능케 할 권력을 손에 넣는 자리였다.

　크고 높다란 계단을 올라가는 동안 신임 교황 보스코는 한 발 한 발 내디딜 때마다 멈춰 서서 순종의 의미로 넙죽 엎드려야 했는데, 그렇게 극기의 삼십 분을 견디고야 가까스로 꼭대기에 다다라 시스티나 성당의 거대한 공간 위로 튀어나온 연단에 섰다. 새로운 삶과 새로운 목적에 대한 설파를 듣고자 기다리는 흥분한 회중을 향해 그가 뛰어내릴 것만 같은 광경이었다. 다들 무슨 이야기가 나올지 잘 알고 있었다. 새로운 믿음에 대해 오래전부터 들어왔기 때문이다. 신께서 또다시 인내심을 잃으셨고, 저 옛날 폭우와 홍수로 인류가 희생되었던 곳에 이제는 신의 분노가 육화한 소년에 의해 불과 칼이 휘몰아칠 것임을 그들은 알고 있었다. 그리고 이번에는 방주라는 일시적인 구원도 없을 터였다. 맨 먼저 안타고니스트 무리, 그다음은 나머지 인간들, 마지막으로 리디머 신앙 그 자체도 소멸할 것이었다. 이 모든 예언을 경청한 청중은 주님께서 자신의 가장 타락한 피조물을 파멸시킬 순간을 기대하며 기쁨을 감추지 못했다.

　새로운 교황이 입을 열었다.

　"변화의 바람이 우리의 세상을 휩쓸고 있다. 이제 때가 되었으니, 무엇도 세상의 종말을 막을 수 없다. 따라서 우리는 여성 문제를 짚고 넘어가야 한다."

사제들과 수사들은 놀라서 심장이 벌렁거렸다. 여성 문제라니? 그리고 당연히 훨씬 더 큰 두려움에 사로잡힌 수녀들도 같은 생각을 했다. 무슨 여성 문제?

리디머가 여성을 호의적으로 이야기할 때는 언제나 살짝 아첨하는 투였는데, 그런 일은 일반 신도가 예상하는 것보다 더 자주 있었다. 지금 잔뜩 긴장한 수녀들은 아첨의 기름을 뒤집어쓰게 될 처지였다. 아첨을 하려면 제대로 해야 하는 법.

"격려하되 간섭하지 않는 여자에게 축복 있으라. 그들이 보여주는 순종의 힘을 어찌 존경하지 않을 수 있으며, 주님께서, 그리고 그분을 닮은 남성이 여성에게 요구하는 복종의 정신을 끈질기게 고수하는 그들을 어찌 흠모하지 않겠는가? 고생하는 남자와 사제들을 지칠 줄 모르는 내조로 돕고 보완해주는 여자들을 특히 우리 리디머들은 각별히 존경한다. 하지만 지금은 저 위대한 아베스 쿤이 여성의 참된 해방이자 올바른 상태라고 지적한 처녀성이 가장 필요한 시기이다. 다가올 우리의 삶을 예상하건대, 앞으로 리디머 신도들은 더이상 결혼을 요구하거나 혼인에 응해서는 안 된다. 오늘 이후로 남녀 공히 모두 동정을 지켜야 한다. 나는 짐승의 교미와 다를 바 없는 부부의 의무를 이행하지 않아도 되는 날들을 정해놓았다.

매주 목요일은 목 매달린 리디머의 투옥을 기려야 한다(일 년에 오십이 일).

매주 금요일은 목 매달린 리디머의 죽음을 기려야 한다(이 또한 오십이 일).

매주 토요일은 목 매달린 리디머의 어머니인 동정녀 성모를 기려야 한다(이 또한 오십이 일).

매주 일요일은 주님의 부활을 기려야 한다(역시 오십이 일).

그리고 매주 월요일은 이승을 하직한 이들을 기려야 한다(오십이 일)."

일 년 삼백육십오 일 중 이백육십 일을 부부관계 금지의 날로 정한 것에 더해, 보스코는 여섯 번의 특별한 성절 전후로 모든 신체 접촉을 금하는 기간도 다양하게 정했다.

길은 결코 셈이 약한 자가 아니었지만, 첫해에 부부관계가 가능한 날이 고작 닷새밖에 안 된다는 것을 계산하느라 몇 분이 걸렸다.

"너무 많다고 생각하나?" 보스코가 걱정스러운 표정으로 물었다. 삼 년만 지나면 죄다 기억에서 사라질 거야."

"더 줄여도 되겠는데요." 길이 대답했다. "그런데 우리 병사들은 어떻게 양성합니까?"

"현재 병력만으로도 세상을 깨끗이 청소할 수 있어. 우리가 그 빗자루인 셈이지. 자네와 나는 이곳에서 주님이 그분의 은총에 더욱 걸맞은 피조물로 세상을 다시 열 수 있도록 리디머들이 사라지는 모습을 지켜봐야 해."

또다른 문제, 즉 케일이라는 문제는 그가 돌아올 거라는 중대한 비밀 예언의 존재를 언급함으로써 해결됐다. 그 예언서가 지금 성도 샤르트르의 지하실에 감춰져 있고, 이를 본 수녀들이 골란고원에 가서 케일과 얘기를 나누었다고 했다. 그후 케일은 리디머들 사이에서 거짓말처럼 사라졌지만, 실제로 사라지는 모습을 본 자는 없었다고 했다. 그리하여 언젠가는 케일이 종말신학적 임무를 완수하러 돌아올 것이며, 다만 리디머들이 사악한 인류와 그 끔찍한 본성을 지상에서 일소하는 과정에서 중대한 위기를 맞이할 때만 나타날 것이라 했다. 이 얼마나 편리한 믿음인가.

"진실이 알려지면 어쩌죠?"

"진실은 우리도 몰라."

"그 녀석은 우리를 배신했습니다. 배은망덕한 똥자루 같으니."

"자네는 여전히 케일이 사람인 양 말하는군. 녀석은 인간이 아냐. 케일이 각성하고 우리 모두가 각성하면 녀석은 돌아올 거야. 다가올 홍수의 일부가 아니라면 그 녀석은 존재 의미가 없거든. 적당한 때 끈을 당기기만 하면 돼."

길은 케일이 사라진 것이 과연 대의를 훼손시킬까 궁금했다. 부재하는 구세주에게 무슨 의미가 있나? 신은 인류가 타락하자 손을 내뻗었다가 곧 거두어들였는데, 이는 리디머들 스스로 행동에 나서라는 분명한 요구였다. 그게 아니라면 리디머들의 존재 의미는 무엇인가? 신은 마음만 먹으면 그들 없이도 이 세상을, 리디머들도 포함해 얼마든지 참혹하게 파괴할 수 있었다. 케일이라는 불가사의한 존재를 보내 인간사에 개입한 것이 그 뚜렷한 증거였다. 하지만 케일을 도로 불러들임으로써 신은 리디머들을 버리지 않았음을 보여주었고, 이는 그들이 신의 뜻에 따라 배교자와 불신자 모두를 처단하면 리디머들이 스스로를 파멸시켜야 할 때 신이 그들을 잊지 않을 것임을 의미했다. 그들의 죽음은 틀림없이 다음 세상으로 가는 문일 터였다. 여전히 인류의 종말을 굳게 믿는 길은 자신의 실수에 대해 고민하던 중, 보스코가 무슨 생각을 하건 간에 케일이 더이상 쓸모없는 존재라고 생각하기 시작했다. 케일이 영원히 부재한다 해도 문제될 것은 전혀 없었다. 오히려 그 편이 더 좋았다. 반면 살아 있는 케일은 심각한 위협이 될 수 있었다. 십중팔구 그럴 터였다. 뭔가 조치를 취해야 했다.

자신의 멋진 연설을 절정으로 끌어올리고자, 보스코는 새로이 대두되고 있는 위험한 여성상에 대해 경고했다. 위험한 여성은 고개를 빳빳이 쳐들고 고상한 척 걸으며 머리를 한껏 부풀린 시건방진 마테라치 미녀들—주님께서 손수 골라주신 부위에 지독한 피부병이 생겨 고통받을 계집들—도 아니고, 요망하게 발찌를 잘그락거리며 당장이라도 속옷을 벗어던지고 아랫도리를 드러내려는 스패니시 리즈의 음탕한 여인들도 아니었다. 새로운 위협으로 다가오는 여자들은 영적으로 남자와 동등하길 바라는 이들로, 자신의 엄격함을 뽐내고자 믿음이 부족한 자는 누구든 박해하며, 심지어 경고의 의미로 다른 여자들까지 불태워 죽임으로써 자신도 전통과 규율의 수호자로서 얼마든지 가혹해질 수 있음을 과시했다. 그 말에 모두가 고개를 끄덕였지만, 보스코가 분노하는 대상이 그의 전임자라는 것과 그녀 같은 자들이 더 있을까 그가 두려워한다는 사실은 아무도 몰랐다. 필시 그런 여자들은 더 있을 터였다. 어쩌면 사방에 있을 수도 있었다. 항간에 떠도는 갖가지 소문들이 겨울잠을 준비하는 민달팽이처럼 곳곳에 파고들어 밤늦도록 술주정꾼들의 입에 오르내렸지만, 지난 이십 년 동안 여자가—남자 전임자들보다 훌륭했건 형편없었건 간에—리디머들을 다스렸다는 충격적인 사실에 비하면 아무것도 아니었다.

보스코가 연설을 마무리했다.

"각자의 관구로 돌아가 최후의 네 가지를 생각하라. 그리고 다가을 종말을 준비하라."

보스코의 즉위 연설 후에 열린 축연에서 빠져나온 길은 자신의 거대한 사저로 돌아왔다. 즉위식에 초대받지 못한 그의 새 비서 몬 시뇨르 채드윅은 길의 기분이 좋기를 간절히 고대했다. 그래야 누가 참석했는지, 무슨 일이 있었는지, 새 교황은 어떤 분인지 등등을 말해줄 터이기 때문이었다. 하지만 결국 실망만 하고 말았다.

"트레버 이인조를 찾아서 데려와." 언짢은 표정으로 길이 지시했다. 채드윅의 얼굴에 서린 희망이 순식간에 좌절로 바뀌었다.

"아," 긴 침묵 끝에 채드윅이 입을 열었다. "혹시 그자들이 어디 있을지 아시나요?"

"몰라. 자, 꾸물대지 말고 얼른."

채드윅이 너무도 애처롭게 문을 닫고 나가서 길은 자신이 얼마나 무리한 요구를 했는지 똑똑히 느꼈다. 트레버 이인조는 어느 누구도 찾기가 쉽지 않은, 아예 찾는 게 불가능할 수도 있는 자들이었다.

"더 밝게 해줄까?"

케일이 묻자, 채소 시장에서 데려온 여자 재봉사가 대꾸했다.

"충분히 잘 보여요. 그런데 지금 내가 뭘 보는 거죠?"

"늙은 부인이 파리를 거미했네."

베이그 헨리가 웅얼웅얼 노래했다.

"뭐라는 거예요?"

"노래를 하는 건데, 가사가 틀렸어. 신경쓰지 마. 너는 이 녀석을 꿰매주면 돼. 아무것도 못 느끼니 괜찮아. 조금 따끔할 수는 있겠지."

"미쳤군요. 나는 천만 꿰맨다고요. 이건 미친 짓이에요. 난 이런 일에 대해서는 아무것도 몰라요."

"난 알아. 지금껏 상처를 백 번은 꿰매봤거든."

"그럼 당신이 해요. 난 괜한 말썽에 휘말리기 싫어요."

"그럴 일 없을 거야. 난 아주 중요한 사람이거든."

"중요한 사람처럼 보이지 않는데요."

"네가 어떻게 알아? 바느질로 먹고사는 주제에."

"나한테 이런 일을 부탁하면서 날 비웃어요? 갈래요."

재봉사가 문으로 걸어갔다.

"50달러 줄게!"

아가씨는 걸음을 멈추고 케일을 돌아보았다.

"얘는 내 친구야. 도와줘."

암토끼 키티와 만나고 온 바로 다음날, 키티가 넉넉하게 300달러를 넣은 지갑을 케일에게 보내왔다. 그는 지갑을 받자마자 그 자리에서 돈을 세어보았다. 재봉사는 잠시 생각하다 대꾸했다.

"100달러 줘요."

"그 정도로 중요한 친구는 아냐."

결국 둘은 65달러에 합의했다.

재봉사 아가씨가 베이그 헨리의 망가진 얼굴을 살피러 돌아오자, 베이그 헨리는 다시 노래를 흥얼거리기 시작했다.

"꿰매는 동안 이 녀석은 아무것도 못 느낄 거야. 그리고 꿰매는 요령은 내가 아니까 처음부터 끝까지 알려줄게. 이 녀석 얼굴이 제 모습을 찾으려면 섬세한 손길이 필요하거든. 재킷에 옷깃을 단다

고 생각해. 네 능력껏 말끔히 꿰매기만 하면 돼." 케일은 아부하는
것도 잊지 않았다. "네가 해주지 않으면 이 녀석 얼굴은 말 궁둥이
꼴이 될 거야. 난 네가 얼마나 잘 꿰매는지 봤어. 대단한 재주야.
뇌가 있는 사람이라면 누구나 그렇게 생각할 거야. 사람 얼굴이란
건 잊고 옷이나 뭐 그런 걸로 여겨."

칭찬에 마음이 약해지고 당연히 거액의 보수에 혹한 재봉사 아
가씨는 베이그 헨리를 바느질거리로 보기 시작했다.

"충전물이 필요하겠어요."

"충전물이 뭐야?"

"상처 봉합의 도사처럼 굴더니 그것도 몰라요?"

"내가 진짜 그렇다면 널 부르지도 않았을 거야. 충전물이 뭔
데?"

"이분 얼굴에 손가락 굵기의 구멍이 나 있잖아요. 이대로는 살
갗이 아니라 천이라 해도 꿰맬 수 없어요. 구멍을 메워야 해요."

"뭘로?"

"내가 어떻게 알겠어요? 옷이나 천이라면 펠트를 쓸 텐데."

"그건 안 돼. 상처에 천 조각이 조금이라도 남아 있으면 어떻게
되는지 본 적이 있어."

"오래된 옷을 수선할 때는, 눈에 띄지 않는 부분의 천을 조금 떼
서 사용해요. 그렇게 하면 같은 천이라 젖어도 티가 안 나거든요."

"이 녀석 몸에서 떼어낸 살 조각으로 얼굴의 구멍을 메우자는
거야?"

그냥 생각을 말했을 뿐인 재봉사 아가씨는 이제 흠칫 놀랐다.

"아뇨, 그런 말은 아니에요. 그냥 생각이 났을 뿐이에요. 상황이

비슷하니까요. 꼭 그래야 한다는 말은 아니었어요."

"안 될 거 없잖아? 일리가 있어."

"상태가 더 나빠질 수도 있어요."

"상태는 언제든 나빠질 수 있어."

"이분이 당신 친구라면, 당신 손가락을 잘라서 쓸 수도 있겠네요."

"터무니없는 소리 하지 마." 케일이 차분히 대꾸했다.

"친구를 위해 목숨을 거는 것만큼 위대한 사랑은 없다고 하죠."

"어떤 멍청이가 그런 개소리를 해?"

재봉사는 이런 무시하는 태도가 몹시 언짢았지만, 이제는 돈을 포기할 마음이 없었고 도전 욕구도 샘솟았다. 무슨 일이든 일단 시작하면 물러서는 법이 없는 아가씨였다.

그리하여 운과 기지, 기술과 무지를 바탕으로 시작된 독창적인 작업은 결국 멋지게 성공했다. 케일은 자신이 칼을 다루는 데 선수라고 재봉사를 안심시킨 다음, 베이그 헨리가 상실감을 가장 덜 느낄 부위인 엉덩이에서 신중하게 살점을 잘라냈고, 재봉사 아가씨는 베이그 헨리의 얼굴에 난 깊은 구멍을 잘 메웠다. 케일은 그녀가 글로스터의 재봉사*처럼 완벽한 솜씨로 베이그 헨리의 끔찍이 망가진 얼굴을 신중하게 꿰매는 모습을 지켜보며 감탄했다. 그러는 내내 베이그 헨리는 거미와 늙은 여자, 고양이와 염소에 관한 노래를 끊임없이 불러댔다. 상처 봉합이 끝나자 재봉사와 케일은 뒤로 물러서서 작업의 결과물을 감상하며 매우 만족했다. 비록 벌건 생살이 흉측하긴 했지만, 깔쭉깔쭉하게 구멍이 났던 자리를 멀

---

* 베아트리스 포터가 쓴 '피터 래빗 시리즈' 중 한 편.

쩡히 보이게 만든 솜씨는 누가 봐도 탄복할 만했다. 물론 상처가 감염되거나 구멍에 넣은 살 조각이 괴사하면 그다음은 어찌될지 알 수 없었다. 하지만 당장은 잘 마무리된 것처럼 보였다.

다행히 상처는 악화되지 않았다. 말끔히 꿰맨 자리가 이틀 동안은 걱정스럽게 시뻘겠지만, 셋째 날 아침부터는 분홍빛이 돌면서 차츰 부기가 가라앉아 회복되는 기색이 역력했다. 베이그 헨리의 불만은 하나뿐이었다.

"엉덩이가 왜 이렇게 욱신거리지?"

그날 케일과 재봉사의 환상적인 협력과 이 독창적인 작업 과정의 행운은 두 사람 모두 별로 중요하게 여기지 않았으며, 이 사건이 세상에 알려지는 일도 없었다.

30

　연회가 열리던 날 저녁 이드리스푸케와 그의 이복형 비폰드는
유난히 기분이 좋았다. 이드리스푸케는 여자들의 미모를 칭찬하
면서, 그에 비해 남자들은 외모가 너무 떨어진다고 놀려댔다. 한
편 마음만 먹으면 절제된 유머를 구사할 줄 아는 비폰드는 콜체스
터 주교의 허영과 에일스버리의 오리가 겪은 불운에 대한 농담으
로 좌중의 웃음보를 터뜨렸는데, 이야기를 마치고 그가 내린 결론
은 이러했다.

　"자기기만의 땅에서 아무리 많은 것이 발견되어도, 탐험해야 할
미지의 영역은 여전히 많은 법이지요."

　형에게 지지 않으려고 이드리스푸케도 근엄하게 태도를 바꾸고
지금껏 살아오며 지켜본 어리석고, 가증스럽고, 약아빠진 인간들
의 모습에 대한—자기 자신의 우행도 포함하여—날카로운 통찰
을 사람들에게 선사했다.

"어떤 일로도, 누구와도 언쟁을 벌여서는 안 됩니다. 부질없는 짓이죠. 이는 인류 역사상 가장 현명한 사람일 수도 있는 비폰드 님도 마찬가지입니다."

테이블 너머 바로 맞은편에 앉아 이복동생이 아부와 조롱 섞인 말로 좌중을 즐겁게 해주는 광경을 지켜보고 있던 비폰드는 주변 사람들과 함께 웃음을 터뜨렸고, 술기운이 오른 마테라치 남자 대여섯 명은 "옳소"라고 외치며 테이블을 두드려댔다.

"자기기만에 대한 형님의 말씀은 전적으로 옳습니다. 여러분이 비폰드 님과 천년을 이야기한들 이분이 믿는 허황된 것들이 얼마나 많은지 가늠하기 어려울 겁니다."

그때 비폰드가 고개를 푹 수그리자, 순간 이드리스푸케는 자신의 농담이 너무 지나쳤나 싶었다. 하지만 비폰드를 불안하게 한 것은 이드리스푸케가 보거나 들은 것이 아니었다. 그는 형의 근심 어린 눈길을 따라 연회장 끄트머리를 바라보았다. 거대한 연회장 전체가 수다와 웃음소리로 소란스러웠지만, 이들 이복형제의 테이블만은 침묵에 잠겼다.

연회장으로 내려오는 계단 꼭대기에 목부터 발까지 검은 옷으로 차려입은 케일이 서 있었다. 스패니시 리즈의 부유한 젊은이들 사이에서 유행하는 스타일과 매우 흡사한 유난히 아름다운 그 수단은 역시나 암토끼 키티가 준 돈으로 재봉사 아가씨에게 특별히 주문해 만든 것이었다.

케일은 시커먼 못처럼 보였으며, 누가 알아보건 말건 신경쓰지 않았다. 하지만 그를 알아본 몇십 명 중에서 가장 큰 충격을 받은 사람은 임신 팔 개월의 몸으로 남편 옆에 앉아 있는 아르벨 마테라치였다. 유령처럼 창백한 동시에 만개한 꽃처럼 아름다운 여자가 있다면 바로 그녀였다. 그녀의 눈꺼풀에 드러난 푸르스름한 실핏줄은 소피아 성당의 대리석에 있는 실처럼 가느다란 무늬 같았다.

가슴이 철렁 내려앉은 이드리스푸케가 멍하니 지켜보는 가운데, 마치 동화에 나오는 사악한 마녀처럼 천천히 통로를 따라 걸어오는 케일은 옷 색깔과 똑같은 검은 눈을 부릅뜨고 저만치 앞에 있는 젊고 아름다운 임산부를 줄곧 노려보았다. 이드리스푸케는 그가 눈치챘을 거라고, 틀림없이 그럴 거라고 생각했다. 케일이 오지 않으리라 예상하고 그대로 비워둔 이드리스푸케의 옆자리 의자를 하인이 빼주자, 자신의 존재가 불러온 참담한 침묵에 한껏 의기양양해진 케일은 비폰드에게 살짝 고개 숙여 인사하고는 살기 어린 험악한 표정으로 다시 아르벨 스완넥을 노려보았다. 콘 마테라치의 얼굴에 서린 표정을 정확히 표현할 말은 없었지만, 그의 영혼 속에서 벌어지고 있을 혼란을 짐작하기는 결코 어렵지 않았다. 이후 이드리스푸케의 머릿속에서는 그 생각이 떠나질 않았다. 케일은 알고 있을까, 아직 모를까. 만약 안다면 그날 저녁 연회는 무사히 끝날 리 없었다. 보스 이카르드는 콘 마테라치와 토머스 케일이 앙숙 관계라는 정보를 입수하고 그날 말썽이 일어나길 기대했을 것이다. 하지만 지금은 그가 바란 조숙한 젊은이들 간의 명예로운 결투보다 더 위태로운 상황이 벌어질 판이었다.

서로 증오하는 자들 사이에 존재하는 온갖 종류의 침묵을 표현하는 말은 얼마든지 있다. 이드리스푸케는 만약 자신이 다시 수갑을 차고 일이 년 정도 감옥에 들어가면 그런 말의 목록을 만들 수 있으리라 생각했다. 하지만 지금 이 침묵은 뭐라고 표현해야 좋을까. 그 낯선 침묵을 깬 자는 비폰드의 손님으로 온 세뇨르 에디 그레이였는데, 노르웨이 대사쯤 되는 그는 다른 많은 참석자들과 마찬가지로 만약 마테라치 일가가 향후 계획이 있다면 그것이 자국에 끼칠 영향은 무엇일지 파악하러 온 참이었다. 거만하고 도발적인 성격인 그레이는 노골적으로 케일을 위아래로 훑어보았다.

"죽음의 천사에게 걸맞은 색이군, 케일 선생. 하지만 좀 땅딸막한데."

주위에서 영혼들이 기겁하는 소리가 들리는 듯했다. 잠깐의 망설임도 없이 케일은 처음으로 아르벨에게서 눈을 돌려 그레이를 바라보았다.

"맞습니다. 하지만 내가 당신 머리를 잘라 밟고 서면 키가 한결 커지겠죠."

분위기가 심상치 않음을 알아차린 자들이 풍기는 침묵의 기운이 이제 마테라치 사람들 양쪽으로 번졌고, 당연히 보스 이카르드에게도 전해졌다. 그레이의 경멸 어린 말투와 검은 옷을 입은 괴상한 젊은이의 등장에 놀란 그들은 케일의 섬뜩한 대답에 기가 죽은 그레이를 보고 폭소를 터뜨렸다.

증오와 동경, 애정, 그리고 자신의 날카로운 독설에 대한 흡족함이 섞인 독기 어린 감정에 가득찬 케일은 하인이 밀어주는 의자에 앉아 익살맞으면서도 사나운 눈빛으로 가련한 스완넥을 다시 노려보았다. 말벌 떼에게 쏘여 미쳐 날뛰는 황소조차 이 거대한 연회장 안에 어지럽게 뒤섞여 피어오르는 욕망과 분노, 배신, 좌절된 정욕의 구름처럼 걷잡을 수 없는 살기를 내뿜지는 못할 터였다. 아르벨 마테라치의 뱃속에 있는 아기가 자루에 담긴 새끼 돼지처럼 발길질을 하고 꿈틀대는 것도 무리가 아니었다. 아르벨이 생애 첫 아이를 그 자리에서 사산하지 않은 것은 훌륭한 교육을 받으며 자란 덕분이었다.

하지만 케일은 일부러 못 배운 티를 냈다. 하인들이 고기와 강낭콩, 완두콩을 접시에 듬뿍 담아줄 때마다 그들 모두에게 일일이 고맙다고 인사했다. 그러나 예전에 이드리스푸케에게, 접시에 음식이 놓일 때 감사 표시를 하지 말고 종다리 혀 요리나 공작 커틀릿 요리가 마치 자발적 자살 의지에 따라 마법처럼 나타났다는 듯 신경쓰지 않고 옆 사람들과 이야기를 나누는 게 올바른 식탁 예절이라는 것을 누구이 들어 잘 알고 있었다. "고맙습니다. 고마워요." 철저히 가식적인 이 감사 인사는 맞은편에 앉아 있는 미녀의 심장을 주먹으로 후려치고, 그녀 옆에서 노려보는 남편의 정강이를 걸어차는 심리적 공격이었다.

냉소와 비관이 판을 치는 이 세상에서, 하나의 목숨을 구해주면 영원한 적이 생긴다는 건 코흘리개 어린애도 안다. 하지만 콘의 경우는 달랐다. 비록 의심의 목소리들을 마음 깊은 곳으로 유배시켰고, 실버리힐에서 끔찍한 죽음으로부터 자신을 구해준 자를 여전히 싫어하지만, 고통스러운 영혼의 비밀 감옥 속에서 자신에게 몰려들던 자줏빛 죽음의 공포, 악몽을 꿀 때마다 되살아나는 그 두려움을 잊지 못하고 있었다. 아무리 애를 써도 케일에 대한 고마움을 떨칠 수가 없었다.

케일이 처한 문제는, 복수의 오페라를 멋지게 시작하긴 했는데 지금은 노래 한 곡도 나오지 않는다는 것이었다. 세뇨르 에디 그레이의 조롱은 곰에게 빵을 던진 꼴이었다. 케일은 말싸움이건 몸싸움이건 상대에게 반격하는 법을 알고 있었다. 아르벨은 고개를 숙인 채 수프 그릇만 보고 있었다. 마치 수프가 홍해처럼 갈라져 자신을 통째로 삼켜주길 바라는 것만 같았다. 콘은 그저 케일을 노려볼 따름이었다. 이토록 비참한 상황에도 아르벨은 가슴이 찢어질 정도로 아름다웠다. 평소에 살짝 연갈색을 띠던 입술은 새빨갛게 빛나고, 입술 사이로 살짝 드러난 새하얀 치아는 증오에 사로잡힌 케일을 감상에 젖게 했다. 마치 진홍빛 꽃잎 사이에 새하얀 눈이 내려앉은 장미를 보는 것 같았다. 끔찍했던 지난 몇 달 동안 케일은 아르벨을 생각하며 수많은 나날을 보냈기에, 불과 몇 걸음 앞에 그녀가 앉아 있는 지금 비록 가슴속에는 증오가 가득했지만 어째서 그녀가 기쁨에 겨워 웃지 않는지 이해할 수가 없었다. 과거에 케일이 그녀의 방문을 열고 안으로 들어가면 두 팔로 그를 꼭 껴안고 마치 다시는 만지거나 맛볼 수 없을 거라는 듯 그의 얼굴에 키스를 퍼붓던 시절처럼 활짝 웃어야 마땅하지 않은가. 어떻게 아르벨이 나에게 질릴 수 있지? 어떻게 그녀가 지금 옆에 앉아 있는 놈을 더 좋아하고, 어떻게 그에게 몸을 허락할 수 있지? 하지만 그런 생각을 하니 미칠 것만 같았고, 이미 미치기 직전이었다. 비록 그런 것들에 대해 철저히 무지한 점은 감안해야겠지만, 케일은 아르벨의 뱃속에서 팔딱거리는 녀석이 자신의 아이일 수 있다는 생각은 꿈에도 하지 않았다. 또한 객관적인 사람의 눈으로 보면 아르벨 마테라치가 콘을 더 좋아하는 게 당연하다는 생각도 하지 못했다. 그녀 자신처럼 귀족 출신에 훤칠하고 아름다운 청년이자 마테라치 일가의 미래가 걸린 크나큰 희망의 총아와 검은 머리칼에 키도 작고 세상에 대한 적개심으로 똘똘 뭉친 모진 영혼의 살인자 중 그녀

472

가 누굴 선택할지는 불 보듯 뻔한 일이었다. 아르벨이 케일 덕분에 목숨을 건졌고 그녀의 남동생 역시 매우 독특한 방식으로 새로운 삶을 얻은 건 사실이었지만, 아무리 좋을 때라도 고마움이라는 건 그녀에게는 어색한 감정이었으며, 더구나 한때 사랑했던 사람에게 보은이라니. 이는 특히 아름다운 공주들에게 어려운 일이다. 어찌 보면 그들은 태어나면서부터 받기만 하는 존재이기에, 아주 기본적인 감사의 마음조차 그들에게는 견딜 수 없는 부담스러운 감정이었다.

"잘 지내?"

마침내 케일이 입을 열었다. 세계 역사를 통틀어 어느 때에도 이런 위협적인 질문은 없었을 것이다.

아르벨은 타고난 대담성으로 혼란의 감정을 억누르고 살짝 고개를 들었다.

"아주 좋아."

"듣던 중 반가운 소리군. 마지막으로 널 만난 이후 난 줄곧 힘들었는데."

"우리 모두 고통받았어."

"솔직히 말하면 내가 받은 고통보다 나로 인해 고통받은 사람이 더 많지."

"넌 늘 그렇잖아?"

"기억력이 나쁘구나. 네가 나한테 수많은 빚을 졌다는 걸 잊었나보네."

그때 콘이 끼어들었다.

"말조심해."

만약 비폰드가 나이와 직책에 걸맞지 않게 놀라운 힘으로 콘의 넓적다리를 꽉 잡고 비틀지 않았다면, 그가 벌떡 일어나면서 의자가 뒤로 요란하게 넘어져 모두의 이목이 쏠렸을 것이다.

"다리 안 아파?" 케일이 맞받아쳤다. 결국 그는 아직 여러모로 어렸다.

"하느님 맙소사." 이드리스푸케가 나직이 탄식했다.

긴장된 침묵의 파도가 연회장의 절반을 뒤덮었다. 하지만 아르벨을 오래오래 괴롭힐 요량으로 그곳에 온 케일은 자신의 계획이 어긋나지 않게 해줄 자제력이 사라졌음을 깨달았다. 상실과 분노의 호수가 그가 느낀 것보다 훨씬 더 깊이 열렸고, 케일은 그 한없는 깊이를 또렷이 느꼈다.

"넌 여기서 불청객이야." 콘이 말했다. "부끄러운 짓 그만하고 꺼져주시지."

그랬으면 좋았을 터였다. 마치 미치광이가 화덕에 죽어라 풀무질을 한 것처럼 제어할 수 없는 분노의 불길이 케일의 가슴속에서 치솟았다. 그가 벌떡 일어나 허리춤에 손을 대려 할 때, 누군가가 힘없는 손으로 그의 손목을 감아쥐었다.

"안녕, 토머스." 베이그 헨리가 나직이 말했다. "널 만나고 싶다는 사람을 데려왔어." 그의 목소리가 마치 찬물처럼 구경꾼들의 기대 어린 침묵 위로 뿌려졌다. 케일은 친구의 창백한 낯빛과 여전히 얼굴에 남아 있는 상처 자국을 잠시 쳐다보다가, 그 옆에 서 있는 두 사람을 바라보았다. 사이먼 마테라치와 늘 그렇듯 마지못해 끌려온 듯한 쿨하우스였다.

쿨하우스가 입을 열었다.

474

"사이먼 마테라치가 반갑다는구나, 케일."

곧이어 귀머거리요 벙어리인 젊은이가 두 팔로 케일을 꽉 껴안고는 놓아주지 않았다. 결국 그들은 연회장 밖으로 나가 스패니시 리즈의 춥고 습한 바람 속에서 담배를 피웠다.

두 시간 뒤, 무작정 케일의 방에서 기다리던 이드리스푸케가 찾아 나서려고 하던 참에 케일이 돌아왔다.

"헨리와 사이먼을 데려가 도로 침대에 눕히게나. 이러다 둘 다 쓰러지겠어." 이드리스푸케가 지시를 내리자 쿨하우스는 기꺼이 그 지시에 따랐다. 케일은 이드리스푸케에겐 눈길도 안 주고 자기 침대에 앉았다.

"그러고 나오니 후련하더냐? 이제 너는 신의 분노가 아니라 바보 천치로 유명해질 게다."

그 말에 뜨끔했는지 케일이 그를 쳐다보았다. 하지만 흐느적거리는 북처럼 비참한 기분에 아무 말도 나오지 않았다.

"네가 온 세상을 겁줄 수 있다고 생각하느냐?"

"지금까지는 잘해왔습니다."

"지금까지는 그랬겠지. 하지만 자만할 정도는 못돼. 넌 아직 너무 어리고 세상은 넓으니까."

족히 일 분 동안 둘 다 말이 없었다.

"아르벨을 괴롭히고 싶어요. 고통받아 마땅한 여자예요."

너무 맥없고 서글픈 목소리라 이드리스푸케는 대꾸할 말이 쉽게 떠오르지 않았다.

"멋진 사랑을 포기하기가 얼마나 어려운지는 나도 안다."

"난 그녀의 목숨을 구해줬습니다."

"그랬지."

"내가 잘못한 건가요?"

"아니."

"그럼 왜죠?"

"그 질문의 대답은 아무도 모른다. 누구도 다른 사람에게 이 여자를 사랑해라, 저 남자를 사랑해라 할 수는 없는 법이야."

"하지만 아르벨은 날 사랑한댔어요."

"연인들이 나누는 밀어는 바람과 물에 적은 글이란다. 시인 나부랭이가 지껄인 말이지만 진실인 건 틀림없지."

"아르벨은 날 보스코에게 넘겼습니다. 그걸 잊을 수는 없죠."

균형과 공정함의 차원에서 이드리스푸케는 당시 아르벨이 난처한 입장이었다는 점을 지적할 수도 있었다. 하지만 그런 소리를 할 만큼 어리석은 나이는 오래전에 지났다.

"불행히도 우리는 흥미로운 시대에 살고 있다. 너는 거기서 중요한 존재일 수 있고, 어쩌면 가장 중요할지도 모르지. 그러니 명심해라. 비록 너는 아직 젊고 아르벨 때문에 괴롭겠지만, 사랑과 정치와 전쟁이라는 문제에서 인생의 사소한 것들은 더 중요한 것에 밀려나기 마련이야."

케일은 이드리스푸케를 바라보았다.

"사소한 것이 중요할 수도 있어요."

다시 긴 침묵이 흘렀다. 이드리스푸케조차 대꾸할 말을 찾지 못했다. 대신 그는 화제를 바꿨다.

"나로서는 리디머들과 그들의 교황이 너한테 무슨 짓을 할지 모르겠다. 물론 그냥 넘어갈 리는 없겠지. 너는 남들이 숨을 쉬듯 적을 만드는구나. 너처럼 성난 목소리로 말하고 언행이나 표정에 증오를 드러내는 것은 불필요한 행위야. 위험하고, 어리석고, 우스꽝스럽고, 저속하지. 물론 저속함은 네게는 별문제 안 되겠지만. 더 신중하게 굴지 않을 거면 당장 도망치는 게 나아."

케일이 아무 말도 하지 않자, 이드리스푸케는 침대 위에 앉아 옆자리의 이상한 소년을 안쓰러워했다. 잠시 후 그는 침묵에 잠긴 케일이 너무 멀리 가는 게 아닐까 걱정하기 시작했다.

"밖에 나갔을 때 밤하늘을 좀 쳐다보았느냐?"

케일이 웃었다. 이드리스푸케가 느끼기에는 맥없고 기묘한 웃음이었지만, 침묵하고 있는 것보다는 나았다.

케일이 대답했다.

"아뇨. 요즘도 별이 빛납니까?"

그날 밤늦게 비폰드가 이드리스푸케에게 말했다.

"너는 지금껏 수많은 재난에 중재자 노릇을 했지만, 이번이야말로 네 진가를 발휘할 때다."

"말도 안 됩니다. 내가 관여해온 일들은 사랑싸움 따위가 아니었어요."

"그렇게 단순한 문제가 아니란 건 너도 알잖아. 보스 이카르드는 우리를 추방하려는 속셈이고, 보나마나 마테라치 후계자와 네 친구인 악당 노그배드*가 벌인 소동은 지금쯤 조그 왕에게 보고되

---

* 북유럽 전설에서 조카의 왕위를 찬탈하려는 음모를 꾸민 사악한 숙부로, 악당의 전형으로 일컬어지는 인물.

고 있을 거다. 그것도 교묘하게 윤색되어서."

"조그 왕은 늙은 좀생이일지 몰라도 그런 싸움을 빌미로 우리를 내치지는 않을 겁니다. 이카르드가 아무리 부추긴다 해도요."

"아르벨이 임신한 아기의 친부가 누군지 의심스럽다는 소리를 하면 사정이 달라질걸."

"형님은 어떻게 생각하십니까?"

"넌 어떻게 생각하는데?"

"케일일 수도 있어요."

"그거야 말할 것도 없고. 문제는 소문이 스패니시 리즈의 모든 문 밑으로 새어들어간다는 거야. 조그 왕은 문란함을 결코 좋게 보지 않는 자인데, 하물며 귀족 여성과 그녀의 침실로 석탄을 나르던 놈의 추문을 묵과할 리는 없지."

"케일은 그런 하찮은 존재가 절대 아니에요."

"하지만 스위스의 조그 왕한테는 그래. 그자는 신이 창조한 최고의 속물이야. 독서라고는 『고타 연감』*에 나오는 자기 집안 족보를 보면서 몇 시간씩 기쁨과 환희의 탄식을 내뱉는 게 전부라고."

"혹시 모를까봐 말해주는데, 형." 이드리스푸케는 비폰드에게 유난히 짜증이 날 때만 형이라고 불렀다 "마테라치 가문은 이제 아무것도 아닌 신세로 전락했어요. 케일이 막아주지 않는다면 리디머들은 안타고니스트 무리, 라코니아 용병단, 스위스인을 비롯한 모든 인간을 해묵은 양탄자처럼 둘둘 말아버릴 겁니다. 그리고 조그 왕에게는 오줌을 갈기고 가겠죠."

---

* 유럽 왕가와 귀족의 족보를 실은 책.

"콘 마테라치도 가망이 있어, 시간만 주어지면."

"우리의 파멸과 라코니아의 파멸은 케일의 작품이었습니다. 석탄 나르는 놈 치고는 제법이죠. 만약 콘 마테라치에게도 그런 재주가 있다고 믿는다면, 형님은 세상 어디서도 찾아볼 수 없는 늙은 바보가 분명합니다."

"케일은 우리에게 라코니아를 파멸시키겠다는 말만 했어."

"실버리힐에서 케일의 계획이 우릴 어떻게 파멸시켰는지 목도했잖아요."

"변명할 생각은 없지만, 그날은 판단력만큼이나 운도 크게 작용했지."

"뭔들 안 그렇습니까?"

"넌 케일을 제어하지 못해."

"네."

"케일도 자신을 제어하지 못하고."

"젊을 때는 다 그렇죠. 차차 극복해나갈 겁니다."

"그렇지 않아. 난 녀석이 멤피스를 떠나며 아르벨을 위협하는 걸 봤어. 그리고 오늘 저녁에도 봤지. 케일은 아르벨에게서 영영 헤어나지 못할 거야. 아이는 어른과 좀 다르다고들 하지. 그런데 실은 전혀 다르지 않아. 사랑에 미친 영혼들일 뿐. 케일 안에 씨줄과 날줄처럼 공존하는 연인과 살인자는 결코 떼어놓을 수가 없어."

"그렇다면 아르벨을 콘과 함께 스패니시 리즈 밖으로 내보내요. 그런 다음 케일을 이용해 리디머 군대를 상대할 계획을 세우는 겁니다."

"녀석이 우릴 도우려 할까?"

"케일은 아르벨을 증오합니다. 사랑해주고 목숨까지 구해준 자신을 리디머들에게 넘겼으니까요."

"우리 모두가 그랬지."

"좋을 대로 생각하세요. 그리고 케일은 형님이 걸어온 길을 탐탁지 않아 했습니다. 하지만 우리와 거래하는 것이 녀석에게도 이롭죠. 이젠 오갈 데 없는 신세니까요. 케일이 스위스 군대를 지휘하면, 우리와 녀석 모두에게 최소한의 희망은 있는 셈입니다. 케일도 그걸 알 겁니다. 아르벨이 있건 없건, 녀석의 머릿속에는 늘 생존에 대한 갈망이 있거든요."

"녀석은 모두에게 위험한 존재잖아?"

"그러니까 케일이 능력을 최대한 발휘할 수 있는 일에 집중하도록 거들어야죠."

"조금 막연한 계획이군."

"지금으로서는 더 나은 계획이 없습니다."

"케일이 암토끼 키티를 만난 거 알고 있었어?"

"네."

"이런 의뭉한 자식!"

장난스러운 핀잔이라 이드리스푸케는 언짢게 받아들이지 않았다. 마치 둘 다 소년 시절로 돌아간 것 같았다.

이드리스푸케가 맞받아쳤다.

"형은 자기가 뭘 하고 다니는지 일일이 보고해요?"

"내가 정직한 성격이라는 건 누구나 알아."

"어련하시겠습니까. 어쨌든 케일이 우리 모두를 리디머들로부터 구해주기만 한다면, 녀석이 바닷가에 널린 조가비의 수만큼 농간을 부린다 해도 일절 괘념치 않겠어요."

"리디머들이 또 아르벨을 죽이려 한다는 소문을 퍼뜨리면 도움이 될 거야. 아르벨을 멀리 보낼 좋은 핑계인 셈이지."

"콘이 따라가려 할까요?"

"장담하기는 어렵지. 더구나 네가 어떻게 생각하건 간에 조그 왕은 자신이 돈을 대는 군대의 지휘를 부랑아한테 맡기지 않을 거야."

"그렇다면 그자는 멍청이네요."

"그 점에는 아무도 이의를 달지 않지."

"형이 콘을 설득할 수 있겠어요?"

"응." 비폰드가 대답했다.

"자신의 첫 아이의 아비일 수도 있는 자 대신 임산부를 보살피라고 설득할 수 있다고요?"

"내가 생각한 방법은 그게 아냐. 게다가 우리에겐 유리한 점이 하나 있지."

"뭔데요?"

"콘은 그걸 믿으려 하지 않아. 우리는 그 자연스러운 소망을 최대한 부추겨야 해."

하지만 그들의 계략에는 예기치 못한 결함이 하나 있었다. 물론 설령 알았다 해도 둘 다 놀라지 않았을 문제였지만.

보스 이카르드는 마테라치 일가가 환대받지 못한다고 느끼게 하려고 일부러 불편한 숙소를 제공했다. 아르벨은 이백 년 전 당시 국왕이 새로 맞은 왕비였던 필라 공주의 생활공간으로 지은 거처를 배정받았다. 필라 공주는 키가 2.5큐빗밖에 안 되는 난쟁이였다

(1큐빗은 죽 뻗은 손의 손가락 끝에서 팔꿈치까지의 거리이다). 착한 심성과 재치, 빈자에 대한 연민으로 그녀가 널리 사랑받으면서 스페인풍의 건물이 무수히 지어졌는데, 그로 인해 원래 그냥 리즈라고 불리던 이 도시에 이례적으로 스패니시라는 이름이 붙었다. 한때는 음울한 도시의 대명사였으나('당신은 리즈를 닮았군'이라는 오래된 농담은 이곳 리즈의 불행한 시민들에게 상처를 주었다), 난쟁이 공주를 기쁘게 하려는 이들의 노력으로 이국적인 스페인풍의 공공건물과 단독주택이 폭발적으로 늘어났다. 그녀를 몹시 사랑한 국왕은 왕비를 보필하는 거인들이 아니라 그녀의 몸집에 맞는 특별한 처소를 만들어주었다. 결국 아르벨은 키가 42인치밖에 안 되는 앙증맞은 왕비에게 맞춰서 지은 숙소에서 지내야 했다. 그곳의 천장은 필라 공주에게는 꽤 높았지만, 아르벨은 이 방 저 방 옮겨다닐 때마다 아름다운 목을 아주 살짝 굽혀야 했다.

악몽 같은 연회가 끝나고 밤이 이슥해질 즈음, 콘과 아르벨은 그녀의 처소에 앉아 있었다. 둘 다 키가 큰 탓에 방의 비율이 우스꽝스러워 보여서, 마치 배의 선실이나 커다란 인형의 집 같은 곳에 앉아 있는 것 같았다.

아르벨이 가슴과 배를 내려다보며 처량한 표정으로 콘에게 말했다.

"꼭 대머리 남자 세 명의 머리통을 삼킨 것 같아. 아주 큰 머리통. 맙소사, 얼마나 더 이래야 하지?"

"아주 아름다워 보이는걸."

"그렇게 말해주길 바랐어."

콘이 빙그레 웃었다.

"물론 그랬겠지. 하지만 정말로 아름다워."

"너무 달콤한 거짓말이라 속아도 즐거운데."

"좋을 대로 생각해."

콘이 아르벨의 손을 잡자 그녀가 말했다.

"토머스 케일 근처에 가지 않겠다고 약속해줘."

"안 그래도 네가 그 얘기를 언제 꺼낼까 궁금했어."

"이제 알았잖아. 약속해줘."

"녀석이 내 목숨을 살렸다는 거 잊었구나. 그런 은혜를 베풀어 준 사람을 죽이는 건 쉽지 않아. 케일은 네 목숨도 구해줬고, 그래서 녀석을 죽이는 건 더더욱 어려워. 그러니 약속할게. 비록 녀석이 너한테 너무나 무례하게 굴었지만."

"난 괜찮아. 하지만 당신한테 훨씬 더 어려운 걸 부탁하고 싶어."

"뭔데?"

"케일은 무자비한 남자야. 그가 당신을 찾아오면 피할 거라고 약속해줘."

"그럼 내 자존심은?"

"그게 뭐가 중요해? 지나면 다 잊혀. 자존심은 아무것도 아냐."

"네가 여자라서 그렇게 말하는 거야."

"난 자존심이 없다는 소리야?"

"여자의 자존심은 남자와는 달라. 그래서 가능한 것과 불가능한 것도 다르지."

"케일이 원하는 대로 해주는 게 자존심을 지키는 거야? 그는 당신이 완전 무장을 했을 때 싸움을 걸 만큼 어리석지 않아. 당신을 이기기 어렵다고 생각하겠지."

약간의 아부가 필요한 시점이었다. 그리고 아주 틀린 말도 아니었다. 아르벨은 이미 콘을 너무 많이 몰아붙인 터였다.

"그럼 녀석이 도전해오면 어쩌라는 거야?"

"맙소사, 철부지 같은 소리 하지 마!"

"이해가 안 된다면 어쩔 수 없지." 콘은 이런 핀잔을 듣는 것이 못마땅했지만, 상대가 여자인 점을 감안해야 했으며 특히 만삭의 여자라면 어쩔 수 없었다. "내가 녀석에게서 뒷걸음치면, 나의 전부인 내 명예도 뒷걸음치는 꼴이 돼. 그래도 너는 변함없이 나를 존중해줄 거라고 말할 수 있어?"

"물론이지."

"넌 그렇게 말할지 몰라도, 다른 사람들은 누구도 나를 존중해주지 않을 거야."

아르벨은 한숨을 쉬고 한동안 말이 없었다.

"난 당신이 어떤 남자인지 알아. 용감하고 노련하고 대담하지." 아부가 좀더 필요했으며, 이 또한 틀린 말은 아니었다. "하지만 케일은 달라." 아르벨은 딱 맞는 표현을 찾으려고 고심했지만 생각이 나지 않았다. "그는 보통 사람이 아니야. 재앙을 부르는 자가 아니라 재앙 그 자체거든. 케일의 친구 클라이스트는 그를 결코 좋아하지 않았는데, 케일의 머릿속에는 무덤이 가득하다고 했어. 맞는 말이야."

"명예도 없이 어떻게 살 수 있어? 그런 삶이 무슨 의미가 있지?"

아르벨이 또 한숨을 쉬더니 뻣뻣한 목을 좌우로 움직이고 신음하며 생각했다. 네 꼴을 좀 봐. 폭식한 사람처럼 뚱뚱하잖아. "대체 이게 언제 끝날까?" 혼잣말을 중얼거린 아르벨은 남편을 곁눈으로 보며 말했다. "당신은 케일한테 목숨을 빚졌어."

"그래."

"그럼 무슨 수로 케일을 명예롭게 죽여? 차라리 그의 용맹스러운 행위를 더 널리 알리자. 케일의 용기를 더 많이 칭찬하면, 결국 사람들은 케일보다 당신을 더 흠모하게 될 거야. 케일에게 목숨을 빚진 당신은 그가 싸움을 걸어와도 그냥 물러서는 거라고 생각할 테니까. 그게 진짜 용기야! 콘 마테라치는 얼마든지 싸울 수 있지만, 명예를 잃을 위험을 무릅쓰고 은인에 대한 예를 지키는 거지. 당신이 방금 말했다시피 실제로도 그렇고."

"그랬다가 케일만 더 유명해지지 않을까……?" 생각해봐야 할 문제였다. 이런 상황에서 싸움을 거절하는 게 정말 명예로운 행위일까? "용감한 사내라고 말이야."

아르벨이 대답했다.

"그건 걱정 마. 설령 유명해져도 금세 자신의 명성에 먹칠을 할 테니까. 케일은 자신이 경멸하는 자들의 존경을 하찮게 여겨. 그리고 모든 사람을 경멸하지."

"너 정말 영리하구나."

"영리하고말고." 아르벨은 콘의 손을 살짝 꼬집고 덧붙였다. "이제 자게 그만 가."

콘이 일어서다 천장에 머리를 부딪쳤다.

"아야!"

아르벨도 덩달아 눈살을 찌푸렸지만 콘이 다치지 않았다는 걸 알고 있었다. 그녀는 천장에 부딪친 남편의 머리에 입맞춰주려고 일어서려 했다. 몸이 무거워서 쉽지가 않았다. 콘이 말했다.

"그냥 앉아 있어."

아르벨은 굳이 사양하지 않았다.

"괜찮다면 그렇게." 콘이 허리를 굽히고 아내의 입에 가볍게 키스했다. 그러고는 과장된 몸짓으로 우스꽝스럽게 조심조심 문으로 나갔다. 아르벨은 소파에 더 기대고는 욱신거리는 등을 펴려고 몸을 좌우로 비틀며 쉬다가 십 분 뒤에 낑낑대면서 침대로 걸어갔다. 그리고 눈을 감고 평온한 고요를 만끽했다.

그때 방 뒤쪽 그늘에서 나직한 목소리가 들렸다.

"난 여전히 널 쫓아다니지."

혹자는 빙하기가 오면서 세상이 끝난다고 한다. 그렇다면, 어린 임산부의 목덜미 위의 털을 얼려버린 것은 그 종말의 냉기였다. 겁에 질린 아르벨은 등이 아프고 몸이 잔뜩 불었는데도 잽싸게 돌아섰다. 그 순간 케일이 그늘에서 촛불 빛으로 나왔다. 그리고 아르벨이 가장 두려워하는 것을 콕 집어 말했다.

"궁금해할까봐 말해주는데, 난 너희가 한 말 다 들었어. 썩 바람직한 이야기는 아니더군."

"비명을 지를 거야."

"나라면 안 그러겠어. 네 비명을 듣고 저 문으로 들어오는 자는 끔찍한 일을 당할 테니까."

"그냥 입다물고 죽으라는 거야?"

"설마. 머리 빗을 때도 투덜대는 여자에게 그건 무리지. 얼마든지 징징대세요, 여왕님. 하지만 뭘 하든 조용히 하시는 게 좋을 겁니다."

빈정거림이 좀 지나쳤다. 아르벨은 결코 하찮은 존재가 아니었다.

"날 죽일 거야?"

"죽일까 생각중이야."

"나 때문에 화가 난 건 이해하지만 내 아기는 무슨 잘못이야?"

"그래서 생각중이라는 거야."

"네 아이야."

"그렇게 말하고 싶겠지."

"정말이야."

케일이 빙그레 웃었지만 기분좋은 미소는 아니었다.

"난 네 목숨을 두 번이나 구해줬고, 넌 나를 깊이 사랑한다고 했어. 정확히 기억나지는 않지만 아주 깊은 사랑이었던 것 같은데, 네 생각은 어떤지 궁금한걸."

아르벨은 들릴락 말락 하게 대꾸했다.

"그건 사실이야."

"저잣거리에는 네가 더러운 년이라는 소문이 파다해. 아이 아버지가 누군지를 두고도 내기가 한창이야. 멤피스의 마을 바보인지, 아니면 네 침실로 석탄을 나르던 천한 놈인지."

"헛소문이라는 거 알잖아."

"모르겠는데. 넌 나를 리디머들에게 팔아넘겼어. 놈들이 나를 처형장으로 데려가 교수대에 매달고 산 채로 배를 갈라 내장을 꺼내고…… 내가 지켜보는 가운데…… 내 창자를 굽고…… 내가 지켜보는 가운데…… 내 자지와 불알을 자르고…… 난 그걸 지켜보며 죽어갈 신세였지. 자, 어때. 네가 무슨 짓을 했는지 알겠어?"

"널 해치지 않겠다고 약속했단 말이야."

"그 약속이 네게는 나를 버릴 좋은 핑계였지. 나한테 질려서 헤어지고 싶던 차에 때마침 기회가 찾아온 셈이야."

"그건 사실이 아냐."

아르벨은 이제 울먹이기 시작했지만 티는 내지 않았다.

"다는 아니더라도 충분히 사실이야. 어쨌든 더이상 네 말 듣기
싫어."

"결국 그들이 너한테 아무 짓도 안 했잖아. 보스코는 널 대단한
사람으로 만들어주겠다고 약속했어. 지금 그렇게 됐잖아? 보스코
가 약속을 지킨 거잖아?"

그건 참기 어려운 말이었다. 케일이 성큼성큼 다가가자 겁먹은
아르벨은 뱃속의 아기를 보호하려고 두 손을 내민 채 벽으로 뒷걸
음쳤다. 케일은 그녀의 머리 뒤로 손을 뻗어 금빛 포니테일을 움켜
잡고 소파 쪽으로 끌어당겨 꿇어앉혔다.

"그자가 어떻게 약속을 지켰는지 보여주지, 이 거짓말쟁이 계집
아."

케일은 아르벨의 머리끄덩이를 한 손으로 쥔 채 소파 옆 탁자 위
에 있던 램프를 끌어다 불빛을 비추었다. 그러고는 뒷주머니에 손
을 넣어 전에 베이그 헨리에게 보여주지 않은 보스코의 편지를 꺼
내 소파 위에 펼쳐놓은 다음, 아르벨의 얼굴이 편지에 닿을 정도로
그녀의 머리를 거칠게 누르고 명령했다.

"읽어!"

"아파 죽겠어."

케일은 아르벨의 머리끄덩이를 세차게 비틀었다. 그녀가 비명을
지르자 케일이 소곤거렸다.

"조용히 비명 질러. 안 그러면 누군가가 재수없게 그 소리를 들

을 거야. 자, 누가 보낸 편지인지 읽어봐."

그리고 다시 아르벨의 머리를 눌렀다.

"트란스발평원 주둔군 사령관 리디머 아처 장군이 리디머 보스코 장군에게."

"처음 다섯 줄은 건너뛰어도 돼."

아르벨은 힘겹게 읽어나갔다. 케일이 머리를 꽉 쥐고 있고, 얼굴이 편지에 너무 가까웠다.

"이곳을 떠나기 전에 토머스 케일은 우리 진지 50마일 이내의 모든 마을을 쓸어버리라고 지시했습니다. 그리고 여자들과 아이들은 모두 포로로 데려오고, 가축도 전부 끌고 와 저희가 수용하고 있던 포로 삼천 명을 먹이라고 했습니다. 하지만 일종의 우역牛疫이 돌아 가축 대부분이 폐사했고, 살아남은 놈들도 젖이 거의 나오지 않았습니다. 저희도 식량이 넉넉지 않은 터라 포로에게 나눠줄 여지가 없었습니다. 이미 쇠약한 상태였던 포로들은 대다수가 굶주림과 기생충, 설사로 쓰러졌고, 그 수가 대략 이천오백 명에 이르렀습니다. 저는 최근에야 보고를 받고 포로수용소를 시찰했는데, 눈앞의 참담한 광경에 심장이 내려앉을 지경이었으며……"

"그다음 이야기는 신경쓰지 마." 케일은 편지의 조금 더 아래쪽을 가리키고 덧붙였다. "거기서부터 다시 읽어."

"일어설 기운조차 없는 사람들이 수용소 구석구석에서 기어나왔습니다. 살아 있는 시체나 다름없는 몰골로 마치 무덤에서 귀신들이 울부짖듯 맥없이 중얼거리더군요. 듣자하니 그들은 이끼조차 없어서 못 먹는 처지였고, 결국 허기를 견디다 못해 동료들의 무덤에서 시신을 파먹는 지경에 이르렀다고 합니다. 보스코 님이 관대한 분이라는 것은 저도 알고 있습니다만, 비록 제가 묘사한 참상들이 눈 뜨고도 못 볼 만큼 딱하기는 해도, 이 안타고니스트 무리는 개전改悛의 가망이 전혀 없으므로 하루바삐 제거해야 마땅합니다. 때문에 이 가공할 천벌 앞에서 저희는 일말의 연민도 느끼지 않습니다."

"그 정도면 됐어."

케일이 아르벨의 머리끄덩이를 내팽개치듯 놓자, 소파의 푹신한 등받이에 그녀의 머리가 부딪쳐 튕겼다. 세상을 뒤흔든 케일의 잔인한 폭력에 비하면 아무것도 아니었다.

천천히 몸을 일으켜 소파에 앉은 아르벨이 마침내 입을 열었다.

"이해를 못하겠어. 이 편지가 나랑 무슨 상관이야? 너랑도 상관없는 일이잖아? 그 끔찍한 사건은 네가 의도한 게 아니었어, 안 그래?"

"이런 말 못 들어봤어? '지옥으로 가는 길은 선의로 포장되어 있다.' 내 소원은 괜찮은 침대에 누워 괜찮은 음식을 먹으며 방해받지 않고 사는 거야. 하지만 지금 내 삶은 네가 말한 대로야. 어딜 가든 재앙이 따라다니지. 아까 저기 뒤쪽 그늘에 앉아서 너의 나약하고 잘난 남편이 명예 타령 하며 징징대는 소리를 들었는데……"

"콘은 나약하지 않아!"

"조용히 해. 나는 사람 목숨을 개 목숨만큼도 신경쓰지 않는 살인마로 유명한 놈이야. 손대는 건 뭐든 죽인다고 명성이 자자하지. 네가 나를 리디머들한테 보낸 덕분이야. 그후로 내가 죽인 모든 사람의 피는 내 손뿐만 아니라 네 손에도 묻어 있어."

"남들 원망하는 대신 그냥 사람 죽이는 걸 멈추면 되잖아?"

이런 상황에서 무모할 수도 있는 가시 돋친 말투였다. 하지만 아르벨은 겁쟁이가 아니었다.

"어떻게 하면 되는지 네가 좀 알려주지그래? 리디머들은 어떤 일이 있어도 멈추지 않을 거야. 놈들은 이 세상을 담요로 덮고 그 위에 피치를 부은 다음 성냥으로 불을 붙여 모조리 태워버릴 속셈이야. 절대 멈추지 않아."

케일은 기싱허스트의 요괴처럼 눈빛을 이글거리며 물러섰다. 당연히 아르벨도 지지 않고 노려보았다.

"이제 난 저 문으로 나갈 거야. 궁금해할까봐 말해주는데, 들어온 길은 달라. 과연 어디로 들어왔을지 밤마다 고민해봐. 사람 부를 생각은 하지 않은 게 좋아. 그랬다가는 내가 그자를 죽일 테고, 설령 붙잡히더라도 너의 나약하고 잘난 남편한테 반드시 말해줄 테니. 내가 자기 애의 아버지라고 주장했다고 말이야."

"콘은 안 믿을 거야."

"조금은 믿겠지."

말을 마친 케일은 문으로 걸어가 그대로 사라져버렸다.

텅 비다시피 한 복도를 재빨리 걷는 동안—젊고 미숙한 보초들뿐이라 회피하기가 쉬웠다—케일은 그날 저녁의 만남을 생각하며 묘한 기쁨을 느꼈다. 아르벨에게 죄책감을 안겼다는 것, 그게 중요했다. 트란스발평원의 여자들과 아이들에 대해 케일이 내린 명령이 가져온 뜻하지 않은 결과에 그 역시 마음 깊이 괴로웠는지는 단언하기 어려웠다. 어느 영국인이 말했듯이, 진실은 이야기가 시작되는 지점에 따라 달라지는 법이므로.

이튿날 케일은 어젯밤의 방문을 후회하기 시작했다. 이유야 어쨌건 그는 임신한 여자를 위협하면서 폭력을 휘둘렀고, 그늘 속에서서 엿들은 아르벨의 말대로 악랄한 괴물처럼 굴었다. 물론 뱃속의 아이에 대해서는 목숨을 부지하려고 거짓말을 한 것이 틀림없었다. 만약 사실이라면 그게 무슨 의미일지는 생각하기도 싫었다. 그래서 생각하지 않기로 했다.

수치심에 젖어 침울해진 케일은 하릴없이 산책을 나갔다가 우연히 거대한 공원으로 들어섰다. 도시 중앙에서 북쪽에 자리잡은 그 공원은 도롱뇽 모양으로 기묘하게 펼쳐져 있었다. 일 년 중 이맘때치고는 날이 따뜻하고 화창해서 공원에는 사람이 많았다. 젊은 남녀들은 새롱거리느라 바쁘고, 아이들은 꺅꺅 소리지르며 뛰놀았다. 나이 많은 연인들과 부부들은 넓은 산책로를 따라 새싹이 돋는 라임나무들 사이를 한가로이 거닐었다. 지난 이백 년 동안 스패니시 리즈는 이런 파사자타*로 유명한 곳이었다. 묘하게 머릿속이 복잡하고 마치 목욕물이 들어가 한쪽 귀가 막힌 듯한 기분으로 햇살 속을 걷던 케일은 도롱뇽 공원의 한쪽 끄트머리에 다다랐다. 그곳에는 이 도시에 흔한 화강암에 조각을 한 거대한 벽이 있었는데, 그 판판한 벽면에는 안타고니스트 종교 개혁가들의 커다란 형상이 뚜렷하게 조각되어 있었다. 리디머들의 박해가 시작된 시기에 스패니시 리즈로 도피해온 그들은 훗날 솔트레이크로 이주해 안타고니스트의 도시를 세웠다. 높이가 30피트에 이르는 이 조각상의 주인공들은 리디머들과 싸우다 끔찍한 죽음을 맞이했는데, 케일이

---

* '산책' 또는 '걷기'라는 뜻의 이탈리아어.

한 번도 들어본 적 없는 이름들이었다. 부처, 후스, 필리프 멜란히톤, 멘노 시몬스, 츠빙글리, 후트, 그리고 우울한 표정의 모사르구 형제. 눈앞에 있는 이 거인들은 누구이며, 대관절 그들의 믿음은 무엇이었을까? 리디머들을 거부하는 것이 어째서 그토록 중요했는지 도통 이해할 수가 없었다. 이윽고 그는 공원을 가로질러 계속 걸어갔다. 주위에 넘실거리는 평범한 사람들의 행복에서 점점 멀어지고 단절되는 기분이었다. 따사로운 햇살 속에서 행복을 나누는 그들은 오늘부터 봄철 내내 여름까지 죽 그럴 터였다. 공원 북단의 거대한 장식 철문 밖으로 나간 케일은 공원 둘레를 따라 거처로 돌아가기 시작했다. 하지만 너무 피곤해서 완전히 녹초가 된 상태였다. 이런 피로감은 난생처음이었다. 점점 더 천천히 거리를 내려갔지만, 걸음을 내디딜 때마다 일 년씩 늙는 것 같았다. 평소 느꼈던 피로와는 차원이 달랐다. 마치 지금껏 한 번도 편히 앉아 쉬지 못하고 끊임없이 이어지는 싸움을 두려워하며 천 년 동안 걸어온 기분이었다. 가슴속의 심장이 너무 무거워서 당장이라도 걸음이 멈출 것만 같았다. 어떻게 이런 피로에 시달리며 살 수 있단 말인가? 가까스로 서쪽 입구에 다다른 케일은 걸음을 멈추고 사암 벽에 머리를 기댄 채 땀을 줄줄 흘렸다.

"자네 괜찮나, 젊은이?"

케일은 대답할 기운이 없었다. 이후 어떻게 자기 방으로 돌아왔는지 기억조차 나지 않았다. 문도 잠그지 않고 침대에 쓰러진 채, 마른 땅 위에서 죽어가는 물고기처럼 헐떡일 따름이었다. 그때 이상한 일이 벌어졌다. 뱃속에서 지진이 일어난 듯 온몸이 떨리고, 눈사태처럼 무너지고 폭발하는 기분이 들었다. 몸속에서 살과 영혼이 동시에 떨어져나가는 듯했다. 끔찍한 고통의 눈물이 터져나왔다. 화장실로 달려가 토하고 또 토했지만 아무것도 나오지 않았다. 구역질이 어찌나 심하던지 마치 살아 있는 상태에서 영혼이 창자와 배를 뚫고 나오려는 것만 같았다. 그 상태는 몇 시간째 이어졌다. 이윽고 침대로 돌아와 울기 시작했지만, 아이나 어른의 울음도 아니고 서러움을 쏟아내는 울음도 아니었다. 그리고 이 눈물 없는 고통의 울부짖음이 영영 끝나지 않을 거라는 생각이 들었을 때, 갑자기 웃음이 터져나왔다. 몇 시간 동안 그는 끊임없이 웃고 또 웃었다. 동이 트기 직전 베이그 헨리가 방으로 찾아왔을 때도 케일은 여전히 웃고, 울고, 토하고 있었다.

31

일주일 내내 방안에서 지냈지만 케일의 상태는 호전되지 않았다. 열두 시간 넘게 자고 일어나도 오히려 자기 전보다 더 피곤했으며, 기진맥진한 사람처럼 눈 밑이 거무스레하고 입술은 창백했다. 무릎을 굽힌 채 모로 누워 세 시간쯤 얌전히 있다가도 이내 구역질을 시작했다. 그 소리가 어찌나 끔찍하던지 마치 거대한 짐승이 방금 먹은 상한 음식을 토해내려고 발악하는 것 같았다. 며칠 뒤, 소름 끼치는 웃음은 멈췄다. 그런다고 케일로서는 나아진 것이 없었지만, 그 소리를 참고 들어야 했던 사람들은 안도했다. 케일의 구역질은 계속되었으며, 아무리 울어도 마음이 편해지거나 안정되지 않았다. 머지않아 울음도 그쳤다. 하지만 속이 울렁거리지 않는데도 계속 구역질이 났고, 그러면서도 음식은 게걸스레 먹었다. 한 주가 지나자 그것은 소름 끼치는 패턴으로 고착되었다. 피로만 쌓이는 긴 수면, 게걸스러운 식사, 한 시간 동안 이어지는 구역질,

다시 고요한 수면, 다시 구역질, 다시 식사, 그리고 또다시 피곤한 잠. 이렇게 돌고 도는 과정이 되풀이되었다.

왕진 온 의사들은 독한 약을 처방해주고 어마어마한 약값을 요구했는데, 케일은 그런 약을 죄다 거부했다. 결국 다급해진 사람들은 베이그 헨리가 추천한 존 브래드모어를 데려왔다.

브래드모어는 한두 시간가량 케일 옆에 앉아서 포도주와 아편을 섞은 꿀물을 먹였는데, 한동안 안정되는가 싶던 케일이 처음으로 구토를 하면서 침실 바닥이 온통 토사물로 뒤덮였다.

나중에 이드리스푸케와 비폰드, 베이그 헨리는 밖으로 나와서 브래드모어와 상의했다.

"지독히 아픈 건 분명한데 원인을 찾을 수가 없습니다. 여러분의 이야기로 미루어 짐작건대 더 악화되지도 호전되지도 않을 겁니다. 치료비를 감당하실 수 있다면 제가 살레르노의 로베르트를 데려오도록 하겠습니다."

"살레르노는 500마일이나 떨어진 곳이잖소."

"하지만 돈은 이곳에 있지요. 그는 스패니시 리즈의 귀족 가문과 상인 집안의 미친 여자들을 치료하는데, 그런 환자는 셀 수 없이 많습니다."

"케일은 여자가 아닌데."

"제가 치료할 수 있는 병도 아닙니다. 살레르노의 로베르트는 오만하기 짝이 없는 놈이지만, 머리에 병이 생긴 자들을 성공적으로 치료해왔습니다."

다음날 살레르노의 로베르트가 같은 복도에 서서 말했다.

"브래드모어의 말이 맞습니다. 이건 그의 지식으로는 이해하지 못할 문제죠. 여기서는 딱히 치료할 방법이 없을 겁니다."

"고맙군요. 요점이 뭡니까?"

호주머니에 암토끼 키티의 돈 100달러가 들어 있는 살레르노의 로베르토는 평소처럼 상대를 쉽사리 모욕할 수 없었다. 여느 때 같으면 함부로 굴고도 남았을 터였다.

"인간의 영혼을 가장 잘 보여주는 것이 뭔지 아십니까?"

"댁이 아나본데, 말해보시오." 이드리스푸케가 대답했다.

"100달러나 받았으니 말씀해드려야죠. 인간의 영혼을 가장 잘 보여주는 것은 인간의 몸입니다. 영혼에도 신장이 있고 간이 있고 위장이 있고 팔다리가 있습니다. 그리고 그런 신체 부위와 장기도 모두 병에 걸립니다. 몸에 생기는 열병이 여러 종류이듯 영혼의 열병도 다양하지요. 피부를 병들게 하는 온갖 뾰루지가 있듯 정신의 뾰루지도 있으며, 영혼의 종기에도 딱딱한 것과 무른 것이 있습니다. 또한 정신의 궤양과 열정의 종양도 가지각색입니다."

비폰드가 고개를 끄덕였다.

"알겠소. 그럼 저 소년은 어찌된 거요?"

"아마 저처럼 여러분도 저 소년의 문제가 뭔지 아실 겁니다. 이 젊은이의 말에 따르면……" 로베르토는 베이그 헨리를 가리키고 말을 이었다. "여러분은 저 소년이 어떻게 살아왔는지 알고 있습니다. 평생 개처럼 취급받으면서 죽도록 고생하고 두들겨 맞았으며, 악랄한 자들이 주는 나쁜 음식으로 연명했지요. 지금껏 끔찍한 일들을 보고 몹쓸 짓을 하며 살아왔습니다."

"그럼 난 왜 저렇게 안 됐죠?" 베이그 헨리가 물었다.

"언젠가는 너도 그럴지 모르지. 저는 전체 인구의 4분의 3이 페스트로 죽었는데 나머지는 멀쩡히 살아남은 도시들을 여럿 보았습니다. 이런 현상의 답을 누가 알겠습니까?"

"호주머니에 100달러가 있는 당신이라면 알겠지."

"저를 돕는 늙은 간호사가 한 말이 생각나는군요. '이 아이를 고칠 수 있는 의사는 아직 태어나지 않았고, 그의 어머니는 이미 죽었습니다.' 저 방에 있는 소년은 산꼭대기에서 칼바람을 맞으며 자란 나무와 같습니다. 그런 나무를 곧게 펴서 다른 나무로 만들 수는 없는 법이죠."

"그럼 이제 어쩌면 됩니까? 방도가 전혀 없는 거요?"

살레르노의 로베르트가 한숨을 내쉬었다.

"다정하게 보살펴주고, 고통스러운 치료는 절대 금해야 합니다. 병을 낫게 해주겠다며 모진 방법을 동원하는 자들이 많을 겁니다. 얼씬대지 못하게 하세요. 그자들은 머리에 구멍을 뚫거나, 얼음물이 담긴 통에 하루종일 담가놓거나, 말도 죽일 만한 약을 먹이려 들 테니까요. 그런 짓을 용납하느니 차라리 물동이에 머리를 처박아 익사시키는 편이 저 소년을 위하는 길일 겁니다. 제가 키프로스에 있는 자비의 수녀회에 편지를 써드리겠습니다. 아주 이상한 곳이라고들 하고 실제로도 그렇지만, 거기 수녀들은 모두 선량합니다. 대화와 친절로 정신병자들을 도와주죠. 저 소년을 더 악화시키지는 않을 겁니다."

"병이 나으려면 얼마나 오래 걸릴까요?" 베이그 헨리가 물었다.

살레르노의 로베르트는 그를 바라보았지만 질문에 대답하지 않고 모두에게 물었다.

"약속을 잡아드릴까요?"

"그래주시오." 비폰드가 대답했다.

살레르노의 로베르트는 살짝 고개 숙여 인사하고 사라졌다.

같은 시각, 스페니시 리즈에서 200마일쯤 떨어진 상부 슐레지안
에서, 클라이스트는 열여덟 살 청년부터 마흔두 살 중년까지 연령
대가 다양한 남자 스물한 명과 함께 탄광촌인 비톰으로 들어섰다.
그렇게 우중충한 마을은 아무도 본 적이 없었다.

"여기가 상부 슐레지엔이면 대체 하부 슐레지엔은 어떤 꼴이란
말이야?" 탈턴이 투덜거렸다.

다들 웃기는커녕 입도 벙긋하지 않았다. 절망적인 증오에 너무
깊이 사로잡혀 있었기 때문이다. 복수를 꿈꾸는 것은 사실이었지
만, 그들은 아내와 아이들을 죽음으로 내몰았다는 자괴감과 수치
심에서 헤어나지 못하고 있었다.

남은 돈으로 일주일치 식량을 사온 그들은 눅눅한 중앙 광장에
서서 앞으로 어떻게 할지 의논했다. 삼십 분 뒤 결정이 났다. 네 명
은 북쪽 땅끝까지 가서 리디머들에게서 최대한 멀어지기로 했다.
나머지 스물두 명과 클라이스트는 스페니시 리즈로 가기로 결심했
는데, 리디머 군대와 싸울 병사를 모집한다는 잘못된 소문을 들었
기 때문이다. 북쪽으로 가는 사람 네 명은 자기 몫의 식량을 챙기
고 손을 흔들며 떠났다. 남은 스물두 명과 클라이스트는 동쪽으로
향했다.

그들이 비톰을 떠나고 이틀 뒤, 자신이 콴톡스 산악지대 소수 부
족의 유일한 생존자라고 믿는 데이지도 남편이 거쳐간 광장을 지
나 스페니시 리즈로 향했다. 과부에게는 나라에서 연금을 주고 세

살 미만의 아기에게 공짜로 우유를 준다는 그 도시에서 그녀는 자신의 아기가 시민으로 태어나길 바랐다.

리디머 길이 자신의 새로운 권력을 즐기는 데 익숙해지기까지는 시간이 조금 걸렸다. 처음에는 신도들의 육체에 가한 갖가지 가혹 행위가 멋들어지게 새겨진 거대한 책상에 앉는 것이 꺼려졌고, 오라 가라 종을 울리면 샤르트르의 주요 인사들이 누구든 신속하고 고분고분하게 응답하는 것도 어색했지만, 이제는 노골적으로 그런 즐거움을 요구하기에 이르렀다. 물론 리디머라면 누구나 그래야 하듯 이따금 죄책감에 뜨끔했지만 그 빈도는 점점 줄어들었고, 설령 빈도가 줄지 않더라도 강도는 점점 약해졌다. 길의 맞은편에 앉아 몹시 심각하고 진지하게 그의 말을 경청하고 있는 리디머 워런은 불과 몇 달 전만 해도 길을 천박한 장수쯤으로 여기고 경멸까지는 아니더라도 상당히 얕잡아 보았을 것이다. 지금 그는 길을 뚫어져라 보면서 자신에게 내려지는 임무에 섬뜩한 공포를 느꼈다.

"가장 입이 무겁고 자네가 신뢰할 만한 소수만 데려가되, 교황 자리를 훔친 사기꾼의 진짜 정체에 대해서는 입도 벙긋해선 안 된다. 성직자로 위장하고 있을 거라고 의심할 만한 근거가 있는 사악한 여자들을 색출하는 일이라고만 해. 이 문제의 진실을 어떤 식으로든 파헤쳐야 한다고 말이야. 안 되면 나한테 반드시 보고하도록. 그 추악한 계집이 무슨 수로 교황 자리에 올랐는지 진상을 규명해야만 해. 공범들이 있는지, 단독으로 저지른 짓인지."

문에서 노크소리가 들리더니 몬시뇨르 채드윅이 안으로 들어와 워런에게 공손히 고개 숙여 인사하고는 길에게 다가가 귀에 대고 속삭였다.

"트레버 이인조가 왔습니다."

길은 대꾸하지 않았다. 채드윅은 마치 바퀴가 달린 듯 스르르 방에서 나갔다.

길이 워런에게 말했다.

"실례했네, 리디머. 묻고 싶은 말은 많겠지만 대답해줄 말은 별로 없어. 내가 한 이야기 잘 생각해보고 하루이틀 뒤에 자네 생각을 말해주게나. 우리가 다시 만날 때까지는 여기서 들은 말이 새어 나가지 않도록 해."

자리에서 일어난 워런이 충격에 빠진 채 문으로 걸어가 사라졌다. 잠시 후 방 왼쪽에 있는 작은 문에서 다시 노크소리가 들렸다. 역시나 문이 열리더니 또 채드윅이 들어와 옆으로 비켜서서 두 남자가 들어오게 길을 내주었다. 한 남자는 휘핏*처럼 생겼고, 다른 남자는 잘생긴데다 온화하고 선량한 인상이 매력적이었다. 길은 그들에게 다가오라고 손짓하고 채드윅에게는 가보라고 손짓했다.

"와줘서 고맙네. 앉게나."

뱀장어처럼 얼굴이 기름한 트레버 루가보이는 이곳이 어디건 신경쓰지 않는다는 듯 무례하게 두 다리를 쭉 뻗었다. 매력적인 남자 트레버 코브툰이 말문을 열었다.

"우리가 어떤 놈을 사신의 코앞에 데려가면 됩니까?"

한결 명랑한 말투였지만, 두 다리를 뻗은 동료 못지않게 건방진 태도였다.

---

* 머리가 길쭉한 경주견.

"성서에 실린 어떤 예언을 실현하고자, 자네들이 순교자로 만들어야 할 사람이 있어."

두 남자는 흥미를 잃은 기색이 역력했는데, 물론 살인이 싫어서는 아니었다.

"우린 사람을 죽이기 전에 잔소리 따위는 하지 않습니다." 트레버 코브툰이 말했다.

"그래요. 우리는 고문기술자 나부랭이가 아닙니다." 트레버 루가보이도 맞장구쳤다.

길은 이들이 아무리 명성이 자자한들 말장난에 놀아날 생각은 없었다.

"다행히도 지극히 예민한 자네들이 수고스럽게 잔소리할 일은 없네. 보수는 후하게 쳐주지. 하지만 자네들이 내 허락을 받고 리디머 영토에서 꽤 오랫동안 은신했다는 사실을 잊지 말게나."

그 말의 요지는 곧바로 전해졌다.

"그런데 상대가 누굽니까?" 트레버 루가보이가 물었다.

"토머스 케일."

순간 두 남자가 긴장했다. 쭉 내뻗은 두 다리의 무례함도, 암살자라는 직업의 오만함도 길이 만족할 만큼 위축되었다.

"그리고 오해의 소지가 없도록 말해두네만, 녀석을 사신의 눈앞에건 코앞에건 데려갈 필요는 없네. 그냥 죽여."

(3권으로 이어집니다)

옮긴이 **이원경**

경희대학교 국어국문학과를 졸업하고 번역가의 길로 들어섰다. 주로 영미권 소설과 아동문학을 우리말로 옮기고 있다. 옮긴 책으로 『스펜스 기숙학교의 마녀들』 『고스트 라디오』 『내가 당신의 평온을 깼다면』 『레드셔츠』 『안녕, 우주』 『어린 여우를 위한 무서운 이야기』 등이 있다.

문학동네 세계문학

신의 왼손 2 —최후의 네 가지

초판 인쇄 2021년 2월 26일 │ 초판 발행 2021년 3월 5일

지은이 폴 호프먼 │ 옮긴이 이원경

책임편집 양수현 │ 편집 김지연
디자인 김현우 이원경 │ 저작권 한문숙 김지영 이영은
마케팅 정민호 정진아 김혜연 정유선
홍보 김희숙 김상만 이소정 이미희 함유지 김현지 박지원
제작 강신은 김동욱 임현식 │ 제작처 한영문화사

펴낸곳 (주)문학동네 │ 펴낸이 염현숙
출판등록 1993년 10월 22일 제406-2003-000045호
주소 10881 경기도 파주시 회동길 210
전자우편 editor@munhak.com │ 대표전화 031) 955-8888 │ 팩스 031) 955-8855
문의전화 031) 955-8896(마케팅) 031) 955-2684(편집)
문학동네카페 http://cafe.naver.com/mhdn │ 트위터 @munhakdongne
북클럽문학동네 http://bookclubmunhak.com

ISBN 978-89-546-7746-2 04840
      978-89-546-7744-8 (세트)

잘못된 책은 구입하신 서점에서 교환해드립니다.
기타 교환 문의 031) 955-2661, 3580

www.munhak.com